La Reina del Sur

ALFAGUARA

La Reina del Sur

Arturo Pérez-Reverte

ALFAGUARA

Aguilar, Altea, Taurus, Alfaguara S. A. de C. V., 2002
Avda. Universidad, 767, Col. del Valle, México, D.F.
C. P. 03100. México
www.alfaguara.com.mx

• 2002, Santillana Ediciones Generales, S. L.
Torrelaguna, 60. 28043 Madrid
Teléfono 91 744 90 60
Telefax 91 744 92 24
www.alfaguara.com
• Aguilar, Altea, Taurus, Alfaguara S. A.
Beazley 3860. 1437 Buenos Aires. Argentina
• Distribuidora y Editora Aguilar, Altea,
Taurus, Alfaguara, S. A.
Calle 80 nº 10-23
Santafé de Bogotá. Colombia

Primera edición en México: septiembre de 2002

ISBN: 968-19-1129-6

Diseño:
Proyecto de Enric Satué

D.R. © Cubierta:
Proforma

A Élmer Mendoza, Julio Bernal y César Batman *Güemes. Por la amistad. Por el corrido.*

Índice

Sonó el teléfono y supo que la iban a matar. Lo supo con tanta certeza que se quedó inmóvil, la cuchilla en alto, el cabello pegado a la cara entre el vapor del agua caliente que goteaba en los azulejos. Bip-bip. Se quedó muy quieta, conteniendo el aliento como si la inmovilidad o el silencio pudieran cambiar el curso de lo que ya había ocurrido. Bip-bip. Estaba en la bañera, depilándose la pierna derecha, el agua jabonosa por la cintura, y su piel desnuda se erizó igual que si acabara de reventar el grifo del agua fría. Bip-bip. En el estéreo del dormitorio, los Tigres del Norte cantaban historias de Camelia la Tejana. La traición y el contrabando, decían, son cosas incompartidas. Siempre temió que tales canciones fueran presagios, y de pronto eran realidad oscura y amenaza. El Güero se había burlado de eso; pero aquel sonido le daba la razón a ella y se la quitaba al Güero. Le quitaba la razón y varias cosas más. Bip-bip. Soltó la rasuradora, salió despacio de la bañera, y fue dejando rastros de agua hasta el dormitorio. El teléfono estaba sobre la colcha, pequeño, negro y siniestro. Lo miró sin tocarlo. Bip-bip. Aterrada. Bip-bip. Su zumbido iba mezclándose con las palabras de la canción, como si formase parte de ella. Porque los contrabandistas, seguían diciendo los Tigres, ésos no perdonan nada. El Güero había usado las mismas palabras, riendo como solía hacerlo, mientras le acariciaba la nuca y le tiraba el teléfono encima de la falda. Si alguna vez suena, es que me habré muerto. Entonces, corre. Cuanto puedas, prietita. Corre y no pares, porque ya no estaré allí para ayudarte. Y si llegas viva a donde sea, échate un tequila en mi memoria. Por los buenos ratos, mi chula. Por los buenos ratos. Así de irresponsable y valiente era el Güero Dávila. El virtuoso de la Cessna. El rey de la pista corta, lo llamaban los amigos y también don Epifanio Vargas: capaz de levantar avionetas en trescientos metros, con sus pacas de perico y de borrego sin garrapatas, y volar a ras del agua en noches negras, frontera arriba y frontera abajo, eludiendo los radares de la Federal y a los buitres de la DEA. Capaz también de vivir en el filo de la navaja, jugando sus propias cartas a espaldas de los jefes. Y capaz de perder.

El agua que le caía del cuerpo formaba un charco a sus pies. Seguía sonando el teléfono, y supo que no era necesario responder a la llamada y confirmar que al Güero se le había acabado la suerte. Aquello bastaba para seguir sus instrucciones y salir corriendo; pero no es fácil aceptar que un simple bip-bip cambie de golpe el rumbo de una vida. Así que al fin agarró el teléfono y oprimió el botón, escuchando.

—*«Quebraron al Güero, Teresa.»*

No reconoció la voz. El Güero tenía amigos y algunos eran fieles, obligados por el código de los tiempos en que pasaban mota y paquetes de la fina en llantas de coches por El Paso, camino de la Unión Americana. Podía ser cualquiera de ellos: tal vez el Neto Rosas, o Ramiro Vázquez. No reconoció al que llamaba ni pinche falta que le hacía, porque el mensaje estaba claro. Quebraron al Güero, repitió la voz. Lo bajaron, y también a su primo. Ahora le toca a la familia del primo, y a ti. Así que corre cuanto puedas. Corre y no pares de correr. Luego se cortó la comunicación, y ella miró sus pies húmedos sobre el suelo y se dio cuenta de que temblaba de frío y de miedo, y pensó que, quien fuera el comunicante, había repetido las mismas palabras del Güero. Lo imaginó asintiendo atento entre el humo de cigarros y los vasos de una cantina, el Güero enfrente, quemando mota y cruzadas las piernas bajo la mesa como solía ponerse, las botas cowboy de serpiente acabadas en punta, la mascada al cuello de la camisa, la chamarra de piloto en el respaldo de la silla, el pelo rubio al rape, la sonrisa afilada y segura. Harás eso por mí, carnal, si me rompen la madre. Le dirás que corra y no pare de correr, porque también se la querrán chingar a ella.

El pánico vino de improviso, muy distinto al terror frío que había sentido antes. Ahora fue un estallido de desconcierto y de locura que la hizo gritar, breve, seca, llevándose las manos a la cabeza. Sus piernas eran incapaces de sostenerla, así que fue a caer sentada sobre la cama. Miró alrededor: las molduras blancas y doradas del cabezal, los cuadros de las paredes con paisajes bien chilos y parejas que paseaban en puestas de sol, las porcelanitas que había ido coleccionando para alinear en la repisa, con la intención de que el de ellos fuera un hogar lindo y confortable. Supo que ya no era un hogar, y que en pocos minutos sería una trampa. Se vio en el gran espejo del armario: desnuda, mojada, el pelo oscuro pegado a la cara, y entre sus mechas los ojos negros muy abiertos, desorbitados de horror. Corre y no pares, habían dicho el Güero y la voz que repetía las palabras del Güero. Entonces empezó a correr.

1. Me caí de la nube en que andaba

Siempre creí que los narcocorridos mejicanos eran sólo canciones, y que *El conde de Montecristo* era sólo una novela. Se lo comenté a Teresa Mendoza el último día, cuando accedió a recibirme rodeada de guardaespaldas y policías en la casa donde se alojaba en la colonia Chapultepec, Culiacán, estado de Sinaloa. Mencioné a Edmundo Dantés, preguntándole si había leído el libro, y ella me dirigió una mirada silenciosa, tan larga que temí que nuestra conversación acabara allí. Luego se volvió hacia la lluvia que golpeaba en los cristales, y no sé si fue una sombra de la luz gris de afuera o una sonrisa absorta lo que dibujó en su boca un trazo extraño y cruel.

—No leo libros —dijo.

Supe que mentía, como sin duda había hecho infinidad de veces en los últimos doce años. Pero no quise parecer inoportuno, de modo que cambié de tema. Su largo camino de ida y vuelta contenía episodios que me interesaban mucho más que las lecturas de la mujer que al fin tenía frente a mí, tras haber seguido sus huellas por tres continentes durante los últimos ocho meses. Decir que estaba decepcionado sería inexacto. La realidad suele quedar por debajo de las leyendas; pero, en mi oficio, la palabra decepción siempre es relativa: realidad y leyenda son simple material de trabajo. El problema reside en que resulta imposible vivir durante semanas y meses obsesionado técnicamente con alguien sin hacerte una idea propia, definida y por supuesto inexacta, del sujeto en cuestión. Una idea que se instala en tu cabeza con tanta fuerza y verosimilitud que luego resulta difícil, y hasta innecesario, alterarla en lo básico. Además, los escritores tenemos el privilegio de que quienes nos leen asuman con sorprendente facilidad nuestro punto de vista. Por eso aquella mañana de lluvia, en Culiacán, yo sabía que la mujer que estaba delante de mí ya nunca sería la verdadera Teresa Mendoza, sino otra que la suplantaba, en parte creada por mí: aquella cuya historia había reconstruido tras rescatarla pieza a pieza, incompleta y contradictoria, de entre quienes la conocieron, odiaron o quisieron.

—¿Por qué está aquí? —preguntó.

—Me falta un episodio de su vida. El más importante.

—Vaya. Un episodio, dice.

—Eso es.

Había tomado un paquete de Faros de la mesa y le aplicaba a un cigarrillo la llama de un encendedor de plástico, barato, tras hacer un gesto para detener al hombre sentado al otro extremo de la habitación, que se incorporaba solícito con la mano izquierda en el bolsillo de la chaqueta: un tipo maduro, ancho, más bien gordo, pelo muy negro y frondoso mostacho mejicano.

—¿El más importante?

Puso el tabaco y el encendedor sobre la mesa, en perfecta simetría, sin ofrecerme. Lo que me dio igual, porque no fumo. Allí había otros dos paquetes más, un cenicero y una pistola.

—Debe de serlo de veras —añadió—, si hoy se atreve a venir aquí.

Miré la pistola. Una Sig Sauer. Suiza. Dieciséis balas del 9 parabellum por cargador, al tresbolillo. Y tres cargadores llenos. Las puntas doradas de los proyectiles eran gruesas como bellotas.

—Sí —respondí con suavidad—. Hace doce años. Sinaloa.

Otra vez la ojeada silenciosa. Sabía de mí, pues en su mundo eso podía conseguirse con dinero. Y además, tres semanas antes le había hecho llegar una copia de mi texto inacabado. Era el cebo. La carta de presentación para completarlo todo.

—¿Por qué habría de contárselo?

—Porque me he tomado mucho trabajo en usted.

Estuvo mirándome entre el humo del cigarrillo, un poco entornados los ojos, como las máscaras indias del Templo Mayor. Después se levantó y fue hasta el mueble bar para volver con una botella de Herradura Reposado y dos vasos pequeños y estrechos, de esos que los mejicanos llaman caballitos. Vestía un cómodo pantalón de lino oscuro, blusa negra y sandalias, y comprobé que no llevaba joyas, ni collar, ni reloj; sólo un semanario de plata en la muñeca derecha. Dos años antes —los recortes de prensa estaban en mi habitación del hotel San Marcos—, la revista *¡Hola!* la había incluido entre las veinte mujeres más elegantes de España, por las mismas fechas en que *El Mundo* informaba de la última investigación judicial sobre sus negocios en la Costa del Sol y sus vinculaciones con el narcotráfico. En la fotografía publicada en primera página se la adivinaba tras el cristal de un automóvil, protegida de los reporteros por varios guardaespaldas con gafas oscuras. Uno de ellos era el gordo bigotudo que ahora estaba sentado al otro extremo de la habitación, mirándome de lejos como si no me mirara.

—Mucho trabajo —repitió pensativa, poniendo tequila en los vasos.

—Así es.

Bebió un corto sorbo, de pie, sin dejar de observarme. Era más baja de lo que parecía en las fotos o en la televisión, pero sus movimientos seguían siendo tranquilos y seguros: como si cada gesto fuera encadenado al siguiente de forma natural, descartada cualquier improvisación o duda. Tal vez ya no dude nunca, pensé de pronto. Confirmé que a los treinta y seis años era vagamente atractiva. Menos, quizás, que en las fotografías recientes y en las que yo había visto por aquí y por allá, conservadas por quienes la conocieron al otro lado del Atlántico. Eso incluía su frente y su perfil en blanco y negro sobre una vieja ficha policial de la comisaría de Algeciras. También cintas de vídeo, imágenes imprecisas que siempre terminaban con rudos gorilas entrando en cuadro para apartar con violencia el objetivo. Y en todas, ella, con su distinguida apariencia actual, casi siempre vestida de oscuro y con gafas negras, subía o bajaba de automóviles caros, se asomaba desdibujada por el grano del teleobjetivo a una terraza de Marbella, o tomaba el sol en la cubierta de un yate grande y blanco como la nieve: la Reina del Sur y su leyenda. La que aparecía en las páginas de sociedad al mismo tiempo que en las de sucesos. Pero había otra foto cuya existencia yo ignoraba; y antes de que saliera de aquella casa, dos horas más tarde, Teresa Mendoza decidió mostrármela inesperadamente: una foto muy ajada y recompuesta por detrás con cinta adhesiva, que acabó poniendo sobre la mesa, entre el cenicero repleto y la botella de tequila de la que ella sola había vaciado dos tercios, y la Sig Sauer con tres cargadores que estaba allí como un augurio —de hecho era una fatalista aceptación— de lo que iba a ocurrir esa misma noche. En cuanto a la última foto, en realidad se trataba de la más antigua y sólo era media foto, porque faltaba todo el lado izquierdo: de él podía verse el brazo de un hombre, enfundado en la manga de una cazadora de piloto, sobre los hombros de una joven morena, delgada, de abundante cabello negro y ojos grandes. La joven debía de tener veintipocos años: vestía pantalones muy ceñidos y fea chamarra tejana con cuello de borrego, y miraba a la cámara con mueca indecisa, a medio camino hacia una sonrisa o quizá de vuelta de ella. Observé que, pese al maquillaje vulgar, excesivo, las pupilas oscuras tenían una mirada inocente, o vulnerable; y eso acentuaba la juventud del rostro ovalado, los ojos ligeramente rematados en puntas de almendra, la boca muy precisa, las antiguas y rebajadas gotas de sangre indígena manifestándose en la nariz, el tono mate de la piel, la arrogancia del mentón erguido. Esa joven no era hermosa pero era singular, pensé. Poseía una belleza incompleta o lejana, como si ésta hubiera ido diluyéndose durante generaciones hasta dejar sólo rastros aislados de un antiguo esplendor. Y aquella fragilidad quizá serena, o confiada. De no estar familiarizado con el personaje, esa fragilidad me habría enternecido. Supongo.

—Apenas la reconozco.

Era verdad, y así lo dije. Ella no pareció molesta por el comentario. Se limitaba a mirar la foto sobre la mesa, y estuvo así un buen rato.

—Yo tampoco —concluyó.

Después volvió a guardarla dentro del bolso que estaba sobre el sofá, en una cartera de piel con sus iniciales, y me indicó la puerta.

—Creo que es suficiente —dijo.

Parecía muy cansada. La prolongada charla, el tabaco, la botella de tequila. Tenía cercos oscuros bajo los ojos que ya no eran como en la vieja foto. Me puse en pie, abotoné mi chaqueta, le di la mano —ella apenas la rozó—, me fijé otra vez en la pistola. El gordo del extremo de la habitación estaba a mi lado, indiferente, listo para acompañarme. Miré con interés sus espléndidas botas de piel de iguana, la barriga que desbordaba el cinturón piteado, el bulto amenazador bajo la americana. Cuando abrió la puerta, comprobé que su gordura era engañosa y que todo lo hacía con la mano izquierda. Era obvio que la derecha la reservaba como herramienta de trabajo.

—Espero que salga bien —apunté.

Ella siguió mi mirada hasta la pistola. Asentía despacio, pero no a mis palabras. La ocupaban sus propios pensamientos.

—Claro —murmuró.

Entonces salí de allí. Los federales con chalecos antibalas y fusiles de asalto que a la llegada me habían cacheado minuciosamente seguían montando guardia en el vestíbulo y el jardín, y una furgoneta militar y dos Harley Davidson de la policía estaban junto a la fuente circular de la entrada. Había cinco o seis periodistas y una cámara de televisión bajo paraguas, al otro lado de los altos muros, en la calle, mantenidos a distancia por los soldados en uniforme de combate que acordonaban la finca. Torcí a la derecha y caminé bajo la lluvia en busca del taxi que me esperaba a una manzana de allí, en la esquina de la calle General Anaya. Ahora sabía cuanto necesitaba saber, los rincones en sombras quedaban iluminados, y cada pieza de la historia de Teresa Mendoza, real o imaginada, encajaba en el lugar oportuno: desde aquella primera foto, o media foto, hasta la mujer que me había recibido con una automática sobre la mesa. Faltaba el desenlace; pero eso también lo sabría en las próximas horas. Igual que ella, sólo tenía que sentarme y esperar.

Habían pasado doce años desde la tarde en que Teresa Mendoza echó a correr en la ciudad de Culiacán. Aquel día, comienzo de tan largo viaje de ida y vuelta, el mundo razonable que creía construido a la sombra del Güero Dávila cayó a su alrededor —pudo oír el estruendo de los pedazos desmoronándose—, y de pronto se vio perdida y en peligro. Dejó el teléfono y anduvo de un lado a otro abriendo cajones a tientas, ciega de pánico, buscando cualquier bolsa donde meter lo imprescindible antes de escapar de allí. Quería llorar por su hombre, o gritar hasta desgarrarse la garganta; pero el terror que la asaltaba en oleadas como golpes entumecía sus actos y sus sentimientos. Era igual que haber comido un hongo de Huautla o fumado una hierba densa, dolorosa, que la introdujese en un cuerpo lejano sobre el que no tuviera ningún control. Y así, tras vestirse a toda prisa, torpe, unos tejanos, una camiseta y unos zapatos, bajó tambaleante la escalera, todavía mojada bajo la ropa, el pelo húmedo, una pequeña bolsa de viaje con las pocas cosas que había atinado a meter dentro, arrugadas y de cualquier manera: más camisetas, una chamarra de mezclilla, pantaletas, calcetines, su cartera con doscientos pesos y la documentación. Irán a la casa en seguida, la había advertido el Güero. Irán a ver lo que pueden encontrar. Y más vale que no te encuentren.

Se detuvo al asomarse a la calle, indecisa, con la precaución instintiva de la presa que olfatea cerca al cazador y sus perros. Ante ella se extendía la compleja topografía urbana de un territorio hostil. Colonia Las Quintas: amplias avenidas, casas discretas y confortables con buganvillas y buenos coches estacionados delante. Un largo camino desde la miserable barriada de Las Siete Gotas, pensó. Y de pronto, la señora de la farmacia de enfrente, el empleado de la tienda de abarrotes de la esquina donde estuvo haciendo la compra durante los últimos dos años, el vigilante del banco con su uniforme azul y su repetidora del calibre 12 en bandolera —el mismo que solía piropearla con una sonrisa cada vez que pasaba por delante—, se le antojaban peligrosos y al acecho. Ya no tendrás amigos, había rematado el Güero con esa risa indolente que a veces ella adoraba y otras odiaba con toda su alma. El día que suene el teléfono y eches a correr estarás sola, prietita. Y yo no podré ayudarte.

Apretó la bolsa como para protegerse el vientre y caminó por la acera con la cabeza baja, ahora sin mirar nada ni a nadie, procurando al principio no acelerar el paso. El sol empezaba a descender lejos, sobre el Pacífico que se encontraba cuarenta kilómetros a poniente, hacia Altata, y las palmeras, pingüicas y mangos de la avenida se recortaban contra un cielo que pronto se teñiría del anaranjado propio de los atardeceres de Culiacán. Notaba golpes en los tímpanos: un latido sordo, monótono, superpuesto al ruido del tránsito y al taconeo de sus zapatos. Si alguien la hubiera llamado en ese momento no habría sido capaz de oír su nombre; tal vez ni el sonido de un disparo. De su disparo. De tanto esperarlo, tensos los músculos y agachada la cabeza, le dolían la espalda y los riñones. La Situación. Demasiadas veces había oído repetir la teoría del desastre entre bromas, veras, copas y humo de cigarrillos, y la llevaba grabada a fuego en el pensamiento, como el hierro de una res. En este negocio, había dicho el Güero, hay que saber reconocer La Situación. Eso es que alguien puede llegar y decirte buenos días. Tal vez lo conozcas y él te sonría. Suave. Con cremita. Pero notarás algo extraño: una sensación indefinida, como de que algo no está donde debe. Y un instante después estarás muerto —el Güero miraba a Teresa al hablar, apuntándole con el dedo a modo de revólver, entre las risas de los amigos—. O muerta. Aunque siempre es preferible eso a que te lleven viva al desierto, y con un soplete de acetileno y mucha paciencia te hagan preguntas. Porque lo malo de las preguntas no es que conozcas las respuestas —en ese caso el alivio llega pronto—, sino que no las conozcas. Ahí está el detalle, que decía Cantinflas. El problema. Cuesta mucho convencer al del soplete de que no sabes cosas que él supone que sabes y que también le gustaría saber.

Chíngale. Deseó que el Güero hubiera muerto rápido. Que lo hubieran bajado con todo y la Cessna, pasto de tiburones, en vez de llevárselo al desierto para hacerle preguntas. Con la Federal o con la DEA, las preguntas solían terminar en la cárcel de Almoloya o en la de Tucson. Uno podía pactar, llegar a acuerdos. Volverse testigo protegido, o preso con privilegios si sabía jugar bien sus naipes. Pero las transas del Güero nunca fueron por ahí. No era culebra ni madrina. Había traicionado sólo un poquito, menos por dinero que por gusto de vivir en el filo de la navaja. A los de San Antonio, galleaba, nos gusta rifarnos el cuero. Jugársela a esos tipos era divertido, según él; y se mofaba por dentro cuando le decían suba a tal y baje a cual, joven, no se nos demore, y lo tomaban por un vulgar sicario de a mil pesos al tirarle encima de la mesa, con muy poco respeto, fajos de dólares crujientes al regreso de cada vuelo donde los capos ligaban un carajal de lana y él se jugaba la libertad y la vida. El problema era que al Güero no le bastaba hacer ciertas cosas, sino que tenía necesidad de contarlas. Era de los bocones. Para qué fajarte a la más linda vieja, decía, si no puedes contárselo a la raza. Y si vienen chuecas, que luego te pongan en narcocorridos los Tigres o los Tucanes de Tijuana y los canten en las cantinas y en las radios de los autos. Chale. Pura leyenda, compas. Y muchas veces, acurrucada en su hombro, tomando en un bar, en una fiesta, entre dos bailes en el salón Morocco, él con una Pacífico en la mano y ella con la nariz empolvadita de suspiros blancos, se había estremecido oyéndole confiar a los amigos cosas que cualquier hombre sensato guardaría bien calladas. Teresa no tenía estudios, ni otra cosa que al Güero; pero sabía que los amigos sólo se probaban visitándote en el hospital, en la cárcel o en el panteón. Lo que venía a significar que los amigos eran amigos hasta que dejaban de serlo.

Recorrió tres cuadras sin mirar atrás. Ni modo. Los tacones que llevaba eran demasiado altos, y comprendió que iba a torcerse un tobillo si de pronto echaba a correr. Se los quitó, guardándolos en la bolsa, y descalza dobló a la derecha en la siguiente esquina, hasta desembocar en la calle Juárez. Allí se detuvo ante una lonchería para comprobar si la seguían. No vio nada que indicase peligro; de manera que, para concederse un poco de reflexión y calmar los latidos del pulso, empujó la puerta y fue a sentarse en la mesa de más adentro, la espalda en la pared y los ojos en la calle. Como hubiera dicho albureador el Güero, estudiando La Situación. O intentándolo. El pelo húmedo se le deslizaba sobre la cara: lo apartó sólo una vez, pues luego decidió que era mejor así, ocultándola un poco. Trajeron licuado de nopal y se quedó inmóvil un rato, incapaz de hilvanar dos pensamientos seguidos, hasta que sintió deseos de fumar y cayó en la cuenta de que en la estampida había olvidado el tabaco. Le pidió un cigarrillo a la mesera, aceptó el fuego de su encendedor mientras ignoraba la mirada de extrañeza que dirigía a sus pies desnudos, y permaneció muy quieta, fumando, mientras intentaba ordenar sus ideas. Ahora sí. Ahora el humo en los pulmones le devolvió alguna serenidad; suficiente para analizar La Situación con cierto sentido práctico. Tenía que llegar a la otra casa, la segura, antes de que los coyotes la encontraran y ella misma terminase siendo personaje secundario, y forzado, de esos narcocorridos que el Güero soñaba con que le hicieran los Tigres o los Tucanes. Allí estaban el dinero y los documentos; y sin eso, por mucho que corriese, nunca llegaría a ninguna parte. También estaba la agenda del Güero: teléfonos, direcciones, notas, contactos, pistas clandestinas en Baja California, Sonora, Chihuahua y Cohahuila, amigos y enemigos —no era fácil distinguir unos de otros— en Colombia, en Guatemala, en Honduras y a uno y otro lado de la raya del río Bravo: El Paso, Juárez, San Antonio. Ésa la quemas o la escondes, le había dicho. Por tu bien ni la mires, prietita. Ni la mires. Y sólo si te ves muy fregada y muy perdida, cámbiasela a don Epifanio Vargas por tu pellejo. ¿Está claro? Júrame que no abrirás la agenda por nada del mundo. Júralo por Dios y por la Virgen. Ven aquí. Júralo por esto que tienes entre las manos.

No disponía de mucho tiempo. También había olvidado el reloj, pero vio que seguía venciéndose la tarde. La calle parecía tranquila: tráfico regular, transeúntes de paso, nadie parado cerca. Se puso los zapatos. Dejó diez pesos en la mesa y se levantó despacio, agarrando la bolsa. No se atrevió a mirar su cara en el espejo cuando salió a la calle. En la esquina, un plebito vendía refrescos, cigarrillos y periódicos colocados sobre un cartón de embalaje donde se leía la palabra Samsung. Compró un paquete de Faros y una caja de fósforos, ojeando de soslayo a su espalda, y siguió camino con deliberada lentitud. La Situación. Un coche estacionado, un policía, un hombre que barría la acera la hicieron sobresaltar. Volvían a dolerle los músculos de la espalda y notaba un sabor agrio en la boca. Otra vez la incomodaron los tacones. De verla así, pensó, el Güero se habría reído de ella. Y lo maldijo por eso, en sus adentros. Dónde andarán tus risas ahora, pinche güey, después que te llovió en la milpa. Dónde tu arrogancia de puro macho y tus perras agallas. Sintió olor a carne quemada al pasar ante una taquería, y el gusto agrio en su boca se acentuó de pronto. Tuvo que detenerse y entrar a toda prisa en un portal para vomitar un chorro de jugo de nopal.

Yo conocía Culiacán. Antes de la entrevista con Teresa Mendoza ya había estado allí, muy al principio, cuando empezaba a investigar su historia y ella no era más que un vago desafío personal en forma de algunas fotos y recortes de prensa. También regresé más tarde, cuando todo terminó y estuve al fin en posesión de lo que necesitaba saber: hechos, nombres, lugares. Así puedo ordenarlo ahora sin otras lagunas que las inevitables, o las convenientes. Diré también que todo se fraguó tiempo atrás, durante una comida con René Delgado, director del diario *Reforma,* en el Distrito Federal. Mantengo vieja amistad con René desde los tiempos en que, jóvenes reporteros, compartíamos habitación en el hotel Intercontinental de Managua durante la guerra contra Somoza. Ahora nos vemos cuando viajo a México, para contarnos el uno al otro las nostalgias, las arrugas y las canas. Y esa vez, comiendo escamoles y tacos de pollo en el San Ángel Inn, me propuso el asunto.

—Eres español, tienes buenos contactos allí. Escríbenos un gran reportaje sobre ella.

Negué mientras procuraba evitar que el contenido de un taco se me derramara por la barbilla.

—Ya no soy reportero. Ahora me lo invento todo y no bajo de las cuatrocientas páginas.

—Pues hazlo a tu manera —insistió René—. Un pinche reportaje literario.

Liquidé el taco y discutimos los pros y los contras. Dudé hasta el café y el Don Julián del número 1, justo cuando René acabó amenazándome con llamar a los mariachis. Pero el tiro le salió por la culata: el reportaje para *Reforma* terminó convirtiéndose en un proyecto literario privado, aunque mi amigo no se incomodó por eso. Al contrario: al día siguiente puso a mi disposición sus mejores contactos en la costa del Pacífico y en la Policía Federal para que yo pudiese completar los años oscuros. La etapa en la vida de Teresa Mendoza que era desconocida en España, y ni siquiera aireada en el propio México.

—Al menos te haremos la reseña —dijo—. Cabrón.

Hasta entonces sólo era público que ella había vivido en Las Siete Gotas, un barrio muy humilde de Culiacán, y que era hija de padre español y madre mejicana. También que dejó los estudios en la primaria, y que, empleada de una tienda de sombreros del mercadito Buelna y luego cambiadora de pesos en la calle Juárez, una tarde de Difuntos —irónico augurio— la vida la puso en el camino de Raimundo Dávila Parra, piloto a sueldo del cártel de Juárez, conocido en el ambiente como el Güero Dávila a causa de su pelo rubio, sus ojos azules y su aire gringo. Todo esto se sabía más por la leyenda tejida en torno a Teresa Mendoza que por datos precisos; de modo que, para iluminar aquella parte de su biografía, viajé a la capital del estado de Sinaloa, en la costa occidental y frente a la embocadura del golfo de California, y anduve por sus calles y cantinas. Hasta hice el recorrido exacto, o casi, que esa última tarde —o primera, según se mire— hizo ella tras recibir la llamada telefónica y abandonar la casa que había compartido con el Güero Dávila. Así estuve ante el nido que ambos habitaron durante dos años: un chalecito confortable y discreto de dos plantas, con patio trasero, arrayanes y buganvillas en la puerta, situado en la parte sureste de Las Quintas, un barrio frecuentado por narcos de clase media; de aquellos a quienes van bien las cosas, pero no tanto como para ofrecerse una lujosa mansión en la exclusiva colonia Chapultepec. Luego caminé bajo las palmeras reales y los mangos hasta la calle Juárez, y frente al mercadito me detuve a observar a las jóvenes que, teléfono celular en una mano y calculadora en otra, cambian moneda en plena calle; o, dicho de otro modo, blanquean en pesos mejicanos el dinero de los automovilistas que se detienen junto a ellas con sus fajos de dólares aromatizados de goma de la sierra o polvo blanco. En aquella ciudad, donde a menudo lo ilegal es convención social y forma de vida —es herencia de familia, dice un corrido famoso, trabajar contra la ley—, Teresa Mendoza fue durante algún tiempo una de esas jóvenes, hasta que cierta ranchera Bronco negra se detuvo a su lado, y Raimundo Dávila Parra bajó el cristal tintado de la ventanilla y se la quedó mirando desde el asiento del conductor. Entonces su vida cambió para siempre.

Ahora ella recorría la misma acera, de la que conocía cada baldosa, con la boca seca y el miedo en los ojos. Sorteaba a las chicas que charlaban en grupos o paseaban en espera de clientes frente a la frutería El Canario, y lo hacía mirando desconfiada hacia la estación de camiones y tranvías de la sierra y las taquerías del mercadito, hormigueantes de mujeres cargadas con cestas y hombres bigotudos con cachuchas y sombreros de palma. Desde la tienda de música grupera situada tras la joyería de la esquina le llegaron la melodía y las palabras de *Pacas de a kilo:* cantaban los Dinámicos, o quizá los Tigres. Desde aquella distancia no podía apreciarlo, pero conocía la canción. Chale. La conocía demasiado bien, pues era la favorita del Güero; y el hijo de su madre solía cantarla cuando se afeitaba, con la ventana abierta para escandalizar a los vecinos, o decírsela a ella bajito, al oído, cuando le divertía ponerla furiosa:

Los amigos de mi padre
me admiran y me respetan
y en dos y trescientos metros
levanto las avionetas.
De diferentes calibres,
manejo las metralletas...

Pinche Güero cabrón, pensó de nuevo, y casi lo dijo en voz alta para controlar el sollozo que le subía a la boca. Después miró a derecha e izquierda. Seguía al acecho de un rostro, de una presencia que significara amenaza. Sin duda mandarían a alguien que la conociera, pensaba. Que pudiera identificarla. Por eso su esperanza era reconocerlo antes a él. O a ellos. Porque solían ir de dos en dos para apoyarse uno al otro. Y también para vigilarse, en un negocio donde nadie confiaba ni en su mera sombra. Reconocerlo con tiempo suficiente, advirtiendo el peligro en su mirada. O en su sonrisa. Alguien te sonreirá, recordó. Y un momento después estarás muerta. Con suerte, añadió para sus adentros. Con mucha suerte estaré muerta. En Sinaloa, se dijo imaginando el desierto y el soplete mencionados por el Güero, tener o no tener suerte era sólo cuestión de rapidez, de sumas y restas. Cuanto más tardas en morir, menos suerte tienes.

En Juárez el sentido del tráfico le venía por la espalda. Cayó en ello al dejar atrás el panteón San Juan, así que torció a la izquierda, buscando la calle General Escobedo. El Güero le había explicado que, si alguna vez la seguían, procurase tomar calles donde el tránsito viniera de frente, para ver acercarse con tiempo los coches. Anduvo calle adelante, volviéndose de vez en cuando para mirar atrás. De ese modo llegó al centro de la ciudad, pasó junto al edificio blanco del palacio municipal y se metió entre la multitud que llenaba las paradas de autobuses y las inmediaciones del mercado Garmendia. Sólo allí se sintió algo más segura. El cielo estaba en plena atardecida, naranja intenso sobre los edificios, a poniente, y los escaparates empezaban a iluminar las aceras. Casi nunca te matan en lugares como éste, pensó. Ni te secuestran. Había dos tránsitos, dos policías con sus uniformes marrones parados en una esquina. El rostro de uno le fue vagamente familiar, así que volvió el suyo y cambió de dirección. Muchos agentes locales estaban a sueldo del narco, como los de la Judicial del Estado y los federales y tantos otros, con su grapa de perico en la cartera y su copa gratis en las cantinas, que hacían trabajos de protección para los principales chacas de la mafia o ejercían el sano principio de vive, cobra tu mordida y deja vivir si no quieres dejar de vivir. Tres meses atrás, un jefe de policía recién llegado de afuera quiso cambiar las reglas del juego. Le habían pegado setenta tiros justos de cuerno de chivo —el nombre que allí se le daba al Aká 47— en la puerta de su casa y en su propio coche. Ratatatatá. En las tiendas ya se vendían cedés con canciones sobre el tema. *Setenta plomos de a siete,* era el título de la más famosa. Mataron al jefe Ordóñez —precisaba la letra— a las seis de la mañana. Que fueron muchos balazos pa' una hora tan temprana. Puro Sinaloa. Cantantes populares como el As de la Sierra se fotografiaban en los afiches discográficos con una avioneta detrás y una escuadra calibre 45 en la mano, y a Chalino Sánchez, ídolo local de la canción, que fue gatillero de las mafias antes que compositor e intérprete, lo habían abrasado a tiros por una mujer o por vayan a saber qué. Si de algo no necesitaban los narcocorridos, era de la imaginación.

En la esquina de la paletería La Michoacana, Teresa dejó atrás el mercado, las zapaterías y tiendas de ropa, y se internó calle abajo. El piso franco del Güero, su refugio para un caso de emergencia, estaba a pocos metros, en la segunda planta de un discreto edificio de apartamentos, con el portal frente a un carrito que vendía mariscos durante el día y tacos de carne asada por la noche. En principio, nadie salvo ellos dos conocía la existencia de aquel lugar: Teresa había estado sólo una vez, y el propio Güero lo frecuentaba poco, para no quemarlo. Subió la escalera procurando no hacer ruido, metió la llave en la cerradura y la hizo girar con cuidado. Sabía que allí no podía haber nadie; pero aun así revisó inquieta el apartamento, atenta a que algo no estuviera bien. Ni siquiera ese cantón es del todo seguro, había dicho el Güero. Tal vez alguien me haya visto, o sepa algo, o vete a suponer, en esta tierra culichi donde se conoce todo Dios. Y aunque no fuera eso, si es que me agarran, en caso de que caiga vivo podré callarme sólo un rato, antes de que me saquen la sopa a madrazos y empiece a cantarles rancheras y toda esa mala onda. Así que procura no dormirte en el palo como las gallinas, mi chula. Espero aguantar el tiempo necesario para que te fajes la lana y desaparezcas, antes de que ellos se dejen caer por allí. Pero no te prometo nada, prietita —seguía sonriendo al decir eso, el cabrón—. No te prometo nada.

El cantoncito tenía las paredes desnudas, sin más decoración ni muebles que una mesa, cuatro sillas y un sofá, y una cama grande en el dormitorio con una mesilla y un teléfono. La ventana del dormitorio daba atrás, a un solar con árboles y arbustos que se utilizaba como estacionamiento, al extremo del cual se distinguían las cúpulas amarillas de la iglesia del Santuario. Un armario empotrado tenía doble fondo, y al desmontarlo Teresa encontró dos paquetes gruesos con fajos de cien dólares. Unos veinte mil, calculó su antigua experiencia de cambiadora de la calle Juárez. También estaba la agenda del Güero: un cuaderno grande con tapas de cuero marrón —ni lo abras, recordó—, un clavo de polvo como de trescientos gramos, y una enorme Colt Doble Águila de metal cromado y cachas de nácar. Al Güero no le gustaban las armas y nunca cargaba encima escuadra ni revólver —me vale madres, decía, cuando te buscan te encuentran—, pero guardaba aquélla como precaución para emergencias. Pa' qué te digo que no, si sí. Tampoco a Teresa le gustaban; pero como casi todo hombre, mujer o niño sinaloense sabía manejarlas. Y puestos a imaginar emergencias, el caso era exactamente aquél. De modo que comprobó que la Doble Águila tenía el cargador lleno, echó atrás el carro, y al soltarlo una bala del calibre 45 se introdujo en la recámara con chasquido sonoro y siniestro. Le temblaban las manos de ansiedad cuando lo metió todo en la bolsa que había traído consigo. A mitad de la operación la sobresaltó el tubo de escape de un coche que resonó abajo, en la calle. Estuvo muy quieta un rato, escuchando, antes de continuar. Junto a los dólares había dos pasaportes: el suyo y el del Güero. Los dos tenían visas norteamericanas vigentes. Contempló un momento la foto del Güero: el pelo al rape, los ojos de gringo mirando serenos al fotógrafo, el apunte de la eterna sonrisa a un lado de la boca. Tras dudar un instante metió sólo el suyo en la bolsa, y al inclinar el rostro y sentir lágrimas por la barbilla goteándole en las manos, cayó en la cuenta de que hacía un rato largo que lloraba.

Miró en torno con los ojos empañados, intentando pensar si olvidaba algo. Su corazón latía tan fuerte que parecía a punto de salírsele por la boca. Fue a la ventana, miró la calle que empezaba a oscurecerse con las sombras de la anochecida, el puesto de tacos iluminado por una bombilla y las brasas del fogón. Luego encendió un farito y anduvo unos pasos indecisos por el apartamento, dándole nerviosas chupadas. Tenía que irse de allí, pero no sabía adónde. Lo único claro era que tenía que irse. Estaba en la puerta del dormitorio cuando reparó en el teléfono, y un pensamiento le cruzó por la cabeza: don Epifanio Vargas. Era un lindo tipo, don Epifanio. Había trabajado con Amado Carrillo en los años dorados de puentes aéreos entre Colombia, Sinaloa y la Unión Americana, y siempre fue buen padrino para el Güero, muy cabal y cumplidor, hasta que invirtió en otros negocios y entró en política, dejó de necesitar avionetas y el piloto cambió de patrones. Le había ofrecido quedarse con él, pero al Güero le gustaba volar, aunque fuera para otros. Allá arriba uno es alguien, decía, y acá abajo simple burrero. Don Epifanio no se lo tomó a mal, e incluso le prestó una lana para la nueva Cessna, después de que la otra quedara arruinada tras un aterrizaje violento en una pista de la sierra, con trescientos kilos de doña Blanca dentro, bien empacados con su masking-tape, y dos aviones federales revoloteando fuera, las carreteras verdeando de guachos y los Errequince echando bala entre sirenazos y megafonía, un desmadre como para no acabárselo. De ésa el Güero había escapado por los pelos, con un brazo roto, primero de la ley y luego de los dueños de la carga, a quienes había tenido que probar con recortes de periódico que toda quedó decomisada por el Gobierno, que tres de los ocho compas del equipo de recepción habían muerto defendiendo la pista, y que el pitazo lo había dado uno de Badiraguato que hacía de madrina para los federales. El bocón había terminado con las manos atadas a la espalda y asfixiado con una bolsa de plástico en la cabeza como su padre, su madre y su hermana —la mafia solía mochar parejo—, y el Güero, exonerado de sospechas, pudo comprarse una Cessna nueva gracias al préstamo de don Epifanio Vargas.

Apagó el cigarrillo, dejó la bolsa abierta en el suelo, junto a la cabecera de la cama, y sacó la agenda. La estuvo contemplando un rato sobre la colcha. Ni la mires, recordaba. Allí estaba la pinche agenda del gallo cabrón que a esas horas bailaba con la Pelona, y ella obediente y sin abrirla, figúrense lo pendeja. Ni le haga, decía adentro como una voz. Píquele nomás, acuciaba otra. Si esto vale tu vida, averigua lo que vale. Para darse coraje sacó el paquete de polvo, le clavó una uña al plástico y se llevó un pericazo a la nariz, aspirando hondo. Un instante después, con una lucidez distinta y los sentidos afinados, miró de nuevo la agenda y la abrió, al fin. El nombre de don Epifanio estaba allí, con otros que le dieron escalofríos de ojearlos por encima: el Chapo Guzmán, César *Batman* Güemes, Héctor Palma... Había teléfonos, puntos de contacto, intermediarios, cifras y claves cuyo sentido se le escapaba. Siguió leyendo, y poco a poco se le hizo más lento el pulso hasta quedarse helada. Ni la mires, recordó estremeciéndose. Híjole. Ahora comprendía por qué. Todo era mucho peor de lo que había creído que era.

Entonces oyó abrirse la puerta.

—Mira a quién tenemos aquí, mi Pote. Qué onda.

La sonrisa del Gato Fierros relucía como la hoja de un cuchillo mojado, porque era una sonrisa húmeda y peligrosa, propia de sicario de película gringa, de ésas donde los narcos siempre son morenos, latinos y malvados en plan Pedro Navaja y Juanito Alimaña. El Gato Fierros era moreno, latino y malvado como si acabara de salir de una canción de Rubén Blades o Willy Colón; y sólo no estaba claro si cultivaba con deliberación el estereotipo, o si Rubén Blades, Willy Colón y las películas gringas solían inspirarse en gente como él.

—La morrita del Güero.

El gatillero estaba de pie, apoyado en el marco de la puerta y con las manos en los bolsillos. Los ojos felinos, a los que debía su apodo, no se apartaban de Teresa mientras le hablaba a su compañero torciendo la boca a un lado, con maligna chulería.

—Yo no sé nada —dijo Teresa.

Estaba tan aterrorizada que apenas reconoció su propia voz. El Gato Fierros movió comprensivo la cabeza, dos veces.

—Claro —dijo.

Se le ensanchaba la sonrisa. Había perdido la cuenta de los hombres y mujeres que aseguraron no saber nada antes de que los matara rápido o despacio, según las circunstancias, en una tierra donde morir con violencia era morir de muerte natural —veinte mil pesos un muerto común, cien mil un policía o un juez, gratis si se trataba de ayudar a un compadre—. Y Teresa estaba al corriente de los detalles: conocía al Gato Fierros, y también a su compañero Potemkin Gálvez, al que llamaban Pote Gálvez, o el Pinto. Los dos vestían chamarras, camisas Versace de seda, pantalones de mezclilla y botas de iguana casi idénticas, como si se equiparan en la misma tienda. Eran sicarios de César *Batman* Güemes, y habían frecuentado mucho al Güero Dávila: compañeros de trabajo, escoltas de cargamentos aerotransportados a la sierra, y también de copas y fiestas de las que empezaban en el Don Quijote a media tarde, con dinero fresco que olía a lo que olía, y seguían a las tantas, en los téibol-dance de la ciudad, el Lord Black y el Osiris, con mujeres bailando desnudas a cien pesos los cinco minutos, doscientos treinta si la cosa transcurría en los reservados, antes de amanecer con whisky Buchanan's y música norteña, templando la cruda a puros pericazos, mientras los Huracanes, los Pumas, los Broncos o cualquier otro grupo, pagados con billetes de a cien dólares, los acompañaban cantando corridos —*Narices de a gramo, El puñado de polvo, La muerte de un federal*— sobre hombres muertos o sobre hombres que iban a morir.

—¿Dónde está? —preguntó Teresa.

El Gato Fierros emitió una risa atravesada, bajuna.

—¿La oyes, Pote?... Pregunta por el Güero. Qué onda.

Seguía apoyado en la puerta. El otro sicario movió la cabeza. Era ancho y grueso, de aspecto sólido, con un espeso bigote negro y marcas oscuras en la piel, como los caballos pintos. No parecía tan suelto como el compañero, e hizo el gesto de mirar el reloj, impaciente. O tal vez incómodo. Al mover el brazo descubrió la culata de un revólver en su cintura, bajo la chamarra de lino.

—El Güero —repitió el Gato Fierros, pensativo.

Había sacado las manos de los bolsillos y se acercaba despacio a Teresa, que seguía inmóvil en la cabecera de la cama. Al llegar a su altura se quedó otra vez quieto, mirándola.

—Ya ves, mamacita —dijo al fin—. Tu hombre se pasó de listo.

Teresa sentía el miedo enroscado en las entrañas, como una serpiente de cascabel. La Situación. Un miedo blanco, frío, semejante a la superficie de una lápida.

—¿Dónde está? —insistió.

No era ella la que hablaba, sino una desconocida cuyas palabras imprevisibles la sobresaltaran. Una desconocida imprudente que ignoraba la urgencia del silencio.

El Gato Fierros debió de intuir algo de eso, pues la miró sorprendido de que pudiera hacer preguntas en vez de quedarse paralizada o gritar de terror.

—Ya no está. Se murió.

La desconocida seguía actuando por cuenta propia, y Teresa se sobresaltó cuando la oyó decir: hijos de la chingada. Eso fue lo que dijo, o lo que se oyó decir: hijos de la chingada, ya bien arrepentida cuando la última sílaba aún no salía de sus labios. El Gato Fierros la estudiaba con mucha curiosidad y mucha atención. Fíjate nomás si salió picuda, dijo pensativo. Que hasta nos mienta la máuser.

—Esa boquita —concluyó, suave.

Después le dio una bofetada que la tiró cuan larga era sobre la cama, hacia atrás, y la estuvo observando otro rato como si valorase el paisaje. Con la sangre retumbándole en las sienes y la mejilla ardiendo, aturdida por el golpe, Teresa lo vio fijarse en el paquete de polvo que estaba sobre la mesilla de noche, agarrar una pizca y llevársela a la nariz. Ándese paseando, dijo el sicario. Tiene un corte pero no se la acaba de buena. Luego, mientras se frotaba con el pulgar y el índice, le ofreció a su compañero; pero el otro negó con la cabeza y volvió a mirar el reloj. No hay prisa, carnal, apuntó el Gato Fierros. Ninguna prisa, y la hora me vale verga. De nuevo miraba a Teresa.

—Es un cuero de morra —precisó—. Y además, viudita.

Desde la puerta, Pote Gálvez pronunció el nombre de su compañero. Gato, dijo muy serio. Acabemos. El aludido levantó una mano pidiendo calma, y se sentó en el borde de la cama. No mames, insistió el otro. Las instrucciones son tales y cuales. Dijeron de bajarla, no de bajársela. Así que hilo, papalote, y no seas cabrón. Pero el Gato Fierros movía la cabeza como quien oye llover.

—Qué onda —dijo—. Siempre tuve ganas de culearme a esta vieja.

A Teresa ya la habían violado otras veces antes de ser mujer del Güero Dávila: a los quince años, entre varios chavos de Las Siete Gotas, y luego el hombre que la puso a trabajar de cambiadora en la calle Juárez. Así que supo lo que le esperaba cuando el gatillero humedeció más la sonrisa de cuchillo y le soltó el botón de los liváis. De pronto ya no tenía miedo. Porque no está ocurriendo, pensó atropelladamente. Estoy dormida y sólo es una pesadilla como tantas otras, que además ya viví antes: algo que le ocurre a otra mujer que imagino en sueños, y que se parece a mí pero no soy yo. Puedo despertar cuando quiera, sentir la respiración de mi hombre en la almohada, abrazarme a él, hundir el rostro en su pecho y descubrir que nada de esto ha ocurrido nunca. También puedo morir mientras sueño, de un infarto, de un paro cardíaco, de lo que sea. Puedo morir de pronto y ni el sueño ni la vida tendrán importancia. Dormir largo sin imágenes ni pesadillas. Descansar para siempre de lo que no ha ocurrido nunca.

—Gato —insistió el otro.

Se había movido por fin, dando un par de pasos dentro de la habitación. Quihubo, dijo. El Güero era de los nuestros. Muy raza. Acuérdate: la sierra, El Paso, la raya del Bravo. Las copas. Y ésta era su hembra. Mientras iba diciendo todo eso, sacaba un revólver Python del cinto y se lo apuntaba a Teresa a la frente. Quita que no te salpique, carnal, y apaguemos. Pero el Gato Fierros tenía otra idea entre ceja y ceja y se le encaraba, peligroso y bravo, con un ojo puesto en Teresa y el otro en el compadre.

—Va a morirse igual —dijo— y sería un desperdicio.

Apartó el Python de un manotazo, y Pote Gálvez se los quedó mirando alternativamente a Teresa y a él, indeciso, gordo, los ojos oscuros de recelo indio y gatillo norteño, gotas de sudor entre los pelos del espeso bigote, el dedo fuera del revólver y el cañón hacia arriba como si fuera a rascarse con él la cabeza. Y entonces fue el Gato Fierros quien sacó su escuadra, una Beretta grande y plateada, y se la puso al otro delante, apuntándole a la cara, y le dijo riéndose que o se calzaba también a la morra aquella para andar iguales, o, si era de los que preferían batear por la zurda, entonces que se quitara de en medio, cabrón, porque de lo contrario allí mero se fajaban a plomazos como gallos de palenque. De ese modo Pote Gálvez miró a Teresa con resignación y vergüenza; se quedó así unos instantes y abrió la boca para decir algo; pero no dijo nada, y en vez de eso se guardó despacio el Python en la cintura y se apartó despacio de la cama y se fue despacio a la puerta, sin volverse, mientras el otro sicario seguía apuntándole guasón con su pistola y le decía luego te invito un Buchanan's, mi compa, para consolarte de que te hayas vuelto joto. Y al desaparecer en la otra habitación Teresa oyó el estrépito de un golpe, algo que se rompía en astillas, tal vez la puerta del armario cuando Pote Gálvez la perforaba de un puñetazo a la vez poderoso e impotente, que por alguna extraña razón ella agradeció en sus adentros. Pero no tuvo tiempo de pensar más en eso, porque ya el Gato Fierros le quitaba los liváis, o más bien se los arrancaba a tirones, y levantándole a medias la camiseta le acariciaba con violencia los pechos, y le metía el caño de la pistola entre los muslos como si fuera a reventarla con él, y ella se dejaba hacer sin un grito ni un gemido, los ojos muy abiertos y mirando el techo blanco de la habitación, rogándole a Dios que todo ocurriera rápido y que luego el Gato Fierros la matara aprisa, antes de que todo aquello dejara de parecer una pesadilla en mitad del sueño para convertirse en el horror desnudo de la puerca vida.

Era la vieja historia, la de siempre. Terminar así. No podía ser de otro modo, aunque Teresa Mendoza nunca imaginó que La Situación oliera a sudor, a macho encelado, a las copas que el Gato Fierros había tomado antes de subir en busca de su presa. Ojalá acabe, pensaba en los momentos de lucidez. Ojalá acabe de una vez, y yo pueda descansar. Pensaba eso un instante y luego se sumía de nuevo en su vacío desprovisto de sentimientos y de miedo. Era demasiado tarde para el miedo, porque éste se experimenta antes de que las cosas pasen, y el consuelo cuando éstas llegan es que todo tiene un final. El único auténtico miedo es que el final se demore demasiado. Pero el Gato Fierros no iba a ser el caso. Empujaba violento, con urgencia de acabar y vaciarse. Silencioso. Breve. Empujaba cruel, sin miramientos, llevándola poco a poco hasta el borde de la cama. Resignada, los ojos fijos en la blancura del techo, lúcida sólo a relámpagos, vacía la mente mientras soportaba las acometidas, Teresa dejó caer un brazo y dio con la bolsa abierta al otro lado, en el suelo.

La Situación puede tener dos direcciones, descubrió de pronto. Puede ser Tuya o De Otros. Fue tanta su sorpresa al considerar aquello que, de habérselo permitido el hombre que la sujetaba, se habría incorporado en la cama, un dedo en alto, muy seria y reflexiva, a fin de asegurarse. Veamos. Consideremos esta variante del asunto. Pero no podía incorporarse porque lo único libre era su brazo y su mano que, accidentalmente, al caer dentro de la bolsa, rozaba ahora el metal frío de la Colt Doble Águila que estaba dentro, entre los fajos de billetes y la ropa.

Esto no me está pasando a mí, pensó. O quizá no llegó a pensar nada, sino que se limitó a observar, pasiva, a esa otra Teresa Mendoza que pensaba en su lugar. El caso es que, cuando se dio cuenta, ella o la otra mujer a la que espiaba había cerrado los dedos en torno a la culata de la pistola. El seguro estaba a la izquierda, junto al gatillo y el botón para expulsar el cargador. Lo tocó con el pulgar y sintió que se deslizaba hacia abajo, a la vertical, liberando el percutor. Hay una bala cerrojeada, quiso acordarse. Hay una bala dispuesta porque yo la puse ahí, en la recámara —recordaba un clic-clac metálico— o tal vez sólo creo haberlo hecho, y no lo hice, y la bala no está. Consideró todo eso con desapasionado cálculo: seguro, gatillo, percutor. Bala. Ésa era la secuencia apropiada de los acontecimientos, si es que aquel clic-clac anterior había sido real y no producto de su imaginación. En caso contrario, el percutor iba a golpear en el vacío y el Gato Fierros dispondría de tiempo suficiente para tomárselo a mal. De cualquier modo, tampoco empeoraba nada. Quizá algo más de violencia, o ensañamiento, en los últimos instantes. Nada que no hubiera concluido media hora más tarde: para ella, para esa mujer a la que observaba, o para las dos a la vez. Nada que no dejase de doler al poco rato. En esos pensamientos andaba cuando dejó de mirar el techo blanco y se dio cuenta de que el Gato Fierros había dejado de moverse y la miraba. Entonces Teresa levantó la pistola y le pegó un tiro en la cara.

Olía acre, a humo de pólvora, y el estampido todavía retumbaba en las paredes del dormitorio cuando Teresa apretó por segunda vez el gatillo; pero la Doble Águila había saltado hacia arriba en el primer tiro, rebrincándose tanto con el disparo que el nuevo plomazo levantó un palmo de yeso de la pared. Para ese momento el Gato Fierros estaba tirado contra la mesilla de noche como si se asfixiara, tapándose la boca con las manos, y entre los dedos le saltaban chorros de sangre que también salpicaban sus ojos desorbitados por la sorpresa, aturdidos por el fogonazo que le había chamuscado el pelo, las cejas y las pestañas. Teresa no pudo saber si gritaba o no, porque el ruido del tiro tan cercano había golpeado sus tímpanos, ensordeciéndola. Se incorporaba de rodillas sobre la cama, con la camiseta arrebujada en los pechos, desnuda de cintura para abajo, juntando la mano izquierda con la derecha en la culata de la pistola para apuntar mejor en el tercer balazo, cuando vio aparecer en la puerta a Pote Gálvez, desencajado y estupefacto. Se volvió a mirarlo como en mitad de un sueño lento; y el otro, que llevaba su revólver metido en el cinto, levantó ambas manos ante sí como para protegerse, mirando asustado la Doble Águila que ahora Teresa dirigía hacia él, y bajo el bigote negro su boca se abrió para pronunciar un silencioso «no» semejante a una súplica; aunque tal vez lo que ocurrió fue que Pote Gálvez dijo de veras «no» en voz alta, y ella no pudo oírlo porque seguía ensordecida por el retumbar de los tiros. Al cabo concluyó que debía de tratarse de eso, porque el otro seguía moviendo deprisa los labios, tendidas las manos ante él, conciliador, pronunciando palabras cuyo sonido ella tampoco pudo escuchar. Y Teresa iba a apretar el gatillo cuando recordó el golpe del puñetazo en el armario, el Python apuntando a su frente, el Güero era de los nuestros, Gato, no seas cabrón. Y ésta era su hembra.

No disparó. Aquel ruido de astillas mantuvo su índice inmóvil sobre el gatillo. Sentía frío en el vientre y las piernas desnudas cuando, sin dejar de apuntar a Pote Gálvez, retrocedió sobre la cama, y con la mano izquierda echó la ropa, la agenda y la coca dentro de la bolsa. Al hacerlo miró de reojo al Gato Fierros, que seguía rebullendo en el suelo, las manos ensangrentadas sobre la cara. Por un instante pensó en volver hacia él la pistola y rematarlo de un tiro; mas el otro sicario seguía en la puerta, las manos extendidas y el revólver al cinto, y supo con mucha certeza que si dejaba de apuntarle, el tiro iba a encajarlo ella. Así que agarró la bolsa y, bien firme la Doble Águila en la mano derecha, se incorporó apartándose de la cama. Primero al Pinto, decidió por fin, y luego al Gato Fierros. Ése era el orden correcto, y el ruido de astillas —ella lo agradecía de veras— no bastaba para cambiar las cosas. En ese momento vio que los ojos del hombre que tenía enfrente leían los suyos, la boca bajo el bigote se interrumpió en mitad de otra frase —ahora era un rumor confuso lo que llegaba a los oídos de Teresa—, y cuando ella disparó por tercera vez, hacía ya un segundo que Potemkin Gálvez, con una agilidad sorprendente en un tipo gordo como él, se había lanzado hacia la puerta de la calle y las escaleras mientras echaba mano al revólver. Y ella disparó una cuarta y una quinta balas antes de comprender que era inútil y podía quedarse sin parque, y tampoco le fue detrás porque supo que el sicario no podía irse de aquella manera; que iba a volver de allí a nada, y que su propia y escasa ventaja era simple circunstancia y acababa de caducar. Dos pisos, pensó. Y sigue sin ser peor de lo que ya conozco. Así que abrió la ventana del dormitorio, se asomó al patio trasero y entrevió árboles chaparros y arbustos, abajo, en la oscuridad. Olvidé rematar a ese Gato cabrón, pensó demasiado tarde, mientras saltaba al vacío. Después las ramas y los arbustos le arañaron piernas, muslos y cara mientras caía entre ellos, y los tobillos le dolieron al golpear contra el suelo como si se hubieran partido los huesos. Se incorporó cojeando, sorprendida de estar viva, y corrió descalza y desnuda de cintura para abajo, entre los coches estacionados y las sombras del solar. Al fin se detuvo lejos, sin aliento, y se acuclilló hasta agazaparse junto a una barda de ladrillo medio en ruinas. Además del escozor de los arañazos y de las heridas que se había hecho en los pies al correr, notaba una incómoda quemazón en los muslos y el sexo: el recuerdo reciente por fin la estremecía, pues la otra Teresa Mendoza acababa de abandonarla, y sólo quedaba ella misma sin nadie a quien espiar de lejos. Sin nadie a quien atribuir sensaciones y sentimientos. Sintió un violento deseo de orinar, y se puso a hacerlo tal y como estaba, agachada e inmóvil en la oscuridad, temblando igual que si tuviera fiebre. Los faros de un automóvil la iluminaron un instante: aferraba la bolsa en una mano y la pistola en la otra.

2. Dicen que lo vio la ley, pero que sintieron frío

Ya dije que anduve por Culiacán, Sinaloa, al comienzo de mi investigación, antes de conocer personalmente a Teresa Mendoza. Allí, donde hace tiempo que el narcotráfico dejó de ser clandestino para convertirse en hecho social objetivo, algunos dólares bien repartidos me respaldaron en ambientes especializados, de esos en los que un forastero curioso y desprovisto de avales puede terminar, de la noche a la mañana, flotando en el Humaya o en el Tamazula con una bala en la cabeza. También hice un par de buenos amigos: Julio Bernal, director de Cultura del municipio, y el escritor sinaloense Élmer Mendoza, cuyas espléndidas novelas *Un asesino solitario* y *El amante de Janis Joplin* había leído para ponerme en situación. Fueron Élmer y Julio quienes mejor me orientaron por los vericuetos locales: ninguno de ellos había tratado personalmente a Teresa Mendoza en los inicios de esta historia —ella no era nadie entonces—, pero conocieron al Güero Dávila y a otros personajes que de una u otra forma movieron los hilos de la trama. Así averigüé buena parte de lo que ahora sé. En Sinaloa todo resulta cuestión de confianza: en un mundo duro y complejo como ése, las reglas son simples y no hay lugar para equívocos. Uno es presentado a alguien por un amigo en quien ese alguien confía, y ese alguien confía en ti porque confía en quien te avala. Después, si algo se tuerce, el avalista responde con su vida, y tú con la tuya. Bang, bang. Los cementerios del noroeste mejicano están llenos de lápidas con nombres de gente de la que alguien se fió una vez.

Una noche de música y humo de cigarrillos en el Don Quijote, bebiendo cerveza y tequila tras escuchar los chistes guarros del cómico Pedro Valdez —lo precedían el ventrílocuo Enrique y Chechito, su muñeco adicto a la coca—, Élmer Mendoza se inclinó sobre la mesa y señaló a un tipo corpulento, moreno, con lentes, que bebía rodeado por un grupo numeroso, de esos que se dejan las chaquetas y cazadoras puestas como si tuvieran frío en todas partes: botas de serpiente o avestruz, cintos piteados de a mil dólares, sombreros de palma, gorras de béisbol con el escudo de los Tomateros de Culiacán y mucho oro grueso al cuello y en las muñecas. Los habíamos visto bajarse de dos Ram Charger y entrar como en su casa, sin que el vigilante de la puerta, que saludó obsequioso, les exigiera el trámite habitual de dejarse cachear como el resto de clientes.

—Es César *Batman* Güemes —dijo Élmer en voz baja—. Un narco famoso.

—¿Tiene corridos?

—Unos cuantos —mi amigo se reía, a medio trago—... Él mató al Güero Dávila.

Me quedé boquiabierto, mirando al grupo: caras morenas y rasgos duros, mucho bigote y evidente peligro. Eran ocho, llevaban allí quince minutos y habían liquidado un veinticuatro de latas de cerveza. Ahora acababan de pedir dos botellas de Buchanan's y otras dos de Remy Martin, y las bailarinas, cosa insólita en el Don Quijote, bajaban a reunirse con ellos al abandonar la pista. Un grupo de homosexuales teñidos de rubio —el local florecía de gays a última hora de la noche, y ambas parroquias se mezclaban sin problemas— dirigía miradas insinuantes desde la mesa contigua. El tal Güemes les sonreía socarrón, muy en macho, y luego llamaba al camarero para pagar sus copas. Pura coexistencia pacífica.

—¿Cómo lo sabes?

—No, pues. Lo sabe todo Culiacán.

Cuatro días más tarde, gracias a una amiga de Julio Bernal que tenía un sobrino relacionado con el negocio, César *Batman* Güemes y yo tuvimos una conversación extraña e interesante. Me habían invitado a una parrillada de carne en una casa de las colinas de San Miguel, en la parte alta de la ciudad. Allí, los narcos junior —de segunda generación—, menos ostentosos que sus padres que bajaron de la sierra, primero al barrio de Tierra Blanca y luego al asalto de las espectaculares mansiones de la colonia Chapultepec, empezaban a invertir en casas de aspecto discreto, donde el lujo solía reservarse para la familia y los invitados, de puertas adentro. El sobrino de la amiga de Julio, hijo de un narco histórico de San José de los Hornos, de los que en su juventud anduvieron a balazos con policías y con bandas rivales —ahora cumplía una cómoda condena en la prisión de Puente Grande, Jalisco—, tenía veintiocho años y se llamaba Ernesto Samuelson. A cinco de sus primos y a un hermano mayor los habían matado a tiros otros narcos, o los federales, o los soldados, y él aprendió pronto la lección: estudios de derecho en Estados Unidos, negocios en el extranjero y nunca en suelo nacional, dinero blanqueado en una respetable compañía mejicana de tráilers y en criaderos panameños de camarón. Vivía en una casa de apariencia discreta con su mujer y sus dos hijos, conducía un sobrio Audi europeo, y pasaba tres meses al año en un sencillo apartamento de Miami, con un Golf en el garaje. De ese modo vives más tiempo, solía decir. En este oficio, lo que mata es la envidia.

Fue Ernesto Samuelson quien me presentó a César *Batman* Güemes bajo la palapa de caña y palma de su jardín, con una cerveza en una mano y un plato con carne demasiado hecha en la otra. Escribe novelas y películas, dijo, y nos dejó solos. El *Batman* Güemes hablaba suave y bajito, con largas pausas que empleaba en estudiarte de arriba abajo. No había leído un libro en su vida, pero le encantaba el cine. Hablamos de Al Pacino —*El precio del poder,* que en México se llamó *Cara cortada,* era su película favorita—, de Robert de Niro —*Uno de los nuestros, Casino*— y de cómo los directores y guionistas de Hollywood, esos hijos de la chingada, nunca sacaban a un narco gabacho y güero, sino que todos se apellidaban Sánchez y habían nacido al sur del río Bravo. Lo del narco güero me lo puso fácil, así que dejé caer el nombre del Güero Dávila; y mientras el otro me miraba tras los cristales de sus lentes con mucha atención y mucho silencio, rematé añadiendo el de Teresa Mendoza. Escribo su historia, concluí, consciente de que en ciertos lugares y con cierta clase de hombres, las mentiras siempre te explotan bajo la almohada. Y el *Batman* Güemes era tan peligroso, me habían advertido, que cuando subía a la sierra los coyotes encendían fogatas para que no se les acercara.

—Ha pasado un chingo de tiempo —dijo.

Le calculé menos de cincuenta años. Tenía la piel muy morena y un rostro inescrutable de marcados rasgos norteños. Luego supe que no era sinaloense sino de Álamos, Sonora, paisano de María Félix, y que había empezado como pollero y burrero, pasando emigrantes, hierba y polvo del cártel de Juárez en un camión de su propiedad, antes de ascender en la jerarquía: primero como operador del Señor de los Cielos, y al cabo propietario de una compañía de tráilers y otra de avionetas privadas que estuvo contrabandeando entre la sierra, Nevada y California, hasta que los norteamericanos endurecieron el espacio aéreo y cerraron casi todos los huecos en su sistema de radar. Ahora vivía medio tranquilo, de los ahorros invertidos en negocios seguros y de controlar algunos pueblos de campesinos gomeros sierra arriba, casi en la raya de Durango. Tenía un buen rancho por el rumbo de El Salado, con cuatro mil cabezas: Do Brasil, Angus, Bravo. También criaba caballos de raza para las parejeras, y gallos de pelea que le daban un costal de dinero cada octubre o noviembre, en los palenques de la feria ganadera.

—Teresa Mendoza —murmuró al cabo de un rato.

Movía la cabeza al decirlo, como si evocara algo divertido. Luego bebió un trago de cerveza, masticó un trozo de carne y volvió a beber. Seguía mirándome fijo tras los lentes, un poco socarrón, dando a entender que no tenía inconveniente en comentar algo tan viejo, y que el riesgo de hacer preguntas en Sinaloa era exclusivamente mío. Hablar de los muertos no traía problemas —los narcocorridos estaban llenos de nombres e historias reales—; lo peligroso era ponerle el dedo a los vivos, con riesgo de que alguien te confundiera con bocón y madrina. Y yo, aceptando las reglas del juego, miré el ancla de oro —sólo algo más pequeña que la del *Titanic*— colgada de la gruesa cadena que relucía bajo el cuello abierto de su camisa a cuadros, e hice sin más rodeos la pregunta que me quemaba la boca desde que Élmer Mendoza lo había nombrado cuatro días atrás, en el Don Quijote. Dije lo que tenía que decir, luego levanté la vista, y el tipo me estaba observando igual que antes. O le caigo simpático, pensé, o voy a tener problemas. Al cabo de unos segundos bebió otro trago de cerveza sin dejar de mirarme. Debí de caerle simpático, porque al fin sonrió un poquito, lo justo. ¿Es para una película o una novela?, preguntó. Respondí que aún no lo sabía. Que lo mismo para las dos. Entonces me ofreció una cerveza, buscó otra para él, y empezó a contar la traición del Güero Dávila.

No era un mal tipo, el Güero. Valiente, cumplidor, apuesto. Un aire así como a Luis Miguel, pero en más flaco, y más duro. Y muy chingón. Muy simpático. Raimundo Dávila Parra se gastaba el dinero a medida que lo ganaba, o casi, y era generoso con los amigos. César *Batman* Güemes y él habían amanecido muchos días con música, alcohol y mujeres, celebrando buenas operaciones. Incluso un tiempo fueron íntimos: bien broders o carnales, como decían los sinaloenses. El Güero era chicano: había nacido en San Antonio, Texas. Y empezó muy joven, llevando hierba oculta en automóviles a la Unión Americana: más de un viaje habían hecho juntos por Tijuana, Mexicali o Nogales, hasta que los gabachos le administraron una temporada en una cárcel de allá arriba. Después el Güero se emperró en lo de volar: tenía estudios, y se pagó sus clases de aviación civil en la antigua escuela del bulevar Zapata. Como piloto era bueno —el mejor, reconoció el *Batman* Güemes moviendo convencido la cabeza—, de los que no tienen madre: hombre adecuado para aterrizajes y despegues clandestinos en las pequeñas pistas ocultas de la sierra, o para vuelos a baja altura eludiendo los radares del Sistema Hemisférico que controlaba las rutas aéreas entre Colombia y los Estados Unidos. Lo cierto era que la Cessna parecía una prolongación de sus manos y de su temple: aterrizaba en cualquier sitio y a cualquier hora, y eso le dio fama, lana y respeto. La raza culichi lo llamaba, con justicia, el rey de la pista corta. Hasta Chalino Sánchez, que también fue amigo suyo, había prometido hacerle un corrido con ese título: *El rey de la pista corta.* Pero a Chalino le dieron picarrón antes de tiempo —Sinaloa era de lo más insalubre, según en qué ambientes—, y el Güero se quedó sin canción. De cualquier modo, con corrido o sin él, nunca le faltó trabajo. Su padrino era don Epifanio Vargas, un chaca veterano de la sierra, con buenos agarres, duro y cabal, que controlaba Norteña de Aviación, una compañía privada de Cessnas y Piper Comanche y Navajo. Bajo la cobertura de la Norteña, el Güero Dávila estuvo haciendo vuelos clandestinos de dos o trescientos kilos antes de participar en los grandes negocios de la época dorada, cuando Amado Carrillo se ganaba el apodo de Señor de los Cielos organizando el mayor puente aéreo de la historia del narcotráfico entre Colombia, Baja California, Sinaloa, Sonora, Chihuahua y Jalisco. Muchas de las misiones que el Güero llevó a cabo en esa época fueron de diversión, actuando como señuelo en las pantallas de radar terrestre y en las de los aviones Orión atiborrados de tecnología y con tripulaciones mixtas gringas y mejicanas. Y lo de la diversión no era sólo un término técnico, porque el compa disfrutaba. Ganó una feria jugándose la piel con vuelos al límite, de noche y de día: maniobras extrañas, aterrizajes y despegues en dos palmos de tierra y lugares inverosímiles, a fin de desviar la atención lejos de los grandes Boeing, Caravelles y DC8 que, comprados en régimen de cooperativa por los traficantes, transportaban en un solo viaje de ocho a doce toneladas con la complicidad de la policía, el ministerio de Defensa y la propia presidencia del Gobierno mejicano. Eran los tiempos felices de Carlos Salinas de Gortari, con los narcos traficando a la sombra de Los Pinos; tiempos muy felices también para el Güero Dávila: avionetas vacías, sin carga de la que hacerse responsable, jugando al gato y al ratón con adversarios a los que no siempre era posible comprar del todo. Vuelos donde se rifaba la vida a sol o águila, o una larga condena si lo agarraban del lado gringo.

Por aquel tiempo, César *Batman* Güemes, que tenía literalmente los pies en la tierra, empezaba a prosperar en la mafia sinaloense. Los grupos mejicanos se independizaban de los proveedores de Medellín y de Cali, subiendo las tasas, haciéndose pagar cada vez con mayores cantidades de coca, y comercializando ellos la droga colombiana que antes sólo transportaban. Eso facilitó el ascenso del *Batman* en la jerarquía local; y después de unos sangrientos ajustes de cuentas para estabilizar mercado y competencia —algunos días amanecieron con doce o quince muertos propios y ajenos— y de poner en nómina al mayor número posible de policías, militares y políticos, incluidos aduaneros y migras gringos, los paquetes con su marca —un murcielaguito— empezaron a cruzar en tráilers el río Bravo. Lo mismo se ocupaba de goma de la sierra que de coca o de mota. Vivo de tres animales, decía la letra de un corrido que se mandó hacer, contaban, con un grupo norteño de la calle Francisco Villa: mi perico, mi gallo y mi chiva. Casi por la misma época, don Epifanio Vargas, que hasta entonces había sido patrón del Güero Dávila, empezaba a especializarse en drogas con futuro como el cristal y el éxtasis: laboratorios propios en Sinaloa y Sonora, y también al otro lado de la raya gringa. Que si allá los gabachos quieren montar, decía, yo mero les hierro la yegua. En pocos años, apenas sin tiros y con muy poco recurso al panteón, casi de guante blanco, Vargas logró convertirse en el primer magnate mejicano de precursores para drogas de diseño como la efedrina, que importaba sin problemas de la India, China y Tailandia, y en uno de los principales productores de metanfetaminas arriba y abajo de la frontera. También empezó a meterse en política. Con los negocios legales a la vista y los ilegales camuflados bajo una sociedad farmacéutica con respaldo estatal, la coca y Norteña de Aviación estaban de más. Así que vendió la compañía aérea al *Batman* Güemes, y con ella cambió de chaca el Güero Dávila, que deseaba seguir volando más todavía que ganar dinero. Para entonces el Güero había comprado ya una casa de dos plantas en el barrio de Las Quintas, manejaba en lugar de la vieja Bronco negra otra con placas del año, y vivía con Teresa Mendoza.

Ahí empezaron a torcerse las cosas. Raimundo Dávila Parra no era un tipo discreto. Vivir largo no le acomodaba, de manera que prefería fregárselo bien aprisa. Todo le valía verga, como decían los de la sierra; y entre otras cosas lo perdía la boca, que al cabo pierde hasta a los tiburones. Se apendejaba gacho alardeando de lo hecho y de lo por hacer. Mejor, solía decir, cinco años como rey que cincuenta como buey. De ese modo, pasito a pasito, a oídos del *Batman* Güemes empezaron a llegar rumores. El Güero trufaba carga suya entre la ajena, aprovechando los viajes para negocios propios. La merca se la facilitaba un ex policía llamado Guadalupe Parra, también conocido por Lupe el Chino, o Chino Parra, que era primo hermano suyo y tenía contactos. Por lo general se trataba de coca decomisada por judiciales que agarraban veinte y declaraban cinco, dándole salida al resto. Eso estaba muy requetemal —no lo de los judiciales, sino que el Güero hiciera negocio privado—, porque ya cobraba un chingo por su trabajo, las reglas eran las reglas, y hacer transas privadas, en Sinaloa y a espaldas de los patrones, era la forma más eficaz de encontrarse con problemas.

—Cuando se vive torcido —puntualizó el *Batman* Güemes aquella tarde, con la cerveza en una mano y el plato de carne asada en la otra— hay que trabajar derecho.

Resumiendo: el Güero era demasiado largón, y el pinche primo no resultaba un talento. Torpe, chapucero, pendejo, el Chino Parra era de esos mensos a quienes encargas un camión de coca y traen un camión de pepsi. Tenía deudas, necesitaba un pericazo cada media hora, se moría por los carros grandes, y a su mujer y sus tres plebes los alojaba en una casa de mucho lujo en la parte más ostentosa de Las Quintas. Aquello era juntarse el hambre con las ganas de comer: los cueros de rana se iban como llegaban. Así que los primos decidieron ingeniarse una operación propia, a lo grande: el transporte de cierta carga que unos judiciales tenían clavada en El Salto, Durango, y que había encontrado compradores en Obregón. Como de costumbre, el Güero voló solo. Aprovechando un viaje a Mexicali con catorce latas de manteca de puerco cargadas cada una con veinte kilos de chiva, hizo un desvío para recoger cincuenta de la fina, toda bien empacadita en sus plásticos. Pero alguien le puso el dedo, y otro alguien decidió cortarle al Güero los espolones.

—¿Qué alguien?

—No me chingue. Alguien.

El cuatro, siguió contando el *Batman* Güemes, se lo tendieron en la misma pista de aterrizaje, a las seis de la tarde —la precisión de la hora habría ido bien para ese corrido que el Güero deseaba y que el difunto Chalino Sánchez nunca compuso—, cerca de un lugar de la sierra conocido como el Espinazo del Diablo. La pista tenía sólo trescientos doce metros, y el Güero, que la sobrevoló sin ver nada sospechoso, acababa de dejarse caer con los flaps de su Cessna 172R en la última muesca, sonando la chicharra de pérdida, casi tan vertical como si descendiera en paracaídas, y rodaba el primer trecho a una velocidad de cuarenta nudos cuando vio dos trocas y gente que no debía estar allí camuflada bajo los árboles. Así que en vez de usar los frenos dio gas, acelerando, y tiró de la palanca. Quizá lo hubiera conseguido, y alguien dijo luego que cuando empezaron a dispararle cargadores enteros de Errequinces y cuernos de chivo ya había logrado levantar las ruedas del suelo. Pero todo aquel plomo era mucho lastre, y la Cessna fue a estrellarse cosa de cien pasos más allá del final de la pista. Cuando llegaron hasta él, el Güero aún estaba vivo entre los restos retorcidos de la cabina: tenía la cara ensangrentada, la mandíbula rota de un balazo, y los huesos astillados le asomaban fuera de las extremidades, aunque respiraba débil. Ya no iba a durar mucho, pero las instrucciones eran matarlo despacio. Así que sacaron la droga de la avioneta y luego, como en las películas, le echaron un Zippo ardiendo a la gasolina de 100 octanos que chorreaba del depósito roto. Fluoossss. La verdad es que el Güero ya casi ni se enteró de nada.

Cuando se vive torcido, repitió César *Batman* Güemes, no hay otra que trabajar derecho. Esta vez lo dijo a modo de conclusión, en tono pensativo, dejando el plato vacío sobre la mesa. Luego chasqueó la lengua, dio cuenta del resto de la cerveza y miró la etiqueta amarilla donde ponía Cervecería del Pacífico S. A. Todo el tiempo había estado hablando como si la historia que acababa de contarme nada tuviera que ver con él, y fuese algo oído por aquí y por allá. Algo del dominio público. Y supuse que lo era.

—¿Qué hay de Teresa Mendoza? —aventuré.

Me miró receloso tras sus lentes, inquiriendo sin palabras qué hay de qué. Pregunté sin rodeos si ella estaba implicada en las maniobras del Güero y negó sin dudarlo. Ni hablar, dijo. En aquellos tiempos era una de tantas: jovencita, callada. La chava de un narco. Con la diferencia de que no se teñía el pelo de güera y que tampoco era de las buchonas a las que les gusta aparentar. En cuanto a lo otro, añadió, aquí las hembras suelen ocuparse de sus asuntos: peluquería, telenovelas, Juan Gabriel y música norteña, compras de tres mil dólares en Sercha's y en Coppel, donde su crédito vale más que el dinero. Ya sabe. Reposo del guerrero. Habría oído cosas, claro. Pero nada tenía que ver con las transas de su hombre.

—¿Por qué ir a por ella, entonces?

—A mí qué me pregunta.

De pronto estaba serio, y otra vez temí que acabara la conversación. Pero al rato encogió los hombros. Aquí hay reglas, comentó. Uno no las elige, sino que se las encuentra hechas cuando entra. Todo es cuestión de reputación y de respeto. Igual que los escualos. Si flojeas o sangras, los demás te vienen encima. Esto es hacer un pacto con la muerte y la vida: equis años como un señor. Digan lo que digan, el dinero sucio quita el hambre lo mismo que el limpio. Además, proporciona lujo, música, vino y mujeres. Luego te mueres pronto, y en paz. Pocos narcos se jubilan, y la salida natural es la cárcel o el panteón; salvo los muy suertudos o muy listos que saben desmontar a tiempo, como Epifanio Vargas, por ejemplo, que se voló la barda comprando media Sinaloa y matando a la otra media, después se metió a farmacéutico y ahora anda en política. Pero eso es lo raro. Aquí la raza desconfía de quien llevando mucho tiempo en el negocio sigue en activo.

—¿En activo?

—Vivo.

Me dejó meditarlo tres segundos. Dicen, añadió después, los que saben y andan en la chamba —recalcaba mucho el *dicen* y el *los*—, que incluso si eres bueno y derecho en tu trabajo, muy serio y cumplidor, terminas mal. La raza viene, entra fácil, te prefiere a otros, subes sin querer, y entonces los competidores van a por ti. Por eso cualquier paso en falso se paga caro. Y encima, cuanta más gente quieres o tienes, más vulnerable te vuelves. Ahí está el caso de otro güero famoso, con corridos, Héctor Palma, a quien un antiguo socio, por desacuerdos, secuestró y torturó a la familia, cuentan, y el día de su cumpleaños le mandó por correo una caja con la cabeza de su esposa. Japibirdi tu-yú. Cuando se vive en el filo de la navaja nadie puede permitirse olvidar las reglas. Fueron las reglas las que sentenciaron al Güero Dávila. Y era un buen tipo, le doy mi palabra. Gallo fino. Requetebién raza, el compa. Valiente de los que se rifan el alma y mueren donde quieras. Algo bocón y ambicioso, como vio, pero nada diferente de lo mejor que hay por aquí. No sé si me comprende. En cuanto a Teresa Mendoza, era su mujer. Inocente o no, las reglas también la incluían a ella.

Santa Virgencita. Santo Patrón. La pequeña capilla de Malverde estaba en sombras. Sólo un farolito relucía sobre el pórtico, abierto a cualquier hora del día o de la noche, y por las ventanas se filtraba la luz rojiza de algunas velas encendidas ante el altar. Teresa llevaba mucho rato inmóvil en la oscuridad, oculta junto a la tapia que separaba la desierta calle Insurgentes de las vías del ferrocarril y el canal. Intentaba rezar y no podía; otras cosas ocupaban su cabeza. Había tardado mucho en decidirse a hacer la llamada telefónica. Calculando las posibilidades. Después anduvo hasta allí observando con mucha cautela los alrededores, y ahora aguardaba, la brasa de un cigarrillo oculta en el hueco de la mano. Media hora, había dicho don Epifanio Vargas. Teresa no llevaba reloj, y le era imposible calcular el tiempo transcurrido. Sintió un vacío en el estómago y procuró apagar el cigarrillo a toda prisa cuando un coche de judiciales pasó lento, en dirección al bulevar Zapata: siluetas oscuras de dos patrulleros en los asientos de delante, el rostro de la izquierda iluminado apenas, visto y no visto, por la lucecita de la capilla.

Teresa retrocedió en busca de más oscuridad. No era sólo que estuviese fuera de la ley. En Sinaloa, como en el resto de México, desde el patrullero en busca de mordida —chamarra cerrada para que no vieras el número de placa—, hasta el superior que cada mes recibía un fajo de dólares del narcotráfico, tratar con la ley era a veces meterse en la boca del lobo.

Aquel rezo inútil que nunca terminaba. Santa Virgencita. Santo Patrón. Lo había empezado seis o siete veces, sin acabarlo ninguna. La capilla del bandido Malverde le traía demasiados recuerdos vinculados al Güero Dávila. Tal vez por eso, cuando don Epifanio Vargas accedió por teléfono a la cita, ella dijo el nombre de ese lugar, casi sin pensarlo. Al principio don Epifanio propuso que fuera hasta la colonia Chapultepec, cerca de su casa; pero eso suponía cruzar la ciudad y un puente sobre el Tamazula. Demasiado riesgo. Y aunque no mencionó ningún detalle de lo ocurrido, sólo que estaba huyendo y que el Güero le había dicho que se pusiera en contacto con don Epifanio, éste comprendió que las cosas andaban mal, o peor. Quiso tranquilizarla: no te preocupes, Teresita, nos vemos, no te agüites y no te muevas. Ocúltate y dime dónde. Siempre la llamaba Teresita cuando se la encontraba con el Güero por el malecón, en los restaurantes playeros de Altata, en una fiesta o comiendo callo de hacha, ceviche de camarón y jaiba rellena los domingos, en Los Arcos. La llamaba Teresita y le daba un beso y hasta la había presentado a su mujer y a sus hijos, una vez. Y aunque don Epifanio era hombre inteligente y de poder, con más lana de la que el Güero habría juntado en toda su vida, siempre era amable con él, y lo seguía llamando ahijado como en los viejos tiempos; y en una ocasión, por Navidad, la primera que Teresa pasó de novia, don Epifanio llegó a mandarle unas flores y una esmeraldita colombiana muy linda con cadena de oro, y un fajo con diez mil dólares para que le regalase algo a su hombre, una sorpresa, y con el resto se comprara ella lo que quisiera. Por eso Teresa lo había telefoneado esa noche, y guardaba para él aquella agenda del Güero que le quemaba encima, y esperaba quieta en la oscuridad a unos pasos de la capilla de Malverde. Santa Virgencita, santo Patrón. Porque sólo de don Epi puedes fiarte, aseguraba el Güero. Es un hombre cabal y un caballero, fue un buen chaca y además es mi padrino. Pinche Güero. Eso había dicho antes de que todo se fuera a la chingada y sonara aquel teléfono que no debió sonar nunca, y ella se viera como se veía. Y ojalá, murmuró, ardas en el infierno. Cabrón. Por ponerme en la quema como me pones. Ahora sabía que no podía fiarse de nadie; ni siquiera de don Epifanio. Por eso lo había citado allí, sin pensarlo casi, aunque en el fondo pensándolo. La capilla era un sitio tranquilo, al que podía llegar oculta entre las vías del tren que iba por la orilla del canal, y vigilar la calle a un lado y a otro por si el hombre que la llamaba Teresita y le regaló diez mil dólares y una esmeralda en Navidad no venía solo, o el Güero había fallado en sus cálculos, o a ella se le iba el temple y —en el mejor de los casos, si podía— echaba a correr de nuevo.

Luchó con la tentación de encender otro cigarrillo. Santa Virgencita. Santo Patrón. A través de las ventanas podía ver las velas que alumbraban dentro de la capilla. El santo Malverde había sido en vida mortal Jesús Malverde, el buen bandido que robaba a los ricos, decían, para ayudar a los pobres. Los curas y la autoridad nunca lo reconocieron santo; pero los curas y la autoridad no tenían ni idea de esas cosas, y el pueblo lo canonizó por cuenta propia. Tras su ejecución, el Gobierno había ordenado que no se diera sepultura al cuerpo, para escarmiento; pero la gente que pasaba junto al lugar iba poniendo piedras, una sola cada vez para no incumplir, hasta que de esa manera se le dio tierra cristiana, y luego se hizo la capilla y lo demás. Entre la raza pesada de Culiacán y todo Sinaloa, Malverde era más popular y milagroso que el propio Diosito o la Señora de Guadalupe. La capilla estaba llena de placas y exvotos agradeciendo los milagros: pelo de plebito por un parto feliz, camarones en alcohol por una buena pesca, fotos, estampas. Pero sobre todo el santo Malverde era patrón de los narcos sinaloenses, que acudían para encomendarse y dar gracias, con donativos y placas grabadas o escritas a mano después de cada retorno feliz y cada negocio provechoso. *Gracias patronsito por sacarme de presidio,* podía leerse, pegado a la pared junto a la imagen del santo —moreno, bigotudo, vestido de blanco y con elegante mascada negra al cuello—, o *Gracias por aqueyo que tú sabes.* Los tipos más duros, los peores criminales del llano y de la sierra, llevaban su foto en cinturones, escapularios, gorras de béisbol y coches, lo nombraban persignándose, y muchas madres acudían a rezar a la capilla cuando sus hijos hacían el primer viaje o andaban en la cárcel o en algo gacho. Había gatilleros que pegaban la estampa de Malverde en las cachas de la pistola o en la culata del cuerno de chivo. E incluso el Güero Dávila, que decía no creer en esas cosas, llevaba en el tablero de mandos de la avioneta una foto del santo enmarcada en cuero, con la oración *Dios vendiga mi camino y permita mi regreso:* tal cual, con falta de ortografía incluida. Teresa se la había comprado al santero de la capilla luego que durante algún tiempo, al principio, estuvo acudiendo allí a escondidas, a encender velas cuando el Güero pasaba días sin volver a casa. Hizo eso hasta que él se enteró, prohibiéndoselo. Supersticiones idiotas, prietita. Chale. No me gusta que mi mujer haga el ridículo.

Pero el día que ella le llevó la foto con la oración, no dijo nada, ni se burló siquiera, y la puso en el tablero de la Cessna.

Cuando los faros se apagaron después de iluminar la capilla con dos ráfagas largas, Teresa ya apuntaba la Doble Águila hacia el coche. Tenía miedo, pero eso no le impedía sopesar los pros y los contras, calibrando las apariencias bajo las que el peligro podía presentarse. Su cabeza, habían descubierto tiempo atrás quienes la emplearon de cambista frente al mercadito Buelna, era muy dotada para el cálculo: A + B igual a X, más Z probabilidades hacia adelante y hacia atrás, multiplicaciones, divisiones, sumas y restas. Y eso la ponía otra vez ante La Situación. Habían transcurrido al menos cinco horas desde que sonó el teléfono en la casa de Las Quintas, y un par de ellas desde el primer disparo en la cara del Gato Fierros. Pagada la cuota de horror, de desconcierto, ahora todos los recursos de su instinto y su inteligencia estaban entregados a mantenerla viva. Por eso no le temblaba la mano. Por eso quería rezar, sin conseguirlo, y en cambio recordaba con absoluta precisión que había quemado cinco balas, que le quedaban una en la recámara y diez en el cargador, que el retroceso de la Doble Águila era muy fuerte para ella, y que la próxima vez debía apuntar algo más abajo del blanco si no quería fallar el tiro; con la mano izquierda no bajo la culata, como en las películas, sino encima de la muñeca derecha, afirmándola a cada disparo. Aquélla era la última oportunidad, y lo sabía. Que su corazón latiera despacio, que la sangre circulara tranquila y los sentidos anduvieran alerta, marcaría la diferencia entre estar viva o estar en el piso una hora más tarde. Por eso se había dado un par de pericazos rápidos del paquete que llevaba en la bolsa. Y por eso, cuando llegó la Suburban blanca, había apartado instintivamente los ojos de la luz para no deslumbrarse; y ahora miraba de nuevo por encima del arma, un dedo en el gatillo, retenido el aliento, atenta al primer indicio de que algo anduviese cabrón. Lista para disparar contra cualquiera.

Sonaron las portezuelas. Contuvo el aliento. Una, dos, tres. Híjole. Tres siluetas masculinas de pie junto al coche, iluminadas en contraluz por las farolas de la calle. Elegir. Había creído estar a salvo de eso, al margen, mientras alguien lo hacía por ella. Tú tranquila, prietita —aquello era al principio—. Limítate a quererme, y yo me ocupo. Era dulce y cómodo. Era engañosamente seguro despertarse de noche y escuchar la respiración tranquila del Hombre. Ni siquiera el miedo existía entonces; porque el miedo es hijo de la imaginación, y allí sólo había horas felices que pasaban como un bolero bonito o el agua mansa. Y era fácil la trampa: su risa cuando la abrazaba, los labios al recorrer su piel, la boca susurrando palabras tiernas o atrevidas bien requeteabajo, entre sus muslos, muy cerca y bien adentro, como si fuera a quedarse allá para siempre —si vivía lo bastante para olvidar, aquella boca sería lo último que ella olvidaría—. Pero nadie se queda para siempre. Nadie está a salvo, y toda seguridad es peligrosa. De pronto despiertas con la evidencia de que resulta imposible sustraerse a la mera vida; de que la existencia es camino, y que caminar implica elección continua. O esto o lo otro. Con quién vives, a quién amas, a quién matas. Quién te mata. Queriendo o sin querer, cada cual recorre sus propios pasos. La Situación. A fin de cuentas, elegir. Tras dudar un instante, apuntó la pistola hacia la más corpulenta y grande de las tres siluetas masculinas. Resultaba mejor blanco, y además era el jefe.

—Teresita —dijo don Epifanio Vargas.

Aquella voz conocida, tan familiar, removió algo dentro de ella. Sintió que las lágrimas —era demasiado joven, y las había creído ya imposibles— le enturbiaban la vista. Inesperadamente se volvió frágil; quiso comprender por qué, y en el empeño también se le hizo tarde para evitarlo. Pinche perra, se dijo. Maldita chava estúpida. Si algo sale mal, la regaste. Las luces lejanas de la calle se desgarraban ante sus ojos, y todo se volvió confusión de reflejos líquidos y sombras. De pronto no tuvo delante nada a lo que apuntar. Así que bajó la pistola. Por una lágrima, pensó, resignada. Ahora me pueden matar por una pinche lágrima.

—Son malos tiempos.

Don Epifanio Vargas dio una chupada larga al cigarro habano y estuvo mirando la brasa, pensativo. En la penumbra de la capilla, las velas y lamparitas encendidas iluminaban su perfil aindiado, el pelo muy negro, espeso y peinado hacia atrás, el mostacho norteño afirmando un físico que a Teresa siempre le recordaba el de Emilio Fernández o Pedro Armendáriz en las viejas películas mejicanas que ponían en la tele. Debía de andar por los cincuenta y era grande y ancho, con manos enormes. En la izquierda sostenía el habano, y en la derecha la agenda del Güero.

—Antes, por lo menos, respetábamos a los niños y a las mujeres.

Movía la cabeza, evocador y triste. Teresa sabía que ese antes se remontaba al tiempo en que, siendo un joven campesino de Santiago de los Caballeros y harto de pasar hambre, Epifanio Vargas cambió la yunta de bueyes y las milpas de maíz y frijoles por las matas de mariguana, desmachó semillas para limpiar la mota, se rifó la vida vendiendo y se la quitó a cuantos pudo, y al fin anduvo de la sierra al llano, instalándose en Tierra Blanca cuando las redes de contrabandistas sinaloenses empezaban a encaminar hacia el norte, junto a sus ladrillos de colas de borrego, los primeros polvitos blancos que llegaban en barco y por avión desde Colombia. Para los hombres de la generación de don Epifanio, que después de cruzar el Bravo a nado con fardos a la espalda habitaban ahora lujosas fincas de la colonia Chapultepec, y tenían hijos fresitas que iban a colegios de lujo conduciendo sus propios autos o estudiaban en universidades norteamericanas, aquél fue el tiempo lejano de las grandes aventuras, los grandes riesgos y las grandes riquezas hechas de la noche a la mañana: una operación con suerte, una buena cosecha, un cargamento afortunado. Años de peligro y dinero jalonando una vida que en la sierra no habría sido más que existencia miserable. Vida intensa y a menudo corta; porque sólo los más duros de esos hombres lograron sobrevivir, establecerse y delimitar el territorio de los grandes cárteles de la droga. Años en los que todo estaba por definirse. Cuando nadie ocupaba un lugar sin empujar a otros, y el error o el fracaso se pagaban al contado. Pero se pagaba con la mera vida. Ni menos, ni más.

—También han ido a casa del Chino Parra —comentó don Epifanio—. Lo dijo el noticiero hace un rato. Mujer y tres hijos —la brasa del habano volvió a brillar cuando le dio otra chupada—... Al Chino lo encontraron en la puerta, dentro de la cajuela de su Silverado.

Estaba sentado junto a Teresa en el banquito situado a la derecha del pequeño altar. Al mover la cabeza, las velas daban reflejos de charol a su pelo repeinado y abundante. Los años transcurridos desde que bajó de la sierra habían refinado su aspecto y maneras; pero, bajo los trajes a medida, las corbatas que se hacía traer de Italia y la seda de sus camisas de quinientos dólares, seguía latiendo el campesino de la sierra sinaloense. Y no sólo por el regusto de ostentación norteña —botas picudas, cinto piteado con hebilla de plata, centenario de oro en la cadena de las llaves—, sino también, y sobre todo, por la mirada a ratos impasible, a ratos desconfiada o paciente, del hombre a quien durante siglos y generaciones un granizo o una sequía habían obligado una y otra vez a empezar desde cero.

—Por lo visto, al Chino lo agarraron por la mañana y pasaron el día con él, de plática... Según la radio, se tomaron su tiempo.

Teresa pudo imaginar sin esfuerzo: manos atadas con alambre, cigarrillos, navajas de afeitar. Los gritos del Chino Parra apagados dentro de una bolsa de plástico o bajo un palmo de masking-tape, en algún sótano o almacén, antes de que acabaran con él y fueran a ocuparse de su familia. Quizá el mismo Chino había terminado por delatar al Güero Dávila. O a su propia carne. Ella conocía bien al Chino, a su mujer, Brenda, y a los tres plebitos. Dos varones y una niña. Los recordó jugando y alborotando en la playa de Altata, el último verano: sus cuerpecitos morenos y cálidos bajo el sol, cubiertos por las toallas, dormidos al regreso en la trasera de la misma Silverado donde ahora aparecía el despojo del padre. Brenda era una chava menuda, muy habladora, de bonitos ojos marrones, que llevaba en el tobillo derecho una cadena de oro con las iniciales de su hombre. Habían ido muchas veces juntas de compras por Culiacán, pantalones de piel muy ceñidos, uñas decoradas, tacones bien altos, Guess Jeans, Calvin Klein, Carolina Herrera... Se preguntó si le habían mandado al Gato Fierros y Potemkin Gálvez, o a otros gatilleros distintos. Si ocurrió antes o a la vez que lo de ella. Si a Brenda la mataron antes o después que a los plebitos. Si lo hicieron rápido, o si también procuraron tomarse su tiempo. Pinches hombres puercos. Retuvo aire y lo soltó poco a poco, para que don Epifanio no la viera sollozar. Luego maldijo en silencio al Chino Parra, antes de maldecir todavía más al Güero. El Chino era valiente como tantos que mataban o traficaban: de pura ignorancia, porque no pensaba. Se metía en líos por su poca cabeza, sin discurrir que ponía en peligro no sólo a él, sino a toda su familia. El Güero era distinto a su primo: él sí era inteligente, bien lanza. Conocía todos los riesgos y siempre supo lo que iba a pasarle a ella si lo agarraban a él, pero le valía madres. Aquella perra agenda. Ni la leas, había dicho. Llévasela y ni la leas. El maldito, murmuró una vez más. El maldito Güero cabrón.

—¿Qué ha pasado? —preguntó.

Don Epifanio Vargas encogió los hombros.

—Ha pasado lo que tenía que pasar —dijo.

Miraba al guardaespaldas que estaba en la puerta, el cuerno de chivo en la mano, silencioso como una sombra o un fantasma. Cambiar la droga por la farmacia y la política no excluía las precauciones de siempre. El otro guarura estaba afuera, también armado. Le habían dado doscientos pesos al celador nocturno de la capilla para que se rajara de allí. Don Epifanio miró la bolsa que Teresa tenía en el suelo, entre los pies, y después la Doble Águila apoyada en el regazo.

—Tu hombre llevaba mucho rifándosela. Era cuestión de tiempo.

—¿De verdad se murió?

—Pues claro que se murió. Lo agarraron arriba en la sierra... No eran guachos, ni federales, ni nada. Eran su propia gente.

—¿Quiénes?

—Da lo mismo quiénes. Tú sabes en qué transas andaba el Güero. Metía naipes propios en barajas ajenas. Y al final alguien dio el pitazo.

Se reavivó la brasa del habano. Don Epifanio abrió la agenda. La acercaba a la luz de las velas, pasando páginas al azar.

—¿Leíste lo que hay aquí?

—Nomás se la traje a usted, como él dijo. Yo no sé de esas cosas.

Asintió don Epifanio, reflexivo. Se le veía incómodo.

—El pobre Güero tuvo lo que se iba buscando —concluyó.

Ella miraba ahora al frente, hacia las sombras de la capilla donde colgaban los exvotos y las flores secas.

—Qué pobre ni qué chingados. El muy puerco no pensó en mí.

Había conseguido que no le temblara la voz. Sin volverse, sintió que el otro se ladeaba a observarla.

—Tú tienes suerte —le oyó decir—. De momento sigues viva.

Se quedó así un poco más. Estudiándola. El aroma del habano se mezclaba con el olor de las velas y el de un pebetero de incienso que ardía junto al busto del bandido santo.

—¿Qué piensas hacer? —preguntó al fin.

—No sé —ahora le llegaba a Teresa la vez de encoger los hombros—. El Güero dijo que usted me ayudaría. Dásela y pídele que te ayude. Eso fue lo que dijo.

—El Güero siempre fue un optimista.

El hueco que ella notaba en el estómago se hizo más hondo. Sofoco del humo de velas, crepitar de llamitas ante Malverde. Calor húmedo. De pronto sentía una desazón insoportable. Reprimió el impulso de levantarse, apagar las velas de un manotazo, ir en busca de aire fresco. Correr otra vez, si todavía la dejaban. Pero cuando miró de nuevo ante sí, vio que la otra Teresa Mendoza estaba sentada enfrente, observándola. O tal vez era ella misma la que estaba allí, silenciosa, mirando a la mujer asustada que se inclinaba hacia adelante en su banco junto a don Epifanio, con una inútil pistola en el regazo.

—Él lo quería mucho a usted —se oyó decir.

El otro se removió en el asiento. Un hombre decente, había dicho siempre el Güero. Un chaca bueno y justo, de ley. El mejor patrón que tuve nunca.

—Y yo lo quería —don Epifanio hablaba muy quedo, como si recelara de que el guarura de la puerta lo oyese hablar de sentimientos—. Y a ti también... Pero con sus pendejadas te puso en mala situación.

—Necesito ayuda.

—Yo no puedo mezclarme en esto.

—Usted tiene mucho poder.

Lo oyó chasquear la lengua con desaliento e impaciencia. En aquel negocio, explicó don Epifanio siempre en voz baja y dirigiendo miradas furtivas al guardaespaldas, el poder era una cosa relativa, efímera, sujeta a reglas complicadas. Y él lo conservaba, puntualizó, porque no iba escarbando donde no debía. El Güero ya no trabajaba para él; era asunto de sus jefes de ahora. Y esa gente mochaba parejo.

—No tienen nada personal contra ti, Teresita. Ya los conoces. Pero es su manera de hacer las cosas... Tienen que dar ejemplo.

—Usted podría hablar con ellos. Decirles que no sé nada.

—Saben de sobra que tú no sabes nada. Ése no es el problema... Y yo no puedo comprometerme. En esta tierra, quien hoy pide favores tiene que devolverlos mañana.

Ahora miraba la Doble Águila que ella mantenía sobre los muslos, una mano apoyada con descuido en la culata. Sabía que el Güero la enseñó a tirar tiempo atrás, hasta conseguir que acertara a seis botes vacíos de cerveza Pacífico, uno tras otro, a diez pasos. Al Güero siempre le habían gustado la Pacífico y las mujeres medio bravas, aunque Teresa no soportara la cerveza y se asustara a cada estampido de la pistola.

—Además —prosiguió don Epifanio—, lo que me has contado empeora las cosas. No pueden dejar que les truenen a un hombre, y menos que lo haga una hembra... Serían la risa de todo Sinaloa.

Teresa miró sus ojos oscuros e impasibles. Ojos duros de indio norteño. De superviviente.

—No puedo comprometerme —le oyó repetir.

Y don Epifanio se levantó. Ya valió madres, pensó ella. Aquí termina todo. El vacío del estómago se agrandaba hasta abarcar la noche que acechaba afuera, inexorable. Se rindió, pero la mujer que la observaba entre las sombras no quiso hacerlo.

—El Güero dijo que me ayudaría —insistió terca, como si hablara consigo misma—. Llévale la agenda, dijo, y cámbiasela por tu vida.

—A tu hombre le gustaban demasiado los albures.

—Yo no sé de eso. Pero sé lo que me dijo.

Había sonado más a queja que a súplica. Una queja sincera y muy amarga. O un reproche. Después se quedó un momento callada y al fin alzó el rostro, igual que el reo cansado que aguarda un veredicto. Don Epifanio estaba de pie ante ella, y parecía más grande y corpulento que nunca. Golpeteaba con los dedos en la agenda del Güero.

—Teresita...

—Mande.

Seguía tamborileando los dedos en la agenda. Lo vio mirar la efigie del santo, de nuevo al guarura de la puerta, de vuelta a ella. Luego se detuvo otra vez en la pistola.

—¿La neta que no leíste nada?

—Lo juro. Nomás dígame qué iba a leer.

Un silencio. Largo, pensó ella, como una agonía. Oía chisporrotear los pábilos de las velas en el altar.

—Sólo tienes una posibilidad —dijo el otro al fin.

Teresa se aferró a esas palabras, con la mente avivada de pronto como si acabara de meterse dos pases de doña Blanca. La otra mujer había desaparecido entre las sombras. Y de nuevo era ella. O al contrario.

—Me basta con una —dijo.

—¿Tienes pasaporte?

—Sí. Con visa americana.

—¿Y dinero?

—Veinte mil dólares y unos pocos pesos —abría la bolsa a sus pies para mostrarlo, esperanzada—. También una bolsa de polvo de diez o doce onzas.

—El polvo déjalo. Es peligroso andar con eso por ahí... ¿Sabes conducir?

—No —se había puesto en pie y lo miraba de cerca, atenta. Concentrada en seguir viva—. Ni siquiera tengo licencia.

—Dudo que puedas llegar al otro lado. Te pisarán la huella en la frontera, y ni entre gringos ibas a estar segura... Lo mejor sería que salieras esta mera noche. Puedo prestarte el carro con un chofer de confianza... Puedo hacer eso y que te lleve al Deefe. Directamente al aeropuerto, y allí te agarras el primer avión.

—¿Adónde?

—Me vale verga adónde. Pero si quieres ir a España, tengo amigos allí. Gente que me debe favores... Si mañana me llamas antes de subir al avión, podré darte un nombre y un número de teléfono. Después será asunto tuyo.

—¿No hay otra?

—Ni modo. Con ésta, o te encabestras o te ahorcas.

Teresa miró alrededor, buscando en las sombras de la capilla. Estaba absolutamente sola. Nadie decidía por ella, ahora. Pero seguía viva.

—Tengo que irme —se impacientaba don Epifanio—. Decídete.

—Ya decidí. Haré lo que usted mande.

—Bien —Don Epifanio observó cómo ella ponía el seguro a la pistola y se la metía atrás en la cintura, entre los tejanos y la piel, antes de cubrirse con la chamarra—... Y recuerda una cosa: ni siquiera allí estarás a salvo. ¿Comprendes?... Si yo tengo amigos, ellos también. Así que procura enterrarte tan hondo que no te encuentren.

Teresa asintió de nuevo. Había sacado el paquete de coca de la bolsa y lo colocaba en el altar, bajo la efigie de Malverde. A cambio encendió otra vela. Santa Virgencita, rezó un instante en silencio. Santo Patrón. *Dios vendiga mi camino y permita mi regreso.* Se persignó casi furtivamente.

—Siento de verdad lo del Güero —dijo don Epifanio a su espalda—. Era un buen tipo.

Teresa se había vuelto al oír eso. Ahora estaba tan lúcida y serena que sentía la garganta seca y la sangre circular muy despacio, latido a latido. Se echó la bolsa al hombro, sonriendo por primera vez en todo el día: una sonrisa que marcó su boca como un impulso nervioso, inesperado. Y aquella sonrisa, o lo que fuera, debía de ser extraña, pues don Epifanio la miró con un poco de sorpresa y el pensamiento a la vista, por una vez reflejado en la cara. Teresita Mendoza. Chale. La morra del Güero. La hembra de un narco. Una chava como tantas, más bien callada, ni demasiado despierta ni demasiado bonita. Y sin embargo la estudió de ese modo reflexivo y cauto, con mucha atención, como si de pronto se viera frente a una desconocida.

—No —dijo ella—. El Güero no era un buen tipo. Era un hijo de su pinche madre.

3. Cuando los años pasen

—Ella no era nadie —dijo Manolo Céspedes.

—Explícame eso.

—Acabo de hacerlo —mi interlocutor me apuntaba con dos dedos entre los que sostenía un cigarrillo—. Nadie significa nadie. Una paria. Llegó con lo puesto, como quien busca enterrarse en un agujero... Todo fue casualidad.

—También algo más. Era una chica lista.

—¿Y qué?... Conozco a muchas chicas listas que han terminado en una esquina.

Miró a uno y otro lado de la calle, como si buscara algún ejemplo que mostrarme. Estábamos sentados bajo la marquesina de la terraza de la cafetería California, en Melilla. Un sol africano, cenital, amarilleaba las fachadas modernistas de la avenida Juan Carlos I. Era la hora del aperitivo, y las aceras y terrazas rebosaban de paseantes, ociosos, vendedores de lotería y limpiabotas. La indumentaria europea se mezclaba con yihabs y chilabas morunas, acentuando el ambiente de tierra fronteriza, a caballo entre dos continentes y varias culturas. Al fondo, donde la plaza de España y el monumento a los muertos en la guerra colonial de 1921 —un joven soldado de bronce con el rostro vuelto hacia Marruecos—, las copas de las palmeras anunciaban la proximidad del Mediterráneo.

—Yo no la conocí entonces —prosiguió Céspedes—. En realidad ni me acuerdo de ella. Una cara detrás de la barra del Yamila, a lo mejor. O ni eso. Sólo mucho después, al oír cosas aquí y allá, terminé asociándola con la otra Teresa Mendoza... Ya te lo he dicho. En aquella época no era nadie.

Ex comisario de policía, ex jefe de seguridad de La Moncloa, ex delegado del Gobierno en Melilla: a Manolo Céspedes el azar y la vida lo habían hecho todo eso; pero lo mismo podía haber sido torero templado y sabio, gitano guasón, pirata bereber o astuto diplomático rifeño. Era un viejo zorro, moreno, enjuto como un legionario grifota, con mucha experiencia y mucha mano izquierda. Nos habíamos conocido dos décadas atrás, durante una época de violentos incidentes entre las comunidades europea y musulmana, que pusieron a Melilla en primera plana de los periódicos cuando yo me ganaba el jornal escribiendo en ellos. Y por aquel tiempo, melillense de nacimiento y máxima autoridad civil en el enclave norteafricano, Céspedes ya conocía a todo el mundo: iba de copas al bar de oficiales del Tercio, controlaba una eficaz red de informadores a ambos lados de la frontera, cenaba con el gobernador de Nador y tenía en nómina lo mismo a mendigos callejeros que a miembros de la Gendarmería Real marroquí. Nuestra amistad databa de entonces: largas charlas, cordero con especias morunas, ginebras con tónica hasta altas horas de la madrugada. Hoy por ti, mañana por mí. Ahora, jubilado de su cargo oficial, Céspedes envejecía aburrido y pacífico, dedicado a la política local, a su mujer, a sus hijos y al aperitivo de las doce. Mi visita alteraba felizmente su rutina diaria.

—Te digo que todo fue casualidad —insistió—. Y en su caso, la casualidad se llamaba Santiago Fisterra.

Me quedé con el vaso a medio camino, contenido el aliento.

—¿Santiago López Fisterra?

—Claro —Céspedes chupaba el cigarrillo, valorando mi interés —. El gallego.

Solté aire despacio, bebí un poco y me recosté en la silla, satisfecho como quien recobra un rastro perdido, mientras Céspedes sonreía calculando en qué estado situaba eso el balance de nuestra vieja asociación de favores mutuos. Aquel nombre me había llevado hasta allí, en busca de cierto período oscuro en la biografía de Teresa Mendoza. Hasta ese día en la terraza del California, yo sólo contaba con testimonios dudosos y conjeturas. Pudo ocurrir esto. Dicen que pasó aquello. A alguien le habían dicho, o alguien creía saber. Rumores. De lo demás, lo concreto, en los archivos de inmigración del ministerio del Interior sólo figuraba una fecha de entrada —vía aérea, Iberia, aeropuerto de Barajas, Madrid— con el nombre auténtico de Teresa Mendoza Chávez. Luego el rastro oficial parecía perderse durante dos años, hasta que la ficha policial 8653690FA/42, que incluía huellas dactilares, una foto de frente y otra de perfil, clausuraba esa etapa de la vida que yo intentaba reconstruir, y permitía seguirle mejor los pasos a partir de entonces. La ficha era de las antiguas que se hacían en cartulina hasta que la policía española informatizó sus documentos. La había tenido ante mis ojos una semana atrás, en la comisaría de Algeciras, gracias a la gestión de otro antiguo amigo: el comisario jefe de Torremolinos, Pepe Cabrera. Entre la escueta información consignada al dorso figuraban dos nombres: el de un individuo y el de una ciudad. El individuo se llamaba Santiago López Fisterra. La ciudad era Melilla.

Aquella tarde hicimos dos visitas. Una fue breve, triste y poco útil, aunque sirvió para añadir un nombre y un rostro a los personajes de esta historia. Frente al club náutico, al pie de las murallas medievales de la ciudad vieja, Céspedes me señaló a un hombre escuálido, de pelo ceniciento y escaso, que vigilaba los coches a cambio de unas monedas. Estaba sentado en el suelo junto a un noray, mirando el agua sucia bajo el muelle. De lejos lo tomé por alguien mayor, maltratado por el tiempo y la vida; pero al acercarnos comprobé que no debía de tener cuarenta años. Vestía un pantalón remendado y viejo, camiseta blanca insólitamente limpia e inmundas zapatillas de deporte. El sol y la intemperie no bastaban para ocultar el tono grisáceo, mate, de su piel envejecida, cubierta de manchas y con profundas oquedades en las sienes. Le faltaba la mitad de los dientes, y pensé que se parecía a esos despojos que la resaca del mar arroja a las playas y los puertos.

—Se llama Veiga —me dijo Céspedes al acercarnos—. Y conoció a Teresa Mendoza.

Sin detenerse a observar mi reacción dijo hola, Veiga, cómo te va, y luego le dio un pitillo y fuego. No hubo presentaciones ni otros comentarios, y estuvimos allí un rato, callados, mirando el agua, los pesqueros amarrados, el antiguo cargadero de mineral al otro lado de la dársena y las espantosas torres gemelas construidas para conmemorar el quinto centenario de la conquista española de la ciudad. Vi costras y marcas en los brazos y las manos del hombre. Se había levantado para encender el cigarrillo, torpe, balbuceando palabras confusas de agradecimiento. Olía a vino rancio y a miseria rancia. Cojeaba.

—Pregúntale, si quieres —apuntó al fin Céspedes.

Dudé un instante y después pronuncié el nombre de Teresa Mendoza. Pero no detecté en su rostro ni reconocimiento ni memoria. Tampoco tuve más suerte al mencionar a Santiago Fisterra. El tal Veiga, o lo que quedaba de él, se había vuelto de nuevo hacia el agua grasienta del muelle. Acuérdate, hombre, le dijo Céspedes. Este amigo mío ha venido para hablar contigo. No digas que no te acuerdas de Teresa y de tu socio. No me hagas ese feo. ¿Vale?... Pero el otro seguía sin responder; y cuando Céspedes insistió otra vez, lo más que logró fue que se rascase los brazos antes de mirarnos entre desconcertado e indiferente. Y esa mirada turbia, lejana, con pupilas tan dilatadas que ocupaban la totalidad del iris, parecía deslizarse por las personas y las cosas desde un lugar sin camino de vuelta.

—Era el otro gallego —dijo Céspedes cuando nos alejamos—. El marinero de Santiago Fisterra... Nueve años en una cárcel marroquí lo dejaron así.

Anochecía cuando hicimos la segunda visita. Céspedes lo presentó como Dris Larbi —mi amigo Dris, dijo mientras le palmeaba la espalda—, y me vi ante un rifeño de nacionalidad española que hablaba un castellano perfecto. Lo encontramos en el barrio del Hipódromo delante del Yamila, uno de los tres locales nocturnos que regentaba en la ciudad —más tarde supe eso y algunas cosas más—, cuando salía de un lujoso Mercedes de dos plazas: mediana estatura, pelo muy rizado y negro, barba recortada con esmero. Manos de las que aprietan la tuya con precaución para comprobar qué traes en ella. Mi amigo Dris, repitió Céspedes; y por la forma en que el otro lo miraba, cauta y deferente a un tiempo, me pregunté qué detalles biográficos del rifeño justificaban aquel prudente respeto hacia el ex delegado gubernativo. Mi amigo Fulano —era mi turno—. Investiga la vida de Teresa Mendoza. Céspedes lo dijo así, a bocajarro, cuando el otro me daba la mano derecha y tenía la izquierda con las llaves electrónicas apuntando hacia el coche, y los intermitentes de éste, yiu, yiu, yiu, destellaban al activarse la alarma. Entonces el tal Dris Larbi me estudió con mucho detenimiento y mucho silencio, hasta el punto de que Céspedes se echó a reír.

—Tranquilo —dijo—. No es un policía.

El ruido de cristal roto hizo que Teresa Mendoza frunciera el ceño. Era el segundo vaso que los de la mesa cuatro rompían aquella noche. Cambió una mirada con Ahmed, el camarero, y éste se encaminó allí con un recogedor y una escoba, taciturno como siempre, la pajarita negra bailándole holgada bajo la nuez. Las luces que giraban sobre la pequeña pista vacía deslizaban rombos luminosos por su chaleco rayado. Teresa revisó la cuenta de un cliente que estaba al extremo de la barra, muy animado con dos de las chicas. El individuo llevaba allí un par de horas y la cifra era respetable: cinco White Label con hielo y agua para él, ocho benjamines para las chicas —la mayor parte de los benjamines había sido hecha desaparecer discretamente por Ahmed con el pretexto de cambiar las copas—. Faltaban veinte minutos para cerrar, y Teresa escuchaba, sin proponérselo, el diálogo habitual. Os espero fuera. Una o las dos. Mejor las dos. Etcétera. Dris Larbi, el jefe, era inflexible en cuanto a la moral oficial del asunto. Aquello era un bar de copas, y punto. Fuera de horas laborales, las chicas eran libres. O lo eran en principio, pues el control resultaba estricto: cincuenta por ciento para la empresa, cincuenta por ciento para la interesada. Viajes y fiestas organizadas aparte, donde las normas se modificaban según con quién, cómo y dónde. Yo soy un empresario, solía decir Dris. No un simple chulo de putas.

Martes de mayo, casi a fin de mes. No era una noche animada. En la pista vacía, Julio Iglesias cantaba para nadie en particular. Caballero de fina estampa, decía la letra. Teresa movía los labios en silencio, siguiendo la canción, atenta a su papel y su bolígrafo a la luz de la lámpara que iluminaba la caja. Una noche chuequita, comprobó. Casi mala. Muy diferente de los viernes y sábados, cuando había que traer chicas de otros locales porque el Yamila se llenaba: funcionarios, comerciantes, marroquíes adinerados del otro lado de la frontera, militares de la guarnición. Nivel medio razonable, poca raza pesada salvo la inevitable. Chavas limpias y jóvenes, de buen aspecto, renovadas cada seis meses, reclutadas por Dris en Marruecos, en los barrios marginales melillenses, alguna europea de la Península. Pago puntual —la delicadeza del detalle— a leyes y autoridades competentes para que vivieran y dejaran vivir. Copas gratis al subcomisario de policía y a los inspectores de paisano. Local ejemplar, permisos gubernativos en regla. Pocos problemas. Nada que Teresa no conociera de sobra, multiplicado hasta el infinito, en su todavía reciente memoria mejicana. La diferencia era que aquí la gente, aunque más ruda de modales y menos cortés, no se fajaba a plomazos y todo se hacía con mucha mano izquierda. Incluso —a eso había tardado en acostumbrarse— había gente que no se dejaba sobornar en absoluto. Usted se equivoca, señorita. O en versión áspera, tan española: hágame el favor de meterse eso por el culo. Lo cierto es que aquello hacía la vida difícil, a veces. Pero a menudo la facilitaba. Relajaba mucho no tenerle miedo a un policía. O no tenerle todo el tiempo miedo.

Ahmed volvió con su recogedor y su escoba, pasó a este lado de la barra y se puso a charlar con las tres chicas que estaban libres. Cling. De la mesa de los vasos rotos llegaban risas y brindis, chocar de copas. Ahmed tranquilizó a Teresa con un guiño. Todo en regla por allí. Aquella cuenta iba a ser pesada, comprobó echando un vistazo a las notas que tenía junto a la caja registradora. Hombres de negocios españoles y marroquíes, celebrando algún acuerdo: chaquetas en los respaldos de los asientos, cuellos de camisa abiertos, corbatas en los bolsillos. Cuatro hombres maduros y cuatro chicas. El presunto Moët Chandon desaparecía rápido en las cubetas de hielo: cinco botellas, y caería otra antes de cerrar. Las chicas —dos moras, una hebrea, una española— eran jóvenes y profesionales. Dris nunca se acostaba con las empleadas —donde tienes la olla, decía, no metas la polla—, pero a veces mandaba a amigos suyos a modo de inspectores laborales. Primera calidad, alardeaba luego. En mis locales, sólo primera calidad. Si el informe resultaba negativo, nunca las maltrataba. Se limitaba a echarlas, y punto. Rescisión. No eran chicas lo que faltaba en Melilla, con la inmigración ilegal, y la crisis, y todo aquello. Alguna soñaba con viajar a la Península, ser modelo y triunfar en la tele; pero la mayoría se conformaba con un permiso de trabajo y una residencia legal.

Habían transcurrido poco más de seis meses desde la conversación que Teresa Mendoza mantuvo con don Epifanio Vargas en la capilla del santo Malverde, en Culiacán, Sinaloa, la noche del día en que sonó el teléfono y ella echó a correr, y no dejó de hacerlo hasta que llegó a una extraña ciudad cuyo nombre nunca oyó antes. Pero de eso se daba cuenta sólo cuando consultaba el calendario. Al mirar atrás, la mayor parte del tiempo que llevaba en Melilla parecía estancado. Lo mismo podía tratarse de seis meses que de seis años. Aquél fue su destino igual que pudo serlo cualquier otro, cuando, recién llegada a Madrid, alojada en una pensión de la plaza de Atocha con sólo una bolsa de mano como equipaje, se entrevistó con el contacto que le había facilitado don Epifanio Vargas. Para su decepción, nada podían ofrecerle allí. Si deseaba un lugar discreto, lejos de tropiezos desagradables, y también un trabajo para justificar la residencia hasta que arreglase los papeles de su doble nacionalidad —el padre español al que apenas conoció iba a servirle por primera vez para algo—, Teresa tenía que viajar de nuevo. El contacto, un hombre joven, apresurado y de pocas palabras, con quien se reunió en la cafetería Nebraska de la Gran Vía, no planteaba más que dos opciones: Galicia o el sur de España. Cara o cruz, lo tomas o lo dejas. Teresa preguntó si en Galicia llovía mucho y el otro sonrió un poco, lo justo —fue la primera vez que lo hizo en toda la conversación— y respondió que sí. Llueve de cojones, dijo. Entonces Teresa decidió que iría al sur; y el hombre sacó un teléfono móvil y se fue a otra mesa a hablar un rato. Al poco estaba de vuelta para apuntar en una servilleta de papel un nombre, un número de teléfono y una ciudad. Tienes vuelos directos desde Madrid, explicó dándole el papel. O desde Málaga. Hasta allí, trenes y autobuses. De Málaga y Almería también salen barcos. Y al darse cuenta de que ella lo miraba desconcertada por lo de los barcos y los aviones, sonrió por segunda y última vez antes de explicarle que el lugar al que iba era España pero estaba en el norte de África, a sesenta o setenta kilómetros del litoral andaluz, cerca del Estrecho de Gibraltar. Ceuta y Melilla, explicó, son ciudades españolas en la costa marroquí. Después le dejó encima de la mesa un sobre con dinero, pagó la cuenta, se puso en pie y le deseó buena suerte. Dijo eso, buena suerte, y ya se iba cuando Teresa quiso, agradecida, decirle cómo se llamaba, y el hombre la interrumpió diciéndole que no quería saber cómo se llamaba, ni le importaba en absoluto. Que él sólo cumplía con amigos mejicanos al facilitarle aquello. Que aprovechara bien el dinero que acababa de darle. Y que cuando se le acabase y necesitara más, añadió en tono objetivo y sin aparente intención de ofender, siempre podría utilizar el coño. Ésa, dijo a modo de despedida —parecía que lamentase no disponer él de uno propio—, es la ventaja que tenéis las mujeres.

—No era nada especial —dijo Dris Larbi—. Ni guapa ni fea. Ni muy viva ni muy tonta. Pero salió buena para los números... Me di cuenta en seguida, así que la puse a llevar la caja —recordó una pregunta que yo había formulado antes, e hizo un movimiento negativo con la cabeza antes de proseguir—... Y no, la verdad es que nunca fue puta. Por lo menos conmigo no lo fue. Venía recomendada por amigos, de modo que le di a elegir. A un lado o a otro de la barra, tú misma, dije... Eligió quedarse detrás, como camarera al principio. Ganaba menos, claro. Pero estaba a gusto así.

Paseábamos por el límite entre los barrios del Hipódromo y del Real, junto a las casas de corte colonial, en calles rectas que llevaban hacia el mar. La noche era suave y olían bien las macetas en las ventanas.

—Sólo alguna vez, a lo mejor. Un par, o más. No sé —Dris Larbi encogió los hombros—. Eso era ella quien lo decidía. ¿Me entienden?... Alguna vez se fue con quien quería irse, pero no por dinero.

—¿Y las fiestas? —preguntó Céspedes.

El rifeño apartó la vista, suspicaz. Después se volvió hacia mí antes de observar de nuevo a Céspedes, como quien deplora una inconveniencia ante extraños. Pero al otro le daba lo mismo.

—Las fiestas —insistió.

Dris Larbi volvió a mirarme, rascándose la barba.

—Eso era diferente —concedió tras pensarlo un poco—. A veces yo organizaba reuniones al otro lado de la frontera...

Ahora Céspedes reía con mala intención.

—Tus famosas fiestas —dijo.

—Sí, bueno. Ya sabe —el rifeño lo observaba como si intentase recordar cuánto sabía realmente, y luego desvió otra vez la vista, incómodo—. Gente de allí.

—Allí es Marruecos —apuntó Céspedes en mi obsequio—. Se refiere a gente importante: políticos o jefes de policía —acentuó la sonrisa zorruna—. Mi amigo Dris siempre tuvo buenos socios.

El rifeño sonrió sin ganas mientras encendía un cigarrillo bajo en nicotina. Y yo me pregunté cuántas cosas sobre él y sus socios habrían figurado en los archivos secretos de Céspedes. Suficientes, supuse, para que nos concediese ahora el privilegio de su conversación.

—¿Ella iba a esas reuniones? —pregunté.

Larbi hizo un gesto ambiguo.

—No sé. A lo mejor estuvo en alguna. Y, bueno... Ella sabrá —pareció reflexionar un poco, estudiando a Céspedes de reojo, y al fin asintió con desgana—. La verdad es que al final fue un par de veces. Yo ahí no me metía, porque eso no era para ganar dinero con las fulanas, sino para otro tipo de negocios. Las chicas venían como complemento. Un regalo. Pero nunca le dije a Teresa de venir... Lo hizo porque quiso. Lo pidió.

—¿Por qué?

—Ni idea. Le he dicho que ella sabrá.

—¿Ya salía entonces con el gallego? —preguntó Céspedes.

—Sí.

—Dicen que ella hizo gestiones para él.

Dris Larbi lo miró. Me miró a mí. Volvió a él. Por qué me hace esto, decían sus ojos.

—No sé de qué me habla, don Manuel.

El ex delegado del Gobierno reía malévolo, enarcadas las cejas. Con aire de estárselo pasando en grande.

—Abdelkader Chaib —apuntó—. Coronel. Gendarmería Real... ¿Te suena de algo?

—Le juro que ahora no caigo.

—¿No caes?... No me jodas, Dris. Te he dicho que aquí el señor es un amigo.

Dimos unos pasos en silencio mientras yo ponía en limpio todo aquello. El rifeño fumaba callado, como si no estuviera satisfecho del modo en que había contado las cosas.

—Mientras estuvo conmigo no se metió en nada —dijo de pronto—. Y tampoco tuve que ver con ella. Quiero decir que no me la follé.

Luego indicó a Céspedes con el mentón, poniéndolo por testigo. Era público que nunca se liaba con sus empleadas. Y ya había dicho antes que Teresa era perfecta para llevar las cuentas. Las otras la respetaban. Mejicana, la llamaban. Mejicana esto y Mejicana lo otro. Se veía de buen carácter; y aunque no tuviera estudios, el acento la hacía parecer educada, con ese vocabulario abundante que tienen los hispanoamericanos, tan lleno de ustedes y de por favores, que los hace parecer a todos académicos de la lengua. Muy reservada para sus cosas. Dris Larbi sabía que tuvo problemas en su tierra, pero nunca le preguntó. ¿Para qué? Teresa tampoco hablaba de México; cuando alguien sacaba el tema, decía cualquier cosa y cambiaba de conversación. Era seria en el trabajo, vivía sola y nunca daba pie a que los clientes confundieran los papeles. Tampoco tenía amigas. Iba a su rollo.

—Todo fue bien durante, no sé... Seis u ocho meses. Hasta la noche en que los dos gallegos aparecieron por aquí —se volvió a Céspedes, señalándome—. ¿Ya ha visto a Veiga?... Bueno, ése no tuvo mucha suerte. Pero menos tuvo el otro.

—Santiago Fisterra —dije.

—El mismo. Y parece que lo estoy viendo: un tío moreno, con un tatuaje grande aquí —movía la cabeza, desaprobador—. Algo atravesado, como todos los gallegos. De esos que nunca sabes por dónde van a salir... Iban y venían por el Estrecho con una Phantom, el señor Céspedes sabe de lo que hablo, ¿verdad?... Winston de Gibraltar y chocolate marroquí... Entonces no se trabajaba todavía la farlopa, aunque estaba al caer... Bueno —se rascó otra vez la barba y escupió recto al suelo, con rencor—. El caso es que una noche esos dos entraron en el Yamila, y yo empecé a quedarme sin la Mejicana.

Dos nuevos clientes. Teresa consultó el reloj junto a la caja. Faltaba menos de un cuarto de hora para cerrar. Supo que Ahmed la miraba inquisitivo, y sin levantar la cabeza asintió con un gesto. Una copa rápida antes de encender las luces y ponerlos a todos en la calle. Siguió con sus números, terminando de cuadrar la noche. No creía que los recién llegados fuesen a cambiar mucho las cuentas. Un par de whiskys, pensó, valorándolos por su aspecto. Un poco de tonteo con las chavas, que ya ahogaban buenos bostezos, y tal vez una cita afuera, un rato más tarde. Pensión Agadir, a media manzana de allí. O quizá, si tenían coche, una visita relámpago a los pinares, junto a las tapias del cuartel del Tercio. En cualquier caso, no era asunto suyo. Ahmed llevaba el control de citas en un cuaderno.

Se acodaron en la barra, junto a las palancas de cerveza, y Fátima y Sheila, dos de las chicas que estaban de plática con Ahmed, fueron a reunirse con ellos mientras el camarero servía dos supuestos Chivas doce años con mucho hielo y sin agua. Ellas pidieron benjamines, sin que mediara objeción de los clientes. Al fondo, los de los vasos rotos seguían con sus brindis y sus risas, después de haber pagado la cuenta sin pestañear. Por su parte, el tipo del final de la barra no llegaba a un arreglo con sus acompañantes; se le oía discutir en voz baja, entre el sonido de la música. Ahora era Abigail la que cantaba para nadie en la pista desierta que sólo animaba la monótona luz giratoria del techo. Quiero lamer tus heridas, decía la letra. Quiero escuchar tus silencios. Teresa esperó el final de la última estrofa —se sabía de memoria todas las canciones de la reserva musical del Yamila— y miró de nuevo el reloj de la caja. Un día más a la espalda. Idéntico al lunes de ayer y al miércoles de mañana.

—Es hora de cerrar —dijo.

Cuando levantó el rostro encontró enfrente una sonrisa tranquila. También unos ojos claros —verdes o azules, imaginó tras un instante— que la miraban divertidos.

—¿Tan pronto? —preguntó el hombre.

—Cerramos —repitió.

Volvió a sus cuentas. Nunca era simpática con los clientes, y menos a la hora de cerrar. En seis meses había aprendido que era buen método para mantener las cosas en su sitio y evitar equívocos. Ahmed encendía las luces, y el escaso encanto que la penumbra daba al local desapareció de golpe: falso terciopelo gastado en los asientos, manchas en las paredes, quemaduras de cigarrillos en el suelo. Hasta el olor a cerrado pareció más intenso. Los de los vasos rotos agarraron las chaquetas de los respaldos, y tras llegar a un rápido acuerdo con sus acompañantes salieron a esperarlas fuera. El otro cliente ya se había marchado, solo, renegando del precio que le exigían por un dúplex. Prefiero hacerme una paja, mascullaba al irse. Las chicas se recogían. Fátima y Sheila, sin tocar los benjamines, remoloneaban junto a los recién llegados; pero éstos no parecían interesados en estrechar la relación. Una mirada de Teresa las mandó a reunirse con las otras. Puso la cuenta en el mostrador, ante el moreno. Éste llevaba una camisa caqui, de faena, remangada hasta los codos; y cuando alargó el brazo para pagar, ella vio que tenía un tatuaje cubriéndole todo el antebrazo derecho: un Cristo crucificado entre motivos marineros. Su amigo era rubio y más delgado, de piel clara. Casi un plebito. Veintipocos años, tal vez. Unos treinta y algo, el moreno.

—¿Podemos terminar la copa?

Teresa volvió a enfrentarse a los ojos del hombre. Con la luz vio que eran verdes. Bien chingones. Observó que además de parecer tranquilos también sonreían, incluso cuando la boca dejaba de hacerlo. Sus brazos eran fuertes, una barba oscura empezaba a despuntarle en el mentón, y tenía el pelo revuelto. Casi guapo, comprobó. O sin el casi. También pensó que olía a sudor limpio y a sal, aunque estaba demasiado lejos para saber eso. Lo pensó, tan sólo.

—Claro —dijo.

Ojos verdes, un tatuaje en el brazo derecho, un amigo flaco y rubio. Azares de barra de bar. Teresa Mendoza lejos de Sinaloa. Sola con ese de Soledad. Días iguales a otros hasta que dejan de serlo. Lo inesperado que se presenta de pronto, no con estruendo, ni con señales importantes que lo anuncien, sino deslizándose de forma imperceptible, mansa, del mismo modo que podría no llegar. Como una sonrisa o una mirada. Como la misma vida, y la misma —ésa llega siempre— muerte. Quizá por eso, a la noche siguiente, ella esperó volver a verlo; pero el hombre no regresó. Cada vez que entraba un cliente, levantaba la cabeza con la esperanza de que fuera él. Pero no era.

Salió después de cerrar y anduvo por la playa cercana, donde encendió un cigarrillo —a veces los taqueaba con granitos desmenuzados de hachís— mirando las luces del espigón y el puerto marroquí de Nador al otro lado de la mancha oscura del agua. Siempre hacía eso con buen tiempo, para seguir luego el paseo marítimo hasta encontrar un taxi que la acercara a su casa del Polígono: un pequeño apartamento con dormitorio, saloncito, cocina y cuarto de baño que le alquilaba el mismo Dris Larbi, descontándoselo del sueldo. Y Dris no era un mal hombre, pensó. Trataba a las chicas de modo razonable, procuraba llevarse bien con todo el mundo, y sólo era violento cuando las circunstancias no dejaban otro camino. Yo no soy puta, le había dicho ella el primer día, sin rodeos, cuando la recibió en el Yamila para explicarle el tipo de oferta laboral posible en su negocio. Me alegro, se había limitado a decir el rifeño. Al principio la acogió como algo inevitable, ni molesto ni ventajoso: un trámite al que lo obligaban compromisos personales —el amigo del amigo de un amigo—, que nada tenían que ver con ella. Una cierta deferencia, debida a avales que Teresa ignoraba, en una cadena que unía a Dris Larbi con don Epifanio Vargas a través del hombre de la cafetería Nebraska, hizo que el rifeño la dejara quedarse al otro lado de la barra, primero con Ahmed, de camarera, y más tarde como encargada, a partir del día en que hubo un error en las cuentas y ella lo advirtió y recompuso las operaciones en medio minuto, y Dris quiso saber si tenía estudios. Teresa respondió que poquitos y sólo primarios, y el otro la estuvo mirando pensativo y dijo tienes números en la cabeza, Mejicana, pareces nacida para las sumas y las restas. Algo de eso chambeé allá en mi tierra, contestó ella. Cuando era más chava.

Entonces Dris le dijo que al día siguiente cobraría sueldo de encargada, y Teresa se ocupó del local, y no volvió a hablarse del asunto.

Estuvo un rato en la playa, hasta consumir el cigarrillo, absorta en las luces lejanas que parecían esparcidas sobre el agua quieta y negra. Al fin miró alrededor, estremeciéndose como si el frío de la madrugada acabara de penetrar la chaqueta que llevaba con el cuello subido y abotonado hasta arriba. Híjole. Allá, en Culiacán, el Güero Dávila le había dicho muchas veces que no valía para vivir sola. Ni modo, negaba. No eres esa clase de morra. Lo tuyo es un hombre que lleve la rienda y que te jale. Y tú, pues nomás así, como eres: dulcecita y tierna. Requetelinda. Suave. A ti se te tiene como a una reina, o no se te tiene. Ni enchiladas haces; y para qué, habiendo restaurantes. Y además te gusta esto, mi vida. Te gusta esto que te hago y cómo te lo hago, y ya me dirás —reía al susurrarlo, pinche Güero maldito, los labios rozando su vientre— qué mala onda cuando a mí me den lo mío, y me bajen sin tiquete de vuelta. Bang. Así que ven aquí, prietita. Ven aquí, baja hasta mi boca y agárrate a mí y no dejes que me escape, y abrázame fuerte porque un día estaré muerto y ya no me abrazará nadie. Qué pena de ti entonces, mi chula. Tan solita. Quiero decir cuando yo no esté y me recuerdes y añores esto, y sepas que nadie volverá a hacértelo nunca como yo te lo hice.

Tan solita. Qué extraña y al mismo tiempo qué familiar resultaba ahora esa palabra: soledad. Cada vez que Teresa la oía en boca de otros o la pronunciaba para sus adentros, la imagen que venía a su cabeza no era la suya sino la del Güero, en un pintoresco lugar donde lo había espiado una vez. O quizá la imagen sí era la de ella misma: la propia Teresa observándolo a él. Porque también hubo épocas oscuras, puertas negras que el Güero cerraba tras de sí, a kilómetros de distancia, como sin acabar de bajarse de allá arriba. A veces volvía de una misión o de un trabajo de esos que nunca le contaba, pero de los que todo Sinaloa parecía al corriente, y se quedaba mudo, sin las bravuconadas habituales, eludiendo sus preguntas desde cinco mil pies de altura, evasivo, más egoísta que nunca, igual que si anduviera muy ocupado. Y ella, aturdida, sin saber qué decir o qué hacer, lo rondaba como un animal torpe, en busca del gesto o la palabra que se lo devolviera de nuevo. Asustada.

Esas veces él salía de casa, al centro de la ciudad. Durante un tiempo Teresa sospechó que tenía otra amante —las tenía sin duda, como todos, pero ella recelaba que hubiese una en particular—. Eso la volvía loca de vergüenza y celos; de manera que una mañana lo siguió hasta las cercanías del mercado Garmendia, disimulada entre la gente, hasta verlo meterse en la cantina La Ballena: *Prohibida la entrada a vendedores, limosneros y menores de edad.* El cartel de la puerta no mencionaba a las mujeres, pero todo el mundo sabía que ésa era una de las dos normas tácitas del local: sólo cerveza y sólo hombres. Así que estuvo parada en la calle mucho rato, más de media hora junto al escaparate de una zapatería, sin hacer otra cosa que vigilar las puertas batientes y esperar a que él saliera. Pero no salía, de modo que al fin cruzó la calle y fue hasta el restaurancito que había al lado, cuyo salón comunicaba con la cantina. Pidió un refresco, anduvo hasta la puerta del fondo, se asomó a mirar, y vio una sala grande llena de mesas, y al fondo una rockola donde los Dos Reales cantaban *Caminos de la vida.* Y lo insólito del sitio, a esas horas, era que en cada mesa había un hombre solo con una botella de cerveza. Tal cual. Uno por mesa. Casi todos se veían gente hecha o mayor, los sombreros de palma y las gorras de béisbol en la cabeza, caras morenas, bigotazos negros o canos, cada uno tomando en silencio, ensimismados y sin hablar con nadie, a la manera de extraños filósofos pensativos; y algunas botellas de cerveza aún tenían la servilleta de papel con que eran servidas a medio meter por el gollete, como si en las mesas hubiera clavelitos blancos que servían con las chelas. Todos callaban, bebían y escuchaban la música que a veces alguno se levantaba a poner echando monedas en la rockola, y en una de las mesas estaba el Güero Dávila con su chamarra de piloto sobre los hombros, inmóvil la cabeza rubia, completamente solo, mirando al vacío; así minuto tras minuto, rompiendo su quietud sólo para quitar el clavelito de papel de la media Pacífico de a siete pesos y llevársela a los labios. Callaron los Dos Reales y los relevó José Alfredo cantando *Cuando los años pasen.* Entonces Teresa se apartó despacio de la puerta, y salió a la calle, y en el camino de vuelta a casa estuvo llorando mucho rato sin poder parar. Lloraba y lloraba, incapaz de aguantar las lágrimas, sin saber bien por qué. Quizá por el Güero y por ella misma. Por cuando pasaran los años.

Lo había hecho. Sólo dos veces, en el tiempo que llevaba en Melilla. Y el Güero tenía razón. Tampoco ella había esperado gran cosa. La primera vez fue por curiosidad: quería saber cómo se sentía después de tanto tiempo, con el recuerdo lejano de su hombre y el más reciente y doloroso del Gato Fierros, su sonrisa cruel, su violencia, todavía firmes en la carne y en la memoria. Había elegido con cierto cuidado no exento de casualidad, sin problemas ni consecuencias. Era un guachito joven, un militar que la abordó a la salida del cine Nacional, donde ella había estado viendo una película de Robert de Niro en su día libre: una de guerra y de amigos con un final bien chueco, dándole a la ruleta rusa como una vez que ella vio al Güero y a su primo, muy tomados de tequila, haciendo el idiota con un revólver hasta que se puso a gritarles y les quitó el arma y los mandó a dormir mientras se reían, los borrachos desgraciados e irresponsables. Lo de la ruleta rusa la puso triste, recordando; y quizá por eso, a la salida, cuando se le acercó el militar —camisa de cuadros como los sinaloenses, alto, amable, pelo clarito y corto como el Güero—, ella se dejó invitar a un refresco en el Anthony's y escuchó la conversación intrascendente del otro, y acabó con él en la muralla de la ciudad vieja, desnuda de cintura para abajo, la espalda contra la pared y un gato encima de una tapia mirándolos interesado, con ojos que la luna hacía relucir. Apenas sintió nada porque estaba demasiado atenta observándose a sí misma, comparando sensaciones y recuerdos, como si de nuevo se hubiera desdoblado en dos personas y la otra fuese el gato que estaba enfrente mirando, desapasionado y silencioso igual que una sombra. El guachito quiso volver a verla y ella dijo claro, mi vida, otro día; pero sabía que no iba a volver a verlo nunca más, e incluso que si un día se lo cruzaba en algún sitio —Melilla era una ciudad pequeña— no lo conocería apenas, o haría semblante de no conocerlo. Ni siquiera retuvo su nombre.

La segunda vez fue un asunto práctico, y un policía. La gestión para sus documentos provisionales de residencia iba despacio, y Dris Larbi aconsejó que agilizara los trámites. El tipo se llamaba Souco. Era un inspector de mediana edad y razonable aspecto, que cobraba favores a emigrantes. Había ido un par de veces al Yamila —Teresa tenía instrucciones de no cobrarle las copas— y se conocían vagamente. Fue a verlo y el otro le planteó sin rodeos la cuestión. Como en México, dijo, sin que ella fuera capaz de establecer qué entendía aquel hijo de su madre por costumbres mejicanas. Las opciones eran dinero o lo otro.

Respecto al dinero, Teresa ahorraba hasta el último céntimo, así que se inclinó por lo otro. Por un curioso prurito machista que a ella misma estuvo a punto de hacerla reír, el tal Souco procuró esmerarse durante el encuentro, en la habitación 106 del hotel Avenida —Teresa había establecido con toda claridad que sería una cita y no más—, y hasta reclamó un veredicto a la hora del cigarrillo y el hastío, atento a su autoestima y todavía con el preservativo puesto. Me vine, respondió ella vistiéndose despacio, el cuerpo empapado en sudor. ¿Me vine es me corrí?, preguntó él. Claro, repuso ella. Luego, de regreso a su casa, estuvo sentada en el cuarto de baño, lavándose pensativa y despacio, mucho rato, antes de fumarse un cigarrillo ante el espejo, observando con aprensión cada uno de los rasgos de sus veintitrés años de vida como si tuviera miedo a verlos alterarse en una mutación extraña. Miedo a ver, un día, su propia imagen sola en la mesa, como los hombres de aquella cantina de Culiacán; y no llorar, y no reconocerse.

Pero el Güero Dávila, tan preciso en sus predicciones como en sus imprevisiones, se equivocó en un punto del pronóstico. A partir de ciertas cosas, sabía ella ahora, la soledad no resultaba difícil de asumir. Ni siquiera los pequeños accidentes y concesiones la alteraban. Algo había muerto con el Güero, aunque ese algo tuviera menos que ver con él que con ella misma. Tal vez cierta inocencia, o una injustificada seguridad. Teresa salió muy joven del frío, dejando atrás la calle hosca, la miseria y los aspectos en apariencia más duros de la vida. Creyó alejarse de todo aquello para siempre, ignorante de que el frío seguía ahí, acechando tras la puerta cerrada y equívoca, a la espera del momento para deslizarse por los resquicios y estremecer de nuevo su existencia. De pronto piensas que el horror está lejos, bien a raya, y éste se te cuela dentro. Ella todavía no estaba preparada, entonces. Era una chavita: la morra de un narco bien puesta en casa, coleccionando videos y porcelanas y láminas con paisajes para colgar en la pared. Una de tantas. Siempre lista para su hombre, que se lo devolvía de lujo. Bien padre. Con el Güero todo era reírse y coger. Más tarde ella había visto las primeras señales de lejos, sin prestar atención. Signos nefastos. Avisos que el Güero se tomaba a broma o, para ser más exactos, le importaban un carajo. Le valían madres, porque él era bien listo, pese a lo que otros decían. Muy vivo y muy lanza. Simplemente decidió saltarse la barda y no esperar. Ni siquiera a ella la había esperado el cabrón. Y como resultado, un día y de pronto, bip-bip: Teresa viéndose de nuevo en el exterior, a la intemperie, corriendo desconcertada con una bolsa y una pistola en las manos. Y luego el aliento del Gato Fierros y su miembro endurecido encajándose en ella, el fogonazo de los tiros, la cara de sorpresa de Potemkin Gálvez, la capilla de Malverde y el olor del cigarro habano de don Epifanio Vargas. El miedo que se le pegaba a la piel como el tizne de las velas encendidas, espesándole el sudor y las palabras. Y al cabo, entre el alivio de lo que quedaba atrás y la incertidumbre del futuro, un avión con ella misma, o con la otra mujer que a veces se le parecía, mirándose —mirándola— en el reflejo nocturno de la ventanilla, a tres mil metros sobre el Atlántico. Madrid. Un tren hacia el sur. Un barco moviéndose por el mar y la noche. Melilla. Y ahora, a este lado del largo viaje, Teresa ya no podría olvidar nunca el soplo siniestro que rondaba afuera. Ni aunque tuviese otra vez la piel y el vientre disponibles para quienes ya no eran el Güero. Incluso aunque —la idea siempre la hacía sonreír de un modo extraño— amase de nuevo, o creyera hacerlo. Pero tal vez la secuencia correcta, pensaba al repasar su caso, fuese primero amar, después creer amar, y al fin dejar de amar o amar un recuerdo. Ahora sabía —eso la asustaba y, paradójicamente, la tranquilizaba al mismo tiempo— que era posible, incluso fácil, instalarse en la soledad como en una ciudad desconocida, en un apartamento con un viejo televisor y una cama cuyo somier rechina cuando te revuelves, insomne. Levantarse a orinar y quedarse allí quieta, un cigarrillo entre los dedos. Meterse bajo la ducha y acariciarse el sexo con la mano humedecida de agua y jabón, los ojos cerrados, recordando la boca de un hombre. Y saber que eso podría durar toda la vida, y que ella podría extrañamente acostumbrarse a que así fuera. Resignarse a envejecer amarga y sola, estancada en aquella ciudad como en cualquier otro rincón perdido del mundo, mientras ese mundo seguía girando como siempre lo hizo, aunque antes no se diera cuenta: impasible, cruel, indiferente.

Volvió a verlo una semana más tarde, junto al mercadillo de la cuesta Montes Tirado. Ella había ido a comprar especias a la tienda de ultramarinos de Kif-Kif —a falta de chile mejicano, su gusto por el picante había terminado adaptándose a los fuertes condimentos morunos— y caminaba calle arriba, una bolsa en cada mano, buscando las fachadas con más sombra para evitar el calor de la mañana, que allí no era húmedo como en Culiacán, sino seco y duro: calor norteafricano de rambla sin agua, chumbera, monte bajo y piedra desnuda. Lo vio salir de una tienda de repuestos eléctricos con una caja bajo el brazo, y lo reconoció en el acto: Yamila, días atrás, el hombre al que había dejado terminar su copa mientras Ahmed limpiaba el suelo y las chicas se despedían hasta mañana. También él la reconoció; pues cuando pasó a su lado, apartándose un poco para no estorbarla con la caja que llevaba, sonrió de la misma forma que cuando tenía el whisky encima de la barra y pedía permiso para terminarlo, más con los ojos que con la boca, y dijo hola. Ella también dijo hola y siguió camino mientras él metía la caja en el maletero de una furgoneta aparcada junto a la acera; y sin volverse supo que seguía mirándola, hasta que al cabo, cerca de la esquina, sintió sus pasos detrás, o creyó sentirlos. Entonces Teresa hizo algo extraño, que ella misma era incapaz de explicarse: en vez de continuar recto a su casa, se desvió a la derecha para entrar en el mercado. Anduvo al azar, como si buscara protección entre la gente, aunque no habría sabido responder en caso de preguntarle de qué se protegía. Lo cierto es que caminó sin rumbo entre los animados puestos de fruta y verduras, con las voces de tenderos y clientes resonando bajo la nave acristalada, y tras deambular por el recinto de la pescadería salió por la puerta que daba al cafetín de la calle Comisario Valero. De ese modo, sin mirar atrás ni una vez en todo el largo rodeo, llegó a su casa. El portal estaba al final de una escalera encalada, en un callejón que subía Polígono arriba entre rejas con macetas de geranios y persianas verdes —era un buen ejercicio bajar y subir dos o tres veces al día—, y desde la escalera se veían los tejados de la ciudad, el minarete rojo y blanco de la mezquita central, y a lo lejos, en Marruecos, la sombra oscura del monte Gurugú. Al fin se volvió a mirar atrás mientras buscaba las llaves en el bolsillo de los liváis. Entonces pudo verlo en la esquina del callejón, quieto y tranquilo, igual que si no se hubiera movido de ese lugar en toda la mañana. El sol reverberaba en las paredes encaladas y en su camisa dorándole los brazos y el cuello, proyectando en el suelo una sombra neta y definida. Un solo gesto, una palabra, una sonrisa inoportuna, habrían hecho que ella girase sobre sus talones y abriese la puerta para cerrarla a su espalda, dejando al hombre atrás, afuera, lejos de su casa y de su vida. Pero cuando sus miradas se cruzaron él se limitó a quedarse como estaba, inmóvil en la esquina entre toda aquella luz de las paredes blancas y de su camisa blanca. Y los ojos verdes parecían sonreír de lejos, como cuando ella había dicho es hora de cerrar en la barra del Yamila, y se hubiera dicho que veían cosas que Teresa ignoraba. Cosas sobre su presente y su futuro. Tal vez por eso, en vez de abrir la puerta y cerrarla tras de sí, dejó las bolsas en el suelo, se sentó en un peldaño de la escalera y sacó el paquete de cigarrillos. Lo sacó muy despacio, y sin levantar la vista permaneció así mientras el hombre se movía escalera arriba hasta llegar a su altura. Por un momento su sombra ocultó la luz del sol. Después se sentó al lado, en el mismo peldaño; y aún con la vista baja ella vio unos pantalones de algodón azules, muy lavados. Unos tenis grises. Las vueltas de la camisa remangada sobre los brazos tostados por el sol, delgados y fuertes. Un reloj sumergible Seiko con correa negra en la muñeca izquierda. El tatuaje del Cristo crucificado en el antebrazo derecho.

Teresa encendió el cigarrillo, inclinando el rostro, y el cabello suelto le cayó sobre la cara. Al hacerlo se acercó un poco al hombre, sin pretenderlo; y éste se ladeó igual que había hecho en la calle cuando cargaba con la caja, como para no estorbarle el movimiento. No lo miró, y supo que él tampoco la miraba. Fumó en silencio, analizando ecuánime cada uno de los sentimientos y sensaciones físicas que le recorrían el cuerpo. La conclusión era sorprendentemente simple: mejor cerca que lejos. De pronto él se movió un poco, y ella se vio a sí misma temiendo que se marchara. Pa' qué te digo que no, pensó. Si sí. Alzó el rostro, apartando el cabello para observarlo. Tenía un perfil agradable, huesudo el mentón, bronceada la cara, el ceño un poco fruncido por efecto de la luz que le hacía entornar los ojos. Todo bien chilo. Miraba lejos, hacia el Gurugú y Marruecos.

—¿Dónde estuviste? —preguntó ella.

—De viaje —su voz tenía un ligero acento que no había notado la primera vez: una modulación agradable y suave, algo cerrada, diferente del español que se hablaba por allí—. Regresé esta mañana.

Ocurrió así, como si reanudaran un diálogo interrumpido. Dos viejos conocidos que se encuentran, sin sorprenderse el uno del otro. Dos amigos. Tal vez dos amantes.

—Me llamo Santiago.

Al fin se había vuelto. O eres muy listo, pensó ella, o eres un encanto. En cualquier caso, daba lo mismo. Los ojos verdes sonreían de nuevo, seguros y tranquilos, estudiándola.

—Yo soy Teresa.

Repitió el nombre de ella en voz baja. Teresa, dijo en tono reflexivo, como si por alguna razón que ambos todavía ignoraban debiera acostumbrarse a pronunciarlo. Siguió observándola mientras ella aspiraba el humo del cigarrillo antes de expulsarlo de golpe, a la manera de una decisión; y cuando dejó caer la colilla al suelo y se puso en pie, él permaneció sin moverse, sentado en el peldaño. Supo que se quedaría allí sin forzar las cosas, si no le facilitaba el siguiente paso. No por inseguridad o timidez, desde luego. Estaba claro que no era de ésos. Su calma parecía establecer que aquello era un asunto al cincuenta por ciento, y que cada cual debía recorrer su trecho del camino.

—Ven —dijo ella.

Era diferente, comprobó. Menos imaginativo y divertido que el Güero. No había, como en el otro caso —el guacho joven y el policía nada tenían que ver con eso—, bromas, ni risas, ni osadías, ni procacidades dichas a modo de prólogo o de aderezo. En realidad esa primera vez apenas hubo palabras: aquel hombre callaba casi todo el tiempo mientras se movía muy serio y muy lento. Tan minucioso. Sus ojos, que incluso entonces eran tranquilos, no la perdían un instante. No se desviaban ni entornaban nunca. Y cuando una rendija de luz entraba por las varillas de la persiana, haciendo brillar minúsculas gotas de sudor en la piel de Teresa, los destellos verdes parecían aclararse más, fijos y siempre alerta, tan serenos como el resto del cuerpo delgado y fuerte que no la acometía impaciente, como ella había esperado, sino que se adentraba firme, seguro. Sin prisas. Tan atento a las sensaciones que la mujer mostraba en el rostro y a los estremecimientos de su carne como al propio control; prolongando hasta el límite cada beso, cada caricia, cada situación. Repetidos una y otra vez los mismos gestos, las mismas vibraciones y respuestas, todo aquel complejo encadenamiento: olor a sexo desnudo y húmedo, tenso. Saliva. Calidez. Suavidad. Presión. Paz. Causas y efectos que se convertían en nuevas causas, secuencias idénticas de apariencia interminable. Y cuando ella tenía vértigos de lucidez, como si fuera a caerse desde algún lugar donde yacía o flotaba abandonada, y creyendo despertar correspondía de algún modo, acelerando el ritmo, o llevándolo allí adonde sabía —creía saber— que todo hombre desea ser llevado, él movía un poco la cabeza, negando, y se acentuaba la sonrisa serena en sus ojos, y pronunciaba en voz baja palabras inaudibles, y una vez hasta alzó un dedo para amonestarla dulcemente, espera, susurró, quieta, ni parpadees; y tras retroceder e inmovilizarse un instante, rígidos los músculos de la cara, concentrado para recobrar el control —lo sentía entre los muslos, bien duro y mojado de ella—, de repente se hundió de nuevo, suave, todavía más lento y más hondo, hasta bien adentro. Y Teresa ahogó un gemido y todo volvió a comenzar otra vez mientras el sol en las rendijas de la persiana la deslumbraba con ráfagas de luz breves y tibias como cuchilladas. Y así, entrecortado el aliento, mirándolo desorbitada tan de cerca que parecía tener su rostro y sus labios y sus ojos también dentro de sí, prisionera entre aquel cuerpo y las sábanas revueltas y húmedas a su espalda, lo apretó más intensamente con los brazos y las manos y las piernas y la boca mientras pensaba de pronto: Dios mío, Virgencita, santa madre de Cristo, no estamos usando condón.

4. Vámonos donde nadie nos juzgue

A Dris Larbi no le gustaba meterse en la vida privada de sus chicas. O al menos eso me dijo. Era un hombre tranquilo, atento al negocio, partidario de que cada cual se lo montara a su aire, siempre y cuando no le endosaran a él la nota de gastos. Tan apacible era, contó, que hasta se había dejado la barba para contentar a su cuñado: un integrista pelmazo que vivía en Nador con la hermana y cuatro sobrinos. Poseía el DNI español y la nequa marroquí, votaba en las elecciones, mataba su cordero el día de Aid el Adha y pagaba impuestos sobre los beneficios declarados de sus negocios oficiales: no era mala biografía para alguien que había cruzado la frontera a los diez años con una caja de limpiabotas bajo el brazo y menos papeles que un conejo de monte. Precisamente ese punto, el de los negocios, había obligado a Dris Larbi a considerar una y otra vez la situación de Teresa Mendoza. Porque la Mejicana terminó convirtiéndose en algo especial. Llevaba la contabilidad del Yamila y conocía algunos secretos de la empresa. Además, tenía cabeza para los números, y eso era de mucha utilidad en otro orden de cosas. A fin de cuentas, los tres clubs de alterne que el rifeño tenía en la ciudad eran parte de negocios más complejos, que incluían facilitar el tráfico ilegal de inmigrantes —él decía tránsito privado— a Melilla y a la Península. Eso abarcaba cruces por la valla fronteriza, pisos francos en la Cañada de la Muerte o en casas viejas del Real, sobornos a los policías de guardia en los puestos de control, o expediciones más complejas, veinte o treinta personas por viaje, con desembarcos clandestinos en las playas andaluzas mediante pesqueros, lanchas o pateras que salían de la costa marroquí. Más de una vez le habían propuesto a Dris Larbi aprovechar la infraestructura para transportar algo más rentable; pero él, además de buen ciudadano y buen musulmán, era prudente. La droga estaba bien y era dinero rápido; pero trabajar ese género, cuando se era conocido y con cierta posición a este lado de la frontera, implicaba pasar tarde o temprano por un juzgado. Y una cosa era engrasar a un par de policías españoles para que no pidieran demasiados papeles a las chicas o a los inmigrantes, y otra muy distinta comprar a un juez. Prostitución e inmigración ilegal tenían menos ruina que cincuenta kilos de hachís en unas diligencias policiales. Menos malos rollos. El dinero venía más despacio, pero gozabas de libertad para gastártelo y no se iba en abogados y otras sanguijuelas. Por su cara que no.

La había seguido un par de veces, sin ocultarse demasiado. Haciéndose el encontradizo. También había hecho averiguaciones sobre aquel individuo: gallego, visitas a Melilla cada ocho o diez días, una lancha rápida Phantom pintada de negro. No era preciso ser enólogo, o etnólogo, o como se dijera, para deducir que líquido y en tetrabrik sólo podía ser vino. Un par de consultas en los lugares adecuados permitieron establecer que el fulano vivía en Algeciras, que la planeadora estaba registrada en Gibraltar, y que se llamaba, o lo llamaban —en ese ambiente era difícil saber— Santiago Fisterra. Sin antecedentes penales, contó confidencial un cabo de la Policía Nacional muy aficionado, por cierto, a que las chicas de Dris Larbi se la mamaran en horas de servicio dentro del coche patrulla. Todo eso permitió que el jefe de Teresa Mendoza se hiciera una idea aproximada del personaje, considerándolo bajo dos aspectos: inofensivo como cliente del Yamila, incómodo como íntimo de la Mejicana. Incómodo para él, claro.

Pensaba en todo eso mientras observaba a la pareja. Los había visto de modo casual desde su automóvil paseando cerca del puerto, en el Mantelete, junto a las murallas de la ciudad vieja; y tras seguir adelante un trecho maniobró para regresar de nuevo, aparcar e ir a tomar un botellín a la esquina del Hogar del Pescador. En la placita, bajo un arco antiquísimo de la fortaleza, Teresa y el gallego comían pinchos morunos sentados junto a una de las tres desvencijadas mesas de un chiringuito. Hasta Dris Larbi llegaba el aroma de la carne especiada sobre las brasas, y tuvo que reprimirse —no había almorzado— para no ir hasta allí y pedir algo. A su lado marroquí lo volvían loco los pinchitos.

En el fondo todas son iguales, se dijo. No importa lo serenas que parezcan, cuando se les cruza una buena herramienta se lían la manta a la cabeza y no atienden a razones. Estuvo un rato mirándola de lejos, con la Mahou en la mano, intentando relacionar a la joven que él conocía, la mejicanita eficiente y discreta detrás del mostrador, con aquella otra vestida con tejanos, zapatos de tacón muy alto y una chaqueta de cuero, el pelo con la raya en medio, liso y tirante hacia atrás para recogerse en la nuca a la manera de su tierra, que conversaba con el hombre sentado junto a ella a la sombra de la muralla. Una vez más pensó que no era especialmente bonita sino del montón; pero que según se arreglara, o según qué momento, podía serlo. Los ojos grandes, el pelo tan negro, el cuerpo joven al que le sentaban bien los pantalones ajustados, los dientes blancos y sobre todo la manera dulce de hablar, y la forma en que escuchaba cuando le decías algo, callada y seria como si pensara, de manera que te sentías atendido, y casi importante. Sobre el pasado de Teresa, Dris Larbi sabía lo imprescindible, y no deseaba más: que tuvo problemas serios en su tierra, y que alguien con influencias le procuró un sitio donde ocultarse. La había visto bajar del ferry de Málaga con su bolsa de viaje y el aire aturdido, desterrada a un mundo extraño del que ignoraba las claves. A esta palomita se la comen en dos días, llegó a pensar. Pero la Mejicana había demostrado una singular capacidad de adaptarse al terreno; como esos soldados jóvenes de origen campesino, acostumbrados a sufrir bajo el sol y el frío, que luego, en la guerra, resisten cualquier cosa y son capaces de soportar fatigas y privaciones, enfrentándose a cada situación como si hubieran pasado la vida en ella.

Por eso lo sorprendía su relación con el gallego. No era de las que se enredaban con un cliente o con cualquiera, sino de las resabiadas. De las que se lo pensaban. Y sin embargo allí estaba, comiendo pinchos morunos sin apartar los ojos del tal Fisterra; que tal vez tuviese futuro por delante —el propio Dris Larbi era una prueba de que podía llegar a medrarse en la vida—, pero de momento no tenía donde caerse muerto, y lo más probable eran diez años en cualquier prisión española o marroquí, o un navajazo en una esquina. Es más: estaba seguro de que el gallego tenía que ver con las recientes e insólitas peticiones de Teresa de asistir a algunas de las fiestas privadas que Dris Larbi organizaba a uno y otro lado de la frontera. Quiero ir, propuso ella sin más explicaciones; y él, sorprendido, no pudo ni quiso negarse. Vale, de acuerdo, por qué no. El caso es que allí había estado, en efecto, ver para creer, la misma que en el Yamila iba de estrecha y de seria detrás de la barra, muy arreglada ahora y con mucho maquillaje y bien guapa, con aquel mismo peinado de raya en medio muy tirante hacia atrás y un vestido negro de falda corta, escotado, de esos que se pegan a un cuerpo que no estaba mal, y sobre el tacón alto unas piernas —nunca antes Dris Larbi la había visto así— en realidad bastante potables. Vestida para matar, pensó el rifeño la primera vez, cuando la recogió con un par de coches y cuatro chicas europeas para llevarla al otro lado de la frontera, más allá de Mar Chica, a un chalet de lujo junto a la playa de Kariat Arkeman. Después, metidos en jarana —un par de coroneles, tres funcionarios de alto rango, dos políticos y un rico comerciante de Nador—, Dris Larbi no le había quitado ojo a Teresa, curioso por averiguar lo que llevaba entre manos. Mientras las cuatro europeas, reforzadas por tres jovencísimas marroquíes, entretenían a los invitados de manera convencional en aquel tipo de situaciones, Teresa entabló conversación un poco con todo el mundo, en español y también en un inglés elemental que hasta ese momento Dris Larbi ignoraba que ella controlara, y que él desconocía por completo salvo las palabras goodmorning, goodbye, fuck y money. Teresa estuvo toda la noche, observó desconcertado, tolerante y hasta simpática de aquí para allá, como tanteando con cálculo el terreno; y tras esquivar el avance de uno de los políticos locales, que a esas horas iba ya bastante cargado de todo lo ingerible en estado sólido, líquido y gaseoso, terminó decidiéndose por un coronel de la Gendarmería Real llamado Chaib. Y Dris Larbi, que como esos maîtres eficientes de hoteles y restaurantes se mantenía en discreto aparte, un toque aquí y otro allá, una indicación de cabeza o una sonrisa, procurando que todo transcurriese a gusto de sus invitados —tenía una cuenta bancaria, tres puticlubs que mantener y docenas de emigrantes ilegales esperando luz verde para ser transportados a España—, no pudo menos que apreciar, como experto en relaciones públicas, la soltura con que la Mejicana se trajinaba al gendarme. Que no era, y eso lo advirtió preocupado, un militar cualquiera. Porque todo traficante que pretendiera mover hachís entre Nador y Alhucemas tenía que pagarle un impuesto adicional, en dólares, al coronel Abdelkader Chaib.

Teresa aún asistió a otra fiesta, un mes más tarde, donde se encontró de nuevo con el coronel marroquí. Y mientras los observaba charlar aparte y en voz baja en un sofá junto a la terraza —esta vez se trataba de un lujoso ático en uno de los mejores edificios de Nador—, Dris Larbi empezó a asustarse y decidió que no habría una tercera vez. Llegó a pensar incluso en despedirla del Yamila; pero se veía atado por ciertos compromisos. En aquella compleja cadena de amigos de un amigo, el rifeño no controlaba las causas últimas ni los eslabones intermedios; y en esos casos más valía ser cauto y no incomodar a nadie. Tampoco podía negar cierta simpatía personal por la Mejicana: ella le caía bien. Pero eso no incluía facilitarle las gestiones al gallego ni a ella los polvos con sus contactos marroquíes. Sin contar con que Dris Larbi procuraba mantenerse lejos de la planta del cannabis en cualquiera de sus formas y transformaciones. Así que nunca más, se dijo. Si ella quería cascársela a Abdelkader Chaib o cualquier otro por cuenta de Santiago Fisterra, no era él quien iba a poner la cama.

La previno como él solía hacer esas cosas, sin meterse mucho. Dejándolo caer. En cierta ocasión en que salían juntos del Yamila y bajaron caminando hasta la playa mientras conversaban sobre una entrega de botellas de ginebra que debía hacerse por la mañana, al llegar a la esquina del paseo marítimo Dris Larbi vio al gallego que esperaba sentado en un banco; y sin transición, a medio comentario sobre las cajas de botellas y el pago al proveedor, dijo: ése es de los que no se quedan. Nada más. Luego guardó silencio un par de segundos antes de seguir hablando de las cajas de ginebra, y también antes de darse cuenta de que Teresa lo miraba muy seria; no como si no entendiera, sino desafiándolo a seguir, hasta el punto de que el rifeño se vio obligado a encogerse de hombros y añadir algo: o se van o los matan.

—Qué sabrás tú de eso —había dicho ella.

Y lo dijo con un tono de superioridad y un cierto desdén que hicieron sentirse a Dris Larbi un poco ofendido. Qué se habrá creído esta apache estúpida, llegó a pensar. Abrió la boca para decir una grosería, o quizá —no lo tenía decidido— para comentarle a la mejicanita que él de hombres y de mujeres sabía unas cuantas cosas después de pasar un tercio de su vida traficando con seres humanos y con coños; y que si no le parecía bien, estaba a tiempo de buscarse otro curro. Pero se quedó callado porque creyó comprender que ella no se refería a eso, a los hombres y las mujeres y a los que te follan y desaparecen, sino a algo más complicado de lo que él no estaba al corriente; y que en ocasiones, si uno era capaz de observar ese tipo de cosas, se traslucía en la forma de mirar y en los silencios de aquella mujer. Y esa noche, junto a la playa donde aguardaba el gallego, Dris Larbi intuyó que el comentario de Teresa tenía menos que ver con los hombres que se van que con los hombres a los que matan. Porque, en el mundo del que ella procedía, que te mataran era una forma de irse tan natural como otra cualquiera.

Teresa tenía una foto en el bolso. La llevaba en la cartera desde hacía mucho tiempo: desde que el Chino Parra se la hizo a ella y al Güero Dávila un día que celebraban su cumpleaños. Estaban los dos solos en la foto, él llevaba puesta la chamarra de piloto y le pasaba un brazo por los hombros. Se veía bien chilo riéndose frente a la cámara, con su facha de gringo flaco y alto, la otra mano colgada por el pulgar en la hebilla del cinturón. Su gesto risueño contrastaba con el de Teresa, que apuntaba sólo una sonrisa entre inocente y desconcertada. Contaba apenas veinte años entonces, y además de chavísima parecía frágil, con los ojos muy abiertos ante el flash de la cámara, y en la boca aquella mueca algo forzada, que no llegaba a contagiarse de la alegría del hombre que la abrazaba. Tal vez, como ocurre en la mayor parte de las fotografías, la expresión era casual: un instante cualquiera, el azar fijado en la película. Pero cómo no aventurarse ahora, con la lección sabida, a interpretar. A menudo las imágenes y las situaciones y las fotos no lo son del todo hasta que llegan los acontecimientos posteriores; como si quedaran en suspenso, provisionales, para verse confirmadas o desmentidas más tarde. Nos hacemos fotos, no con objeto de recordar, sino para completarlas después con el resto de nuestras vidas. Por eso hay fotos que aciertan y fotos que no. Imágenes que el tiempo pone en su lugar, atribuyendo a unas su auténtico significado, y negando otras que se apagan solas, igual que si los colores se borraran con el tiempo. Aquella foto que guardaba en la cartera era de las que se hacen para que luego adquieran sentido, aunque nadie sepa eso cuando la hace. Y al cabo, el pasado más reciente de Teresa daba a esa vieja instantánea un futuro inexorable, al fin consumado. Ya era fácil, desde esta orilla de sombras, leer, o interpretar. Todo parecía obvio en la actitud del Güero, en la expresión de Teresa, en la sonrisa confusa motivada por la presencia de la cámara. Ella sonreía para agradar a su hombre, lo justo —ven aquí, prietita, mira el objetivo y piensa en lo que me quieres, mi chula—, mientras se le refugiaba en los ojos el presagio oscuro. El presentimiento.

Ahora, sentada junto a otro hombre al pie de la Melilla antigua, Teresa pensaba en esa foto. Pensaba en ella porque apenas llegados allí, mientras su acompañante encargaba los pinchitos al moro del hornillo de carbón, un fotógrafo callejero con una vieja Yashica colgada al cuello se les había acercado, y cuando le decían que no, gracias, ella se preguntó qué futuro podrían leer un día en la foto que no iban a hacerse, si la contemplaran años más tarde. Qué signos iban a interpretar, cuando todo se hubiera cumplido, en aquella escena junto a la muralla, con el mar resonando a pocos metros, el oleaje batiendo las rocas tras el arco del muro medieval que dejaba ver un trozo de cielo azul intenso, el olor a algas y a piedra centenaria y a basura de la playa mezclándose con el aroma de los pinchitos especiados dorándose sobre las brasas.

—Me voy esta noche —dijo Santiago.

Era la sexta desde que se conocían. Teresa contó un par de segundos antes de mirarlo, y asintió al hacerlo.

—¿Dónde?

—Da igual adónde —la miraba grave, dando por sentado que eran malas noticias para ella—. Hay trabajo.

Teresa sabía cuál era ese trabajo. Todo estaba a punto al otro lado de la frontera, porque ella misma se había encargado de que lo estuviera. Tenían la palabra de Abdelkader Chaib —la cuenta secreta del coronel en Gibraltar acababa de aumentar un poco— de que no habría problemas en el embarque. Santiago llevaba ocho días pendiente de un aviso en su habitación del hotel Ánfora, con Lalo Veiga vigilando la lancha en una ensenada de la costa marroquí, cerca de Punta Bermeja. A la espera de una carga. Y ahora el aviso había llegado.

—¿Cuándo te regresas?

—No sé. Una semana como mucho.

Movió Teresa un poco la cabeza, asintiendo de nuevo como si una semana fuera el tiempo adecuado. Habría hecho el mismo gesto si hubiese oído un día, o un mes.

—Viene el oscuro —apuntó él.

Quizá por eso estoy aquí sentada contigo, pensaba ella. Viene la luna nueva y tienes trabajo, y es como si yo estuviera sentenciada a repetir la misma rola. La cuestión es si quiero o no quiero repetirla. Si me conviene o no me conviene.

—Seme fiel —apuntó él, o su sonrisa.

Lo observó como si regresara de muy lejos. Tanto que hizo un esfuerzo para entender a qué chingados se refería.

—Lo intentaré —dijo al fin, cuando comprendió.

—Teresa.

—Qué.

—No hace falta que sigas aquí.

La miraba de frente, casi leal. Todos ellos miraban de frente, casi leales. Incluso al mentir, o al prometer cosas que no iban a cumplir jamás, aunque no lo supieran.

—No mames. Ya hemos hablado de eso.

Había abierto el bolso y buscaba el paquete de cigarrillos y el encendedor. Bisonte. Unos cigarrillos recios, sin filtro, a los que se había acostumbrado por casualidad. No había Faros en Melilla. Encendió uno, y Santiago seguía mirándola de la misma manera.

—No me gusta tu trabajo —dijo al rato él.

—A mí me encanta el tuyo.

Sonó como el reproche que era, e incluía demasiadas cosas en sólo seis palabras. Él desvió la vista.

—Quería decir que no necesitas a ese moro.

—Pero tú sí necesitas a otros moros... Y me necesitas a mí.

Recordó sin desear hacerlo. El coronel Abdelkader Chaib andaba por los cincuenta y no era mal tipo. Sólo ambicioso y egoísta como cualquier hombre, y tan razonable como cualquier hombre inteligente. También podía ser, cuando se lo proponía, educado y amable. A Teresa la había tratado con cortesía, sin exigir nunca más de lo que ella planeaba darle, y sin confundirla con la mujer que no era. Atento al negocio y respetando la cobertura. Respetándola hasta cierto punto.

—Ya nunca más.

—Claro.

—Te lo juro. Lo he pensado mucho. Ya nunca más.

Seguía ceñudo, y ella se giró a medias. Dris Larbi estaba al otro lado de la placita, en la esquina del Hogar del Pescador, con una chela en la mano, observando la calle. O a ellos dos. Vio que levantaba el botellín, como para saludarla, y respondió inclinando un poco la cabeza.

—Dris es un buen hombre —dijo, vuelta de nuevo a Santiago—. Me respeta y me paga.

—Es un chulo de putas y un moro cabrón.

—Y yo soy una india puta y cabrona.

Se quedó callado y ella fumó en silencio, malhumorada, escuchando el rumor del mar tras el arco del muro. Santiago se puso a entrecruzar distraídamente los pinchos de metal en el plato de plástico. Tenía manos ásperas, fuertes y morenas, que ella conocía bien. Llevaba el mismo reloj sumergible barato y fiable, nada de pulseras o anillos. Los reflejos de luz en el encalado de la plaza le doraban el vello sobre el tatuaje del brazo. También clareaban sus ojos.

—Puedes venirte conmigo —apuntó él por fin—. En Algeciras se está bien... Nos veríamos cada día. Lejos de esto.

—No sé si quiero verte cada día.

—Eres una tía rara. Rara de narices. No sabía que las mejicanas fuerais así.

—No sé cómo son las mejicanas. Sé cómo soy yo —lo pensó un instante—. Algunos días creo que lo sé.

Tiró el cigarrillo al suelo, apagándolo con la suela del zapato. Luego se volvió a comprobar si Dris Larbi seguía en el bar de enfrente. Ya no estaba. Se puso en pie y dijo que se le antojaba dar un paseo. Todavía sentado, mientras buscaba el dinero en el bolsillo de atrás del pantalón, Santiago seguía mirándola, y su expresión era distinta. Sonreía. Siempre sabía cómo sonreír para que a ella se le desvaneciesen las nubes negras. Para que hiciera esto, o lo de más allá. Abdelkader Chaib incluido.

—Joder, Teresa.

—¿Qué?

—A veces pareces una cría, y me gusta —se levantó, dejando unas monedas sobre la mesa—. Quiero decir cuando te veo caminar, y todo eso. Andas moviendo el culo, te vuelves, y te lo comería todo como si fueras fruta fresca... Y esas tetas.

—¿Qué pasa con ellas?

Santiago ladeaba la cabeza, buscando una definición adecuada.

—Que son bonitas —concluyó, serio—. Las mejores tetas de Melilla.

—Híjole. ¿Ése es un piropo español?

—Pues no sé —esperó a que ella terminara de reírse—. Es lo que pasa por mi cabeza.

—¿Y sólo eso?

—No. También me gusta cómo hablas. O cómo te callas. Me pone, no sé... De muchas maneras. Y para una de esas maneras, a lo mejor la palabra es tierno.

—Bien. Me agrada que a veces olvides mis chichotas y te pongas tiernito.

—No tengo por qué olvidarme de nada. Tus tetas y yo tierno somos compatibles.

Ella se quitó los zapatos y echaron a andar por la arena sucia, y después entre las rocas por la orilla del agua, bajo los muros de piedra ocre por cuyas troneras asomaban cañones oxidados. A lo lejos se dibujaba la silueta azulada del cabo Tres Forcas. A veces la espuma les salpicaba los pies. Santiago caminaba con las manos en los bolsillos, deteniéndose a trechos para comprobar que Teresa no corría riesgo de resbalar en el verdín de las piedras húmedas.

—Otras veces —añadió de pronto, como si no hubiera dejado de pensar en ello— me pongo a mirarte y pareces de golpe muy mayor... Como esta mañana.

—¿Y qué pasó esta mañana?

—Pues que me desperté y estabas en el cuarto de baño, y me levanté a verte, y te vi delante del espejo, echándote agua en la cara, y te mirabas como si te costara reconocerte. Con cara de vieja.

—¿Fea?

—Feísima. Por eso quise volverte guapa, y te apalanqué en brazos y te llevé a la cama y estuvimos dándonos estiba una hora larga.

—No me acuerdo.

—¿De lo que hicimos en la cama?

—De estar fea.

Lo recordaba muy bien, por supuesto. Había despertado temprano, con la primera claridad gris. Canto de gallos al alba. Voz del muecín en el minarete de la mezquita. Tic tac del reloj en la mesilla. Y ella incapaz de recobrar el sueño, mirando cómo la luz aclaraba poco a poco el techo del dormitorio, con Santiago dormido boca abajo, el pelo revuelto, media cara hundida en la almohada y la áspera barba naciente de su mentón que le rozaba el hombro. Su respiración pesada y su inmovilidad casi continua, idéntica a la muerte. Y la angustia súbita que la hizo saltar de la cama, ir al cuarto de baño, abrir la llave del agua y mojarse la cara una y otra vez, mientras la mujer que la observaba desde el espejo se parecía a la mujer que la había mirado con el pelo húmedo el día que sonó el teléfono en Culiacán. Y luego Santiago reflejado detrás, los ojos hinchados por el sueño, desnudo como ella, abrazándola antes de llevarla de nuevo a la cama para hacerle el amor entre las sábanas arrugadas que olían a los dos, a semen y a tibieza de cuerpos enlazados. Y luego los fantasmas desvaneciéndose hasta nueva orden, una vez más, con la penumbra del amanecer sucio —no había nada tan sucio en el mundo como esa indecisa penumbra gris de los amaneceres— al que la luz del día, derramándose ya en caudal entre las persianas, relegaba de nuevo a los infiernos.

—Contigo me pasa, a ratos, que me quedo un poco fuera, ¿entiendes? —Santiago miraba el mar azul, ondulante con la marejada que chapaleaba entre las rocas; una mirada familiar y casi técnica—... Te tengo bien controlada, y de pronto, zaca. Te vas.

—A Marruecos.

—No seas tonta. Por favor. He dicho que eso terminó.

Otra vez la sonrisa que lo borraba todo. Guapo para no acabárselo, pensó de nuevo ella. El pinche contrabandista de su pinche madre.

—También a veces tú te vas —dijo—. Requetelejos.

—Lo mío es distinto. Tengo cosas que me preocupan... Quiero decir cosas de ahora. Pero lo tuyo es diferente.

Se quedó un poco callado. Parecía buscar una idea difícil de concretar. O de expresar.

—Lo tuyo —dijo al fin— son cosas que ya estaban ahí antes de conocerte.

Dieron unos pasos más antes de volver bajo el arco de la muralla. El viejo de los pinchitos limpiaba la mesa. Teresa y el moro cambiaron una sonrisa.

—Nunca me cuentas nada de México —dijo Santiago.

Ella se apoyaba en él, poniéndose los zapatos.

—No hay mucho que contar —respondió—... Allí la gente se chinga entre ella por el narco o por unos pesos, o la chingan porque dicen que es comunista, o llega un huracán y se los chinga a todos bien parejo.

—Me refería a ti.

—Yo soy sinaloense. Un poquito lastimada en mi orgullo, últimamente. Pero atrabancada de a madre.

—¿Y qué más?

—No hay más. Tampoco te pregunto a ti sobre tu vida. Ni siquiera sé si estás casado.

—No lo estoy —movía los dedos ante sus ojos—. Y me jode que no lo hayas preguntado hasta hoy.

—No pregunto. Sólo digo que no lo sé. Así fue el pacto.

—¿Qué pacto? No recuerdo ningún pacto.

—Nada de preguntas chuecas. Tú vienes, yo estoy. Tú te vas, yo me quedo.

—¿Y el futuro?

—Del futuro hablaremos cuando llegue.

—¿Por qué te acuestas conmigo?

—¿Y con quién más?

—Conmigo.

Se detuvo ante él, los brazos en jarras, las manos apoyadas en la cintura como si fuera a cantarle una ranchera.

—Porque eres un güey bien puesto —dijo, mirándolo de arriba abajo, con mucha lentitud y mucho aprecio—. Porque tienes ojos verdes, un trasero criminal de bonito, unos brazos fuertes... Porque eres un hijo de la chingada sin ser del todo egoísta. Porque puedes ser duro y dulce al mismo tiempo... ¿Te basta con eso? —sintió que se le tensaban los rasgos del rostro, sin querer—... También porque te pareces a alguien que conocí.

Santiago la miraba. Torpe, naturalmente. La expresión halagada se había esfumado de un tajo, y ella adivinó sus palabras antes de que las pronunciara.

—No me gusta eso de recordarte a otro.

Pinche gallego, aquél. Pinches hombres de mierda. Tan fáciles todos, y tan pendejos. De pronto sintió la urgencia de acabar esa conversación.

—Chale. Yo no he dicho que me recuerdes a otro. He dicho que te pareces a alguien.

—¿Y no quieres saber por qué me acuesto yo contigo?

—¿Aparte de mi utilidad en las fiestas de Dris Larbi?

—Aparte.

—Porque te la pasas requetelindo en mi panochita. Y porque a veces te sientes solo.

Lo vio pasarse una mano por el pelo, confuso. Luego la agarró del brazo.

—¿Y si me acostara con otras? ¿Te importaría?

Liberó el brazo sin violencia; sólo fue apartándolo con suavidad hasta que de nuevo lo sintió libre.

—Estoy segura de que también te acuestas con otras.

—¿En Melilla?

—No. Eso lo sé. Aquí, no.

—Di que me quieres.

—Órale. Te quiero.

—Eso no es verdad.

—Qué más te da. Te quiero.

No me fue difícil conocer la vida de Santiago Fisterra. Antes de viajar a Melilla completé el informe de la policía de Algeciras con otro muy detallado de Aduanas que contenía fechas y lugares, incluido su nacimiento en O Grove, un pueblo de pescadores de la ría de Arosa. Por eso sabía que, cuando conoció a Teresa, Fisterra acababa de cumplir los treinta y dos años. El suyo era un currículum clásico. Había estado embarcado en pesqueros desde los catorce, y después del servicio militar en la Armada trabajó para los amos do fume, los capos de las redes contrabandistas que operaban en las rías gallegas: Charlines, Sito Miñanco, los hermanos Pernas. Tres años antes de su encuentro con Teresa, el informe de Aduanas lo situaba en Villagarcía como patrón de una lancha planeadora del clan de los Pedrusquiños, conocida familia de contrabandistas de tabaco, que por esa época ampliaba sus actividades al tráfico de hachís marroquí. En aquel tiempo Fisterra era un asalariado a tanto el viaje: su trabajo consistía en pilotar lanchas rápidas que alijaban tabaco y droga desde buques nodriza y pesqueros situados fuera de las aguas españolas, aprovechando la complicada geografía del litoral gallego. Ello daba pie a peligrosos duelos con los servicios de vigilancia costera, Aduanas y Guardia Civil; y en una de esas incursiones nocturnas, cuando eludía la persecución de una turbolancha con cerrados zigzags entre las bateas mejilloneras de la isla de Cortegada, Fisterra, o su copiloto —un joven ferrolano llamado Lalo Veiga—, encendieron un foco para deslumbrar a los perseguidores en mitad de una maniobra, y los aduaneros chocaron contra una batea. Resultado: un muerto. La historia sólo figuraba a grandes rasgos en los informes policiales; así que marqué infructuosamente algunos números de teléfono hasta que el escritor Manuel Rivas, gallego, amigo mío y vecino de la zona —tenía una casa junto a la Costa de la Muerte—, hizo un par de gestiones y confirmó el episodio. Según me contó Rivas, nadie pudo probar la intervención de Fisterra en el incidente; pero los aduaneros locales, tan duros como los propios contrabandistas —se habían criado en los mismos pueblos y navegado en los mismos barcos—, juraron echarlo al fondo en la primera ocasión. Ojo por ojo. Eso bastó para que Fisterra y Veiga dejaran las Rías Bajas en busca de aires menos insalubres: Algeciras, a la sombra del Peñón de Gibraltar, sol mediterráneo y aguas azules. Y allí, beneficiándose de la permisiva legislación británica, los dos gallegos matricularon a través de terceros una potente planeadora de siete metros de eslora y un motor Yamaha PRO de seis cilindros y 225 caballos, trucado a 250, con la que se movían entre la colonia, Marruecos y la costa española.

—Por ese tiempo —me explicó en Melilla Manolo Céspedes, después de ver a Dris Larbi— la cocaína todavía era para ricos-ricos. El grueso del tráfico consistía en tabaco de Gibraltar y hachís marroquí: dos cosechas y dos mil quinientas toneladas de cannabis exportadas clandestinamente a Europa cada año... Todo eso pasaba por aquí, claro. Y sigue pasando.

Despachábamos una cena en regla sentados ante una mesa de La Amistad: un bar-restaurante más conocido por los melillenses como casa Manolo, frente al cuartel de la Guardia Civil que el propio Céspedes había hecho construir en sus tiempos de poderío. En realidad el dueño del local no se llamaba Manolo sino Mohamed, aunque también era conocido por hermano de Juanito, propietario a su vez del restaurante casa Juanito, quien tampoco se llamaba Juanito sino Hassán; laberintos patronímicos, todos ellos, muy propios de una ciudad con múltiples identidades como Melilla. En cuanto a La Amistad, era un sitio popular, con sillas y mesas de plástico y una barra para el tapeo frecuentada por europeos y musulmanes, donde a menudo la gente comía o cenaba de pie. La calidad de su cocina era memorable, a base de pescado y marisco fresco venido de Marruecos, que el propio Manolo —Mohamed— compraba cada mañana en el mercado central. Esa noche, Céspedes y yo tomábamos coquinas, langostinos de Mar Chica, mero troceado, abadejo a la espalda y una botella de Barbadillo frío. Disfrutándolo, claro. Con los caladeros españoles arrasados por los pescadores, era cada vez más difícil encontrar aquello en aguas de la Península.

—Cuando llegó Santiago Fisterra —continuó Céspedes—, casi todo el tráfico importante se hacía en lanchas rápidas. Vino porque ésa era su especialidad, y porque muchos gallegos buscaban instalarse en Ceuta, Melilla y la costa andaluza... Los contactos se hacían aquí o en Marruecos. La zona más transitada eran los catorce kilómetros que hay entre Punta Carnero y Punta Cires, en pleno Estrecho: pequeños traficantes en los ferrys de Ceuta, alijos grandes en yates y pesqueros, planeadoras... El tráfico era tan intenso que a esa zona la llamaban el Bulevar del Hachís.

—¿Y Gibraltar?

—Pues ahí, en el centro de todo —Céspedes señaló el paquete de Winston que tenía cerca, sobre el mantel, y describió con el tenedor un círculo a su alrededor—. Como una araña en su tela. En aquella época era la principal base contrabandista del Mediterráneo occidental... Los ingleses y los llanitos, la población local de la colonia, dejaban las manos libres a las mafias. Invierta aquí, caballero, confíenos su pasta, facilidades financieras y portuarias... El alijo de tabaco se hacía directamente de los almacenes del puerto a las playas de La Línea, mil metros más allá... Bueno, en realidad eso todavía ocurre —señaló otra vez la cajetilla—. Éste es de allí. Libre de impuestos.

—¿Y no te da vergüenza?... Un ex delegado gubernativo defraudando a Tabacalera Eseá.

—No fastidies. Ahora soy un pensionista. ¿Tú sabes cuánto fumo al día?

—¿Y qué hay de Santiago Fisterra?

Céspedes masticó un poco de mero, saboreándolo sin prisas. Luego bebió un sorbo de Barbadillo y me miró.

—Ése no sé si fumaba o no fumaba; pero de alijar tabaco, nada. Un viaje con un cargamento de hachís equivalía a cien de Winston o Marlboro. El hachís era más rentable.

—Y más peligroso, imagino.

—Mucho más —después de chuparlas minuciosamente, Céspedes alineaba las cabezas de los langostinos en el borde del plato, como si fueran a pasar revista—. Si no tenías bien engrasados a los marroquíes, ibas listo. Fíjate en el pobre Veiga... Pero con los ingleses no había problema: ésos actuaban con su doble moral de costumbre. Mientras las drogas no tocasen suelo británico, ellos se lavaban las manos... Así que los traficantes iban y venían con sus alijos, conocidos de todo el mundo. Y cuando se veían sorprendidos por la Guardia Civil o los aduaneros españoles, corrían a refugiarse en Gibraltar. La única condición era que antes tirasen la carga por la borda.

—¿Así, tan fácil?

—Así. Por el morro —señaló otra vez la cajetilla de tabaco con el tenedor, dándole esta vez un golpecito encima—. A veces los de las lanchas tenían apostados en lo alto de la piedra a cómplices con visores nocturnos y radiotransmisores, monos, los llamaban, para estar al tanto de los aduaneros... Gibraltar era el eje de toda una industria, y se movían millones. Mehanis marroquíes, policías llanitos y españoles... Ahí mojaba todo Dios. Hasta a mí quisieron comprarme —reía entre dientes al recordar, la copa de vino blanco en la mano—... Pero no tuvieron suerte. Por esa época era yo quien compraba a otros.

Después de aquello Céspedes suspiró. Ahora, dijo mientras liquidaba el último langostino, es diferente. En Gibraltar se mueve el dinero de otro modo. Date una vuelta mirando buzones por Main Street y cuenta el número de sociedades fantasma que hay allí. Te mondas. Han descubierto que un paraíso fiscal es más rentable que un nido de piratas, aunque en el fondo sea lo mismo. Y de clientes, calcula: la Costa del Sol es una mina de oro, y las mafias extranjeras se instalan de todas las maneras imaginables. Además, desde Almería a Cádiz las aguas españolas están ahora muy vigiladas por lo de la inmigración ilegal. Y aunque lo del hachís sigue en plena forma, también la coca pega fuerte y los métodos son diferentes... Digamos que se acabaron los tiempos artesanos, o heroicos: las corbatas y los cuellos blancos relevan a los viejos lobos de mar. Todo se descentraliza. Las planeadoras contrabandistas han cambiado de manos, de tácticas y de bases de retaguardia. Son otros pastos.

Dicho todo aquello, Céspedes se echó atrás en la silla, le pidió un café a Manolo-Mohamed y encendió un cigarrillo libre de impuestos. Su cara de viejo tahúr sonreía evocadora, enarcando las cejas. Que me quiten lo que me he reído, parecía decir. Y comprendí que, además de viejos tiempos, el antiguo delegado gubernativo añoraba a cierta clase de hombres.

—El caso —concluyó— es que cuando Santiago Fisterra apareció por Melilla, el Estrecho estaba en todo lo suyo. Edad golden age, que dirían los llanitos. Ohú. Viajes directos de ida y vuelta, por las bravas. Con dos cojones. Cada noche era un juego del gato y el ratón entre traficantes por una parte y aduaneros, policías y guardias civiles por la otra... A veces se ganaba y a veces se perdía —dio una larga chupada al cigarrillo y sus ojos zorrunos se empequeñecieron, recordando—. Y ahí, huyendo de la sartén para caer en las brasas, es donde fue a meterse Teresa Mendoza.

Cuentan que fue Dris Larbi el que delató a Santiago Fisterra; y que lo hizo pese al coronel Abdelkader Chaib, o tal vez incluso con el conocimiento de éste. Eso resultaba fácil en Marruecos, donde el eslabón más débil eran los contrabandistas que no actuaban protegidos por el dinero o la política: un nombre dicho aquí o allá, algunos billetes cambiando de manos. Y a la policía le iba de perlas para las estadísticas. De todas formas, nadie pudo probar nunca la intervención del rifeño. Cuando planteé el tema —lo había reservado para nuestro último encuentro—, éste se cerró como una ostra y no hubo forma de sacarle una palabra más. Ha sido un placer. Fin de las confidencias, adiós y hasta nunca. Pero Manolo Céspedes, que cuando ocurrieron los hechos todavía era delegado gubernativo en Melilla, sostiene que fue Dris Larbi quien, con intención de alejar al gallego de Teresa, pasó el encargo a sus contactos del otro lado. Por lo general, la consigna era paga y trafica, a tu aire. Iallah bismillah. Con Dios. Eso incluía una vasta red de corrupción que iba desde las montañas donde se cosechaba el cannabis hasta la frontera o la costa marroquí. Los pagos se escalonaban en la proporción adecuada: policías, militares, políticos, altos funcionarios y miembros del Gobierno. A fin de justificarse ante la opinión pública —después de todo, el ministro del Interior marroquí asistía como observador a las reuniones antidroga de la Unión Europea—, gendarmes y militares realizaban periódicas aprehensiones; pero siempre a pequeña escala, deteniendo a quienes no pertenecían a las grandes mafias oficiales, y cuya eliminación no molestaba a nadie. Gente que a menudo era delatada, o apresada, por los mismos contactos que les procuraban el hachís.

El comandante Benamú, del servicio guardacostas de la Gendarmería Real de Marruecos, no tuvo inconveniente en contarme su participación en el episodio de Cala Tramontana. Lo hizo en la terraza del café Hafa, en Tánger, después de que un amigo común, el inspector de policía José Bedmar —veterano de la Brigada Central y ex agente de Información de los tiempos de Céspedes—, se encargara de localizarlo y concertar una cita tras recomendarme mucho por fax y por teléfono. Benamú era un hombre simpático, elegante, con un bigotillo recortado que le daba aspecto de galán latino de los años cincuenta. Vestía de paisano, con chaqueta y camisa blanca sin corbata, y me estuvo hablando media hora en francés, sin pestañear, hasta que, ya con más confianza, pasó a un español casi perfecto. Contaba bien las cosas, con cierto sentido del humor negro, y de vez en cuando señalaba hacia el mar que se extendía ante nuestros ojos bajo el acantilado como si todo hubiera ocurrido allí mismo, frente a la terraza donde él bebía su café y yo mi té con yerbabuena. Cuando ocurrieron los hechos era capitán, puntualizó. Patrulla de rutina con lancha armada —eso de la rutina lo dijo mirando un punto indefinido del horizonte—, contacto radar a poniente de Tres Forcas, procedimiento habitual. Por pura casualidad había otra patrulla en tierra, enlazada por radio —seguía mirando el horizonte cuando pronunció la palabra casualidad—; y entre una y otra, dentro de Cala Tramontana e igual que un pajarito en su nido, una planeadora intrusa en aguas marroquíes, muy pegada a la costa, metiendo a bordo una carga de hachís con una patera abarloada. Voz de alto, foco, bengala iluminante con paracaídas recortando las piedras de isla Charranes sobre el agua lechosa, voces reglamentarias y un par de tiros al aire en plan disuasorio. Por lo visto, la planeadora —baja, larga, fina como una aguja, pintada de negro, motor fueraborda— tenía problemas de arranque, porque tardó en moverse. A la luz del foco y la bengala, Benamú vio dos siluetas a bordo: una en el sitio del piloto, y otra corriendo a popa para soltar el cabo de la patera, donde había otros dos hombres que en ese momento tiraban por la borda los fardos de droga que no había embarcado la planeadora. Rateaba el motor sin llegar a ponerse en marcha; y Benamú —ateniéndose al reglamento, fue el matiz entre dos sorbos de café— ordenó a su marinero de proa que soltara una ráfaga con la 12.7, tirando a dar. Sonó como suenan esas cosas, tacatacatá. Ruidoso, claro. Según Benamú, impresionaba. Otra bengala. Los de la patera alzaron las manos, y en ese momento la lancha se encabritó, levantando espuma con la hélice, y el hombre que estaba de pie a popa cayó al agua. La ametralladora de la patrullera seguía tirando, taca, taca, taca, y los gendarmes de tierra la secundaron tímidamente al principio, pan, pan, y luego con más entusiasmo. Parecía la guerra. La última bengala y el foco alumbraban los rebotes y piques de las balas en el agua, y de pronto la planeadora soltó un rugido más fuerte y salió de estampida en línea recta; de manera que cuando miraron hacia el norte ya se había perdido en la oscuridad. Así que se acercaron a la patera, detuvieron a los ocupantes —dos marroquíes— y pescaron del agua tres fardos de hachís y a un español que tenía una bala del 12.7 en un muslo —Benamú señaló la circunferencia de su taza de café—. Un boquete así. Interrogado mientras se le prestaba la debida atención médica, el español dijo llamarse Veiga y ser marinero de una planeadora contrabandista que patroneaba un tal Santiago Fisterra; y que era ese Fisterra quien se les había escurrido entre las manos en Cala Tramontana. Dejándome tirado, recordaba Benamú oír lamentarse al preso. El comandante también creía recordar que al tal Veiga, juzgado dos años más tarde en Alhucemas, le cayeron quince años en la prisión de Kenitra —al mencionarla me miró como recomendándome que nunca incluyera ese lugar entre mis residencias de verano—, y que había cumplido la mitad. ¿Delación? Benamú repitió esa palabra un par de veces, cual si le resultara completamente ajena; y, mirando de nuevo la extensión azul cobalto que nos separaba de las costas españolas, movió la cabeza. No recordaba nada al respecto. Tampoco había oído hablar nunca de ningún Dris Larbi. La Gendarmería Real tenía un competente servicio de información propio, y su vigilancia costera resultaba altamente eficaz. Como la Guardia Civil de ustedes, apuntó. O más. La de Cala Tramontana había sido una actuación rutinaria, un brillante servicio como tantos otros. La lucha contra el crimen, y todo eso.

Tardó casi un mes en regresar, y lo cierto es que ella no esperaba verlo nunca más. Su fatalismo sinaloense llegó a creerlo ausente para siempre —es de los que no se quedan, había dicho Dris Larbi—, y ella aceptó esa ausencia del mismo modo que ahora aceptaba su reaparición. En los últimos tiempos, Teresa comprendía que el mundo giraba según reglas propias e impenetrables; reglas hechas de albures —en el sentido bromista que en México daban a esa palabra— y azares que incluían apariciones y desapariciones, presencias y ausencias, vidas y muertes. Y lo más que ella podía hacer era asumir esas reglas como suyas, flotar sintiéndose parte de una descomunal broma cósmica mientras era arrastrada por la corriente, braceando para seguir a flote, en vez de agotarse pretendiendo remontarla, o entenderla. De ese modo había llegado a la convicción de que era inútil desesperarse o luchar por nada que no fuese el momento concreto, el acto de inspiración y espiración, los sesenta y cinco latidos por minuto —el ritmo de su corazón siempre había sido lento y regular— que la mantenían viva. Era absurdo gastar energías en disparos contra las sombras, escupiendo al cielo, incomodando a un Dios ocupado en tareas más importantes. En cuanto a sus creencias religiosas —las que había traído consigo desde su tierra y sobrevivían a la rutina de aquella nueva vida—, Teresa seguía yendo a misa los domingos, rezaba mecánicamente sus oraciones antes de dormir, padrenuestro, avemaría, y a veces se sorprendía a sí misma pidiéndole a Cristo o a la Virgencita —un par de veces invocó también al santo Malverde— tal o cual cosa. Por ejemplo, que el Güero Dávila esté en la gloria, amén. Aunque sabía muy bien que, pese a sus buenos deseos, era improbable que el Güero estuviera en la pinche gloria. De fijo ardía en los infiernos, el muy perro, lo mismo que en las canciones de Paquita la del Barrio —¿estás ardiendo, inútil?—. Como el resto de sus oraciones, aquélla la encaraba sin convicción, más por protocolo que por otra cosa. Por costumbre. Aunque tal vez en lo del Güero la palabra era lealtad. En todo caso, lo hacía a la manera de quien eleva una instancia a un ministro poderoso, con pocas esperanzas de ver cumplido su ruego.

No rezaba por Santiago Fisterra. Ni una sola vez. Ni por su bienestar ni por su regreso. Lo mantenía al margen de forma deliberada, negándose a vincularlo de modo oficial a la médula del problema. Nada de repeticiones o dependencias, se había jurado a sí misma. Nunca más. Y sin embargo, la noche en que regresó a su casa y lo encontró sentado en los escalones igual que si se hubieran despedido unas horas antes, sintió un alivio extremo, y una alegría fuerte que la sacudió entre los muslos, en el vientre y en los ojos, y la necesidad de abrir la boca para respirar bien hondo. Fue un momento cortito, y luego se encontró calculando los días exactos que habían transcurrido desde la última vez, echando la cuenta de lo que se empleaba en ir de acá para allá y el regreso, kilómetros y horas de viaje, horarios adecuados para llamadas telefónicas, tiempo que tarda una carta o una tarjeta postal en ir del punto A al punto B. Pensaba en todo eso, aunque no hizo ningún reproche, mientras él la besaba, y entraban en la casa sin pronunciar palabra, e iban al dormitorio. Y seguía pensando en lo mismo cuando él se quedó quieto, tranquilo al fin, aliviado, de bruces sobre ella, y su respiración entrecortada fue apaciguándose contra su cuello.

—Trincaron a Lalo —dijo al fin.

Teresa se quedó aún más quieta. La luz del pasillo recortaba el hombro masculino ante su boca. Lo besó.

—Casi me trincan a mí —añadió Santiago.

Seguía inmóvil, el rostro hundido en el hueco de su cuello. Hablaba muy quedo, y los labios le rozaban la piel con cada palabra. Lentamente, ella le puso los brazos sobre la espalda.

—Cuéntamelo, si quieres.

Negó, moviendo un poco la cabeza, y Teresa no quiso insistir porque sabía que era innecesario. Que iba a hacerlo cuando se sintiera más tranquilo, si ella mantenía la misma actitud y el mismo silencio. Y así fue. Al poco rato, él empezó a contar. No a la manera de un relato, sino a trazos cortos semejantes a imágenes, o a recuerdos. En realidad recordaba en voz alta, comprendió. Quizá en todo aquel tiempo era la primera vez que hablaba de eso.

Y así supo, y así pudo imaginar. Y sobre todo entendió que la vida gasta bromas pesadas a la gente, y que esas bromas se encadenan de forma misteriosa con otras que le ocurren a gente distinta, y que una misma podía verse en el centro del absurdo entramado como una mosca en una tela de araña. De ese modo escuchó una historia que ya le era conocida antes de conocerla, en la que sólo cambiaban lugares y personajes, o apenas cambiaban siquiera; y decidió que Sinaloa no estaba tan lejos como ella había creído. También vio el foco de la patrullera marroquí quebrando la noche como un escalofrío, la bengala blanca en el aire, la cara de Lalo Veiga con la boca abierta por el estupor y el miedo al gritar: la mora, la mora. Y entre el inútil ronroneo del motor de arranque, la silueta de Lalo en la claridad del reflector mientras corría a popa a largar el cabo de la patera, los primeros disparos, fogonazos junto al foco, salpicaduras en el agua, zumbidos de balas, ziaaang, ziaaang, y los otros resplandores de tiros por el lado de tierra. Y de pronto el motor rugiendo a toda potencia, la proa de la planeadora levantándose hacia las estrellas, y más balazos, y el grito de Lalo cayendo por la borda: el grito y los gritos, espera, Santiago, espera, no me dejes, Santiago, Santiago, Santiago. Y luego el tronar del motor a toda potencia y la última mirada sobre el hombro para ver a Lalo quedándose atrás en el agua, encuadrado en el cono de luz de la patrullera, alzado un brazo para asirse inútilmente a la planeadora que corre, salta, se aleja golpeando con su pantoque la marejada en sombras.

Teresa escuchaba todo eso mientras el hombre desnudo e inmóvil sobre ella seguía rozándole la piel del cuello al mover los labios, sin levantar el rostro y sin mirarla. O sin dejar que ella lo mirase a él.

Los gallos. El canto del muecín. Otra vez la hora sucia y gris, indecisa entre noche y día. Esta vez tampoco Santiago dormía; por su respiración supo que continuaba despierto. Todo el resto de la noche lo había sentido removerse a su lado, estremeciéndose cuando caía en un sueño breve, tan inquieto que despertaba en seguida. Teresa permanecía boca arriba, reprimiendo el deseo de levantarse o de fumar, abiertos los ojos, mirando primero la oscuridad del techo y luego la mancha gris que reptaba desde afuera como una babosa maligna.

—Quiero que vengas conmigo —murmuró él, de pronto.

Ella estaba absorta en los latidos de su propio corazón: cada amanecer le parecía más lento que nunca, semejante a esos animales que duermen durante el invierno. Un día voy a morir a esta misma hora, pensó. Me matará esa luz sucia que siempre acude a la cita.

—Sí —dijo.

Aquel mismo día, Teresa buscó en su bolso la foto que conservaba de Sinaloa: ella bajo el brazo protector del Güero Dávila, mirando asombrada el mundo sin adivinar lo que acechaba en él. Estuvo así un buen rato, y al fin fue al lavabo y se contempló en el espejo, con la foto en la mano. Comparándose. Después, con cuidado y muy despacio, la rasgó en dos, guardó el trozo en el que estaba ella y encendió un cigarrillo. Con el mismo fósforo aplicó la llama a una punta de la otra mitad y se quedó inmóvil, el cigarrillo entre los dedos, viéndola chisporrotear y consumirse. La sonrisa del Güero fue lo último en desaparecer, y se dijo que eso era muy propio de él: burlarse de todo hasta el final, valiéndole madres. Lo mismo entre las llamas de la Cessna que entre las llamas de la pinche foto.

5. Lo que sembré allá en la sierra

La espera. El mar oscuro y millones de estrellas cuajando el cielo. La extensión sombría, inmensa hacia el norte, limitada al sur por la silueta negra de la costa. Todo alrededor tan quieto que parecía aceite. Y una leve brisa de tierra apenas perceptible, intermitente, que rozaba el agua con minúsculos centelleos de extraña fosforescencia.

Siniestra belleza, concluyó al fin. Ésas eran las palabras.

No era buena para expresar ese tipo de cosas. Le había costado cuarenta minutos. De cualquier modo, así era el paisaje, bello y siniestro; y Teresa Mendoza lo contemplaba en silencio. Desde el primero de aquellos cuarenta minutos estaba inmóvil, sin despegar los labios, sintiendo cómo el relente calaba poco a poco su jersey y las perneras de sus liváis. Atenta a los sonidos de tierra y del mar. Al amortiguado rumor de la radio encendida, canal 44, con el volumen al mínimo.

—Echa un vistazo —sugirió Santiago.

Lo dijo en un susurro apenas audible. El mar, le había explicado las primeras veces, transmite los ruidos y las voces de forma diferente. Según el momento, puedes oír cosas que se dicen a una milla de distancia. Lo mismo ocurre con las luces; por eso la Phantom estaba a oscuras, camuflada en la noche y el mar con la pintura negra mate que cubría su casco de fibra de vidrio y la carcasa del motor. Y por eso los dos estaban callados y ella no fumaba, ni se movían apenas. Esperando.

Teresa pegó la cara al cono de goma que ocultaba la pantalla del radar Furuno de 8 millas. A cada barrido de la antena, el trazo oscuro de la costa marroquí persistía con nitidez perfecta en la parte inferior del recuadro, mostrando la ensenada arqueada hacia abajo entre las puntas de Cruces y Al Marsa. El resto estaba limpio: ni una señal en la superficie del mar. Pulsó dos veces la tecla de alcance, ampliando el radio de vigilancia de una a cuatro millas. Con el siguiente barrido la costa apareció más pequeña y prolongada, incluyendo hacia levante la mancha precisa, adentrada en el mar, de isla Perejil. También allí estaba limpio. Ningún barco. Ni siquiera el eco falso de una ola en el agua. Nada.

—Esos cabrones —oyó decir a Santiago.

Esperar. Eso formaba parte de su trabajo; pero en el tiempo que llevaban saliendo juntos al mar, Teresa había aprendido que lo malo no era la espera, sino las cosas que imaginas mientras esperas. Ni el sonido del agua en las rocas, ni el rumor del viento que podía confundirse con una patrullera marroquí —la mora, en jerga del Estrecho— o con el helicóptero de Aduanas español, eran tan inquietantes como aquella larga calma previa donde los pensamientos se convertían en el peor enemigo. Hasta la amenaza concreta, el eco hostil que aparecía de pronto en la pantalla de radar, el rugido del motor luchando por la velocidad y la libertad y la vida, la huida a cincuenta nudos con una patrullera pegada a la popa, los pantocazos sobre el agua, las violentas descargas alternativas de adrenalina y miedo en plena acción, suponían para ella situaciones preferibles a la incertidumbre de la calma, a la imaginación serena. Qué mala era la lucidez. Y qué perversas las posibilidades aterradoras, fríamente evaluadas, que encerraba lo desconocido. Aquella espera interminable al acecho de una señal de tierra, de un contacto en la radio, resultaba semejante a los amaneceres grises que seguían encontrándola despierta en la cama cada madrugada, y que ahora también llegaban en el mar, con la noche indecisa clareando por levante, y el frío, y la humedad que volvía resbaladiza la cubierta y le mojaba las ropas, las manos y la cara. Chale. Ningún miedo es insoportable, concluyó, a menos que te sobren tiempo y cabeza para pensar en él.

Cinco meses, ya. A veces, la otra Teresa Mendoza a la que sorprendía desde el más allá de un espejo, en cualquier esquina, en la luz sucia de los amaneceres, seguía espiándola con atención, expectante por los cambios que poco a poco parecían registrarse en ella. Esos cambios no eran gran cosa, todavía. Y estaban más relacionados con actitudes y situaciones externas que con los auténticos sucesos que se registran adentro y modifican de veras las perspectivas y la vida. Pero de algún modo también ésos los sentía llegar, sin fecha ni plazo fijo, inminentes y a remolque de los otros, igual que cuando estaba a punto de dolerle la cabeza tres o cuatro días seguidos o de cumplirse el ciclo —para ella siempre irregular y doloroso— de los días incómodos e inevitables. Por eso resultaba interesante, casi educativo, entrar y salir de aquel modo de sí misma; poder mirarse desde el interior lo mismo que desde afuera. Ahora Teresa sabía que todo, el miedo, la incertidumbre, la pasión, el placer, los recuerdos, su propio rostro que parecía mayor que unos meses atrás, podían contemplarse desde ese doble punto de vista. Con una lucidez matemática que no le correspondía a ella, sino a la otra mujer que latía en ella. Y esa aptitud para tan singular desdoblamiento, descubierta, o más bien intuida, la tarde misma —distaba apenas un año— que sonó el teléfono en Culiacán, era la que le permitía observarse fríamente, a bordo de aquella lancha inmóvil en la oscuridad de un mar que ahora empezaba a conocer, ante la costa amenazadora de un país del que muy poco antes casi ignoraba la existencia, junto a la sombra silenciosa de un hombre al que no amaba o al que tal vez creía no amar, con riesgo de pudrirse el resto de sus años en una cárcel; idea que —el fantasma de Lalo Veiga era el tercer tripulante en cada viaje— la hacía estremecer de pánico cuando, como ahora, contaba con tiempo para meditar sobre ello.

Pero era mejor que Melilla, y mejor que cuanto había esperado. Más personal y más limpio. En ocasiones llegaba a pensar que hasta mejor que Sinaloa; pero entonces la imagen del Güero Dávila venía a su encuentro como un reproche, y ella se arrepentía en los adentros por traicionar de aquella manera el recuerdo. Nada era mejor que el Güero, y eso era cierto en más de un sentido. Culiacán, la bonita casa de Las Quintas, los restaurantes del malecón, la música de los chirrines y las bandas, los bailes, los paseos en coche a Mazatlán, las playas de Altata, todo cuanto ella había creído el mundo real que la ponía a gusto con la vida, se cimentaban en un error. Ella no vivía realmente en ese mundo, sino en el del Güero. No era su vida, sino otra donde había ido a instalarse cómoda y feliz hasta verse expulsada de pronto por una llamada telefónica, por el ciego terror de la huida, por la sonrisa de cuchillo del Gato Fierros y los estampidos de la Doble Águila en sus propias manos. Ahora, sin embargo, existía algo nuevo. Algo indefinible y no del todo malo en la oscuridad de la noche, y en el miedo tranquilo, resignado, que sentía cuando miraba alrededor, pese a la sombra próxima de un hombre que —eso había aprendido desde Culiacán— ya nunca podría hacer que se engañara de nuevo a sí misma, creyéndose protegida del horror, del dolor y de la muerte. Y, cosa extraña, aquella sensación, lejos de intimidarla, la acicateaba.

La obligaba a analizarse con más intensidad; con una curiosidad reflexiva, no exenta de respeto. Por eso a veces se quedaba mirando la foto donde habían estado ella y el Güero, mientras daba al mismo tiempo ojeadas al espejo, interrogándose sobre la distancia cada vez mayor entre aquellas tres mujeres: la joven con ojos asombrados del papel fotográfico, la Teresa que ahora vivía a este lado de la vida y del paso del tiempo, la desconocida que las observaba a las dos desde su —cada vez más inexacto— reflejo.

Chíngale, que estaba requetelejos de Culiacán. Entre dos continentes, con la costa marroquí a quince kilómetros de la española: las aguas del Estrecho de Gibraltar y la frontera sur de una Europa a la que no había soñado viajar en la vida. Allí, Santiago Fisterra era transportista por cuenta ajena. Tenía una casita alquilada en una playa de la bahía de Algeciras, por la parte española, y la planeadora amarrada en Marina Sheppard, protegida por la bandera inglesa del Peñón: una Phantom de siete metros de eslora con autonomía de ciento sesenta millas y motor de 250 caballos —cabezones los llamaban en el argot local, que Teresa empezaba a combinar con su mejicano sinaloense—, capaz de acelerar de cero a cincuenta y cinco nudos en veinte segundos. Santiago era un mercenario del mar. A diferencia del Güero Dávila en Sinaloa, él no tenía jefes ni trabajaba en exclusiva para ningún cártel. Sus empleadores eran traficantes españoles, ingleses, franceses e italianos instalados en la Costa del Sol. En lo demás se trataba más o menos de lo mismo: llevar cargas de un sitio a otro. Santiago cobraba a tanto por entrega, y respondía de pérdidas o fracasos con su propia vida. Pero eso era sólo en casos extremos. Aquel contrabando —casi siempre hachís, algunas veces tabaco de los almacenes gibraltareños— nada tenía que ver con el que Teresa Mendoza había conocido antes. El de estas aguas era un mundo duro, de raza pesada, pero menos hostil que el mejicano. Menos violencia, menos muertes. La gente no se bajaba a plomazos por una copa de más, ni cargaba cuernos de chivo como en Sinaloa. De las dos orillas, la norte era más tranquilizadora, incluso si caías en manos de la ley. Había abogados, jueces, normas que se aplicaban por igual a los delincuentes que a las víctimas. Pero el lado marroquí era distinto: ahí la pesadilla rondaba todo el tiempo. Corrupción en todos los niveles, derechos humanos apenas valorados, cárceles donde podías pudrirte en condiciones terribles. Con el agravante añadido de ser mujer, y lo que significaba caer en el engranaje inexorable de una sociedad musulmana como aquélla. Al principio Santiago se había negado a que ocupara el puesto de Lalo Veiga. Demasiado peligroso, dijo, zanjando el asunto. O creyendo zanjarlo. Todo bien serio y metido en puro macho, el gallego, con aquel acento raro que le salía a veces, menos brusco que el resto de los españoles cuando hablaban, tan cortantes y rudos todos ellos. Pero después de una noche que Teresa pasó con los ojos abiertos, mirando primero la oscuridad del techo y luego la familiar claridad gris, dándole vueltas en la cabeza, despertó a Santiago para decirle que había tomado una decisión. Y ni modo. Nunca volvería a esperar a nadie viendo telenovelas en ninguna casa de ninguna ciudad del mundo, y él podía elegir: o la admitía en la planeadora, o lo dejaba en ese momento, en el acto, para siempre y ahí nos vemos. Entonces él, mentón sin afeitar, ojos enrojecidos de sueño, se rascó el pelo revuelto y le preguntó si estaba loca o se había vuelto gilipollas o qué. Hasta que ella se levantó desnuda de la cama, y tal como estaba sacó su maleta del armario y empezó a meter cosas mientras procuraba no mirarse en el espejo ni mirarlo a él, ni pensar en lo que estaba haciendo. Santiago la dejó hacer observándola minuto y medio sin abrir la boca; y al fin, creyendo que se iba de veras —Teresa seguía metiendo ropa en la maleta sin saber si iba a irse o no—, dijo bueno, vale, de acuerdo. Al carallo con todo. No es a mí a quien los moros van a romper el coño si te agarran. Así que procura no caerte al agua como Lalo.

—Ahí están.

Un clic-clac sin palabras, tres veces repetido al mínimo volumen en la radio. Una sombra pequeña, dejando una estela de minúsculas fosforescencias en la superficie negra y quieta. Ni siquiera un motor, sino el apagado chapoteo de unos remos. Santiago observaba con los Baigish 6UM de visión nocturna, intensificadores de luz. Rusos. Los rusos habían atiborrado con ellos Gibraltar en plena liquidación soviética. Cualquier barco, submarino o pesquero que tocaba el puerto vendía todo lo que pudiera desatornillarse a bordo.

—Esos hijos de la gran puta llegan con una hora de retraso.

Teresa oía los susurros con la cara otra vez pegada al cono de goma del radar. Todo limpio afuera, dijo igual de bajo. Ni rastro de la mora. La embarcación se balanceó cuando Santiago se puso en pie, yendo a popa con un cabo.

—Salam Aleikum.

La carga venía bien empacada, con fundas herméticas de plástico dotadas de asas para manejarlas con facilidad. Pastillas de aceite de hachís, siete veces más concentrado y valioso que la resina convencional. Veinte kilos por paquete, calculó Teresa a medida que Santiago iba pasándoselos y ella los estibaba repartiendo la carga en las bandas. Santiago le había enseñado a encajar un fardo con otro para que no se movieran en alta mar, subrayando la importancia que tenía una buena estiba en la velocidad de la Phantom; tanta como el paso de la hélice o la altura de la cola del motor. Un paquete bien o mal colocado podía significar un par de nudos de más o de menos. Y en aquel trabajo, dos millas era un trecho nada despreciable. A menudo suponía la distancia entre la cárcel y la libertad.

—¿Qué dice el radar?

—Todo limpio.

Teresa podía distinguir dos siluetas oscuras en el botecito de remos. A veces llegaba hasta ella un comentario en lengua árabe, hecho en voz baja, o una expresión impaciente de Santiago, que seguía metiendo fardos a bordo. Miró la línea sombría de la costa, al acecho de alguna luz. Todo estaba a oscuras salvo algunos puntos distantes en la mole negra del monte Musa y en el perfil escarpado que a intervalos se recortaba hacia poniente, bajo el resplandor del faro de Punta Cires, donde alcanzaban a verse iluminadas algunas casitas de pescadores y contrabandistas. Comprobó de nuevo los barridos de la pantalla pasando de la escala de cuatro millas a la de dos, y ampliándola luego a la de ocho. Había un eco casi en el límite. Observó con los prismáticos de 7×50 sin ver nada, así que recurrió a los binoculares rusos: una luz muy lejana, moviéndose despacio hacia el oeste, seguramente un buque grande camino del Atlántico. Sin dejar de mirar por los binoculares se volvió hacia la costa. Ahora cualquier punto luminoso se apreciaba nítido en la visión verde del paisaje, definiendo las piedras y los arbustos, y hasta las levísimas ondulaciones del agua. Enfocó de cerca para ver a los dos marroquíes de la patera: uno joven, con cazadora de cuero, y otro de más edad, con gorro de lana y chaquetón oscuro. Santiago estaba de rodillas junto a la gran carcasa del motor, estibando a popa los últimos fardos: tejanos —así llamaban allí a los pantalones de mezclilla—, zapatillas, camiseta negra, el perfil obstinado vuelto de vez en cuando a uno y otro lado para echar un cauto vistazo alrededor. A través del dispositivo de visión nocturna, Teresa podía distinguir sus brazos fuertes, los músculos tensos al subir la carga. Hasta en ésas estaba bien chilo el cabrón.

El problema de trabajar como transportista independiente, fuera de las grandes mafias organizadas, era que alguien podía molestarse y deslizar palabras peligrosas en oídos inoportunos. Como en el mero México. Tal vez eso explicaba la captura de Lalo Veiga —Teresa tenía ideas al respecto, a las que no era ajeno Dris Larbi—, aunque después Santiago procuró limitar imprevistos, con más dinero oportunamente repartido en Marruecos a través de un intermediario de Ceuta. Eso reducía beneficios pero aseguraba, en principio, mayores garantías en aquellas aguas. De cualquier modo, veterano en esa chamba, escarmentado por lo de Cala Tramontana y gallego receloso como era, Santiago no terminaba por fiarse del todo. Y hacía bien. Sus modestos medios no bastaban para comprar a todo el mundo. Además, siempre podía darse el caso de un patrón de la mora, un mehani o un gendarme disconformes con su parte, un competidor que pagase más de lo que Santiago pagaba y diera el pitazo, un abogado influyente necesitado de clientes a quienes sangrar. O que las autoridades marroquíes organizaran una redada de peces chicos para justificarse en vísperas de una conferencia internacional antinarcos. En todo caso, Teresa había adquirido la experiencia suficiente para saber que el verdadero peligro, el más concreto, se plantearía después, al entrar en aguas españolas, donde el Servicio de Vigilancia Aduanera y las Heineken de la Guardia Civil —las llamaban así porque sus colores recordaban esas latas de cerveza— patrullaban noche y día a la caza de contrabandistas. La ventaja era que, a diferencia de los marroquíes, los españoles nunca tiraban a matar, porque entonces les caían encima los jueces y los tribunales —en Europa se tomaban ciertas cosas más en serio que en México o en la Unión Americana—. Eso daba la oportunidad de escapar forzando motores; aunque no era fácil zafarse de las potentes turbolanchas Hachejota de Aduanas y del helicóptero —el pájaro, decía Santiago— dotado de potentes sistemas de detección, con patrones veteranos y pilotos capaces de volar a pocos palmos del agua, forzándote a llevar el cabezón al límite en peligrosas maniobras evasivas, con riesgo de averías y de ser capturado antes de alcanzar las farolas de Gibraltar. En tal caso, los fardos eran arrojados por la borda: adiós para siempre a la carga, y hola a otra clase de problemas peores que los policiales; pues quienes fletaban el hachís no siempre resultaban ser mafiosos comprensivos, y te arriesgabas a que después de ajustar cuentas sobraran sombreros. Todo eso, descontando la posibilidad de un mal pantocazo en la marejada, una vía de agua, un choque con las lanchas perseguidoras, una varada en la playa, una piedra sumergida que destrozara la planeadora y a sus tripulantes.

—Ya está. Vámonos.

El último fardo se hallaba estibado. Trescientos kilos justos. Los del bote bogaban ya hacia tierra; y Santiago, tras adujar el cabo, saltó a la bañera y se instaló en el asiento del piloto, junto a la banda de estribor. Teresa fue a un lado para dejarle sitio mientras se ponía, como él, una chaqueta de aguas. Después echó otro vistazo a la pantalla del radar: todo limpio a proa, rumbo al norte y al mar abierto. Fin de las precauciones inmediatas. Santiago encendió el contacto y la débil luz roja de los instrumentos iluminó la consola de mando: compás, tacómetro, cuentarrevoluciones, presión de aceite. Pedal bajo el volante y trimer de cola a la derecha del piloto. Rrrrr. Roar. Las agujas saltaron como si despertaran de golpe. Roaaaaar. La hélice batió una turbonada de espuma a popa, y los siete metros de eslora de la Phantom se pusieron en movimiento, cada vez más aprisa, cortando el agua oleosa con la limpieza de un cuchillo bien afilado: 2.500 revoluciones, veinte nudos. La trepidación del motor se transmitía al casco, y Teresa sentía toda la fuerza que los empujaba a popa estremecer la estructura de fibra de vidrio, que de pronto parecía volverse ligera como una pluma. 3.500 revoluciones: treinta nudos y planeando. La sensación de potencia, de libertad, era casi física; y al reencontrarla su corazón empezó al latir como al filo de una suave borrachera. Nada, pensó una vez más, se parecía a aquello. O casi nada. Santiago, atento al gobierno, ligeramente inclinado sobre el volante del timón, rojizo el mentón iluminado desde abajo por el cuadro de instrumentos, pisó un poco más el pedal del gas: 4.000 revoluciones y cuarenta nudos. El deflector ya no bastaba para protegerlos del viento, que venía húmedo y cortante. Teresa se subió hasta el cuello el cierre de la chaqueta de aguas y se puso un gorro de lana, recogiéndose el pelo que le azotaba la cara. Luego echó otro vistazo al radar e hizo un barrido de canales con el indicador de leds de la radio Kenwood atornillada en la consola —los aduaneros y la Guardia Civil hablaban encriptados por secráfonos; pero, aunque no se entendieran sus conversaciones, la intensidad de la señal captada permitía establecer si estaban cerca—. De vez en cuando alzaba el rostro a lo alto, buscando la amenazadora sombra del helicóptero entre las luces frías de las estrellas. El firmamento y el círculo oscuro del mar que los rodeaba parecían correr con ellos, como si la planeadora estuviese en el centro de una esfera que se desplazase veloz a través de la noche. Ahora, en mar abierto, la marejadilla creciente imprimía leves pantocazos a su avance, y a lo lejos empezaban a distinguirse las luces de la costa de España.

Qué iguales y qué distintos eran, pensaba. Cómo se parecían en algunas cosas —ella lo intuyó desde la noche del Yamila—, y qué diferentes formas tenían de encarar la vida y el futuro. Como el Güero, Santiago era listo, bragado y muy frío en el trabajo: de los que nunca pierden la cabeza aunque estén rompiéndoles la madre. También la hacía disfrutar en la cama, donde era generoso y atento, siempre controlándose con mucha calma y pendiente de sus deseos. Menos divertido, tal vez, pero más tierno que el otro. Más dulce, a ratos. Y ahí terminaban las semejanzas. Santiago era callado, poco gastador, tenía escasos amigos y desconfiaba de todo el mundo. Soy celta del Finisterre, decía —en gallego, Fisterra significa fin, extremo lejano de la tierra—. Quiero llegar a viejo y jugar al dominó en un bar de O Grove, y tener un pazo grande con un mirador de peuvecé acristalado desde donde se vea el mar, con un telescopio potente para ver entrar y salir los barcos, y una goleta propia de sesenta pies fondeada en la ría. Pero si me gasto el dinero, tengo demasiados amigos o confío en mucha gente, nunca llegaré a viejo ni tendré nada de eso: cuantos más eslabones, menos puedes fiarte de la cadena. Santiago tampoco fumaba ni tabaco ni hachís ni nada, y apenas tomaba una copa de vez en cuando. Al levantarse corría media hora por la playa, con el agua por los tobillos, y luego fortalecía los músculos haciendo flexiones que —Teresa las había contado, incrédula— llegaban a cincuenta cada vez. Tenía un cuerpo delgado y duro, claro de piel pero muy bronceado en los brazos y en la cara, con su tatuaje del Cristo crucificado en el antebrazo derecho —el Cristo de mi apellido, comentó una vez— y otra pequeña marca en el hombro izquierdo, un círculo con una cruz celta y unas iniciales, I. A., cuyo significado, que ella sospechaba un nombre de mujer, no quiso contarle nunca. También tenía una cicatriz vieja, en diagonal y como de media cuarta, en la espalda, a la altura de los riñones. Una navaja, fue lo que dijo cuando Teresa preguntó. Hace mucho. Cuando vendía rubio de batea por los bares, y los otros chicos temieron que les quitara la clientela. Y mientras decía aquello sonreía un poco, melancólico, como si añorase el tiempo de ese navajazo.

Casi habría podido amarlo, reflexionaba Teresa a veces, de no haber pasado todo en el lugar equivocado, en la porción de vida equivocada. Las cosas siempre ocurrían demasiado pronto o demasiado tarde. Sin embargo estaba a gusto con él, como para volarse la barda de puro bien, viendo la tele recostada en su hombro, mirando revistas del corazón, bronceándose al sol con un Bisonte taqueadito de hachís entre los dedos —sabía que Santiago no aprobaba que fumase aquello, pero nunca le oyó una palabra en contra—, o viéndolo trabajar bajo el porche, el torso desnudo y el mar al fondo, en los ratos que dedicaba a sus barquitos de madera. Le gustaba mucho verlo construir barcos porque era de veras paciente y minucioso, requetehábil para reproducir pesqueros como los de verdad, pintados en rojo, azul y blanco, y veleros con cada vela y cada cabito en su sitio. Y era curioso lo de los barcos, y también lo de la lancha; porque, para su sorpresa, había descubierto que Santiago no sabía nadar. Ni siquiera bracear como ella —el Güero la había enseñado en Altata—: con muy poco estilo, pero nadando, a fin de cuentas. Lo confesó una vez, al hilo de otro asunto. Nunca pude tenerme a flote, dijo. Me da raro. Y cuando Teresa le preguntó por qué se arriesgaba entonces en una planeadora, él se limitó a encogerse de hombros, fatalista, con aquella sonrisa suya que parecía salirle después de muchas vueltas y revueltas por los adentros. La mitad de los gallegos no sabemos nadar, dijo al fin. Nos ahogamos resignados, y punto. Y al principio ella no supo si hablaba del todo en broma, o del todo en serio.

Una tarde, tapeando donde Kuki —casa Bernal, una tasca de Campamento— Santiago le presentó a un conocido: un reportero del *Diario de Cádiz* llamado Óscar Lobato. Conversador, moreno, cuarentón, con un rostro lleno de marcas y cicatrices que le daba aspecto del tipo hosco que en realidad no era, Lobato se movía como pez en el agua lo mismo entre contrabandistas que entre aduaneros y guardias civiles. Leía libros y sabía de todo, desde motores a geografía, o música. También conocía a todo el mundo, no revelaba sus fuentes ni con una 45 apoyada en la sien, y frecuentaba el ambiente desde hacía tiempo, con la agenda telefónica repleta de contactos. Siempre echaba una mano cuando podía, sin importarle en qué lado de la ley militase cada cual, en parte por relaciones públicas y en parte porque, pese a los resabios de su oficio, decían, no era mala gente. Además, le gustaba su trabajo. Aquellos días rondaba la Atunara, el antiguo barrio pescador de La Línea, donde el paro había reconvertido a los pescadores en contrabandistas. Las lanchas de Gibraltar alijaban en la playa a plena luz del día, descargadas por mujeres y niños que pintaban sus propios pasos de peatones en la carretera para cruzar cómodamente con los fardos a cuestas. Los críos jugaban a traficantes y guardias civiles en la orilla del mar, persiguiéndose con cajas vacías de Winston encima de la cabeza; sólo los más pequeños querían desempeñar el papel de guardias. Y cada intervención policial terminaba entre gases lacrimógenos y pelotazos de goma, con auténticas batallas campales entre los vecinos y los antidisturbios.

—Imaginad la escena —contaba Lobato—: playa de Puente Mayorga, de noche, una planeadora gibraltareña con dos fulanos descargando tabaco. Pareja de la Guardia Civil: cabo viejo y guardia joven. Alto, quién vive, etcétera. Los de tierra que se largan. El motor que no arranca, el guardia joven que se mete en el agua y sube a la planeadora. Ese motor que por fin arranca, y allá se va la lancha para Gibraltar, un traficante al timón y el otro dándose de hostias con el picoleto... Imaginad ahora esa planeadora que se para en mitad de la bahía. Esa conversación con el guardia. Mira, chaval, le dicen. Si seguimos contigo a Gibraltar nos vamos a buscar la ruina, y a ti te empapelarán por perseguirnos dentro de territorio inglés. Así que vamos a tranquilizarnos, ¿vale?... Desenlace: esa planeadora que vuelve a la orilla, ese guardia que se baja. Adiós, adiós. Buenas noches. Y aquí paz y después gloria.

Por su doble condición de gallego y de traficante, Santiago desconfiaba de los periodistas; pero Teresa sabía que a Lobato lo consideraba una excepción: era objetivo, discreto, no creía en buenos ni malos, sabía hacerse tolerar, pagaba las copas y jamás tomaba notas en público. También sabía buenas historias y mejores chistes, y nunca cotorreaba gacho. Había llegado al Bernal con Toby Parrondi, un piloto de planeadoras gibraltareño, y algunos colegas de éste. Todos los llanitos eran jóvenes: cabellos largos, pieles bronceadas, aretes en las orejas, tatuajes, paquetes de tabaco con mecheros de oro sobre la mesa, coches de gran cilindrada y cristales tintados que circulaban con la música de Los Chunguitos, o de Javivi, o de Los Chichos, a toda potencia: canciones que a Teresa le recordaban un poco los narcocorridos mejicanos. De noche no duermo, de día no vivo, decía una de las letras. Entre estas paredes, maldito presidio. Canciones que formaban parte del folklore local, como aquellas otras de Sinaloa, con títulos igual de pintorescos: *La mora y el legionario, Soy un perro callejero, Puños de acero, A mis colegas.* Los contrabandistas llanitos sólo se diferenciaban de los españoles en que había más tipos claros de pelo y piel, y en que mezclaban palabras inglesas con su acento andaluz. En lo demás salían cortados por el mismo patrón: cadenas de oro al cuello con crucifijos, medallas de la Virgen o la inevitable efigie de Camarón. Camisetas heavy metal, chándals caros, zapatillas Adidas y Nike, pantalones tejanos muy descoloridos y de buenas marcas con fajos de billetes en un bolsillo trasero y el bulto de la navaja en el otro. Raza dura, tan peligrosa a ratos como la sinaloense. Nada que perder y mucho por ganar. Con esas chavas, sus novias, embutidas en pantalones estrechos y camisetas cortas que enseñaban las caderas tatuadas y los piercings de los ombligos, mucho maquillaje y perfume, y todo aquel oro encima. A Teresa le recordaban a las morras de los narcos culichis. En cierta forma también a ella misma; y darse cuenta la hizo pensar que había pasado demasiado tiempo, y demasiadas cosas. En aquel grupo estaba algún español de la Atunara, pero la mayor parte eran llanitos; británicos con apellidos españoles, ingleses, malteses y de todos los rincones del Mediterráneo. Como dijo Lobato guiñando un ojo mientras incluía a Santiago en el gesto, lo mejor de cada casa.

—Así que mejicana.

—Órale.

—Pues has venido bien lejos.

—Cosas de la vida.

La sonrisa del reportero estaba manchada de espuma de cerveza.

—Eso suena a canción de José Alfredo.

—¿Conoces a José Alfredo?

—Un poco.

Y Lobato se puso a canturrear *Llegó borracho el borracho* mientras invitaba a otra ronda. Lo mismo para mis amigos y para mí, dijo. Incluidos los caballeros de aquella mesa y sus señoras.

... Pidiendo cinco tequilas,
Y le dijo el cantinero:
se acabaron las bebidas.

Teresa roleó un par de estrofas con él, y se rieron al final. Era simpático, pensó. Y no se pasaba de listo. Pasarse de listo con Santiago y con aquella raza era malo para la salud. Lobato la miraba con ojos atentos, valorativo. Ojos de saber de qué lado masca la iguana.

—Una mejicana y un gallego. Vivir para ver.

Eso estaba bien. No hacer preguntas sino dar pie a que otros cuenten, si se tercia. Dejándosela ir como con cremita.

—Mi papá era español.

—¿De dónde?

—Nunca lo supe.

Lobato no preguntó si era verdad que nunca lo había sabido, o si le estaba saliendo por peteneras. Dando por zanjado el asunto familiar, bebió un sorbo de cerveza y señaló a Santiago.

—Dicen que bajas al moro con éste.

—¿Quién lo dice?

—Por ahí. Aquí no hay secretos. Quince kilómetros de anchura son poca agua.

—Fin de la entrevista —dijo Santiago quitándole a Lobato la cerveza mediada de la mano, a cambio de otra de la nueva ronda que acababan de encargar los rubios de la mesa.

El reportero encogió los hombros.

—Es bonita, tu chica. Y con ese acento.

—A mí me gusta.

Teresa se dejaba acunar estrechada por los brazos de Santiago, sintiéndose como lechuguita. Kuki, el dueño del Bernal, puso unas raciones sobre el mostrador: gambas al ajillo, carne mechada, albóndigas, tomates aliñados con aceite de oliva. A Teresa le encantaba comer o cenar de aquella forma tan española, a base de botanas, de pie y de barra en barra, lo mismo embutidos que platos de cocina. Tapeando. Dio cuenta de la carne mechada, mojando pan en la salsa. Tenía jaria y no le preocupaba engordar: era de las flacas, y durante algunos años podría permitirse excesos. Como decían en Culiacán, ponerse hasta la madre. Kuki tenía en las estanterías una botella de Cuervo, así que pidió un tequila. En España no usaban los caballitos largos y estrechos frecuentes en México, y ella siempre pisteaba en catavinos pequeños, porque era lo más parecido. El problema era que duplicabas la tomada en cada trago.

Entraron más clientes. Santiago y Lobato, apoyados en la barra, conversaban sobre las ventajas de las lanchas de goma tipo Zodiac para moverse a altas velocidades con mala mar; y Kuki terciaba en la conversación. Los cascos rígidos sufrían mucho en las persecuciones, y hacía tiempo que Santiago acariciaba la idea de una semirrígida con dos o tres motores, lo bastante grande para aguantar la mar, llegando hasta las costas orientales andaluzas y el cabo de Gata. El problema era que no disponía de medios: demasiada inversión y demasiado riesgo. Suponiendo que luego, en el agua, aquellas ideas fuesen confirmadas por los hechos.

De pronto cesó la conversación. También los gibraltareños de la mesa habían enmudecido, y miraban al grupo que acababa de instalarse al extremo de la barra, junto al antiguo cartel taurino de la última corrida de toros antes de la guerra civil —Feria de La Línea, 19, 20 y 21 de julio de 1936—. Eran cuatro hombres jóvenes, de buen aspecto. Uno güerito y con gafas y dos altos, atléticos, con polos deportivos y el pelo corto. El cuarto hombre era atractivo, vestido con una camisa azul impecablemente planchada y unos tejanos tan limpios que parecían nuevos.

—Heme aquí, una vez más —suspiró Lobato, guasón—, entre aqueos y troyanos.

Se disculpó un momento, guiñó un ojo a los gibraltareños de la mesa y fue a saludar a los recién llegados, demorándose un poco más con el de la camisa azul. A la vuelta se reía por lo bajini.

—Los cuatro son de Vigilancia Aduanera.

Santiago los miraba con interés profesional. Al verse observado, uno de los altos inclinó un poco la cabeza a modo de saludo, y Santiago levantó un par de centímetros su vaso de cerveza. Podía ser una respuesta o no serlo. Los códigos y las reglas del juego al que todos jugaban: cazadores y presas en territorio neutral. Kuki servía manzanilla y tapas sin inmutarse. Aquellos encuentros se daban a diario.

—El guaperas —seguía detallando Lobato— es piloto del pájaro.

El pájaro era el BO-105 de Aduanas, preparado para el rastreo y caza en el mar. Teresa lo había visto volar acosando a las lanchas contrabandistas. Volaba bien, muy bajo. Arriesgándose. Observó al tipo: en torno a los treinta y pocos, prieto de pelo, bronceado de piel. Habría podido pasar por mejicano. Parecía correcto, bien chilo. Un punto tímido.

—Me ha dicho que anoche le tiraron una bengala que le pegó en una pala —Lobato miraba a Santiago—. No serías tú, ¿verdad?

—No salí anoche.

—Igual fue alguno de ésos.

—Igual.

Lobato miró a los gibraltareños, que ahora hablaban exageradamente alto, riéndose. Ochenta kilos les voy a meter mañana, fanfarroneaba alguien. Por la cara. Uno de ellos, Parrondi, le dijo a Kuki que sirviera una ronda a los señores aduaneros. Que es mi cumpleaños y tengo yo, decía con manifiesta guasa, mucho gusto en convidarles. Desde el extremo de la barra, los otros rechazaron la propuesta, aunque uno de ellos levantó dos dedos haciendo la uve de la victoria mientras decía felicidades. El rubio de las gafas, informó Lobato, era el patrón de una turbolancha Hachejota. También gallego, por cierto. De La Coruña.

—En cuanto al aire, ya sabes —añadió Lobato para Santiago—. Reparación, y una semana de cielo libre, sin buitres en la chepa. Así que tú mismo.

—No tengo nada estos días.

—¿Ni siquiera tabaco?

—Tampoco.

—Pues qué lástima.

Teresa seguía obervando al piloto. Tan modoso y mosquita muerta que parecía. Con su camisa impecable, el pelo reluciente y repeinado, resultaba difícil relacionarlo con el helicóptero que era pesadilla de los contrabandistas. A lo mejor, se dijo, pasaba como en una película que vieron Santiago y ella comiendo pipas en el cine de verano de La Línea: el doctor Jeckyll y míster Hyde.

Lobato, que había advertido su mirada, acentuó un poco la sonrisa.

—Es un buen chaval. De Cáceres. Y le tiran las cosas más raras que puedas imaginar. Una vez le arrojaron un remo, partiéndole una pala, y casi se mata. Y cuando aterriza en la playa, los críos lo reciben a pedradas... A veces la Atunara parece Vietnam. Claro que en el mar es distinto.

—Sí —confirmó Santiago entre dos sorbos de cerveza—. Allí son esos hijoputas los que tienen la ventaja.

Así llenaban el tiempo libre. Otras veces iban de compras o de gestiones al banco en Gibraltar, o paseaban por la playa en los magníficos atardeceres del prolongado verano andaluz, con el Peñón prendiendo sus bombillas poco a poco, al fondo, y la bahía llena de buques con diferentes banderas —Teresa ya identificaba las principales— que encendían las luces mientras se apagaba el sol a poniente. La casa era un chalecito situado a diez metros del agua, en la boca del río Palmones, donde se levantaban algunas viviendas de pescadores justo a la mitad de la bahía entre Algeciras y Gibraltar. Le gustaba aquella zona que le recordaba un poco a Altata, en Sinaloa, con playas arenosas, y pateras azules y rojas varadas junto al agua mansa del río. Solían desayunar café cortado con tostadas de aceite en El Espigón o el Estrella de Mar, y comer los domingos tortillitas de camarones en casa Willy. En ocasiones, entre viaje y viaje llevando cargas por el Estrecho, tomaban la Cherokee de Santiago y se iban hasta Sevilla por la Ruta del Toro, a comer en casa Becerra o parando a picar jamón ibérico y caña de lomo en las ventas de carretera. Otras veces recorrían la Costa del Sol hasta Málaga o iban en dirección opuesta, por Tarifa y Cádiz hasta Sanlúcar de Barrameda y la desembocadura del Guadalquivir: vino Barbadillo, langostinos, discotecas, terrazas de cafés, restaurantes, bares y karaokes, hasta que Santiago abría la cartera, echaba cuentas y decía ya vale, se encendió la reserva, volvamos para ganar más, que nadie nos lo regala. A menudo pasaban días enteros en el Peñón, sucios de aceite y grasa, achicharrados bajo el sol y comidos de moscas en el varadero de Marina Sheppard, desmontando y volviendo a montar el cabezón de la Phantom —palabras antes misteriosas como pistones americanos, cabezas ovaladas, jaulas de rodamientos, ya no tenían secretos para Teresa—, y luego probaban la lancha en veloces planeadas por la bahía, observados de cerca por el helicóptero y las Hachejotas y las Heineken, que tal vez esa misma noche volverían a empeñarse con ellos en el juego del gato y el ratón al sur de Punta Europa. Y cada tarde, los días tranquilos de puerto y varadero, al terminar el trabajo se iban al Olde Rock a tomar algo sentados en la mesa de siempre, bajo un cuadrito que mostraba la muerte de un almirante inglés llamado Nelson.

De ese modo, durante aquel tiempo casi feliz —por primera vez en su vida era consciente de serlo—, Teresa se hizo al oficio. La mejicanita que poco más de un año antes había echado a correr en Culiacán era ahora una mujer fogueada en travesías nocturnas y sobresaltos, en cuestiones marineras, en mecánica naval, en vientos y corrientes. Conocía el rumbo y la actividad de los barcos por el número, color y posición de sus luces. Estudió las cartas náuticas españolas e inglesas del Estrecho comparándolas con sus propias observaciones, hasta saberse de memoria sondas, perfiles de costa, referencias que luego, de noche, marcarían la diferencia entre el éxito o el fracaso. Cargó tabaco en los almacenes gibraltareños, alijándolo una milla más allá, en la Atunara, y hachís en la costa marroquí para desembarcarlo en calas y playas desde Tarifa a Estepona. Verificó, llave inglesa y destornillador en mano, bombas de refrigeración y cilindros, cambió ánodos, purgó aceite, desmontó bujías y aprendió cosas que nunca había imaginado fuesen útiles; como, por ejemplo, que el consumo/hora de un cabezón trucado, como el de cualquier motor de dos tiempos, se calcula multiplicando por 0,4 la potencia máxima: regla utilísima cuando se quema el combustible a chorros en mitad del mar, donde no hay gasolineras. Del mismo modo se acostumbró a guiar a Santiago con golpes en los hombros en huidas muy apuradas, para que la proximidad de las turbolanchas o el helicóptero no lo distrajeran cuanto pilotaba a velocidades peligrosas; e incluso a manejar ella misma una planeadora por encima de los treinta nudos, meter gas o reducirlo con mala mar para que el casco sufriera lo imprescindible, elevar la cola del cabezón con marejada o regularla intermedia para el planeo, camuflarse cerca de la costa aprovechando los días sin luna, pegarse a un pesquero o a un barco grande a fin de disimular la propia señal de radar. Y también, las tácticas evasivas: utilizar el corto radio de giro de la Phantom para esquivar el abordaje de las más potentes pero menos maniobrables turbolanchas, buscar la popa de quien te da caza, doblarle la proa o cortar su estela aprovechando las ventajas de la gasolina frente al lento gasóleo del adversario. Y así pasó del miedo a la euforia, de la victoria al fracaso; y supo, de nuevo, lo que ya sabía: que unas veces se pierde, otras se gana, y otras se deja de ganar. Arrojó fardos al mar, iluminada en plena noche por el foco de los perseguidores, o los transbordó a pesqueros y a sombras negras que se adelantaban desde playas desiertas entre el rumor de la resaca, metidas en el agua hasta la cintura. Incluso en cierta ocasión —la única hasta entonces, en el transcurso de una operación con gente de poco fiar— lo hizo mientras Santiago vigilaba sentado a popa, en la oscuridad, con una Uzi disimulada bajo la ropa; no como precaución ante la llegada de aduaneros o guardias civiles —eso iba contra las reglas del juego— sino para precaverse de la gente a la que hacían la entrega: unos franceses de mala fama y peores modos. Y luego, esa misma madrugada, alijada ya la carga y navegando rumbo al Peñón, la propia Teresa había arrojado con mucho alivio la Uzi al mar.

Ahora estaba lejos de sentir ese alivio, pese a que navegaban con la planeadora vacía y de vuelta a Gibraltar. Eran las 4.40 de la madrugada y sólo habían transcurrido dos horas desde que embarcaron los trescientos kilos de resina de hachís en la costa marroquí: tiempo suficiente para cruzar las nueve millas que separaban Al Marsa de Cala Arenas, y alijar allí sin problemas la carga de la otra orilla. Pero —decía un refrán español— hasta que pasa el rabo todo es toro. Y para confirmarlo, un poco antes de Punta Carnero, recién entrados en el sector rojo del faro y viéndose ya la mole iluminada del Peñón al otro lado de la bahía de Algeciras, Santiago había soltado una blasfemia, vuelto de pronto a mirar hacia lo alto. Y un instante después, por encima del sonido del cabezón, Teresa oyó un ronroneo diferente que se aproximaba por una banda y luego se situaba a popa, segundos antes de que un foco encuadrase de pronto la lancha, deslumbrándolos muy de cerca. El pájaro, mascullaba ahora Santiago. El puto pájaro. Las palas del helicóptero removían una turbonada de aire sobre la Phantom, levantando agua y espuma alrededor, cuando Santiago movió el trimer de la cola, pisó el acelerador, la aguja saltó de 2.500 a 4.000 revoluciones, y la lancha empezó a correr dando golpes sobre el mar, planeando en rápidos pantocazos. Ni madres. El foco los seguía, oscilante de una banda a otra y de éstas a popa, iluminando como una cortina blanca el aguaje que levantaban doscientos cincuenta caballos a buena potencia. Entre los golpes y la espuma, bien agarrada para no caer por la borda, Teresa hizo lo que debía hacer: olvidarse de la amenaza relativa del helicóptero —volaba, calculó, a unos cuatro metros del agua, y como ellos a una velocidad de casi cuarenta nudos— y ocuparse de la otra amenaza que sin duda rondaba cerca, más peligrosa pues corrían demasiado próximos a tierra: la Hachejota de Vigilancia Aduanera que, guiada por su radar y por el foco del helicóptero, debía de estar en ese momento navegando hacia ellos a toda velocidad, para cortarles el paso o empujar la planeadora contra la costa. Hacia las piedras de la restinga de La Cabrita, que estaban en algún lugar delante y un poco a babor.

Pegó la cara al cono de goma del Furuno, lastimándose la frente y la nariz con los pantocazos, y tecleó para bajar el alcance a media milla. Diosito, Dios. Si en esta chamba no estás a buenas con Dios, ni te metas, pensó. El barrido de la antena en la pantalla le parecía increíblemente largo, una eternidad que aguardó conteniendo el aliento. Sácanos también de ésta, Diosito lindo. Hasta del santo Malverde se acordaba, aquella negra noche de su mal. Iban sin carga que los mandara a prisión; pero los aduaneros eran raza pesada, aunque en las tascas de Campamento te dijeran cumpleaños feliz. A tales horas y por aquellos rumbos, podían recurrir a cualquier pretexto para incautarse de la lancha, o golpearla como por accidente y echarla a pique. La luz cegadora del foco se le metía en la pantalla, dificultándole la visión. Advirtió que Santiago subía las revoluciones del motor, pese a que con la mar que levantaba el viento de poniente ya iban al límite. Al gallego no se le arrugaba el cuero; y tampoco era hombre inclinado a poner las cosas fáciles a la ley. Entonces la planeadora dio un salto más prolongado que los anteriores —que no se gripe el motor, pensó mientras imaginaba la hélice girando en el vacío— y, al golpear de nuevo el casco la superficie del agua, Teresa, agarrada lo mejor que podía, dándose una y otra vez con la cara en el reborde de goma del radar, vio por fin en la pantalla, entre los innumerables pequeños ecos de la marejada, otra mancha negra, distinta: una señal alargada y siniestra que se les acercaba rápidamente por la aleta de estribor, a menos de quinientos metros.

—¡A las cinco! —gritó, sacudiendo el hombro derecho de Santiago—... ¡Tres cables!

Lo dijo pegándole la boca a la oreja para hacerse oír por encima del rugido del motor. Entonces Santiago echó un inútil vistazo hacia allí, entornados los ojos bajo el resplandor del foco del helicóptero que seguía pegado a ellos, y después arrancó de un manotazo la goma del radar para ver él mismo la pantalla. La sinuosa línea negra de la costa se trazaba inquietantemente cerca a cada barrido de la antena, unos trescientos metros por el través de babor. Teresa miró a proa. El faro de Punta Carnero seguía emitiendo sus destellos de color rojo. Con aquel rumbo, cuando pasaran al sector de luz blanca ya no habría modo de evitar la restinga de La Cabrita. Santiago debió de pensar lo mismo, pues en ese momento redujo velocidad y giró el timón hacia la derecha, volvió a acelerar y maniobró varias veces en zigzag de la misma forma, mar adentro, mirando alternativamente la pantalla de radar y el foco del helicóptero, que a cada quiebro se adelantaba, perdiéndolos de vista un momento, antes de pegárseles de nuevo para mantenerlos encuadrados con su luz. Ya fuera el de la camisa azul o cualquier otro, pensó Teresa con admiración, aquel tipo de arriba era de los que no tenían madre. Pa' qué te digo que no, si sí. Y dominaba su oficio. Volar de noche con un helicóptero y a ras del agua no estaba en manos de cualquiera. El piloto debía de ser tan bueno como el Güero, en sus tiempos y en lo suyo. O más. Deseó tirarle una pinche bengala, si hubieran llevado bengalas a bordo. Verlo caer en llamas al agua. Chof.

Ahora la señal de la Hachejota estaba más próxima en el radar, acercándose implacable. Lanzada a toda potencia con mar llana, la planeadora resultaba inalcanzable; pero con marejada sufría demasiado, y la ventaja era de los perseguidores. Teresa miró atrás y al través de estribor haciendo visera con la mano bajo la luz, esperando verla aparecer de un momento a otro. Agarrada lo mejor que podía, agachando la cabeza cada vez que un roción de espuma saltaba sobre la proa, sentía doloridos los riñones de los continuos pantocazos. A ratos observaba el perfil testarudo de Santiago, sus rasgos tensos goteando agua salada, los ojos deslumbrados atentos a la noche. Las manos crispadas sobre el timón de la Phantom, dirigiéndola con pequeñas y hábiles sacudidas, sacando el máximo partido de las quinientas vueltas extra del motor trucado, del grado de inclinación de la cola, y de la quilla plana que en algunos prolongados saltos parecía volar, como si la hélice sólo tocara el agua de vez en cuando, y otras veces golpeaba con estrépito, crujiendo de manera que el casco parecía a punto de desarmarse en pedazos.

—¡Ahí está!

Y ahí estaba: una fantasmal sombra por momentos gris, por momentos azul y blanca, que se iba adentrando en el campo de luz proyectada por el helicóptero con grandes ráfagas de agua, su casco peligrosamente cerca. Entraba y salía de la luz como un muro enorme o un cetáceo monstruoso que corriera sobre el mar, y el foco que ahora también los iluminaba desde la turbolancha, coronado por un destello azul intermitente, parecía un ojo maligno. Sorda por el rugido de los motores, agarrada donde podía, empapada por los rociones, sin osar frotarse los ojos, que le escocían de sal, por miedo a verse lanzada fuera, Teresa observó que Santiago abría la boca para gritar algo que no llegó a sus oídos, y después lo vio llevar la mano derecha a la palanca de trimado de la cola, levantar el pie del acelerador para reducir gas bruscamente mientras metía el timón a babor, y pisar de nuevo, proa al faro de Punta Carnero. El tijeretazo les hizo esquivar el foco del helicóptero y la proximidad de la Hachejota; pero el alivio de Teresa duró el tiempo brevísimo que tardó en darse cuenta de que corrían directos a tierra casi por el límite entre los sectores rojo y blanco del faro, hacia los cuatrocientos metros de piedras y arrecifes de La Cabrita. No requetechingues, murmuró. El foco de la turbolancha los perseguía ahora desde atrás, a popa, ayudado por el helicóptero que otra vez volaba junto a ellos. Y entonces, cuando Teresa, crispadas las manos en los agarres, todavía intentaba calcular los pros y los contras, vio el faro delante y arriba, demasiado cerca, pasar del rojo al blanco. No necesitaba el radar para saber que estaban a menos de cien metros de las piedras, y que la sonda disminuía rápidamente. Todo bien requetegacho. O afloja o nos estrellamos, se dijo. Y a esta pinche velocidad ni siquiera puedo arrojarme al mar. Al mirar atrás vio el foco de la Hachejota abrirse poco a poco, cada vez más lejos, a medida que sus tripulantes tomaban resguardo para evitar la restinga. Santiago mantuvo el rumbo un poco más, echó un vistazo sobre el hombro hacia la Hachejota, miró la sonda y luego al frente, donde la claridad lejana de Gibraltar silueteaba en oscuro La Cabrita. Espero que no, pensó asustada Teresa. Espero que no se le ocurra meterse por mitad del caño que hay entre las piedras: ya lo hizo una vez, pero era de día y no corríamos tanto como hoy. En ese momento Santiago redujo gas de nuevo, metió el timón a estribor, y pasando bajo la panza del helicóptero, cuyo piloto lo hizo ascender bruscamente para evitar la antena de radar de la Phantom, cruzó no por el caño sino sobre la punta exterior de la restinga, con la masa negra de La Cabrita tan cerca que Teresa pudo oler sus algas y oír el eco del motor en las paredes rocosas del acantilado. Y de pronto, todavía con la boca abierta y los ojos desorbitados, se vio al otro lado de Punta Carnero: la mar mucho más tranquila que afuera, y la Hachejota otra vez a un par de cables a causa del arco que había descrito para abrirse del rumbo. El helicóptero volvía a pegárseles a popa, pero ya no era más que una compañía incómoda, sin consecuencias, mientras Santiago subía el motor al máximo, 6.300 revoluciones, y la Phantom cruzaba la bahía de Algeciras a cincuenta y cinco nudos, planeando sobre la mar llana hacia la embocadura del puerto de Gibraltar. Padrísimo. Cuatro millas en cinco minutos, con una leve maniobra para eludir un petrolero fondeado a medio camino. Y cuando la Hachejota abandonó la persecución y el helicóptero empezó a distanciarse y ganar altura, Teresa se incorporó a medias en la planeadora y, todavía iluminada por el foco, le hizo al piloto un elocuente corte de mangas. Adiós, cabrooooón. Tres veces te engañé, y ahí nos vemos, zopilote. En la tasca de Kuki.

6. Me estoy jugando la vida, me estoy jugando la suerte

Localicé a Óscar Lobato con una llamada telefónica al *Diario de Cádiz.* Teresa Mendoza, dije. Escribo un libro. Quedamos en comer al día siguiente en la Venta del Chato, un antiguo restaurante junto a la playa de Cortadura. Acababa de aparcar en la puerta, frente al mar, con la ciudad a lo lejos, soleada y blanca al extremo de su península de arena, cuando Lobato bajó de un baqueteado Ford lleno de periódicos viejos y con el cartel de Prensa escondido detrás del parabrisas. Antes de venir a mi encuentro estuvo charlando con el guardacoches y le dio una palmada en la espalda, que el otro agradeció como una propina. Lobato era simpático, hablador, inagotable en anécdotas e informaciones. Quince minutos más tarde ya éramos íntimos, y yo había ampliado mis conocimientos sobre la venta —una auténtica venta de contrabandistas, con dos siglos de historia—, sobre la composición de la salsa que nos sirvieron con el venado, sobre el nombre y la utilidad de todos y cada uno de los centenarios enseres que decoraban las paredes del restaurante, y sobre el *garum,* la salsa de pescado favorita de los romanos cuando aquella ciudad se llamaba Gades y los turistas viajaban en trirreme. Antes del segundo plato supe también que estábamos cerca del Observatorio de Marina de San Fernando, por donde pasa el meridiano de Cádiz, y que en 1812 las tropas de Napoleón que asediaban la ciudad —no llegaron a la puerta de Tierra, precisó Lobato— tenían allí uno de sus campamentos.

—¿Viste la película *Lola la Piconera*?

Nos tuteábamos desde hacía rato. Le dije que no, que no la había visto; y entonces me la contó de cabo a rabo. Juanita Reina, Virgilio Teixeira y Manuel Luna. Dirigida por Luis Lucia en 1951. Y según la leyenda, falsa por supuesto, a la Piconera la fusilaron los gabachos exactamente aquí. Heroína nacional, etcétera. Y esa copla. Que viva la alegría y la pena que se muera, Lola, Lolita la Piconera. Se me quedó mirando mientras yo ponía cara de estar interesadísimo en todo aquello, guiñó un ojo, le dio un tiento a su copa de Yllera —acabábamos de descorchar la segunda botella— y se puso a hablar de Teresa Mendoza sin transición alguna. Por las buenas.

—Esa mejicana. Ese gallego. Ese hachís arriba y abajo, con todo cristo jugando a las cuatro esquinas... Tiempos épicos —suspiró, con su gotita de nostalgia en mi honor—. Tenían su peligro, claro. Gente dura. Pero no había la mala leche que hay ahora.

Seguía siendo reportero, acotó. Como entonces. Un puto reportero de infantería, valga la expresión. Y a mucha honra. Al fin y al cabo no sabía hacer otra cosa. Le gustaba su oficio, aunque siguieran pagando la misma mierda que diez años atrás. Después de todo, su mujer llevaba un segundo sueldo a casa. Sin hijos que dijeran tenemos hambre, papi.

—Eso —concluyó— te da más liberté, egalité y fraternité.

Hizo una pausa para corresponder al saludo de unos políticos locales trajeados de oscuro que ocuparon una mesa próxima —un concejal de cultura y otro de urbanismo, susurró a media voz. No tienen ni el bachillerato—, y luego siguió con Teresa Mendoza y el gallego. Se los encontraba de vez en cuando por La Línea y por Algeciras, con su cara de india medio guapita ella, muy morena y aquellos ojazos grandes, de venganza, que tenía en la cara. No era gran cosa, más bien menudilla, pero cuando se arreglaba quedaba aparente. Con bonitas tetas, por cierto. No muy grandes, pero así —Lobato acercaba las manos y apuntaba los índices hacia fuera, como los pitones de un toro—. Un poco hortera de indumento, al estilo de las chavalas de los del hachís y el tabaco, aunque menos aparatosa: pantalones muy ceñidos, camisetas, tacones altos y todo eso. Arreglá pero informal. No se mezclaba mucho con las otras. Tenía dentro su puntito de clase, aunque no se pudiera precisar en qué afloraba eso. Quizás hablando, porque lo hacía suave, con su acento tan cariñoso y educado. Con esos hermosos arcaísmos que utilizan los mejicanos. A veces, cuando se peinaba con moño, la raya al medio y el pelo muy tirante para atrás, lo de la clase se le notaba más. Como Sara Montiel en *Veracruz.* Veintialguno, debía de tener. Años. A Lobato le llamaba la atención que nunca usara oro, sino plata. Pendientes, pulseras. Todo plata, y escasa. Algunas veces se ponía siete aros juntos en una muñeca, semanario le parecía que se llamaban. Cling, cling. Lo recordaba por el tintineo.

—En el ambiente la fueron respetando poco a poco. Primero, porque el gallego tenía buen cartel. Y segundo, porque era la única mujer que salía a jugársela ahí afuera. Al principio la gente se lo tomaba a coña, ésta de qué va y todo eso. Hasta los de Aduanas y los picoletos se choteaban. Pero cuando corrió la voz de que le echaba los mismos cojones que un tío, la cosa cambió.

Le pregunté por qué tenía buen cartel Santiago Fisterra, y Lobato juntó el pulgar y el índice en un círculo de aprobación. Era legal, dijo. Callado, cumplidor. Muy gallego en el buen sentido. Me refiero a que no era uno de esos cabrones encallecidos y peligrosos, ni tampoco de los informales o los fantasmas que menudean en el bisnes del hachís. Éste era discreto, nada broncas. Cabal. Muy poco chulo, para que me entiendas. Iba a lo suyo como quien va a la oficina. Los otros, los llanitos, podían decirte mañana a las tres, y a esa hora le estaban echando un polvo a la parienta o de copas en un bar, y tú apoyado en una farola con telarañas en la espalda, mirando el reloj. Pero si el gallego te decía mañana salgo, no había más que hablar. Salía, con un par, aunque hubiera olas de cuatro metros. Un tipo de palabra. Un profesional. Lo que no siempre era bueno, porque hacía sombra a muchos. Su aspiración era reunir suficiente viruta para dedicarse a otra cosa. Y a lo mejor por eso se llevaban bien Teresa y él. Parecían enamorados, desde luego. Tomados de la mano, abracitos, ya sabes. Lo normal. Lo que pasa es que en ella había algo que no podías nunca controlar del todo. No sé si me explico. Algo que obligaba a preguntarte si era sincera. Ojo, no me refiero a hipocresía ni nada de eso. Pondría la mano en el fuego a que era una buena chica... Hablo de otra cosa. Yo diría que Santiago la quería más a ella que ella a él. ¿Capisci?... Porque Teresa se quedaba siempre un poco lejos. Sonreía, era discreta y buena mujer, y estoy seguro de que en la cama se lo pasaban de puta madre. Pero ese puntito, ¿sabes?... Algunas veces, si te fijabas —y fijarse es mi oficio, compadre—, había algo en su forma de mirarnos a todos, incluso a Santiago, que daba a entender que no se lo creía del todo. Igual que si tuviera en alguna parte un bocadillo envuelto en papel albal y una bolsa con alguna ropa y un billete de tren. La veías reír, tomarse su tequila —le encantaba el tequila, claro—, besar a su hombre, y de pronto le sorprendías en los ojos una expresión rara. Como si estuviera pensando: esto no puede durar.

Esto no puede durar, pensó. Habían hecho el amor casi toda la tarde, como para no acabársela; y ahora cruzaban bajo el arco medieval de la muralla de Tarifa. Ganada a los moros —leyó Teresa en un azulejo puesto en el dintel— reinando Sancho IV el Bravo, el 21 de septiembre de 1292. Una cita de trabajo, dijo Santiago. Media hora de coche. Podemos aprovechar para tomar una copa, dar un paseo. Y luego cenar costillas de cerdo en Juan Luis. Y allí estaban, con el atardecer agrisado por el levante que peinaba borreguillos de espuma blanca en el mar, frente a la playa de los Lances y la costa hacia el Atlántico, y el Mediterráneo al otro lado, y África oculta en la neblina que la tarde oscurecía desde el este, sin prisas, del mismo modo que ellos caminaban enlazados por la cintura, internándose por las calles estrechas y encaladas de la pequeña ciudad donde siempre soplaba el viento, en cualquier dirección y casi los trescientos sesenta y cinco días del año. Ese atardecer soplaba muy fuerte, y antes de adentrarse en la ciudad habían estado mirando cómo rompía el mar en las escolleras del aparcamiento bajo la muralla, junto a la Caleta, donde el agua pulverizada salpicaba el parabrisas de la Cherokee. Y estando allí bien cómodos, oyendo música de la radio y recostada ella en el hombro de Santiago, Teresa vio pasar mar adentro, lejos, un velero grande con tres palos como los de las películas antiguas, que iba muy despacio hacia el Atlántico hundiendo la proa bajo el empuje de las rachas más fuertes, difuminado entre la cortina gris del viento y la espuma como si se tratara de un barco fantasma salido de otros tiempos, que no hubiera dejado de navegar en muchos años y en muchos siglos. Luego habían salido del coche, y por las calles más protegidas fueron hacia el centro de la ciudad, mirando escaparates. Ya estaban fuera de la temporada veraniega; pero la terraza bajo la marquesina y el interior del café Central seguían llenos de hombres y mujeres bronceados, de aspecto atlético, extranjero. Mucho güerito, mucho arete en la oreja, mucha camiseta estampada. Windsurfistas, había apuntado Santiago la primera vez que estuvieron allí. Que ya son ganas. En la vida hay gente para todo.

—A ver si un día te equivocas y dices que me quieres.

Se volvió a mirarlo cuando escuchó sus palabras. Él no estaba molesto, ni malhumorado. Ni siquiera se trataba de un reproche.

—Te quiero, pendejo.

—Claro.

Siempre se burlaba de ella con eso. A su manera suave, observándola, incitándola a hablar con pequeñas provocaciones. Parece que te costara dinero, decía. Tan sosa. Me tienes el ego, o como se diga, hecho una mierda. Y entonces Teresa lo abrazaba y lo besaba en los ojos, y le decía te quiero, te quiero, te quiero, muchas veces. Pinche gallego requetependejo. Y él bromeaba como si no le importara, igual que si se tratara de un simple pretexto de conversación, un motivo de burla, y el reproche debiera formulárselo ella a él. Deja, deja. Deja. Y al cabo paraban de reírse y se quedaban el uno frente al otro, y Teresa sentía la impotencia de todo cuanto no era posible, mientras los ojos masculinos la miraban con fijeza, resignados como si llorasen un poco adentro, silenciosamente, igual que un plebito que corre en pos de los compañeros mayores mientras éstos lo dejan atrás. Una pena seca, callada, que la enternecía; y entonces estaba segura de que a lo mejor sí quería a aquel hombre de veras. Y cada vez que eso pasaba, Teresa reprimía el impulso de alzar una mano y acariciar el rostro de Santiago de alguna manera difícil de saber, y de explicar y de sentir, como si le debiese algo y no pudiera pagárselo jamás.

—¿En qué piensas?

—En nada.

Ojalá no acabara nunca, deseaba. Ojalá esta existencia intermedia entre la vida y la muerte, suspendida en lo alto de un extraño abismo, pudiera prolongarse hasta que un día yo pronuncie palabras que de nuevo sean verdad. Ojalá que su piel y sus manos y sus ojos y su boca me borraran la memoria, y yo naciera de nuevo, o muriese de una vez, para decir como si fueran nuevas palabras viejas que no me suenen a traición o a mentira. Ojalá tenga —ojalá tuviera, tuviéramos— tiempo suficiente para eso.

Nunca hablaban del Güero Dávila. Santiago no era de aquellos a quienes puede hablarse de otros hombres, ni ella era de las que lo hacen. A veces, cuando él se quedaba respirando en la oscuridad, muy cerca, Teresa casi podía escuchar las preguntas. Eso ocurría aún, pero hacía tiempo que tales preguntas eran sólo hábito, rutinario rumor de silencios. Al principio, durante esos primeros días en que los hombres, hasta los que están de paso, pretenden imponer oscuros —inexorables— derechos que van más allá de la mera entrega física, Santiago hizo algunas de aquellas preguntas en voz alta. A su manera, naturalmente. Poco explícitas o nada en absoluto. Y rondaba como un coyote, atraído por el fuego pero sin atreverse a entrar. Había oído cosas. Amigos de amigos que tenían amigos. Y, ni modo. Tuve un hombre, resumió ella una vez, harta de verlo husmear en torno a lo mismo cuando las preguntas sin respuesta dejaban silencios insoportables. Tuve un hombre guapo y valiente y estúpido, dijo. Bien lanza. Un pinche cabrón como tú —como todos—, pero ése me agarró de chavita, sin mundo, y al final me fregó bien fregada, y me vi corriendo por su culpa, y fíjate si corrí lejos que me salté la barda y hasta aquí anduve, donde me encontraste. Pero a ti debe pelarte los dientes que tuviera un hombre o no, porque ese del que hablo está muerto y remuerto. Le dieron piso y se murió nomás, como todos nos morimos, pero antes. Y lo que ese hombre fuera en mi vida es cosa mía, y no tuya. Y después de todo eso, una noche que estaban cogiendo bien cogido, agarrados recio el uno al otro, y Teresa tenía la mente deliciosamente en blanco, desprovista de memoria o de futuro, sólo presente denso, espeso, de una intensidad cálida a la que se abandonaba sin remordimientos, abrió los ojos y vio que Santiago se había detenido y la miraba muy de cerca en la penumbra, y también vio que movía los labios, y cuando al fin regresó allí adonde estaban y prestó atención a lo que decía, pensó lo primero gallego menso, estúpido como todos, simple, simple, simple, con aquellas preguntas en el momento más inoportuno: él y yo, mejor él, mejor yo, me quieres, lo querías. Como si todo pudiera resumirse en eso y la vida fuera blanco y negro, bueno y malo, mejor o peor uno que otro. Y sintió de pronto una sequedad en la boca y en el alma y entre los muslos, una cólera nueva estallarle dentro, no porque él hubiera estado otra vez haciendo preguntas y eligiera mal el momento para hacerlas, sino porque era elemental, y torpe, y buscaba confirmación para cosas que nada tenían que ver con ella, removiendo otras que nada tenían que ver con él; y ni siquiera eran celos, sino orgullo, costumbre, absurda masculinidad del macho que aparta a la hembra de la manada y le niega otra vida que la que él le clava en las entrañas. Por eso quiso ofender, y dañar, y lo apartó con violencia mientras escupía que sí, la neta, claro que sí, a ver qué se pensaba, el gallego idiota. Acaso creía que la vida empezaba con él y con su pinche verga. Estoy contigo porque no tengo mejor sitio adonde ir, o porque aprendí que no sé vivir sola, sin un hombre que se parezca a otro, y ya me vale madres por qué me eligió o elegí al primero. E incorporándose, desnuda, todavía no liberada de él, le dio una bofetada fuerte, un golpe que hizo a Santiago volver a un lado la cara. Y quiso pegarle otra pero entonces fue él quien lo hizo, arrodillado encima, devolviendo el bofetón con una violencia tranquila y seca, sin furia, sorprendida tal vez; y luego se la quedó mirando así como estaba, de rodillas, sin moverse, mientras ella lloraba y lloraba lágrimas que no salían de los ojos sino del pecho y la garganta, quieta boca arriba, insultándolo entre dientes, pinche gallego cabrón de la chingada, pendejo, hijo de puta, hijo de tu pinche madre, cabrón, cabrón, cabrón. Después él se tumbó a su lado y estuvo allí un rato sin decir nada ni tocarla, avergonzado y confuso, mientras ella seguía boca arriba sin moverse, y se iba calmando poco a poco, a medida que sentía las lágrimas secársele en la cara. Y eso fue todo, y aquella fue la única vez. No volvieron a levantarse la mano el uno al otro. Tampoco hubo, nunca, más preguntas.

—Cuatrocientos kilos —dijo Cañabota en voz baja—... Aceite de primera, siete veces más puro que la goma normal. La flor de la canela.

Tenía un gintonic en una mano y un cigarrillo inglés con filtro dorado en la otra, y alternaba las chupadas con los sorbitos cortos. Era bajo y rechoncho, con la cabeza afeitada, y sudaba todo el tiempo, hasta el punto de que sus camisas siempre estaban mojadas en las axilas y en el cuello, donde relucía la inevitable cadena de oro. Quizá, decidió Teresa, era su trabajo el que lo hacía sudar. Porque Cañabota —ignoraba si el nombre respondía a un apellido o a un apodo— era lo que en jerga del oficio se llamaba el hombre de confianza: un agente local, enlace o intermediario entre los traficantes de uno y otro lado. Un experto en logística clandestina, encargado de organizar la salida del hachís de Marruecos y asegurar su recepción. Eso incluía contratar a transportistas como Santiago, y también la complicidad de ciertas autoridades locales. El sargento de la Guardia Civil —flaco, cincuentón, vestido de paisano— que lo acompañaba aquella tarde era una de las muchas teclas que era preciso tocar para que sonara la música. Teresa lo conocía de otras veces, y sabía que estaba destinado cerca de Estepona. Había una quinta persona en el grupo: un abogado gibraltareño llamado Eddie Álvarez, menudo, de pelo ralo y rizado, gafas muy gruesas y manos nerviosas. Tenía un discreto bufete situado junto al puerto de la colonia británica, con diez o quince sociedades tapadera domiciliadas allí. Él se encargaba de controlar el dinero que a Santiago le pagaban en Gibraltar después de cada viaje.

—Esta vez convendría llevar notarios —añadió Cañabota.

—No —Santiago movía la cabeza, con mucha calma—. Demasiada gente a bordo. Lo mío es una Phantom, no un ferry de pasajeros.

Los notarios eran testigos que los traficantes metían en las planeadoras para certificar que todo iba según lo previsto: uno por los proveedores, que solía ser marroquí, y otro por los compradores. A Cañabota no pareció gustarle aquella novedad.

—Ella —indicó a Teresa— podría quedarse en tierra.

Santiago no apartó los ojos del hombre de confianza mientras volvía a mover la cabeza.

—No veo por qué. Es mi tripulante.

Cañabota y el guardia civil se volvieron a Eddie Álvarez, reprobadores, como si lo responsabilizaran de aquella negativa. Pero el abogado encogía los hombros. Es inútil, decía el gesto. Conozco la historia, y además aquí sólo estoy mirando. A mí qué carajo me contáis.

Teresa pasó el dedo por el vaho que empañaba su refresco. Nunca había querido asistir a esas reuniones, pero Santiago insistía una y otra vez. Te arriesgas como yo, decía. Tienes derecho a saber lo que pasa y cómo pasa. No hables si no quieres, pero nada te perjudica estar al loro. Y si a ésos les incomoda tu presencia, que les vayan dando. A todos. A fin de cuentas, sus mujeres están tocándose el chichi en casita y no se la juegan en el moro cuatro o cinco noches al mes.

—¿El pago como siempre? —preguntó Eddie Álvarez, atento a lo suyo.

El pago se haría al día siguiente de la entrega, confirmó Cañabota. Un tercio directo a una cuenta del BBV en Gibraltar —los bancos españoles de la colonia no dependían de Madrid sino de las sucursales en Londres, y eso proporcionaba deliciosas opacidades fiscales—, dos tercios en mano. Los dos tercios en dinero B, naturalmente. Aunque harían falta unas facturitas chungas para lo del banco. El papeleo de siempre.

—Arregladlo todo con ella —dijo Santiago. Y miró a Teresa.

Cañabota y el guardia civil cambiaron una ojeada incómoda. Hay que joderse, decía aquel silencio. Meter a una tía en este jardín. En los últimos tiempos era Teresa quien se ocupaba cada vez más del aspecto contable del negocio. Eso incluía control de gastos, hacer números, llamadas telefónicas en clave y visitas periódicas a Eddie Álvarez. También una sociedad domiciliada en el despacho del abogado, la cuenta bancaria de Gibraltar y el dinero justificable puesto en inversiones de poco riesgo: algo sin demasiadas complicaciones, porque tampoco Santiago acostumbraba a enredarse la vida con los bancos. Aquello era lo que el abogado gibraltareño llamaba una infraestructura mínima. Una cartera conservadora, matizaba cuando llevaba corbata y se ponía técnico. Hasta poco tiempo atrás, y pese a su naturaleza desconfiada, Santiago había dependido casi a ciegas de Eddie Álvarez, que le cobraba comisión hasta por las simples imposiciones a plazo fijo cuando colocaba el dinero legal. Teresa había cambiado aquello, sugiriendo que todo se emplease en inversiones más rentables y seguras, e incluso que el abogado asociara a Santiago a un bar de Main Street para blanquear parte de los ingresos. Ella no sabía de bancos ni de finanzas, pero su experiencia como cambista en la calle Juárez de Culiacán le había dejado un par de ideas claras. Así que poco a poco se puso a la faena, ordenando papeles, enterándose de qué podía hacerse con el dinero en vez de inmovilizarlo en un escondite o en una cuenta corriente. Escéptico al principio, Santiago tuvo que rendirse a la evidencia: ella tenía buena cabeza para los números, y era capaz de prever posibilidades que a él ni le rondaban el pensamiento. Sobre todo tenía un extraordinario sentido común. Al contrario que en su caso —el hijo del pescador gallego era de los que guardaban el dinero en bolsas de plástico en el fondo de un armario—, para Teresa siempre existía la posibilidad de que dos y dos sumaran cinco. De modo que, ante las primeras reticencias de Eddie Álvarez, Santiago lo planteó claro: ella tendría voz y voto en lo del dinero. Ata más pelo de coño que cuerda de esparto, fue el diagnóstico del abogado cuando pudo cambiar impresiones con él a solas. Así que espero no termines haciéndola también copropietaria de toda tu pasta: La Gallegoazteca de Transportes S. A., o alguna murga de esa clase. He visto cosas más raras todavía. Porque las mujeres ya se sabe; y las mosquitas muertas, más. Empiezas follándotelas, luego las haces firmar papeles, después lo pones todo a su nombre, y al final se piran dejándote sin un duro. Ése, respondió Santiago, es asunto mío. Lee mis labios, anda. M-í-o. Y además me voy a cagar en tu puta madre. Y lo había dicho mirando al abogado con una cara tal, que éste casi metió las gafas en su vaso, se bebió muy callado el licor de whisky con hielo —en aquella ocasión estaban en la terraza del hotel Rock, con toda la bahía de Algeciras abajo— y no volvió a plantear reserva alguna sobre el asunto. Ojalá te pillen, gilipollas. O te ponga los cuernos esa zorra. Eso es lo que debía de estar pensando Eddie Álvarez, pero no lo dijo.

Ahora Cañabota y el sargento de la Guardia Civil observaban a Teresa, el aire hosco, y era evidente que los mismos pensamientos les ocupaban la cabeza. Las tías se quedan en casa viendo la tele, decía su silencio. A ver qué hace ésta aquí. Ella apartó los ojos, incómoda. Tejidos Trujillo, leyó en los azulejos de la casa que tenía enfrente. Novedades. No era agradable verse estudiada de aquel modo. Pero luego pensó que con esa forma de mirarla a ella también despreciaban a Santiago, y entonces volvió el rostro, con un punto de cólera, sosteniéndoles la mirada sin pestañear. Que fueran a chingar a su madre.

—Al fin y al cabo —comentó el abogado, que no perdía detalle—, ella está muy metida.

—Los notarios sirven para lo que sirven —dijo Cañabota, que aún miraba a Teresa—. Y en los dos lados quieren garantías.

—Yo soy la garantía —opuso Santiago—. Me conocen de sobra.

—Esta carga es importante.

—Para mí todas lo son, mientras las paguen. Y no estoy acostumbrado a que me digan cómo tengo que trabajar.

—Las normas son las normas.

—No vengáis dando por culo con las normas. Éste es un mercado libre, y yo tengo mis propias normas.

Eddie Álvarez movía la cabeza con desaliento. Inútil discutir, apuntaba el gesto, habiendo tetas de por medio. Perdéis el tiempo.

—Los llanitos no ponen tantas pegas —insistió Cañabota—. Parrondi, Victorio... Ésos embarcan notarios y lo que haga falta.

Santiago bebió un sorbo de cerveza mirando fijo a Cañabota. Ese tío lleva diez años en el negocio, le había comentado una vez a Teresa. Nunca ha ido a la cárcel. Eso me hace recelar de él.

—De los llanitos no os fiáis tanto como de mí.

—Eso lo dices tú.

—Pues hacedlo con ellos y no vengáis a tocarme los cojones.

El guardia civil seguía pendiente de Teresa, con una sonrisa desagradable en la boca. Iba mal afeitado, y algunos pelos blancos le asomaban en el mentón y bajo la nariz. Llevaba la ropa del modo indefinible con que suele llevarla la gente acostumbrada al uniforme, cuya indumentaria de paisano nunca termina por encajar del todo. Y vaya si te conozco, pensó Teresa. Te he visto cien veces en Sinaloa, en Melilla, en todas partes. Siempre eres el mismo. Deme sus documentos, etcétera. Y dígame nomás cómo salimos del problema. El cinismo del oficio. La excusa de que no llegas a fin de mes, con tu sueldo y con tus gastos. Cargamentos de droga aprehendidos de los que declaras la mitad, multas que cobras pero nunca pones en los informes, copas gratis, güilas, compadres. Y esas investigaciones oficiales que nunca van al fondo de nada, todo el mundo encubriendo a todo el mundo, vive y deja vivir, porque el que más y el que menos guarda un clavo de algo en el armario o un muerto bajo el piso. Lo mismo allá que acá, sólo que de eso allá la culpa no la tienen los españoles; porque de México se fueron hace dos siglos, y ni modo. Menos descarado aquí, claro. Europa y todo eso. Teresa miró al otro lado de la calle. Lo de menos descarado era algunas veces. El sueldo de un sargento de la Guardia Civil, de un policía o de un aduanero español no daba para pagarse un Mercedes del año como el que aquel fulano había estacionado sin disimulo en la puerta del café Central. Y seguro que iba a trabajar con ese mismo auto a su pinche cuartel, y nadie se sorprendía, y todos, jefes incluidos, disimulaban como si no vieran nada. Sí. Vive y deja vivir.

Seguía la discusión en voz baja, mientras la camarera iba y venía trayendo más cervezas y gintonics. Pese a la firmeza de Santiago sobre el asunto de los notarios, Cañabota no se daba por vencido. Si te pillan y tiras la carga, remachaba. A ver cómo justificas eso sin testigos. Equis kilos por la borda y tú de regreso, tan campante. Además, esta vez son italianos, y ésos tienen muy mala hostia; te lo digo yo que los trato. Mafiosi cabroni. A fin de cuentas, un notario es una garantía para ellos y para ti. Para todos. Así que por una vez deja a la señora en tierra y no te obceques. No me jodas y no te obceques y no te jodas.

—Si me pillan y tiro los fardos —respondía Santiago—, todo el mundo sabe que es porque los he tenido que tirar... Es mi palabra. Y eso lo entiende quien me contrata.

—Y dale, Perico. ¿No voy a convencerte?

—No.

Cañabota miró a Eddie Álvarez y se pasó la mano por el cráneo afeitado, declarándose vencido. Luego encendió otro de aquellos cigarrillos de filtro raro. Y para mí que es joto, pensó Teresa. Éste batea por la zurda. La camisa del hombre de confianza estaba encharcada, y un reguero de sudor le corría por un lado de la nariz, hasta el labio superior. Teresa seguía callada, la vista fija en su propia mano izquierda puesta sobre la mesa. Uñas largas pintadas de rojo, siete aros de plata mejicana, un encendedor estrechito de plata, regalo de Santiago por su cumpleaños. Deseaba con toda el alma que terminase la conversación. Salir de allí, besar a su hombre, lamerle la boca, clavarle las uñas rojas en los riñones. Olvidarse por un rato de todo aquello. De todos ellos.

—Un día vas a tener un disgusto —apuntó el guardia civil.

Eran las primeras palabras que pronunciaba, y se las dijo directamente a Santiago. Lo miraba con deliberada fijeza, como si se estuviera grabando sus rasgos en la memoria. Una mirada que prometía otras conversaciones en privado, en la intimidad de un calabozo, donde a nadie le sorprendiera escuchar unos cuantos gritos.

—Pues procura no ser tú quien me lo dé.

Aún se estudiaron un poco más, sin palabras; y ahora era la expresión de Santiago la que indicaba cosas. Por ejemplo, que existían calabozos donde apalear a un hombre hasta matarlo, pero también callejones oscuros y aparcamientos donde un guardia civil corrupto podía verse con un palmo de navaja en la ingle, ris, ras, justo donde late la femoral. Y que por ahí cinco litros de sangre se vaciaban en un jesús. Y que a quien empujas cuando subes por una escalera, puedes tropezártelo cuando bajas. Y más si es gallego, y por más que te fijes nunca sabes si sube o baja.

—Vale, de acuerdo —Cañabota golpeaba suave las palmas de las manos, conciliador—. Son tus putas normas, como dices. Vamos a no mosquearnos... Todos estamos en esto, ¿no es verdad?

—Todos —ayudó Eddie Álvarez, que se limpiaba las gafas con un kleenex.

Cañabota se inclinó un poco hacia Santiago. Llevara notarios o no, el negocio era el negocio. El bisnes.

—Cuatrocientos kilos de aceite en veinte niños de a veinte —puntualizó, trazando cifras y dibujos imaginarios con un dedo sobre la mesa—. Para alijar el martes por la noche, con el oscuro... El sitio lo conoces: Punta Castor, en la playita que está cerca de la rotonda, justo donde acaba la circunvalación de Estepona y empieza la carretera de Málaga. Te esperan a la una en punto.

Santiago lo pensó un momento. Miraba la mesa como si de veras Cañabota hubiese dibujado la ruta allí.

—Algo lejos lo veo, si tengo que bajar por carga a Al Marsa o a Punta Cires y luego alijar tan temprano... Del moro a Estepona hay cuarenta millas en línea recta. Tendré que cargar todavía con luz, y el camino de vuelta es largo.

—No hay problema —Cañabota miraba a los otros animándolos a confirmar sus palabras—. Pondremos un mono encima del Peñón, con unos prismáticos y un boquitoqui para controlar a las Hachejotas y al pájaro. Hay un teniente inglés allí arriba que nos come en la mano, y además se folla a una torda nuestra en un puticlub de La Línea... En cuanto a los niños, no hay pegas. Esta vez te los pasarán de un pesquero, cinco millas a levante del faro de Ceuta justo cuando dejas de ver la luz. Se llama el *Julio Verdú* y es de Barbate. Canal 44 de banda marina: dices Mario dos veces, y ya te irán guiando. A las once te abarloas al pesquero y cargas, luego pones rumbo norte arrimándote a la costa sin prisas, y alijas a la una. A las dos, los niños acostados y tú en casita.

—Así de fácil —dijo Eddie Álvarez.

—Sí —Cañabota miraba a Santiago, y el sudor volvía a correrle junto a la nariz—. Así de fácil.

Despertó antes del alba, y Santiago no estaba. Esperó un rato entre las sábanas arrugadas. Agonizaba septiembre, pero la temperatura seguía siendo la misma que en las noches del verano que dejaban atrás. Un calor húmedo como el de Culiacán, diluido al amanecer en la brisa suave que entraba por las ventanas abiertas: el terral que venía por el curso del río, deslizándose en dirección al mar durante las últimas horas de la noche. Se levantó, desnuda —siempre dormía desnuda con Santiago, como lo había hecho con el Güero Dávila—, y al ponerse ante la ventana sintió el alivio de la brisa. La bahía era un semicírculo negro punteado por luces: los barcos que fondeaban frente a Gibraltar, Algeciras a un lado y el Peñón al otro, y más cerca, al extremo de la playa donde se encontraba la casita, el espigón y las torres de la refinería reflejados en el agua inmóvil de la orilla. Todo era hermoso y tranquilo, y el alba todavía estaba lejos; así que buscó el paquete de Bisonte en la mesilla de noche y encendió uno apoyada en el alféizar de la ventana. Estuvo así un rato sin hacer nada, sólo fumando y mirando la bahía mientras la brisa de tierra le refrescaba la piel y los recuerdos. El tiempo transcurrido desde Melilla. Las fiestas de Dris Larbi. La sonrisa del coronel Abdelkader Chaib cuando ella le exponía las cosas. Un amigo quisiera hacer tratos, etcétera. Ya sabe. Y usted va incluida en el trato, había preguntado —o afirmado— el marroquí la primera vez, amable. Yo hago mis propios tratos, respondió ella, y la sonrisa del otro se intensificó. Un tipo inteligente, el coronel.

Bien chilo y correcto. No había ocurrido nada, o casi nada, en relación con los márgenes y límites personales establecidos por Teresa. Pero eso no tenía nada que ver. Santiago no le había pedido que fuera, y tampoco le prohibió ir. Era, como todos, previsible en sus intenciones, en sus torpezas, en sus sueños. También iba a llevarla a Galicia, decía. Cuando todo acabara, irían juntos a O Grove. No hace tanto frío como crees, y la gente es callada. Como tú. Como yo. Habrá una casa desde la que se vea el mar, y un tejado donde suene la lluvia y silbe el viento, y una goleta amarrada en la orilla, ya lo verás. Con tu nombre en el espejo de popa. Y nuestros hijos jugarán con planeadoras de juguete guiadas por radiocontrol entre las bateas de mejillones.

Cuando acabó el cigarrillo, Santiago no había vuelto. No estaba en el baño, así que Teresa recogió las sábanas —le había venido la pinche reglamentaria durante la noche—, se puso una camiseta y cruzó el saloncito a oscuras, en dirección a la puerta corrediza que daba a la playa. Vio luz allí, y se detuvo a mirar desde dentro de la casa. Híjole. Santiago estaba sentado bajo el porche, con un short, el torso desnudo, trabajando en una de sus maquetas de barcos. El flexo que tenía sobre la mesa iluminaba las manos hábiles que lijaban y ajustaban las piezas de madera antes de pegarlas. Construía un velero antiguo que a Teresa le parecía precioso, con el casco formado por listones de distinto color que el barniz ennoblecía, todos muy bien curvados —los mojaba para luego darles forma con un soldador— y con sus clavos de latón, la cubierta como las de verdad y la rueda del timón que había construido en miniatura, palito a palito, y que ahora quedaba muy bien cerca de la popa, junto a un pequeño tambucho con su puerta y todo. Cada vez que Santiago veía la foto o el dibujo de un barco antiguo en una revista, lo recortaba con cuidado y lo guardaba en una carpeta gruesa que tenía, de donde sacaba las ideas para hacer sus modelos cuidando hasta los menores detalles. Desde el saloncito, sin hacer notar su presencia, ella siguió mirándolo un rato, el perfil iluminado a medias que se inclinaba sobre las piezas, la forma en que las levantaba para estudiarlas de cerca, en busca de imperfecciones, antes de encolarlas minuciosamente y ponerlas en su lugar. Todo bien padre. Parecía imposible que aquellas manos que Teresa conocía tanto, duras, ásperas, con uñas que siempre estaban manchadas de grasa, poseyeran esa admirable habilidad. Trabajar con las manos, le había oído decir una vez, hace mejor al hombre. Te devuelve cosas que has perdido o que estás a punto de perder. Santiago no era muy hablador ni de muchas frases, y su cultura era apenas más amplia que la de ella. Pero tenía sentido común; y como estaba callado casi siempre, miraba y aprendía y disponía de tiempo para darle vueltas a ciertas ideas en la cabeza.

Sintió una profunda ternura observándolo desde la oscuridad. Parecía al mismo tiempo un niño ocupado con un juguete que absorbe su atención, y un hombre adulto y fiel a cierta misteriosa clase de ensueños. Algo había en aquellas maquetas de madera que Teresa no llegaba a comprender del todo, pero que intuía cercano a lo profundo, a las claves ocultas de los silencios y la forma de vida del hombre del que era compañera. A veces veía a Santiago quedarse inmóvil, sin abrir la boca, mirando uno de esos modelos en los que invertía semanas y hasta meses de trabajo, y que estaban por todas partes —ocho en la casa, y el que ahora construía, nueve—, en el saloncito, en el pasillo, en el dormitorio. Estudiándolos de una manera extraña. Daba la impresión de que trabajar tanto tiempo en ellos equivaliese a haber navegado a bordo en tiempos y mares imaginarios, y ahora encontrara en sus pequeños cascos pintados y barnizados, bajo sus velas y jarcias, ecos de temporales, abordajes, islas desiertas, largas travesías que había hecho con la mente a medida que aquellos barquitos iban tomando forma. Todos los seres humanos soñaban, concluyó Teresa. Pero no del mismo modo. Unos salían a rifársela en el mar en una Phantom o al cielo en una Cessna. Otros construían maquetas como consuelo. Otros se limitaban a soñar. Y algunos construían maquetas, se la rifaban y soñaban. Todo a la vez.

Cuando iba a salir al porche oyó cantar los gallos en los patios de las casas de Palmones, y de pronto sintió frío. Desde Melilla, el canto de los gallos se asociaba en su recuerdo con las palabras amanecer y soledad. Una franja de claridad se destacaba por levante, silueteando las torres y las chimeneas de la refinería, y en aquella parte el paisaje pasaba del negro al gris, transmitiendo el mismo color al agua de la orilla. Pronto habrá más luz, se dijo. Y el gris de mis sucios amaneceres se iluminará primero con tonos dorados y rojizos, y luego el sol y el azul empezarán a derramarse por la playa y la bahía, y yo estaré de nuevo a salvo hasta la próxima hora del alba. Andaba en esos pensamientos cuando vio a Santiago levantar la cabeza hacia el cielo que clareaba, como un perro de caza que husmease el aire, y quedarse así absorto, suspendido el trabajo, un buen rato. Luego se puso en pie, estirando los brazos para desperezarse, apagó la luz del flexo y se quitó el pantalón corto, tensó una vez más los músculos de los hombros y los brazos como si fuese a abarcar la bahía, y anduvo hasta la orilla, metiéndose en el agua que la brisa alta apenas rozaba; un agua tan quieta que los aros concéntricos que se generaban al entrar en ella podían percibirse hasta muy lejos en la superficie oscura. Se dejó caer de frente y chapoteó despacio, hasta el límite donde hacía pie, antes de volverse y ver a Teresa, que había cruzado el porche quitándose la camiseta y entraba en el mar porque sentía mucho más frío allá atrás, sola en la casa y en la arena que el amanecer agrisaba. Y de esa forma se encontraron con el agua por el pecho, y la piel desnuda y erizada de ella se entibió al contacto con la del hombre; y cuando sintió su miembro endurecido apretar primero contra sus muslos y después contra su vientre abrió las piernas aprisionándolo entre ellas mientras besaba su boca y su lengua con sabor a sal, y se sostuvo medio ingrávida alrededor de sus caderas mientras él se le metía bien adentro y se vaciaba lenta y largamente, sin prisas, al tiempo que Teresa le acariciaba el pelo mojado, y la bahía se aclaraba alrededor de los dos, y las casas encaladas de la orilla se iban dorando con la luz naciente, y unas gaviotas volaban por encima en círculos, entre graznidos, yendo y viniendo de las marismas. Y entonces pensó que la vida era a veces tan hermosa que no se parecía a la vida.

Fue Óscar Lobato quien me presentó al piloto del helicóptero. Nos vimos los tres en la terraza del hotel Guadacorte, muy cerca del lugar en donde habían vivido Teresa Mendoza y Santiago Fisterra. Había un par de primeras comuniones que se celebraban en los salones, y la pradera estaba llena de críos que alborotaban persiguiéndose bajo los alcornoques y los pinos. Javier Collado, dijo el periodista. Piloto del helicóptero de Aduanas. Cazador nato. De Cáceres. No lo invites a un cigarrillo ni a alcohol porque sólo bebe zumos y no fuma. Lleva quince años en esto y conoce el Estrecho como la palma de su mano. Serio, pero buena gente. Y cuando está ahí arriba, frío como la madre que lo parió.

—Hace con el molinillo cosas que no he visto hacer a nadie en mi puta vida.

El otro se reía oyéndolo. No le hagas caso, apuntaba. Exagera. Luego pidió un granizado de limón. Era moreno, bien parecido, de cuarenta y pocos años, delgado pero ancho de espaldas, el aire introvertido. Exagera un huevo, repitió. Se le veía incómodo con los elogios de Lobato. Al principio se había negado a hablar conmigo, cuando hice una gestión oficial a través de la dirección de Aduanas en Madrid. No hablo de mi trabajo, fue su respuesta. Pero el veterano reportero era amigo suyo —me pregunté a quién diablos no conocía Lobato en la provincia de Cádiz—, y éste se brindó a terciar en el asunto. Te lo trajino sin problemas, dijo. Y allí estábamos. En cuanto al piloto, yo me había informado a fondo y sabía que Javier Collado era una leyenda en su ambiente: de esos que entraban en un bar de contrabandistas y éstos decían joder y se daban con el codo, mira quién está ahí, con una mezcla de rencor y de respeto. El modo de operar de los traficantes cambiaba en los últimos tiempos, pero él seguía saliendo seis noches a la semana, a cazar hachís desde allá arriba. Un profesional —aquella palabra me hizo pensar que a veces todo depende de a qué lado de la valla, o de la ley, el azar lo ponga a uno—. Once mil horas de vuelo en el Estrecho, apuntó Lobato. Persiguiendo a los malos.

—Incluidos, claro, tu Teresa y su gallego. In illo tempore.

Y de eso hablábamos. O para ser más exactos, de la noche en que Argos, el BO-105 de Vigilancia Aduanera, volaba a altura de búsqueda sobre una mar razonablemente llana, rastreando el Estrecho con su radar. Ciento diez nudos de velocidad. Piloto, copiloto, observador. Rutina. Habían despegado de Algeciras una hora antes, y tras patrullar frente al sector de costa marroquí conocido en jerga aduanera como el economato —las playas situadas entre Ceuta y Punta Cires— ahora iban sin luces en dirección nordeste, siguiendo de lejos la costa española. Había guerreros, comentó Collado: maniobras navales de la OTAN al oeste del Estrecho. Así que la patrulla de aquella noche se centró en la parte de levante, en busca de un objetivo que adjudicarle a la turbolancha que navegaba, también a oscuras, mil quinientos pies más abajo. Una noche de caza como otra cualquiera.

—Estábamos cinco millas al sur de Marbella cuando el radar nos dio un par de ecos que estaban abajo, sin luces —precisó Collado—. Uno inmóvil y otro yéndose para tierra... Así que le dimos la posición a la Hachejota y empezamos a bajar hacia el que se movía.

—¿Adónde iba? —pregunté.

—Arrumbada a Punta Castor, cerca de Estepona —Collado se volvió a mirar en dirección este, más allá de los árboles que ocultaban Gibraltar, como si pudiera verse desde allí—. Un sitio bueno para alijar, porque la carretera de Málaga está cerca. No hay piedras, y puedes meter la proa de la lancha en la arena... Con gente preparada en tierra, descargar no lleva más de tres minutos.

—¿Y eran dos los ecos en el radar?

—Sí. El otro estaba quieto más afuera, separado unos ocho cables... Cosa de mil quinientos metros. Como si esperara. Pero el que se movía estaba casi en la playa, así que decidimos ir primero a por él. El visor térmico nos daba una estela ancha a cada pantocazo —al observar mi expresión confusa, Collado puso la palma de la mano sobre la mesa, subiéndola y bajándola apoyada en la muñeca para imitar el movimiento de una planeadora—. Una estela ancha indica que la lancha va cargada. Las que navegan vacías la dejan más fina, porque sólo meten la cola del motor en el agua... El caso es que fuimos a por ella.

Vi que descubría los dientes en una mueca, a la manera de un depredador que mostrara el colmillo al pensar en una presa. Aquel tipo, comprobé, se animaba rememorando la cacería. Se transformaba. Y déjalo de mi cuenta, había dicho Lobato. Es un buen tío; y si lo confías, se relaja. Punta Castor, proseguía Collado, era un descargadero habitual. En aquel tiempo los contrabandistas no llevaban todavía GPS para situarse, y navegaban a ojo marino. El sitio era fácil de alcanzar porque salías de Ceuta con rumbo sesenta o noventa, y al perder de vista la luz del faro bastaba poner rumbo nornoroeste, guiándote por la claridad de La Línea, que quedaba por el través. Al frente se veían en seguida las luces de Estepona y de Marbella, pero era imposible confundirse porque el faro de Estepona se veía antes. Apretando fuerte, en una hora estabas en la playa.

—Lo ideal es trincar a esa gente in fraganti, con los cómplices que esperan en tierra... Quiero decir cuando están en la playa misma. Antes tiran los fardos al agua, y después corren que se las pelan.

—Corren que te cagas —remachó Lobato, que había ido de pasajero en varias de aquellas persecuciones.

—Eso es. Y resulta tan peligroso para ellos como para nosotros —ahora Collado sonreía un poquito, acentuando el aire cazador, como si eso especiara el asunto—... Así era entonces, y sigue igual.

Disfruta, decidí. Este cabrón disfruta con su trabajo. Por eso lleva quince años saliendo de montería nocturna, y tiene a cuestas esas once mil horas de las que hablaba Lobato. La diferencia entre cazadores y presas no es tanta. Nadie se mete en una Phantom sólo por dinero. Nadie lo persigue sólo por sentido del deber.

Aquella noche, prosiguió Collado, el helicóptero de Aduanas bajó despacio, en dirección al eco más próximo a la costa. La Hachejota —Chema Beceiro, el patrón, era un tipo eficiente— estaba acercándose a cincuenta nudos de velocidad, y aparecería allí en cinco minutos. Así que descendió hasta los quinientos pies. Se disponía a maniobrar sobre la playa, haciendo saltar a tierra si era necesario al copiloto y al observador, cuando de pronto se encendieron luces allá abajo. Había vehículos iluminando la arena, y la Phantom pudo verse un instante junto a la orilla, negra como una sombra, antes de pegar un quiebro a babor y salir a toda velocidad entre una nube de espuma blanca. Entonces Collado dejó caer detrás el helicóptero, encendió el foco y se puso a perseguirla a un metro del agua.

—¿Has traído la foto? —le preguntó Óscar Lobato.

—¿Qué foto? —inquirí.

Lobato no contestó; miraba a Collado con aire guasón. El piloto le daba vueltas a su vaso de limonada, como si no terminara por decidirse del todo.

—A fin de cuentas —insistió Lobato— han pasado casi diez años.

Collado aún dudó un instante. Después puso un sobre marrón sobre la mesa.

—A veces —explicó, señalando el sobre— fotografiamos a la gente de las planeadoras durante las persecuciones, a fin de identificarlos... No es para la policía ni para la prensa, sino para nuestros archivos. Y no siempre resulta fácil, con el foco oscilando, y el aguaje y todo eso. Unas veces las fotos salen y otras no.

—Ésta sí salió —Lobato se reía—. Enséñasela de una vez.

Collado sacó la foto del sobre y la puso en la mesa, y al verla se me secó la boca. 18×24 en blanco y negro, y la calidad no era perfecta: demasiado grano y un ligero desenfoque. Pero la escena quedaba reflejada con razonable nitidez, ya que esa fotografía había sido hecha volando a cincuenta nudos de velocidad y a un metro del agua, entre la nube de espuma que levantaba la planeadora lanzada a toda potencia: un patín del helicóptero en primer plano, oscuridad alrededor, salpicaduras blancas que multiplicaban el destello del flash de la cámara. Y entre todo eso podía verse la parte central de la Phantom por su través de babor, y en ella la imagen de un hombre moreno, empapado el rostro de agua, que miraba la oscuridad ante la proa, inclinado sobre el volante del timón. Detrás de él, arrodillada en el piso de la planeadora, las manos en sus hombros como si le fuera indicando los movimientos del helicóptero que los acosaba, había una mujer joven, vestida con una chaqueta impermeable oscura y reluciente por la que chorreaba el agua, el pelo mojado por los rociones y recogido atrás en una coleta, los ojos muy abiertos con la luz reflejada en ellos, la boca apretada y firme. La cámara la había sorprendido vuelta a medias para mirar a un lado y un poco arriba hacia el helicóptero, la cara empalidecida por la proximidad del flash, la expresión crispada por la sorpresa del fogonazo. Teresa Mendoza con veinticuatro años.

Había ido mal desde el principio. Primero la niebla, apenas dejaron atrás el faro de Ceuta. Luego, el retraso en la llegada del pesquero al que estuvieron aguardando en alta mar, entre la brumosa oscuridad desprovista de referencias, con la pantalla del Furuno saturada de ecos de mercantes y ferrys, algunos peligrosamente cerca. Santiago estaba inquieto, y aunque Teresa no podía ver de él sino una mancha oscura, lo notaba por su forma de moverse de un lado a otro de la Phantom, de comprobar que todo estaba en orden. La niebla los escondía lo suficiente para que ella se atreviera a encender un cigarrillo, y lo hizo agachándose bajo el salpicadero de la lancha, oculta la llama y manteniendo después la brasa protegida en el hueco de la mano. Y tuvo tiempo de fumar tres más. Por fin el *Julio Verdú*, una sombra alargada donde se movían siluetas negras como fantasmas, se materializó en la oscuridad al mismo tiempo que una brisa de poniente se llevaba la niebla en jirones. Pero tampoco la carga fue satisfactoria: a medida que les pasaban del pesquero los veinte fardos envueltos en plástico y Teresa los iba estibando en las bandas de la planeadora, Santiago manifestó su extrañeza de que fueran más grandes de lo esperado. Tienen el mismo peso pero más tamaño, comentó. Y eso significa que no son pastillas de jabón sino de las otras: chocolate corriente, del malo, en vez de aceite de hachís, más puro, más concentrado y más caro. Y en Tarifa, Cañabota había hablado de aceite.

Después todo fue normal hasta la costa. Iban con retraso y el Estrecho estaba como un plato de sopa, así que Santiago subió el trim de la cola del cabezón y puso la Phantom a correr hacia el norte. Teresa lo sentía incómodo, forzando el motor con brusquedad y con prisas, como si aquella noche deseara especialmente acabar de una vez. No pasa nada, respondió evasivo cuando ella preguntó si algo no iba bien. No pasa nada de nada. Estaba lejos de ser un tipo hablador, pero Teresa intuyó que su silencio era más preocupado que otras veces. Las luces de La Línea clareaban a poniente, por el través de babor, cuando los dos resplandores gemelos de Estepona y Marbella aparecieron en la proa, más visibles entre pantocazo y pantocazo, la luz del faro de la primera bien clara a la izquierda: un destello seguido de otros dos, cada quince segundos. Teresa acercó la cara al cono de goma del radar para ver si podía calcular la distancia a tierra, y entonces, sobresaltada, vio un eco en la pantalla, inmóvil una milla a levante. Observó con los prismáticos en esa dirección; y al no ver luces rojas ni verdes temió que se tratara de una Hachejota apagada y al acecho. Pero el eco desapareció al segundo o tercer barrido de la pantalla, y eso la hizo sentirse más tranquila. Tal vez la cresta de una ola, concluyó. O quizás otra planeadora que esperaba su momento de acercarse a la costa.

Quince minutos después, en la playa, el viaje se torció bien gacho. Focos por todas partes, cegándolos, y gritos, alto a la Guardia Civil, alto, alto, decían, y luces azules que destellaban en la rotonda de la carretera, y los hombres que descargaban, el agua por la cintura, inmóviles con los fardos en alto o dejándolos caer o corriendo inútilmente entre chapoteos. Santiago bien iluminado a contraluz, agachándose sin decir palabra, ni una queja, ni una blasfemia, nada en absoluto, resignado y profesional, para darle atrás a la Phantom, y después, apenas el casco dejó de rozar la arena, todo el volante a babor y el pedal pisado a fondo, roooaaaar, corriendo a lo largo de la orilla en apenas tres palmos de agua, la lancha primero encabritada como si fuera a levantar la proa hasta el cielo y luego dando breves pantocazos a todo planeo en el agua mansa, zuaaaas, zuaaaas, alejándose en diagonal de la playa y de las luces en busca de la oscuridad protectora del mar y de la claridad lejana de Gibraltar, veinte millas al sudoeste, mientras Teresa agarraba por las asas, uno tras otro, los cuatro fardos de veinte kilos que habían quedado a bordo, levantándolos para arrojarlos fuera, con el rugido del cabezón ahogando cada zambullida mientras se hundían en la estela.

Fue entonces cuando cayó sobre ellos el pájaro. Oyó el rumor de sus palas arriba y atrás, levantó la vista, y tuvo que cerrar los ojos y apartar la cara porque en ese momento la deslumbró un foco desde lo alto, y el extremo de un patín iluminado por aquella luz osciló a un lado y a otro muy cerca de su cabeza, obligándola a agacharse mientras apoyaba las manos en los hombros de Santiago; sintió bajo la ropa de éste sus músculos tensos, encorvado como estaba sobre el volante, y vio su rostro iluminado a ráfagas por el foco de arriba, toda la espuma que saltaba en salpicaduras mojándole la cara y el pelo, más chilo que nunca; ni cuando cogían y ella lo miraba de cerca y se lo habría comido todo después de lamerlo y morderlo y arrancarle la piel a tiras estaba de guapo como en ese momento, tan obstinado y seguro, atento al volante y a la mar y al gas de la Phantom, haciendo lo que mejor sabía hacer en el mundo, peleando a su manera contra la vida y contra el destino y contra aquella luz criminal que los perseguía como el ojo de un gigante malvado. Los hombres se dividen en dos grupos, pensó ella de pronto. Los que pelean y los que no. Los que aceptan la vida como viene y dicen chale, ni modo, y cuando se encienden los focos levantan los brazos en la playa, y los otros. Los que hacen que a veces, en mitad de un mar oscuro, una mujer los mire como ahora yo lo miro a él.

Y en cuanto a las mujeres, pensó. Las mujeres se dividen, empezó a decirse, y no terminó de decirse nada porque dejó de pensar cuando el patín del pinche pájaro, a menos de un metro sobre sus cabezas, vino a oscilar cada vez más cerca. Teresa golpeó el hombro izquierdo de Santiago para advertirle, y éste se limitó a asentir una vez, concentrado en gobernar la lancha. Sabía que por mucho que se acercara el helicóptero nunca llegaría a golpearlos, salvo por accidente. Su piloto era demasiado hábil para permitir que eso ocurriera; porque, en tal caso, perseguidores y perseguidos se irían juntos abajo. Aquélla era una maniobra de acoso, para desconcertarlos y hacerles cambiar el rumbo, o cometer errores, o acelerar hasta que el motor, llevado al límite, se fuera a la chingada. Ya había ocurrido otras veces. Santiago sabía —y Teresa también, aunque ese patín tan próximo la asustara— que el helicóptero no podía hacer mucho más, y que el objeto de su maniobra era obligarlos a pegarse a la costa, para que la línea recta que la planeadora debía seguir hasta Punta Europa y Gibraltar se convirtiera en una larga curva que prolongase la caza y diera tiempo a que los de la planeadora perdieran los nervios y varasen en una playa, o a que la Hachejota de Aduanas llegase a tiempo para abordarlos.

La Hachejota. Santiago indicó el radar con un gesto, y Teresa se movió de rodillas por el fondo de la bañera, notando los golpes del agua bajo el pantoque, para pegar la cara al cono de goma del Furuno. Agarrada a la banda y al asiento de Santiago, con la intensa vibración que el motor transmitía al casco entumeciéndole las manos, observó la línea oscura que cada barrido les dibujaba a estribor, cerquísima, y la extensión clara al otro lado. En media milla estaba todo limpio; pero al duplicar el alcance en la pantalla encontró la esperada mancha negra moviéndose con rapidez a ocho cables, resuelta a cortarles el paso. Pegó la boca a la oreja de Santiago para gritárselo por encima del rugir del motor, y lo vio asentir de nuevo, fijos los ojos en el rumbo y sin decir palabra. El pájaro bajó un poco más, el patín casi tocando la banda de babor, y volvió a elevarse sin lograr que Santiago desviase un grado la ruta: seguía encorvado sobre el volante, concentrado en la oscuridad a proa, mientras las luces de la costa corrían a lo largo de la banda de estribor: primero Estepona con la iluminación de su larga avenida y el faro al extremo, luego Manilva y el puerto de la Duquesa, con la planeadora a cuarenta y cinco nudos ganando poco a poco mar abierto. Y fue entonces, al comprobar por segunda vez el radar, cuando Teresa vio el eco negro de la Hachejota demasiado cerca, más rápido de lo que pensaba y a punto de entrarles por la izquierda; y al mirar en esa dirección distinguió entre la neblina del aguaje, pese al resplandor blanco del foco del helicóptero, el centelleo azul de su señal luminosa cerrándoles cada vez más. Eso planteaba la alternativa de costumbre: varar en la playa o tentar la suerte mientras el flanco amenazador que se iba perfilando en la noche se acercaba dando bandazos, golpes con la amura procurando romperles el casco, parar el motor, tirarlos al agua. El radar ya estaba de más, así que moviéndose de rodillas —sentía los violentos pantocazos de la lancha en los riñones— Teresa se situó otra vez detrás de Santiago, las manos en sus hombros para prevenirlo sobre los movimientos del helicóptero y la turbolancha, derecha e izquierda, cerca y lejos; y cuando le sacudió cuatro veces el hombro izquierdo porque la pinche Hachejota era ya un muro siniestro que se abalanzaba sobre ellos, Santiago levantó el pie del pedal para quitarle de golpe cuatrocientas vueltas al motor, bajó el power trim con la mano derecha, metió todo el volante a la banda de babor, y la Phantom, entre la nube de su propio aguaje, describió una curva cerrada, padrísima, que cortó la estela de la turbolancha aduanera, dejándola un poco atrás en la maniobra.

Teresa sintió deseos de reír. Órale. Todos apostaban al límite en aquellas extrañas cacerías que hacían latir a ciento veinte golpes por minuto el corazón, conscientes de que la ventaja sobre el adversario estaba en el escaso margen que definía ese límite. El helicóptero volaba bajo, amagaba con el patín, marcaba la posición a la Hachejota; pero la mayor parte del tiempo iba de farol, porque no podía establecer contacto real. Por su parte, la Hachejota cruzaba una y otra vez ante la planeadora para hacerla saltar en su estela y que el cabezón se gripase al girar la hélice en el vacío; o acosaba, lista para golpear, sabiendo su patrón que sólo podía hacerlo con la amura, porque montar la proa significaba matar en el acto a los ocupantes de la Phantom, en un país donde a los jueces había que explicarles mucho ese tipo de cosas. También Santiago sabía todo eso, gallego listo y requetecabrón como era, y arriesgaba hasta el máximo: giro a la banda contraria, buscar la estela de la Hachejota hasta que ésta parase o diera marcha atrás, cortar su proa para frenarla. Incluso aminorar de pronto delante con mucha sangre fría, confiando en los reflejos del otro para detener la turbolancha y no pasarles por encima, y cinco segundos después acelerar, ganando una distancia preciosa, con Gibraltar cada vez más cerca. Todo en el filo de la navaja. Y un error de cálculo bastaría para que ese equilibrio precario entre cazadores y cazados se fuera al diablo.

—Nos la han jugado —gritó de pronto Santiago.

Teresa miró alrededor, desconcertada. Ahora la Hachejota estaba de nuevo a la izquierda, por la parte de afuera, apretando inexorable hacia tierra, la Phantom corriendo a cincuenta nudos en menos de cinco metros de sonda y el pájaro pegado encima, fijo en ellos el haz blanco de su foco. La situación no parecía peor que minutos antes, y así se lo dijo a Santiago, acercándose de nuevo a su oreja. No vamos tan mal, gritó. Pero Santiago movía la cabeza como si no la oyera, absorto en pilotar la lancha, o en lo que pensaba. Esa carga, le oyó decir. Y luego, antes de callarse del todo, añadió algo de lo que Teresa sólo pudo entender una palabra: señuelo. Igual está diciendo que nos tendieron un cuatro, pensó ella. Entonces la Hachejota les metió la amura, y el aguaje de las dos lanchas abarloadas a toda velocidad se volvió nube de espuma pulverizada que los empapó, cegándolos, y Santiago se vio obligado a ceder poco a poco, a llevar la Phantom cada vez más hacia la playa, de manera que ya estaban corriendo por el rebalaje, entre la rompiente del mar y la orilla misma, con la Hachejota por babor y algo más abierta, el helicóptero arriba, y las luces de tierra pasando veloces a pocos metros por la otra banda. En tres palmos de agua.

Chale, que no hay sonda, reflexionó Teresa atropelladamente. Santiago llevaba la planeadora lo más pegada a la orilla que podía, para mantener lejos a la otra lancha, cuyo patrón, sin embargo, aprovechaba cada oportunidad para arrimarles el costado. Aun así, calculó ella, las probabilidades de que la Hachejota tocara fondo, o aspirase una piedra que chingara hasta la madre los álabes de la turbina, eran mucho menores que las que tenía la Phantom de tocar la arena con la cola del motor en mitad de un pantocazo, y después clavar la proa y que ellos dos chuparan Faros hasta la resurrección de la carne. Diosito. Teresa apretó los dientes en la boca y las manos en los hombros de Santiago cuando la turbolancha se acercó de nuevo entre la nube de espuma, adelantándose un poco hasta cegarlos otra vez con su aguaje y dando luego una leve guiñada a estribor para apretarlos más contra la playa. Aquel patrón también era bravo de veras, pensó. De los que se tomaban en serio su chamba. Porque ninguna ley exigía tanto. O sí, cuando las cosas se tornaban personales entre machos gallos cabrones, que de cualquier desmadre hacían palenque. De lo cerca que estaba, el costado de la Hachejota parecía tan oscuro y enorme que la excitación que la carrera producía en Teresa empezó a verse desplazada por el miedo. Nunca habían corrido de ese modo por dentro del rebalaje, tan cerca de la orilla y en tan poca agua, y a trechos el foco del helicóptero dejaba ver las ondulaciones, las piedras y las alguitas del fondo. Apenas hay para la hélice, calculó. Vamos arando la playa. De pronto se sintió ridículamente vulnerable allí, empapada de agua, cegada por la luz, estremecida por los pantocazos. No mames con la ley y con lo otro, se dijo. Están echándose un pulso, nomás. Le cae al que se raje. A ver quién aguanta más pulque, y yo en medio. Qué triste pendejada morirse por esto.

Fue entonces cuando se acordó de la piedra de León. La piedra era una roca no muy alta que velaba a pocos metros de la playa, a medio camino entre La Duquesa y Sotogrande. La llamaban así porque un aduanero llamado León había roto en ella el casco de la turbolancha que patroneaba, raaaas, en plena persecución de una planeadora, viéndose obligado a varar en la playa con una vía de agua. Y aquella piedra, acababa de recordar Teresa, se hallaba justo en la ruta que ahora seguían. El pensamiento le produjo una descarga de pánico. Olvidando la cercanía de los perseguidores, miró a la derecha en busca de referencias para situarse por las luces de tierra que pasaban al costado de la Phantom. Tenía que estar, decidió, requetechingadamente cerca.

—¡La piedra! —le gritó a Santiago, inclinándose por encima de su hombro—... ¡Estamos cerca de la piedra!

A la luz del foco perseguidor lo vio afirmar con la cabeza, sin apartar su atención del volante y de la ruta, echando de vez en cuando ojeadas a la turbolancha y a la orilla para calcular la distancia y la profundidad a la que planeaban. En ese momento la Hachejota se apartó un poco, el helicóptero se acercó más, y al mirar hacia lo alto haciéndose visera con una mano, Teresa entrevió una silueta oscura con un casco blanco que descendía hasta el patín que el piloto procuraba situar junto al motor de la Phantom. Quedó fascinada por aquella imagen insólita: el hombre suspendido entre cielo y agua que se agarraba con una mano a la puerta del helicóptero y en la otra empuñaba un objeto que ella tardó en reconocer como una pistola. No irá a dispararnos, pensó aturdida. No pueden hacerlo. Esto es Europa, carajo, y no tienen derecho a tratarnos así, a puros plomazos. La planeadora dio un salto más largo y ella se cayó de espaldas, y al levantarse desencajada, a punto de gritarle a Santiago nos van a quemar, cabrón, afloja, frena, párate antes de que nos bajen a tiros, vio que el hombre del casco blanco acercaba la pistola a la carcasa del cabezón y vaciaba allí el cargador, un tiro tras otro, fogonazos naranja en el resplandor del foco entre los miles de partículas de agua pulverizada, con los estampidos, pam, pam, pam, pam, casi apagados por el rugir del motor de la planeadora, y las palas del pájaro, y el rumor del mar y el chasquido de los golpes del casco de la Phantom en el agua somera de la orilla. Y de pronto el hombre del casco blanco desapareció de nuevo dentro del helicóptero, y éste ganó un poco de altura sin dejar de mantenerlos alumbrados, y la Hachejota volvió a acercarse peligrosamente mientras Teresa miraba estupefacta los agujeros negros en la carcasa del motor y éste seguía funcionando como si tal cosa, a toda madre y ni un rastro de humo siquiera, del mismo modo que Santiago mantenía impávido el rumbo de la planeadora, sin haberse vuelto una sola vez a mirar lo que estaba ocurriendo ni preguntarle a Teresa si seguía ilesa, ni otra cosa que no fuera continuar aquella carrera que parecía dispuesto a prolongar hasta el fin del mundo, o de su vida, o de sus vidas.

La piedra, recordó ella otra vez. La piedra de León tenía que estar allí mismo, a pocos metros por la proa. Se incorporó detrás de Santiago para escudriñar al frente, intentando atravesar la cortina de salpicaduras iluminada por la luz blanca del helicóptero y distinguir la roca en la oscuridad de la orilla que serpenteaba ante ellos. Espero que él la vea a tiempo, se dijo. Espero que lo haga con margen suficiente para maniobrar y esquivarla, y que la Hachejota nos lo permita. Estaba deseando todo eso cuando vio la piedra delante, negra y amenazadora; y sin necesidad de mirar hacia la izquierda comprobó que la turbolancha aduanera se abría para esquivarla al mismo tiempo que Santiago, la cara chorreando agua y los ojos entornados bajo la luz cegadora que no los perdía un instante, tocaba la palanca del trim power y giraba de golpe el volante de la Phantom, entre una racha de aguaje que los envolvió en su nube luminosa y blanca, eludiendo el peligro antes de acelerar y volver a rumbo, cincuenta nudos, agua llana, otra vez por dentro de la rompiente y en la mínima sonda. En ese momento Teresa miró hacia atrás y vio que la piedra no era la pinche piedra; que se trataba de un bote fondeado que en la oscuridad se le parecía, y que la piedra de León todavía estaba delante, aguardándolos. De modo que abrió la boca para gritarle a Santiago que la de atrás no era, cuidado, aún la tenemos a proa, cuando vio que el helicóptero apagaba el foco y ascendía bruscamente, y que la Hachejota se separaba con una violenta guiñada mar adentro. También se vio a sí misma como desde afuera, muy quieta y muy sola en aquella lancha, igual que si todos estuvieran a punto de abandonarla en un lugar húmedo y oscuro. Sintió un miedo intenso, familiar, porque había reconocido La Situación. Y el mundo estalló en pedazos.

7. Me marcaron con el Siete

... *Y al mismo tiempo, Dantés se sintió lanzado al vacío, cruzando el aire como un pájaro herido, cayendo siempre con un terror que le helaba el corazón...* Teresa Mendoza leyó de nuevo aquellas líneas y quedó suspensa un instante, el libro abierto sobre las rodillas, mirando el patio de la prisión. Todavía era invierno, y el rectángulo de luz que se movía en dirección opuesta al sol calentaba sus huesos a medio soldar bajo el yeso del brazo derecho y el grueso jersey de lana que le había prestado Patricia O'Farrell. Se estaba bien allí en las últimas horas de la mañana, antes de que sonaran los timbres anunciando la comida. A su alrededor, medio centenar de mujeres charlaban en corros, sentadas como ella al sol, fumaban tumbadas de espaldas aprovechando para broncearse un poco, o paseaban en pequeños grupos de un lado a otro del patio, con la forma de caminar característica de las reclusas obligadas a moverse en los límites del recinto: doscientos treinta pasos para un lado y vuelta a empezar, uno, dos, tres, cuatro y todos los demás, media vuelta al llegar al muro coronado por una garita y alambradas que las separaba del módulo destinado a los hombres, doscientos veintiocho, doscientos veintinueve, doscientos treinta pasos justos hacia la cancha de baloncesto, otros doscientos treinta de regreso al muro, y así ocho o diez veces, o veinte veces cada día. Después de dos meses en El Puerto de Santa María, Teresa se había familiarizado con esos paseos cotidianos, llegando ella también, sin apenas darse cuenta, a adoptar aquel modo de caminar con un leve balanceo elástico y rápido, propio de las reclusas veteranas, tan apresurado y directo como si de veras se dirigiesen a alguna parte. Fue Patricia O'Farrell quien se lo hizo notar a las pocas semanas. Deberías verte, le dijo, ya tienes andares de presa. Teresa estaba convencida de que Patricia, que ahora se encontraba tumbada cerca de ella, las manos bajo la nuca, el pelo muy corto y dorado reluciendo al sol, nunca caminaría de ese modo ni aunque pasara en prisión veinte años más. En su sangre irlandesa y jerezana, pensó, había demasiada clase, demasiadas buenas costumbres, demasiada inteligencia.

—Dame un trujita —dijo Patricia.

Era perezosa y de caprichos según los días. Fumaba tabaco rubio emboquillado; pero con tal de no levantarse fumaría uno de los Bisonte sin filtro de su compañera, a menudo deshechos y vueltos a liar con unos granitos de hachís. Trujas, sin. Porros o canutos, con. Tabiros y carrujos, en sinaloense. Teresa eligió uno de la petaca que tenía en el suelo, mitad normales y mitad preparados, lo encendió, e inclinándose sobre el rostro de Patricia se lo puso en los labios. La vio sonreír antes de decir gracias y aspirar el humo sin mover las manos de la nuca, el cigarrillo colgando en su boca, los ojos cerrados bajo el sol que le hacía brillar el cabello y también el ligerísimo vello dorado de sus mejillas, junto a las leves arrugas que le bordeaban los ojos. Treinta y cuatro años, había dicho sin que nadie se lo preguntara, el primer día, en la celda —el chabolo, en la jerga carcelaria que Teresa ya dominaba— que ambas compartían. Treinta y cuatro en el Deneí y nueve de condena en el expediente, de los que llevo cumplidos dos. Con redención de trabajo día por día, buen comportamiento, un tercio de la pena y toda la parafernalia, me quedan uno o dos más, como mucho. Entonces Teresa empezó a decirle quién era ella, me llamo tal e hice cual, pero la otra la había interrumpido, sé quién eres, bonita, aquí lo sabemos todo de todas muy pronto; de algunas incluso antes de que lleguen. Y te cuento. Hay tres tipos básicos: la broncas, la bollera y la pringada. Por nacionalidades, aparte las españolas, tenemos moras, rumanas, portuguesas, nigerianas con sida incluido —a ésas ni te acerques— que andan las pobres hechas polvo, un grupo de colombianas que campa a su aire, alguna francesa y un par de ucranianas que eran putas y se cargaron al chulo porque no les devolvía los pasaportes. En cuanto a las gitanas, no te metas con ellas: las jóvenes con pantalón de pitillo ajustado, melena suelta y tatuajes llevan las pastillas y el chocolate y lo demás, y son las más duras; las mayores, las Rosarios tetonas y gordas de moño y faldas largas que se comen sin rechistar las condenas de sus hombres —que deben seguir en la calle para mantener a la familia y vienen a buscarlas con el Mercedes cuando salen—, ésas son pacíficas; pero se protegen unas a otras. Excepto las gitanas entre ellas, las presas son por naturaleza insolidarias, y las que se juntan en grupos lo hacen por interés o por supervivencia, con las débiles buscando el amparo de las fuertes. Si quieres un consejo, no te relaciones mucho. Busca destinos buenos: gavetera, cocinas, economato, que además te hacen redimir pena; y no olvides usar chanclas en las duchas y evitar apoyar el chichi en los lavabos comunes del patio, porque puedes enganchar de todo. Nunca hables mal en voz alta de Camarón ni de Joaquín Sabina ni de Los Chunguitos ni de Miguel Bosé, ni pidas que cambien de canal durante las telenovelas, ni aceptes drogas sin averiguar antes qué te pedirán por ellas. Lo tuyo, si no das problemas y haces las cosas como se debe, es de un año aquí comiéndote el tarro, como todas, pensando en la familia, o en rehacer tu vida, o en el palo que vas a dar cuando salgas, o en echar un polvo: cada una es cada una. Año y medio a lo sumo, con el papeleo y los informes de Instituciones Penitenciarias y de los psicólogos y de todos esos hijos de puta que nos abren las puertas o nos las cierran según la digestión que hayan hecho ese día, o según cómo les caigas o según lo que trinquen. Así que tómalo con calma, mantén esa cara de buena que tienes, dile a todo el mundo sí señor y sí señora, no me toques a mí los cojones y vamos a llevarnos bien. Mejicana. Espero que no te importe que te llamen Mejicana. Aquí todas tienen apodos: a unas les gustan y a otras no. Yo soy la Teniente O'Farrell. Y me gusta. A lo mejor un día dejo que me llames Pati.

—Pati.

—Qué.

—El libro está padrísimo.

—Ya te lo dije.

Seguía con los ojos cerrados, el cigarrillo humeándole en la boca, y el sol acentuaba pequeñas manchitas que, como pecas, tenía en el puente de la nariz. Había sido atractiva, y en cierto modo aún lo era. O tal vez más agradable que atractiva de verdad, con el pelo güero y el metro setenta y ocho, los ojos vivos que parecían reír todo el rato por dentro, cuando miraban. Una madre Miss España Cincuenta y Tantos, casada con el O'Farrell de la manzanilla y los caballos jerezanos que salía a veces en las fotos de las revistas: un viejo arrugado y elegante con barricas de vino y cabezas de toros detrás, en una casa con tapices, cuadros y muebles llenos de cerámicas y de libros. Había más hijos, pero Patricia era la oveja negra. Un asunto de drogas en la Costa del Sol, con mafias rusas y con muertos. A un novio de tres o cuatro apellidos le dieron piso a puros plomazos, y ella salió por los pelos, con dos tiros que la tuvieron mes y medio en la UCI. Teresa había visto las cicatrices en las duchas y cuando Patricia se desnudaba en el chabolo: dos estrellitas de piel arrugada en la espalda, junto al omoplato izquierdo, a un palmo de distancia una de otra. La marca de salida de una de ellas era otra cicatriz algo más grande, por delante y bajo la clavícula. La segunda bala se la habían sacado en el quirófano, aplastada contra el hueso. Munición blindada, fue el comentario de Patricia la primera vez que Teresa se la quedó mirando. Si llega a ser plomo dum-dum no lo cuento. Y luego zanjó el asunto con una mueca silenciosa y divertida. En los días húmedos se resentía de aquella segunda herida, igual que a Teresa le dolía la fractura fresca del brazo enyesado.

—¿Qué tal Edmundo Dantés?

Edmundo Dantés soy yo, respondió Teresa casi en serio, y vio cómo las arrugas en torno a los ojos de Patricia se acentuaban y el cigarrillo le temblaba con una sonrisa. Y yo, dijo. Y todas ésas, añadió señalando el patio sin abrir los ojos. Inocentes y vírgenes y soñando con un tesoro que nos aguarda al salir de aquí.

—Se murió el abate Faria —comentó Teresa, mirando las páginas abiertas del libro—. Pobre viejito.

—Ya ves. A veces unos tienen que palmar para que otros vivan.

Junto a ellas pasaron unas reclusas haciendo los doscientos treinta pasos en dirección al muro. Eran raza pesada, la media docena del grupo de Trini Sánchez, también conocida por Makoki III: morena y pequeña, masculina, agresiva, tatuada, puro artículo 10 y habitual de la cangreja, catorce años por intercambio de puñaladas con una novia a causa de medio gramo de caballo. A ésas les gusta la tortilla de patatas, advirtió Patricia la primera vez que se cruzaron con ellas en el pasillo del módulo, cuando Trini dijo algo que Teresa no pudo oír y las otras rieron a coro, compartiendo códigos. Pero no te preocupes, Mejicanita. Sólo te comerán el coño si te dejas. Teresa no se había dejado, y tras algunos avances tácticos en las duchas, en los servicios y en el patio, incluido un intento de aproximación social a base de sonrisas y cigarrillos y leche condensada en una mesa de los comedores, cada mochuelo revoloteó en torno a su propio olivo. Ahora Makoki III y sus chicas miraban a Teresa de lejos, sin complicarle la vida. A fin de cuentas, su compañera de chabolo era la Teniente O'Farrell. Y con eso, se decía, la Mejicana iba servida.

—Adiós, Teniente.

—Adiós, perras.

Patricia ni había abierto los ojos. Seguía con las manos cruzadas tras la nuca. Las otras se rieron con alboroto y un par de groserías bienhumoradas, y siguieron recorriendo el patio. Teresa las miró alejarse y luego observó a su compañera. Había tardado poco en comprobar que Patricia O'Farrell gozaba de privilegios entre las reclusas: manejaba dinero que superaba la cantidad legal del peculio disponible, recibía cosas de afuera, y allí eso permitía tener a la gente dispuesta en tu favor. Hasta las boquis, las funcionarias, la trataban con más miramientos que al resto. Pero había en ella, además, cierta autoridad que nada tenía que ver con eso. Por una parte era una morra con cultura, lo que marcaba una importante diferencia en un lugar donde muy pocas internas tenían más allá de estudios primarios. Se expresaba bien, leía libros, conocía a gente de cierto nivel, y no era extraño que las reclusas acudieran a ella en busca de ayuda para redactar solicitudes de permisos, grados, recursos y otros documentos oficiales propios del abogado que ni tenían —los de oficio se esfumaban cuando la condena era firme, y algunos antes— ni podían pagarse. También conseguía droga, desde pastillas de todos los colores a perico y chocolate, y nunca le faltaba papel de liar o papel albal para que las colegas se hicieran un chino en condiciones. Además, no era de las que se dejaban ganar el jalón. Contaban que, recién ingresada en El Puerto, una presa veterana había intentado molestarla, que la O'Farrell soportó la provocación sin abrir la boca, y que a la mañana siguiente, desnudas en las duchas, le madrugó a la jaina aquella poniéndole en el cuello un pincho hecho con el junquillo del marco de una manguera contraincendios. Nunca más, cariño, fueron las palabras, mirándose muy de cerca, con el agua de la ducha que les caía por encima y las demás reclusas haciendo corro igual que para ver la tele, aunque luego todas juraron por sus mulés, o sea, sus muertos más frescos, no haber visto nada. Y la provocadora, una Kie con fama de brava a la que apodaban la Valenciana, estuvo completamente de acuerdo al respecto.

La Teniente O'Farrell. Teresa comprobó que Patricia había abierto los ojos y la miraba, y apartó despacio la vista para que la otra no penetrase sus pensamientos. A menudo las más jóvenes e indefensas compraban la protección de una Kie respetada o peligrosa —que venía a ser lo mismo—, a cambio de favores que en aquel encierro sin hombres incluían los obvios. Patricia nunca le planteó nada al respecto; pero a veces Teresa la sorprendía observándola de ese modo fijo y un poco reflexivo, como si en realidad la mirase a ella pero estuviera pensando en otra cosa. Se había sentido contemplada así al llegar a El Puerto, ruido de cerrojos y barrotes y puertas, clang, clang, eco de pasos y la voz impersonal de las boquis, y aquel olor a mujeres encerradas, ropa sucia como para saltarse la barda, colchones mal ventilados, comida rancia, sudor y lejía, mientras se desnudaba las primeras noches o al sentarse en el tigre para hacer sus necesidades, bien violenta al principio por aquella falta de intimidad hasta que se hizo costumbre, las pantaletas y los liváis bajados hasta los tobillos, y Patricia la miraba desde su catre sin decir nada, puesto boca abajo sobre el estómago el libro que estuviera leyendo —tenía un estante lleno—, estudiándola todo el tiempo de la cabeza a los pies durante días, y semanas, y todavía continuaba así de vez en cuando, igual que ahora había abierto los ojos y la miraba después de que pasaran cerca las chicas de Trini Sánchez, alias Makoki III.

Volvió al libro. A Edmundo Dantés acababan de tirarlo por un acantilado dentro de un saco y con una bala de cañón a los pies como lastre, creyendo habérselas con el cuerpo difunto del abate viejito. *El cementerio del castillo de If era el mar...* leyó, ávida. Espero que salga de ésta, se dijo pasando con rapidez a la siguiente página y al siguiente capítulo: *Dantés, sobrecogido, casi sofocado, tuvo con todo suficiente serenidad para contener la respiración...* Híjole. Ojalá consiga salir a flote, y volver a Marsella para recuperar su barco y vengarse de los tres hijos de la chingada, carnales suyos decían ser los malnacidos, que nomás se lo vendieron de una manera tan cabrona. Teresa nunca había imaginado que un libro absorbiera la atención hasta el punto de estar deseando quedarse tranquila y seguir justo donde lo acababa de dejar, con una señalita puesta para no perder la página. Patricia le proporcionó aquél después de hablar mucho de ello, admirada Teresa de verla tanto tiempo quieta mirando las páginas de sus libros; de que se metiera todo eso en la cabeza y prefiriese aquello a las telenovelas —a ella le encantaban las series mejicanas, que traían acento de su tierra— y las películas y los concursos que las otras reclusas se agolpaban a ver en la sala de la televisión. Los libros son puertas que te llevan a la calle, decía Patricia. Con ellos aprendes, te educas, viajas, sueñas, imaginas, vives otras vidas y multiplicas la tuya por mil. A ver quién te da más por menos, Mejicanita. Y también sirven para tener a raya muchas cosas malas: fantasmas, soledades y mierdas así. A veces me pregunto cómo conseguís montároslo las que no leéis. Pero nunca dijo deberías leer alguno, o mira éste o aquel otro; esperó a que Teresa se decidiera ella sola, después de sorprenderla varias veces curioseando entre los veinte o treinta libros que renovaba de vez en cuando, ejemplares de la biblioteca de la prisión y otros que le mandaba algún familiar o amigo de afuera o encargaba a compañeras con permisos de tercer grado. Por fin, un día, Teresa dijo me gustaría leer uno porque nunca lo hice. Tenía en las manos aquel titulado *Suave es la noche* o algo parecido, que llamaba su atención porque sonaba así como requeterromántico, y además traía una linda estampa en la portada de una chava elegante y delgada con sombrero, muy en plan fresita estilo años veinte. Pero Patricia movió la cabeza y se lo tomó de las manos y dijo espera, cada cosa a su tiempo, antes debes leer otro que te gustará más. De modo que al día siguiente fueron a la biblioteca de la prisión y le pidieron a Marcela Conejo, la encargada —Conejo era su apodo: le puso a su suegra lejía de esa marca en la botella de vino—, el libro que ahora Teresa tenía en las manos. Habla de un preso como nosotras, explicó Patricia cuando la vio preocupada por tener que leerse algo tan gordo. Y fíjate: colección Sepan Cuántos, Editorial Porrúa, México. Vino de allá, como tú. Estáis predestinados el uno al otro.

Había una pequeña reyerta al extremo del patio. Moras y gitanas jóvenes a la greña, madreándose a gusto. Desde allí podía verse una ventana enrejada del módulo de hombres, donde los reclusos varones acostumbraban a cambiar mensajes a gritos y señas con sus amigas o compañeras. Más de un idilio carcelario se cocía en aquel rincón —un preso que realizaba trabajos de albañilería consiguió preñar a una reclusa en los tres minutos que tardaron los funcionarios en descubrirlos—, y el sitio era frecuentado por las mujeres con intereses masculinos al otro lado del muro y la alambrada. Ahora tres o cuatro presas discutían y llegaban a las manos, bien picudas, por celos o por disputarse el mejor lugar del improvisado observatorio, mientras el guardia civil de la garita de arriba se inclinaba sobre el muro a echar un vistazo. Teresa había comprobado que, en prisión, las rucas tenían más redaños que algunos hombres. Iban maquilladas, se arreglaban con las colegas que eran peluqueras, y gustaban de lucir sus joyas, sobre todo las que iban a misa los domingos —Teresa, sin reflexionar sobre ello, dejó de hacerlo tras la muerte de Santiago Fisterra— y las que tenían destinos en las cocinas o en zonas donde era posible algún contacto con hombres. Eso también daba ocasión a celos, sirlas y ajustes de cuentas. Había visto a mujeres dar palizas increíbles a otras mujeres por una discusión, por un cigarrillo, por un bocata de tortilla a la francesa —los huevos no estaban incluidos en el menú, y podían darse puñaladas por uno—, por una mala palabra o un qué pasó, con puñetazos de verdad y patadas que dejaban a la víctima sangrando por la nariz y las orejas. Los robos de droga o de comida también eran motivo de bronca: latas de conservas, perico o pastillas sustraídas de los chabolos a la hora del desayuno, cuando las celdas quedaban abiertas. O incumplimiento de los códigos no escritos que regían la vida allí. Hacía un mes que una chota que limpiaba la garita de las funcionarias, y aprovechaba para dar pequeños pitazos de las compañeras, se había ganado una madriza de muerte en el tigre del patio cuando entraba a mear, apenas levantada la falda: cuatro reclusas ocupándose y las demás tapando la puerta, y luego todas sordas y ciegas y mudas, y la chusquela todavía estaba en el hospital de la prisión, la mandíbula sujeta con alambres y varias costillas rotas.

Seguía la bronca al extremo del patio. Tras la reja, los batos del módulo de hombres animaban a las contendientes; y la jefe de servicio y otras dos boquis cruzaban el patio a la carrera para resolver el asunto. Tras dedicarles un vistazo distraído, Teresa volvió junto a Edmundo Dantés, de quien andaba enamorada hasta las trancas. Y mientras pasaba las páginas —el fugitivo acababa de ser rescatado del mar por unos pescadores— sentía fijos en ella los ojos de Patricia O'Farrell, mirándola del mismo modo que aquella otra mujer a la que tantas veces había sorprendido acechándola desde las sombras y desde los espejos.

La despertó la lluvia en la ventana y abrió los ojos aterrada en el alba gris, porque creía hallarse de vuelta en el mar, junto a la piedra de León, en el centro de una esfera negra, cayendo hacia lo profundo del mismo modo que Edmundo Dantés en la mortaja del abate Faria. Después de la piedra y el impacto y la noche, los días siguientes a su despertar en el hospital con un brazo entablillado hasta el hombro, el cuerpo lleno de contusiones y arañazos, había ido reconstruyendo poco a poco —comentarios de médicos y enfermeras, la visita de dos policías y una asistente social, el flash de una foto, los dedos manchados de tinta tras una impresión digital— los pormenores de lo ocurrido. Sin embargo, cada vez que alguien pronunciaba el nombre de Santiago Fisterra ponía la mente en blanco. Todo aquel tiempo, los sedantes y su propio estado de ánimo la mantuvieron en un estado de duermevela que rechazaba cualquier reflexión. Ni un momento durante los primeros cuatro o cinco días quiso pensar en Santiago; y cuando el recuerdo acudía a su mente, lo alejaba sumiéndose en aquel sopor que tenía mucho de voluntario. Todavía no, murmuraba en sus adentros. Más vale que todavía no. Hasta que una mañana, al abrir los ojos, vio sentado a Óscar Lobato, el periodista del *Diario de Cádiz* que era amigo de Santiago. Y junto a la puerta, de pie y apoyado en la pared, a otro hombre cuyo rostro le resultaba vagamente conocido. Fue entonces, mientras éste escuchaba sin decir palabra —al principio lo tomó por un policía—, cuando ella aceptó de boca de Lobato lo que de muchos modos ya sabía o adivinaba: que aquella noche la Phantom se había estrellado a cincuenta nudos contra la piedra, destrozándose, y que Santiago murió allí mismo mientras Teresa salía proyectada entre los fragmentos de la planeadora, rompiéndose el brazo derecho al golpear contra la superficie del agua y hundiéndose cinco metros hasta el fondo.

Cómo salí, quiso saber ella. Y su voz sonaba extraña, igual que si hubiera dejado de ser suya. Lobato sonreía de una manera que le dulcificaba mucho los rasgos endurecidos, las marcas de la cara y la expresión viva de los ojos al volverlos hacia el hombre que estaba apoyado en la pared sin abrir la boca, mirando a Teresa con curiosidad y casi con timidez, como si no se atreviera a acercarse.

—Te sacó él.

Entonces Lobato le contó lo ocurrido después que ella quedara inconsciente. Que tras el impacto flotó un momento antes de hundirse alumbrada por el foco que el helicóptero había vuelto a encender. Que el piloto pasó los mandos a su compañero para tirarse al mar desde tres metros de altura, y en el agua se quitó el casco y el chaleco autoinflable para bucear hasta el fondo donde ella se estaba ahogando. Luego la llevó a la superficie, entre la espuma que levantaban las aspas del rotor, y de ahí a la playa, al tiempo que la Hachejota buscaba lo que había quedado de Santiago Fisterra —los trozos más grandes de la Phantom no alcanzaban cuatro palmos— y las luces de una ambulancia se acercaban por la carretera. Y mientras Lobato refería todo eso, Teresa miraba el rostro del hombre apoyado en la pared, que seguía allí sin pronunciar palabra ni asentir ni nada, como si lo que contaba el periodista le hubiera pasado a otro. Y al fin reconoció a uno de los aduaneros que había visto en la tasca de Kuki, aquella noche en que los contrabandistas llanitos celebraban un cumpleaños. Quiso acompañarme para verte la cara, explicó Lobato. Y también ella le miraba la cara al otro, el piloto del helicóptero de Aduanas que había matado a Santiago y la había salvado a ella. Pensando: debo recordar a ese hombre más tarde, cuando decida si al encontrármelo de nuevo he de procurar matarlo a mi vez, si puedo, o decir estamos en paz, cabrón, encoger los hombros y ahí nos vemos. Preguntó al fin por Santiago, sobre el paradero de su cuerpo; y el de la pared apartó la mirada, y Lobato torció la boca con pesadumbre al decir que el féretro iba camino de O Grove, su pueblo gallego. Un buen chaval, añadió con cara de circunstancias; y Teresa pensó que quizás era sincero, que lo había tratado y pisteado con él, y que tal vez lo apreciaba de veras. Fue entonces cuando empezó a llorar mansa y silenciosamente, porque ahora sí pensaba en Santiago muerto, y veía su rostro inmóvil con los ojos cerrados, como cuando dormía con la cara pegada a su hombro. Y razonó: qué voy a hacer ahora con el pinche barquito de vela que está sobre la mesa en la casa de Palmones, a medio hacer, y ya no lo terminará nadie. Y supo que estaba sola por segunda vez, y que en cierta forma era para siempre.

—Fue O'Farrell quien de verdad le cambió la vida —repitió María Tejada.

Había pasado los últimos cuarenta y cinco minutos contándome cómo y por qué. Al cabo fue a la cocina, volvió con dos vasos de infusión de hierbas, y se bebió uno mientras yo revisaba las notas y digería la historia. La antigua asistente social de la prisión de El Puerto de Santa María era una mujer rechoncha, vivaracha, con el pelo largo y lleno de canas que no se teñía, mirada bondadosa y boca firme. Llevaba gafas redondas de montura metálica y anillos de oro en varios dedos de las manos: lo menos diez, conté. También le calculé unos sesenta años. Durante treinta y cinco había trabajado para Instituciones Penitenciarias en las provincias de Cádiz y Málaga. No fue fácil dar con ella, pues estaba jubilada desde hacía poco; pero Óscar Lobato averiguó su paradero. Las recuerdo bien a las dos, dijo ella cuando planteé el asunto por teléfono. Venga a Granada y hablaremos. Me recibió en chándal y zapatillas en la terraza de su piso de la parte baja del Albaicín, con toda la ciudad y la vega del Genil a un lado y al otro la Alhambra encaramada entre árboles, dorada y ocre bajo el sol de la mañana. Una casa con mucha luz y gatos por todas partes: sobre el sofá, en el pasillo, en la terraza. Al menos media docena de gatos vivos —olía a diablos, pese a las ventanas abiertas— y una veintena más en cuadros, en figuritas de porcelana, en tallas de madera. Hasta había alfombras y cojines bordados con gatos, y entre la ropa puesta a secar en la terraza colgaba una toalla con el gato Silvestre. Y mientras yo releía las notas y saboreaba la infusión, un minino atigrado me observaba desde lo alto de la cómoda, como si me conociera de antes, y otro gordo y gris se aproximaba sobre la alfombra con maneras de cazador, cual si los cordones de mis zapatos fuesen presa legítima. El resto andaba repartido por la casa en diversas posturas y actitudes. Detesto a esos bichos demasiado silenciosos y demasiado inteligentes para mi gusto —no hay nada como la estólida lealtad de un perro estúpido—; pero hice de tripas corazón. El trabajo es el trabajo.

—O'Farrell le hizo ver cosas de sí misma —decía mi anfitriona— que ni imaginaba que existieran. Y hasta empezó a educarla un poquito, ¿no?... A su manera.

Tenía sobre la mesa de tresillo un montón de cuadernos donde había ido anotando durante años las incidencias de su trabajo. Los revisé antes de que usted llegara, dijo. Para refrescar. Luego me mostró algunas páginas escritas con caligrafía redonda y apretada: fichas individuales, fechas, visitas, entrevistas. Algunos párrafos estaban subrayados. Seguimiento, explicó. Lo mío era evaluar su grado de integración, ayudarlas a buscar algo para después. Allí dentro hay mujeres que pasan el día mano sobre mano y otras que prefieren hacer cosas. Yo facilitaba los medios. Teresa Mendoza Chávez y Patricia O'Farrell Meca. Clasificadas como Fies: Fichero de internas de especial seguimiento. En su momento dieron mucho que hablar aquellas dos.

—¿Fueron amantes?

Cerró los cuadernos dirigiéndome una mirada larga, evaluativa. Sin duda consideraba si aquella pregunta respondía a curiosidad malsana o a interés profesional.

—No lo sé —respondió al fin—. Entre las chicas se rumoreaba, claro. Pero esas cosas se rumorean siempre. O'Farrell era bisexual. Eso como mínimo, ¿no?... Y la verdad es que había mantenido relaciones con algunas reclusas antes de la llegada de Mendoza; pero respecto a ellas dos, nada puedo decirle con seguridad.

Después de mordisquearme los cordones de los zapatos, el gato gordo y gris se frotaba contra mis pantalones, llenándolos de pelos felinos. Mordí el extremo del bolígrafo, estoico.

—¿Cuánto tiempo pasaron juntas?

—Un año como compañeras de celda, y luego salieron con diferencia de pocos meses... Tuve ocasión de tratar a las dos: callada y casi tímida Mendoza, muy observadora, muy prudente, con aquel acento mejicano que la hacía parecer tan mansa y correcta... Quién lo hubiera dicho luego, ¿no?... O'Farrell era el polo opuesto: amoral, desinhibida, siempre con una actitud entre superior y frívola. De mucho mundo. Una aristócrata golfa que condescendiera a tratar con el pueblo. Sabía utilizar el dinero, que en la cárcel pesaba mucho. Comportamiento irreprochable, el suyo. Ni una sanción en los tres años y medio que pasó dentro, fíjese, a pesar de que adquiría y consumía estupefacientes... Ya le digo que era demasiado lista para buscarse problemas. Parecía considerar su estancia en prisión como unas vacaciones inevitables, y esperaba a que pasaran sin hacerse mala sangre.

El gato que se frotaba contra mis pantalones enganchó las uñas en un calcetín, así que lo alejé con un puntapié discreto que me valió un breve silencio censor de mi interlocutora. De cualquier modo —prosiguió tras la incómoda pausa, llamando al gato sobre sus rodillas, ven aquí, Anubis, precioso—, O'Farrell era una mujer hecha, con personalidad; y la recién llegada resultó muy influenciada por ella: buena familia, dinero, apellido, una cultura... Gracias a su compañera de celda, Mendoza descubrió la utilidad de la instrucción. Ésa fue la parte positiva del influjo; le inspiró deseos de superarse, de cambiar. Leyó, estudió. Descubrió que no hace falta depender de un hombre. Tenía facilidad para las matemáticas y el cálculo, y encontró oportunidad para desarrollarlas en los programas de educación para reclusas, que entonces permitían redimir día por día de condena. En sólo un año se graduó en un curso de matemáticas elementales, en otro de lengua y ortografía, y aprendió algo de inglés. Se convirtió en lectora voraz, y al final lo mismo la encontrabas con una novela de Agatha Christie que con un libro de viajes o de divulgación científica. Y fue O'Farrell quien la animó a todo eso. El abogado de Mendoza era un gibraltareño que la dejó tirada a poco de ingresar en prisión; y por lo visto también se quedó con el dinero, que no sé si era mucho o poco. En El Puerto de Santa María no tuvo ningún vis a vis —algunas reclusas conseguían falsos certificados de convivencia para ser visitadas por hombres—, ni nadie fue a verla. Estaba completamente sola. Así que O'Farrell le hizo todos los recursos y papeleo para que consiguiera la libertad condicional y el tercer grado. Tratándose de otra persona, todo eso habría facilitado quizás una reinserción. Al salir en libertad, Mendoza pudo haber encontrado un trabajo decente: aprendía rápido, tenía instinto, una cabeza serena y un coeficiente de inteligencia alto —la asistente social había vuelto a consultar sus cuadernos—, que rebasaba con creces el 130. Lamentablemente, su amiga O'Farrell estaba demasiado encanallada. Ciertos gustos, ciertas amistades. Ya sabe —me miraba como si dudara que yo lo supiera—. Ciertos vicios. Entre mujeres, prosiguió, determinadas influencias o relaciones son más fuertes que entre los hombres. Y luego estaba aquello que se dijo: la historia de la cocaína perdida y lo demás. Aunque en la cárcel —el tal *Anubis* ronroneaba mientras su dueña le pasaba la mano por el lomo— siempre corren historias de ésas a cientos. Así que nadie creyó que fuera verdad. Absolutamente nadie, insistió tras un silencio pensativo, sin dejar de acariciar al gato. Aun ahora, transcurridos nueve años y pese a cuanto se había publicado al respecto, la asistente social seguía convencida de que lo de la cocaína se trataba de una leyenda.

—Pero ya ve lo que son las cosas. Primero fue O'Farrell quien cambió a la Mejicana; y luego, según dicen, ésta se adueñó por completo de la vida de la otra. ¿No?... Como para fiarse de las mosquitas muertas.

En cuanto a mí, siempre tendré presente al joven soldado de pálida tez y brillantes ojos, y cuando el ángel de la muerte descienda, estoy seguro de reconocer en él a Selim...

El día que cumplió veinticinco años —le habían quitado la última escayola del brazo una semana atrás—, Teresa puso una marca en la página 579 de aquel libro que la tenía fascinada; nunca antes pensó que una misma pudiera verse proyectada con tal intensidad en lo que leía, de forma que lector y protagonista fuesen uno solo. Y Pati O'Farrell tenía razón: más que el cine o la tele, las novelas permitían vivir cosas para las que no bastaba una sola vida. Ésa era la extraña magia que la mantenía atada a aquel volumen cuyas páginas empezaban a descoserse de puro viejas, y que Pati hizo arreglar tras cinco días de impaciente espera por parte de Teresa, interrumpida la lectura en el capítulo XXVII —*Las catacumbas de San Sebastián*— porque, según dijo Pati, no se trata sólo de leer libros, Mejicana, sino del placer físico y el consuelo interior que da tenerlos en las manos. Así que para intensificar ese placer y ese consuelo, Pati fue con el libro al taller de encuadernación para internas, y allí encargó que descosieran los cuadernillos de papel para volver a coserlos con cuidado, y luego encuadernarlos de nuevo con cartón, engrudo y papel decorado para las guardas interiores, y una linda cubierta de piel marrón con letras doradas en el lomo donde podía leerse: *Alejandro Dumas;* y debajo: *El conde de Montecristo.* Y abajo del todo, con letritas también doradas y más pequeñas, las iniciales T. M. C. del nombre y apellidos de Teresa.

—Es mi regalo de cumpleaños.

Eso dijo Pati O'Farrell devolviéndoselo a la hora del desayuno, después del primer recuento del día. El libro venía muy bien envuelto, y Teresa sintió ese placer especial del que su compañera había hablado cuando volvió a tenerlo consigo, pesado y suave con las nuevas cubiertas y aquellas letras doradas. Y Pati la miraba de codos sobre la mesa, taza de achicoria en una mano y cigarrillo encendido en la otra, observando su alegría. Y repitió feliz cumpleaños, y las otras compañeras también festejaron a Teresa, el próximo en la calle, dijo una, con un buen semental cantándote las mañanitas mientras te despiertas, y yo que lo vea. Y luego, por la noche, después del quinto recuento, en vez de bajar al comedor para la cena —el asqueroso fletán empanado y la fruta demasiado madura de costumbre—, Pati se arregló con las boquis para una pequeña fiesta privada en el chabolo, y pusieron casetes con rolas de Vicente Fernández, Chavela Vargas y Paquita la del Barrio, todas de aquel rumbo y bien chingonas, y después de entornar la puerta Pati sacó una botella de tequila que había conseguido quién sabe cómo, una auténtica Don Julio que alguna funcionaria había metido de fayuca, previo pago de la lana quintuplicada de su importe, y se la pistearon a escondidas, disfrutando de lo criminal que estaba, en compañía de algunas colegas que se sumaron al desmadre sentadas en los catres y en la silla y hasta en el tigre, como Carmela, una gitana grandota y mayor, mechera de oficio, que le hacía trabajos de limpieza a Pati y lavaba sus sábanas —también la ropa de Teresa mientras tuvo enyesado el brazo— a cambio de que la Teniente O'Farrell ingresara pequeñas cantidades mensuales en su peculio. Las acompañaban Conejo, la bibliotecaria envenenadora, la piquera Charito, que estaba allí por tomadora del dos en la feria del Rocío y en la de Abril y en la que hiciera falta, y Pepa Trueno, alias Patanegra, que se había cargado a su marido con un cuchillo de cortar jamón del bar que ambos regentaban en la N-IV, y contaba muy orgullosa que a ella el divorcio le había costado veinte años y un día, pero ni un duro. Teresa se puso el semanario de plata en la mano derecha, para estrenar muñeca nueva, y los aros le tintineaban alegres a cada trago. El fandango duró hasta el recuento de las once. Hubo parchís, que era el juego taleguero por excelencia, y latas de conservas, y pastillas para animarse el chocho —que decía muy gráficamente Carmela entre risas de faraona maruja—, y canutos de una china bastante gruesa convertida en humo, chistes y risas, mientras Teresa pensaba hay que ver con la España y la Europa de la chingada, con sus reglamentos y sus historias y su mirarnos por encima del hombro a los corruptos mejicanos, imposible conseguir aquí unas chelas —garimbas, llamaban sus compañeras a las cervezas—, y ya ves. De pastillas y chocolate y una botella de vez en cuando, de eso no se privan algunas si tratan con la boqui adecuada y tienen con qué pagarlo.

Y Pati O'Farrell tenía. Presidía el festejo en honor de Teresa un poquito aparte, observándola todo el rato entre el humo, con una sonrisa en la boca y en los ojos, el aire golfo, distante como si nada fuese con ella, igual que una mamacita que llevara a su nena a una fiesta de cumpleaños con hamburguesas y amiguitos y payasos, mientras Vicente Fernández cantaba sobre mujeres y traiciones, la voz rota de Chavela regaba alcohol entre balazos en suelos de cantinas, y Paquita la del Barrio bramaba aquello de como un perro / sin un reproche / siempre tirada a tus pies / de día y de noche. Teresa se sentía acunada por la nostalgia de la música y los acentos de su tierra, que sólo faltaban chirrines y unas medias Pacífico para que fuese completa, aturdida por el hachís que le ardía entre los dedos, pásalo nomás pa' andar iguales, carnalita, peores los he fumado yo, que de bajar al moro sé un rato. Por tus veinticinco brejes, chinorrilla, brindaba la gitana Carmela. Y cuando en el casete Paquita empezó lo de tres veces te engañé, y llegó al estribillo, todas corearon, ya muy tomadas, eso de la primera por coraje, la segunda por capricho, la tercera por placer —tres veces te engañé, hijoputa, matizaba a grito pelado Pepa Trueno, sin duda en honor de su difunto—. Siguieron así hasta que una de las boquis vino malhumorada a decirles que se terminaba la fiesta; pero la fiesta continuó por los mismos rumbos más tarde, ya chapadas rejas y puertas, solas las dos y casi a oscuras en el chabolo, el flexo puesto en el suelo junto al lavabo, las imágenes entre sombras de los recortes de revistas —actores de cine, cantantes, paisajes, un mapa turístico de México— decorando la pared pintada de verde y el ventanuco con visillos que les había cosido Charito la piquera, que tenía muy buenas manos, cuando Pati sacó una segunda botella de tequila y una bolsita de debajo del catre y dijo éstas para nosotras, Mejicana, que quien bien reparte se queda la mejor parte. Y con Vicente Fernández cantando muy a lo charro y por enésima vez *Mujeres divinas,* y con Chavela tomadísima advirtiendo no me amenaces, no me amenaces, se fueron pasando a morro la botella e hicieron culebritas blancas sobre las tapas de un libro que se llamaba *El Gatopardo;* y después Teresa, empolvada la nariz por el último pericazo, dijo está criminal y gracias por este cumpleaños, mi Teniente, en mi vida había, etcétera. Pati negó quitándole importancia, y como si estuviera pensando en otra cosa dijo ahora voy a masturbarme un poco si no te importa, Mejicanita, y se tumbó boca arriba en el catre quitándose las zapatillas y la falda que llevaba, una falda ancha y oscura muy bonita que le sentaba bien, dejándose sólo la blusa. Y Teresa se quedó un poco cortada con la botella de Don Julio en la mano, sin saber qué hacer ni adónde mirar, hasta que la otra dijo podrías ayudarme, niña, que estas cosas funcionan mejor entre dos. Entonces Teresa movió dulcemente la cabeza. Chale. Sabes que esas cosas no me van, murmuró. Y aunque Pati no insistió, ella se levantó despacio tras un ratito corto, sin soltar la botella, y fue a sentarse en el borde del catre de su compañera, que tenía los muslos abiertos y una mano entre ellos, moviéndola lenta y suave, y hacía todo eso sin dejar de mirarla a los ojos en la penumbra verdosa del chabolo. Teresa le pasó la botella, y la otra bebió con la mano libre y le devolvió el tequila observándola todo el rato. Luego Teresa sonrió y dijo otra vez gracias por el cumpleaños, Pati, y por el libro, y por la fiesta. Y Pati no apartaba la vista de ella mientras movía los dedos hábiles entre los muslos desnudos. Entonces Teresa se inclinó hacia su amiga, repitió «gracias» muy bajito, y la besó suavemente en los labios, sólo eso y no más, apenas unos segundos. Y sintió cómo Pati retenía la respiración estremeciéndose varias veces bajo su boca con un gemido, los ojos de pronto muy abiertos, y después se quedaba inmóvil, sin dejar de mirarla.

La despertó su voz antes del alba.

—Está muerto, Mejicana.

Apenas habían hablado de él. De ellos. Teresa no era de las que hacían demasiadas confidencias. Sólo comentarios aquí y allá, casuales. Una vez tal, en cierta ocasión cual. En realidad evitaba hablar de Santiago, o del Güero Dávila. Incluso, pensar mucho rato en uno o en otro. Ni siquiera tenía fotos —las pocas con el gallego quedaron a saber dónde—, excepto la de ella y el Güero partida por la mitad: la morrita del narco, que parecía haberse ido muy lejos hacía siglos. A veces los dos hombres se le fundían en uno solo en el pensamiento, y eso no le gustaba. Era como ser infiel a los dos al mismo tiempo.

—No se trata de eso —respondió.

Estaban a oscuras, y el amanecer todavía no empezaba a agrisar afuera. Faltaban dos o tres horas para que golpeasen en las puertas las llaves de la boqui de turno, despertando a las reclusas para el primer recuento, y para que se asearan antes de lavar la ropa interior, las bragas y las camisetas y los calcetines, para colgarlo todo a secar en los palos de escoba que tenían encajados en la pared a modo de perchas. Teresa oyó cómo su compañera se removía en el catre. Al rato también ella cambió de postura, intentando dormir. Muy lejos, tras la puerta metálica y en el largo pasillo del módulo, resonó una voz de mujer. Te quiero, Manolo, gritaba. Que digo que te quiero. Otra respondió más cerca, con una procacidad. Yo también lo quiero, se sumó guasona una tercera voz. Después se oyeron los pasos de una funcionaria, y de nuevo el silencio. Teresa estaba boca arriba, en camisón, los ojos abiertos en la oscuridad, esperando el miedo que llegaría inexorable, puntual a su cita, cuando la primera claridad despuntara tras el ventanuco del chabolo y los visillos cosidos por Charito la piquera.

—Hay algo que me gustaría contarte —dijo Pati.

Luego enmudeció como si eso fuera todo, o como si no estuviera segura de que debía contarlo, o tal vez esperaba algún comentario por parte de Teresa. Pero ésta no dijo nada; ni cuéntame, ni no. Permanecía inmóvil, mirando la noche.

—Tengo un tesoro escondido, afuera —añadió Pati por fin.

Teresa escuchó su propia risa antes de pensar que se estaba riendo.

—Híjole —comentó—. Como el abate Faria.

—Eso mismo —ahora Pati también se reía—. Pero yo no tengo intención de morirme aquí... La verdad es que no tengo intención de morir en ninguna parte.

—¿Qué clase de tesoro? —quiso saber Teresa.

—Algo que se perdió y todos buscaron, y nadie encontró porque quienes lo escondieron están muertos... Se parece a las películas, ¿verdad?

—No creo que se parezca a las películas. Se parece a la vida.

Las dos se quedaron calladas otro rato. No estoy segura, pensaba Teresa. No estoy del todo convencida de querer tus confidencias, Teniente. Tal vez porque eres superior a mí en conocimientos y en inteligencia y en años y en todo, y te sorprendo mirándome siempre de esa manera como me miras; o a lo mejor porque no me tranquiliza que te vengas —que te corras, decís aquí— cuando te beso. Si una está cansada, hay cosas que es mejor ignorar. Y esta noche estoy muy cansada, tal vez porque tomé y fumé y periqueé demasiado, y ahora no duermo. Este año estoy muy cansada, también. Y esta vida, lo mismo. De momento, la palabra mañana no existe. Mi abogado sólo vino a verme una vez. Desde entonces sólo he recibido de él una carta en la que dice que invirtió la lana en cuadros de artistas, que se han devaluado mucho y no queda ni para pagarme un ataúd si reviento. Pero la neta que no me importa. Lo único bueno de estar aquí es que no hay más de lo que hay, y eso evita pensar en lo que dejaste afuera. O en lo que aguarda afuera.

—Esos tesoros son peligrosos —comentó.

—Claro que lo son —Pati hablaba como si pensara cada palabra, despacio, en voz muy baja—. Yo misma he pagado un precio alto... Me pegaron unos tiros, ya sabes. Pum, pum. Y aquí me tienes.

—¿Y qué pasa con ese pinche tesoro, Teniente Pati O'Faria?

Rieron otra vez las dos en la oscuridad. Después hubo un resplandor en la cabecera del catre de Pati, que acababa de encender un cigarrillo.

—Igual voy a buscarlo —dijo— cuando salga de aquí.

—Pero tú no necesitas eso. Tienes lana.

—No la suficiente. Lo que gasto aquí no es mío, sino de mi familia —su tono se había vuelto irónico al pronunciar la palabra familia—... Y ese tesoro del que hablo es dinero de verdad. Mucho. Del que a su vez produce todavía más, y más, y mucho más, como en el bolero.

—¿De verdad sabes dónde está?

—Por supuesto.

—¿Y tiene dueño?... Quiero decir otro dueño aparte de ti.

La brasa del cigarrillo brilló un instante. Silencio.

—Ésa es una buena pregunta —dijo Pati.

—Chale. Ésa es *la* pregunta.

Se quedaron calladas de nuevo. Porque tú sabrás muchas más cosas que yo, pensaba Teresa. Tienes educación, y clase, y un abogado que viene a verte de vez en cuando, y una buena feria en el banco aunque sea de tu familia. Pero de eso que me hablas sé, y hasta es posible que por una vez sepa algo más de lo que sabes tú. Aunque luzcas dos cicatrices como estrellitas y un novio en el panteón y un tesoro esperándote a la salida, todo lo viste desde arriba. Yo, sin embargo, miraba desde abajo. Por eso conozco cosas que tú no has visto. Te quedaban lejos de a madre, con tu pelo tan güero y tu piel tan blanca y tus modales fresitas de colonia Chapultepec. He visto el barro en mis pies desnudos cuando plebita, en Las Siete Gotas, donde los borrachos llamaban a la puerta de mi mamá de madrugada, y yo la oía abrirles. También he visto la sonrisa del Gato Fierros. Y la piedra de León. He tirado tesoros al mar a cincuenta nudos, con las Hachejotas pegadas al culo. Así que no mames.

—Esa pregunta es difícil de responder —comentó al cabo Pati—. Hay gente que estuvo buscando, claro. Creían tener ciertos derechos... Pero de eso hace tiempo. Ahora nadie sabe que yo estoy al corriente.

—¿Y a qué viene contármelo?

La brasa del cigarrillo intensificó un par de veces su brillo rojizo antes de que llegara la respuesta.

—No lo sé. O tal vez sí lo sé.

—No te imaginé tan bocona. Podría volverme madrina, e ir por ahí cotorreando la historia.

—No. Llevamos tiempo juntas y te observo. No eres de ésas.

Otro silencio. Esta vez fue más largo que los anteriores.

—Eres callada y leal.

—Tú también —respondió Teresa.

—No. Yo soy otras cosas.

Teresa vio apagarse la brasa del cigarrillo. Sentía curiosidad, pero también el deseo de que terminara aquella conversación. Lo mismo ya acabó y lo deja, pensó. No quiero que mañana lamente haber dicho cosas que no debía. Cosas que me quedan lejos, donde no puedo seguirla. En cambio, si se duerme ahora, siempre podremos callar sobre esto, echándole la culpa a los pericazos y al fandango y al tequila.

—Puede que un día te proponga recuperar ese tesoro —concluyó de pronto Pati—. Tú y yo, juntas.

Teresa contuvo el aliento. Ni modo, se dijo. Ya nunca podremos considerar esta conversación como no habida. Lo que decimos nos aprisiona mucho más que lo que hacemos, o lo que callamos. El peor mal del ser humano fue inventar la palabra. Mira si no los perros. Así de leales son porque no hablan.

—¿Y por qué yo?

No podía callar. No podía decir sí o no. Hacía falta una respuesta, y aquella pregunta era la única respuesta posible. Oyó a Pati volverse en el catre hacia la pared antes de responder.

—Te lo diré cuando llegue el momento. Si es que llega.

8. Pacas de a kilo

—Hay personas cuya buena suerte se hace a base de infortunios —concluyó Eddie Álvarez—. Y ése fue el caso de Teresa Mendoza.

Los cristales de las gafas le empequeñecían los ojos cautos. Me había costado tiempo y algún intermediario tenerlo sentado frente a mí; pero allí estaba, metiendo y sacando todo el rato sus manos de los bolsillos de la chaqueta, después de saludarme sólo con la punta de los dedos. Charlábamos en la terraza del hotel Rock de Gibraltar, con el sol filtrándose entre la hiedra, las palmeras y los helechos del jardín colgado en la ladera del Peñón. Abajo, al otro lado de la balaustrada blanca, estaba la bahía de Algeciras, luminosa y desdibujada en la calima azul de la tarde: ferrys blancos al extremo de rectas estelas, la costa de África insinuándose más allá del Estrecho, los barcos fondeados apuntando sus proas hacia levante.

—Pues tengo entendido que al principio la ayudó en eso —dije—. Me refiero a facilitarle infortunios.

El abogado parpadeó dos veces, hizo girar su vaso sobre la mesa y volvió a mirarme de nuevo.

—No hable de lo que no sabe —sonaba a reproche, y a consejo—. Yo hacía mi trabajo. Vivo de esto. Y en aquella época, ella no era nadie. Imposible imaginar...

Modulaba un par de muecas como para sus adentros, sin ganas, igual que si alguien le hubiera contado un chiste malo, de esos que tardas en comprender.

—Era imposible —repitió.

—Quizá se equivocó usted.

—Nos equivocamos muchos —parecía consolarse con el plural—. Aunque en esa cadena de errores yo era lo de menos.

Se pasó una mano por el pelo rizado, escaso, que llevaba demasiado largo y le daba un aire ruin. Luego tocó de nuevo el vaso ancho que tenía sobre la mesa: licor de whisky cuyo aspecto achocolatado no era nada apetitoso.

—En esta vida todo se paga —dijo tras pensarlo un momento—. Lo que pasa es que algunos pagan antes, otros durante y otros después... En el caso de la Mejicana, ella había pagado antes... No le quedaba nada que perder, y todo estaba por ganar. Eso fue lo que hizo.

—Cuentan que usted la abandonó en la cárcel. Sin un céntimo.

Parecía de veras ofendido. Aunque en un fulano con sus antecedentes —me había ocupado de averiguarlos— eso no significara absolutamente nada.

—No sé qué le habrán contado, pero es inexacto. Yo puedo ser tan práctico como cualquiera, ¿entiende?... Resulta normal en mi oficio. Pero no se trata de eso. No la abandoné.

Establecido aquello, expuso una serie de justificaciones más o menos razonables. Teresa Mendoza y Santiago Fisterra le habían, en efecto, confiado algún dinero. Nada extraordinario: ciertos fondos que él procuraba lavar discretamente. El problema fue que casi todo lo invirtió en cuadros: paisajes, marinas y cosas así. Un par de retratos de buena factura. Sí. Casualmente lo hizo justo después de la muerte del gallego. Y los pintores no eran muy conocidos. De hecho no los conocía ni su padre; por eso invirtió en ellos. La revalorización, ya sabe. Pero vino la crisis. Hubo que malvender hasta el último lienzo, y también una pequeña participación en un bar de Main Street y algunas cosas más. De todo eso él dedujo sus honorarios —había atrasos y cosas pendientes—, y el dinero restante lo destinó a la defensa de Teresa. Eso supuso muchos gastos, claro. Un huevo y la yema del otro. Después de todo, ella sólo pasó un año en prisión.

—Dicen —apunté— que fue gracias a Patricia O'Farrell, cuyos abogados le hicieron el papeleo.

Vi que iniciaba el gesto de llevarse una mano al corazón, como si lo ofendiera. Dejó el gesto a la mitad.

—Se dice cualquier cosa. Lo cierto es que hubo un momento en que, bueno —me miraba como un testigo de Jehová llamando al timbre—... Yo tenía otras ocupaciones. Lo de la Mejicana estaba en punto muerto.

—Quiere decir que se había acabado el dinero.

—El poco que tuvo, sí. Se acabó.

—Y entonces dejó de ocuparse de ella.

—Oiga —me mostraba las palmas de las manos levantándolas un poco, como si aquel gesto lo avalara—. Yo vivo de esto. No podía perder el tiempo. Para algo están los abogados de oficio. Además, le repito que era imposible saber...

—Comprendo. ¿Ella no le pidió cuentas más tarde?

Se abstrajo en la contemplación de su vaso sobre el cristal de la mesa. Aquella pregunta no parecía traerle recuerdos gratos. Finalmente encogió los hombros a modo de respuesta, y se me quedó mirando.

—Pero después —insistí— volvió a trabajar para ella.

Metió y sacó otra vez las manos de los bolsillos de la chaqueta. Un sorbo al vaso y de nuevo el trajín de las manos. Quizá lo hice, admitió al fin. Por un corto período de tiempo, y hace mucho. Después me negué a seguir. Estoy limpio.

Mis noticias eran otras, pero no lo dije. Al salir de la cárcel la Mejicana lo agarró por las pelotas, me habían contado. Lo exprimió y lo echó cuando dejó de ser útil. Eran palabras del comisario jefe de Torremolinos, Pepe Cabrera. A ese hijo de puta la Mendoza le hizo cagar las plumas. Hasta la última. Y a Eddie Álvarez aquella frase le iba como un guante. Te lo imaginabas perfectamente cagando plumas o lo que hiciera falta. Dile que vas de mi parte, fue la recomendación de Cabrera mientras comíamos en el puerto deportivo de Benalmádena. Ese mierda me debe muchas, y no podrá negarse. Aquel asunto del contenedor de Londres y el inglés del robo de Heathrow, por ejemplo. Sólo dile eso y te comerá en la mano. Lo que le saques ya es cosa tuya.

—No era rencorosa, entonces —concluí.

Me miró con precaución profesional. Por qué dice eso, preguntó.

—Punta Castor.

Supuse que calculaba hasta qué extremo conocía yo lo ocurrido. No quise defraudarlo.

—La famosa trampa —dije.

La palabra pareció hacerle el efecto de un laxante.

—No me fastidie —se removía inquieto en la silla de caña y mimbre, haciéndola crujir—. ¿Qué sabe usted de trampas?... Esa palabra es excesiva.

—Para eso estoy aquí. Para que me lo cuente.

—A estas alturas da lo mismo —respondió, cogiendo el vaso—. En lo de Punta Castor, Teresa sabía que yo nada tuve que ver con lo que tramaban Cañabota y aquel sargento de la Guardia Civil. Después ella se tomó su tiempo y sus molestias para averiguarlo todo. Y cuando me llegó el turno... Bueno. Demostré que yo sólo pasaba por allí. Prueba de que la convencí es que sigo vivo.

Se quedó pensativo, haciendo tintinear el hielo en el vaso. Bebió.

—A pesar del dinero de los cuadros, de Punta Castor y de todo lo demás —insistió, y parecía sorprendido—, sigo vivo.

Bebió de nuevo. Dos veces. Por lo visto, recordar le daba sed. En realidad, dijo, nadie fue nunca expresamente a por Santiago Fisterra. Nadie. Cañabota y aquellos para quienes trabajaba sólo querían un señuelo; alguien para distraer la atención mientras el auténtico cargamento se alijaba en otro sitio. Ésa era práctica habitual: le tocó al gallego como pudo tocarle a otro. Cuestión de mala suerte. No era de los que hablaban si los trincaban. Además era de fuera, iba a su aire y no tenía amigos ni simpatías en la zona... Sobre todo, aquel guardia civil lo llevaba entre ceja y ceja. De manera que se lo endosaron a él.

—Y a ella.

Hizo crujir otra vez el asiento mirando la escalera de la terraza como si Teresa Mendoza estuviese a punto de aparecer allí. Un silencio. Otro tiento a la copa. Luego se ajustó las gafas y dijo: lamentablemente. Se calló de nuevo. Otro sorbo. Lamentablemente, nadie podía imaginar que la Mejicana llegaría hasta donde llegó.

—Pero insisto en que no tuve nada que ver. La prueba es... Joder. Ya lo he dicho.

—Que sigue vivo.

—Sí —me miraba desafiante—. Eso prueba mi buena fe.

—¿Y qué pasó con ellos, después?... Con Cañabota y el sargento Velasco.

El desafío duró tres segundos. Se replegó. Lo sabes tan bien como yo, decían sus ojos, desconfiados. Cualquiera que haya leído periódicos lo sabe. Pero si crees que soy yo quien va a explicártelo, vas listo.

—De eso no sé nada.

Hizo el gesto de cerrarse los labios con una cremallera, mientras adoptaba una expresión malvada y satisfecha: la de quien dura en posición vertical más tiempo que otros a quienes conoció. Pedí café para mí y otro licor achocolatado para él. De la ciudad y el puerto llegaban los sonidos amortiguados por la distancia. Un automóvil ascendió por la carretera bajo la terraza, con mucho ruido del tubo de escape, en dirección a lo alto del Peñón. Me pareció ver a una mujer rubia al volante, y a un hombre con chaqueta de marino.

—De cualquier manera —prosiguió Eddie Álvarez tras pensarlo un rato—, todo eso fue después, cuando las cosas cambiaron y ella tuvo ocasión de pasar factura... Y oiga, estoy seguro de que cuando salió de El Puerto de Santa María, lo que tenía en la cabeza era desaparecer del mundo. Creo que nunca fue ambiciosa, ni soñadora... Le apuesto a que ni siquiera era vengativa. Se limitaba a seguir viva, y nada más. Lo que pasa es que a veces la suerte, de tanto jugar malas pasadas, termina poniéndote un piso.

Un grupo de gibraltareños ocupó una mesa vecina. Eddie Álvarez los conocía, y fue a saludarlos. Eso me dio oportunidad de estudiarlo de lejos: su forma obsequiosa de sonreír, de dar la mano, de escuchar como quien aguarda claves sobre lo que ha de decir, o la forma de comportarse. Un superviviente, confirmé. La clase de hijoputa que sobrevive, lo había descrito otro Eddie, en este caso apellidado Campello, también gibraltareño, viejo amigo mío y editor del semanario local *Vox*. Ni cojones para traicionar tenía el amigacho, dijo Campello cuando pregunté por la relación del abogado con Teresa Mendoza. Lo de Punta Castor fueron Cañabota y el guardia. Álvarez se limitó a quedarse con el dinero del gallego. Pero a esa mujer el dinero le importaba una mierda. La prueba es que después rescató a ese tío y lo hizo trabajar otra vez para ella.

—Y fíjese —Eddie Álvarez ya estaba de regreso a nuestra mesa—. Diría que la Mejicana sigue sin ser vengativa. Lo suyo es más bien... No sé. A lo mejor una cuestión práctica, ¿comprende?... En su mundo no se dejan cabos sueltos.

Entonces me contó algo curioso. Cuando la metieron en El Puerto, dijo, fui a la casa que tenían ella y el gallego en Palmones, para liquidarlo todo y cerrarla. ¿Y sabe qué? Ella había salido al mar como tantas otras veces, ignorando que se trataba de la última. Sin embargo lo tenía todo ordenado en cajones, cada cosa en su sitio. Hasta dentro de los armarios las cosas estaban para pasar revista.

—Más que cálculo despiadado, ambición o sentido de la venganza —Eddie Álvarez asentía con la cabeza, mirándome como si los cajones y los armarios lo explicaran todo—, yo creo que lo de Teresa Mendoza siempre fue sentido de la simetría.

Terminó de barrer la pasarela de madera, se puso medio vaso con tequila y el otro medio con zumo de naranja, y fue a fumar un cigarrillo sentada al extremo, descalza, los pies medio enterrados en la arena tibia. El sol todavía se encontraba bajo, y sus rayos diagonales llenaban la playa de sombras en cada huella, asemejándola a un paisaje lunar. Entre el chiringuito y la orilla todo estaba limpio y ordenado, esperando a los bañistas que empezarían a llegar a media mañana: dos tumbonas bajo cada sombrilla, cuidadosamente alineadas por Teresa, con sus colchonetas de rayas blancas y azules bien sacudidas y puestas en su sitio. Había calma, el mar estaba tranquilo, silenciosa el agua en la orilla, y el sol levante reverberaba con resplandor anaranjado y metálico entre las siluetas en contraluz de los escasos paseantes: jubilados en su andar matutino, una pareja joven con un perro, un hombre solitario que miraba el mar junto a una caña clavada en la arena. Y al extremo de la playa y del resplandor, Marbella tras los pinos y las palmeras y los magnolios, con los tejados de sus villas y sus torres de cemento y cristal alargándose en la calima dorada, hacia el este.

Disfrutó del cigarrillo, deshecho y vuelto a liar, como de costumbre, con un poco de hachís. A Tony, el encargado del chiringuito, no le gustaba que ella fumara otra cosa que tabaco cuando él andaba por allí; pero a esas horas Tony no había llegado y los bañistas tardarían un poco en ocupar la playa —eran los primeros días de la temporada—; así que podía fumar tranquila. Y aquel tequila acompañando la naranjada, o viceversa, sentaba de a madre. Llevaba desde las ocho de la mañana —café solo sin azúcar, pan con aceite de oliva, un donut— ordenando tumbonas, barriendo el chiringuito, colocando sillas y mesas, y tenía por delante una jornada de trabajo idéntica a la del día anterior y a la del siguiente: vasos sucios detrás del mostrador, y en la barra y las mesas limón granizado, horchata, café con hielo, cubalibres, agua mineral, hecha un bombo la cabeza y la camiseta empapada de sudor, bajo el techo de palma por el que se colaban los rayos de sol: un sofoco húmedo que le recordaba el de Altata en verano, pero con más gente y más olor a crema bronceadora. Atenta, además, a la impertinencia de los clientes: lo pedí sin hielo, oiga, oye, lo pedí con limón y con hielo, no me digas que no tienes Fanta, me puso usted con gas y yo pedí sin gas. Chíngale. Aquellos veraneantes gachupines o gringos con sus calzones floreados y sus pieles enrojecidas y grasientas, sus gafas de sol, sus niños requetegritones y sus carnes rebosándoles bañadores, camisetas y pareos, resultaban peores, más egoístas y desconsiderados, que quienes frecuentaban los puticlubs de Dris Larbi. Y Teresa pasaba entre ellos doce horas al día, de acá para allá, sin tiempo para sentarse diez minutos, la vieja fractura del brazo resintiéndose del peso de la bandeja con bebidas, el pelo en dos trenzas y un pañuelo en torno a la frente para que no le cayeran las gotas de sudor en los ojos. Siempre con la mirada suspicaz de Tony clavada en la nuca.

Pero no se estaba mal del todo, allí. Aquel rato por la mañana, cuando terminaba de ordenar el chiringuito y las tumbonas y se quedaba tranquila ante la playa y el mar, esperando en paz. O cuando de noche paseaba por la orilla camino de su modesta pensión en la parte vieja de Marbella, lo mismo que en otro tiempo —siglos atrás— hacía en Melilla, al cerrar el Yamila. A lo que más le había costado acostumbrarse cuando dejó El Puerto de Santa María era a la agitación de la vida afuera, los ruidos, el tráfico, la gente agolpada en las playas, la música atronadora de bares y discotecas, el gentío que atestaba la costa de Torremolinos a Sotogrande. Después de año y medio de rutina y orden estricto, Teresa arrastraba hábitos que, al cabo de tres meses de libertad, aún la hacían sentirse más incómoda allí que tras las rejas. En la cárcel contaban historias sobre presos con largas condenas que, al salir, intentaban regresar a lo que para ellos era ya el único hogar posible. Teresa nunca creyó en eso hasta que un día, fumando sentada en el mismo lugar en donde estaba ahora, sintió de pronto la nostalgia del orden y la rutina y el silencio que había tras las rejas. La cárcel no es hogar más que para los desgraciados, había dicho Pati una vez. Para los que carecen de sueños. El abate Faria —Teresa había terminado *El conde de Montecristo* y también muchos otros libros, y seguía comprando novelas que se amontonaban en su cuarto de la pensión— no era de esos que consideran la cárcel un hogar. Al contrario: el viejo preso anhelaba salir para recobrar la vida que le robaron. Como Edmundo Dantés, pero demasiado tarde. Tras pensar mucho en ello, Teresa había llegado a la conclusión de que el tesoro de aquellos dos era sólo un pretexto para mantenerse vivos, soñar con la fuga, sentirse libres pese a los cerrojos y los muros del castillo de If. Y en el caso de la Teniente O'Farrell, la historia del clavo de coca perdida era también, a su modo, una forma de mantenerse libre. Quizá por eso Teresa nunca se la creyó del todo. En cuanto a lo de la cárcel como hogar para desgraciados, tal vez fuera verdad. De ahí que sintiera sus nostalgias carcelarias, cuando llegaban, demasiado vinculadas al remordimiento; como pecados de esos que, según los curas, venían cuando una daba vueltas a ciertas cosas en la cabeza. Y, sin embargo, en El Puerto todo resultaba fácil, porque las palabras libertad y mañana eran sólo algo inconcreto que aguardaba al extremo del calendario. Ahora, en cambio, vivía al fin entre aquellas hojas con fechas remotas que meses atrás no significaban más que números en la pared, y que de improviso se convertían en días de veinticuatro horas, y en amaneceres grises que continuaban encontrándola despierta.

Y entonces qué, se había preguntado al ver la calle ante sí, fuera de los muros de la prisión. La respuesta se la facilitó Pati O'Farrell, recomendándola a unos amigos que tenían chiringuitos en las playas de Marbella. No te harán preguntas ni te explotarán demasiado, dijo. Tampoco te follarán si no te dejas. Aquel trabajo hacía posible la libertad condicional de Teresa —quedaba más de un año para resolver su deuda con la Justicia— con la única limitación de permanecer localizada y presentarse un día a la semana en la comisaría local. También le proporcionaba lo suficiente para pagar el cuarto de su pensión en la calle San Lázaro, los libros, la comida, alguna ropa, el tabaco y las chinas de chocolate marroquí —regalarse unos pericazos quedaba ahora lejos de su alcance— para animar los Bisonte que fumaba en momentos de calma, a veces con una copa en la mano, en la soledad de su cuarto o en la playa, como ahora.

Una gaviota bajó planeando hasta cerca de la orilla, vigilante, rozó el agua y se alejó mar adentro sin conseguir ninguna presa. Te chingas, pensó Teresa mientras aspiraba el humo, viéndola irse. Zorra con alas de la puta que te parió. Le habían gustado las gaviotas hacía tiempo; las encontraba románticas, hasta que empezó a conocerlas yendo arriba y abajo con la Phantom por el Estrecho, y sobre todo un día, al principio, cuando tuvieron una avería en mitad del mar mientras probaban el motor, y Santiago estuvo trabajando mucho rato y ella se tumbó a descansar viéndolas revolotear cerca, y él le aconsejó que se cubriera la cara, porque eran capaces, dijo, de picoteársela si se quedaba dormida. El recuerdo vino con imágenes bien precisas: el agua quieta, las gaviotas flotando sentadas en torno a la planeadora o dando vueltas por arriba, y Santiago en la popa, la carcasa negra del motor en la bañera y él lleno de grasa hasta los codos, el torso desnudo con el tatuaje del Cristo de su apellido en un brazo, y en el otro hombro aquellas iniciales que ella nunca llegó a saber de quién eran.

Aspiró más bocanadas de humo, dejando que el hachís diluyese indiferencia a lo largo de sus venas, rumbo al corazón y al cerebro. Procuraba no pensar mucho en Santiago, del mismo modo que procuraba que un dolor de cabeza —últimamente le dolía con frecuencia— nunca llegara a asentársele del todo, y cuando tenía los primeros síntomas tomaba un par de aspirinas antes de que fuera tarde y el dolor se quedara allí durante horas, envolviéndola en una nube de malestar e irrealidad que la dejaba exhausta. Por lo general procuraba no pensar demasiado, ni en Santiago ni en nadie ni en nada; había descubierto demasiadas incertidumbres y horrores al acecho en cada pensamiento que fuese más allá de lo inmediato, o lo práctico. A veces, sobre todo cuando estaba acostada sin conciliar el sueño, recordaba sin poder evitarlo. Pero si no venía acompañada de reflexiones, esa mirada atrás ya no le causaba satisfacción ni dolor; sólo una sensación de movimiento hacia ninguna parte, lenta como un barco que derivase mientras dejaba atrás personas, objetos, momentos.

Por eso fumaba ahora hachís. No por el viejo placer, que también, sino porque el humo en sus pulmones —quizás éste viajó conmigo en fardos de veinte kilos desde el moro, pensaba a veces, divertida por la paradoja, cuando se rascaba el bolsillo para pagar una humilde china— acentuaba aquel alejamiento que tampoco traía consuelo ni indiferencia, sino un suave estupor, pues no siempre estaba segura de ser ella misma la que se miraba, o se recordaba; como si fueran varias las Teresas agazapadas en su memoria y ninguna tuviera relación directa con la actual. A lo mejor ocurre que esto es la vida, se decía desconcertada, y el paso de los años, y la vejez, cuando llega, no son sino mirar atrás y ver la mucha gente extraña que has sido y en la que no te reconoces. Con esa idea en la cabeza sacaba alguna vez la foto partida, ella con su carita de chava y los tejanos y la chamarra, y el brazo del Güero Dávila sobre sus hombros, aquel brazo amputado y nada más, mientras los rasgos del hombre que ya no estaba en la media foto se mezclaban en su recuerdo con los de Santiago Fisterra, como si los dos hubieran sido uno, en proceso opuesto al de la morrita de ojos negros y grandes, rota en tantas mujeres distintas que era imposible recomponerla en una sola. Así cavilaba Teresa de vez en cuando, hasta que caía en la cuenta de que ésa precisamente era, o podía ser, la trampa. Entonces reclamaba en su auxilio la mente en blanco, el humo que recorría lento su sangre y el tequila que la tranquilizaba con el regusto familiar y con el sopor que terminaba acompañando cada exceso. Y aquellas mujeres que se le parecían, y la otra sin edad que las miraba a todas desde afuera, iban quedando atrás, flotando como hojas muertas en el agua.

También por eso leía tanto, ahora. Leer, había aprendido en la cárcel, sobre todo novelas, le permitía habitar su cabeza de un modo distinto; cual si al difuminarse las fronteras entre realidad y ficción pudiera asistir a su propia vida como quien presencia algo que le pasa a los demás. Aparte de aprenderse cosas, leer ayudaba a pensar diferente, o mejor, porque en las páginas otros lo hacían por ella. Resultaba más intenso que en el cine o en las teleseries; éstas eran versiones concretas, con caras y voces de actrices y actores, mientras que en las novelas podías aplicar tu punto de vista a cada situación o personaje. Incluso a la voz de quien contaba la historia: unas veces narrador conocido o anónimo, y otras una misma. Porque al pasar cada hoja —eso lo descubrió con placer y sorpresa— lo que se hace es escribirla de nuevo. Al salir de El Puerto, Teresa había seguido leyendo guiada por intuiciones, títulos, primeras líneas, ilustraciones de portadas. Y ahora, aparte de su viejo *Montecristo* encuadernado en piel, tenía libros propios que iba comprando poquito a poco, ediciones baratas que conseguía en mercadillos callejeros o en tiendas de libros usados, o volúmenes de bolsillo que adquiría tras dar vueltas y vueltas a esos expositores giratorios que tenían algunas tiendas. Así leyó novelas escritas hacía tiempo por caballeros y señoras que a veces iban retratados en las solapas o en la contraportada, y también novelas modernas que tenían que ver con el amor, con las aventuras, con los viajes. De todas ellas, sus favoritas eran *Gabriela, clavo y canela,* escrita por un brasileño que se llamaba Jorge Amado, *Ana Karenina,* que era la vida de una aristócrata rusa escrita por otro ruso, e *Historia de dos ciudades,* con la que lloró al final, cuando el valiente inglés —Sidney Carton era su nombre— consolaba a la joven asustada tomándole la mano camino de la guillotina. También leyó aquel libro sobre un médico casado con una millonaria que Pati le aconsejaba al principio dejar para más adelante; y otro bien extraño, difícil de comprender, pero que la había subyugado porque reconoció desde el primer momento la tierra y el lenguaje y el alma de los personajes que transitaban por sus páginas. El libro se llamaba *Pedro Páramo,* y aunque Teresa nunca llegaba a desentrañar su misterio, volvía sobre ese libro una y otra vez abriéndolo al azar para releer páginas y páginas. El modo en que allí discurrían las palabras la fascinaba como si se asomara a un lugar desconocido, tenebroso, mágico, relacionado con algo que ella misma poseía —de eso estaba segura—, en algún lugar oscuro de su sangre y su memoria: *Vine a Comala porque me dijeron que acá vivía mi padre, un tal Pedro Páramo...* Y de ese modo, después de sus muchas lecturas en El Puerto de Santa María, Teresa continuaba sumando libros, uno tras otro, el día libre de cada semana, las noches en que se resistía al sueño. Hasta el familiar miedo a la luz gris del alba, aquellas veces que se tornaba insoportable, podía tenerlo a raya, en ocasiones, abriendo el libro que estaba sobre la mesita de noche. Y así, Teresa comprobó que lo que no era más que un objeto inerte de tinta y papel, cobraba vida cuando alguien pasaba sus páginas y recorría sus líneas, proyectando allí su existencia, sus aficiones, sus gustos, sus virtudes o sus vicios. Y ahora tenía la certeza de algo vislumbrado al principio, cuando comentaba con Pati O'Farrell las andanzas del infortunado y luego afortunado Edmundo Dantés: que no hay dos libros iguales porque nunca hubo dos lectores iguales. Y que cada libro leído es, como cada ser humano, un libro singular, una historia única y un mundo aparte.

Llegó Tony. Todavía joven, barbudo, un aro en una oreja, la piel bronceada por muchos veranos marbellíes. Una camiseta estampada con el toro de Osborne. Un profesional de la costa, hecho a vivir de los turistas, sin complejos. Sin sentimientos aparentes. En el tiempo que llevaba allí, Teresa no lo había visto nunca enojado ni de buen humor, ilusionado por algo o decepcionado por nada. Dirigía el chiringuito con desapasionada eficacia, ganaba su buen dinero, era cortés con los clientes e inflexible con los pelmazos y los buscapleitos. Guardaba bajo el mostrador un bate de béisbol para las emergencias y servía gratis carajillos de coñac por la mañana y gintonics fuera de horas de servicio a los guardias municipales que patrullaban las playas. Cuando Teresa fue a buscarlo, a poco de salir de El Puerto, Tony la miró bien mirada y luego dijo que unos amigos de una amiga habían pedido que le diera trabajo, y que por eso se lo daba. Nada de drogas aquí, nada de alcohol delante de los clientes, nada de ligar con ellos, nada de meter mano en la caja o te pongo en la puta calle; y si se trata de la caja, además, te rompo la cara. La jornada son doce horas, más el tiempo que tardes en recoger cuando cerramos, y empiezas a las ocho de la mañana. Lo tomas o lo dejas. Teresa lo había tomado. Necesitaba una chamba legal para mantener vigente la libertad vigilada, para comer, para dormir bajo un techo. Y Tony y su chiringuito eran tan buenos o tan malos como cualquier otra cosa.

Acabó el carrujito de hachís con la brasa quemándole las uñas, y liquidó el resto de tequila y naranja de un último trago. Los primeros bañistas empezaban a llegar con sus toallas y sus cremas bronceadoras. El pescador de la caña seguía en la orilla y el sol estaba cada vez más alto en el cielo, entibiando la arena. Un hombre de buen aspecto hacía ejercicio más allá de las tumbonas, reluciente de sudor igual que un caballo después de una carrera larga. Casi podía olérsele la piel. Teresa lo estuvo mirando un rato, el vientre plano, los músculos de la espalda tensos a cada flexión y cada giro del torso. De vez en cuando se detenía a recobrar aliento, las manos en las caderas y la cabeza baja, mirando el suelo como si pensara, y ella lo observaba con sus propias cosas rondándole la cabeza. Vientres planos, músculos dorsales. Hombres con pieles curtidas oliendo a sudor, encelados bajo el pantalón. Chale. Tan fácil que era hacerse con ellos, y sin embargo qué difícil, a pesar de todo y de lo previsibles que eran. Y qué simple podía llegar a ser una morra cuando pensaba con la panochita, o simplemente cuando pensaba tanto que al final terminaba igual, pensando con aquello mismo, apendejada nomás de puro lista. Desde que estaba en libertad, Teresa había tenido un único encuentro sexual: camarero joven de chiringuito al otro extremo de la playa, sábado por la noche en que, en vez de irse a la pensión, ella había permanecido por allí, tomándose unos tragos y fumando un poco sentada en la arena mientras miraba las luces de los pesqueros a lo lejos y se desafiaba a sí misma a no recordar. El camarero se le acercó en el momento justo, bien lanza y simpático hasta el punto de hacerla reír, y terminaron un par de horas más tarde en el coche de él, en un solar abandonado cerca de la plaza de toros. Fue un encuentro improvisado, al que Teresa asistió con más curiosidad que deseo real, atenta a sí misma, absorta en sus propias reacciones y sentimientos. El primer hombre en año y medio: algo por lo que muchas compañeras de talego habrían dado meses de libertad. Pero eligió mal el momento y la compañía, tan inadecuada como su estado de ánimo. Aquellas luces en el mar negro, decidió luego, tuvieron la culpa. El camarero, un chavo parecido al que hacía ejercicio en la playa junto a las tumbonas —ahí nomás saltaba ahora el recuerdo—, resultó egoísta y torpe; y el auto, y el preservativo que ella le hizo ponerse después de buscar mucho rato una farmacia de guardia, no mejoraron las cosas. Fue un encuentro decepcionante; incómodo hasta para que ella se bajara el zíper de los liváis en tan reducido espacio. Al acabar, el otro tenía visibles ganas de irse a dormir, y Teresa estaba insatisfecha y furiosa consigo misma, y más todavía con la mujer callada que la miraba tras el reflejo de la brasa del cigarrillo en el cristal: un puntito luminoso igual que el de aquellos pesqueros que faenaban en la noche y en sus recuerdos. Así que se puso de nuevo los tejanos, bajó del auto, los dos se dijeron ahí nos vemos, y al separarse ninguno había llegado a saber el nombre del otro, y que chingara a su madre aquel a quien le importase. Esa misma noche, al llegar a la pensión, Teresa tomó una ducha larga y caliente, y luego se emborrachó desnuda en la cama, boca abajo, hasta vomitar mucho rato entre arcadas de bilis y quedarse dormida al fin con una mano entre los muslos, los dedos dentro del sexo. Oía rumor de Cessnas y motores de planeadoras, y también la voz de Luis Miguel cantando en el casete sobre la mesilla, si nos dejan / si nos dejan / nos vamos a querer toda la vida.

Despertó esa misma noche, estremecida en la oscuridad, porque acababa de averiguar al fin, en sueños, lo que pasaba en la novelita mejicana de Juan Rulfo que ella nunca conseguía comprender del todo por más que la agarraba. *Vine a Comala porque me dijeron que acá vivía mi padre.* Híjole. Los personajes de aquella historia estaban todos muertos, y no lo sabían.

—Tienes una llamada —dijo Tony.

Teresa dejó los vasos sucios en el fregadero, puso la bandeja sobre el mostrador y fue al extremo de la barra. Agonizaba un día duro, calor, batos sedientos y rucas con gafas oscuras y las chichotas al sol —ni vergüenza tenían algunas—, pidiendo todo el rato chelas y refrescos; y a ella le ardían la cabeza y los pies de cruzar como entre llamaradas hacia las tumbonas, de atender mesa tras mesa y sudar a chorros en aquel microondas de arena cegadora. Era media tarde y algunos bañistas empezaban a marcharse, pero todavía quedaban por delante un par de horas de trabajo. Secándose las manos en el delantal, sostuvo el teléfono. El respiro momentáneo y la sombra no la aliviaron gran cosa. Nadie la había llamado desde su salida de El Puerto, ni allí ni a ninguna otra parte, y tampoco podía imaginar motivos para que alguien lo hiciese ahora. Tony debía de pensar lo mismo, porque la miraba de reojo, secando vasos que alineaba encima de la barra. Aquello, concluyó Teresa, no podían ser buenas noticias.

—Bueno —dijo, suspicaz.

Reconoció la voz con la primera palabra, sin necesidad de que la otra dijera soy yo. Año y medio oyéndola día y noche era tiempo de sobra. Por eso sonrió y luego rió en voz alta, con franca alegría. Órale, mi Teniente. Qué padre oírte otra vez, carnalita. Cómo te trata la vida, etcétera. Reía feliz de veras al reencontrar al otro lado de la línea el tono seguro, aplomado, de quien sabía tomar las cosas como siempre fueron. De quien se conocía a sí misma y a los demás porque sabía mirarlos, y porque lo tenía aprendido de los libros y de la educación y de la vida, y hasta incluso más en los silencios que en las palabras de la gente. Y al mismo tiempo pensaba en un rincón de su cabeza, chale, no mames, ojalá yo pudiera hablar así de lindo a la primera, marcar un número de teléfono después de todo este tiempo y decir con tanta naturalidad cómo lo llevas, Mejicana, cacho perra, espero que me hayas echado de menos mientras te tirabas a media Marbella ahora que no te vigila nadie. Nos vemos o pasas de mí. Entonces Teresa había preguntado si de veras estaba fuera, y Pati O'Farrell respondió entre carcajadas claro que estoy fuera, gilipollas, fuera desde hace tres días y dándome homenaje tras homenaje para recobrar el tiempo perdido, homenajes por arriba y por abajo y por todas las partes que puedes imaginar, que ni duermo ni me dejan dormir, la verdad, y no me quejo lo más mínimo. Y entre una cosa y otra, cada vez que recupero el aliento o la conciencia me pongo a averiguar tu teléfono y por fin te encuentro, que ya era hora, para contarte que esas guarras de boquis funcionarias de mierda no pudieron con el viejo abate, que al castillo de If le pueden ir dando mucho por donde sabes, y que va siendo hora de que Edmundo Dantés y el amigo Faria tengan una conversación larga y civilizada, en algún sitio donde el sol no entre a través de una reja como si fuéramos catchers de ese béisbol gringo que jugáis en tu puto México. Así que he pensado que cojas un autobús, o un taxi si tienes dinero, o lo que quieras, y te vengas a Jerez porque justo mañana me hacen una pequeña fiesta, y —lo cortés no quita lo Moctezuma— reconozco que sin ti las fiestas se me hacen raras. Ya ves, chochito. Hábitos talegueros. Cosas de la costumbre.

Era una fiesta de verdad. Una fiesta en un cortijo jerezano, de esos donde transcurre una eternidad entre el arco de la entrada y la casa que está al fondo, al final de un largo camino de tierra y gravilla, con coches caros aparcados en la puerta, y paredes de almagre y cal con ventanas enrejadas que a Teresa le recordaron —ahí estaba el pinche parentesco, comprendió— las antiguas haciendas mejicanas. La casa era de las que fotografiaban en las revistas: muebles rústicos que la vejez ennoblecía, cuadros oscuros en las paredes, suelos de baldosa rojiza y vigas en los techos. También un centenar de invitados que bebían y charlaban en dos salones grandes y en la terraza con porche emparrado que se extendía por la parte de atrás, delimitada por un cobertizo de bar, una enorme parrilla de leña con horno de asar, y una piscina. El sol se acercaba al ocaso, y la luz ocre y polvorienta daba una consistencia casi material al aire cálido, en los horizontes de ondulaciones suaves salpicadas de cepas verdes.

—Me gusta tu casa —dijo Teresa.

—Ojalá fuera mía.

—Pero pertenece a tu familia.

—De mi familia a mí hay un trecho muy largo.

Estaban sentadas bajo las parras del porche, en butacas de madera con almohadones de lino, una copa en la mano y mirando a la gente que se movía alrededor. Todo muy acorde, decidió Teresa, con el lugar y con los autos de la puerta. Al principio había estado preocupada por sus liváis y sus zapatos de tacón y su blusa sencilla, en especial cuando al llegar algunos la miraron raro; pero Pati O'Farrell —un vestido de algodón malva, lindas sandalias de cuero repujado, el pelo rubio tan corto como de costumbre— la tranquilizó. Aquí cada cual viste como le sale, dijo. Y así estás muy bien. Además, ese pelo recogido y tan tirante, con la raya en medio, te hace guapa. Muy racial. Nunca te habías peinado así en el talego.

—En el talego no estaba para fiestas.

—Pero alguna hicimos.

Rieron, recordando. Había tequila, comprobó, y alcohol de todas clases, y camareras uniformadas con bandejas de canapés que iban y venían entre la gente. Todo bien padre. Dos guitarristas flamencos tocaban entre un grupo de invitados. La música, alegre y melancólica al mismo tiempo, como a ráfagas, le iba bien al lugar y al paisaje. A veces se animaban con palmas, algunas mujeres jóvenes iniciaban pasos de baile, sevillanas o flamenco, medio en broma, y charlaban con sus acompañantes mientras Teresa envidiaba la desenvoltura que les permitía ir de acá para allá, saludarse, conversar, fumar distinguido como la misma Pati lo hacía, un brazo cruzado en el regazo, la mano sosteniendo un codo y el brazo en vertical, el cigarrillo humeante entre los dedos índice y corazón. Quizá no fuera la más alta sociedad, concluyó; pero resultaba fascinante observarlos, tan distintos a la gente que había conocido con el Güero Dávila en Culiacán, y a miles de años y de kilómetros de su pasado más próximo y de lo que ella era o llegaría a ser nunca. Hasta Pati se le antojaba un enlace irreal entre esos mundos dispares. Y Teresa, como si mirase desde afuera un brillante escaparate, no perdía detalle del calzado de aquellas mujeres, el maquillaje, el peinado, las joyas, el aroma de sus perfumes, la forma de sostener un vaso o de encender un cigarrillo, de echar atrás la cabeza para reír mientras apoyaban una mano en el brazo del hombre con quien platicaban. Así se hace, decidió, y ojalá pudiera aprenderlo. Así es como se está, como se habla, como se ríe o como se calla; como lo había imaginado en las novelas y no como lo fingen el cine o la televisión. Y qué bueno era poder mirar siendo tan poca cosa que nadie se preocupaba por una; observar con atención para darse cuenta de que la mayor parte de los invitados masculinos eran tipos por encima de los cuarenta, con toques informales en la indumentaria, camisas abiertas sin corbata, chaquetas oscuras, buenos zapatos y relojes, pieles bronceadas y no precisamente de trabajar en el campo. En cuanto a ellas, se daban dos tipos definidos: morras de buen aspecto y piernas largas, algunas un poco ostentosas en ropa, joyas y bisutería, y otras mejor vestidas, más sobrias, con menos adornos y maquillaje, en quienes la cirugía plástica y el dinero —la una era consecuencia de lo otro— parecían naturales. Las hermanas de Pati, que ésta le presentó al llegar, pertenecían a ese último grupo: narices operadas, pieles estiradas en quirófanos, pelo rubio con mechas, marcado acento andaluz de buena cuna, manos elegantes que no fregaron un plato jamás, vestidos de buenas marcas. Hacia los cincuenta la mayor, cuarenta y pocos la menor. Parecidas a Pati en la frente, el óvalo de la cara, una cierta forma de torcer la boca al conversar o sonreír. Habían mirado a Teresa de arriba abajo con el mismo gesto arqueado en las cejas, dobles acentos circunflejos de los que valoran y descartan en sólo segundos, antes de volver a sus ocupaciones sociales y a sus invitados. Un par de puercas, comentó Pati en cuanto volvieron la espalda, justo cuando Teresa estaba pensando: órale que puedo llegar a ser pendeja con mis trazas de fayuquera, tal vez habría debido ponerme otra ropa, las pulseras de plata y una falda en vez de los liváis y los tacones y esta vieja blusa que miraron como si fuera un harapo. La mayor, comentó Pati, está casada con un vago imbécil, aquel calvo tripón que se ríe en el grupo de allá, y la segunda chulea a mi padre como quiere. Aunque la verdad es que lo chulean las dos.

—¿Está tu padre aquí?

—Por Dios, claro que no —Pati arrugaba la nariz con elegancia, el vaso de whisky con hielo y sin agua a medio camino—. El viejo cabrón vive atrincherado en su piso de Jerez... El campo le produce alergia —rió, malvada—. El polen y todo eso.

—¿Por qué me has invitado?

Sin mirarla, Pati terminó de llevarse el vaso a los labios.

—Pensé —dijo, la boca húmeda— que te gustaría tomar una copa.

—Hay bares para tomar copas. Y éste no es mi ambiente.

Pati puso el vaso en la mesa y encendió un cigarrillo. El anterior seguía encendido, consumiéndose en el cenicero.

—Tampoco el mío. O al menos no del todo —paseó la mirada alrededor, despectiva—. Mis hermanas son absolutamente idiotas: organizar una fiesta es lo que entienden por reinserción social. En vez de esconderme, me enseñan, ¿comprendes? Así demuestran que no las avergüenza la oveja descarriada... Esta noche se irán a dormir con el coño frío y la conciencia tranquila, como suelen.

—A lo mejor eres injusta con ellas. Quizá se alegran de verdad.

—¿Injusta?... ¿Aquí? —se mordió el labio inferior con una sonrisa desagradable—. ¿Podrás creer que nadie me ha preguntado todavía qué tal lo pasé en el talego?...

Tema tabú. Sólo hola, bonita. Muá, muá. Te veo espléndida. Como si me hubiese ido de vacaciones al Caribe.

Su tono es más ligero que en El Puerto, pensó Teresa. Más frívolo y locuaz. Dice las mismas cosas y de la misma forma, pero hay algo diferente: como si aquí se viera obligada a darme explicaciones que en nuestra vida anterior resultaban innecesarias. La había observado desde el primer momento, cuando se apartó de unos amigos para recibirla y luego la dejó sola un par de veces, yendo y viniendo entre los invitados. Tardó en reconocerla. En atribuirle realmente aquellas sonrisas que le espiaba de lejos, los gestos de complicidad con gente para ella extraña, los cigarrillos que aceptaba inclinando la cabeza para que le diesen fuego mientras echaba de vez en cuando una mirada a Teresa, que seguía fuera de lugar, sin acercarse a nadie porque no sabía qué decir, y sin que nadie le dirigiese la palabra. Al fin Pati volvió con ella y fueron a sentarse en las butacas del porche, y entonces sí empezó a reconocerla poquito a poco. Y era verdad que ahora explicaba demasiado las cosas, justificándolas como si no estuviera segura de que Teresa las entendiese, o de que —se le ocurrió de pronto— las aprobara. Semejante posibilidad le dio qué pensar. Quizás ocurre, aventuró tras mucho darle vueltas, que las leyendas personales que funcionan tras las rejas no sirven afuera, y una vez en libertad es preciso establecer de nuevo cada personaje. Confirmarlo a la luz de la calle. Por ese camino, pensó, puede que la Teniente O'Farrell aquí no sea nadie, o no sea lo que realmente quiere o le interesa ser. Y puede ocurrir, también, que tema comprobar que me doy cuenta. En cuanto a mí, la ventaja es que nunca supe lo que fui cuando estaba dentro, y tal vez por eso no me preocupa lo que soy fuera. Nada tengo que explicar a nadie. Nada sobre lo que convencer. Nada que demostrar.

—Sigues sin decirme qué hago aquí —dijo.

Pati encogió los hombros. El sol bajaba más en el horizonte, inflamando el aire de luz rojiza. Su pelo corto y rubio parecía contagiado de aquella luz.

—Cada cosa tiene su momento —entornaba los párpados mirando lejos—. Limítate a disfrutar, y ya me contarás qué te parece.

A lo mejor era algo muy sencillo, pensaba Teresa. La autoridad, quizá. Una teniente sin tropa a su mando, un general jubilado cuyo prestigio desconocen todos. Tal vez me ha hecho venir porque me necesita, decidió. Porque yo la respeto y conozco el último año y medio de su vida, y éstos no. Para ellos es sólo una niña fresita y envilecida; una oveja negra a la que se tolera y se acoge porque es de la misma casta, y hay camadas y familias que nunca reniegan en público de los suyos, aunque los odien o los desprecien. A lo mejor por eso le urge una compañía. Una testigo. Alguien que sepa y mire, aunque calle. En el fondo, la vida es requetesimple: se divide en gente con la que te ves obligada a hablar mientras tomas una copa, y gente con la que puedes beber durante horas en silencio, como hacía el Güero Dávila en aquella cantina de Culiacán. Gente que sabe, o que intuye lo suficiente para que sobren las palabras, y que está contigo sin estar del todo. Sólo ahí, nomás. Y a lo mejor éste es el caso, aunque ignoro a qué sitio nos lleva eso. A qué nueva variante de la palabra soledad.

—A tu salud, Teniente.

—A la tuya, Mejicana.

Chocaron las copas. Teresa miró alrededor, disfrutando del aroma del tequila. En uno de los grupos que charlaban junto a la piscina vio a un hombre joven, tan alto que destacaba entre los que le rodeaban. Era esbelto, el pelo muy negro, peinado hacia atrás con fijador, largo y rizado en la nuca. Vestía un traje oscuro, camisa blanca sin corbata, zapatos negros y relucientes. La mandíbula pronunciada y la nariz grande, curva, le daban un interesante perfil de águila flaca. Un tipo con clase, pensó. Como aquellos españolazos que una imaginaba de antes, aristócratas e hidalgos y demás —por algo tuvo que apendejarse la Malinche, a fin de cuentas— y que seguramente no existieron casi nunca.

—Hay gente simpática —dijo.

Pati se volvió para seguir la dirección de su mirada.

—Vaya —gruñó escéptica—. A mí me parecen todos un montón de basura.

—Son tus amigos.

—Yo no tengo amigos, colega.

La voz se le había endurecido un punto, como en los viejos tiempos. Ahora se parecía más a la que Teresa recordaba de El Puerto. La Teniente O'Farrell.

—Chíngale —retrancó Teresa, entre seria y guasona—. Creí que tú y yo lo éramos.

Pati la miró callada y tomó otro sorbo. Sus ojos parecían reír por dentro, con docenas de arruguitas alrededor. Pero acabó de beber, puso el vaso en la mesa y se llevó el cigarrillo a los labios sin decir nada.

—De cualquier manera —añadió Teresa al cabo de un instante— la música es linda y la casa bien preciosa. Merecieron el viaje.

Miraba distraída al tipo alto con cara de águila, y Pati siguió otra vez la dirección de sus ojos.

—¿Sí?... Pues espero que no vayas a conformarte con tan poco. Porque esto es ridículo comparado con lo que se puede tener.

Cantaban centenares de grillos en la oscuridad. Ascendía una luna hermosa que iluminaba las vides, plateando cada hoja, y el sendero se prolongaba como blanco y ondulado ante sus pasos. A lo lejos brillaban las luces del cortijo. Hacía rato que todo estaba recogido y silencioso en el enorme caserón. Los últimos invitados habían dicho buenas noches, y las hermanas y el cuñado de Pati iban de regreso a Jerez después de una charla de circunstancias en la terraza, todo el mundo incómodo y deseando terminar aquello, y sin que —la Teniente tuvo razón hasta el final— nadie mencionara, ni de pasada, los tres años en El Puerto de Santa María. Teresa, a quien Pati invitó a quedarse a dormir, se preguntaba qué diablos escondía aquella noche en la cabeza su antigua compañera de chabolo.

Habían bebido mucho las dos, pero no lo suficiente. Y al final caminaron más allá del porche y de la terraza, por el sendero que zigzagueaba hacia los campos del cortijo. Antes de salir, mientras unas silenciosas sirvientas eliminaban los restos de la fiesta, Pati desapareció un momento para volver, sorpresa, sorpresa, con un gramo de polvo blanco que las despejó bien despejadas, convertido muy pronto en rayas sobre el cristal de la mesa. Para no acabárselo de criminal que estaba, y que Teresa supo apreciar como se merecía, snif, snif, habida cuenta de que era su primer pericazo desde que la soltaron de El Puerto. Órale, carnalita, suspiraba. Bien chingona te salió ésta. Luego, despejadas y vivas como si el día acabara de empezar, echaron a andar en dirección a los campos oscuros del cortijo, sin prisas. Sin dirigirse a ninguna parte. Te quiero bien lúcida para lo que voy a decirte, apuntó una Pati a la que era posible reconocer de nuevo. Estoy requetelúcida, dijo Teresa. Se dispuso a escuchar. Había vaciado otro vaso de tequila que ya no llevaba en la mano, pues lo dejó caer en alguna parte del camino. Y aquello, pensaba sin saber qué motivos tenía para pensarlo, se parecía mucho a estar bien otra vez. A encontrarse a gusto en la piel, inesperadamente. Sin reflexiones ni recuerdos. Sólo la noche inmensa que se diría eterna, y la voz familiar que pronunciaba palabras en tono de confidencia, como si alguien pudiera espiarlas agazapado entre aquella luz extraña que plateaba los inmensos viñedos. Y también oía el canto de los grillos, el ruido de los pasos de su compañera y el roce de sus propios pies descalzos —había dejado los zapatos de tacón en el porche— sobre la tierra del sendero.

—Ésa es la historia —acabó Pati.

Pues no tengo intención de pensar ahora en tu historia, se dijo Teresa. No pienso hacerlo, ni considerar ni analizar nada esta noche mientras dure la oscuridad y haya estrellas allá arriba, y el efecto del tequila y de doña Blanca me tenga así de a gusto por primera vez después de tanto tiempo. Tampoco sé por qué esperaste hasta hoy para confiarme todo eso, ni qué pretendes. Te oí como quien oye un cuento. Y lo prefiero así, porque tomar tus palabras de otra manera me obligaría a aceptar que existe la palabra mañana y existe la palabra futuro; y esta noche, caminando por el senderito entre estos campos tuyos o de tu familia o de quien chingados sean, pero que deben de valer una feria, no le pido nada especial a la vida. Así que digamos que me contaste un lindo relato, o más bien acabaste de contarme el que me soplabas a medias cuando compartíamos chabolo. Luego me iré a dormir, y mañana, con luz en la cara, será otro día.

Y sin embargo, admitió, era una buena historia. El novio acribillado a tiros, la media tonelada de coca con la que nadie dio nunca. Ahora, después de la fiesta, Teresa podía imaginarse al novio, un tipo como los que había visto allí, con chaqueta oscura y camisa sin corbata y todo elegante, con clase de verdad, al estilo de la segunda o tercera generación de la colonia Chapultepec pero en mejor, mimado desde niño como esos chavos fresitas de Culiacán que iban al colegio al volante de sus Suzukis 4x4 escoltados por guardaespaldas. Un novio encanallado y golfo: una buena nariz de a gramo que se follaba a otras y dejaba que ella se follara a otros y a otras, y que jugó con fuego hasta quemarse las manos, metiéndose en ambientes donde los errores y las frivolidades y las maneras de gallito consentido se pagaban con el cuero. Lo mataron a él y a otros dos socios, había contado Pati; y Teresa sabía mejor que muchos de qué perrona cosa andaba platicando su prójima. Lo mataron por engañar y no cumplir; y tuvo negra suerte porque justo al día siguiente iban a echarle mano los de la Brigada de Estupefacientes, que a la otra media tonelada de coca sí le seguían de cerca el rastro, y le tenían pinchado hasta el vaso de hacer gárgaras cuando se cepillaba la boca. Lo de darle piso fue cosa de mafias rusas, que eran más bien drásticas, disconforme algún Boris con las explicaciones sobre la sospechosa pérdida de media carga llegada en un contenedor al puerto de Málaga. Y aquellos comunistas reciclados a gangsters solían mochar parejo: tras muchas gestiones infructuosas, y agotada la paciencia, un socio del novio había resultado difunto en su casa viendo la tele, otro en la autopista Cádiz-Sevilla, el novio de Pati saliendo de un restaurante chino de Fuengirola, bang, bang, bang, abrasado cuando abrían la puerta del auto, tres en la cabeza del novio y dos de casualidad para ella, a la que no buscaban porque todos creían, hasta los socios fallecidos, que se encontraba al margen. Pero una mierda al margen, eso es lo que estaba. Primero, porque se cruzó en la línea de tiro al meterse en el coche; y luego porque el novio era de los bocones que largan cosas antes y después de correrse, o con la nariz empolvada. Entre unas cosas y otras, a Pati había terminado contándole que el clavo de coca, la media carga que todos creían perdida y ventilada en el mercado negro, seguía empaquetadita, intacta, en una cueva de la costa cerca del cabo Trafalgar, esperando que alguien le dijera ojos negros tienes. Y tras la desaparición del novio y los otros, la única que conocía el sitio era Pati. De manera que, cuando salió del hospital y los de Estupefacientes la estaban esperando, a la hora de preguntarle por la famosa media tonelada ella había enarcado mucho las cejas. What. No sé de qué coño me hablan, dijo mirándolos a los ojos de uno en uno. Y tras muchos dimes y diretes, se lo creyeron.

—¿Qué piensas, Mejicana?

—No pienso.

Se había detenido, y Pati la miraba. El contraluz de luna le marcaba los hombros y el contorno de la cabeza, blanqueándole como de canas el pelo corto.

—Haz un esfuerzo.

—No quiero hacerlo. Esta noche no.

Un resplandor. Un fósforo y un cigarrillo alumbrando la barbilla y los ojos de la Teniente O'Farrell. Otra vez ella, pensó Teresa. La de siempre.

—¿De verdad no quieres saber por qué te he contado todo eso?

—Sé por qué lo has hecho. Quieres recuperar ese clavo de perico. Y quieres que te ayude.

La brasa brilló dos veces en silencio. Caminaban de nuevo.

—Tú has hecho cosas de éstas —apuntó Pati, simple—. Cosas increíbles. Conoces los lugares. Sabes cómo llegar y volver.

—¿Y tú?

—Yo tengo contactos. Sé qué hacer después.

Teresa seguía negándose a pensar. Es importante, se dijo. Temía ver ante ella, si imaginaba demasiado, de nuevo el mar oscuro, el faro centelleando en la distancia. O tal vez lo que temía era ver de nuevo la piedra negra donde se mató Santiago, que a ella le había costado año y medio de vida y libertad. Por eso necesitaba esperar a que amaneciera y analizarlo con la luz gris del alba, cuando tuviese miedo. Aquella noche todo parecía engañosamente fácil.

—Es peligroso ir allá —decirlo fue inesperado para ella misma—. Además, si se enteran los dueños...

—Ya no hay dueños. Ha pasado mucho tiempo. Nadie se acuerda.

—De esas cosas se acuerdan siempre.

—Bueno —Pati anduvo unos pasos en silencio—. Entonces negociaremos con quien haga falta.

Cosas increíbles, había dicho antes. Era la primera vez que le oía algo que sonara tanto a respeto, o a elogio, en relación con ella. Callada y leal, sí; pero nunca algo como aquello. Cosas increíbles. Decirlo tan de igual a igual. La suya era una amistad hecha de sobreentendidos que rara vez llegaban a esa clase de comentarios. No me transa, aventuró. Me late que es sincera. Sería capaz de manipularme, pero éste no es el caso. Me conoce y la conozco. Las dos sabemos que la otra sabe.

—¿Y qué gano yo?

—La mitad. Salvo que prefieras seguir hecha una paria en el chiringuito.

Revivió de un tajo doloroso el calor, la camiseta empapada, la mirada suspicaz de Tony al otro lado de la barra, su propia fatiga animal. Las voces de los bañistas, el olor a cuerpos embadurnados en aceites y cremas. Todo eso estaba a cuatro horas de autobús de aquel paseo bajo las estrellas. Interrumpió sus reflexiones un rumor entre unas ramas próximas. Un aleteo que la sobresaltó. Es un búho, dijo Pati. Hay muchos búhos por aquí. Cazan de noche.

—Lo mismo el clavo ya no sigue allí —dijo Teresa.

Y sin embargo, pensaba al fin. Y sin embargo.

9. También las mujeres pueden

Había llovido toda la mañana en rachas densas que cribaban de salpicaduras la marejada, con las ráfagas más fuertes borrando a intervalos la silueta gris del cabo Trafalgar, mientras ellas fumaban en la playa, dentro del Land Rover, la neumática y el motor fuera borda en el remolque, oyendo música, viendo resbalar el agua por el parabrisas y pasar las horas en el reloj del salpicadero: Patricia O'Farrell en el asiento del conductor, Teresa en el otro, con bocadillos, un termo de café, botellas de agua, paquetes de tabaco, cuadernos con croquis y una carta náutica de la zona, la más detallada que Teresa pudo encontrar. Ahora el cielo continuaba sucio —coletazos de una primavera que se resistía al verano— y las nubes bajas seguían moviéndose hacia levante; pero el mar, una superficie ondulante y plomiza, estaba más tranquilo, y sólo rompía en rasgaduras blancas a lo largo de la costa.

—Ya podemos ir —dijo Teresa.

Salieron, estirando los músculos entumecidos mientras caminaban sobre la arena mojada, y luego abrieron la trasera del Land Rover y sacaron los trajes de buceo. Persistía una llovizna leve, intermitente, y a Teresa se le erizó la piel al desnudarse. Hacía, pensó, un frío de la chingada. Se puso los ajustados pantalones de neopreno sobre el bañador, y después cerró la cremallera de la chaquetilla sin cubrirse con la capucha, recogido el pelo en cola de caballo con un elástico. Dos tipas haciendo pesca submarina con este tiempo, se dijo. No mames. Espero que si algún pendejo anda remojándose por aquí, se trague la bola completa.

—¿Estás lista?

Vio que su amiga asentía sin perder de vista la enorme extensión gris que ondulaba ante ellas. Pati no estaba acostumbrada a ese tipo de situaciones, pero lo encajaba todo con razonable serenidad: ni charla superflua, ni nervios. Sólo parecía preocupada, aunque Teresa no estaba segura de si era por lo que llevaban entre manos —algo para inquietar a cualquiera—, o por la novedad de aventurarse en aquel mar de aspecto poco tranquilizador. Se advertía en los muchos cigarrillos fumados durante la espera, uno tras otro —tenía uno en la boca, húmedo de llovizna, que le hacía entornar los ojos mientras enfundaba las piernas en el pantalón de buceo—, y en el pericazo justo antes de abandonar la cabina, ritual preciso, billete nuevo enrollado y dos culebrillas sobre la carpeta de plástico de la documentación del vehículo. Pero Teresa no quiso acompañarla esta vez. Era otro tipo de lucidez la que necesitaba, pensó mientras terminaba de equiparse, revisando mentalmente la carta náutica que, de tanto mirarla, tenía impresa en la cabeza: la línea de la costa, la curva hacia el sur en dirección a Barbate, la orilla escarpada y rocosa al final de la playa limpia. Y allí, no indicadas en la carta pero señaladas con precisión por Pati, las dos cuevas grandes y la cueva chica oculta entre ambas, inaccesible desde tierra y apenas visible desde el mar: las cuevas de los Marrajos.

—Vámonos —dijo—. Quedan cuatro horas de luz.

Pusieron las mochilas y los arpones submarinos en la neumática, para cubrir las apariencias, y luego de soltar las cinchas del remolque la arrastraron hasta la orilla. Era una Zodiac de goma gris, de ocho pies de eslora. El depósito del motor, un Volvo de 125 caballos, estaba lleno de gasolina y listo, revisado por Teresa el día anterior, como en los viejos tiempos. Lo encajaron en el espejo de popa apretando bien las palometas. Todo en orden, la cola de la hélice arriba. Después, una a cada lado, tirando de los cabos de las bandas, llevaron la lancha al mar.

Hundida en el agua fría hasta la cintura, mientras empujaba la neumática fuera de la rompiente de la orilla, Teresa se esforzaba en no pensar. Quería que sus recuerdos fuesen experiencia útil y no lastre de un pasado del que sólo necesitaba retener los conocimientos técnicos imprescindibles. Lo demás, imágenes, sentimientos, ausencias, era algo que no podía permitirse ahora. Un lujo excesivo. Quizá mortal.

Pati la ayudó a subir a bordo, chapoteando para trepar sobre el costado de goma. El mar empujaba la neumática hacia la playa. Teresa encendió el motor a la primera, con un tirón seco y rápido del cordón de arranque. El ruido de los ciento veinticinco caballos le alegró el corazón. Otra vez aquí, pensó. Para lo bueno y lo malo. Le dijo a su compañera que se pusiera a proa para equilibrar pesos, y ella se acomodó junto al motor, gobernando la lancha lejos de la orilla y después en dirección a las rocas negras, al extremo de la arena que clareaba en la luz gris. La Zodiac se portaba bien. Gobernó como le había enseñado Santiago, esquivando las crestas, amura al mar y deslizándose luego de banda por la otra cara en los senos de la marejada. Gozándolo. Chale, que incluso así el mar seguía siendo hermoso, con lo retorcido y perrón que era. Aspiró con deleite el aire húmedo que traía espuma de sal, atardeceres cárdenos, estrellas, cazas nocturnas, luces en el horizonte, el perfil impasible de Santiago iluminado a contraluz por el foco del helicóptero, el ojo azul centelleante de la Hachejota, los pantocazos que retumbaban en los riñones sobre el agua negra. No, pues. Qué triste era todo, y qué hermoso a la vez. Ahora continuaba lloviznando fino, y las salpicaduras del mar venían sobre la Zodiac. Observó a Pati, vestida con el neopreno azul que le moldeaba la figura, el pelo corto bajo la capucha dándole un aspecto masculino: miraba el mar y las rocas negras sin ocultar del todo su aprensión. Si tú supieras, carnalita, pensó Teresa. Si hubieras visto por estos rumbos cosas que yo vi. Pero la güera se comportaba. Quizá en aquel momento tuviese reparos, como cualquiera los tendría —recuperar la carga era la parte fácil del negocio—, de imaginar las consecuencias, si algo rodaba gacho. Habían hablado cien veces de esas consecuencias, incluida la posibilidad de que la media tonelada ya no se encontrara allí. Pero la Teniente O'Farrell tenía obsesiones y tenía agallas. Tal vez —era su faceta menos tranquilizadora— demasiadas agallas y demasiadas obsesiones. Y eso, meditó Teresa, no siempre casaba con la sangre fría que reclamaban tales transas. En la playa, mientras esperaban en la cabina del Land Rover, descubrió algo: Pati era una compañera, pero no una solución. Quedaba en todo aquello, acabara como acabase, un largo trecho que Teresa tendría que recorrer sola. Nadie iba a aliviarle pasitos del camino. Y poco a poco, sin que ella misma pudiera establecer cómo, la dependencia que había sentido hasta entonces, de todo y de todos, o más bien su creencia tenaz en esa dependencia —era cómoda de llevar, y al otro lado sólo creía encontrar la nada—, iba transformándose en una certeza que era al mismo tiempo de orfandad madura y de consuelo. Primero dentro de la cárcel, en los últimos meses, y quizá no fuesen ajenos a ello los libros leídos, las horas despierta esperando amaneceres, las reflexiones que la paz de aquel período puso en su cabeza. Luego salió al exterior, de nuevo al mundo y a la vida; y el tiempo transcurrido en lo que resultó ser sólo otra espera no hizo más que confirmar el proceso. Pero de nada fue consciente hasta la noche en que reencontró a Pati O'Farrell. Mientras caminaban a oscuras por los campos del cortijo jerezano y oía pronunciar a ésta la palabra futuro, Teresa vislumbró como un relámpago que tal vez Pati no era la más fuerte de las dos; como tampoco lo habían sido, siglos atrás y en otras vidas, el Güero Dávila y Santiago Fisterra. Podría suceder, concluyó, que la ambición, los proyectos, los sueños, incluso el valor, o la fe —hasta la fe en Dios, decidió con un estremecimiento—, en vez de dar fuerzas, te las quitaran. Porque la esperanza, incluso el mero deseo de sobrevivir, la volvían a una vulnerable, atada al posible dolor y a la derrota. Tal vez de ahí resultaba la diferencia entre unos seres humanos y otros, y ése era entonces su caso. Quizá Edmundo Dantés estaba equivocado, y la única solución era no confiar, y no esperar.

La cueva estaba oculta tras unas rocas desprendidas del acantilado. Habían hecho un reconocimiento por tierra cuatro días antes: desde diez metros más arriba, asomada en la cortadura, Teresa estudió y anotó cada piedra aprovechando que el día era claro, que el agua estaba limpia y tranquila para considerar el fondo, sus irregularidades y la forma de acercarse desde el mar sin que una arista afilada cortara la goma de la neumática. Y ahora estaban allí, balanceándose en la marejada mientras Teresa, con leves toques al gas del motor y movimientos en zigzag de la caña, procuraba mantenerse lejos de las piedras y buscaba el paso más seguro. Al fin comprendió que la Zodiac sólo podría meterse en la cueva con mar llana, de modo que puso rumbo a la oquedad grande de la izquierda. Y allí, bajo la bóveda, en un lugar donde el flujo y reflujo no las empujaba contra la pared escarpada, le dijo a Pati que dejase caer el rezón plegable atado al extremo de un cabo de diez metros. Después se echaron las dos al agua resbalando por los costados de la embarcación, y fueron con otro cabo hasta las piedras que la marejada descubría a cada movimiento. Llevaban a la espalda mochilas con bolsas herméticas, cuchillos, cuerdas y dos linternas estancas, y flotaban sin dificultad gracias a sus trajes de buceo. Al llegar, Teresa amarró el cabo en una piedra, le dijo a Pati que tuviera cuidado con las púas de los erizos, y de ese modo avanzaron despacio por la orilla rocosa, el agua entre el pecho y la cintura, de la cueva grande a la pequeña. A veces una rompiente las obligaba a agarrarse para no perder pie, y entonces se lastimaban las manos con las aristas o sentían rasgarse el neopreno en los codos y las rodillas. Era Teresa quien, tras echar un vistazo desde arriba, había insistido en llevar aquellos equipos. Nos quitarán el frío, dijo, y sin ellos el oleaje en las rocas nos haría filetes de res.

—Aquí es —señaló Pati—. Tal como Jimmy contaba... El arco arriba, las tres piedras grandes y la chica. ¿Lo ves?... Hay que nadar un poco y luego haremos pie.

Su voz resonaba en la oquedad. Allí olía muy fuerte, a algas podridas, a piedra marina que las mareas y la marejada cubrían y descubrían continuamente. Dejaron la luz a sus espaldas, internándose en la penumbra. Dentro el agua estaba más tranquila. El fondo aún se veía bien cuando dejaron de hacer pie y nadaron un poco. Casi al final encontraron algo de arena, piedras y madejas de algas muertas. Detrás estaba oscuro.

—Necesito un puto cigarrillo —murmuró Pati.

Salieron del agua y buscaron tabaco en las bolsas impermeables de las mochilas. Después fumaron de pie, mirándose. El arco de claridad de la entrada se reflejaba en el agua intermedia y las iluminaba en penumbra gris. Mojadas, pelo húmedo, fatiga en las caras. Y ahora qué, parecían preguntarse en silencio.

—Espero que siga aquí —murmuró Pati.

Se quedaron un rato como estaban, apurando los cigarrillos. Si la media tonelada de cocaína se encontraba de veras a pocos pasos, nada en sus vidas iba a ser igual en cuanto recorrieran esa distancia. Las dos lo sabían.

—Órale. Estamos a tiempo, carnalita.

—A tiempo, ¿de qué?

Teresa sonrió, convirtiendo su pensamiento en una broma.

—Pues no sé. A lo mejor de no mirar.

Pati sonrió también, distante. La cabeza unos pasos más allá.

—No digas tonterías.

Teresa miró la mochila que tenía a los pies, y se agachó para revolver en ella. Se le había soltado la cola de caballo, y las puntas del pelo goteaban agua dentro. Sacó su linterna.

—¿Sabes una cosa? —dijo, comprobando la luz.

—No. Dímela.

—Creo que hay sueños que matan —alumbraba alrededor, las paredes de piedra negra con pequeñas estalactitas en lo alto—... Más todavía que la gente, o la enfermedad, o el tiempo.

—¿Y?

—Y nada. Pensaba, nomás. Lo pensaba ahorita.

La otra no la miró. Apenas prestaba atención. Había empuñado también una linterna y se volvía hacia las rocas del fondo, ocupada en sus propias reflexiones.

—¿De qué coño estás hablando?

Una pregunta distraída, que no buscaba respuesta. Teresa no contestó. Se limitó a mirar a su amiga con atención, porque la voz, incluso considerando el efecto del eco bajo la roca, sonaba rara. Espero que no vaya a asesinarme por la espalda en la cueva del tesoro como los piratas de los libros, pensó, divertida sólo a medias. Pese a lo absurdo de la idea, se sorprendió mirando el tranquilizador mango del cuchillo de buzo que asomaba de su mochila abierta. Y bueno, se increpó. No te apendejes de puro pendeja. Anduvo reprochándose eso en los adentros mientras recogían el equipo, se echaban las mochilas a la espalda y caminaban precavidas, alumbrándose con las linternas entre las piedras y los algazos. El terreno ascendía en pendiente suave. Dos haces de luz iluminaron un recodo. Detrás había más piedras y algas secas: madejas muy espesas amontonadas ante una oquedad de la pared.

—Tendría que estar ahí —dijo Pati.

Híjole, advirtió Teresa, cayendo en la cuenta. Resulta que a la Teniente O'Farrell le tiembla la voz.

—La verdad —dijo Nino Juárez— es que le echaron cojones.

Nada en el antiguo comisario jefe del DOCS —grupo contra la Delincuencia Organizada de la Costa del Sol— delataba al policía. O al ex policía. Era menudo y casi frágil, con barbita rubia; vestía un traje gris sin duda muy caro, corbata y pañuelo de seda a juego asomando por el bolsillo de la chaqueta, y un Patek Philippe relucía en su muñeca izquierda bajo el puño de la camisa a rayas rosas y blancas, con llamativos gemelos de diseño. Parecía salido de las páginas de una revista de moda masculina, aunque en realidad venía de su despacho en la Gran Vía de Madrid. Saturnino G. Juárez, decía la tarjeta que yo llevaba en la cartera. Director de seguridad interior. Y en una esquina, el logotipo de una cadena de tiendas de moda de las que facturan cientos de millones en cada ejercicio anual. Las cosas de la vida, pensé. Después del escándalo que, unos años atrás, cuando era más conocido por Nino Juárez o comisario Juárez, le costó la carrera, allí estaba el hombre: repuesto, impecable, triunfador. Con ese Ge punto intercalado que le daba un toque respetable, y aspecto de salirle la pasta por las orejas, amén de renovadas influencias y mandando más que antes. A esa clase de individuos nunca los encontrabas en las colas del desempleo; sabían demasiado de la gente, y a veces más de lo que la gente sabía sobre ella misma. Los artículos aparecidos en la prensa, el expediente de Asuntos Internos, la resolución de la Dirección General de la Policía apartándolo del servicio, los cinco meses en la cárcel de Alcalá-Meco, eran papel viejo. Qué suerte contar con amigos, concluí. Antiguos camaradas que devuelven favores, y también tener dinero o buenas relaciones para comprarlos. No hay mejor seguro contra el desempleo que llevar la lista de los esqueletos que cada cual guarda en su armario. Sobre todo si has sido tú quien ayudó a guardarlos.

—¿Por dónde empezamos? —preguntó, picoteando jamón del plato.

—Por el principio.

—Entonces vamos a tener una sobremesa larga.

Estábamos en casa Lucio, en la Cava Baja, y lo cierto es que, aparte de la invitación a comer —huevos con patatas, solomillo, Viña Pedrosa del 96, yo pagaba la cuenta—, en cierto modo también había comprado su presencia allí. Lo hice a mi manera, recurriendo a las viejas tácticas. Tras su segunda negativa a hablar sobre Teresa Mendoza, antes de que diese orden a su secretaria de no pasarle más llamadas mías, planteé sin rodeos la papeleta. Con usted o sin usted, dije, la historia irá adelante. Así que puede elegir entre salir dentro en toda clase de posturas, incluida la foto de primera comunión, o quedarse fuera secándose el sudor de la frente con mucho alivio. Y qué más, dijo él. Ni un céntimo, respondí. Pero con mucho gusto le pago una comida y las que hagan falta. Usted gana un amigo, o casi, y yo se la debo. Nunca se sabe. Y ahora dígame cómo lo ve. Resultó ser lo bastante listo para verlo de inmediato, así que pactamos los términos: nada comprometedor en su boca, pocas fechas y detalles relacionados con él. Y allí estábamos. Siempre resulta fácil entenderse con un sinvergüenza. Lo difícil son los otros; pero de ésos hay menos.

—Lo de la media tonelada es cierto —confirmó Juárez—. Nieve de buena calidad, con muy poco corte. Trajinada por la mafia rusa, que por esa época empezaba a instalarse en la Costa del Sol y a mantener sus primeros contactos con los narcos de Sudamérica. Aquélla había sido la primera operación de importancia, y su fracaso bloqueó la conexión colombiana con Rusia durante algún tiempo... Todos daban por perdida la media tonelada, y los sudacas se carcajeaban de los ruskis por haberse cargado éstos al novio de la O'Farrell y a los dos socios sin hacerlos hablar primero... No monto más negocios con aficionados, cuentan que dijo Pablo Escobar al enterarse de los detalles. Y resulta que, de pronto, la Mejicana y la otra se sacaron los quinientos kilos de la manga.

—¿Cómo se hicieron con la cocaína?

—Eso no lo sé. Nadie lo supo de verdad. Lo cierto es que apareció en el mercado ruso, o más bien empezó a aparecer. Y fue Oleg Yasikov quien la llevó allí.

Yo tenía aquel nombre entre mis notas: Oleg Yasikov, nacido en Solntsevo, un barrio más bien mafioso de Moscú. Servicio militar con el todavía ejército soviético en Afganistán. Discotecas, hoteles y restaurantes en la Costa del Sol. Y Nino Juárez me completó el cuadro. Yasikov había recalado en la costa malagueña a finales de los ochenta, treintañero, políglota, despierto, recién bajado de un vuelo de Aeroflot y con treinta y cinco millones de dólares para gastar. Empezó comprando una discoteca de Marbella a la que llamó Jadranka y puso pronto de moda, y un par de años más tarde dirigía ya una sólida infraestructura de blanqueo de dinero, basada en la hostelería y los negocios inmobiliarios, terrenos cerca de la costa y apartamentos. Una segunda línea de negocios, creada a partir de la discoteca, consistía en fuertes inversiones en la industria nocturna marbellí, con bares, restaurantes y locales para la prostitución de lujo a base de mujeres eslavas traídas directamente de Europa oriental. Todo limpio, o casi: blanqueo discreto y poco llamar la atención. Pero el DOCS había confirmado sus vínculos con la Babushka: una potente organización de Solntsevo formada por antiguos policías y veteranos de Afganistán, especializados en extorsión, tráfico de vehículos robados, contrabando y trata de blancas, muy interesados también en ampliar sus actividades al narcotráfico. El grupo tenía ya una conexión en el norte de Europa: una ruta marítima que enlazaba Buenaventura con San Petersburgo, vía Goteborg, en Suecia, y Kutka, en Finlandia. Y a Yasikov le encomendaron, entre otras cosas, explorar una ruta alternativa en el Mediterráneo oriental: un enlace independiente de las mafias francesas e italianas que los rusos habían utilizado hasta entonces como intermediarios. Ése era el contexto. Los primeros contactos con los narcos colombianos —cártel de Medellín— consistieron en intercambios simples de cocaína por armas, con poco dinero de por medio: partidas de Kalashnikov y lanzagranadas RPG procedentes de los depósitos militares rusos. Pero la cosa no cuajaba. La droga perdida era uno entre varios tropiezos que tenían incómodo a Yasikov y a sus socios moscovitas. Y de pronto, cuando ya ni siquiera pensaban en ella, aquellos quinientos kilos cayeron del cielo.

—Me contaron que la Mejicana y la otra fueron a negociar con Yasikov —explicó Juárez—. En persona, con una bolsita de muestra... Por lo visto, el ruso se lo tomó primero a coña y luego muy mal. Entonces la O'Farrell le echó cara al asunto, diciéndole que ella había pagado ya, que los tiros que le pegaron cuando lo del novio ponían a cero el contador. Que jugaban limpio y pedían una compensación.

—¿Por qué no distribuyeron ellas la droga al por menor?

—Era demasiado para principiantes. Y no le habría gustado nada a Yasikov.

—¿Tan fácil era identificar la procedencia?

—Claro —con movimientos expertos de cuchillo y tenedor, el ex policía terminaba de asar sus tajadas de solomillo en el plato de barro—. Era vox populi de quién había sido novia la O'Farrell.

—Hábleme del novio.

El novio, contó Juárez sonriendo despectivo mientras cortaba, masticaba y volvía a cortar, se llamaba Jaime Arenas: Jimmy para los amigos. Sevillano de buena familia. Pura mierda, con perdón de la mesa. Muy metido en Marbella y con negocios familiares en Sudamérica. Era ambicioso y también se creía demasiado listo. Cuando aquella cocaína estuvo a mano, se le ocurrió jugársela al tovarich. Con Pablo Escobar no se habría atrevido; pero los rusos no tenían la fama que tienen ahora. Parecían tontos o algo así. De modo que escondió la nieve para negociar un aumento en su comisión, pese a que Yasikov ya había pagado a tocateja, esta vez con más dinero que armas, la parte de los colombianos. Jimmy empezó a dar largas, hasta que al tovarich se le acabó la paciencia. Y se le acabó tanto que se lo llevó a él y a un par de socios por delante.

—Nunca fueron muy finos los ruskis —Juárez chasqueaba la lengua, crítico—. Y siguen sin serlo.

—¿Cómo se relacionaron esos dos?

Mi interlocutor levantó el tenedor apuntándome con él, como si aprobara que le hiciera esa pregunta. En aquella época, explicó, los gangsters rusos tenían un problema grave. Como ahora, pero más. Y es que cantaban *La Traviata.* Se les distinguía de lejos: grandes, rudos, rubios, con esas manazas y esos coches y esas putas aparatosas que llevan siempre con ellos. Encima solían andar fatal de idiomas. En cuanto ponían un pie en Miami o en cualquier aeropuerto americano, la DEA y todas las policías se les pegaban como lapas. Por eso necesitaban intermediarios. Jimmy Arenas hizo buen papel al principio; había empezado consiguiéndoles alcohol jerezano de contrabando para el norte de Europa. También tenía buenos contactos sudacas y camelleaba por las discotecas de moda de Marbella, Fuengirola y Torremolinos. Pero los rusos querían sus propias redes: import-export. La Babushka, los amigos de Yasikov en Moscú, ya conseguía nieve al por menor utilizando las líneas de Aeroflot de Montevideo, Lima y Bahía, menos vigiladas que las de Río o La Habana. Al aeropuerto de Cheremetievo llegaban entonces cantidades no superiores al medio kilo en correos individuales; pero el embudo era demasiado estrecho. El muro de Berlín acababa de caer, la Unión Soviética se desmoronaba, y la coca estaba de moda en la nueva Rusia de dinero fácil y pelotazo golfo que asomaba la oreja.

—Ya ve que no se equivocaron en las previsiones —concluyó Juárez—... Para que se haga idea de la demanda, un gramo puesto en una discoteca de San Petersburgo o de Moscú vale ahora un treinta o cuarenta por ciento más que en los Estados Unidos.

El ex policía masticó el último bocado de carne, ayudándose con un largo trago de vino. Imagínese, prosiguió, al camarada Yasikov estrujándose la cabeza en busca de la manera de volver a enhebrar la aguja a lo grande. Y en ésas aparece media tonelada que no exige montar toda una operación desde Colombia, sino que está allí mismo, sin riesgos, a punto de caramelo.

—En cuanto a la Mejicana y la O'Farrell, ya le he dicho que tampoco se las arreglaban solas... No tenían medios para despachar quinientos kilos, y al primer gramo puesto en circulación les habríamos caído todos encima: ruskis, Guardia Civil, mi propia gente... Fueron lo bastante listas para darse cuenta. Cualquier idiota habría empezado a trapichear un poco por aquí, otro poco por allá; y antes de que los picos o los míos les echáramos el guante terminarían en el maletero de un coche. Erreipé.

—¿Y cómo sabían que no iba a ser así?... ¿Que el ruso cumpliría su parte del trato?

No podían saberlo, aclaró el ex policía. Así que decidieron jugársela. Y a Yasikov le cayeron en gracia. Sobre todo Teresa Mendoza, que supo aprovechar el contacto para proponer variantes del negocio. ¿Sabía yo lo de aquel gallego que había sido novio suyo?... ¿Sí?... Pues eso. La Mejicana tenía experiencia. Y resultó que también tenía lo que hay que tener.

—Unos huevos —Juárez abarcaba con las manos la circunferencia del plato— así de grandes. Y oiga. Lo mismo que hay tías que tienen una calculadora entre las piernas, clic, clic, y le sacan partido, ella tenía esa calculadora aquí —se golpeaba con un índice la sien—. En la cabeza. Y es que, en cuestión de mujeres, a veces oyes canto de sirena y te sale loba de mar.

El mismo Saturnino G. Juárez tenía que saberlo mejor que muchos. Recordé en silencio su cuenta bancaria en Gibraltar, aireada en la prensa durante el juicio. Por aquella época, Juárez tenía un poco más de pelo y sólo llevaba bigote; lo lucía en mi foto favorita, donde posaba entre dos colegas de uniforme en la puerta de un juzgado de Madrid. Y allí estaba ahora, al módico precio de cinco meses de cárcel y la expulsión del Cuerpo Nacional de Policía: pidiéndole al camarero un coñac y un habano para hacer la digestión. Pocas pruebas, mala instrucción judicial, abogados eficaces. Me pregunté cuántos le debían favores, incluida Teresa Mendoza.

—En fin —concluyó Juárez—. Que Yasikov hizo el trato. Además, estaban en la Costa del Sol para invertir, y la Mejicana le pareció una inversión interesante. De manera que cumplió como un caballero... Y ése fue el comienzo de una hermosa amistad.

Oleg Yasikov miraba el paquete que tenía sobre la mesa: polvo blanco en un doble envoltorio hermético de plástico transparente y sellado con cinta adhesiva ancha y gruesa, intacto el precinto. Mil gramos justos, envasados al vacío, tal y como fueron envueltos en los laboratorios clandestinos de la jungla amazónica del Yari.

—Admito —dijo— que tienen ustedes mucha sangre fría. Sí.

Hablaba bien el español, pensó Teresa. Despacio, con muchas pausas, como si colocara cada palabra cuidadosamente detrás de la otra. El acento era muy suave y en nada se parecía a los rusos malvados, terroristas y traficantes que salían en las películas farfullando *yo matiar eniemigo amiericano.* Tampoco tenía aspecto de mafioso, ni de gangster: la piel era clara, los ojos grandes, también claros e infantiles, con una curiosa mezcla de azul y amarillo en los iris, y el pelo pajizo lo llevaba bien corto, a la manera de un soldado. Vestía pantalón de algodón caqui y camisa azul marino, vuelta en los puños sobre unos antebrazos fuertes, rubios y velludos, con un Rolex de submarinista en la muñeca izquierda. Las manos que descansaban a cada lado del paquete, sin tocarlo, eran grandes como el resto de su cuerpo, con una alianza matrimonial de oro grueso. Parecía sano, fuerte y limpio. Pati O'Farrell había dicho que también, y sobre todo, era peligroso.

—A ver si comprendo. Proponen devolver un cargamento que me pertenece. Ustedes. Si vuelvo a pagar de nuevo. ¿Cómo se dice en español? —reflexionó un momento en busca de la palabra, casi divertido—... ¿Extorsión?... ¿Abuso?

—Eso —respondió Pati— es llevar las cosas demasiado lejos.

Lo discutieron Teresa y ella durante horas, del derecho y del revés, desde las cuevas de los Marrajos hasta sólo una hora antes de acudir a la cita. Cada pro y cada contra fue considerado muchas veces; Teresa no estaba convencida de que los argumentos resultaran tan eficaces como su compañera sostenía; pero ya era tarde para volverse atrás. Pati —maquillaje discreto para la ocasión, vestida caro, desenvuelta, en plan dama segura de lo suyo— empezó a explicarlo por segunda vez, aunque era evidente que Yasikov había comprendido a la primera, apenas pusieron el kilo empaquetado sobre la mesa; después de que, con una disculpa que sonó neutra, el ruso ordenara a dos guardaespaldas que las cacheasen por si llevaban micrófonos ocultos. La tecnología, dijo encogiendo los hombros. Luego que los guaruras cerraron la puerta, y tras preguntar si deseaban beber algo —ninguna pidió nada, aunque Teresa sentía la boca seca— se sentó detrás de la mesa, listo para escuchar. Todo estaba ordenado y limpio: ni un papel a la vista, ni una carpeta. Sólo paredes del mismo color crema que la moqueta, con cuadros que parecían caros, o que debían serlo, un icono ruso grande y con mucha plata, un fax en un rincón, un teléfono de varias líneas y otro celular sobre la mesa. Un cenicero. Un Dupont enorme, de oro. Todos los sillones eran de cuero blanco. Por los grandes ventanales del despacho, último piso de un lujoso edificio de apartamentos del barrio de Santa Margarita, se veía la curva de la costa y la línea de espuma en la playa hasta los espigones, los mástiles de los yates atracados y las casas blancas de Puerto Banús.

—Díganme una cosa —Yasikov interrumpió de pronto a Pati—. ¿Cómo lo hicieron?... Ir hasta el sitio donde estaba escondido. Traer esto sin llamar la atención. Sí. Han corrido peligro. Creo. Siguen corriéndolo.

—Eso no importa —dijo Pati.

El ganga sonrió. Anímate, decía aquella sonrisa. Cuenta la verdad. No pasa nada. Era la suya una sonrisa de las que hacen confiar, pensaba Teresa mirándolo. O desconfiar de tanto que te confías.

—Claro que importa —opuso Yasikov—. Busqué este producto. Sí. No lo encontré. Cometí un error. Con Jimmy. No sabía que usted sabía... Las cosas serían diferentes, ¿verdad? Cómo pasa el tiempo. Espero que esté repuesta. Del incidente.

—Estoy repuestísima, gracias.

—Algo debo agradecerle. Sí. Mis abogados dijeron que en las investigaciones no mencionó mi nombre. No.

Pati torció la boca, sarcástica. En el escote de su vestido se apreciaba la cicatriz de salida sobre la piel bronceada. Munición blindada, había dicho. Por eso sigo viva.

—Yo estaba en el hospital —dijo—. Con agujeros.

—Quiero decir luego —la mirada del ruso era casi inocente—. Interrogatorios y juicio. Eso.

—Ya ve que tenía mis motivos.

Yasikov reflexionó sobre tales motivos.

—Sí. Comprendo —concluyó—. Pero me ahorró molestias con su silencio. La policía creyó que sabía poco. Yo creí que no sabía nada. Ha sido paciente. Sí. Casi cuatro años... Tuvo que ser una motivación, ¿verdad? Dentro.

Pati tomó otro cigarrillo, que el ruso, aunque tenía el Dupont de un palmo de largo sobre la mesa, no hizo ademán de encenderle pese a que ella tardó en encontrar su propio mechero en el bolso. Y deja de temblar, pensó Teresa mirando sus manos. Reprime el temblor de los dedos antes de que este cabrón se dé cuenta, y la pose de morras duras empiece a cuartearse, y se vaya todo a la chingada.

—Las bolsas siguen escondidas donde estaban. Sólo trajimos una.

La discusión en la cueva, recordó Teresa. Las dos allí dentro, contando paquetes a la luz de las linternas, entre eufóricas y asustadas. Una de momento, mientras pensamos, y el resto como está, había insistido Teresa. Cargar todo ahora es suicidarnos; de modo que no seas pendeja y no me hagas serlo a mí. Ya sé que te madrearon a tiros y todo el bolero; pero yo no vine a tu tierra por turismo, pinche güera. No me hagas contarte completa la historia que nunca te conté del todo. Una historia que no se parece un carajo a la tuya, que hasta los plomazos debieron dártelos con perfume de Carolina Herrera. Así que no mames. En esta clase de transas, cuando una tiene prisa lo rápido es caminar despacio.

—¿Se les ha ocurrido que puedo hacerlas seguir?... ¿Sí?

Pati apoyaba la mano del cigarrillo en el regazo.

—Claro que se nos ha ocurrido —aspiró una bocanada de humo y volvió la mano a donde estaba—. Pero no puede. No hasta ese lugar.

—Vaya. Misteriosa. Son señoras misteriosas.

—Nos daríamos cuenta y desapareceríamos en busca de otro comprador. Quinientos kilos son muchos.

Yasikov no dijo nada a eso, aunque su silencio indicaba que, en efecto, quinientos kilos eran demasiados en todos los aspectos. Seguía mirando a Pati, y de vez en cuando echaba un vistazo breve en dirección a Teresa, que estaba sentada en la otra butaca, sin hablar, sin fumar, sin moverse: oía y miraba, conteniendo la respiración agitada, las manos sobre las perneras de los tejanos para enjugar el sudor. Polo azul clarito de manga corta, zapatillas deportivas por si había que pelarse entre las patas de alguien, sólo el semanario de plata mejicana en la muñeca derecha. Mucho contraste con la ropa elegante y los tacones de Pati. Estaban allí porque Teresa impuso esa solución. Al principio su compañera se mostraba partidaria de vender la droga en pequeñas cantidades; pero pudo convencerla de que tarde o temprano los propietarios atarían cabos. Mejor que vayamos derecho, aconsejó. Una transa segura aunque perdamos algo. De acuerdo, había dicho Pati. Pero hablo yo, porque sé de qué va ese puto bolchevique. Y allí estaban, mientras Teresa se convencía más y más de que cometían un error. Calaba a esa clase de hombres desde niña. Podían cambiar el idioma, el aspecto físico y las costumbres, pero el fondo siempre era el mismo. Aquello no iba a ninguna parte, o más bien a una sola. A fin de cuentas —eso lo comprendía demasiado tarde—, Pati era sólo una tipa consentida, la novia de un canalla fresita que no anduvo en aquella chamba por necesidad, sino por pendejo. Uno que se hizo dar lo suyo, como tantos. En cuanto a Pati, toda su vida había estado moviéndose en una realidad aparente que nada tenía que ver con lo real; y aquel tiempo en la cárcel acabó por cegarla más. En ese despacho no era la Teniente O'Farrell ni era nadie: los ojos azules ribeteados de amarillo que las observaban sí eran el poder. Y Pati se estaba equivocando todavía más después de que se columpiaran gacho yendo allí. Era un error plantearlo de aquella manera. Refrescar la memoria de Oleg Yasikov, después de tanto tiempo.

—Ése es justo el problema —decía Pati—. Que quinientos kilos son demasiados. Por eso hemos venido a verle a usted primero.

—¿De quién fue la idea? —Yasikov no parecía halagado—. A mí la primera opción. Sí.

Pati miró a Teresa.

—De ella. Le da más vueltas a todo —apuntó una sonrisa nerviosa entre dos nuevas chupadas al cigarrillo—... Es mejor que yo calculando riesgos y probabilidades.

Teresa sentía los ojos del ruso estudiarla con mucho detenimiento. Se está preguntando qué nos une, decidió. La cárcel, la amistad, el negocio. Si me van los hombres o si ella me come algo.

—Todavía no sé qué hace —dijo Yasikov, preguntándole a Pati sin apartar los ojos de Teresa—. En esto. Su amiga.

—Es mi socia.

—Ah. Es bueno tener socios —Yasikov prestaba de nuevo atención a Pati—. También sería bueno conversar. Sí. Riesgos y probabilidades. Ustedes podrían no tener tiempo de desaparecer en busca de otro comprador —hizo la pausa oportuna—... Tiempo de desaparecer voluntariamente. Creo.

Teresa observó que las manos de Pati volvían a temblar. Y ojalá pudiera, pensó, levantarme en este momento y decir quihubo, don Oleg, ahí nos vemos. Nos pasó el tercer straik. Quédese la carga y olvide esta chingadera.

—Quizá deberíamos... —empezó a decir.

Yasikov la observó, casi sorprendido. Pero Pati ya estaba insistiéndole al ganga: usted no ganaría nada. Eso decía. Nada, sólo la vida de dos mujeres. Perdería mucho a cambio. Y lo cierto era, decidió Teresa, que, aparte el temblor de las manos que se transmitía a las espirales de humo del cigarrillo, la Teniente lo estaba encarando con mucho cuajo. Pese a todo, al error de estar allí y lo demás, Pati no se rajaba fácilmente. Pero las dos andaban muertas. Casi estuvo a punto de decirlo en voz alta. Estamos muertas, Teniente. Apaga y vámonos.

—La vida tarda en perderse —filosofó el ruso; aunque, al seguir hablando, Teresa comprendió que no filosofaba en absoluto—. Creo que en el proceso intermedio se terminan contando cosas... No me gusta pagar dos veces. No. Puedo gratis. Sí. Recuperarlo.

Miraba el paquete de cocaína que tenía sobre la mesa, entre las manazas inmóviles. Pati aplastó, torpe, el cigarrillo en el cenicero que estaba a un palmo de esas manos. Hasta ahí llegaste, pensó Teresa desolada, pudiendo oler su pánico. Hasta el pinche cenicero. Entonces, sin pensarlo, escuchó otra vez su propia voz:

—Puede que lo recuperase gratis —dijo—. Pero nunca se sabe. Es un riesgo, y una molestia... Usted se privaría de un beneficio seguro.

Los ojos ribeteados de amarillo se clavaron en ella con interés.

—¿Su nombre?

—Teresa Mendoza.

—¿Colombiana?

—De México.

Estuvo a punto de añadir Culiacán, Sinaloa, que en aquellas transas, supuso, era aval como para saltarse la barda; pero no lo hizo. Por bocón moría el pez. Yasikov seguía observándola fijamente.

—Privarme. Dice. Convénzame de eso.

Convénceme de la utilidad de que sigáis vivas, decían los subtítulos. Pati se había echado contra el respaldo de su butaca, igual que un gallo exhausto reculando en un palenque. Tienes razón, Mejicana. Me sangra la pechuga y a ti te toca. Sácanos de aquí. A Teresa se le pegaba la lengua al paladar. Un vaso de agua. Daría cualquier cosa por haber pedido un vaso de agua.

—Con el kilo a doce mil dólares —planteó—, la media tonelada debe de costar, en origen, unos seis millones de dólares... ¿Correcto?

—Correcto —Yasikov la miraba inexpresivo. Cauto.

—No sé cuánto les llevan los intermediarios, pero en la Unión Americana el kilo saldría a veinte mil.

—Treinta mil para nosotros. Este año. Aquí —Yasikov seguía sin mover un músculo de la cara—. Más que a sus vecinos. Sí. Yankis.

Teresa hizo un cálculo rápido. Mascaba ese nopalito. A ella —para su propia e íntima sorpresa— no le temblaban las manos. No en ese momento. En tal caso, expuso, y a los precios actuales, media tonelada puesta en Europa salía por quince millones de dólares. Eso era mucho más de lo que, según le había dicho Pati, pagaron Yasikov y sus socios cuatro años atrás por la carga original. Que fueron, y corríjame, cinco millones al contado y uno en... Bueno. ¿Cómo prefería llamarlo el señor?

—Material técnico —respondió Yasikov, divertido—. De segunda mano.

Seis millones en total, concluyó Teresa, entre una cosa y otra. Material técnico incluido. Pero lo que importaba, siguió explicando, era que la media tonelada de ahora, la que ofrecían ellas, le iba a costar sólo otros seis. Un pago de tres contra la entrega del primer tercio, otros tres como pago del segundo tercio, y el resto una vez confirmado el segundo desembolso. En realidad se limitaban a vendérsela a precio de coste.

Vio que el ruso reflexionaba sobre aquello. Pero ni modo, pensó. Todavía estás crudo, cabrón. No ves el beneficio, y para ti seguimos siendo dos muertas de hambre.

—Ustedes quieren —Yasikov negaba con la cabeza, lentamente— hacernos pagar dos veces. Sí. Esa media tonelada. Seis y seis.

Teresa se inclinó hacia adelante, apoyando los dedos en la mesa. Y a mí por qué no me tiemblan, se preguntó. Por qué no me tintinean las siete pulseritas como a una serpiente de cascabel, si estoy a punto de ponerme de pie y echar a correr.

—A pesar de eso —también le sorprendía lo serena que sonaba su voz—, seguiría quedándole un margen de tres millones de dólares sobre una carga que daba por perdida, y que me late amortizó ya de alguna otra forma... Pero además esos quinientos kilos de cocaína valen, si echamos cuentas, sesenta y cinco millones de dólares una vez cortados y listos para distribuir al por menor en su país, o en donde quiera... Deduciendo los gastos viejos y los nuevos, a su gente le quedarán cincuenta y tres millones de dólares de beneficio. Cincuenta, si usted deduce los tres de margen para amortizar transporte, retrasos y otras molestias. Y tendrán abastecido su mercado para una temporada.

Calló, atenta a los ojos de Yasikov, tensos los músculos de la espalda y contraído el estómago hasta el dolor, a causa del miedo. Pero había sido capaz de plantearlo en el tono más seco y neto posible, como si en vez de poner su vida y la de Pati sobre la mesa estuviera proponiendo una rutinaria operación comercial sin consecuencias. El ganga estudiaba a Teresa, y ésta sentía también fijos en ella los ojos de Pati; mas por nada del mundo habría devuelto esa segunda mirada. No me mires, rogaba mentalmente a su compañera. Ni parpadees siquiera, carnalita, o la regamos. Sigue existiendo la posibilidad de que este bato quiera ganar seis millones de dólares más. Porque él sabe, como yo lo sé, que siempre se habla. Cuando te sacan la sopa siempre se habla. Y éstos vaya si la sacan.

—Me temo... —empezó a decir Yasikov.

Hasta aquí llegamos, adelantó Teresa para sí. Bastaba mirarle la cara al ruso y entender que ni madres. La conciencia de eso le llegó como un rayo. Hemos sido chavitas ingenuas: Pati es una irresponsable, y yo otra. El miedo se le enroscaba en las tripas. Lo veo requetecabrón.

—Hay algo más —improvisó—. Hachís.

—¿Qué pasa con el hachís?

—Conozco esa chamba. Y ustedes no tienen hachís.

Yasikov parecía un poco desconcertado.

—Claro que tenemos.

Teresa movió la cabeza, negando con aplomo. Mientras Pati no abra la boca y nos reviente, rogó. En su interior el camino se ordenaba con extraña claridad. Una puerta abierta de pronto, y aquella mujer silenciosa, la otra que a veces se parecía a ella, observándola desde el umbral.

—Hace año y medio —opuso— poquiteaban aquí y allá, y dudo que ahora sea diferente. Estoy segura de que siguen en manos de proveedores marroquíes, transportistas gibraltareños e intermediarios españoles... Como todo el mundo.

El ganga levantó la mano izquierda, la de la alianza, para tocarse la cara. Dispongo de treinta segundos para convencerlo, pensó Teresa, antes de ponernos en pie, salir de aquí y echar a correr para que nos atrapen dentro de un par de días. Y no mames. Tendría muy poca gracia pelarse de los de Sinaloa y llegar así de lejos para que termine dándome picarrón un pinche ruso.

—Queremos proponerle algo —precisó—. Un negocio. De esos seis millones de dólares fraccionados en dos pagos, el segundo lo retendría usted como asociado, a cambio de proporcionar los medios oportunos.

Un silencio largo. El ruso no le quitaba la vista de encima. Y soy una máscara india, pensaba ella. Soy una máscara impasible jugando al póker como Raúl Estrada Contreras, un tahúr profesional, lo respetaba la gente porque jugaba legal, etcétera, o al menos eso dice el corrido, y este chingue a su madre no va a sacarme ni un latido del párpado, porque me rifo el cuero. Así que ya puede mirarme. Como si me mira las chichotas.

—¿Qué medios?

Te tengo, se dijo Teresa. Te voy a tener.

—Pues no sé decirle ahora. O sí sé. Lanchas. Motores fuera borda. Locales de acogida. Pago de los primeros contactos e intermediarios.

Yasikov seguía tocándose la cara.

—¿Usted entiende de eso?

—No me chingue. Estoy barajando mi vida y la de mi amiga... ¿Me cree en situación de venir a cantarle rancheras?

Y fue así, confirmó Saturnino G. Juárez, como Teresa Mendoza y Patricia O'Farrell se asociaron con la mafia rusa de la Costa del Sol. La propuesta que la Mejicana hizo a Yasikov en ese primer encuentro inclinó la balanza. Y en efecto: aparte de aquella media tonelada de cocaína, la Babushka de Solntsevo necesitaba hachís marroquí para no depender en exclusiva de los traficantes turcos y libaneses. Hasta entonces se había visto obligada a recurrir a las mafias tradicionales del Estrecho, mal organizadas, costosas y poco fiables. Y la idea de una conexión directa resultaba seductora. La media tonelada cambió de manos a cambio de tres millones de dólares puestos en un banco de Gibraltar, y de otros tres destinados a financiar una infraestructura cuya fachada legal se llamó Transer Naga S. L., con sede social en el Peñón y un discreto negocio tapadera en Marbella. De ahí, Yasikov y su gente obtuvieron, según el acuerdo al que éste llegó con las dos mujeres, el cincuenta por ciento de los beneficios del primer año y el veinticinco por ciento del segundo; de modo que al tercero se consideró amortizada la deuda. En cuanto a Transer Naga, era una empresa de servicios: transportes clandestinos cuya responsabilidad empezaba en el momento en que se cargaba la droga en la costa marroquí y terminaba cuando alguien se hacía cargo de ella en una playa española o en alta mar. Con el tiempo, por conversaciones telefónicas intervenidas y otras investigaciones, pudo establecerse que la norma de no participar en la propiedad de la droga fue impuesta por Teresa Mendoza. Basándose en su experiencia anterior, sostenía que todo era más limpio si el transportista no se implicaba; eso garantizaba discreción, y también la ausencia de nombres y pruebas que conectaran entre sí a productores, exportadores, intermediarios, receptores y propietarios. El método era simple: un cliente planteaba sus necesidades, y Transer Naga lo asesoraba sobre la forma de transporte más eficaz, aportando la profesionalidad y los medios. Del punto A al punto C, y nosotros ponemos B. Con el tiempo, apuntó Saturnino Juárez mientras yo pagaba la cuenta del restaurante, sólo les faltó anunciarse en las páginas amarillas. Y ésa fue la estrategia que Teresa Mendoza impuso y mantuvo siempre, sin caer en la tentación de aceptar parte del pago en droga, como acostumbraban otros transportistas. Ni siquiera cuando Transer Naga convirtió el Estrecho de Gibraltar en la gran puerta de entrada de cocaína para el sur de Europa, y el polvo colombiano empezó a entrar por toneladas.

10. Estoy en el rincón de una cantina

Llevaban casi una hora revolviendo ropa. Era la quinta tienda en la que entraban aquella mañana. El sol iluminaba la calle Larios al otro lado del escaparate: terrazas con mesas, automóviles, paseantes con vestimenta ligera. Málaga en invierno.Y hoy toca exploración operativa, había dicho Pati. Estoy harta de dejarte cosas mías, o de que te vistas como una asistenta; así que límpiate la grasa de las uñas y arréglate un poco, que nos vamos. De caza. A sacarle un poco más de brillo a tu nivel social. ¿Te fías o no te fías? Y allí estaban. Desayunaron una primera vez antes de salir de Marbella, y otra en la terraza del café Central, viendo pasar a la gente. Ahora se dedicaban a gastar dinero. Demasiado, a juicio de Teresa. Los precios eran estremecedores. Y qué pasa, era la respuesta. Tú lo tienes y yo lo tengo. Además, puedes considerarlo una inversión. Con rentabilidad calculada, que eso te va mucho. Ya llenarás el calcetín otro día, con tus lanchas y tu logística y todo ese parque acuático que estás organizando, Mejicana. Que no todo en la vida son motores fuera borda y hélices levógiras, o como se llamen. Ya es hora de que te pongas a tono con la vida que llevas. O que vas a llevar.

—¿Qué te parece esto? —Pati se movía con desenvoltura por la tienda, sacando ropa de los colgadores y dejando la que descartaba en manos de una dependienta que las seguía, solícita—... El traje de chaqueta con pantalón nunca pasa de moda. Y a los tíos les impresiona, sobre todo en tu, en mi, en nuestro ambiente —le ponía delante a Teresa la ropa con las perchas, acercándosela al cuerpo para comprobar el efecto—... Los vaqueros están muy bien, no tienes por qué dejarlos. Pero combínalos con chaquetas oscuras. Azul marino son perfectas.

Teresa tenía otras cosas en la cabeza, más complejas que el color de una chaqueta para llevar con los tejanos. Demasiada gente y demasiados intereses. Horas reflexionando ante un cuaderno lleno de cifras, nombres, lugares. Largas conversaciones con desconocidos a quienes escuchaba atenta y cauta, procurando adivinar, dispuesta a aprender de todo y de todos. Muchas cosas dependían ahora de ella, y se preguntaba si de veras estaba preparada para asumir responsabilidades que antes ni le pasaban por el pensamiento. Pati sabía todo eso, pero no le importaba, o no parecía importarle. Cada cosa a su tiempo, decía. Hoy toca ropa. Hoy toca descansar. Hoy toca salir de marcha. Además, llevar el negocio es más bien asunto tuyo. Tú eres la gerente, y yo miro.

—¿Ves?... Con vaqueros, lo que mejor te sienta es calzado bajo, tipo mocasín, y esos bolsos: Ubrique, Valverde del Camino. Los bolsos artesanos andaluces te van bien. Para diario.

Había tres bolsos de aquéllos en los paquetes que llenaban ya el maletero del coche aparcado en el estacionamiento subterráneo de la plaza de la Marina. De hoy no pasa, insistía Pati. Ni un día más sin que llenes un armario con lo que necesitas. Y vas a hacerme caso. Yo mando y tú obedeces. ¿Vale?... Además, vestir es menos cuestión de moda que de sentido común. Vete haciendo a la idea: poco pero bueno es mejor que mucho y malo. El truco es hacerse un fondo de armario. Y luego, partiendo de ahí, ampliar. ¿Me sigues?

Pocas veces estaba tan locuaz, la Teniente O'Farrell. Teresa la seguía, en efecto, interesada por aquella nueva forma de ver la ropa y de verse a sí misma. Hasta entonces, vestir de un modo u otro respondía a dos objetivos claros: gustar a los hombres —a sus hombres— o ir cómoda. La indumentaria como herramienta de trabajo, según había dicho Pati arrancándole una carcajada, constituía una novedad. Vestirse no era sólo comodidad o seducción. Ni siquiera elegancia, o status, sino sutilezas dentro del status. ¿Sigues siguiéndome?... La ropa puede ser estado de ánimo, carácter, poder. Una viste como lo que es o como lo que quiere ser, y justo en eso está la diferencia. Las cosas se aprenden, claro. Como los modales, comer y conversar. Se adquieren cuando eres inteligente y sabes mirar. Y tú sabes, Mejicana. No he visto a nadie que mire como tú. Perra india. Como si leyeras libros en la gente. Los libros ya los conoces, y es hora de que también conozcas el resto. ¿Por qué? Porque eres mi socia y eres mi amiga. Porque vamos a pasar mucho tiempo juntas, espero, y a hacer grandes cosas. Y porque ya va siendo hora de que cambiemos de conversación.

—En cuanto a vestirte de verdad —salían del probador, después de que Teresa se viera en el espejo con un suéter de cachemira de cuello vuelto— nadie dice que vistas aburrido. Lo que pasa es que para llevar ciertas cosas hay que saber moverse. Y estar. No vale todo para todas. Esto, por ejemplo. Versace ni se te ocurra. Con ropa de Versace, parecerías una puta.

—Pues bien que tú la usas, a veces.

Pati se rió. Tenía entre los dedos un Marlboro pese al cartel de prohibido fumar y a las miradas censoras de la dependienta. Una mano en un bolsillo de la chaqueta de punto, sobre la falda gris oscura. El cigarrillo en la otra. En seguida lo apago, querida, había dicho al encender el primero. Era el tercero que fumaba allí.

—Yo tuve otro adiestramiento, Mejicana. Sé cuándo debo parecer una puta y cuándo no. En cuanto a ti, recuerda que a la gente con la que tratamos les impresionan las damas con clase. Las señoras.

—No mames. Yo no soy una señora.

—Qué sabrás tú. Lo de ser, y lo de parecer, y lo de llegar a ser o no ser nunca nada, todo eso tiene matices muy delicados. Mira, echa un vistazo... Una señora, te digo. Yves Saint-Laurent, cosas de Chanel y Armani para los momentos serios; las locuras como esto de Galiano déjaselas a otras... O para más tarde.

Teresa miraba alrededor. No le importaba mostrar su ignorancia, ni que la dependienta oyera la conversación. Era Pati la que hablaba en voz baja.

—No siempre sé lo que es adecuado... Combinar es difícil.

—Pues atente a una regla que no falla: mitad y mitad. Si de cintura para abajo vas provocativa o sexy, de cintura para arriba debes ir discreta. Y viceversa.

Salieron con las bolsas y caminaron calle Larios arriba. Pati la hacía detenerse frente a cada escaparate.

—Para diario y sport —prosiguió—, lo ideal es que uses ropa de transición; y si te basas en una firma, procura que tenga un poco de todo —señalaba un traje de chaqueta oscuro y ligero, de cuello redondo que a Teresa le pareció muy bonito—. Como Calvin Klein, por ejemplo. ¿Ves?... Lo mismo un jersey o una cazadora de cuero que un vestido para cenar.

Entraron en aquella tienda. Era un comercio muy elegante, y las empleadas vestían uniformadas con faldas cortas y medias negras. Parecían ejecutivas de película gringa, pensó Teresa. Todas altas y guapas, muy maquilladas, con aspecto de modelos o azafatas. Amabilísimas. Nunca me habrían dado trabajo aquí, concluyó. Chale. La pinche lana.

—Lo ideal —dijo Pati— es venir a tiendas como ésta, que tienen ropa buena y de varias firmas. Frecuentarla y adquirir confianza. La relación con las dependientas es importante: te conocen, saben lo que te gusta y lo que te va. Te dicen ha llegado esto. Te miman.

Había complementos en la planta alta: piel italiana y española. Cinturones. Bolsos. Zapatos maravillosos de hermosos diseños. Aquello, pensó Teresa, era mejor que el Sercha's de Culiacán, donde las esposas y las morras de los narcos acudían cotorreando como locas, con sus joyas, sus melenas teñidas y sus fajos de dólares dos veces al año, al término de cada cosecha en la sierra. Ella misma compraba allí, cuando el Güero Dávila, cosas que ahora la hacían sentirse insegura. Quizá porque no era cierto que fuese ella misma: había viajado lejos y era otra la que se encontraba en aquellos espejos de tiendas caras, de otro tiempo y de otro mundo. Requetelejos. Y los zapatos son fundamentales, opinó en ésas Pati. Más que los bolsos. Recuerda que, por muy vestida que vayas, unos malos zapatos te hunden en la miseria. A los hombres se les perdonan, incluso, esas cochinadas sin calcetines que puso de moda Julio Iglesias. En nuestro caso todo es más dramático. Más irreparable.

Luego anduvieron de perfumes y maquillajes, oliendo y probándolo todo sobre la piel de Teresa antes de irse a comer carabineros y conchas finas al Tintero, en la playa de El Palo. Las latinoamericanas, sostenía Pati, tenéis querencia por los perfumes fuertes. Así que intenta suavizarlos. Y el maquillaje, igual. Cuando una es joven, el maquillaje envejece; y cuando se es vieja, envejece mucho más... Tú tienes ojos negros grandes y bonitos, y cuando te peinas con raya en medio y el pelo tirante, a lo mejicana, estás perfecta.

Lo decía mirándola a los ojos, sin desviar la vista un segundo, mientras los camareros pasaban entre las mesas puestas al sol con huevas a la plancha, platos de sardinas, chopitos, patatas con alioli. No había en su tono superioridad ni desprecio. Era como cuando, recién llegada a El Puerto de Santa María, la había puesto al corriente de las costumbres locales. Esto y lo otro. Pero ahora Teresa advertía algo distinto: un apunte irónico en un rincón de su boca, en los pliegues que se le agolpaban en torno a los párpados al entrecerrarlos en la sonrisa. Sabes lo que me pregunto, pensaba Teresa. Casi puedes oírlo. Por qué yo, si aquí afuera no te doy lo que de veras querrías tener. Sólo escucho, y estoy. Me dejé engañar con lo del dinero, Teniente O'Farrell. No era eso lo que buscabas. Lo mío es simple: soy leal porque te debo mucho y porque debo serlo. Porque son las reglas del extraño juego que llevamos las dos. Sencillo. Pero tú no eres de ésas. Tú puedes mentir y traicionar y olvidar si es necesario. La cuestión es por qué a mí no. O por qué no, todavía.

—La ropa —prosiguió Pati, sin cambiar de expresión— debe adaptarse a cada momento. Siempre choca si estás comiendo y llega alguien con chal, o cenando y con minifalda. Eso sólo demuestra falta de criterio, o de educación: no saben lo adecuado, así que se ponen lo que parece más elegante o más caro. Es lo que delata a la advenediza.

Y es inteligente, se dijo Teresa. Lo es mucho más que yo, y tengo que plantearme por qué entonces las cosas son como son, en su caso. Lo ha tenido todo. Incluso tuvo un sueño. Pero eso fue cuando estaba tras unas rejas: la mantenía viva. Sería bueno averiguar qué la mantiene ahora. Aparte de tomar como toma, y esas noviecitas que se echa a veces, y ponerse hasta la madre de pericazos, y contarme todo lo que vamos a hacer cuando seamos requetemillonarias. Me pregunto. Y mejor no sigo preguntándome demasiado.

—Yo soy una advenediza —dijo.

Sonó casi a interrogación. Nunca había utilizado esa palabra, ni la había oído ni leído en los libros; pero intuía su sentido. La otra se echó a reír.

—Ja. Claro que lo eres. En cierto modo, sí. Pero no hace falta que todos lo sepan. Ya dejarás de serlo.

Se encerraba algo oscuro en su gesto, decidió Teresa. Algo que parecía dolerle y divertirla al mismo tiempo. A lo mejor, pensó de pronto, estaba dándole vueltas a algo que no era más que la vida.

—De cualquier modo —añadió Pati—, si te equivocas, la última norma es llevarlo todo con la mayor dignidad posible. A fin de cuentas, todas nos equivocamos alguna vez —seguía mirándola—... Me refiero a la ropa.

Hubo más Teresas que afloraron por aquel tiempo: mujeres desconocidas que habían estado allí siempre, sin que ella lo sospechara, y otras nuevas que se incorporaban a los espejos y a los amaneceres grises y a los silencios, y que descubría con interés, y a veces con sorpresa. Aquel abogado gibraltareño, Eddie Álvarez, el que estuvo manejando el dinero de Santiago Fisterra y luego apenas se ocupó de la defensa legal de Teresa, tuvo ocasión de enfrentarse a alguna de esas mujeres. Eddie no era un hombre osado. Su trato con los aspectos broncos del negocio era más bien periférico: prefería no ver y no saber ciertas cosas. La ignorancia —había dicho durante nuestra conversación del hotel Rock— es madre de mucha ciencia y de no poca salud. Por eso se le cayeron al suelo todos los papeles que llevaba bajo el brazo cuando, al encender la luz de la escalera de su casa, encontró sentada en los peldaños a Teresa Mendoza.

—Hostia puta —dijo.

Luego estuvo un rato mudo, sin decir nada, apoyado en la pared con los papeles a los pies, sin intención de recogerlos y sin intención de nada que no fuera recuperar un ritmo cardíaco normal; mientras Teresa, que seguía sentada, lo informaba despacio y con detalle del motivo de su visita. Lo hizo con su suave acento mejicano y aquel aire de chica tímida que parecía estar en todo por casualidad. Nada de reproches, ni preguntas por las inversiones en cuadros o el dinero desaparecido. Ni una sola mención al año y medio pasado en la cárcel, ni a cómo el gibraltareño se lavó las manos en la defensa. De noche parece todo más serio, se limitó a decir al principio. Impresiona, supongo. Por eso estoy aquí, Eddie. Para impresionarte. De vez en cuando la luz automática se apagaba; Teresa, desde el escalón, alzaba una mano hasta el interruptor, y el rostro del abogado se veía amarillento, los ojos asustados tras las gafas que la piel húmeda, grasienta, deslizaba por el puente de la nariz. Quiero impresionarte, repitió, segura de que el abogado ya lo estaba desde hacía una semana, cuando los diarios publicaron que al sargento Iván Velasco le habían pegado seis navajazos en el aparcamiento de una discoteca, a las cuatro de la madrugada, al dirigirse, ebrio por cierto, a recoger su Mercedes nuevo. Un drogadicto, o alguien que merodeaba entre los coches. Robo común, como tantos. Reloj, cartera y demás. Pero lo que de veras afectaba a Eddie Álvarez era que la defunción del sargento Velasco se registró exactamente tres días después de que otro conocido suyo, el hombre de confianza Antonio Martínez Romero, alias Antonio Cañabota, o Cañabota a secas, apareciese boca abajo y desnudo excepto los calcetines, las manos atadas a la espalda, estrangulado en una pensión de Torremolinos, al parecer por un chapero que se le acercó en la calle una hora antes del óbito. Lo que atando cabos era, en efecto, para impresionar a cualquiera, si ese cualquiera tenía memoria suficiente —y Eddie Álvarez tenía de sobra— para recordar el papel que aquellos dos habían jugado en el asunto de Punta Castor.

—Te juro, Teresa, que no tuve nada que ver.

—¿Con qué?

—Ya sabes. Con nada.

Teresa inclinó un poco la cabeza —seguía sentada en la escalera—, considerando la cuestión. Ella, en efecto, lo sabía muy bien. Por eso estaba allí, en vez de haber hecho que un amigo de un amigo enviase a otro amigo, como en los casos del guardia civil y del hombre de confianza. Hacía tiempo que Oleg Yasikov y ella se prestaban pequeños favores, hoy por ti, mañana por mí, y el ruso tenía gente especializada en pintorescas habilidades. Drogadictos y chaperos anónimos incluidos.

—Necesito tus servicios, Eddie.

Las gafas resbalaron de nuevo.

—¿Mis servicios?

—Papeles, bancos, sociedades. Todo eso.

Luego Teresa se lo explicó. Y cuando lo hacía —facilísimo, Eddie, sólo unas cuantas sociedades y cuentas bancarias, y tú dando la cara— pensó que la vida da muchas vueltas, y que el propio Santiago se habría reído mucho con todo aquello. También pensaba en sí misma mientras hablaba, como si fuera capaz de desdoblarse en dos mujeres: una práctica, que estaba contándole a Eddie Álvarez el motivo de su visita —y también el motivo de que siguiera vivo—, y otra que lo consideraba todo con singular ausencia de pasión, desde fuera o desde lejos, a través de la mirada extraña que sorprendía fija en sí misma, y que no sentía rencor, ni deseos de venganza. La misma que encargó pasar factura a Velasco y a Cañabota, no por ajustar cuentas, sino —como habría dicho y en realidad dijo luego Eddie Álvarez— por sentido de la simetría. Las cosas debían ser lo que eran, las cuentas estar cuadradas y los armarios en orden. Y Pati O'Farrell estaba equivocada: a los hombres no siempre se les impresiona con vestidos de Yves Saint-Laurent.

Tendrás que matar, había dicho Oleg Yasikov. Tarde o temprano. Se lo comentó un día que paseaban por la playa de Marbella, bajo el paseo marítimo, delante de un restaurante de su propiedad llamado Zarevich —en el fondo Yasikov era un nostálgico—, cerca del chiringuito donde Teresa había estado trabajando al salir de prisión. No al principio, claro. Eso dijo el ruso. Ni con tus propias manos. Niet de niet. Salvo que seas muy apasionada o muy estúpida. No si te quedas fuera, limitándote a mirar. Pero tendrás que hacerlo si vas a la esencia de las cosas. Si eres consecuente y tienes suerte y duras. Decisiones. Poco a poco. Te adentrarás en un terreno oscuro. Sí. Yasikov decía todo eso con la cabeza baja y las manos en los bolsillos, mirando la arena ante sus zapatos caros —Pati los habría aprobado, supuso Teresa—; y junto a su metro noventa de estatura y los anchos hombros que se marcaban bajo una camisa de seda menos sobria que los zapatos, Teresa parecía más pequeña y frágil de lo que era, el vestido corto sobre las piernas morenas y los pies descalzos, el viento agitándole el pelo en la cara, atenta a las palabras del otro. Tomar tus decisiones, decía Yasikov con sus pausas y sus palabras puestas una detrás de la otra. Aciertos. Errores. El trabajo incluirá tarde o temprano quitar la vida. Si eres lista, hacer que la quiten. En este negocio, Tesa —siempre la llamaba Tesa, incapaz de pronunciar su nombre completo—, no es posible estar bien con todos. No.

Los amigos son buenos hasta que se vuelven malos. Entonces hay que actuar rápido. Pero existe un problema. Descubrir el momento exacto. Cuándo dejan de ser amigos.

—Hay algo necesario. Sí. En este negocio —Yasikov se indicaba los ojos con los dedos índice y corazón—. Mirar a un hombre y saber en seguida dos cosas. Primera, por cuánto se va a vender. Segunda, cuándo lo tienes que matar.

A principios de aquel año Eddie Álvarez se les quedó pequeño. Transer Naga y sus sociedades pantalla —domiciliadas en el despacho que el abogado tenía en Line Wall Road— iban demasiado bien, y las necesidades desbordaban la infraestructura creada por el gibraltareño. Cuatro Phantom con base en Marina Sheppard y dos con la cobertura de embarcación deportiva en Estepona, mantenimiento de material y pago a pilotos y colaboradores —esto último incluía a media docena de policías y guardias civiles— no eran demasiadas complicaciones; pero la clientela se ampliaba, afluía el dinero, los pagos internacionales eran frecuentes, y Teresa comprendió que era preciso aplicar mecanismos de inversión y lavado más complejos. Necesitaban un especialista para discurrir por los recovecos legales con el máximo beneficio y el mínimo riesgo. Y tengo al hombre, dijo Pati. Tú lo conoces.

Lo conocía de vista. La primera reunión formal tuvo lugar en un discreto apartamento de Sotogrande. Acudieron Teresa, Pati, Eddie Álvarez, y también Teo Aljarafe: treinta y cinco años, español, experto en derecho fiscal e ingeniería financiera. Teresa lo recordó en seguida cuando tres días antes Pati se lo presentó en el bar del hotel Coral Beach. Se había fijado en él cuando la fiesta de los

O'Farrell en el cortijo de Jerez: delgado, alto, moreno. El cabello negro, abundante, peinado hacia atrás y un poco largo en la nuca, enmarcaba una cara huesuda y una nariz grande y aguileña. Muy clásico de aspecto, decidió Teresa. Como una imaginaba siempre a los españoles antes de conocerlos: flacos y elegantes, con ese aire de hidalgos que luego casi nunca tenían. Ni eran. Ahora conversaban los cuatro en torno a una mesa de madera de secuoya, con cafetera de porcelana antigua y tazas del mismo juego, y bebidas en un carrito junto al ventanal que daba a la terraza y permitía ver una espléndida panorámica que incluía el puerto deportivo, el mar y una buena porción de costa hasta las playas lejanas de La Línea y la mole gris de Gibraltar. Se trataba de un pequeño apartamento sin teléfono ni vecinos al que se llegaba en ascensor desde el garaje, adquirido por Pati a nombre de Transer Naga —se lo había comprado a su propia familia—, y habilitado como lugar de reuniones: buena iluminación, un cuadro moderno y caro en la pared, pizarra de dibujo con rotuladores delebles rojos, negros y azules. Dos veces por semana, y en todo caso la víspera de cada reunión prevista, un técnico en seguridad electrónica recomendado por Oleg Yasikov revisaba el lugar en busca de escuchas clandestinas.

—La parte práctica está resuelta —decía Teo—. Justificar ingresos y nivel de vida: bares, discotecas, restaurantes, lavanderías. Lo que hace Yasikov, lo que hace tanta gente y lo que haremos nosotros. Nadie controla el número de copas o de paellas que sirves. Así que es hora de abrir una línea seria que vaya por ahí. Inversiones y sociedades interconectadas o independientes que justifiquen hasta la gasolina del coche. Muchas facturas. Muchos papeles. La Agencia Tributaria no incordiará si pagamos los impuestos adecuados y todo está en regla en territorio español, salvo que haya actuaciones judiciales en curso.

—El viejo principio —apuntó Pati—: donde vives, ya sabes.

Fumaba y fumaba, elegante, distraída, inclinando la cabeza rubia y rapada, mirándolos a todos con el despego aparente de quien se encuentra sólo de paso. Aquello parecía antojársele una aventura divertida. Una más.

—Exacto —confirmó Teo—. Y si tengo carta blanca, yo me encargo de diseñar la estructura y presentárosla hecha, integrando lo que ya tenéis. Entre Málaga y Gibraltar hay sitio y oportunidades de sobra. Y el resto es fácil: una vez cargado el vehículo con todos los bienes en varias sociedades, crearemos otra sociedad holding para el reparto de dividendos y que vosotras sigáis siendo insolventes. Fácil.

Tenía la chaqueta colgada en el respaldo de la silla, el nudo de la corbata ajustado e impecable, y las mangas de la camisa blanca desabrochadas y vueltas sobre las muñecas. Hablaba despacio, claro, con una voz grave que a Teresa le agradaba escuchar. Competente y listo, había resumido Pati: una buena familia jerezana, un matrimonio con una niña de dinero, dos hijas pequeñas. Viaja mucho a Londres y a Nueva York y a Panamá y sitios así. Asesor fiscal de empresas de alto nivel. Mi difunto ex imbécil tenía algún asunto con él, pero Teo siempre fue mucho más inteligente. Asesora, cobra y se queda atrás, en discreto tercer plano. Un mercenario de lujo, para que me entiendas. Y no se pringa nunca, que yo sepa. Lo conozco desde niña. También me lo follé una vez, cuando jovencitos. No fue gran cosa en la cama. Rápido. Egoísta. Pero en aquella época tampoco yo era gran cosa.

—En cuanto a los asuntos serios, el tema resulta más complejo —seguía diciendo Teo—. Hablo de dinero de verdad, el que nunca pasará por suelo español. Y yo aconsejaría olvidar Gibraltar. Es un bebedero de patos. Todo el mundo tiene cuentas ahí.

—Pero funciona —dijo Eddie Álvarez.

Se veía incómodo. Celoso tal vez, pensó Teresa, que observaba con atención a los dos hombres. Eddie había hecho buen trabajo con Transer Naga, pero su capacidad resultaba limitada. Todos sabían eso. El gibraltareño consideraba al jerezano un competidor peligroso. Y tenía razón.

—Funciona de momento —Teo miraba a Eddie con solicitud excesiva: la que se dedica a un minusválido cuya silla de ruedas empujas hacia la escalera más próxima—. No discuto el trabajo hecho. Pero allí sois aficionados a cotillear en el pub de la esquina, y un secreto deja de serlo en seguida... Además, de cada tres llanitos, uno es sobornable. Y eso va en ambas direcciones: igual podemos hacerlo nosotros que la policía... Está bien para trapichear con unos kilos o con tabaco; pero hablamos de negocios de envergadura. Y en ese terreno, Gibraltar no da más de sí.

Eddie se empujó hacia arriba las gafas que le resbalaban sobre la nariz.

—No estoy de acuerdo —protestó.

—Me da igual —el tono del jerezano se había endurecido—. No estoy aquí para discutir tonterías.

—Yo soy... —empezó a decir Eddie.

Apoyaba las manos en la mesa, vuelto primero hacia Teresa y luego a Pati, reclamando su mediación.

—Tú eres un rascapuertas —lo interrumpió Teo.

Lo dijo con suavidad, sin expresión en la cara. Desapasionado. Un doctor contándole a un paciente que su radiografía tiene manchas.

—No te consiento...

—Cállate, Eddie —dijo Teresa.

El gibraltareño se quedó con la boca abierta en mitad de la frase. Un perro apaleado mirando en torno con desconcierto. La corbata floja y la chaqueta arrugada acentuaban su desaliño. Tengo que cuidar ese flanco, se dijo Teresa observándolo mientras oía reír a Pati. Un perro apaleado puede volverse peligroso. Lo anotó en la agenda que llevaba en un rincón de su cabeza. Eddie Álvarez. A considerar más tarde. Había maneras de asegurar lealtades pese al despecho. Siempre había algo para cada cual.

—Continúa, Teo.

Y el otro continuó. Lo conveniente, dijo, era establecer sociedades y transacciones de bancos extranjeros fuera del control fiscal de la Comunidad Europea: islas del Canal, Asia o el Caribe. El problema era que mucho dinero procedía de actividades sospechosas o delictivas, y era preciso resolver el recelo oficial con una serie de coberturas legales, a partir de las cuales nadie haría preguntas.

—Por lo demás —concluyó— el procedimiento es simple: la entrega del material se simultanea con la transferencia del importe. Eso se prueba mediante la orden que llamamos Swift: el documento bancario irrevocable que expide el banco emisor.

Eddie Álvarez, que seguía dándole vueltas a lo suyo, volvió a la carga:

—Yo hice lo que se me pidió que hiciera.

—Claro, Eddie —dijo Teo. Y le gustaba aquella sonrisa suya, descubrió Teresa. Una sonrisa equilibrada y práctica: descartada la oposición, no se ensañaba con el vencido—. Nadie te reprocha nada. Pero va siendo hora de que te relajes un poco. Sin descuidar tus compromisos.

Miraba a Eddie y no a Teresa ni a Pati, que seguía como al margen, con cara de divertirse mucho. Tus compromisos, Eddie. Ésa era la segunda lectura. Una advertencia. Y este güey sabe, pensó Teresa. Sabe de perros apaleados, porque sin duda ya madreó a unos cuantos. Todo con palabras suaves y sin despeinarse. El gibraltareño parecía captar el mensaje, porque se replegó casi físicamente. Sin mirarlo, por el rabillo del ojo, Teresa intuyó el vistazo inquieto que le dirigía a ella. Rajadísimo. Igual que en el portal de su casa, con todos los papeles desparramados por el suelo.

—¿Qué recomiendas? —le preguntó Teresa a Teo.

El otro hizo un ademán que abarcaba la mesa, como si todo estuviera allí, a la vista, entre las tazas de café o en el cuaderno de tapas de piel negra que tenía abierto delante, una pluma de oro encima, las hojas en blanco. Las suyas, observó Teresa, eran manos morenas y cuidadas, de uñas romas, con vello oscuro que asomaba bajo las mangas vueltas dos veces sobre las muñecas. Se preguntó a qué edad se habría ido a la cama con Pati. Dieciocho, veinte años. Dos hijas, había dicho su amiga. Una mujer con dinero y dos hijas. Seguro que ahora seguía yéndose a la cama con alguien más.

—Suiza es demasiado seria —dijo Teo—. Exige muchas garantías y comprobaciones. Las islas del Canal están bien, y en ellas hay filiales de bancos españoles que dependen de Londres y consiguen opacidad fiscal; pero están demasiado cerca, son muy evidentes, y si un día la Comunidad Europea presiona e Inglaterra decide apretar las tuercas, Gibraltar y el Canal serán vulnerables.

Pese a todo, Eddie no se daba por vencido. Quizá le tocaban la fibra patriótica.

—Eso es lo que tú dices —opuso; y a continuación murmuró algo ininteligible.

Esta vez Teresa no dijo nada. Se quedó mirando a Teo, al acecho de su reacción. Se tocaba la barbilla, pensativo. Estuvo así un momento, los ojos bajos, y al fin los clavó en el gibraltareño.

—No me fastidies, Eddie. ¿Vale? —había tomado la pluma entre los dedos y tras quitarle el capuchón trazaba una línea de tinta azul en la hoja blanca del cuaderno; una sola línea recta y horizontal tan perfecta como si la guiase con una regla—. Éstos son negocios, no trapicheo con cartones de Winston —observó a Pati y después a Teresa, la pluma suspendida sobre el papel, y al extremo de la línea trazó un ángulo en forma de flecha que apuntaba al corazón de Eddie—... ¿De veras tiene que estar presente en esta conversación?

Pati miró a Teresa, enarcando exageradamente las cejas. Teresa miraba a Teo. Nadie miraba al gibraltareño.

—No —dijo Teresa—. No tiene.

—Ah. Muy bien. Porque convendría comentar algunos detalles técnicos.

Teresa se volvió a Eddie. Éste se quitaba las gafas para limpiar la montura con un kleenex, como si en los últimos minutos le resbalaran demasiado. También se secó el puente de la nariz. La miopía acentuaba el desconcierto de sus ojos. Parecía un pato manchado de petróleo en la orilla de un estanque.

—Baja al Ke a tomarte una cerveza, Eddie. Luego nos vemos.

El gibraltareño dudó un poco, y después se puso las gafas mientras se levantaba, torpe. La triste imitación de un hombre humillado. Era evidente que buscaba algo que decir antes de retirarse, y que no se le ocurría nada. Abrió la boca y volvió a cerrarla. Al fin salió en silencio: el pato dejando huellas negras, chof, chof, y con cara de vomitar antes de llegar a la calle. Teo trazaba una segunda línea azul en su cuaderno, debajo de la primera y tan recta como ella. Esta vez la remató con un círculo en cada extremo.

—Yo me iría —dijo— a Hong-Kong, Filipinas, Singapur, el Caribe o Panamá. Varios de mis representados operan con Gran Caimán, y están satisfechos: seiscientos ochenta bancos en una isla diminuta, a dos horas de avión de Miami. Sin ventanilla, dinero virtual, nada de impuestos, confidencialidad sagrada. Sólo están obligados a informar cuando hay pruebas de vínculo directo con actividad criminal notoria... Pero como no se exigen requisitos legales para la identificación del cliente, establecer esos vínculos resulta imposible.

Ahora miraba a las dos mujeres, y tres de cada cuatro veces se dirigía a Teresa. Me pregunto, reflexionó ésta, qué le habrá platicado la Teniente de mí. Dónde se sitúa cada cual. También se preguntó si ella misma vestía de forma adecuada: suéter holgado de canalé, tejanos, sandalias. Por un instante envidió el conjunto malva y gris de Valentino que Pati llevaba con la naturalidad de una segunda piel. La perra elegante.

El jerezano siguió exponiendo su plan: un par de sociedades no residentes situadas en el extranjero, cubiertas por bufetes de abogados con las cuentas bancarias adecuadas, para empezar. Y, a fin de no poner todos los huevos en el mismo cesto, la transferencia de algunas cantidades selectas, blanqueadas después de recorrer circuitos seguros, a depósitos fiduciarios y cuentas serias en Luxemburgo, Liechtenstein y Suiza. Cuentas dormidas, precisó, para no tocarlas, como fondo de seguridad a larguísimo plazo, o con dinero puesto en sociedades de gestión de patrimonios, negociación mobiliaria e inmobiliaria, títulos y cosas así. Dinero impecable, por si un día hubiera que dinamitar la infraestructura caribeña o saltara por los aires todo lo demás.

—¿Lo veis claro?

—Parece apropiado —respondió Teresa.

—Sí. La ventaja es que ahora hay mucho movimiento de bancos españoles con las Caimán, y podemos camuflarnos entre ellos para las primeras entradas de dinero. Tengo un buen contacto en Georgetown: Mansue Johnson e Hijos. Consejeros de bancos, asesores fiscales y abogados. Hacen paquetes completos a medida.

—¿No es complicarse mucho la vida? —preguntó Pati. Fumaba un cigarrillo tras otro, acumulando colillas en el plato de su taza de café.

Teo había dejado la pluma sobre el cuaderno. Encogió los hombros.

—Depende de vuestros planes para el futuro. Lo que os hizo Eddie vale para el estado actual de los negocios: sota, caballo y rey. Pero si las cosas van a más, haréis bien en preparar una estructura que luego absorba cualquier ampliación, sin prisas y sin improvisaciones.

—¿Cuánto tardarías en tenerlo todo a punto? —quiso saber Teresa.

La sonrisa de Teo era la misma de antes: contenida, un poco vaga, muy diferente a otras sonrisas de hombres que conservaba en la memoria. Y seguía gustándole; o tal vez es que ahora le gustaba esa clase de sonrisas porque no significaban nada. Simple, limpia, automática. Más un gesto educado que otra cosa, como el brillo de una mesa barnizada o la carrocería de un auto nuevo. No tenía nada comprometedor detrás: ni simpatía, ni sueños, ni debilidad, ni flaqueza, ni obsesiones. No pretendía engañar, convencer ni seducir. Sólo estaba allí porque iba ligada al personaje, nacida y educada con él como sus modales corteses o el nudo bien hecho de la corbata. El jerezano sonreía igual que trazaba aquellas líneas rectas en las hojas blancas del cuaderno. Y eso a Teresa la tranquilizaba. Para entonces había leído, y recordaba, y sabía mirar. La sonrisa de aquel hombre era de las que colocaban las cosas en su justo término. No sé si ocurrirá con él, se dijo. En realidad no sé si volveré a coger con alguien; pero si lo hago será con tipos que sonrían así.

—Según lo que tardéis en darme dinero para empezar. Un mes, como mucho. Está en función de que viajéis para los trámites, o hagamos venir a la gente apropiada, aquí o a un sitio neutral. Con una hora de firmas y papeleo estará todo resuelto... También es preciso saber quién se hace cargo de todo.

Se quedó a la espera de una respuesta. Lo había dicho en tono casual, ligero. Un detalle sin demasiada importancia. Pero seguía esperando y las miraba.

—Las dos —dijo Teresa—. Estamos juntas en esto.

Teo tardó unos segundos en contestar.

—Comprendo. Pero necesitamos una sola firma. Alguien que emita los faxes o haga la llamada telefónica oportuna. Hay cosas que yo puedo hacer, claro. Que tendré que hacer, si me dais poderes parciales. Pero una de vosotras debe tomar las decisiones rápidas.

Sonó la risa cínica de la Teniente O'Farrell. Una pinche risa de ex combatiente que se limpia con la bandera.

—Eso es asunto suyo —señalaba a Teresa con el cigarrillo—. Los negocios exigen madrugar, y yo me levanto tarde.

Miss American Express. Teresa se preguntaba por qué Pati decidía jugar a eso, y desde cuándo. Adónde la empujaba a ella y para qué. Teo se echó atrás en la silla. Ahora repartía sus miradas al cincuenta por ciento. Ecuánime.

—Es mi obligación decirte que así lo dejas todo en sus manos.

—Claro.

—Bien —el jerezano estudió a Teresa—. Asunto resuelto, entonces.

Ya no sonreía, y su expresión era valorativa. Se hace las mismas preguntas respecto a Pati, se dijo Teresa. A nuestra relación. Calcula pros y contras. Hasta qué punto puedo dar beneficios. O problemas. Hasta qué punto puede darlos ella.

Entonces intuyó muchas de las cosas que iban a pasar.

Pati los miró largamente al salir de la reunión: cuando bajaban los tres en el ascensor y al cambiar las últimas impresiones paseando por los muelles del puerto deportivo, con Eddie Álvarez receloso y marginado en la puerta del bar Ke como quien acabara de recibir una pedrada y temiese otra, el fantasma de Punta Castor y quizá el recuerdo del sargento Velasco y de Cañabota agarrándolo por el gaznate. Pati tenía el aire pensativo, los ojos entornados y marcándole arruguitas, con un apunte de interés o de diversión, o de las dos cosas —interés divertido, diversión interesada— bailándole dentro, en alguna parte de aquella cabeza extraña. Era como si la Teniente O'Farrell sonriera sin hacerlo, burlándose un poco de Teresa, y también de ella misma, de todo y de todos. El caso es que estuvo observándolos así al salir de la reunión en el apartamento de Sotogrande, como si acabara de sembrar mota en la sierra y esperase el momento de levantar la cosecha, y continuó haciéndolo durante la conversación con Teo frente al puerto, y también durante semanas y meses, cuando Teresa y Teo Aljarafe empezaron a acercarse uno al otro. Y de vez en cuando a Teresa se le ahumaba el pescado y entonces iba a encararse con Pati para decir quihubo, vieja cabrona, desembucha lo que sea. Y entonces la otra sonreía de una manera distinta, abierta, como si ya no tuviera nada que ver. Decía ja, ja, encendía un cigarrillo, tomaba una copa, picaba bien menudita y pareja una culebrilla de coca o se ponía a hablar de cualquier cosa con aquella frivolidad suya tan perfecta —Teresa lo había adivinado con el tiempo y la costumbre— que nunca era frívola del todo, ni tampoco del todo sincera; o volvía a ser a veces, por un rato, la del principio: la Teniente O'Farrell distinguida, cruel, mordaz, la camarada de siempre, con ese atisbo de oscuridades que se dibujaban detrás, apuntalando la fachada. Después, y respecto a Teo Aljarafe, Teresa llegó a plantearse hasta qué punto su amiga había previsto, o adivinado, o propiciado —sacrificándose al propio designio como quien acepta las cartas de tarot que ella misma pone boca arriba—, muchas de las cosas que llegaron a ocurrir entre los dos, y que en cierto modo ocurrieron también entre los tres.

Teresa veía con frecuencia a Oleg Yasikov. Simpatizaba con aquel ruso grande y tranquilo, que veía el trabajo, el dinero, la vida y la muerte con una desapasionada fatalidad eslava que a ella le recordaba el carácter de ciertos mejicanos norteños. Se quedaban a tomar café o a dar un paseo después de alguna reunión de trabajo, o iban a cenar a casa Santiago, en el paseo marítimo de Marbella —al ruso le gustaban las colas de cigala al vino blanco—, con los guardaespaldas paseando por la acera de enfrente, junto a la playa. No era hombre de muchas palabras; pero cuando estaban a solas y charlaban, Teresa le oía decir, sin darles importancia, cosas que luego la tenían largo rato cavilando. Nunca intentaba convencer a nadie de nada, ni oponer un argumento a otro. No suelo discutir, comentaba. Me dicen ya será menos y digo ah, pues será. Después hago lo que creo conveniente. Aquel tipo, comprendió pronto Teresa, tenía un punto de vista, una manera precisa de entender el mundo y a los seres que lo poblaban:

no la pretendía ni razonable, ni piadosa. Sólo útil. A ella ajustaba su comportamiento y su objetiva crueldad. Hay animales, decía, que se quedan en el fondo del mar dentro de una concha. Otros salen exponiendo su piel desnuda y se la juegan. Algunos alcanzan la orilla. Se ponen en pie. Caminan. La cuestión es ver cuánto de lejos llegas antes de que se acabe el tiempo de que dispones. Sí. Lo que duras y qué consigues mientras duras. Por eso todo lo que ayuda a sobrevivir es imprescindible. Lo demás es superfluo. Prescindible, Tesa. En mi trabajo, como en el tuyo, hay que ajustarse al marco simple de esas dos palabras. Imprescindible. Prescindible. ¿Comprendes?... Y la segunda de esas palabras incluye la vida de los demás. O a veces la excluye.

Y no era tan hermético Yasikov, después de todo. Ningún hombre lo era. Teresa había aprendido que son los silencios propios, hábilmente administrados, los que hacen que los otros hablen. Y de ese modo, poco a poco, fue aproximándose al gangster ruso. Un abuelo de Yasikov había sido cadete zarista en tiempos de la Revolución bolchevique; y durante los difíciles años que siguieron, la familia conservó la memoria del joven oficial. Como muchos de los hombres de su clase, Oleg Yasikov admiraba el valor —eso, confesaría al fin, era lo que le hizo simpatizar con Teresa—; y una noche de vodka y conversación en la terraza del bar Salduba de Puerto Banús, ella detectó cierta vibración sentimental, casi nostálgica, en la voz del ruso cuando éste se refirió en pocas palabras al cadete y luego teniente del regimiento de caballería Nikolaiev, que tuvo tiempo de engendrar un hijo antes de desaparecer en Mongolia, o Siberia, fusilado en 1922 junto al barón Von Ungern. Hoy es el cumpleaños del zar Nicolás, dijo de pronto Yasikov, la botella de Smirnoff dos tercios vacía, volviendo el rostro a un lado como si el espectro del joven oficial del ejército blanco estuviese a punto de aparecer al extremo del paseo marítimo, entre los Rolls Royce y los Jaguar y los grandes yates. Luego levantó pensativo el vaso de vodka, mirándolo al trasluz, y lo mantuvo en alto hasta que Teresa hizo tintinear el suyo contra él, y ambos bebieron mirándose a los ojos. Y aunque Yasikov sonreía burlándose de sí mismo, ella, que apenas sabía nada del zar de Rusia y mucho menos de los abuelos oficiales de caballería fusilados en Manchuria, comprendió que, pese a la mueca del ruso, éste ejecutaba un serio ritual íntimo donde ella intervenía de alguna forma privilegiada; y que su gesto de entrechocar el vaso era acertado, porque la aproximaba al corazón de un hombre peligroso y necesario. Yasikov volvió a llenar los vasos. Cumpleaños del zar, repitió. Sí. Y desde hace casi un siglo, incluso cuando esa fecha y esa palabra estaban proscritas en la Unión de Repúblicas Socialistas Soviéticas, paraíso del proletariado, mi abuela y mis padres y después yo mismo brindábamos en casa con un vaso de vodka. Sí. A su memoria y a la del cadete Yasikov, del regimiento de caballería Nikolaiev. Todavía lo hago. Sí. Como ves. Esté donde esté. Sin abrir la boca. Incluida una vez durante los once meses que pasé pudriéndome de soldado. Afganistán. Después sirvió más vodka, hasta acabar la botella, y Teresa pensó que cada ser humano tiene su historia escondida; y que cuando una era lo bastante callada y paciente podía acabar conociéndola. Y que eso era bueno y aleccionador. Sobre todo era útil.

Los italianos, había dicho Yasikov. Teresa lo discutió al día siguiente con Pati O'Farrell. Dice que los italianos quieren una reunión. Necesitan un transporte fiable para su cocaína, y él cree que nosotras podemos ayudarles con nuestra infraestructura. Están satisfechos con lo del hachís y desean subir las apuestas. Los viejos amos do fume gallegos les pillan lejos, tienen otras conexiones y además están muy seguidos por la policía. Así que han sondeado a Oleg para ver si estaríamos dispuestas a ocuparnos. A abrirles una ruta seria por el sur, que cubra el Mediterráneo.

—¿Y cuál es el problema?

—Que ya no habrá vuelta atrás. Si asumimos un compromiso, hay que mantenerlo. Eso requiere más inversiones. Nos complica la vida. Y más riesgos.

Estaban en Jerez, tapeando tortillitas de camarones y Tío Pepe en el bar Carmela, en las mesas bajo el viejo arco en forma de túnel. Era un sábado por la mañana, y el sol deslumbraba iluminando a la gente que paseaba por la plaza del Arenal: matrimonios de edad vestidos para el aperitivo, parejas con niños, grupos a la puerta de las tabernas, en torno a oscuros toneles de vino puestos en la calle a modo de mesas. Habían ido a visitar unas bodegas en venta, las Fernández de Soto: un edificio amplio con las paredes pintadas de blanco y almagre, patios espaciosos con arcos y ventanas enrejadas, y cavas enormes, frescas, llenas de barriles de roble negro con los nombres de los diferentes vinos escritos con tiza. Era un negocio en bancarrota, perteneciente a una familia que Pati definía como de las de toda la vida, arruinada por el gasto, los caballos de pura raza cartujana, y por una generación absolutamente negada para los negocios: dos hijos calaveras y juerguistas que aparecían de vez en cuando en las revistas del corazón —uno de ellos también en las páginas de sucesos, por corrupción de menores— y a quienes Pati conocía desde niña. La inversión fue recomendada por Teo Aljarafe. Conservamos las tierras de albariza que hay hacia Sanlúcar y la parte noble del edificio de Jerez, y en la otra mitad del solar urbano construimos apartamentos. Cuantos más negocios respetables tengamos a mano, mejor. Y una bodega con nombre y solera da caché. Pati se había reído mucho con aquello del caché. El nombre y solera de mi familia no me hicieron respetable en absoluto, dijo. Pero la idea le parecía buena. Así que se fueron las dos a Jerez, vestida Teresa de señora para la ocasión, chaqueta y falda gris con zapatos negros de tacón, el pelo recogido en la nuca y la raya en medio, dos sencillos aros de plata como pendientes. De joyas, había aconsejado Pati, usa las menos posibles, y siempre buenas. Y bisutería, ni de lujo. Sólo hay que gastarse el dinero en pendientes y en relojes. Alguna pulsera discreta en ocasiones, o ese semanario que llevas de vez en cuando. Una cadena de oro al cuello, fina. Mejor cadena o cordón que collar; pero si lo llevas que sea valioso: coral, ámbar, perlas... Auténticas, claro. Es como los cuadros en las casas. Mejor una buena litografía o un hermoso grabado antiguo que un mal cuadro. Y mientras Pati y ella visitaban el edificio de las bodegas, acompañadas por un obsequioso administrador acicalado a las once de la mañana como si acabara de llegar de la Semana Santa de Sevilla, aquellos techos altos, las estilizadas columnas, la penumbra y el silencio, le recordaron a Teresa las iglesias mejicanas construidas por los conquistadores. Era singular, pensaba, cómo algunos viejos lugares de España le producían la certeza de encontrarse con algo que ya estaba en ella. Como si la arquitectura, las costumbres, el ambiente, justificasen muchas cosas que había creído propias sólo de su tierra. Yo estuve aquí, pensaba de pronto al doblar una esquina, en una calle o ante el pórtico de un caserón o una iglesia. Híjole. Hay algo mío que anduvo por este rumbo y que explica parte de lo que soy.

—Si con los italianos nos limitamos al transporte, todo seguirá como siempre —dijo Pati—. Al que trincan, paga. Y ése no sabe nada. La cadena se corta ahí: ni propietarios ni nombres. No veo el riesgo por ninguna parte.

Acometía la última tortilla de camarones, bajo el contraluz del arco que le doraba el pelo, bajando la voz al hablar. Teresa encendió un Bisonte.

—No me refiero a esa clase de riesgos —repuso.

Yasikov había sido muy preciso. No quiero engañarte, Tesa, fue su comentario en la terraza de Puerto Banús. La Camorra, la Mafia y la N'Drangheta son gente dura. Con ellos hay mucho que ganar si todo va bien. Si algo falla hay también mucho que perder. Y al otro lado tendrás a los colombianos. Sí. Tampoco son monjas. No. La parte positiva es que los italianos trabajan con la gente de Cali, menos violenta que los descerebrados de Medellín, Pablo Escobar y toda esa pandilla de psicópatas. Si entras en esto, será para siempre. No es posible bajar de un tren en marcha. No. Los trenes son buenos si en ellos hay clientes. Malos si lo que hay son enemigos. ¿No has visto nunca *Desde Rusia con amor*?... El malvado que se enfrenta a James Bond en el tren era un ruso. Y no te hago una advertencia. No. Un consejo. Sí. Los amigos son amigos hasta que... Empezaba a decir eso cuando Teresa lo interrumpió. Hasta que dejan de serlo, zanjó. Y sonreía. Yasikov la había observado fijamente, serio de pronto. Eres una mujer muy lista, Tesa, dijo después de quedarse callado un momento. Aprendes rápido, de todo y de todos. Sobrevivirás.

—¿Y Yasikov? —preguntó Pati—. ¿No entra?

—Es astuto, y prudente —Teresa miraba pasar a la gente por la embocadura del arco que daba al Arenal—. Como decimos en Sinaloa, lo suyo es un plan con maña: desea entrar, pero no ser quien dé el primer paso. Si estamos dentro, se aprovechará. Con nosotras encargándonos del transporte, puede asegurar un suministro fiable para su gente, y además bien controlado. Pero antes desea chequear el sistema. Los italianos le dan la oportunidad de probar con pocos riesgos. Si todo funciona, irá adelante. Si no, seguirá como hasta ahora. No quiere comprometer su posición aquí.

—¿Merece la pena?

—Según. Si lo hacemos bien, es un chingo de lana.

Pati tenía cruzadas las piernas: falda chanel, zapatos de tacón beige. Movía un pie como siguiendo el ritmo de una música que Teresa no podía escuchar.

—Bueno. Tú eres la gerente del negocio —inclinó a un lado la cabeza, todas aquellas arruguitas en torno a los ojos—. Por eso es cómodo trabajar contigo.

—Ya te he dicho que hay riesgos. Nos pueden romper la madre. A las dos.

La risa de Pati hizo que la camarera que estaba en la puerta del bar se volviera a mirarlas.

—Ya me la rompieron antes. Así que decide tú. Eres mi chica.

Seguía observándola de aquella manera. Teresa no dijo nada. Tomó su copa de fino y se la llevó a los labios. Con el sabor del tabaco en la boca, el vino le supo amargo.

—¿Se lo has dicho a Teo? —preguntó Pati.

—Todavía no. Pero viene a Jerez esta tarde. Tendrá que estar al corriente, claro.

Pati abrió el bolso para pagar la cuenta. Sacó un fajo de billetes grueso, muy poco discreto, y algunos cayeron al suelo. Se inclinó a recogerlos.

—Claro —dijo.

Había algo de lo hablado con Yasikov en Puerto Banús que Teresa no le contó a su amiga. Algo que la obligaba a mirar en torno con disimulado recelo. Que la mantenía lúcida y atenta, complicando sus reflexiones en los amaneceres grises que seguían desvelándola. Hay rumores, había apuntado el ruso. Sí. Cosas. Alguien me ha dicho que se interesan por ti en México. Por alguna razón que ignoro —la escrutaba al decir aquello— has despertado la atención de tus paisanos. O el recuerdo. Preguntan si eres la misma Teresa Mendoza que abandonó Culiacán hace cuatro o cinco años... ¿Eres?

Sigue hablando, había pedido Teresa. Y Yasikov encogió los hombros. Sé muy poco más, dijo. Sólo que preguntan por ti. Un amigo de un amigo. Sí. Le encargaron que averigüe en qué pasos andas, y si es cierto que vas para arriba en el negocio. Que además del hachís puedes meterte en la coca. Por lo visto en tu tierra hay gente preocupada porque los colombianos, ya que tus compatriotas les cierran ahora el paso a los Estados Unidos, se dejen caer por aquí. Sí. Y una mejicana de por medio, que también es casualidad, no debe de agradarles mucho. No. Sobre todo si ya la conocían. De antes. Así que ten cuidado, Tesa. En este negocio, tener un pasado no es malo ni bueno, siempre que no llames la atención. Y a ti te van las cosas demasiado bien como para no llamarla. Tu pasado, ese del que nunca me hablas, no es asunto mío. Niet. Pero si dejaste cuentas pendientes, te expones a que alguien quiera resolverlas.

Mucho tiempo atrás, en Sinaloa, el Güero Dávila la había llevado a volar. Era la primera vez. Después de aparcar la Bronco iluminando con los faros el edificio de techo amarillo del aeropuerto y saludar a los guachos que montaban guardia junto a la pista llena de avionetas, despegaron casi al alba, para ver salir el sol sobre las montañas. Teresa recordaba al Güero a su lado en la cabina de la Cessna, los rayos de luz reflejándose en los cristales verdes de sus gafas de sol, las manos posadas en los mandos, el ronroneo del motor, la efigie del santo Malverde colgada del tablero —*Dios vendiga mi camino y permita mi regreso*—; y la Sierra Madre de color nácar, con destellos dorados en el agua de los ríos y las lagunas, los campos con sus manchas verdes de mariguana, la llanura fértil y a lo lejos el mar. Aquel amanecer, visto desde allá arriba con los ojos abiertos por la sorpresa, el mundo le pareció a Teresa limpio y hermoso.

Pensaba en eso ahora, en una habitación del hotel Jerez, a oscuras, con sólo la luz exterior del jardín y la piscina recortando las cortinas de la ventana. Teo Aljarafe ya no estaba allí, y la voz de José Alfredo sonaba en el pequeño estéreo situado junto al televisor y al vídeo. Estoy en el rincón de una cantina, decía. Oyendo una canción que yo pedí. El Güero le había contado que José Alfredo Jiménez murió borracho, componiendo sus últimas canciones en cantinas, anotadas las letras por amigos porque ya no era capaz ni de escribir. *Tu recuerdo y yo,* se llamaba aquélla. Y tenía todo el aire de ser de las últimas.

Había ocurrido lo que tenía que ocurrir. Teo llegó a media tarde para la firma de los papeles de la bodega Fernández de Soto. Después tomaron una copa para celebrarlo. Una y varias. Pasearon los tres, Teresa, Pati y él, por la parte vieja de la ciudad, antiguos palacios e iglesias, calles llenas de tascas y bares. Y en la barra de uno de ellos, cuando Teo se inclinó para encenderle el cigarrillo que acababa de llevarse a la boca, Teresa sintió la mirada del hombre. Cuánto tiempo hace, se dijo de pronto. Cuánto tiempo que no. Le gustaban su perfil de águila española, las manos morenas y seguras, aquella sonrisa desprovista de intenciones y compromisos. También Pati sonreía aunque de una forma diferente, como de lejos. Resignada. Fatalista. Y justo cuando acercaba su rostro a las manos del hombre, que protegía la llama en el hueco de los dedos, oyó decir a Pati: tengo que irme, vaya, acabo de recordar algo urgente. Os veo luego. Teresa se había vuelto para decir no, espera, voy contigo, no me dejes aquí; pero la otra ya se alejaba sin mirar atrás, el bolso al hombro, de manera que Teresa se quedó viéndola irse mientras sentía los ojos de Teo. En ese momento se preguntó si Pati y él habrían hablado antes. Qué habrían dicho. Qué dirían después. Y no, pensó como un latigazo. Ni modo. No hay que mezclar las bebidas. No puedo permitirme cierta clase de lujos. Yo también me voy. Pero algo en su cintura y su vientre la obligaba a quedarse: un impulso denso y fuerte, compuesto de fatiga, de soledad, de expectación, de pereza. Quería descansar. Sentir la piel de un hombre, unos dedos en su cuerpo, una boca contra la suya. Perder la iniciativa durante un rato y abandonarse en manos de alguien que actuara por ella. Que pensara en su lugar. Entonces recordó la media foto que llevaba en el bolso, dentro de la cartera. La chava de ojos grandes con un brazo masculino sobre los hombros, ajena a todo, contemplando un mundo que parecía visto desde la cabina de una Cessna en un amanecer de nácar. Se volvió al fin, despacio, deliberadamente. Y mientras lo hacía pensaba pinches hombres cabrones. Siempre están listos, y rara vez se plantean estas cosas. Tenía la certeza absoluta de que, tarde o temprano, uno de los dos, o quizá los dos, pagarían por lo que estaba a punto de ocurrir.

Allí estaba ahora, sola. Oyendo a José Alfredo. Todo había ocurrido de modo previsible y tranquilo, sin palabras excesivas ni gestos innecesarios. Tan aséptico como la sonrisa de un Teo experimentado, hábil y atento. Satisfactorio en muchos sentidos. Y de pronto, ya casi hacia el final de los varios finales a los que él la condujo, la mente ecuánime de Teresa se encontró de nuevo mirándola —mirándose— como otras veces, desnuda, saciada al fin, el cabello revuelto sobre la cara, serena tras la agitación, el deseo y el placer, sabiendo que la posesión por parte de otros, la entrega a ellos, había terminado en la piedra de León. Y se vio pensando en Pati, su estremecimiento cuando la besó en la boca en el chabolo de la cárcel, la forma en que los observaba mientras Teo encendía su cigarrillo en la barra del bar. Y se dijo que tal vez lo que Pati pretendía era exactamente eso. Empujarla hacia sí misma. Hacia la imagen en los espejos que tenía aquella mirada lúcida y no se engañaba nunca.

Después de marcharse Teo ella había ido bajo la ducha, con el agua muy caliente y el vapor empañando el espejo del cuarto de baño, y se frotó la piel con jabón, lenta, minuciosamente, antes de vestirse y salir a la calle y pasear sola. Anduvo al azar hasta que en una calle estrecha con ventanas enrejadas oyó, sorprendida, una canción mejicana. Que se me acabe la vida frente a una copa de vino. Y no es posible, se dijo. No puede ser que eso ocurra ahora, aquí. Así que alzó el rostro y vio el rótulo en la puerta: El Mariachi. Cantina mejicana. Entonces rió casi en voz alta, porque comprendió que la vida y el destino trenzan juegos sutiles que a veces resultan obvios. Chale. Empujó la puerta batiente y entró en una auténtica cantina con botellas de tequila tras el mostrador y un camarero joven y gordito que servía cervezas Corona y Pacífico a la gente que estaba allí, y ponía en el estéreo cedés de José Alfredo. Pidió una Pacífico sólo por tocar su etiqueta amarilla y se llevó la botella a los labios, un sorbito para paladear el sabor que tantos recuerdos le traía, y después pidió un Herradura Reposado que le sirvieron en su auténtico caballito de cristal largo y estrecho. Ahora José Alfredo decía por qué viniste a mí buscando compasión, si sabes que en la vida le estoy poniendo letra a mi última canción. En ese momento Teresa sintió una felicidad intensa, tan fuerte que se sobrecogió. Y pidió otro tequila, y luego otro más al camarero que había reconocido su acento y sonreía amable. Cuando estaba en las cantinas, empezó otra canción, no sentía ningún dolor. Sacó un puñado de billetes del bolso y dijo al camarero que le diera una botella de tequila sin abrir, y que también le compraba aquellas rolas que estaba oyendo. No puedo vendérselas, dijo el joven, sorprendido. Entonces sacó más dinero, y luego más, y le llenó el mostrador al asombrado camarero, que terminó dándole, con la botella, los dos cedés dobles de José Alfredo, *Las 100 Clásicas* se llamaban, cuatro discos con cien canciones. Puedo comprar cualquier cosa, pensó ella absurdamente —o no tan absurdamente, después de todo— cuando salió de la cantina con su botín, sin importarle que la gente la viese con una botella en la mano. Fue hasta la parada de taxis —sentía moverse raro el suelo bajo sus pies— y regresó a la habitación del hotel.

Y allí seguía, con la botella casi mediada, acompañando las palabras de la canción con las suyas propias. Oyendo una canción que yo pedí. Me están sirviendo ahorita mi tequila. Ya va mi pensamiento rumbo a ti. Las luces del jardín y la piscina dejaban la habitación en penumbra, iluminando las sábanas revueltas, las manos de Teresa que fumaban cigarrillos taqueaditos con hachís, sus idas y venidas al vaso y la botella que estaban sobre la mesita de noche. Quién no sabe en esta vida la traición tan conocida que nos deja un mal amor. Quién no llega a la cantina exigiendo su tequila y exigiendo su canción. Y me pregunto qué soy ahora, se decía a medida que iba moviendo los labios en silencio. Quihubo, morra. Me pregunto cómo me ven los demás, y ojalá me vean desde bien relejos. ¿Cómo era aquello? Necesidad de un hombre. Órale. Enamorarse. Ya no. Libre, era quizá la palabra, pese a que sonase grandilocuente, excesiva. Ni siquiera iba a misa ya. Miró hacia arriba, al techo oscuro, y no vio nada. Me están sirviendo ya la del estribo, decía en ese momento José Alfredo, y lo decía también ella. No, pues. Ahorita solamente ya les pido que toquen otra vez La Que Se Fue.

Se estremeció de nuevo. Sobre las sábanas, a su lado, estaba la foto rota. Daba mucho frío ser libre.

11. Yo no sé matar, pero voy a aprender

La casa cuartel de la Guardia Civil de Galapagar está en las afueras del pueblo, situado cerca de El Escorial: casitas adosadas para las familias de los guardias y un edificio más grande para la comandancia, con el paisaje nevado y gris de las montañas como fondo. Justo —paradojas de la vida— detrás de unas casas prefabricadas, de buen aspecto, que albergan una comunidad de raza gitana con la que mantienen una vecindad que desmiente los viejos tópicos lorquianos de Heredias, Camborios y parejas de tricornios charolados. Después de identificarme en la puerta dejé el coche en el aparcamiento vigilado; y una guardia alta, rubia —en su uniforme era verde hasta la cinta que le sujetaba la cola de caballo bajo la gorra teresiana—, me condujo hasta el despacho del capitán Víctor Castro: una pequeña habitación con un ordenador sobre la mesa y una bandera española en la pared, junto a la que estaban colgados, a modo de adornos o trofeos, un viejo Máuser Coruña del año 45 y un fusil de asalto Kalashnikov AKM.

—Sólo puedo ofrecerle un café espantoso —me dijo.

Acepté el café, que él mismo trajo de la máquina que estaba en el pasillo, removiendo el brebaje con una cucharilla de plástico. Era infame, en efecto. En cuanto al capitán Castro, resultó ser uno de esos hombres con los que puedes simpatizar al primer vistazo: serio, de modales eficientes, impecable con su guerrera verde y el pelo gris cortado a cepillo, el bigote alatristesco que también empezaba a encanecer, la mirada tan directa y franca como el apretón de manos que me había dispensado al recibirme. Tenía cara de hombre honrado; y tal vez eso, entre otras cosas, animó a sus superiores, tiempo atrás, a encomendarle durante cinco años la jefatura del grupo Delta Cuatro, en la Costa del Sol. Según mis noticias, la honradez del capitán Castro resultó, a la postre, incómoda hasta para sus propios mandos. Eso explicaba quizás que yo estuviera visitándolo en un pueblo perdido de la sierra de Madrid, en una comandancia con treinta guardias cuya jefatura correspondía a una graduación inferior a la suya, y que me hubiese costado cierto trabajo —influencias, viejos amigos— que la Dirección General de la Guardia Civil autorizase aquella entrevista. Como apuntó más tarde, filosófico, el propio capitán Castro cuando me acompañaba cortésmente al coche, los Pepitos Grillo nunca hicieron —hicimos, dijo con sonrisa estoica— carrera en ninguna parte.

Ahora hablábamos de esa carrera, él sentado tras la mesa de su pequeño despacho, con ocho cintas multicolores de condecoraciones cosidas en el lado izquierdo de su guerrera, y yo con mi café. O, para ser exactos, hablábamos de cuando se ocupó por primera vez de Teresa Mendoza, a partir de una investigación sobre el asesinato de un guardia de la comandancia de Manilva, el sargento Iván Velasco, a quien describió —el capitán era muy cuidadoso eligiendo las palabras— como un agente de cuestionable honestidad; mientras que otros a quien consulté previamente sobre el personaje —entre ellos el ex policía Nino Juárez— lo habían definido como un completísimo hijo de puta.

—A Velasco lo mataron de una forma sospechosa —explicó—. De modo que trabajamos un poco en eso.

Algunas coincidencias con episodios de contrabando, entre ellos el asunto de Punta Castor y la muerte de Santiago Fisterra, nos hicieron relacionarlo con la salida de la cárcel de Teresa Mendoza. Aunque nada pudo probarse, eso me llevó hasta ella, y con el tiempo terminé por especializarme en la Mejicana: vigilancia, grabaciones en vídeo, teléfonos intervenidos por orden judicial... Ya sabe —me miraba dando por sentado que yo sabía—. Mi trabajo no era perseguir el tráfico de droga, sino investigar su ambiente. La gente a la que la Mejicana compraba y corrompía, que con el tiempo fue mucha. Eso incluyó a banqueros, jueces y políticos. También a gente de mi propia empresa: aduaneros, guardias civiles y policías.

La palabra policías me hizo asentir, interesado. Vigilar al vigilante.

—¿Cuál fue la relación de Teresa Mendoza con el comisario Nino Juárez? —pregunté.

Dudó un momento, y parecía que calculaba el valor, o la vigencia, de cada cosa que iba a decir. Después hizo un gesto ambiguo.

—No hay mucho que yo pueda decirle que no publicaran en su momento los periódicos... La Mejicana consiguió infiltrarse incluso en el DOCS. Juárez terminó trabajando para ella, como tantos otros.

Puse el vasito de plástico sobre la mesa y me quedé así, un poco inclinado hacia adelante.

—¿Nunca intentó comprarlo a usted?

El silencio del capitán Castro se hizo incómodo. Miraba el vaso, inexpresivo. Por un momento temí que la entrevista hubiese terminado. Ha sido un placer, caballero. Adiós y hasta la vista.

—Yo comprendo las cosas, ¿sabe? —dijo al fin—... Entiendo, aunque no lo justifique, que alguien que cobra un sueldo reducido vea la oportunidad si le dicen: oye, mañana cuando estés en tal sitio, en vez de allí mira hacia allá. Y a cambio pone la mano y obtiene un fajo de billetes. Es humano. Cada uno es cada uno. Todos queremos vivir mejor de lo que vivimos... Lo que pasa es que unos tienen límites, y otros no.

Se quedó callado otra vez y alzó los ojos. Tiendo a dudar de la inocencia de la gente, pero de aquella mirada no dudé. Aunque en el fondo nunca se sabe. De cualquier modo, me habían hablado antes del capitán Víctor Castro, número tres de su promoción, siete años en Intxaurrondo, uno de destino voluntario en Bosnia, medalla al mérito policial con distintivo rojo.

—Naturalmente que intentaron comprarme —dijo—. No fue la primera vez, ni la última —ahora se permitía una sonrisa suave, casi tolerante—. Incluso en este pueblo lo intentan de vez en cuando, en otra escala. Un jamón en Navidad de un constructor, una invitación de un concejal... Estoy convencido de que cada cual tiene un precio. Quizás el mío era demasiado alto. No sé. Lo cierto es que a mí no me compraron.

—¿Por eso está aquí?

—Es un buen puesto —me miraba impasible—. Tranquilo. No me quejo.

—¿Es verdad, como cuentan, que Teresa Mendoza llegó a tener contactos en la Dirección General de la Guardia Civil?

—Eso debería preguntarlo en la Dirección General.

—¿Y es cierto que trabajó usted con el juez Martínez Pardo en una investigación que fue paralizada por el ministerio de Justicia?

—Le digo lo de antes. Pregúnteselo al ministerio de Justicia.

Asentí, aceptando sus reglas. Por alguna razón, aquel malísimo café en vaso de plástico acentuaba mi simpatía por él. Recordé al ex comisario Nino Juárez en la mesa de casa Lucio, saboreando su Viña Pedrosa del 96. ¿Cómo lo había explicado mi interlocutor un momento antes? Sí. Cada uno es cada uno.

—Hábleme de la Mejicana —dije.

Al mismo tiempo saqué del bolsillo una copia de la fotografía tomada desde el helicóptero de Aduanas, y la puse sobre la mesa: Teresa Mendoza iluminada en plena noche entre una nube de agua pulverizada que la luz hacía centellear a su alrededor, el rostro y el pelo mojados, las manos apoyadas en los hombros del piloto de la planeadora. Corriendo a cincuenta nudos hacia la piedra de León y su destino. Ya conozco esa foto, dijo el capitán Castro. Pero estuvo mirándola un rato, pensativo, antes de empujarla de nuevo hacia mí.

—Fue muy lista y muy rápida —añadió un momento después—. Su ascenso en aquel mundo tan peligroso fue una sorpresa para todos. Corrió riesgos y tuvo suerte... De esa mujer que acompañaba a su novio en la planeadora hasta la que yo conocí, hay mucho camino. Usted ha visto los reportajes de prensa, supongo. Las fotos en el *¡Hola!* y demás. Se refinó mucho, obtuvo unos modales y una cultura. Y se hizo poderosa. Una leyenda, dicen. La Reina del Sur. Los periodistas la apodaron así... Para nosotros siempre fue la Mejicana.

—¿Mató?

—Pues claro que mató. O lo hicieron por ella. En ese negocio, matar forma parte del asunto. Pero fíjese qué astuta. Nadie pudo probarle nada. Ni una muerte, ni un tráfico. Cero pelotero. Hasta la Agencia Tributaria anduvo tras ella, a ver si por ahí podía hincársele el diente. Nada... Sospecho que compró a quienes la investigaban.

Creí detectar un matiz de amargura en sus palabras. Lo observé, curioso, pero se echó hacia atrás en la silla. No sigamos por ese camino, decía su gesto. Es salirse de la cuestión, y de mis competencias.

—¿Cómo llegó tan aprisa y tan alto?

—Ya he dicho que era lista y tuvo suerte. Llegó justo cuando las mafias colombianas buscaban rutas alternativas en Europa. Pero además fue una innovadora... Si ahora los marroquíes son los amos del tráfico en ambas orillas del Estrecho, es gracias a ella. Empezó a apoyarse más en esa gente que en los traficantes gibraltareños o españoles, y convirtió una actividad desordenada, casi artesanal, en una empresa eficiente. Hasta le cambió el aspecto a sus empleados. Los hacía vestirse correctos, nada de cadenas gordas de oro y moda hortera: trajes sencillos, coches discretos, apartamentos en vez de casas lujosas, taxis para acudir a citas de trabajo... Y así, hachís marroquí aparte, fue quien montó las redes de la cocaína hacia el Mediterráneo oriental, desplazando a las otras mafias y a los gallegos que pretendían establecerse allí. Nunca manejó carga propia, que nosotros supiéramos. Pero casi todo el mundo dependía de ella.

La clave, siguió contándome el capitán Castro, consistía en que la Mejicana utilizó su experiencia técnica sobre el uso de planeadoras para las operaciones a gran escala. Las lanchas tradicionales eran las Phantom de casco rígido y limitada autonomía, propensas a averiarse con mala mar; y fue ella la primera en comprender que una semirrígida soportaba mejor el mal tiempo porque sufría menos. Así que organizó una flotilla de Zodiac, llamadas gomas en el argot del Estrecho: neumáticas que en los últimos años llegaron hasta los quince metros de eslora, a veces con tres motores, el tercero no para correr más —la velocidad límite continuaba en torno a los cincuenta nudos— sino para mantener la potencia. El mayor tamaño permitía, además, llevar reservas de combustible. Mayor autonomía y más carga a bordo. Así pudo trabajar con buena y con mala mar en lugares alejados del Estrecho: la desembocadura del Guadalquivir, Huelva y las costas desiertas de Almería. A veces llegaba hasta Murcia y Alicante, recurriendo a pesqueros o yates particulares que hacían de nodrizas y permitían repostar en alta mar. Montó operaciones con barcos que venían directamente de Sudamérica, y utilizó la conexión marroquí, la entrada de cocaína por Agadir y Casablanca, para organizar transportes aéreos desde pistas escondidas en las montañas del Rif a pequeños aeródromos españoles que ni siquiera figuraban en los mapas. También puso de moda los llamados bombardeos: paquetes de veinticinco kilos de hachís o de coca envueltos en fibra de vidrio y provistos de flotadores, que se arrojaban al mar y eran recuperados por lanchas o pesqueros. Nada de eso, explicó el capitán Castro, lo había hecho nadie antes en España. Los pilotos de Teresa Mendoza, reclutados entre los que volaban en avionetas de fumigación, podían aterrizar y despegar en carreteras de tierra y pistas de doscientos metros. Volaban bajo, con luna, entre las montañas y a poca altura sobre el mar, aprovechando que los radares marroquíes eran casi inexistentes, y que el sistema español de detección aérea tenía, o tiene —el capitán formaba un círculo enorme con las manos— agujeros de este tamaño. Sin excluir que alguien, debidamente engrasado, cerrase los ojos cuando un eco sospechoso aparecía en la pantalla.

—Todo lo confirmamos más tarde, cuando una Cessna Skymaster se estrelló cerca de Tabernas, en Almería, cargada con doscientos kilos de cocaína. El piloto, un polaco, resultó muerto. Sabíamos que era cosa de la Mejicana; pero nadie pudo probar nunca esa conexión. Ni ninguna otra.

Se detuvo ante el escaparate de la librería Alameda. En los últimos tiempos compraba muchos libros. Cada vez tenía más en casa, alineados en estantes o puestos de cualquier manera sobre los muebles. Leía por la noche hasta tarde, o sentada durante el día en las terrazas frente al mar. Algunos eran sobre México. Había encontrado en aquella librería malagueña varios autores de su tierra: novelas policíacas de Paco Ignacio Taibo II, un libro de cuentos de Ricardo Garibay, una *Historia de la Conquista de Nueva España* escrita por un tal Bernal Díaz del Castillo que había estado con Cortés y la Malinche, y un volumen de las obras completas de Octavio Paz —nunca había oído hablar antes de ese señor Paz, pero tenía todos los visos de ser importante allá— que se titulaba *El peregrino en su patria.* Lo leyó todo despacio, con dificultad, saltándose muchas páginas que no comprendía. Pero lo cierto era que se le quedaron cosas en la cabeza: un poso de algo nuevo que la hizo reflexionar sobre su tierra —aquel pueblo orgulloso, violento, tan bueno y desgraciado al mismo tiempo, siempre lejos de Dios y tan cerca de los pinches gringos— y sobre sí misma. Eran libros que obligaban a pensar en cosas sobre las que nunca había pensado antes. Además, leía diarios y procuraba ver los informativos de la televisión. Eso, y las telenovelas que ponían por la tarde; aunque ahora dedicaba más tiempo a leer que a otra cosa. La ventaja de los libros, como descubrió cuando estaba en El Puerto de Santa María, era que podías apropiarte de las vidas, historias y reflexiones que encerraban, y nunca eras la misma al abrirlos por primera vez que al terminarlos. Personas muy inteligentes habían escrito algunas de aquellas páginas; y si eras capaz de leer con humildad, paciencia y ganas de aprender, no te defraudaban nunca. Hasta lo que no comprendías quedaba ahí, en un rinconcito de la cabeza; listo para que el futuro le diera sentido convirtiéndolo en cosas hermosas o útiles. De ese modo, *El conde de Montecristo* y *Pedro Páramo,* que por diferente razón seguían siendo sus favoritas —las leyó una y otra vez hasta perder la cuenta—, eran ya rumbos familiares, que llegaba a dominar casi del todo. El libro de Juan Rulfo fue un desafío desde el principio, y ahora la satisfacía pasar sus páginas y comprender: *Quise retroceder porque pensé que regresando podría encontrar el calor que acababa de dejar; pero me di cuenta a poco andar que el frío salía de mí, de mi propia sangre...* Había descubierto fascinada, estremecida de placer y de miedo, que todos los libros del mundo hablaban de ella.

Y ahora miraba el escaparate, en busca de una portada que le llamara la atención. Ante los libros desconocidos solía guiarse por las portadas y los títulos. Había uno de una mujer llamada Nina Berberova que leyó por el retrato de una joven tocando el piano que tenía en la tapa; y la historia la atrajo tanto que procuró encontrar otros títulos de la misma autora. Como se trataba de una rusa, le regaló el libro —*La acompañante,* se llamaba— a Oleg Yasikov, que no era lector de nada que no fuese la prensa deportiva o algo relacionado con los tiempos del zar. Menudo bicho esa pianista, había comentado el gangster unos días más tarde. Lo que demostraba que al menos hojeó el libro.

Aquélla era una mañana triste, algo fría para Málaga. Había llovido, y una leve bruma flotaba entre la ciudad y el puerto, agrisando los árboles de la Alameda. Teresa estaba mirando una novela del escaparate que se llamaba *El maestro y Margarita.* La portada no era muy atractiva, pero el nombre del autor sonaba a ruso, y eso la hizo sonreír pensando en Yasikov y en la cara que pondría cuando le llevara el libro. Iba a entrar a comprarlo cuando se vio reflejada en un espejo publicitario que estaba junto a la vitrina: cabello recogido en una coleta, aretes de plata, ningún maquillaje, un elegante tres cuartos de piel negra sobre tejanos y botas camperas de cuero marrón. A su espalda discurría el escaso tráfico en dirección al puente de Tetuán, y poca gente caminaba por la acera. De pronto todo se congeló en su interior, como si la sangre y el corazón y el pensamiento quedaran en suspenso. Sintió aquello antes de razonarlo. Antes, incluso, de interpretar nada. Pero resultaba inequívoco, viejo y conocido: La Situación. Había visto algo, pensó atropelladamente, sin volverse, inmóvil ante el espejo que le permitía mirar sobre el hombro. Asustada. Algo que no encajaba en el paisaje y que no lograba identificar. Un día —recordó las palabras del Güero Dávila— alguien se acercará a ti. Alguien a quien tal vez conozcas. Escudriñó atenta el campo visual que le procuraba el espejo, y entonces se percató de la presencia de los dos hombres que cruzaban la calle desde el paseo central de la Alameda, sin prisas, sorteando automóviles. Latía una nota familiar en ambos, pero de eso se dio cuenta unos segundos después. Antes le llamó la atención un detalle: pese al frío, los dos llevaban las chaquetas dobladas sobre el brazo derecho. Entonces sintió un espanto ciego, irracional, muy antiguo, que había creído no volver a sentir en la vida. Y sólo cuando entró precipitadamente en la librería y estaba a punto de preguntarle al dependiente por una salida en la parte de atrás, cayó en la cuenta de que había reconocido al Gato Fierros y a Potemkin Gálvez.

Corrió de nuevo. En realidad no había dejado de hacerlo desde que sonó el teléfono en Culiacán. Una huida hacia adelante, sin rumbo, que la llevaba a personas y lugares imprevistos. Apenas salió por la puerta de atrás, los músculos crispados a la espera de un plomazo, corrió por la calle Panaderos sin importarle llamar la atención, pasó junto al mercado —de nuevo el recuerdo de aquella primera fuga— y allí siguió caminando deprisa hasta llegar a la calle Nueva. El corazón le iba a seis mil ochocientas vueltas por minuto, como si tuviera dentro un cabezón trucado. Tacatacatac. Tacatacatac. Se volvía a mirar atrás de vez en cuando, confiando en que los dos gatilleros siguieran esperándola en la librería. Aflojó el paso cuando estuvo a punto de resbalar en el suelo mojado. Más serena y razonando. Te vas a romper la madre, se dijo. Así que tómalo con calma. No te apendejes y piensa. No en lo que hacen esos dos batos aquí, sino en cómo librarte de ellos. Cómo ponerte a salvo. Los porqués ya tendrás tiempo de considerarlos más tarde, si es que sigues viva.

Imposible recurrir a un policía, ni regresar a la Cherokee con asientos de cuero —aquella ancestral afición sinaloense por las rancheras todo terreno— que tenía aparcada en el subterráneo de la plaza de la Marina. Piensa, se dijo de nuevo. Piensa, o te puedes morir ahorita. Miró alrededor, desamparada. Estaba en la plaza de la Constitución, a pocos pasos del hotel Larios. A veces Pati y ella, cuando iban de compras, tomaban un aperitivo en el bar del primer piso, un lugar agradable desde el que podía verse —vigilarse, en este caso— un buen trecho de la calle. El hotel, naturalmente. Órale. Sacó el teléfono del bolso mientras cruzaba el portal y subía las escaleras. Bip, bip, bip. Aquél era un problema que sólo podía resolverle Oleg Yasikov.

Le fue difícil conciliar el sueño esa noche. Salía de la duermevela entre sobresaltos, y más de una vez escuchó, alarmada, una voz que gemía en la oscuridad, descubriendo al cabo que era la suya. Las imágenes del pasado y del presente se mezclaban en su cabeza: la sonrisa del Gato Fierros, la sensación de quemazón entre los muslos, los estampidos de una Colt Doble Águila, la carrera medio desnuda entre los arbustos que le arañaban las piernas. Como de ayer, como de ahora mismo, parecía. Al menos tres veces oyó los golpes que uno de los guardaespaldas de Yasikov daba en la puerta del dormitorio. Dígame si se encuentra bien, señora. Si necesita algo. Antes del amanecer se vistió y salió al saloncito. Uno de los hombres dormitaba en el sofá, y el otro levantó los ojos de una revista antes de ponerse en pie, despacio. Un café, señora. Una copa de algo. Teresa negó con la cabeza y fue a sentarse junto a la ventana que daba al puerto de Estepona. Yasikov le había facilitado el apartamento. Quédate cuanto quieras, dijo. Y evita ir por tu casa hasta que todo vuelva al orden. Los dos guaruras eran de mediana edad, corpulentos y tranquilos. Uno con acento ruso y otro sin acento de ninguna clase porque jamás abría la boca. Ambos sin identidad. Bikiles, los llamaba Yasikov. Soldados. Gente callada que se movía despacio y miraba a todas partes con ojos profesionales. No se apartaban de su lado desde que llegaron al bar del hotel sin llamar la atención, uno de ellos con una bolsa deportiva colgada al hombro, y la acompañaron —el que hablaba le pidió antes, en voz baja y por favor, que detallase el aspecto de los pistoleros— hasta un Mercedes de cristales tintados que aguardaba en la puerta. Ahora la bolsa deportiva estaba abierta sobre una mesa, y dentro relucía suave el pavonado de una pistola ametralladora Skorpion.

Vio a Yasikov a la mañana siguiente. Vamos a intentar resolver el problema, dijo el ruso. Mientras tanto, procura no pasearte mucho. Y ahora sería útil que me explicaras qué diablos pasa. Sí. Qué cuentas dejaste atrás. Quiero ayudarte, pero no buscarme enemigos gratis, ni interferir en cosas de gente que pueda estar relacionada conmigo para otros negocios. Eso, niet de niet. Si se trata de mejicanos me da lo mismo, porque nada he perdido allí. No. Pero con los colombianos necesito estar a buenas. Sí. Son mejicanos, confirmó Teresa. De Culiacán, Sinaloa. Mi pinche tierra. Entonces me da igual, fue la respuesta de Yasikov. Puedo ayudarte. De modo que Teresa encendió un cigarrillo, y luego otro y otro más, y durante un rato largo puso a su interlocutor al corriente de aquella etapa de su vida que por un tiempo creyó cerrada para siempre: el *Batman* Güemes, don Epifanio Vargas, las transas del Güero Dávila, su muerte, la fuga de Culiacán, Melilla y Algeciras. Coincide con los rumores que había oído, concluyó el otro cuando ella hubo terminado. Excepto tú, nunca vimos mejicanos por aquí. No. El auge de tus negocios ha debido refrescarle a alguien la memoria.

Decidieron que Teresa seguiría haciendo vida normal —no puedo estar encerrada, dijo ella, bastante tiempo lo estuve ya en El Puerto—, pero tomando precauciones y con los dos bikiles de Yasikov junto a ella a sol y a sombra. También deberías llevar un arma, sugirió el ruso. Pero ella no quiso. No mames, dijo. Güey. Estoy limpia y quiero seguir estándolo. Una posesión ilegal bastaría para ponerme otra vez a catchear en prisión. Y, tras pensarlo un momento, el otro estuvo de acuerdo. Cuídate entonces, concluyó. Que yo me ocupo.

Teresa lo hizo. Durante la semana siguiente vivió con los guaruras pegados a sus talones, evitando dejarse ver demasiado. Todo el tiempo se mantuvo lejos de su casa —un apartamento de lujo en Puerto Banús, que en esa época ya pensaba sustituir por una casa junto al mar, en

Guadalmina Baja—, y fue Pati quien anduvo de un lado a otro con ropa, libros y lo necesario. Guardaespaldas como en las películas, decía. Esto parece *L. A. Confidencial*. Pasaba mucho tiempo acompañándola, de charla o viendo la tele, con la mesita del salón espolvoreada de blanco, ante la mirada inexpresiva de los dos hombres de Yasikov. Al cabo de una semana, Pati les dijo feliz Navidad —era mediados de marzo— y puso sobre la mesa, junto a la bolsa de la Skorpion, dos gruesos fajos de dinero. Un detalle, dijo. Para que ustedes se tomen algo. Por lo bien que cuidan de mi amiga. Ya estamos pagados, dijo el que hablaba con acento, después de mirar el dinero y mirar a su camarada. Y Teresa pensó que Yasikov pagaba muy bien a su gente, o que ellos le tenían mucho respeto al ruso. Quizá las dos cosas. Nunca llegó a saber cómo se llamaban. Pati siempre se refería a ellos como Pixie y Dixie.

Los dos paquetes están localizados, informó Yasikov. Un colega que me debe favores acaba de llamar. Así que te tendré al corriente. Se lo dijo por teléfono en vísperas de la reunión con los italianos, sin darle importancia aparente, en el curso de una conversación sobre otros asuntos. Teresa estaba con su gente, planificando la compra de ocho lanchas neumáticas de nueve metros de eslora que serían almacenadas en una nave industrial de Estepona hasta el momento de echarlas al agua. Al apagar el teléfono encendió un cigarrillo para darse tiempo, preguntándose cómo iba a solucionar su amigo ruso el problema. Pati la miraba. Y a veces, decidió irritada, es como si ésta me adivinara el pensamiento. Además de Pati —Teo Aljarafe estaba en el Caribe, y Eddie Álvarez, relegado a tareas administrativas, ocupándose del papeleo bancario en Gibraltar—, se hallaban presentes dos nuevos consejeros de Transer Naga: Farid Lataquia y el doctor Ramos. Lataquia era un maronita libanés propietario de una empresa de importación, tapadera de su verdadera actividad, que era conseguir cosas. Pequeño, simpático, nervioso, el pelo clareándole en la coronilla y frondoso bigote, había hecho algún dinero con el tráfico de armas durante la guerra del Líbano —estaba casado con una Gemayel—, y ahora vivía en Marbella. Si le proporcionaban medios suficientes, era capaz de encontrar cualquier cosa. Gracias a él, Transer Naga disponía de una ruta fiable para la cocaína: viejos pesqueros de Huelva, yates privados o destartalados mercantes de poco tonelaje que, antes de cargar sal en Torrevieja, recibían en alta mar la droga que entraba en Marruecos por el Atlántico, y en caso necesario hacían de nodrizas para las planeadoras que operaban en la costa oriental andaluza. En cuanto al doctor Ramos, había sido médico de la marina mercante, y era el táctico de la organización: planificaba las operaciones, los puntos de embarque y alijo, las artimañas de diversión, el camuflaje. Cincuentón de pelo gris, alto y muy flaco, descuidado de aspecto, siempre vestía viejas chaquetas de punto, camisas de franela y pantalones arrugados. Fumaba en pipas de cazoletas requemadas, llenándolas con parsimonia —resultaba el hombre más tranquilo del mundo— de un tabaco inglés salido de cajas de latón que le deformaban los bolsillos llenos de llaves, monedas, mecheros, atacadores de pipa y los objetos más insospechados. Una vez, al sacar un pañuelo —los usaba con sus iniciales bordadas, como antiguamente— se le había caído al suelo una linternita enganchada a un llavero de propaganda de yogur Danone. Sonaba como un chatarrero, al caminar.

—Una sola identidad —decía el doctor Ramos—. Un mismo folio y matrícula cada Zodiac. Idéntico para todas. Como las echaremos al agua de una en una, no hay el menor problema... En cada viaje, una vez cargadas, a las gomas se les quita el rótulo y se vuelven anónimas. Para más seguridad podemos abandonarlas después, o que alguien se haga cargo de ellas. Pagando, claro. Así amortizamos algo.

—¿No es muy descarado lo de la misma matrícula?

—Irán al agua de una en una. Cuando la A esté operando, la numeración se la ponemos a la B. De esa forma, como todas serán iguales, siempre tendremos una amarrada en su pantalán, limpia. A efectos oficiales, nunca se habrá movido de ahí.

—¿Y la vigilancia en el puerto?

El doctor Ramos sonrió apenas, con sincera modestia. El contacto próximo era también su especialidad: guardias portuarios, mecánicos, marineros. Andaba por allí, aparcado su viejo Citroën Dos Caballos en cualquier parte, charlando con unos y otros, la pipa entre los dientes y el aire despistado y respetable. Tenía un pequeño barquito a motor en Cabopino con el que iba de pesca. Conocía cada lugar de la costa y a todo el mundo entre Málaga y la desembocadura del Guadalquivir.

—Eso está controlado. Nadie molestará. Otra cosa es que vengan a investigar de fuera, pero ese flanco no puedo cubrirlo yo. La seguridad exterior rebasa mis competencias.

Era cierto. Teresa se ocupaba de eso gracias a las relaciones de Teo Aljarafe y algunos contactos de Pati. Un tercio de los ingresos de Transer Naga se destinaba a relaciones públicas a ambas orillas del Estrecho; eso incluía a políticos, personal de la Administración, agentes de la seguridad del Estado. La clave consistía en negociar, según los casos, con información o con dinero. Teresa no olvidaba la lección de Punta Castor, y había dejado capturar algunos alijos importantes —inversiones a fondo perdido, las llamaba— para ganarse la voluntad del jefe del grupo contra la Delincuencia Organizada de la Costa del Sol, el comisario Nino Juárez, viejo conocido de Teo Aljarafe. También las comandancias de la Guardia Civil se beneficiaban de información privilegiada y bajo control, apuntándose éxitos que engrosaban las estadísticas. Hoy por ti, mañana por mí, y de momento me debes una. O varias. Con algunos mandos subalternos o ciertos guardias y policías, las delicadezas eran innecesarias: un contacto de confianza ponía sobre la mesa un fajo de billetes, y asunto resuelto. No todos se dejaban comprar; pero hasta en esas ocasiones solía funcionar la solidaridad corporativa. Era raro que alguien denunciase a un compañero, excepto en casos escandalosos. Además, las fronteras del trabajo contra la delincuencia y la droga no siempre estaban definidas; mucha gente trabajaba para los dos bandos a la vez, se pagaba con droga a los confidentes, y el dinero era la única regla a la que atenerse. Respecto a determinados políticos locales, con ellos tampoco era necesario mucho tacto. Teresa, Pati y Teo cenaron varias veces con Tomás Pestaña, alcalde de Marbella, para tratar sobre la recalificación de unos terrenos que podían destinarse a la construcción. Teresa había aprendido muy pronto —aunque sólo ahora comprobaba las ventajas de estar arriba de la pirámide— que a medida que beneficias al conjunto social obtienes su respaldo. Al final, hasta al estanquero de la esquina le conviene que trafiques. Y en la Costa del Sol, como en todas partes, presentarse con un buen aval de fondos para invertir abría muchas puertas. Luego todo era cuestión de habilidad y de paciencia. De comprometer poco a poco a la gente, sin asustarla, hasta que su bienestar dependiera de una. Dejándosela ir requetesuave. Con cremita. Era como lo de los juzgados: empezabas con flores y bombones para las secretarias y terminabas haciéndote con un juez. O con varios. Teresa había logrado poner en nómina a tres, incluido un presidente de Audiencia para quien Teo Aljarafe acababa de adquirir un apartamento en Miami.

Se volvió a Lataquia.

—¿Qué hay de los motores?

El libanés hizo un gesto antiguo y mediterráneo, los dedos de la mano juntos y vueltos en un giro rápido hacia arriba.

—No ha sido fácil —dijo—. Nos faltan seis unidades. Estoy haciendo gestiones.

—¿Y los accesorios?

—Los pistones Wiseco llegaron hace tres días, sin problemas. También las jaulas de rodamientos para las bielas... En cuanto a los motores, puedo completar la partida con otras marcas.

—Te pedí —dijo Teresa lentamente, recalcando las palabras— pinches Yamahas de doscientos veinticinco caballos, y carburadores de doscientos cincuenta... Eso es lo que te pedí.

Observó que el libanés, inquieto, miraba al doctor Ramos en demanda de apoyo, pero el rostro de éste permaneció inescrutable. Chupaba su pipa, envuelto en humo. Teresa sonrió para sus adentros. Que cada palo aguante su vela.

—Ya lo sé —Lataquia aún miraba al doctor, el aire resentido—. Pero conseguir dieciséis motores de golpe no es fácil. Ni siquiera un distribuidor oficial puede garantizarlo en tan poco tiempo.

—Tienen que ser todos los motores idénticos —puntualizó el otro—. Si no, adiós cobertura.

Encima colabora, decían los ojos del libanés. Ibn charmuta. Debéis de creer que los fenicios hacemos milagros.

—Qué lástima —se limitó a decir—. Todo ese gasto para un viaje.

—Mira quién lamenta los gastos —apuntó Pati, que encendía un cigarrillo—. Míster Diez por Ciento —expulsó el humo lejos, frunciendo mucho los labios—... El pozo sin fondo.

Se reía un poquito, casi al margen como de costumbre. En pleno disfrute. Lataquia ponía cara de incomprendido.

—Haré lo que pueda.

—Estoy segura de que sí —dijo Teresa.

Nunca dudes en público, había dicho Yasikov. Rodéate de consejeros, escucha con atención, tarda en pronunciarte si hace falta; pero después nunca titubees delante de los subalternos, ni dejes discutir tus decisiones cuando las tomes. En teoría, un jefe no se equivoca nunca. No. Cuanto dice ha sido meditado antes. Sobre todo es cuestión de respeto. Si puedes, hazte querer. Claro. Eso también asegura lealtades. Sí. En todo caso, puestos a elegir, es preferible que te respeten a que te quieran.

—Estoy segura —repitió.

Aunque todavía mejor que te respeten es que te teman, pensaba. Pero el temor no se impone de golpe, sino de forma gradual. Cualquiera puede asustar a otros; eso está al alcance de no importa qué salvaje. Lo difícil es irse haciendo temer poco a poco.

Lataquia reflexionaba, rascándose el bigote.

—Si me autorizas —concluyó al fin—, puedo hacer gestiones fuera. Conozco gente en Marsella y en Génova... Lo que pasa es que tardarían un poco más. Y están los permisos de importación y todo eso.

—Arréglatelas. Quiero esos motores —hizo una pausa, miró la mesa—. Y otra cosa. Hay que ir pensando en un barco grande —alzó los ojos—. No demasiado. Con toda la cobertura legal en regla.

—¿Cuánto quieres gastar?

—Setecientos mil dólares. Cincuenta mil más, como mucho.

Pati no estaba al corriente. La observaba de lejos, fumando, sin decir nada. Teresa evitó mirarla. A fin de cuentas, pensó, siempre dices que soy yo quien dirige el negocio. Que estás cómoda así.

—¿Para cruzar el Atlántico? —quiso saber Lataquia, que había captado el matiz de los cincuenta mil extra.

—No. Sólo que pueda moverse por aquí.

—¿Hay algo importante en marcha?

El doctor Ramos se permitió una mirada de censura. Preguntas demasiado, decía su flemático silencio. Fíjate en mí. O en la señorita O'Farrell, ahí sentada, tan discreta como si estuviese de visita.

—Puede que lo haya —respondió Teresa—. ¿Qué tiempo necesitas?

Ella sabía el tiempo de que disponía. Poco. Los colombianos estaban a punto de caramelo para un salto cualitativo. Una sola carga, de golpe, que abasteciera por un tiempo a italianos y rusos. Yasikov la había sondeado al respecto y Teresa prometió estudiarlo.

Lataquia volvió a rascarse el bigote. No sé, dijo. Un viaje para echar un vistazo, las formalidades y el pago. Tres semanas, como mínimo.

—Menos.

—Dos semanas.

—Una.

—Puedo probar —suspiró Lataquia—. Pero saldrá más caro.

Teresa se echó a reír. En el fondo la divertían las mañas de aquel cabrón. Con él, una de cada tres palabras era dinero.

—No me chingues, libanés. Ni un dólar más. Y órale, que se quema el chilorio.

La reunión con los italianos se celebró al día siguiente por la tarde, en el apartamento de Sotogrande. Máxima seguridad. Además de los italianos —dos hombres de la N'Drangheta calabresa llegados aquella mañana al aeropuerto de Málaga—, sólo asistieron Teresa y Yasikov. Italia se había convertido en el principal consumidor europeo de cocaína, y la idea era asegurar un mínimo de cuatro cargamentos de setecientos kilos por año. Uno de los italianos, un individuo maduro con patillas grises y chaqueta de ante, el aire de próspero hombre de negocios deportivo y a la moda, que llevaba la voz cantante —el otro estaba callado todo el rato, o se inclinaba de vez en cuando para deslizarle a su colega unas palabras al oído—, lo explicó con detalle en un español bastante aceptable. El momento era óptimo para establecer esa conexión: a Pablo Escobar lo acosaban en Medellín, los hermanos Rodríguez Orejuela veían muy disminuida su capacidad de operar directamente en los Estados Unidos, y los clanes colombianos necesitaban compensar en Europa las pérdidas que les ocasionaba el verse desplazados en Norteamérica por las mafias mejicanas. Ellos, la N'Drangheta, pero también la Mafia de Sicilia y la Camorra napolitana —en buenas relaciones y todos hombres de honor, añadió muy serio, después que su compañero le susurrase algo—, necesitaban asegurarse un suministro constante de clorhidrato de cocaína con una pureza del noventa al noventa y cinco por ciento —podrían venderlo a sesenta mil dólares el kilo, tres veces más caro que en Miami o San Francisco—, y también pasta de coca base con destino a refinerías clandestinas locales. En este punto, el otro —flaco, barba recortada, vestido de oscuro, aspecto antiguo— había vuelto a decirle algo al oído, y el compañero alzó un dedo admonitorio, frunciendo la frente exactamente igual que Robert de Niro en las películas de gangsters.

—Cumplimos con quien cumple —puntualizó.

Y Teresa, que no perdía detalle, pensó que la realidad imitaba a la ficción, en un mundo donde los gangas iban al cine y veían la tele como el que más. Un negocio amplio y estable, estaba diciendo ahora el otro, con perspectivas de futuro, siempre y cuando las primeras operaciones salieran a gusto de todos. Luego explicó algo de lo que Teresa ya estaba al corriente por Yasikov: que sus contactos en Colombia tenían lista la primera carga, e incluso un barco, el *Derly*, preparado en La Guaira, Venezuela, para estibar los setecientos paquetes de droga camuflados en bidones de diez kilos de grasa para automóviles dispuestos en un contenedor. El resto del operativo era inexistente, dijo, y luego encogió los hombros y se quedó mirando a Teresa y al ruso como si ellos tuvieran la culpa.

Para sorpresa de los italianos y del propio Yasikov, Teresa traía elaborada una propuesta concreta. Había pasado la noche y la mañana trabajando con su gente a fin de poner sobre la mesa un plan de operaciones que empezaba en La Guaira y concluía en el puerto de Gioia Tauro, Calabria. Lo planteó todo al detalle: fechas, plazos, garantías, compensaciones en caso de pérdida de la primera carga. Tal vez descubrió más cosas de lo necesario para la seguridad de la operación; pero en aquella fase, comprendió al primer vistazo, todo era cuestión de impresionar a la clientela. El aval de Yasikov y la Babushka sólo la cubría hasta cierto punto. Así que, a medida que hablaba, rellenando las lagunas operativas según iban presentándose, procuró ensamblarlo todo con la apariencia de algo muy calculado, sin cabos sueltos. Ella, expuso, o más bien una pequeña sociedad marroquí llamada Ouxda Imexport, filial-tapadera de Transer Naga con sede en Nador, se haría cargo de la mercancía en el puerto atlántico de Casablanca, transbordándola a un antiguo dragaminas inglés abanderado en Malta, el *Howard Morhaim,* que aquella misma mañana —Farid Lataquia se había movido rápido— supo disponible. Después, aprovechando el mismo viaje, el barco seguiría hasta Constanza, en Rumania, para entregar allí otra carga que ya esperaba almacenada en Marruecos, destinada a la gente de Yasikov. La coordinación de las dos entregas abarataría el transporte, reforzando también la seguridad. Menos viajes, menos riesgos. Rusos e italianos compartiendo gastos. Linda cooperación internacional. Etcétera. La única pega era que ella no aceptaba parte del pago en droga. Sólo transporte. Y sólo dólares.

Los italianos estaban encantados con Teresa y encantados con el negocio. Iban a sondear posibilidades y se encontraban con una operación entre las manos. Cuando llegó la hora de tratar aspectos económicos, costos y porcentajes, el de la chaqueta de ante conectó su teléfono móvil, se disculpó y estuvo veinte minutos hablando desde la otra habitación, mientras Teresa, Yasikov y el italiano de la barba recortada y el aire antiguo se miraban sin decir palabra, en torno a la mesa cubierta de folios que ella había llenado de cifras, diagramas y datos. Al fin el otro apareció en la puerta. Sonreía, e invitó a su compañero a reunirse un momento con él. Entonces Yasikov le encendió a Teresa el cigarrillo que ésta se llevaba a la boca.

—Son tuyos —dijo—. Sí.

Teresa recogió los papeles sin decir palabra. A veces miraba a Yasikov: el ruso sonreía, alentador, pero ella permaneció seria. Nunca hay nada hecho, pensaba, hasta que está hecho. Cuando volvieron los italianos, el de la chaqueta de ante lo hizo con gesto risueño, y el de aspecto antiguo parecía más relajado y menos solemne. Cazzo, dijo el risueño. Casi sorprendido. Nunca habíamos hecho tratos con una mujer. Después añadió que sus superiores daban luz verde. Transer Naga acababa de obtener la concesión exclusiva de las mafias italianas para el tráfico marítimo de cocaína hacia el Mediterráneo oriental.

Los cuatro lo celebraron aquella misma noche, primero con una cena en casa Santiago y luego en Jadranka, donde se les unió Pati O'Farrell. Teresa supo más tarde que la gente del DOCS, los policías del comisario Nino Juárez, los estuvieron fotografiando desde una Mercury camuflada, en el transcurso de un control de vigilancia rutinario; pero aquellas fotos no tuvieron consecuencias: los de la N'Drangheta nunca fueron identificados. Además, cuando pocos meses más tarde Nino Juárez entró en la nómina de sobornos de Teresa Mendoza, ese expediente, entre otras muchas cosas, se traspapeló para siempre.

En Jadranka, Pati estuvo encantadora con los italianos. Hablaba su idioma y era capaz de contar chistes procaces con impecable acento que los otros dos, admirados, identificaron como toscano. No hizo preguntas, ni nadie dijo nada de lo conversado en la reunión. Dos amigos, una amiga. La jerezana sabía de qué iban aquellos dos, pero siguió admirablemente la onda. Ya tendría ocasión de conocer detalles más tarde. Hubo muchas risas y muchas copas que contribuyeron a favorecer más el clima del negocio. No faltaron dos hermosas ucranianas altas y rubias, recién llegadas de Moscú, donde habían hecho películas porno y posado para revistas antes de integrarse en la red de prostitución de lujo que controlaba la organización de Yasikov; ni tampoco unas rayas de cocaína que los dos mafiosos, que se destaparon más extrovertidos de lo que parecían en el primer contacto, liquidaron sin reparos en el despacho del ruso, sobre una bandejita de plata. Tampoco Pati hizo ascos. Vaya napias las de mis primos, comentó frotándose la nariz empolvada. Estos coliflori mafiosi la sorben desde un metro de distancia. Llevaba demasiadas copas encima; pero sus ojos inteligentes, fijos en Teresa, tranquilizaron a ésta. Sosiégate, Mejicanita. Yo te pongo en suerte a estos pájaros antes de que las dos putillas bolcheviques los alivien de fluidos y de peso. Mañana me cuentas.

Cuando todo estuvo encarrilado, Teresa se dispuso a despedirse. Un día duro. No era trasnochadora, y sus guardaespaldas rusos la esperaban, uno apoyado en un rincón de la barra, otro en el aparcamiento. La música hacía pumba, pumba, y la luz de la pista la iluminaba a ráfagas cuando estrechó las manos de los de la N'Drangheta. Un placer, dijo. Ha sido un placer. Chi vediamo, dijeron los otros, apalancado cada uno con su rubia. Abotonó su chaqueta Valentino de piel negra, disponiéndose a salir mientras notaba moverse detrás al guarura de la barra. Al mirar en torno buscando a Yasikov lo vio venir entre la gente. Se había disculpado cinco minutos antes, reclamado por una llamada telefónica.

—¿Algo va mal? —preguntó ella al verle la cara.

Niet, dijo el otro. Todo va bien. Y he pensado que antes de ir a casa tal vez quieras acompañarme. Un pequeño paseo, añadió. No lejos de aquí. Estaba desacostumbradamente serio, y a Teresa se le encendieron las luces de alarma.

—¿Qué es lo que pasa, Oleg?

—Sorpresa.

Vio que Pati, sentada en conversación con los italianos y las dos rusas, los miraba inquisitiva y hacía ademán de levantarse; pero Yasikov enarcó una ceja y Teresa negó con la cabeza. Salieron los dos, seguidos por el guardaespaldas. En la puerta esperaban los coches, el segundo hombre de Teresa al volante del suyo y el Mercedes blindado de Yasikov con chófer y un guarura en el asiento delantero. Un tercer coche aguardaba algo más lejos, con otros dos hombres en su interior: la escolta permanente del ruso, sólidos chicos de Solntsevo, dóbermans cuadrados como armarios. Todos los coches tenían los motores en marcha.

—Vamos en el mío —dijo el ruso, sin responder a la pregunta silenciosa de Teresa.

Qué se traerá entre manos, pensaba ella. Este ruski resabiado y requetecabrón. Circularon en discreto convoy durante quince minutos, dando vueltas hasta comprobar que no los seguía nadie. Después tomaron la autopista hasta una urbanización de Nueva Andalucía. Allí, el Mercedes entró directamente en el garaje de un chalet con pequeño jardín y muros altos, todavía en construcción. Yasikov, el rostro impasible, sostuvo la puerta del automóvil para que saliera Teresa. Lo siguió por la escalera hasta llegar a un vestíbulo vacío, con ladrillos apilados contra la pared, donde un hombre fornido, con polo deportivo, que hojeaba una revista sentado en el suelo a la luz de una lámpara de gas butano, se levantó al verlos entrar. Yasikov le dirigió unas palabras en ruso, y el otro asintió varias veces. Bajaron al sótano, apuntalado por vigas metálicas y tablones. Olía a cemento fresco y a humedad. En la penumbra se distinguían herramientas de albañilería, bidones con agua sucia, sacos de cemento. El hombre del polo deportivo subió la intensidad de la llama de una segunda lámpara que colgaba de una viga. Entonces Teresa vio al Gato Fierros y a Potemkin Gálvez. Estaban desnudos, atados con alambre por las muñecas y los tobillos a sillas blancas de cámping. Y tenían aspecto de haber conocido noches mejores que aquélla.

—No sé nada más —gimió el Gato Fierros.

No los habían torturado mucho, comprobó Teresa: sólo un tratamiento previo, casi informal, rompiéndoles un tantito la madre a la espera de instrucciones más precisas, con un par de horas de plazo para que dieran vueltas a la imaginación y maduraran, pensando menos en lo sufrido que en lo que faltaba por sufrir. Los cortes de navaja en el pecho y los brazos eran superficiales y apenas sangraban ya. El Gato tenía una costra seca en los orificios nasales; su labio superior partido, hinchado, daba un tono rojizo a la baba que le caía por las comisuras de la boca. Se habían cebado un poco más al golpearlo con una varilla metálica en el vientre y los muslos: escroto inflamado y cardenales recientes en la carne tumefacta. Olía muy agrio, a orines y a sudor y a miedo del que se enrosca en las tripas y las afloja. Mientras el hombre del polo deportivo hacía pregunta tras pregunta en un español torpe, con fuerte acento, intercalando sonoras bofetadas que volvían a uno y otro lado el rostro del mejicano, Teresa observaba, fascinada, la enorme cicatriz horizontal que deformaba su mejilla derecha; la marca del plomo calibre 45 que ella misma le había disparado a bocajarro unos años atrás, en Culiacán, el día que el Gato Fierros decidió que era una lástima matarla sin divertirse un poco antes, va a morirse igual y sería un desperdicio, fue lo que dijo, y luego el puñetazo impotente y furioso de Potemkin Gálvez destrozando la puerta de un armario: el Güero Dávila era de los nuestros, Gato, acuérdate, y ésta era su hembra, matémosla pero con respeto. El caño negro del Python acercándose a su cabeza, casi piadoso, quita no te salpique, carnal, y apaguemos. Chale. El recuerdo llegaba en oleadas, cada vez más intenso, haciéndose físico al fin, y Teresa sintió arderle lo mismo el vientre que la memoria, el dolor y el asco, la respiración del Gato Fierros en su cara, la urgencia del sicario clavándose en sus entrañas, la resignación ante lo inevitable, el tacto de la pistola en la bolsa puesta en el suelo, el estampido. Los estampidos. El salto por la ventana, con las ramas lacerándole la carne desnuda. La fuga. Ahora no sentía odio, descubrió. Sólo una intensa satisfacción fría. Una sensación de poder helado, muy apacible y tranquilo.

—Juro que no sé nada más —seguían restallando las bofetadas en las oquedades del sótano—... Lo juro por la vida de mi madre.

Tenía madre, el hijo de la chingada. El Gato Fierros tenía una pinche mamacita como todo el mundo, allá en Culiacán, y sin duda le mandaba dinero para aliviar su vejez cuando cobraba cada muerte, cada violación, cada madriza. Sabía más, por supuesto. Aunque acababan de sacarle el mole a tajos y puros golpes, sabía más sobre muchas cosas; pero Teresa estaba segura de que lo había contado todo sobre su viaje a España y sus intenciones: el nombre de la Mejicana, la mujer que se movía en el mundo del narco en la costa andaluza, llegaba hasta la antigua tierra culichi. Así que a quebrársela. Viejas cuentas, inquietud por el futuro, por la competencia o por vaya usted a saber qué. Ganas de atar cabos sueltos. El *Batman* Güemes estaba en el centro de la tela de araña, naturalmente. Eran sus gatilleros, con una chamba a medio cumplir. Y el Gato Fierros, menos bravo atado con alambre a su absurda silla blanca que en el pequeño apartamento de Culiacán, soltaba la lengua a cambio de ahorrarse una parcelita de dolor. Aquel bato destripador que tanto galleaba escuadra al cinto, en Sinaloa, culeando viejas antes de bajárselas. Todo era lógico y natural como para no acabárselo.

—Les digo que ya no sé nada —seguía gimoteando el Gato.

A Potemkin Gálvez se le veía más entero. Apretaba los labios, obstinado, poco fácil para salivear verbos. Y ni modo. Mientras que al Gato parecían haberle dado gas defoliante, éste negaba con la cabeza ante cada pregunta, aunque tenía el cuerpo tan maltrecho como su carnal, con manchas nuevas sobre las de nacimiento que ya traía en la piel, y cortes en el pecho y los muslos, insólitamente vulnerable con toda su desnudez gorda y velluda trincada a la silla por los alambres que se hundían en la carne, amoratando manos y pies hinchados. Sangraba por el pene y la boca y la nariz, el bigote negro y espeso chorreando gotas rojas que corrían en regueros finos por el pecho y la barriga. No, pues. Estaba claro que lo suyo no era hacer de madrina, y Teresa pensó que incluso a la hora de acabar hay clases, y tipos, y gentes que se comportan de una manera o de otra. Y que aunque a esas alturas da lo mismo, en el fondo no lo da. Tal vez era menos imaginativo que el Gato, reflexionó observándolo. La ventaja de los hombres con poca imaginación era que les resultaba más fácil cerrarse, bloquear la mente bajo la tortura. Los otros, los que pensaban, se disparaban antes. La mitad del camino la hacían solos, dale que dale, piensa que te piensa, y lo que se había de cocer lo iban remojando. El miedo siempre es más intenso cuando eres capaz de imaginar lo que te espera.

Yasikov miraba un poco apartado, la espalda contra la pared, observando sin abrir la boca. Es tu negocio, decía su silencio. Tus decisiones. Sin duda también se preguntaba cómo era posible que Teresa soportase aquello sin un temblor en la mano que sostenía los cigarrillos que fumaba uno tras otro, sin un parpadeo, sin una mueca de horror. Estudiando a los sicarios torturados con una curiosidad seca, atenta, que no parecía de ella misma, sino de la otra ruca que rondaba cerca, mirándola como lo hacía Yasikov entre las sombras del sótano. Había misterios interesantes en todo aquello, decidió. Lecciones sobre los hombres y las mujeres. Sobre la vida y el dolor y el destino y la muerte. Y, como los libros que leía, todas aquellas lecciones hablaban también de ella misma.

El guarura del polo deportivo se secó la sangre de las manos en las perneras del pantalón y se volvió hacia Teresa, disciplinado e interrogante. Su navaja estaba en el suelo, a los pies del Gato Fierros. Para qué más, concluyó ella. Todo anda requeteclaro, y el resto me lo sé. Miró por fin a Yasikov, que encogió casi imperceptiblemente los hombros mientras dirigía una ojeada significativa a los sacos de cemento apilados en un rincón. Aquel sótano de la casa en construcción no era casual. Todo estaba previsto.

Yo lo haré, decidió de pronto. Sentía unas extrañas ganas de reír por dentro. De sí misma. De reír torcido. Amargo. En realidad, al menos en lo que se refería al Gato Fierros, se trataba sólo de acabar lo que había iniciado apretando el gatillo de la Doble Águila, tanto tiempo atrás. La vida te da sorpresas, decía la canción. Sorpresas te da la vida. Híjole. A veces te las da sobre cosas tuyas. Cosas que están ahí y no sabías que estaban. Desde los rincones en sombras, la otra Teresa Mendoza seguía observándola con mucha atención. A lo mejor, reflexionó, la que se quiere reír por dentro es ella.

—Yo lo haré —se oyó repetir, ahora en voz alta.

Era su responsabilidad. Sus cuentas pendientes y su vida. No podía descansar en nadie. El del polo deportivo la observaba curioso, como si su español no fuera bastante bueno para comprender lo que oía; se giró hacia su jefe y luego volvió a mirarla otra vez.

—No —dijo suavemente Yasikov.

Había hablado y se había movido al fin. Apartó la espalda de la pared, acercándose. No la observaba a ella, sino a los dos sicarios. El Gato Fierros tenía la cabeza inclinada sobre el pecho; Potemkin Gálvez los miraba cual si no los viera, los ojos fijos en la pared a través de ellos. Fijos en la nada.

—Es mi guerra —dijo Teresa.

—No —repitió Yasikov.

La tomaba con dulzura por el brazo, invitándola a salir de allí. Ahora se encaraban, estudiándose.

—Me vale verga quien sea —dijo de pronto Potemkin Gálvez—... Nomás chínguenme, que ya se tardan.

Teresa se encaró con el gatillero. Era la primera vez que le oía despegar los labios. La voz sonaba ronca, apagada. Seguía mirando hacia Teresa como si ella fuera invisible y él tuviese los ojos absortos en el vacío. Su desnuda corpulencia, inmovilizada en la silla, relucía de sudor y de sangre. Teresa anduvo despacio hasta quedar muy cerca, a su lado. Olía áspero, a carne sucia, maltrecha y torturada.

—Órale, Pinto —le dijo—. No te apures... Te vas a morir ya.

El otro asintió un poco con la cabeza, mirando siempre hacia el lugar en donde ella había estado parada antes. Y Teresa volvió a escuchar el ruido de astillas en la puerta del armario de Culiacán, y vio el caño del Python acercándosele a la cabeza, y de nuevo oyó la voz diciendo el Güero era de los nuestros, Gato, acuérdate, y ésta era su hembra. Quita que no te salpique. Y tal vez, pensó de pronto, de veras se lo debía. Acabar rápido, como él había deseado para ella. Chale. Eran las reglas. Señaló con un gesto al cabizbajo Gato Fierros.

—No te añadiste a éste —murmuró.

Ni siquiera se trataba de una pregunta, o de una reflexión. Sólo un hecho. El gatillero permaneció impasible, cual si no hubiera oído. Un nuevo hilillo de sangre le goteaba de la nariz, suspendido en los pelos sucios del bigote. Ella lo estudió unos instantes más, y luego fue despacio hasta la puerta, pensativa. Yasikov la aguardaba en el umbral.

—Respetad al Pinto —dijo Teresa.

No siempre es cabal mochar parejo, pensaba. Porque hay deudas. Códigos raros que sólo entiende cada cual. Cosas de una.

12. Qué tal si te compro

Bajo la luz que entraba por las grandes claraboyas del techo, los flotadores de la lancha neumática Valiant parecían dos grandes torpedos grises. Teresa Mendoza estaba sentada en el suelo, rodeada de herramientas, y con las manos manchadas de grasa ajustaba las nuevas hélices en la cola de dos cabezones trucados a 250 caballos. Vestía unos viejos tejanos y una camiseta sucia, y el cabello recogido en dos trenzas le pendía a los lados de la cara moteada por gotas de sudor. Pepe Horcajuelo, su mecánico de confianza, estaba junto a ella observando la operación. De vez en cuando, sin que Teresa se lo pidiera, le alargaba una herramienta. Pepe era un individuo pequeño, casi diminuto, que en otros tiempos fue promesa del motociclismo. Una mancha de aceite en una curva y año y medio de rehabilitación lo retiraron de los circuitos, obligándolo a cambiar el mono de cuero por el mono de mecánico. El doctor Ramos lo había descubierto cuando a su viejo Dos Caballos se le quemó la junta de la culata y anduvo por Fuengirola en busca de un taller que abriese en domingo. El antiguo corredor tenía buena mano para los motores, incluidos los navales, a los que era capaz de sacarles quinientas revoluciones más. Era de esos tipos callados y eficaces a los que les gusta su oficio, trabajan mucho y nunca hacen preguntas. También —aspecto básico— era discreto. La única señal visible del dinero que había ganado en los últimos catorce meses era una Honda 1.200 que ahora estaba aparcada frente al pañol que Marina Samir, una pequeña empresa de capital marroquí con sede en Gibraltar —otra de las filiales tapadera de Transer Naga—, tenía junto al puerto deportivo de Sotogrande. El resto lo ahorraba cuidadosamente. Para la vejez. Porque nunca se sabe, solía decir, en qué curva te espera la siguiente mancha de aceite.

—Ahora ajusta bien —dijo Teresa.

Tomó el cigarrillo que humeaba sobre el caballete que sostenía los cabezones y le dio un par de chupadas, manchándolo de grasa. A Pepe no le gustaba que fumaran cuando se trabajaba allí; tampoco que otros anduvieran trajinando en los motores cuyo mantenimiento le confiaban. Pero ella era la jefa, y los motores y las lanchas y el pañol eran suyos. Así que ni Pepe ni nadie tenían qué objetar. Además, a Teresa le gustaba ocuparse de cosas como aquélla, trabajar en la mecánica, moverse por el varadero y las instalaciones de los puertos. Alguna vez salía a probar los motores o una lancha; y en cierta ocasión, pilotando una de las nuevas semirrígidas de nueve metros —ella misma había ideado usar las quillas de fibra de vidrio huecas como depósitos de combustible—, navegó toda una noche a plena potencia probando su comportamiento con fuerte marejada. Pero en realidad todo eso eran pretextos. De aquel modo recordaba, y se recordaba, y mantenía el vínculo con una parte de ella misma que no se resignaba a desaparecer. Puede que eso tuviera que ver con ciertas inocencias perdidas; con estados de ánimo que ahora, mirando atrás, llegaba a creer próximos a la felicidad. Quizá fui feliz entonces, se decía. Tal vez lo fui de veras, aunque no me diera cuenta.

—Dame una llave del número cinco. Sujeta ahí... Así.

Se quedó observando el resultado, satisfecha. Las hélices de acero que acababa de instalar —una levógira y otra dextrógira, para compensar el desvío producido por la rotación— tenían menos diámetro y más paso helicoidal que las originales de aluminio; y eso permitiría a la pareja de motores atornillados en el espejo de popa de una semirrígida desarrollar algunos nudos más de velocidad con mar llana. Teresa dejó otra vez el cigarrillo sobre el caballete e introdujo las chavetas y los pasadores que le alcanzaba Pepe, fijándolos bien. Después dio una última chupada al cigarrillo, lo apagó cuidadosamente en la media lata de Castrol vacía que usaba como cenicero, y se puso en pie, frotándose los riñones doloridos.

—Ya me contarás qué tal se portan.

—Ya le contaré.

Teresa se limpió las manos con un trapo y salió al exterior, entornando los ojos bajo el resplandor del sol andaluz. Estuvo así unos instantes, disfrutando del lugar y del paisaje: la enorme grúa azul del varadero, los palos de los barcos, el chapaleo suave del agua en la rampa de hormigón, el olor a mar, óxido y pintura fresca que desprendían los cascos fuera del agua, el campanilleo de drizas con la brisa que llegaba de levante por encima del espigón. Saludó a los operarios del varadero —conocía el nombre de cada uno de ellos—, y rodeando los pañoles y los veleros apuntalados en seco se dirigió a la parte de atrás, donde Pote Gálvez la esperaba de pie junto a la Cherokee aparcada entre palmeras, con el paisaje de fondo de la playa de arena gris que se curvaba hacia Punta Chullera y el este. Había pasado mucho tiempo —casi un año— desde aquella noche en el sótano del chalet en construcción de Nueva Andalucía, y también de lo ocurrido unos días más tarde, cuando el gatillero, todavía con marcas y magulladuras, se presentó ante Teresa Mendoza escoltado por dos hombres de Yasikov. Tengo algo que platicar con la doña, había dicho. Algo urgente. Y debe ser ahorita. Teresa lo recibió muy seria y muy fría en la terraza de una suite del hotel Puente Romano que daba a la playa, los guaruras vigilándolos a través de las grandes vidrieras cerradas del salón, tú dirás, Pinto. Tal vez quieras una copa. Pote Gálvez respondió no, gracias, y luego estuvo un rato mirando el mar sin mirarlo, rascándose la cabeza como un oso torpe, con su traje oscuro y arrugado, la chaqueta cruzada que le sentaba fatal porque acentuaba su gordura, las botas sinaloenses de piel de iguana a modo de nota discordante en la indumentaria formal —Teresa sintió una extraña simpatía por aquel par de botas— y el cuello de la camisa cerrado para la ocasión por una corbata demasiado ancha y colorida. Teresa lo observaba con mucha atención, del modo con que en los últimos años había aprendido a mirar a todo el mundo: hombres, mujeres. Pinches seres humanos racionales. Calando lo que decían, y sobre todo lo que se callaban o lo que tardaban en contar, como el mejicano en ese momento. Tú dirás, repitió al fin; y el otro se fue girando hacia ella, todavía en silencio, y al cabo la miró directamente, dejando de rascarse la cabeza para decir en voz baja, tras echar un vistazo de reojo a los hombres del salón, pos fíjese que vengo a agradecerle, señora. A dar las gracias por permitir que siga vivo a pesar de lo que hice, o de lo que estuve a punto de hacer. No querrás que te lo explique, replicó ella con dureza. Y el gatillero desvió de nuevo la vista, no, claro que no, y lo repitió dos veces con aquella manera de hablar que tantos recuerdos traía a Teresa, porque se le infiltraba por las brechas del corazón. Sólo quería eso. Agradecerle, y que sepa que Potemkin Gálvez se la debe y se la paga. Y cómo piensas pagarme, preguntó ella. Pos fíjese que ya lo hice en parte, fue la respuesta. Platiqué con la gente que me envió de allá. Por teléfono. Conté la pura neta: que nos tendieron un cuatro y le dieron padentro al Gato, y que no pudo hacerse nada porque nos madrugaron gacho. De qué gente hablas, preguntó Teresa, conociendo la respuesta. Pues nomás gente, dijo el otro, irguiéndose un poco picado, endurecidos de pronto los ojos orgullosos. Quihubo, mi doña. Usted sabe que yo ciertas cosas no las platico. Digamos sólo gente. Raza de allá. Y luego, de nuevo humilde y entre muchas pausas, buscando las palabras con esfuerzo, explicó que esa gente, la que fuera, había visto bien cabrón que él siguiera respirando y que a su cuate el Gato se lo torcieran de aquella manera, y que le habían explicado clarito sus tres caminos: acabar la chamba, agarrar el primer avión y volver a Culiacán para las consecuencias, o esconderse donde no lo encontraran.

—¿Y qué has decidido, Pinto?

—Pos ni modo. Fíjese que ninguna de las tres cosas me cuadra. Por suerte todavía no tuve familia. Así que por ese rumbo ando tranquilo.

—¿Y?

—Órale. Aquí me tiene.

—¿Y qué hago contigo?

—Pos usted sabrá. Se me hace que ése no es mi problema.

Teresa estudiaba al gatillero. Tienes razón, concedió al cabo de un instante. Sentía una sonrisa a flor de labios pero no llegó a mostrarla. La lógica de Pote Gálvez era comprensible de puro elemental, pues ella conocía bien los códigos. En cierto modo había sido y era su propia lógica: la del mundo bronco del que ambos provenían. El Güero Dávila, pensó de pronto, se habría reído mucho con todo esto. Puro Sinaloa. Chale. Las bromas de la vida.

—¿Me estás pidiendo un empleo?

—Igual un día mandan a otros —el gatillero encogía los hombros con resignada sencillez— y yo puedo pagarle a usted lo que le debo.

Y allí estaba ahora Pote Gálvez, esperándola junto al coche como cada día desde aquella mañana en la terraza del hotel Puente Romano: chófer, guardaespaldas, recadero, hombre para todo. Fue fácil conseguirle permiso de residencia, e incluso —aquello costó un poco más de lana— una licencia de armas a través de cierta amistosa empresa de seguridad. Eso le permitía cargar legalmente en la cintura, dentro de una funda de cuero, un Colt Python idéntico al que una vez le acercó a la cabeza a Teresa en otra existencia y en otras tierras. Pero la gente de Sinaloa no volvió a dar problemas: en las últimas semanas, vía Yasikov, Transer Naga había hecho de intermediaria, por amor al arte, en una operación que el cártel de Sinaloa llevaba a medias con las mafias rusas que empezaban a introducirse en Los Ángeles y San Francisco. Eso suavizó tensiones, o adormeció viejos fantasmas; y hasta Teresa llegó el mensaje inequívoco de que todo quedaba olvidado: no carnales pero allá cada cual, el contador a cero y basta de chingaderas. El *Batman* Güemes en persona había aclarado ese punto por intermediarios fiables; y aunque en aquel negocio cualquier garantía resultaba relativa, bastó para aceitar las aguas. No hubo más sicarios, aunque Pote Gálvez, desconfiado por naturaleza y por oficio, jamás bajó la guardia. Sobre todo teniendo en cuenta que, a medida que Teresa ampliaba el negocio, las relaciones se hacían más complejas y los enemigos aumentaban de modo proporcional a su poder.

—A casa, Pinto.

—Sí, patrona.

La casa era el lujoso chalet con inmenso jardín y piscina que por fin estaba terminado en Guadalmina Baja, junto al mar. Teresa se acomodó en el asiento delantero mientras Pote Gálvez tomaba el volante. El trabajo en los motores la había aliviado un par de horas de las preocupaciones que tenía en la cabeza. Era la culminación de una buena etapa: cuatro cargas de la N'Drangheta estaban entregadas sin novedad y los italianos pedían más. También la gente de Solntsevo pedía más. Las nuevas planeadoras cubrían eficazmente el transporte de hachís desde la costa de Murcia hasta la frontera portuguesa, con un porcentaje razonable —también esas pérdidas estaban previstas— de aprehensiones por parte de la Guardia Civil y Vigilancia Aduanera. Los contactos marroquíes y colombianos funcionaban a la perfección, y la infraestructura financiera actualizada por Teo Aljarafe absorbía y encauzaba ingentes cantidades de dinero del que sólo dos quintas partes se reinvertían en medios operativos. Pero a medida que Teresa ampliaba sus actividades, los roces con otras organizaciones dedicadas al negocio eran mayores. Imposible crecer sin ocupar espacio que otros consideraban propio. Y ahí venían los gallegos y los franceses.

Ningún problema con los franceses. O más bien pocos y breves. En la Costa del Sol operaban algunos proveedores de hachís de la mafia de Marsella, agrupados en torno a dos capos principales: un francoargelino llamado Michel Salem, y un marsellés conocido como Nené Garou. El primero era un hombre corpulento, sexagenario, pelo cano y modales agradables, con el que Teresa había mantenido algunos contactos poco satisfactorios. A diferencia de Salem, especializado en el tráfico de hachís en embarcaciones deportivas, hombre discreto y familiar que vivía en una lujosa casa de Fuengirola con dos hijas divorciadas y cuatro nietos, Nené Garou era un rufián francés clásico: un gangster arrogante, hablador y violento, aficionado a las chaquetas de cuero, a los coches caros y a las mujeres espectaculares. Garou tocaba el hachís además de la prostitución, el tráfico de armas cortas y el menudeo de heroína. Todos los intentos por negociar acuerdos razonables habían fracasado, y durante una entrevista informal mantenida con Teresa y Teo Aljarafe en el reservado de un restaurante de Mijas, Garou perdió los estribos hasta proferir en voz alta amenazas demasiado groseras y serias como para no tomarlas en cuenta. Ocurrió más o menos cuando el francés le propuso a Teresa el transporte de un cuarto de tonelada de heroína colombiana black tar, y ella dijo que no; que a su entender el hachís era droga más o menos popular y la coca lujo de los pendejos que se la pagaban; pero que la heroína era veneno para pobres, y ella no andaba en esas chingaderas. Eso dijo, chingaderas, y el otro se lo tomó a mal. A mí ninguna zorra mejicana me pisa los huevos, fue exactamente su último comentario, que el acento marsellés hizo todavía más desagradable. Teresa, sin mover un músculo de la cara, apagó muy despacio su cigarrillo en el cenicero antes de pedir la cuenta y abandonar la reunión. ¿Qué vamos a hacer?, fue el interrogante preocupado de Teo cuando estuvieron en la calle. Ese fulano es peligroso y está como una cabra. Pero Teresa no dijo nada durante tres días: ni una palabra, ni un comentario. Nada. En su interior, serena y silenciosa, planeaba movimientos, pros y contras, como si anduviese en medio de una compleja partida de ajedrez. Había descubierto que aquellos amaneceres grises que la encontraban con los ojos abiertos daban paso a reflexiones interesantes, a veces muy distintas de las que aportaba la luz del día. Y tres amaneceres después, ya tomada una decisión, fue a ver a Oleg Yasikov. Vengo a pedirte consejo, dijo, aunque los dos sabían que eso no era cierto. Y cuando ella planteó en pocas palabras el asunto, Yasikov se la quedó mirando un rato antes de encoger los hombros. Has crecido mucho, Tesa, dijo. Y cuando se crece mucho, estos inconvenientes van incluidos en el paquete. Sí. Yo no puedo meterme en eso. No. Tampoco puedo aconsejarte, porque es tu guerra y no la mía. Y lo mismo un día —la vida gasta bromas— nos vemos enfrentados por cosas parecidas. Sí. Quién sabe. Sólo recuerda que, en este negocio, un problema sin resolver es como un cáncer. Tarde o temprano, mata.

Teresa decidió aplicar métodos sinaloenses. Me los voy a chingar hasta la madre, se dijo. A fin de cuentas, si allá por sus rumbos ciertas maneras resultaban eficaces, lo mismo iban a serlo aquí, donde jugaba a su favor la falta de costumbre. Nada impone más que lo desproporcionado, sobre todo cuando no lo esperas. Sin duda el Güero Dávila, que era muy fan de los Tomateros de Culiacán, y riéndose mucho desde la cantina del infierno donde ahora ocupara mesa, habría descrito aquello como batear a toda madre y robar a los gabachos la segunda base. Esta vez consiguió los recursos en Marruecos, donde un viejo amigo, el coronel Abdelkader Chaib, le proporcionó gente adecuada: ex policías y ex militares que hablaban español, con pasaportes en regla y visado turístico, que iban y venían utilizando la línea de ferry Tánger-Algeciras. Raza pesada; sicarios que no recibían otra información e instrucciones que las estrictamente necesarias, y a quienes, en caso de captura por las autoridades españolas, resultaba imposible relacionar con nadie. Así, a Nené Garou lo atraparon saliendo de una discoteca de Benalmádena a las cuatro de la mañana. Dos hombres jóvenes de aspecto norteafricano —dijo más tarde a la policía, cuando recuperó el habla— se le acercaron como para atracarlo, y tras despojarlo de la cartera y el reloj le partieron la columna vertebral con un bate de béisbol. Clac, clac. Se la dejaron hecha un sonajero, o al menos ésa fue la gráfica expresión que utilizó el portavoz de la clínica —sus superiores lo reconvinieron luego por ser tan explícito— para describir el asunto a los periodistas. Y la mañana misma en que la noticia apareció en las páginas de sucesos del diario *Sur* de Málaga, Michel Salem recibió una llamada telefónica en su casa de Fuengirola. Tras decir buenos días e identificarse como un amigo, una voz masculina expuso en perfecto español sus condolencias por el accidente de Garou, del que, suponía, monsieur Salem estaba al corriente. Luego, sin duda desde un teléfono móvil, se puso a contar al detalle cómo en ese momento los nietos del francoargelino, tres niñas y un niño entre los cinco y los doce años, jugaban en el patio del colegio suizo de Las Chapas, las inocentes criaturas, después de haber celebrado el día anterior con sus amiguitos, en un McDonald's, el cumpleaños de la mayor: una pizpireta jovencita llamada Desirée, cuyo itinerario habitual a la ida y al regreso del colegio, igual que el de sus hermanos, le fue descrito minuciosamente a Salem. Y para rematar el asunto, éste recibió aquella misma tarde, por mensajero, un paquete de fotografías hechas con teleobjetivo en las que aparecían sus nietos en distintos momentos de la última semana, McDonald's y colegio suizo incluidos.

Hablé con Cucho Malaspina —pantalón de cuero negro, chaqueta inglesa de tweed, bolso marroquí al hombro— a punto de viajar a México por última vez, dos semanas antes de mi entrevista con Teresa Mendoza. Nos encontramos por casualidad en la sala de espera del aeropuerto de Málaga, entre dos vuelos que salían con retraso. Hola, qué tal, amorcete, saludó. Cómo te va. Me serví un café y él un zumo de naranja, que se puso a sorber con una pajita mientras cambiábamos cumplidos. Leo tus cosas, te veo en la tele, etcétera. Luego nos sentamos juntos en un sofá de un rincón tranquilo. Trabajo sobre la Reina del Sur, dije, y se rió, malvado. Él la había bautizado así. Portada del *¡Hola!* cuatro años atrás. Seis páginas en color con la historia de su vida, o al menos la parte que él pudo averiguar, centrándose más en su poder, su lujo y su misterio. Casi todas las fotos, tomadas con teleobjetivo. Algo del tipo esta mujer peligrosa controla tal y cual. Mejicana multimillonaria y discreta, oscuro pasado, turbio presente. Bella y enigmática, era el pie de la única imagen tomada de cerca: Teresa con gafas oscuras, austera y elegante, bajando de un coche rodeada de guardaespaldas, en Málaga, para declarar ante una comisión judicial sobre narcotráfico donde no pudo probársele absolutamente nada. Por aquel tiempo su blindaje jurídico y fiscal ya era perfecto, y la reina del narcotráfico en el Estrecho, la zarina de la droga —así la describió *El País*—, había comprado tantos apoyos políticos y policiales que era prácticamente invulnerable: hasta el punto de que el ministerio del Interior filtró su dossier a la prensa, en un intento por difundir, en forma de rumor e información periodística, lo que no podía probarse judicialmente. Pero el tiro salió por la culata. Aquel reportaje convirtió a Teresa en leyenda: una mujer en un mundo de hombres duros. A partir de entonces, las raras fotos que se obtenían de ella o sus escasas apariciones públicas eran siempre noticia; y los paparazzi —sobre los guardaespaldas de Teresa llovían denuncias por agresión a fotógrafos, asunto del que se ocupaba una nube de abogados pagados por Transer Naga— le siguieron el rastro con tanto interés como a las princesas de Mónaco o a las estrellas de cine.

—Así que escribes un libro sobre esa pájara.

—Lo estoy terminando. O casi.

—Vaya personaje, ¿verdad? —Cucho Malaspina me miraba, inteligente y malicioso, acariciándose el bigote—. La conozco bien.

Cucho era viejo amigo mío, del tiempo en que yo trabajaba como reportero y él empezaba a hacerse un nombre en el papel couché, el cotilleo social y los programas televisivos de sobremesa. Manteníamos un mutuo aprecio cómplice. Ahora él era una estrella; alguien capaz de deshacer matrimonios de famosos con un comentario, un titular de revista o un pie de foto. Listo, ingenioso y malo. El gurú del chismorreo social y del glamour de los famosos: veneno en copas de martini. No era verdad que conociese bien a Teresa Mendoza; pero se había movido en su entorno —la Costa del Sol y Marbella eran rentable coto de caza de los periodistas del corazón—, y un par de veces llegó a acercarse a ella, aunque siempre fue despedido con una firmeza que, en cierta ocasión, llegó a traducirse en un ojo a la funerala y una denuncia en un juzgado de San Pedro de Alcántara después de que un guardaespaldas —cuya descripción le iba como un guante a Pote Gálvez— le diera lo suyo a Cucho cuando éste pretendía abordarla a la salida de un restaurante de Puerto Banús. Buenas noches, señora, quisiera preguntarle si no es molestia, ay. Por lo visto, lo era. Así que no hubo respuestas, ni más preguntas, ni nada excepto aquel gorila bigotudo machacándole un ojo a Cucho con eficacia profesional. Zaca. Zaca. Estrellitas de colores, el periodista sentado en el suelo, portazos de un coche y el ruido de un motor al arrancar. La Reina del Sur vista y no vista.

—Un morbazo, imagínate. Una tía que en pocos años crea un pequeño imperio clandestino. Una aventurera con todos los ingredientes: misterio, narcotráfico, dinero... Siempre a distancia, protegida por sus guardaespaldas y su leyenda. La policía incapaz de hincarle el diente, y ella comprando a todo dios. La Koplowitz de la droga... ¿Recuerdas a las hermanas millonetis?... Pues lo mismo, pero en malísimo. Cuando aquel gorila suyo, un gordo con cara de Indio Fernández, me pegó una hostia, te confieso que estuve encantado. Viví un par de meses de eso. Luego, cuando mi abogado pidió una indemnización increíble que ni soñábamos cobrar, los suyos pagaron a tocateja. Como te lo cuento. Oye. Te juro que una pasta. Sin necesidad de ir a juicio.

—¿Es cierto que se entendía bien con el alcalde?

La sonrisa pérfida se acentuó bajo el bigote.

—¿Con Tomás Pestaña?... De cine —sorbió un poco por la pajita mientras movía una mano, admirativo—. Teresa era una lluvia de dólares para Marbella: obras sociales, donativos, inversiones. Se conocieron cuando ella compró el terreno para construirse una casa en Guadalmina Baja: jardines, piscina, fuentes, vistas al mar. También la llenó de libros, porque encima la chica nos salió un poquito intelectual, ¿verdad? O eso dicen. Ella y el alcalde cenaban muchas veces juntos, o se veían con amigos comunes. Reuniones privadas, banqueros, constructores, políticos y gente así...

—¿Hicieron negocios?

—Pues claro. Pestaña le facilitó mucho el control local, y ella siempre supo guardar las formas. Cada vez que había una investigación, agentes y jueces se mostraban de pronto desinteresados e incompetentes. Así que el alcalde podía frecuentarla sin escandalizar a nadie. Era discretísima y astuta. Poco a poco se fue infiltrando en los ayuntamientos, los tribunales... Hasta Fernando Bouvier, el gobernador de Málaga, le comía en la mano. Al final todos ganaban tanto dinero que nadie podía prescindir de ella. Ésa era su protección y su fuerza.

Su fuerza, repitió. Después se alisó las arrugas del pantalón de cuero, encendió un purito holandés y cruzó las piernas. A la Reina, añadió echando el humo, no le gustaban las fiestas. En todos esos años había asistido a dos o tres, como mucho. Llegaba tarde y se iba pronto. Vivía encerrada en su casa, y algunas veces se la pudo fotografiar de lejos, paseando por la playa. También le gustaba el mar. Se decía que en ocasiones iba con sus contrabandistas, como cuando no tenía dónde caerse muerta; pero eso tal vez era parte de la leyenda. Lo cierto es que le gustaba. Compró un yate grande, el *Sinaloa,* y pasaba temporadas a bordo, sola con los guardaespaldas y la tripulación. No viajaba mucho. Un par de veces la vieron por ahí. Puertos mediterráneos, Córcega, Baleares, islas griegas. Nada más.

—Una vez creí que la teníamos... Un paparazzi consiguió colarse con unos albañiles que trabajaban en el jardín, e hizo un par de carretes, ella en la terraza, en una ventana y cosas así. La revista que había comprado las fotos me llamó para que escribiera el texto. Pero nada. Alguien pagó una fortuna para bloquear el reportaje, y las fotos desaparecieron. Magia potagia. Dicen que las gestiones las hizo Teo Aljarafe en persona. El abogado guapito. Y que pagó diez veces lo que valían.

—Recuerdo eso... Un fotógrafo tuvo problemas.

Cucho se inclinaba para dejar caer la ceniza en el cenicero. Detuvo el movimiento a medio camino. La sonrisa malvada se convirtió en risa sorda, cargada de intención.

—¿Problemas?... Oye, querido. Con Teresa Mendoza, esa palabra es un eufemismo. El chico era un profesional. Un veterano del oficio, basurita de élite, experto en husmear braguetas y vidas ajenas... Las revistas y las agencias nunca dicen quién es el autor de esos reportajes, pero alguien debió de poner el cazo. Dos semanas después de que volaran las fotos, fueron a robar al apartamento que el chico tenía en Torremolinos, casualmente con él durmiendo dentro. Qué cosas, ¿verdad?... Le dieron cuatro navajazos, al parecer sin intención de matarlo, después de quebrarle uno por uno, imagínate, los dedos de las manos... Se corrió la voz. Nadie volvió a rondar la casa de Guadalmina, claro. Ni a acercarse a esa hija de puta en una veintena de metros a la redonda.

—Amores —dije, cambiando el tercio.

Negó, rotundo. Aquello entraba de lleno en su especialidad.

—De amores, cero. Al menos que yo sepa. Y sabes que yo sé. Llegó a comentarse una relación con el abogado de confianza: Teo Aljarafe. Bien plantado, con clase. También muy canalla. Viajaban y tal. Incluso en Italia la vieron con él. Pero no le iba. A lo mejor se lo follaba, oye. Pero no le iba. Fíate de mi olfato de perra. Me inclino más por Patricia O'Farrell.

La O'Farrell, prosiguió Cucho tras ir en busca de otro zumo de naranja y saludar a unos conocidos de regreso, era cocaína de otro costal. Amigas y socias, aunque resultaban como la noche y el día. Pero estuvieron juntas en la cárcel. Vaya historia, ¿verdad? Tan promiscua y todo eso. Tan perversa. Y ésa sí que era fina. Un putón tortillero. Madurita, con todos los vicios del mundo, incluido éste —Cucho se tocaba significativamente la nariz—. Frívola a más no poder, así que no es fácil explicarse cómo esas dos, Safo y el capitán Morgan, podían estar juntas. Aunque se descontaba que las riendas las llevaba la Mejicana, claro. Imposible imaginar a la oveja negra de los O'Farrell montando ese negocio ella sola.

—Era una bollera convicta y confesa. Cocainómana hasta las cachas. Eso dio lugar a muchos cotilleos... Dicen que refinó a la otra, que era analfabeta, o casi. Fuera verdad o no, cuando la conocí ya vestía y se comportaba con clase. Sabía usar buena ropa, siempre discreta: tonos oscuros, colores sencillos... Te vas a reír, pero un año hasta la metimos en la votación de las veinte mujeres más elegantes del año. Medio de coña, medio en serio. Te lo juro. Y salió, figúrate el morbazo. La diecitantos. Era monilla, poca cosa, pero sabía arreglarse —permaneció pensativo, distraída la sonrisa, y al cabo encogió los hombros—... Está claro que algo había entre esas dos. No sé qué: amistad, rollito íntimo, pero algo había. Muy raro todo. Y a lo mejor eso explica que la Reina del Sur tuviera pocos hombres en su vida.

Ding, dong, sonó la megafonía de la sala. Iberia anuncia la salida de su vuelo con destino a Barcelona. Cucho miró el reloj y se puso en pie, colgándose al hombro su bolso de cuero. Me levanté también, nos dimos la mano. Me alegro de verte, etcétera. Y gracias. Espero leer ese libro si antes no te cortan los huevos. Emasculación, creo que se dice. Antes de irse me guiñó un ojo.

—Luego está el misterio, ¿verdad?... Lo que pasó al final con la O'Farrell, y con el abogado —se reía, yéndose—. Lo que pasó con todos.

Aquél era un otoño suave, de noches templadas y buenos negocios. Teresa Mendoza bebió un sorbo del cóctel de champaña que tenía en la mano y miró alrededor. También a ella la observaban, directamente o de soslayo, entre comentarios en voz baja, murmullos, sonrisas que a veces eran aduladoras o inquietas. Ni modo. En los últimos tiempos, los medios de comunicación se ocupaban demasiado de ella como para permitirle pasar inadvertida. Trazando las coordenadas de un plano mental, se veía en el centro geográfico de una compleja trama de dinero y poder llena de posibilidades, y también de contrastes. De peligros. Bebió otro sorbo. Música tranquila, cincuenta personas selectas, once de la noche, la luna partida por la mitad, horizontal y amarillenta sobre el mar negro, reflejándose en la ensenada de Marbella al otro lado del inmenso paisaje salpicado por millones de luces, el salón abierto al jardín en la ladera de la montaña, junto a la carretera de Ronda. Los accesos controlados por guardias de seguridad y policías municipales. Tomás Pestaña, el anfitrión, iba y venía charlando de un grupo a otro, con chaqueta blanca y fajín rojo, el enorme cigarro habano entre los anillos de la mano izquierda, la cejas, tupidas como las de un oso, enarcadas en continua sorpresa de placer. Parecía un malandrín de película de espías de los años setenta. Un malo simpático. Gracias por venir, queridísimas. Qué detalle. Qué detalle. ¿Conocéis a Fulano?... ¿Y a Mengano?... Tomás Pestaña era así. En su salsa. Le gustaba presumir de todo, hasta de Teresa, como si ella fuese otra prueba más de su éxito. Un trofeo peligroso y raro. Cuando alguien lo interrogaba al respecto, modulaba una sonrisa intrigante y movía la cabeza, insinuando: si yo contara. Todo lo que da glamour o dinero me sirve, había dicho una vez. Una cosa arrastra a la otra. Y además de darle un toque de misterio exótico a la sociedad local, Teresa era cuerno de la abundancia, fuente inagotable de inversiones en dinero fresco. La última operación destinada a ganarse el corazón del alcalde —cuidadosamente recomendada por Teo Aljarafe— incluía la liquidación de una deuda municipal que amenazaba al Ayuntamiento con un escandaloso embargo de propiedades y consecuencias políticas. Además, a Pestaña, hablador, ambicioso, astuto —el alcalde más votado desde los tiempos de Jesús Gil—, le encantaba alardear de sus relaciones en momentos especiales, aunque sólo fuese para un grupo selecto de amigos, o de socios, del mismo modo que los coleccionistas de arte enseñan sus galerías privadas, donde ciertas obras maestras, adquiridas por medios ilícitos, no siempre pueden mostrarse en público.

—Imagínate una redada aquí —dijo Pati O'Farrell.

Tenía un pitillo humeante en la boca y se reía, la tercera copa en la mano. No hay policía que tenga huevos, añadió. Estos bocados son de los que se atragantan.

—Pues hay un policía. Nino Juárez.

—Ya he visto a ese cabrón.

Teresa bebió otro sorbo mientras terminaba de hacer la cuenta. Tres financieros. Cuatro constructores de alto nivel. Un par de actores anglosajones y maduros, afincados en la zona para eludir impuestos en su país. Un productor de cine con el que Teo Aljarafe acababa de establecer una provechosa asociación, pues quebraba una vez al año y era experto en mover dinero a través de sociedades con pérdidas y películas que nadie veía. Un dueño de seis campos de golf. Dos gobernadores. Un millonario saudí venido a menos. Un miembro de la familia real marroquí que iba a más. La principal accionista de una importante cadena hotelera. Una famosa modelo. Un cantante llegado de Miami en avión privado. Un ex ministro de Hacienda y su mujer, divorciada de un conocido actor de teatro. Tres putas de superlujo, bellas y notorias por sus romances de papel couché... Teresa había conversado un rato con el gobernador de Málaga y su esposa —ésta la estuvo mirando todo el rato recelosa y fascinada, sin abrir la boca, mientras Teresa y el gobernador acordaban la financiación de un auditorio cultural y tres centros de acogida para toxicómanos—. Después charló con dos de los constructores e hizo un aparte, breve y útil, con el miembro de la familia real marroquí, socio de comunes amigos a ambos lados del Estrecho, que le dio su tarjeta de visita. Tiene que venir a Marrakech. He oído hablar mucho de usted. Teresa asentía sin comprometerse, sonriente. Híjole, pensaba, imaginándose lo que aquel fulano habría oído. Y a quién. Luego cambió unas palabras con el dueño de los campos de golf, al que conocía un poco. Tengo una propuesta interesante, dijo el tipo. La llamaré. El cantante de Miami reía en un corrillo próximo, echando atrás la cabeza para mostrar la papada que acababan de estirarle en una clínica. De jovencita estaba loca por él, había dicho Pati, guasona. Y ahí lo ves. Sic transit —le chispeaban los iris, de pupilas muy dilatadas—. ¿Quieres que nos lo presenten?... Teresa negaba con la cabeza, la copa en los labios. No me chingues, Teniente. Y ojo que llevas tres. Tú sí que me chingas, había dicho la otra sin perder el humor. Tan sosa y sin olvidar el trabajo en tu puta existencia.

Teresa volvió a mirar en torno, distraída. En realidad aquello no era exactamente una fiesta, aunque lo que se celebraba fuese el cumpleaños del alcalde de Marbella. Era pura liturgia social, vinculada a los negocios. Tienes que ir, había insistido Teo Aljarafe, que ahora conversaba en el grupo de los financieros y sus mujeres, correcto, atento, un vaso en la mano, ligeramente inclinada su alta silueta, el perfil de águila vuelto cortés hacia las señoras. Aunque sean quince minutos déjate caer por allí, fue su consejo. Pestaña es muy elemental para ciertos detalles, y con él esas atenciones funcionan siempre. Además, no se trata sólo del alcalde. Con media docena de buenas noches y cómo te va, resuelves de golpe un montón de compromisos. Desbrozas caminos y facilitas las cosas. Nos las facilitas.

—Ahora vuelvo —dijo Pati.

Había dejado la copa vacía en una mesa y se alejaba, camino del bar: tacón alto, espalda escotada hasta la cintura, en contraste con el vestido negro que llevaba Teresa, con el único adorno de unos pendientes —pequeñas perlas sencillas— y el semanario de plata. De camino, Pati rozó deliberadamente la espalda de una joven que charlaba en un grupo y la otra se volvió a medias, mirándola. Esa chochito, había dicho antes Pati, moviendo la cabeza que seguía llevando casi rapada, al ponerle la vista encima. Y Teresa, acostumbrada al tono provocador de su amiga —a menudo Pati se extralimitaba a propósito cuando ella estaba presente—, encogió los hombros. Demasiado chava para ti, Teniente, dijo. Chava o no, respondió la otra, en El Puerto no se me habría escapado ni dando brincos. Y lo mismo, añadió tras mirarla pensativa un instante, me equivoqué de Edmundo Dantés. Sonreía excesivamente al decirlo. Y ahora Teresa la observaba alejarse, preocupada: Pati empezaba a tambalearse un poco, aunque tal vez aguantara un par de tragos más antes de la primera visita a los servicios para empolvarse la nariz. Pero no era problema de copas ni de pericazos. Pinche Pati. Las cosas iban cada vez peor, y no sólo aquella noche. En cuanto a la propia Teresa, era suficiente y podía ir pensando en marcharse.

—Buenas noches.

Había visto a Nino Juárez dando vueltas cerca, estudiándola. Menudo, con su barbita güera. Ropa costosa, imposible de pagar con un sueldo oficial. Se cruzaban alguna vez de lejos. Era Teo Aljarafe quien resolvía ese asunto.

—Soy Nino Juárez.

—Sé quién es.

Desde el otro lado del salón, Teo, que estaba en todo, le dirigió a Teresa una mirada de advertencia. Aunque nuestro, previo pago de su importe, ese individuo es terreno minado, decían sus ojos. Y además hay gente que mira.

—No sabía que frecuentara estas reuniones —dijo el policía.

—Tampoco yo sabía que las frecuentara usted.

Eso no era cierto. Teresa estaba al corriente de que al comisario jefe del DOCS le gustaban la vida marbellí, el trato con los famosos, salir en televisión anunciando la realización de tal o cual brillante servicio a la sociedad. También le gustaba el dinero. Tomás Pestaña y él eran amigos y se apoyaban mutuamente.

—Forma parte de mi trabajo —Juárez hizo una pausa y sonrió—... Lo mismo que del suyo.

No me gusta, decidió Teresa. Hay gente a la que puedo comprar si es necesario. Algunos me gustan y otros no. Éste no. Aunque tal vez lo que no me gusta son los policías que se venden. O los que se venden, sean o no policías. Comprar no significa llevártelo a casa.

—Hay un problema —comentó el tipo.

El tono era casi íntimo. Miraba alrededor como ella, el gesto amable.

—Los problemas —respondió Teresa— no son cosa mía. Tengo quien se encarga de resolverlos.

—Pues éste no se resuelve fácil. Y prefiero contárselo directamente a usted.

Luego lo hizo, en el mismo tono y en pocas palabras. Se trataba de una nueva investigación, impulsada por un juez de la Audiencia Nacional en extremo celoso de su trabajo: un tal Martínez Pardo. Esta vez, el juez había decidido dejar a un lado al DOCS y apoyarse en la Guardia Civil. Juárez quedaba al margen y no podía intervenir. Sólo quería dejarlo claro antes de que las cosas siguieran su curso.

—¿Quién en la Guardia Civil?

—Hay un grupo bastante bueno. Delta Cuatro. Lo dirige un capitán que se llama Víctor Castro.

—He oído hablar de él.

—Pues llevan tiempo preparando en secreto el asunto. El juez ha venido un par de veces. Por lo visto le siguen la pista a la última partida de semirrígidas que anda por ahí. Quieren intervenir unas cuantas y establecer la conexión hacia arriba.

—¿Es grave?

—Depende de lo que encuentren. Usted sabrá lo que tiene a la vista.

—¿Y el DOCS?... ¿Qué piensa hacer?

—Nada. Mirar. Ya he dicho que a mi gente la dejan al margen. Con lo que acabo de contarle, cumplo.

Pati estaba de regreso con una copa en la mano. Caminaba otra vez firme; y Teresa supuso que había pasado por los servicios a regalarse algo. Vaya, dijo al reunirse con ellos. Mira a quién tenemos aquí. La ley y el orden. Y qué Rolex tan grande lleva esta noche, supercomisario. ¿Es nuevo? Juárez ensombreció el gesto, mirando unos segundos a Teresa. Ya sabe lo que hay, dijo sin palabras. Y su socia no va a ser de ayuda si empiezan a llover hostias.

—Discúlpenme. Buenas noches.

Juárez se alejó entre los invitados. Patricia se reía bajito, viéndolo irse.

—¿Qué te contaba ese hijo de puta?... ¿No llega a fin de mes?

—Es imprudente provocar así —Teresa bajaba la voz, incómoda. No quería irritarse, y menos allí—. Sobre todo a los policías.

—¿No le pagamos?... Pues que se joda.

Se llevaba el vaso a los labios, casi con violencia. Teresa no podía saber si el rencor de sus palabras se debía a Nino Juárez o a ella.

—Oye, Teniente. No te me apendejes. Estás tomando demasiado. Y de lo otro también.

—¿Y qué?... Es una fiesta, y esta noche tengo ganas de marcha.

—No mames. Quién habla de esta noche.

—Vale, nodriza.

Teresa ya no dijo nada. Miró a su amiga a los ojos, con mucha fijeza, y ésta apartó la vista.

—A fin de cuentas —refunfuñó Pati al cabo de un momento— el cincuenta por ciento del soborno a ese gusano lo pago yo.

Teresa seguía sin responder. Reflexionaba. Sintió de lejos la mirada inquisitiva de Teo Aljarafe. Aquello no terminaba nunca. Apenas tapabas un agujero, aparecía otro. Y no todos se arreglaban con sentido común o con dinero.

—¿Cómo está la reina de Marbella?

Tomás Pestaña acababa de aparecer junto a ellas: simpático, populista, vulgar. Con aquella chaqueta blanca que le daba el aspecto de un camarero bajo y rechoncho. Teresa y él se trataban con frecuencia: sociedad de intereses mutuos. Al alcalde le gustaba vivir peligrosamente, siempre que hubiese dinero o influencia de por medio; había fundado un partido político local, navegaba en las turbias aguas de los negocios inmobiliarios, y la leyenda que empezaba a tejerse alrededor de la Mejicana reforzaba su sensación de poder y su vanidad. También reforzaba sus cuentas corrientes. Pestaña había hecho su primera fortuna como hombre de confianza de un importante constructor andaluz, comprando terrenos para la empresa a través de los contactos de su jefe y con dinero de éste. Después, cuando un tercio de la Costa del Sol fue suyo, visitó al jefe para decirle que se despedía. ¿De veras? De veras. Oye, pues lo siento. Cómo podré agradecer tus servicios. Ya lo hiciste, fue la respuesta de Pestaña. Lo puse todo a mi nombre. Más tarde, cuando salió del hospital donde le trataron el infarto, el ex jefe de Pestaña anduvo meses buscándolo con una pistola en el bolsillo.

—Gente interesante, ¿verdad?

Pestaña, a quien no se le escapaba nada, la había visto charlar con Nino Juárez. Pero no hizo comentarios. Cambiaron cumplidos: todo bien, alcalde, muchas felicidades. Estupenda reunión. Teresa preguntó la hora y el otro se la dijo. Quedamos a comer el martes, claro. Donde siempre. Ahora tenemos que irnos. Cada chango a su mecate.

—Tendrás que irte tú sola, cariño —protestó Pati—. Yo estoy de maravilla.

Con los gallegos las cosas resultaron más complicadas que con los franceses. Aquello requería encaje de bolillos, porque las mafias del noroeste español tenían sus propios contactos en Colombia, y a veces trabajaban con la misma gente que Teresa. Además eran duros de veras, poseían larga experiencia y estaban en su terreno, después de que los viejos amos do fume, los dueños de las redes contrabandistas de tabaco, se hubieran reciclado al tráfico de droga hasta convertirse en indiscutibles amos da fariña. Las rías gallegas eran su feudo; pero extendían su territorio más al sur, en dirección al norte de África y la embocadura del Mediterráneo. Mientras Transer Naga se ocupó sólo de transportar hachís en el litoral andaluz, las relaciones, aunque frías, transcurrieron en un aparente vive y deja vivir. La cocaína era algo distinto. Y en los últimos tiempos, la organización de Teresa se había convertido en serio competidor. Todo aquello se planteó en una reunión celebrada en terreno neutral, un cortijo cacereño cerca de Arroyo de la Luz, entre la sierra de Santo Domingo y la N-521, con espesos alcornocales y dehesas para el ganado: un caserío blanco situado al final de un camino donde los coches levantaban polvaredas al acercarse, y donde un intruso podía ser descubierto fácilmente. La reunión se celebró a media mañana, y por Transer Naga acudieron Teresa y Teo Aljarafe, escoltados por Pote Gálvez al volante de la Cherokee y seguidos en un Passat oscuro por dos hombres de toda confianza, marroquíes jóvenes probados primero en las gomas y reclutados más tarde para tareas de seguridad. Ella vestía de negro, traje pantalón de buena marca y buen corte, el pelo recogido en la nuca, tirante, con raya en medio. Los gallegos ya estaban allí: eran tres, con otros tantos guardaespaldas en la puerta, junto a los dos BMW 732 en los que habían acudido a la cita. Todo el mundo fue directo al grano, los guaruras mirándose unos a otros afuera y los interesados dentro, en torno a una gran mesa de madera rústica situada en el centro de una habitación con vigas en el techo y cabezas disecadas de ciervos y jabalíes en las paredes. Disponían de bocadillos, bebidas y café, cajas de cigarros y cuadernos para notas: una reunión de negocios que empezó con mal pie cuando Siso Pernas, del clan de los Corbeira, hijo del amo do fume de la ría de Arosa don Xaquin Pernas, tomó la palabra para plantear la situación, dirigiéndose todo el tiempo a Teo Aljarafe como si el abogado fuese el interlocutor válido y Teresa estuviese allí a título decorativo. La cuestión, dijo Siso Pernas, era que la gente de Transer Naga mojaba en demasiadas salsas. Nada que objetar a la expansión mediterránea, al hachís y todo eso. Tampoco a que se tocara la fariña de una manera razonable: había negocio para todos. Pero cada uno en su sitio, y respetando los territorios y la antigüedad, que en España —seguía mirando todo el rato a Teo Aljarafe, como si el mejicano fuese él— siempre era un grado. Y por territorios, Siso Pernas y su padre, don Xaquin, entendían las operaciones atlánticas, los grandes cargamentos transportados por barco desde los puertos americanos. Ellos eran operadores de los colombianos de toda la vida, desde que don Xaquin y los hermanos Corbeira y la gente de la vieja escuela, presionados por las nuevas generaciones, empezaron a reconvertirse del tabaco al hachís y la coca. Así que traían una propuesta: nada que objetar a que Transer Naga trabajase la fariña que entraba por Casablanca y Agadir, siempre y cuando la llevara al Mediterráneo oriental y no se quedase en España. Porque los transportes directos para la Península y Europa, la ruta del Atlántico y sus ramificaciones hacia el norte, eran feudo gallego.

—En realidad es lo que estamos haciendo —precisó Teo Aljarafe—. Salvo en lo del transporte.

—Ya lo sé —Siso Pernas se sirvió de la cafetera que tenía delante, tras hacer un gesto en dirección a Teo, que negó breve con la cabeza; el gesto del gallego no incluía a Teresa—. Pero nuestra gente teme que les tiente ampliar el negocio. Hay cosas que no están claras. Barcos que van y vienen... No podemos controlar eso, y además nos exponemos a que nos endosen operaciones ajenas —miró a sus dos acompañantes, como si ellos supieran bien lo que decía—. A tener a los de Vigilancia Aduanera y a la Guardia Civil todo el tiempo con la mosca tras la oreja.

—El mar es libre —apuntó Teresa.

Era la primera vez que hablaba, tras los saludos iniciales. Siso Pernas miraba a Teo, como si esas palabras las hubiera pronunciado él. Simpático como una hoja de afeitar. Los acompañantes sí observaban a Teresa con disimulo. Curiosos, y en apariencia divertidos con la situación.

—No para esto —dijo el gallego—. Llevamos mucho tiempo con la fariña. Tenemos experiencia. Hemos hecho inversiones muy grandes —seguía dirigiéndose a Teo—. Y ustedes nos perturban. Sus errores podemos pagarlos nosotros.

Teo observó brevemente a Teresa. Las manos morenas y delgadas del abogado hacían oscilar su estilográfica como un interrogante. Ella se mantuvo impasible. Haz tu trabajo, decía su silencio. Cada cosa en su momento.

—¿Y qué opinan los colombianos? —preguntó Teo.

—No se mojan —Siso Pernas sonreía torcido. Esos Pilatos cabrones, decía su gesto—. Opinan que el problema es nuestro, y que debemos resolverlo aquí.

—¿Cuál es la alternativa?

El gallego bebió sin prisas un sorbo de café y se echó un poco hacia atrás en la silla, el aire satisfecho. Era güerito, apreció Teresa. Bien parecido, rozando los treinta. Bigote recortado y blazer azul sobre camisa blanca sin corbata. Un narco junior de segunda o tercera generación, sin duda con estudios. Más apresurado que sus mayores, que guardaban la lana en un calcetín y usaban siempre la misma chaqueta pasada de moda. Menos reflexivo. Menos reglas y más ansia por ganar dinero para comprar lujo y hembras. También más arrogante. Y ya nos vamos centrando, decía Siso Pernas sin palabras. Miró al acompañante que estaba a su izquierda, un tipo grueso de ojos pálidos. Trabajo hecho. Cedía los detalles a los subalternos.

—Del Estrecho para adentro —dijo el grueso, apoyando los codos en la mesa— ustedes tienen libertad absoluta. Nosotros les pondríamos la carga en Marruecos, si la prefieren allí, pero haciéndonos responsables del transporte desde los puertos americanos... Estamos dispuestos a conceder condiciones especiales, porcentajes y garantías. Incluso a que trabajen como asociados, pero controlando nosotros las operaciones.

—Cuanto más simple es todo —remató Siso Pernas, casi desde atrás—, menos riesgos.

Teo cambió otra mirada con Teresa. Y si no, le dijo ella con los ojos. Y si no, repitió el abogado en voz alta.

Qué pasa si no aceptamos esas condiciones. El tipo grueso no respondió, y Siso Pernas se entretuvo mirando su taza de café, pensativo, como si esa eventualidad no se la hubiera planteado nunca.

—Pues no sé —dijo al fin—. Quizá tengamos problemas.

—¿Quiénes los tendrán? —quiso saber Teo.

Se inclinaba un poco, tranquilo, sobrio, la estilográfica entre los dedos como si se dispusiera a tomar notas. Seguro en su papel, aunque Teresa sabía que estaba deseando levantarse y salir de aquella habitación. El género de problemas que insinuaba el gallego no eran especialidad de Teo. A ratos volvía ligeramente el rostro hacia ella, sin mirarla. Yo sólo puedo llegar hasta aquí, insinuaba. Lo mío son las negociaciones pacíficas, la asesoría fiscal y la ingeniería financiera; no los dobles sentidos ni las amenazas flotando en el aire. Si esto cambia de tono, ya no puede ser cosa mía.

—Ustedes... Nosotros —Siso Pernas dirigía ojeadas suspicaces a la estilográfica de Teo—. A nadie le conviene un desacuerdo.

Las últimas palabras sonaron como una astilla de vidrio. Cling. Y éste es el punto, se dijo Teresa, donde jalas o se te arranca. Es aquí donde empieza la guerra. Donde entra la pinche sinaloense que sabe lo que se rifa. Y más vale que esté ahí, esperando a que la llame. Ahora la necesito.

—Híjole... ¿Nos van a romper la madre con bates de béisbol?... ¿Como le pasó a ese francés que salió el otro día en los periódicos?

Miraba a Siso Pernas con una sorpresa que parecía auténtica, aunque no engañaba a nadie, ni lo pretendía. El otro se volvió hacia ella como si acabara de materializarse en el aire, mientras el gordo de los ojos pálidos se contemplaba las uñas y el tercero, un tipo flaco con manos de campesino, o de pescador, se hurgaba la nariz. Teresa esperó a que Siso Pernas dijera algo; pero el gallego permaneció callado, mirándola con una mezcla de irritación y desconcierto. En cuanto a Teo, la preocupación se le volvía inquietud manifiesta. Cuidado, rumoreaba mudo. Mucho cuidado.

—A lo mejor —prosiguió Teresa despacio— es que soy extranjera y no conozco las costumbres... El señor Aljarafe tiene toda mi confianza; pero cuando hago negocios me gusta que se dirijan a mí. Soy yo quien decide mis asuntos... ¿Capta usted la situación?

Siso Pernas seguía observándola en silencio, las manos a ambos lados de la taza de café. El ambiente estaba próximo al punto de congelación. Quién dijo cuates, pensó Teresa. Si me silban el corrido, yo le pongo letra. Y de gallegos sé algo.

—Pues ahora —prosiguió— le voy a decir cómo lo veo yo.

Espero no regar el mole, pensó. Y dijo cómo lo veía ella. Lo hizo muy claro y separando bien cada frase, con las pausas adecuadas para que todos captaran los matices. Tengo el máximo respeto por lo que hacen en Galicia, empezó. Raza pesada y demás, muy padre. Pero eso no me impide saber que están fichados por la policía, bajo estrecha vigilancia y sometidos a procedimientos judiciales. Tienen madrinas e infiltrados por todas partes, y de vez en cuando alguno de ustedes se deja atrapar con las manos en la masa. Todo bien gacho, que decimos en Sinaloa. Y resulta que si en algo se basa mi negocio es en extremar la seguridad, con una forma de trabajar que impide, hasta el límite de lo razonable, las fugas de información. Poca gente, y la mayor parte no se conoce entre sí. Eso ahorra pitazos. Me llevó tiempo crear esa estructura, y no estoy dispuesta, uno, a dejarla oxidarse, y dos, a ponerla en peligro con operaciones que no puedo controlar. Ustedes piden que me ponga en sus manos a cambio de un porcentaje o de qué sé yo. O sea: que me cruce de brazos y les deje el monopolio. No veo qué puedo sacar de eso, ni en qué me conviene. Excepto que me estén amenazando. Pero no creo, ¿verdad?... No creo que me amenacen.

—¿Con qué íbamos a amenazarla? —preguntó Siso Pernas.

Aquel acento. Teresa apartó el fantasma que rondaba cerca. Necesitaba la cabeza tranquila, el tono justo. La piedra de León estaba lejos, y no quería toparse con otra.

—Pues fíjense que se me ocurren dos maneras —respondió—: filtrar información que me perjudique, o intentar algo directamente. En ambos casos sepan que puedo ser tan perrona como el que más. Con una diferencia: yo no tengo a nadie que me haga vulnerable. Soy una persona de paso, y mañana puedo morirme o desaparecer, o marcharme sin hacer las maletas. Ni panteón me mandé hacer, aunque sea mejicana. Ustedes, sin embargo, tienen posesiones. Pazos, creo que llaman a esas casas hermosas de Galicia. Carros de lujo, amigos... Familiares. Ustedes pueden hacer venir sicarios colombianos para trabajos sucios. Yo también. Ustedes pueden, llegados al extremo, desencadenar una guerra. Yo, modestamente, también, porque me sobra lana y con eso te pagas cualquier cosa. Pero una guerra atraería la atención de las autoridades... He observado que al ministerio del Interior no le gustan los ajustes de cuentas entre narcos, sobre todo si hay nombres y apellidos, posesiones que incautar, gente que puede ir a la cárcel, procedimientos judiciales en curso... Ustedes salen mucho en los periódicos.

—Usted también —apuntó Siso Pernas con una mueca irritada.

Teresa lo miró fríamente tres segundos, con mucha calma.

—No cada día, ni en las mismas páginas. A mí nadie me probó nada.

El gallego emitió una risa corta, grosera.

—Pues ya me dirá cómo lo consigue.

—A lo mejor es que soy un poquito menos pendeja.

Lo dicho dicho está, pensó concluyendo. Requeteclaro y sin cremita. Y ahora a ver por dónde van estos cabrones. Teo le ponía y le quitaba el capuchón a la estilográfica. También tú estás pasando un mal rato, pensó Teresa. Para eso cobras lo que cobras. La diferencia es que a ti puede notársete, y a mí no.

—Todo puede cambiar —comentó Siso Pernas—. Me refiero a lo suyo.

Variante considerada. Prevista. Teresa tomó un Bisonte del paquete que tenía delante, junto a un vaso de agua y una carpeta de cuero con documentos. Lo hizo como si reflexionara, y se lo puso en la boca sin encenderlo. Tenía la boca seca, pero decidió no tocar el vaso de agua. La cuestión no es cómo yo me sienta, se dijo. La cuestión es cómo me ven.

—Claro —concedió—. Y me late que cambiará. Pero yo sigo siendo una. Con mi gente, pero una. Mi negocio es voluntariamente limitado. Todos saben que no manejo carga propia. Sólo transporto. Eso disminuye mis daños potenciales. Y mis ambiciones. Ustedes, sin embargo, tienen muchas puertas y ventanas por donde entrarles. Hay donde elegir, si alguien decide golpear. Gente a la que quieren, intereses que les importa conservar... Hay donde romperles la madre.

Miraba al otro a los ojos, el cigarrillo en los labios. Inexpresiva. Estuvo así unos instantes, contando por dentro los segundos, hasta que Siso Pernas, el aire reflexivo y casi a regañadientes, se metió la mano en el bolsillo, sacó un encendedor de oro, e inclinándose sobre la mesa le dio fuego. Ahí llegaste, güerito. Ya te quiebras. Se lo agradeció con un movimiento de cabeza.

—¿Y a usted no? —preguntó al fin el gallego, guardándose el encendedor.

—Puede hacer la prueba —Teresa soltaba el humo al hablar, un poco entornados los ojos—. Le sorprendería saber lo fuerte que es alguien que no tiene nada que perder excepto a sí misma. Usted tiene familia, por ejemplo. Una mujer muy bonita, dicen... Un hijo.

Rematemos, decidió. El miedo no hay que avivarlo de golpe, porque entonces puede convertirse en sorpresa o irreflexión y enloquecer a quienes creen que ya no hay remedio. Eso los vuelve imprevisibles y requetepeligrosos. El arte reside en infiltrarlo poquito a poco: que dure, y desvele, y madure, porque de ese modo se convierte en respeto. La frontera es sutil, y hay que tantearla suave hasta que encaja.

—En Sinaloa tenemos un dicho: *Voy a matar a toda su familia, y luego desentierro a sus abuelos, les meto unos tiros y los vuelvo a enterrar...*

Mientras hablaba, sin mirar a nadie, abrió la carpeta que tenía delante y extrajo un recorte de prensa: una foto de un equipo de fútbol de la ría de Arosa, al que Siso Pernas, muy aficionado, subvencionaba con generosidad. Era su presidente, y en la foto —Teresa la había puesto con suma delicadeza sobre la mesa, entre ambos— posaba antes de un partido con los jugadores, con su mujer y con su hijo, un niño muy guapo de diez o doce años, vestido con la camiseta del equipo.

—Así que no me chinguen —y ahora sí miraba al gallego a los ojos—. O como dicen ustedes en España, hagan el favor de no tocarme los cojones.

Rumor de agua tras las cortinas de la ducha. Vapor. A él le gustaba ducharse con el agua muy caliente.

—Nos pueden matar —dijo Teo.

Teresa estaba apoyada en el marco de la puerta abierta. Desnuda. Sentía la humedad tibia en la piel.

—No —respondió—. Primero intentarán algo medio suave, para sondearnos. Luego buscarán el acuerdo.

—Lo que tú llamas suave ya lo han hecho... Eso de las gomas que te contó Juárez se lo filtraron ellos al juez Martínez Pardo. Nos han echado encima a la Guardia Civil.

—Ya lo sé. Por eso jugué pesado. Quise que sepan que lo sabemos.

—El clan de los Corbeira...

—Déjalo, Teo —Teresa movía la cabeza—. Controlo lo que hago.

—Eso es verdad. Siempre controlas lo que haces. O lo aparentas de maravilla.

De tres frases, reflexionó Teresa, te sobró la tercera. Pero imagino que aquí tienes derechos. O crees tenerlos. El vapor empañaba el gran espejo del baño, donde ella era una mancha gris. Junto al lavabo, frasquitos de champú, loción corporal, un peine, jabón en su envoltorio. Parador Nacional de Cáceres. Al otro lado de la cama con las sábanas revueltas, la ventana enmarcaba un increíble paisaje medieval: piedras antiguas recortadas en la noche, columnas y pórticos dorados por la luz de focos ocultos. Híjole, pensó. Como en el cine gringo, pero de veras. La vieja España.

—Pásame una toalla, por favor —pidió Teo.

Era un tipo requetelimpio. Siempre se duchaba antes y después, como para darle un toque higiénico a lo de coger. Minucioso, neto, de esos que parece que no sudan nunca ni tienen un solo microbio en la piel. Los hombres que Teresa recordaba desnudos eran casi todos limpios, o al menos ese aspecto tenían; pero ninguno como aquél. Teo casi no tenía olor propio: su piel era suave, apenas un aroma masculino indefinible, el del jabón y la loción que usaba después de afeitarse, tan moderados como cuanto tenía que ver con él. Después de hacer el amor siempre olían a ella, a su carne fatigada, a su saliva, al aroma fuerte y denso de su sexo húmedo; como si fuera Teresa la que al fin terminaba poseyendo la piel del hombre. Colonizándolo. Le dio la toalla observando el cuerpo alto y delgado, chorreante de agua bajo la ducha que acababa de cerrar. El vello negro en el pecho, las piernas y el sexo. La sonrisa tranquila, siempre oportuna. El anillo de casado en la mano izquierda. A ella le daba igual ese anillo, y en apariencia a él también. Lo nuestro es profesional, dijo Teresa la única vez, al principio, que él intentó justificarse, o justificarla, con un comentario ligero e innecesario. Así que no me cantes boleros. Y Teo era lo bastante listo para comprender.

—¿Lo del hijo de Siso Pernas iba en serio?

Teresa no respondió. Se había acercado al espejo empañado, quitando un poco de vapor con la mano. Y allí estaba, tan imprecisa de contornos que podía no ser ella misma, el pelo revuelto, los ojos grandes y negros observándola como de costumbre.

—Nadie lo creería, viéndote así —dijo él.

Estaba a su lado, mirándola en el hueco hecho en el vapor. Se secaba el pecho y la espalda con la toalla. Teresa movió la cabeza, negando despacio. No mames, dijo sin palabras. Él le dio un beso distraído en el pelo y siguió secándose camino del dormitorio, y ella se quedó como estaba, apoyadas las manos en el lavabo, frente a su reflejo empañado. Ojalá nunca tenga que demostrártelo a ti también, reflexionó en los adentros, dirigiéndose al hombre que se movía por el cuarto contiguo. Ojalá que no.

—Me preocupa Patricia —dijo él de pronto.

Teresa fue hasta la puerta y se quedó en el umbral, mirándolo. Había sacado una camisa impecablemente planchada de la maleta —nunca se le arrugaba el equipaje al cabrón— y desabrochaba los botones para ponérsela. Tenían mesa reservada para media hora más tarde en Torre de Sande. Un restaurante soberbio, había dicho él. En el casco antiguo. Teo conocía todos los restaurantes soberbios, todos los bares de moda, todas las tiendas elegantes. Lugares hechos tan a medida para él como la camisa que estaba a punto de ponerse. Lo mismo que Pati O'Farrell, parecía nacido en ellos: dos fresitas a los que el mundo estaba siempre obligado, aunque uno lo llevara mejor que la otra. Todo bien chilo y tan lejos de Las Siete Gotas, pensó, donde su madre —que no la había besado nunca— fregaba en un barreño del patio y se acostaba con vecinos borrachos. Tan lejos de la escuela donde a ella los plebes mugrientos le levantaban la falda junto a la barda del patio. Haznos una chaquetita, morra. Para cada uno. Regálanosla a mí y a los compas o te rompemos nomás la panochita. Tan lejos de los techos de madera y zinc, del barro entre sus pies desnudos y de la pinche miseria.

—¿Qué pasa con Pati?

—Tú sabes lo que pasa. Y cada vez es peor.

Lo era. Tomar y periquearse hasta la madre eran mala combinación, pero había algo más. Como si la Teniente se rompiera poco a poco, callada. Lo mismo la palabra era resignación, aunque Teresa no lograba establecer lo de resignada a qué. A veces Pati se parecía a esos náufragos que dejan de nadar sin motivo aparente. Glub, glub. Quizá sólo porque no tienen fe, o están cansados.

—Ella es dueña de hacer lo que quiera —dijo.

—La cuestión no es ésa. La cuestión es si lo que hace te conviene a ti, o no.

Muy propio de Teo. No era la O'Farrell su preocupación, sino las consecuencias de su comportamiento. Y en cualquier caso, las transfería a Teresa. Te conviene o no te conviene. Jefa. La desgana, el desapego con que Pati encaraba las pocas responsabilidades que todavía le dejaban en Transer Naga, eran el punto oscuro del problema. Durante las reuniones de trabajo —cada vez iba menos, delegando en Teresa— permanecía como ausente o bromeaba sin rebozo: todo parecía encararlo ahora como un juego. Gastaba mucho dinero, se desentendía, frivolizaba asuntos serios en los que iban muchos intereses y algunas vidas. Hacía pensar en un barco soltando amarras. Teresa no lograba establecer si era ella misma quien había ido relevando a su amiga de las obligaciones, o si el distanciamiento provenía de la misma Pati, de la turbiedad creciente que salía de los recovecos de su pensamiento y de su vida. Tú eres la líder, solía decir. Y yo aplaudo, tomo, periqueo y miro. Aunque tal vez ocurrían las dos cosas, y Pati se limitaba a seguir el ritmo de los días; el orden natural, inevitable, a que todo las encaminó desde el principio. Quizá me equivoqué de Edmundo Dantés, había comentado Pati en la casa de Tomás Pestaña. No era esto, ni eras tú. No supe adivinarte. O quizá, como dijo en otra ocasión —empolvada la nariz y los ojos turbios—, lo único que ocurre es que tarde o temprano el abate Faria siempre sale de escena.

Conflictiva y como muriéndose sin morirse. Y sin importarle. Ésas eran las palabras, y la primera de todas resultaba la más inapropiada en aquella clase de negocios, tan sensibles a cualquier escándalo. El último episodio era reciente: una menor encanallada, bajuna, de malas compañías y peores sentimientos, había estado chuleando sin disimulo a Pati hasta que un sórdido asunto de excesos, droga, hemorragia y hospital a las cinco de la madrugada estuvo a punto de llevarla a las páginas de sucesos; y así habría sido de no movilizarse los recursos disponibles: dinero, relaciones, chantaje. Tierra, en fin, sobre el asunto. Cosas de la vida, dijo Pati cuando Teresa tuvo con ella una conversación áspera. Para ti es sencillo, Mejicana. Tú lo tienes todo, y encima quien te arregla el coño. Así que vive tu vida y déjame la mía. Porque yo no pido cuentas, ni me meto en lo que no debo. Soy tu amiga. Pagué y pago tu amistad. Cumplo el pacto. Y tú, que tan fácilmente lo compras todo, deja al menos que yo me compre a mí misma. Y oye. Siempre dices que vamos a medias, no sólo en cuestiones de negocios o dinero. Estoy de acuerdo. Ésta es mi libre, deliberada y puta mitad.

Hasta Oleg Yasikov la había alertado. Cuidado, Tesa. No te juegas sólo dinero, sino tu libertad y tu vida. Pero las decisiones son tuyas. Claro. De cualquier modo, no estaría de más que te preguntaras. Sí. Cosas. Por ejemplo, qué parte te toca a ti. De qué eres responsable. De qué no. Hasta qué punto empezaste esto tú misma, siguiéndole el juego. Hay responsabilidades pasivas que son tan graves como las otras. Hay silencios que no podemos excusarnos de haber escuchado con absoluta claridad. Sí. A partir de cierto momento en la vida, cada cual es responsable de lo que hace. Y de lo que no hace.

Cómo habría sido si. Eso pensaba a veces Teresa. Si yo. Quizás estaban ahí las claves; pero a ella le parecía imposible mirar desde el otro lado de aquella barrera cada vez más clara e inevitable. La irritaba la incomodidad, o el remordimiento, que sentía llegar en oleadas imprecisas, como llenándole las manos y sin saber qué hacer con él. Y por qué habría de sentirlo, se decía. Chale. Nunca pudo ser, y nunca fue. Nadie engañó a nadie; y si por parte de Pati hubo en el pasado esperanza, o intención, quedaba descartada hacía tiempo. Tal vez era ése el problema. Que todo estuviera consumado, o a punto de estarlo, y a la Teniente O'Farrell ya ni siquiera le quedase el móvil de la curiosidad. En relación a Teresa, Teo Aljarafe podía haber sido el último experimento de Pati. O su desquite. A partir de ahí, todo resultaba al mismo tiempo previsible y oscuro. Y a eso cada una se enfrentaría sola.

13. En dos y trescientos metros levanto las avionetas

—Ahí está —dijo el doctor Ramos.

Tenía oído de tísico, decidió Teresa. Ella no percibía nada, salvo el rumor de la resaca en la playa. La noche era tranquila, y el Mediterráneo una mancha negra frente a la ensenada de Agua Amarga, en la costa de Almería, con la luna iluminando como si fuera de nieve la arena de la orilla, y la luz del faro de Punta Polacra —tres destellos cada doce o quince segundos, registró su antiguo instinto profesional— brillando a intervalos al pie de la sierra de Gata, seis millas al sudoeste.

—Yo sólo oigo el mar —respondió.

—Escuche.

Permaneció atenta a la oscuridad, aguzando el oído. Estaban de pie junto a la Cherokee, con un termo de café, vasos de plástico y bocadillos, protegidos del frío por chaquetones y jerseys. La silueta oscura de Pote Gálvez se paseaba a pocos metros, vigilando la pista de tierra y la rambla seca que daban acceso a la playa.

—Ahora lo oigo —dijo.

Era sólo un ronroneo lejano que apenas podía distinguirse del agua en la orilla; pero crecía poco a poco en intensidad y sonaba muy bajo, como si viniese del mar y no del cielo. Parecía una planeadora acercándose a gran velocidad.

—Buenos chicos —comentó el doctor Ramos.

Había un poquito de orgullo en su voz, como quien habla de un hijo o un alumno aventajado, pero su tono era tranquilo como de costumbre. Aquel bato, pensó Teresa, no se ponía nervioso nunca. A ella, sin embargo, le costaba reprimir su inquietud y lograr que la voz le saliera con la serenidad que los demás esperaban. Si supieran, se dijo. Si supieran. Y más esa pinche noche, con lo que arriesgaban. Tres meses preparando lo que al fin se decidía en menos de dos horas, de las que ya habían transcurrido tres cuartas partes. Ahora el rumor de motores era cada vez más fuerte y cercano. El doctor se acercó el reloj de pulsera a los ojos antes de iluminar la esfera con un rápido resplandor de su mechero.

—Puntualidad prusiana —añadió—. El sitio justo y la hora exacta.

El sonido estaba cada vez más cerca, siempre a muy baja altura. Teresa escudriñó con avidez la oscuridad, y entonces le pareció verlo: un pequeño punto negro que aumentaba de tamaño, justo en el límite entre el agua sombría y el rielar de la luna, mar adentro.

—Híjole —dijo.

Era casi hermoso, pensó. Tenía información, recuerdos, experiencias que le permitían imaginar el mar visto desde la cabina, las luces amortiguadas en el tablero de instrumentos, la línea de tierra perfilándose delante, los dos hombres a los mandos, VOR-DME de Almería en la frecuencia 114,1 para calcular demora y distancia sobre el mar de Alborán, punto-raya-raya-raya-punto-raya-punto, y después la costa a ojo a la luz de la luna, buscando referencias en el destello del faro a la izquierda, las luces de Carboneras a la derecha, la mancha neutra de la ensenada en el centro. Ojalá estuviera allí arriba, se dijo. Volando a ojo como ellos, con un par de huevos rancheros en su sitio. Entonces el punto negro creció de pronto, siempre a ras del agua, mientras el ruido de motores aumentaba hasta volverse atronador, rooaaaar, hizo, igual que si fuera a echárseles encima, y Teresa alcanzó a distinguir unas alas materializándose a la misma altura desde la que observaban ella y el doctor. Y al cabo vio la silueta entera del avión que volaba muy bajo, a unos cinco metros sobre el mar, las dos hélices girando como discos de plata en el contraluz de la luna. A toda madre. Un instante después, sobrevolándolos con un rugido que levantó a su paso una polvareda de arena y algas secas, el avión ganó altitud, internándose tierra adentro mientras inclinaba un ala a babor y se perdía en la noche, entre las sierras de Gata y Cabrera.

—Ahí va una tonelada y media —dijo el doctor.

—Todavía no está abajo —respondió Teresa.

—Lo estará en quince minutos.

Ya no había motivo para seguir a oscuras, así que el doctor hurgó en los bolsillos del pantalón, encendió su pipa, y luego prendió el cigarrillo que Teresa acababa de llevarse a la boca. Pote Gálvez venía con un vaso de café en cada mano. Una sombra gruesa, atenta a sus deseos. La arena blanca amortiguaba los pasos.

—¿Qué onda, patrona?

—Todo bien, Pinto. Gracias.

Bebió el líquido amargo, sin azúcar y avivado por un chorro de coñac, disfrutando el cigarrillo que tenía dentro un poco de hachís. Espero que todo siga igual de bien, pensó. El celular que llevaba en el bolsillo del chaquetón sonaría cuando la carga estuviese en las cuatro camionetas que esperaban junto a la rudimentaria pista: un diminuto aeródromo abandonado desde la guerra civil, en medio del desierto almeriense, cerca de Tabernas, con el pueblo más próximo a quince kilómetros. Aquélla era la última etapa de una compleja operación que relacionaba una carga de mil quinientos kilos de clorhidrato de cocaína del cártel de Medellín con las mafias italianas. Otra chinita en el zapato del clan Corbeira, que seguía pretendiendo la exclusiva de los movimientos de doña Blanca en territorio español. Teresa sonrió para sí. Bien chilosos iban a ponerse los gallegos, si se enteraban. Pero desde Colombia le habían pedido a Teresa que estudiase la posibilidad de colocar, de una sola tacada, un cargamento grande que sería embarcado en contenedores en el puerto de Valencia con destino a Génova; y ella se limitaba a solucionar el problema. La droga, sellada al vacío en paquetes de diez kilos dentro de bidones de grasa para automóviles, había cruzado el Atlántico después de transbordarse frente a Ecuador, a la altura de las islas Galápagos, a un viejo carguero con bandera panameña, el *Susana*. El desembarco se efectuó en la ciudad marroquí de Casablanca; y de allí, con protección de la Gendarmería Real —el coronel Abdelkader Chaib seguía en óptimas relaciones con Teresa—, viajó en camiones al Rif, hasta uno de los almacenes utilizados por los socios de Transer Naga para preparar los cargamentos de hachís.

—Los marroquíes han cumplido como caballeros —comentó el doctor Ramos, las manos en los bolsillos. Se dirigían al coche, con Pote Gálvez al volante. Los faros encendidos iluminaban la extensión de arena y rocas, las gaviotas desveladas que revoloteaban sorprendidas por la luz.

—Sí. Pero el mérito es suyo, doctor.

—No la idea.

—Usted la hizo posible.

El doctor Ramos chupó su pipa sin decir nada. Era difícil que el táctico de Transer Naga formulara una queja, o mostrara satisfacción ante un elogio; pero lo cierto es que Teresa lo adivinaba satisfecho. Porque, si la idea del avión grande —el puente aéreo, lo llamaban entre ellos— era de Teresa, el trazado de la ruta y los detalles operativos corrían a cargo del doctor. La innovación consistía en aplicar los vuelos a baja altura y el aterrizaje en pistas secretas a una operación de más envergadura, más rentable: cocaína. Porque en los últimos tiempos habían surgido problemas. Dos expediciones gallegas, financiadas por el clan Corbeira, resultaron interceptadas por Vigilancia Aduanera, una en el Caribe y otra frente a Portugal; y una tercera operación íntegramente realizada por los italianos —un mercante turco con media tonelada a bordo en ruta de Buenaventura a Génova, vía Cádiz— terminó en completo fracaso con la carga incautada por la Guardia Civil y ocho hombres en prisión. Era un momento difícil; y tras darle muchas vueltas Teresa decidió arriesgarse con los métodos que años atrás, en México, valieron a Amado Carrillo el sobrenombre de Señor de los Cielos. Órale, concluyó. Para qué inventar, habiendo maestros. De modo que puso a Farid Lataquia y al doctor Ramos al trabajo. El libanés había protestado, claro. Poco tiempo, poco dinero, poco margen. Siempre le piden milagros al mismo. Etcétera. Mientras, el doctor se encerraba con sus mapas y sus planos y sus diagramas, fumando pipa tras pipa y sin pronunciar otras palabras que las imprescindibles, calculando rutas, combustible, lugares. Huecos de radar para llegar al mar entre Melilla y Alhucemas, distancia por recorrer a ras del agua con rumbo este-norte-noroeste, zonas sin vigilancia para cruzar la costa española, referencias de tierra para guiarse a ojo y sin instrumentos, consumo a alta y baja cota, sectores donde un avión de tamaño medio no podía ser detectado volando sobre el mar. Hasta sondeó a un par de controladores aéreos que estarían de guardia en las noches y lugares adecuados, asegurándose de que nadie daría parte si algún eco sospechoso se reflejaba en las pantallas de radar. También había volado sobre el desierto almeriense en busca del lugar adecuado para el aterrizaje, e ido a las montañas del Rif para comprobar sobre el terreno las condiciones de los aeródromos locales. El avión lo consiguió Lataquia en África: un viejo Aviocar C-212 destinado al transporte de pasajeros entre Malabo y Bata, procedente de la ayuda española a Guinea Ecuatorial, construido en 1978 y que todavía volaba. Bimotor, dos toneladas de capacidad de carga. Podía aterrizar a sesenta nudos en doscientos cincuenta metros de pista si invertía las hélices y sacaba los flaps a cuarenta grados. La compra se realizó sin problemas a través de un contacto de la embajada ecuatoguineana en Madrid —comisión del agregado comercial aparte, la sobrefacturación sirvió para cubrir una compra de motores marinos para semirrígidas—, y el Aviocar voló a Bangui, donde los dos motores turbohélice Garret TPE fueron revisados y puestos a punto por mecánicos franceses. Luego fue a posarse en una pista de cuatrocientos metros en las montañas del Rif para hacerse cargo de la cocaína. Conseguir la tripulación no fue difícil: cien mil dólares para el piloto —Jan Karasek, polaco, ex fumigador agrícola, veterano de los vuelos nocturnos transportando hachís para Transer Naga a bordo de una Skymaster de su propiedad— y setenta y cinco mil para el copiloto: Fernando de la Cueva, un ex militar español que había volado con los Aviocar cuando estaba en el Ejército del Aire, antes de pasar a la aviación civil y quedarse en paro tras una reestructuración laboral de Iberia. Y a esa hora —los faros de la Cherokee alumbraban las primeras casas de Carboneras cuando Teresa consultó el reloj del salpicadero—, los dos hombres, tras guiarse por las luces de la autovía Almería-Murcia y cruzarla sobre las cercanías de Níjar, ya habrían llevado el avión, volando siempre bajo y evitando el trazado de torres eléctricas que el doctor Ramos dibujó cuidadosamente sobre sus mapas aéreos, en torno a la sierra de Alhamilla, girando despacio al oeste, y estarían sacando los flaps para aterrizar en el aeródromo clandestino iluminado por la luna, un coche al comienzo y otro trescientos cincuenta metros más lejos: dos breves destellos de faros para señalar el inicio y el final de la pista. Llevando en su bodega una carga valorada en cuarenta y cinco millones de dólares, de la que Transer Naga percibía, como transportista, una suma equivalente al diez por ciento.

Se detuvieron a tomar algo en una venta de carretera antes de salir a la N-340: camioneros cenando en las mesas del fondo, jamones y embutidos colgados del techo, botas de vino, fotos de toreros, expositores giratorios con vídeos porno, cintas y cedés de Los Chunguitos, El Fary, La Niña de los Peines. Picotearon de pie en la barra, jamón, caña de lomo y atún fresco con pimientos y tomate. El doctor Ramos pidió un coñac y Pote Gálvez, que conducía, un café doble. Teresa buscaba el tabaco en los bolsillos de su chaquetón cuando se detuvo en la puerta un Nissan verde y blanco de la Guardia Civil y sus ocupantes entraron en la venta. Pote Gálvez se puso tenso, apartadas las manos de la barra, vuelto a medias con desconfianza profesional hacia los recién llegados, moviéndose un poco para cubrir con el cuerpo a su patrona. Tranquilo, Pinto, le dijo ella con los ojos. No será hoy cuando se nos chinguen. Patrulla rural. Rutina. Eran dos agentes jóvenes, con uniformes de color aceituna y pistolas en fundas negras a los costados. Dijeron cortésmente buenas noches, dejaron las gorras sobre un taburete y se acodaron al final de la barra. Parecían relajados, y uno de ellos los miró breve, distraído, mientras ponía azúcar en el café y removía con la cucharilla. La expresión del doctor Ramos chispeaba al cambiar una mirada con Teresa. Si estos picoletos supieran, decía sin decirlo, embutiendo con parsimonia tabaco en la cazoleta de su pipa. Qué cosas. Después, cuando los guardias se disponían a irse, el doctor le apuntó al camarero que tenía mucho gusto en pagar sus cafés. Uno de ellos protestó amable y el otro les dirigió una sonrisa. Gracias. Buen servicio, dijo el doctor cuando se marchaban. Gracias, dijeron otra vez.

—Buenos chicos —resumió el doctor cuando cerraron la puerta.

Había dicho lo mismo de los pilotos, recordó Teresa, cuando los motores del Aviocar atronaban sobre la playa. Y eso, entre otras cosas, era lo que a ella le gustaba del personaje. Su ecuanimidad inmutable. Cualquiera, visto desde la perspectiva adecuada, podía ser buen chico. O buena chica. El mundo era un lugar difícil, de reglas complicadas, donde cada cual jugaba el papel que le asignaba su destino. Y no siempre era posible elegir. Toda la gente que conozco, le oyeron comentar al doctor alguna vez, tiene razones para hacer lo que hace. Aceptando eso en tus semejantes, concluía, no resulta difícil llevarse bien con los demás. El truco está en buscarles siempre la parte positiva. Y fumar en pipa ayuda mucho. Te lleva tiempo, reflexión. Da oportunidad de mover despacio las manos, y mirarte, y mirar a los demás.

El doctor encargó un segundo coñac, y Teresa —no tenían tequila en la venta— un orujo gallego que arrancaba llamas por la nariz. La presencia de los guardias le trajo a la memoria una conversación reciente y viejas preocupaciones. Había recibido una visita tres semanas atrás, en la sede oficial de Transer Naga, que ahora ocupaba un edificio entero de cinco plantas en la avenida del Mar, junto al parque de Marbella. Una visita no anunciada, que al principio ella se negó a recibir hasta que Eva, su secretaria —Pote Gálvez estaba frente a la puerta del despacho, plantado en la alfombra como un dóberman—, le enseñó una orden judicial que recomendaba a Teresa Mendoza Chávez, domiciliada en tal y cual, aceptar esa entrevista o atenerse a las actuaciones posteriores a que hubiera lugar. Encuesta previa, decía el papel, sin determinar previa a qué. Y son dos, añadió la secretaria. Un hombre y una mujer. Guardia Civil. Así que, tras meditar un poco, Teresa hizo avisar a Teo Aljarafe para que estuviese prevenido, tranquilizó a Pote Gálvez con un gesto y le dijo a la secretaria que los hiciera pasar a la sala de reuniones. No se estrecharon manos. Tras un saludo de circunstancias los tres tomaron asiento en torno a la gran mesa redonda de la que se habían retirado antes todos los papeles y carpetas. El hombre era delgado, serio, bien parecido, con el pelo prematuramente gris cortado a cepillo y un hermoso mostacho. Tenía una voz grave y agradable, decidió Teresa; tan educada como sus modales. Vestía de paisano, chaqueta de pana muy usada y pantalones deportivos, pero todo su aspecto parecía de guacho, muy militar. Me llamo Castro, dijo, sin añadir nombre propio, graduación, ni destino; aunque al cabo de un momento pareció pensarlo mejor y añadió lo de capitán. Capitán Castro. Y ella es la sargento Moncada. Mientras hacía la breve presentación, la mujer —pelirroja, vestida con falda y jersey, aretes de oro, ojos pequeños e inteligentes— sacó un magnetófono del bolso de lona que tenía sobre las rodillas y lo puso sobre la mesa. Espero, dijo, que no le importe. Luego se sonó con un kleenex —parecía resfriada, o alérgica— y lo dejó hecho una bolita en el cenicero. En absoluto, contestó Teresa. Pero en tal caso tendrán que esperar a que llegue mi abogado. Y eso incluye tomar notas. De modo que, tras una mirada de su jefe, la sargento Moncada frunció el ceño, introdujo el magnetófono en el bolso y volvió a usar otro kleenex. El capitán Castro explicó en pocas palabras qué los había llevado allí. En el curso de una investigación reciente, algunos informes apuntaban a empresas vinculadas a Transer Naga.

—Habrá pruebas de eso, claro.

—Pues no. Lamento decir que no las hay.

—En ese caso, no comprendo esta visita.

—Es rutinaria.

—Ah.

—Simple cooperación con la Justicia.

—Ah.

Entonces el capitán Castro le contó a Teresa que una actuación de la Guardia Civil —lanchas neumáticas presuntamente destinadas al narcotráfico— había sido abortada por una filtración y por la inesperada injerencia del Cuerpo Nacional de Policía. Agentes de la comisaría de Estepona intervinieron antes de tiempo, entrando en una nave del polígono industrial donde, en vez del material al que la Guardia Civil seguía la pista, sólo encontraron dos viejas lanchas fuera de uso, sin obtener ninguna prueba ni realizar detenciones.

—Cuánto lo siento —dijo Teresa—. Pero no se me figura qué tengo que ver con eso.

—Ahora, nada. La policía lo reventó. Nuestra investigación se fue por completo al traste, porque alguien le pasó a la gente de Estepona información manipulada. Ningún juez seguiría adelante con lo que hay.

—Híjole... ¿Y han venido para contármelo?

El tono hizo que el hombre y la mujer cambiasen una mirada.

—En cierto modo —dijo el capitán Castro—. Creímos que su opinión sería útil. En este momento trabajamos en media docena de asuntos relacionados con el mismo entorno.

La sargento Moncada se inclinó hacia adelante en su silla. Ni pintura de labios ni maquillaje. Sus ojos pequeños parecían cansados. El catarro. La alergia. Una noche de trabajo, aventuró Teresa. Días sin lavarse el pelo. Los aretes de oro relucían incongruentes.

—El capitán se refiere a *su* entorno. El de usted.

Teresa decidió ignorar la hostilidad del *su.* Miraba el jersey arrugado de la mujer.

—No sé de qué están hablando —se volvió hacia el hombre—. Mis relaciones están a la vista.

—No ese tipo de relaciones —dijo el capitán Castro—. ¿Ha oído hablar de Chemical STM?

—Nunca.

—¿Y de Konstantin Garofi Ltd?

—Sí. Tengo acciones. Nomás un paquete minoritario.

—Qué raro. Según nuestros informes, la sociedad import-export Konstantin Garofi, con sede en Gibraltar, es completamente suya.

Quizá debí esperar a Teo, pensó Teresa. En cualquier caso, ya no era momento de volverse atrás. Enarcó una ceja.

—Espero que tengan pruebas para afirmar eso.

El capitán Castro se tocó el bigote. Movía levemente la cabeza, dubitativo, como si de veras calculase hasta qué punto contaba o no con esas pruebas. Pues no, concluyó al fin. Desgraciadamente no las tenemos, aunque en este caso poco importa. Porque nos ha llegado un informe. Una solicitud de cooperación de la DEA norteamericana y el Gobierno colombiano, referida a un cargamento de quince toneladas de permanganato de potasio intervenidas en el puerto caribeño de Cartagena.

—Creía que el comercio con permanganato de potasio era libre.

Se había recostado en el respaldo de su silla y miraba al guardia civil con una sorpresa que parecía auténtica. En Europa sí, fue la respuesta. Pero no en Colombia, donde se usaba como precursor de la cocaína. Y en Estados Unidos su compra y venta estaba controlada a partir de ciertas cantidades, al figurar en la lista de doce precursores y treinta y tres substancias químicas cuyo comercio era vigilado por leyes federales. El permanganato de potasio, como tal vez —o quizás, o sin duda— sabía la señora, era uno de esos doce productos esenciales para elaborar la pasta base y el clorhidrato de cocaína. Combinadas con otras substancias químicas, diez toneladas servían para refinar ochenta toneladas de droga. Lo que, usando un conocido dicho español, no era moco de pavo. Planteado aquello, el guardia civil se quedó mirando a Teresa, inexpresivo, como si fuese todo cuanto tenía que hablar. Ella contó mentalmente hasta tres. Chale. Empezaba a dolerle la cabeza, pero no podía permitirse sacar una aspirina delante de aquellos dos. Encogió los hombros.

—No me diga... ¿Y?

—Pues que el cargamento llegó por vía marítima desde Algeciras, comprado por Konstantin Garofi a la sociedad belga Chemical STM.

—Me extraña que esa sociedad gibraltareña exporte directamente a Colombia.

—Hace bien en extrañarse —si había ironía en el comentario, no se notaba—. En realidad, lo que hicieron fue comprar el producto en Bélgica, traerlo hasta Algeciras y endosárselo ahí a otra sociedad radicada en la isla de Jersey, que la hizo llegar en un contenedor, primero a Puerto Cabello, en Venezuela, y después a Cartagena... Por el camino se trasvasó el producto a bidones rotulados como dióxido de magnesio. Para camuflar.

No eran los gallegos, sabía Teresa. Esta vez no daban ellos el pitazo. Estaba al corriente de que el problema radicaba en la misma Colombia. Problemas locales, con la DEA detrás. Nada que la afectara ni de lejos.

—¿Por qué camino?

—Alta mar. En Algeciras embarcó como lo que en realidad era.

Pues hasta ahí llegasteis, corazón. Mira mis manitas sobre la mesa, sacando un legítimo cigarrillo de un legítimo paquete y encendiéndolo con la calma de los justos. Blancas e inocentes. Así que ni madres. A mí qué me cuentas.

—Pues deberían —sugirió— pedir explicaciones a esa sociedad con sede en Jersey...

La sargento hizo un gesto impaciente, pero no dijo nada. El capitán Castro inclinó un poco la cabeza, como declarándose capaz de apreciar un buen consejo.

—Se disolvió después de la operación —comentó—. Sólo era un nombre en una calle de Saint Hélier.

—Híjole. ¿Todo eso está probado?

—Probadísimo.

—Entonces la gente de Konstantin Garofi fue sorprendida en su buena fe.

La sargento abrió a medias la boca para decir algo, y también esta vez lo pensó mejor. Miró a su jefe un instante y luego extrajo una libreta del bolso. Como le añadas un lápiz, pensó Teresa, os vais a la calle. Ahorita. Igual os vais aunque no lo saques.

—De todas formas —prosiguió—, y si he comprendido bien, ustedes hablan del transporte de un producto químico legal, dentro del espacio aduanero de Schengen. No veo qué tiene eso de extraño. Sin duda estaría la documentación en regla, con certificados de destino y cosas así. No conozco muchos detalles de Konstantin Garofi, pero según mis noticias son escrupulosos cumpliendo la ley... Yo nunca tendría algunas acciones allí, en caso contrario.

—Tranquilícese —dijo el capitán Castro, amable.

—¿Tengo aspecto de estar intranquila?

El otro la miró sin responder en seguida.

—En lo que a usted y a Konstantin Garofi se refiere —dijo al fin—, todo parece legal.

—Desgraciadamente —añadió la sargento.

Se mojaba un dedo con la lengua para pasar las hojas de la libreta. Y no mames, chaparra, pensó Teresa. Querrás hacerme creer que tienes ahí apuntados los kilos de mi último clavo.

—¿Hay algo más?

—Siempre habrá algo más —respondió el capitán.

Pues vamos a la segunda base, cabrón, pensó Teresa mientras apagaba el cigarrillo en el cenicero. Lo hizo con calculada violencia, de una sola vez. La irritación justa y ni un gramo extra, pese a que el dolor de cabeza la hacía sentirse cada vez más incómoda. En Sinaloa, aquellos dos ya estarían comprados o muertos. Sentía desprecio por la manera en que se presentaban allí, tomándola por lo que no era. Tan elementales. Pero también sabía que el desprecio lleva a la arrogancia, y a partir de ahí se cometen errores. El exceso de confianza quiebra más que los plomazos.

—Entonces pongamos las cosas claras —dijo—. Si tienen asuntos concretos que se refieran a mí, esta plática continuará en presencia de mis abogados. Si no, agradeceré que se dejen de chingaderas.

La sargento Moncada se olvidó de la libreta. Tocaba la mesa como comprobando la calidad de la madera. Parecía malhumorada.

—Podríamos seguir la conversación en unas dependencias oficiales...

Ahí viniste por fin, pensó Teresa. Derechita a donde te esperaba.

—Pues me late que no, sargento —repuso con mucha calma—. Porque salvo que tuviesen algo concreto, que no lo tienen, yo estaría en esas dependencias el tiempo justo para que mi gabinete legal los emplumara hasta la madre... Exigiendo, por supuesto, compensaciones morales y económicas.

—No tiene por qué ponerse así —templó el capitán Castro—. Nadie la acusa de nada.

—De eso estoy requetesegura. De que nadie me acusa.

—Desde luego, no el sargento Velasco.

Te van a dar como a puto, pensaba. Allí sacó la máscara azteca.

—¿Perdón?... ¿El sargento qué?

El otro la miraba con fría curiosidad. Eres bien chilo, decidió ella. Con tus modales correctos. Con tu pelo gris y ese lindo bigote de oficial y caballero. La morra debería lavarse el pelo más a menudo.

—Iván Velasco —dijo despacio el capitán—. Guardia civil. Difunto.

La sargento Moncada se inclinó de nuevo hacia adelante. El gesto rudo.

—Un cerdo. ¿Sabe algo de cerdos, señora?

Lo dijo con vehemencia mal contenida. Puede que sea su carácter, pensó Teresa. Ese cabello rojo sucio quizás tenga relación. A lo mejor es que trabaja demasiado, o es infeliz con su marido, o qué sé yo. Lo mismo nadie se la coge. Y no será fácil lo de ser hembra, en su trabajo. O tal vez hoy se reparten los papeles: guardia civil cortés, guardia civil malo. Frente a una cabrona como la que suponen que soy, hacer de mala le toca a la tipa. Lógico. Pero me vale madres.

—¿Tiene algo que ver esto con el permanganato de potasio?

—Sea buena —aquello no sonaba nada simpático; la sargento se hurgaba los dientes con la uña de un meñique—. No nos tome el pelo.

—Velasco frecuentaba malas compañías —aclaró con sencillez el capitán Castro—, y lo mataron hace tiempo, al salir usted de la cárcel. ¿Recuerda?... Santiago Fisterra, Gibraltar y todo aquello. Cuando ni soñaba ser lo que ahora es.

En la expresión de Teresa no había maldito lo que recordar. O sea que no tenéis nada, reflexionaba. Venís a sacudir el árbol.

—Pues fíjense que no —dijo—. Que no caigo en ese Velasco.

—No cae —comentó la mujer. Casi lo escupía. Se volvió a su jefe insinuando y usted qué opina, mi capitán. Pero Castro miraba hacia la ventana como pensando en otra cosa.

—En realidad no podemos relacionarla —prosiguió la sargento Moncada—. Además, es agua pasada, ¿verdad? —volvió a mojarse un dedo y consultó la libreta, aunque estaba claro que no leía nada—. Y lo de aquel otro, Cañabota, al que mataron en Fuengirola, ¿tampoco le suena?... ¿El nombre de Oleg Yasikov no le dice nada?... ¿Nunca oyó hablar de hachís, ni de cocaína, ni de colombianos, ni gallegos? —se interrumpió, sombría, para dar ocasión a Teresa de intercalar algún comentario; pero ella no abrió la boca—... Claro. Lo suyo son las inmobiliarias, la bolsa, las bodegas jerezanas, la política local, los paraísos fiscales, las obras de caridad y las cenas con el gobernador de Málaga.

—Y el cine —apuntó el capitán, objetivo. Seguía vuelto hacia la ventana con cara de pensar en cualquier otra cosa. Casi melancólico.

La sargento levantó una mano.

—Es verdad. Olvidaba que también hace cine —el tono se volvía cada vez más grosero; vulgar en ocasiones, como si hasta entonces lo hubiera reprimido, o recurriese ahora a él de forma deliberada—... Debe de sentirse muy a salvo entre sus negocios millonarios y su vida de lujo, con los periodistas haciendo de usted una estrella.

Me han provocado otras veces, y mejor que ella, se dijo Teresa. O esta tipa es demasiado ingenua pese a su mala leche, o de verdad no tienen nada a qué agarrarse.

—Esos periodistas —respondió con mucha calma— andan metidos en unas querellas judiciales que no se la van a acabar... En cuanto a ustedes, ¿de veras creen que voy a jugar a policías y ladrones?

Era el turno del capitán. Se había girado lentamente hacia ella y la miraba de nuevo.

—Señora. Mi compañera y yo tenemos un trabajo que hacer. Eso incluye varias investigaciones en curso —echó un vistazo sin demasiada fe a la libreta de la sargento Moncada—. Esta visita no tiene otro objeto que decírselo.

—Qué amable y qué padre. Avisarme así.

—Ya ve. Queríamos conversar un poco. Conocerla mejor.

—Lo mismo —terció la sargento— hasta queremos ponerla nerviosa.

Su jefe negó con la cabeza.

—La señora no es de las que se ponen nerviosas. Nunca habría llegado a donde está —sonrió un poco; una sonrisa de corredor de fondo—... Espero que nuestra próxima conversación sea en circunstancias más favorables. Para mí.

Teresa miró el cenicero, con su única colilla apagada entre las bolitas de papel. ¿Por quién la tomaban aquellos dos? El suyo había sido un largo y difícil camino; demasiado como para aguantar ahora truquitos de comisaría de telefilme. Sólo eran un par de intrusos que se hurgaban los dientes y arrugaban kleenex y pretendían revolver cajones. Ponerla nerviosa, decía la pinche sargento. De pronto se sintió irritada. Tenía cosas que hacer, en vez de malgastar su tiempo. Tragarse una aspirina, por ejemplo. En cuanto la pareja saliera de allí, encargaría a Teo que presentara una denuncia por coacciones. Y después haría algunas llamadas telefónicas.

—Hagan el favor de marcharse.

Se puso en pie. Y resulta que sabe reír la sargento, comprobó. Pero no me gusta cómo lo hace. Su jefe se levantó al tiempo que Teresa, pero la otra seguía sentada, un poco hacia adelante en la silla, los dedos apretados en el borde de la mesa. Con aquella risa seca y turbia.

—¿Así, por las buenas?... ¿Antes no va a intentar amenazarnos, ni comprarnos, como a esos mierdas del DOCS?... Eso nos haría muy felices. Un intento de soborno en condiciones.

Teresa abrió la puerta. Pote Gálvez estaba allí, grueso, vigilante, como si no se hubiera movido de la alfombra. Y seguro que no. Tenía las manos ligeramente separadas del cuerpo. Esperando. Lo tranquilizó con una mirada.

—Usted está como una cabra —dijo Teresa—. Yo no hago esas cosas.

La sargento se levantaba al fin, casi a regañadientes. Se había sonado otra vez y tenía la bolita del kleenex estrujada en una mano, y la libreta en la otra. Miraba alrededor, los cuadros caros en las paredes, la vista de la ventana sobre la ciudad y el mar. Ya no disimulaba el rencor. Al dirigirse a la puerta detrás de su jefe se paró delante de Teresa, muy cerca, y guardó la libreta en el bolso.

—Claro. Tiene quien lo haga por usted, ¿no? —acercó más el rostro, y los ojillos enrojecidos parecían estallarle de cólera—. Ande, anímese. Por una vez pruebe a hacerlo en persona. ¿Sabe lo que gana un guardia civil?... Estoy segura de que lo sabe. Y también la de gente que muere y se pudre por toda esa mierda con la que usted trafica... ¿Por qué no prueba a sobornarnos al capitán y a mí?... Me encantaría oír una oferta suya, y sacarla de este despacho esposada y a empujones —tiró la bolita del kleenex al suelo—. Hija de la gran puta.

Había una lógica, después de todo. Eso pensaba Teresa mientras cruzaba el lecho casi seco del río, que se estancaba en pequeñas lagunas poco profundas junto al mar. Un enfoque casi exterior, ajeno, en cierto modo matemático, que enfriaba el corazón. Un sistema tranquilo de situar los hechos, y sobre todo las circunstancias que estaban al inicio y al final de esos hechos, dejando cada número a este o al otro lado de los signos que daban orden y sentido. Todo eso permitía excluir, en principio, la culpa o el remordimiento. Aquella foto partida por la mitad, la chava de ojos confiados que le quedaba tan lejos, allá en Sinaloa, era su papelito de indulgencias. Puesto que de lógica se trataba, ella no podía sino moverse hacia donde esa lógica la conducía. Pero no faltaba la paradoja: qué pasa cuando nada esperas, y cada aparente derrota te empuja hacia arriba mientras aguardas, despierta al amanecer, el momento en que la vida rectifique su error y golpee de veras, para siempre. La Verdadera Situación. Un día empiezas a creer que tal vez ese momento no llegue nunca, y al siguiente intuyes que la trampa es precisamente ésa: creer que nunca llegará. Así mueres de antemano durante horas, y durante días, y durante años. Mueres larga, serenamente, sin gritos y sin sangre. Mueres más cuanto más piensas y más vives.

Se detuvo sobre los guijarros de la playa y miró a lo lejos. Vestía un chándal gris y calzaba zapatillas de deporte, y el viento le revolvía el pelo sobre la cara. Al otro lado de la desembocadura del Guadalmina había una lengua de arena donde rompía el mar; y al fondo, en la calima azulada del horizonte, blanqueaban Puerto Banús y Marbella. Los campos de golf estaban a la izquierda, acercando sus praderas hasta casi la orilla, en torno al edificio ocre del hotel y los cobertizos playeros cerrados por el invierno. A Teresa le gustaba Guadalmina Baja en esa época del año, las playas desiertas y unos pocos apacibles golfistas moviéndose en la distancia. Las casas de lujo silenciosas y cerradas tras sus altos muros cubiertos de buganvillas. Una de ellas, la más cercana a la punta de tierra que se adentraba en el mar, le pertenecía. *Las Siete Gotas* era el nombre escrito sobre un hermoso azulejo junto a la puerta principal, en una ironía culichi que allí sólo ella y Pote Gálvez podían descifrar. Desde la playa no se alcanzaba a ver más que el alto muro exterior, los árboles y los arbustos que asomaban por encima disimulando las videocámaras de seguridad, y también el tejado y las cuatro chimeneas: seiscientos metros edificados en una parcela de cinco mil, la forma de una antigua hacienda con aire mejicano, blanca y con remates ocres, una terraza en el piso de arriba, un porche grande abierto al jardín, a la fuente de azulejos y a la piscina.

Se divisaba un barco en la distancia —un pesquero faenando cerca de tierra—, y Teresa estuvo un rato observándolo con interés. Seguía vinculada al mar; y cada mañana, al levantarse, lo primero que hacía era echar una ojeada a la inmensidad azul, gris, violeta según la luz y los días. Aún calculaba por instinto marejadas, mar de fondo, vientos favorables o desfavorables, incluso cuando no tenía a nadie trabajando aguas adentro. Aquella costa, grabada en su memoria con la precisión de una carta náutica, seguía siendo un mundo familiar al que debía desgracias y fortuna, y también imágenes que evitaba evocar en exceso, por miedo a que se alteraran en su memoria. La casita en la playa de Palmones. Las noches en el Estrecho, volando a puros pantocazos. La adrenalina de la persecución y de la victoria. El cuerpo duro y tierno de Santiago Fisterra. Al menos lo tuve, pensaba. Lo perdí, pero antes lo tuve. Era un lujo íntimo y calculadísimo recordar a solas con un carrujo de hachís y un tequila, las noches en que el rumor de la resaca en la playa llegaba a través del jardín, ausente la luna, recordando y recordándose. A veces oía pasar al helicóptero de Vigilancia Aduanera sobre la playa, sin luces, y pensaba que a lo mejor iba a los mandos el hombre al que había visto apoyado en la puerta de la habitación del hospital; el que los perseguía volando tras el aguaje de la vieja Phantom, y que al fin se tiró al mar para salvar su vida junto a la piedra de León. Una vez, molestos por las persecuciones de los aduaneros, dos hombres de Teresa, un marroquí y un gibraltareño que trabajaban con las gomas, propusieron darle un escarmiento al piloto del pájaro. A ese hijoputa. Una trampa en tierra para alegrarle el pellejo. Cuando llegó la sugerencia, Teresa convocó al doctor Ramos y le ordenó que transmitiera, sin cambiar una coma, el mensaje a todo cristo. Ese güey hace su trabajo como nosotros el nuestro, dijo. Son las reglas, y si un día se va a la chingada en una persecución o se lo friegan bien fregado en una playa, será cosa suya. A veces se gana y a veces se pierde. Pero a quien le toque un pelo de la ropa estando fuera de servicio, haré que le arranquen la piel a tiras. ¿Lo tienen claro? Y lo tuvieron.

En cuanto al mar, Teresa mantenía el vínculo personal. Y no sólo desde la orilla. El *Sinaloa,* un Fratelli Benetti de treinta y ocho metros de eslora y siete de manga, abanderado en Jersey, estaba amarrado en la zona exclusiva de Puerto Banús, blanco e impresionante con sus tres cubiertas y su aspecto de yate clásico, los interiores amueblados con madera de teca e iroko, baños de mármol, cuatro cabinas para invitados y un salón de treinta metros cuadrados presidido por una impresionante marina al óleo de Montague Dawson —*Combate entre los navíos* Spartiate *y* Antilla *en Trafalgar*— que Teo Aljarafe había adquirido para ella en una subasta de Claymore. Pese a que Transer Naga movía recursos navales de todo tipo, Teresa nunca utilizó el *Sinaloa* para actividades ilícitas. Era territorio neutral, un mundo propio, de acceso restringido, que no deseaba relacionar con el resto de su vida. Un capitán, dos marineros y un mecánico mantenían el yate listo para hacerse a la mar en cualquier momento, y ella embarcaba con frecuencia, a veces para cortas salidas de un par de días, y otras en cruceros de dos o tres semanas. Libros, música, un televisor con vídeo. Nunca llevaba invitados, a excepción de Pati O'Farrell, que la acompañó en alguna ocasión. El único que la escoltaba siempre, sufriendo estoicamente el mareo, era Pote Gálvez. A Teresa le gustaban las singladuras largas en soledad, días sin que sonara el teléfono y sin necesidad de abrir la boca. Sentarse de noche en la cabina de mando junto al capitán —un marino mercante poco hablador, contratado por el doctor Ramos, que Teresa aprobó precisamente por su economía de palabras—, desconectar el piloto automático y gobernar ella misma con mal tiempo, o pasar los días soleados y tranquilos en una tumbona de la cubierta de popa, con un libro en las manos o mirando el mar. También le gustaba ocuparse personalmente del mantenimiento de los dos motores turbodiesel MTU de 1.800 caballos que permitían al *Sinaloa* navegar a treinta nudos, dejando una estela recta, ancha y poderosa. Solía bajar a la sala de máquinas, el cabello recogido en dos trenzas y un pañuelo en torno a la frente, y pasaba allí horas, lo mismo en puerto que en alta mar. Conocía cada pieza de los motores. Y una vez que sufrieron una avería con fuerte viento de levante a barlovento de Alborán, trabajó durante cuatro horas allá abajo, sucia de grasa y aceite, golpeándose contra las tuberías y los mamparos mientras el capitán intentaba evitar que el yate se atravesara a la mar o derivase demasiado a sotavento, hasta que entre ella y el mecánico solucionaron el problema. A bordo del *Sinaloa* hizo algún viaje largo, el Egeo y Turquía, el sur de Francia, las islas Eólicas por las bocas de Bonifacio; y a menudo ordenaba arrumbar a las Baleares. Le gustaban las calas tranquilas del norte de Ibiza y de Mallorca, casi desiertas en invierno, y fondear ante la lengua de arena que se extendía entre Formentera y los freus. Allí, frente a la playa de los Trocados, Pote Gálvez había tenido un tropiezo reciente con paparazzis. Dos fotógrafos habituales de Marbella identificaron el yate y se acercaron en un patín acuático para sorprender a Teresa, hasta que el sinaloense fue a darles caza con la neumática de a bordo. Resultado: un par de costillas rotas, otra indemnización millonaria. Aun así, la foto llegó a publicarse en primera página del *Lecturas*. La Reina del Sur descansa en Formentera.

Regresó despacio. Cada mañana, incluso los raros días de viento y lluvia, paseaba por la playa hasta Linda Vista, sola. Sobre la pequeña altura junto al río distinguió la figura solitaria de Pote Gálvez, que vigilaba de lejos. Tenía prohibido escoltarla en aquellos paseos, y el sinaloense se quedaba atrás, mirándola ir y venir, centinela inmóvil en la distancia. Leal como un perro de presa que aguardase, inquieto, el regreso de su dueña. Teresa sonrió para sus adentros. Entre el Pinto y ella, el tiempo había establecido una complicidad callada, hecha de pasado y de presente. El duro acento sinaloense del gatillero, su manera de vestir, de comportarse, de mover sus engañosos noventa y tantos kilos de peso, las eternas botas de piel de iguana y el rostro aindiado con el bigotazo negro —pese al tiempo en España, Pote Gálvez parecía recién llegado de una cantina culichi—, significaban para Teresa más de lo que estaba dispuesta a reconocer. El ex pistolero del *Batman* Güemes era, en realidad, su último vínculo con aquella tierra. Nostalgias comunes, que no era preciso argumentar. Recuerdos buenos y malos. Lazos pintorescos que afloraban en una frase, un gesto, una mirada. Teresa le prestaba al guarura casetes y cedés con música mejicana: José Alfredo, Chavela, Vicente, los Tucanes, los Tigres, hasta una cinta preciosa que tenía de Lupita D'Alessio —seré tu amante o lo que tenga que ser / seré lo que me pidas tú—; de modo que, al pasar bajo la ventana del cuarto que Pote Gálvez ocupaba en un extremo de la casa, oía esas canciones una y otra vez. Y en ocasiones, cuando ella estaba en el salón, leyendo u oyendo música, el sinaloense se paraba un momento, respetuoso, alejado, tendiendo la oreja desde el pasillo o la puerta con la mirada impasible, muy fija, que en él hacía las veces de sonrisa. Nunca hablaban de Culiacán, ni de los acontecimientos que hicieron cruzarse sus caminos. Tampoco del difunto Gato Fierros, integrado hacía mucho tiempo en los cimientos de un chalet en Nueva Andalucía. Tan sólo una vez cambiaron algunas palabras sobre todo aquello, la Nochebuena en que Teresa dio la jornada libre a la gente del servicio —una doncella, una cocinera, un jardinero, dos guardaespaldas marroquíes de confianza que se relevaban en la puerta y el jardín— y ella misma se metió en la cocina y preparó chilorio, jaiba rellena gratinada y tortillas de maíz, y luego le dijo al gatillero te invito a cenar narco, Pinto, que una noche es una noche, órale que se enfría. Y se sentaron en el comedor con candelabros de plata y velas encendidas, uno en cada punta de la mesa, con tequila y cerveza y vino tinto, bien callados los dos, oyendo la música de Teresa y también la otra, puro Culiacán y bien pesada, que a Pote Gálvez le mandaban a veces de allá: Pedro e Inés y su pinche camioneta gris, El Borrego, El Centenario en la Ram, el corrido de Gerardo, La avioneta Cessna, Veinte mujeres de negro. Saben que soy sinaloense —ahí rolearon juntos oyéndolo, bajito—, pa' qué se meten conmigo. Y cuando para rematar José Alfredo cantaba el corrido del Caballo Blanco —la favorita del guarura, que inclinaba un poquito la cabeza y asentía al escuchar—, ella dijo estamos requetelejos, Pinto; y el otro respondió ésa es la neta, patrona, pero más vale demasiado lejos que demasiado cerca. Luego observó su plato, pensativo, y al fin alzó la vista.

—¿Nunca pensó en volver, mi doña?

Teresa lo miró tan fijamente que el gatillero se removió en la silla, incómodo, y desvió los ojos. Abría la boca, tal vez para emitir una disculpa, cuando ella sonrió un poco, distante, acercándose la copa de vino.

—Sabes que no podemos volver —dijo.

Pote Gálvez se rascaba la sien.

—Pos fíjese nomás que yo no, claro. Pero usted tiene medios. Tiene conectes y tiene lana... Seguro que si quisiera lo arreglaba machín.

—¿Y tú qué harías si yo me volviera?

El gatillero miró de nuevo su plato, fruncido el ceño, como si nunca antes se hubiera planteado aquella posibilidad. Pos no sé, patrona, dijo al rato. Sinaloa está lejos de la chingada, y lo de volver yo lo encuentro más lejos todavía. Pero le insisto en que usted...

—Olvídalo —Teresa movía la cabeza entre el humo de un cigarrillo—. No quiero pasar el resto de mi vida atrincherada en la colonia Chapultepec, mirando por encima del hombro.

—No, pues. Pero qué lástima, oiga. Aquélla no es una mala tierra.

—Órale.

—Es el Gobierno, patrona. Si no hubiera Gobierno, ni políticos, ni gringos arriba del Bravo, allí se viviría a toda madre... No haría falta ni la pinche mota ni nada de eso, ¿verdad?... Con purititos tomates nos arreglábamos.

También estaban los libros. Teresa seguía leyendo, mucho y cada vez más. A medida que transcurría el tiempo, se afirmaba en la certeza de que el mundo y la vida eran más fáciles de entender a través de un libro. Ahora tenía muchos, en estanterías de roble donde se alineaban ordenados por tamaños y por colecciones, llenando las paredes de la biblioteca orientada al sur y al jardín, con sillones de cuero muy cómodos y buena iluminación, donde se sentaba a leer de noche o en los días de mucho frío. Con sol salía al jardín y ocupaba una de las tumbonas junto a la palapa de la piscina —había allí una parrilla donde Pote Gálvez asaba los domingos carne muy hecha— y permanecía horas enganchada a las páginas que pasaba con avidez. Siempre leía dos o tres libros a la vez: alguno de historia —era fascinante la de México cuando llegaron los españoles, Cortés y toda aquella bronca—, una novela sentimental o de misterio, y otra de las complicadas, de esas que llevaba mucho tiempo acabárselas y a veces no conseguía comprender del todo, pero siempre quedaba, al terminar, la sensación de que algo diferente se te anudaba dentro. Leía así, de cualquier manera, mezclándolo todo. La aburrió un poquito una muy famosa que todo el mundo recomendaba: *Cien años de soledad* —le gustaba más *Pedro Páramo*—, y disfrutó lo mismo con las policíacas de Agatha Christie y Sherlock Holmes que con otras bien duras de hincarles el diente, como por ejemplo *Crimen y castigo, El rojo y el negro* o *Los Buddenbrook,* que era la historia de una joven fresita y su familia en Alemania hacía lo menos un siglo, o así. También había leído un libro antiguo sobre la guerra de Troya y los viajes del guerrero Eneas, donde encontró una frase que la impresionó mucho: *La única salvación de los vencidos es no esperar salvación alguna.*

Libros. Cada vez que se movía junto a los estantes repletos y tocaba el lomo encuadernado de *El conde de Montecristo,* Teresa pensaba en Pati O'Farrell. Precisamente habían conversado por teléfono la tarde anterior. Hablaban casi cada día, aunque a veces pasaban varios sin verse. Cómo lo llevas, Teniente, qué tal, Mejicana. Por aquel tiempo Pati renunciaba ya a cualquier actividad directamente relacionada con el negocio. Se limitaba a cobrar y a gastárselo: perico, alcohol, morras, viajes, ropa. Se iba a París o a Miami o a Milán y se lo pasaba a toda madre, muy en su línea, sin preocuparse de más. Para qué, decía, si tú pilotas como Dios. Seguía metiéndose en líos, pequeños conflictos que era fácil resolver con sus amistades, con dinero, con las gestiones de Teo. El problema era que la nariz y la salud se le estaban cayendo a pedazos. Más de un gramo diario, taquicardias, problemas dentales. Ojeras. Oía ruidos extraños, dormía mal, ponía música y la quitaba a los pocos minutos, entraba en la bañera o la piscina y salía de pronto, presa de un ataque de ansiedad. También era ostentosa, e imprudente. Charlatana. Hablaba demasiado, con cualquiera. Y cuando Teresa se lo echaba en cara, midiendo mucho las palabras, la otra se rebotaba provocadora, mi salud y mi coño y mi vida y mi parte del negocio son míos, decía, y yo no ando fisgando en tus historias con Teo ni en cómo llevas las putas finanzas. El caso estaba perdido hacía tiempo; y Teresa, en un conflicto del que ni los sensatos consejos de Oleg Yasikov —seguía viéndose con el ruso de vez en cuando— bastaban para iluminar la salida. Habrá un mal final para esto, había dicho el hombre de Solntsevo. Sí. Lo único que deseo, Tesa, es que no te salpique demasiado. Cuando llegue. Y que las decisiones no tengas que tomarlas tú.

—Ha telefoneado el señor Aljarafe, patrona. Dice que ya se hizo la machaca.

—Gracias, Pinto.

Cruzó el jardín seguida de lejos por el guarura. La machaca era el último pago hecho por los italianos, a una cuenta de Gran Caimán vía Liechtenstein y con un quince por ciento blanqueado en un banco de Zúrich. Era una buena noticia más. El puente aéreo seguía funcionando con regularidad, los bombardeos de fardos de droga con balizas GPS desde aviones a baja altura —innovación técnica del doctor Ramos— daban excelente resultado, y una nueva ruta abierta con los colombianos a través de Haití, la República Dominicana y Jamaica, estaba dando una rentabilidad asombrosa. La demanda de cocaína base para laboratorios clandestinos en Europa seguía creciendo, y Transer Naga acababa de conseguir, gracias a Teo, una buena conexión para lavar dólares a través de la lotería de Puerto Rico. Teresa se preguntó hasta cuándo iba a durar aquella suerte. Con Teo, la relación profesional era óptima; y la otra, la privada —nunca se habría extendido a calificarla de sentimental—, discurría por cauces razonables. Ella no lo recibía en su casa de Guadalmina; se encontraban siempre en hoteles, casi todas las veces durante viajes de trabajo, o en una casa antigua que él había hecho rehabilitar en la calle Ancha de Marbella. Ninguno de los dos ponía en juego más que lo necesario. Teo era amable, educado, eficaz en la intimidad. Hicieron juntos algún viaje por España y también a Francia e Italia —a Teresa la aburrió París, la decepcionó Roma y la fascinó Venecia—, pero ambos eran conscientes de que su relación discurría en un terreno acotado. Sin embargo, la presencia del hombre incluía momentos quizá intensos, o especiales, que para Teresa conformaban una especie de álbum mental, como fotos capaces de reconciliarla con ciertas cosas y con algunos aspectos de su propia vida. El placer esmerado y atento que él le proporcionaba. La luz en las piedras del Coliseo mientras atardecía entre los pinos romanos. Un castillo muy antiguo cerca de un río inmenso de orillas verdes llamado Loira, con un pequeño restaurante donde por primera vez ella probó el foie-gras y un vino que se llamaba Château Margaux. Y aquel amanecer en que fue hasta la ventana y vio la laguna de Venecia como una lámina de plata bruñida que enrojecía poco a poco mientras las góndolas, cubiertas de nieve, cabeceaban en el muelle blanco frente al hotel. Híjole. Después Teo la había abrazado por detrás, desnudo como ella, contemplando juntos el paisaje. Para vivir así, susurró él en su oído, más vale no morirse. Y Teresa rió. Se reía a menudo con Teo, por su forma divertida de ver la existencia, sus chistes correctos, su humor elegante. Era culto, había viajado y leído —le recomendaba o regalaba libros que casi siempre a ella le gustaban mucho—, sabía tratar a los meseros, a los conserjes de los hoteles caros, a los políticos, a los banqueros. Tenía clase en las maneras, en las manos que movía de un modo muy atractivo, en el perfil moreno y delgado de águila española. Y cogía padrísimo, porque era un tipo esmerado y frío de cabeza. Sin embargo, según los momentos podía ser torpe o inoportuno como el que más. A veces hablaba de su mujer y sus hijas, de problemas conyugales, soledades y cosas así; y ella dejaba en el acto de prestar atención a sus palabras. Resultaba bien extraño el afán de algunos hombres por establecer, aclarar, definir, justificarse, hacer cuentas que nadie pedía. Ninguna mujer necesitaba tantas chingaderas. Por lo demás, Teo era listo. Ninguno llegó nunca a decirle te quiero al otro, ni nada parecido. En Teresa era incapacidad, y en Teo minuciosa prudencia. Sabían a qué atenerse. Como decían en Sinaloa, puercos, pero no trompudos.

14. Y van a sobrar sombreros

Era cierto que la suerte iba y venía. Después de una buena temporada, aquel año empezó mal y empeoró en primavera. La mala fortuna se combinaba con otros problemas. Una Skymaster 337 con doscientos kilos de cocaína fue a estrellarse cerca de Tabernas durante un vuelo nocturno, y Karasek, el piloto polaco, murió en el accidente. Eso puso sobre alerta a las autoridades españolas, que intensificaron la vigilancia aérea. Poco después, ajustes de cuentas internos entre los traficantes marroquíes, el ejército y la Gendarmería Real complicaron las relaciones con la gente del Rif. Varias gomas fueron aprehendidas en circunstancias poco claras a uno y otro lado del Estrecho, y Teresa tuvo que viajar a Marruecos para normalizar la situación. El coronel Abdelkader Chaib había perdido influencia tras la muerte del viejo rey Hassan II, y establecer redes seguras con los nuevos hombres fuertes del hachís llevó cierto tiempo y mucho dinero. En España, la presión judicial, alentada por la prensa y la opinión pública, se hizo más fuerte: algunos legendarios amos da fariña cayeron en Galicia, e incluso el fuerte clan de los Corbeira tuvo problemas. Y al comienzo de la primavera, una operación de Transer Naga terminó en desastre inesperado cuando en alta mar, a medio camino entre las Azores y el cabo San Vicente, el mercante *Aurelio Carmona* fue abordado por Vigilancia Aduanera, llevando en sus bodegas bobinas de lino industrial en envases metálicos, cuyo interior iba forrado de placas de plomo y aluminio para que ni los rayos X ni los rayos láser detectaran las cinco toneladas de cocaína que se ocultaban dentro. No puede ser, fue el comentario de Teresa al conocer la noticia. Primero, que tengan esa información. Segundo, porque llevamos semanas siguiendo los movimientos del pinche *Petrel* —la embarcación de abordaje de Aduanas—, y éste no se ha movido de su base. Para eso tenemos y pagamos un hombre allí dentro. Y entonces el doctor Ramos, fumando con tanta calma como si en vez de perder ocho toneladas hubiese perdido una lata de tabaco para su pipa, respondió por eso no salió el *Petrel,* jefa. Lo dejaron tranquilito en el puerto, para confiarnos, y salieron en secreto con sus equipos de abordaje y sus Zodiac en un remolcador que les prestó Marina Mercante. Esos chicos saben que tenemos un topo infiltrado en Vigilancia Aduanera, y nos devuelven la jugada.

Teresa estaba inquieta con lo del *Aurelio Carmona.* No por la captura de la carga —las pérdidas se alineaban en columnas frente a las ganancias, e iban incluidas en las previsiones del negocio—, sino por la evidencia de que alguien había puesto el dedo y Aduanas manejaba información privilegiada. En ésta nos rompieron bien la madre, decidió. Se le ocurrían tres fuentes para el pitazo: los gallegos, los colombianos y su propia gente. Aunque sin enfrentamientos espectaculares, seguía la rivalidad con el clan Corbeira, entre discretas zancadillas y una especie de aquí te espero, no haré nada para tiznarte pero como resbales ahí nos vemos. De ellos, a partir de los proveedores comunes, podía venir el problema. Si se trataba de los colombianos, la cosa tenía poco arreglo; sólo quedaba pasarles el dato y que actuaran en consecuencia, depurando responsabilidades entre sus filas. Quedaba, como tercera posibilidad, que la información saliera de Transer Naga. En previsión de eso, era necesario adoptar nuevas precauciones: limitar el acceso a la información importante y tender celadas con datos marcados para seguir su pista, a ver dónde terminaban. Pero eso llevaba tiempo. Conocer al pájaro por la cagada.

—¿Has pensado en Patricia? —preguntó Teo.

—No friegues, güey. No seas cabrón.

Estaban en La Almoraima, a un paso de Algeciras: un antiguo convento entre espesos alcornocales que se había convertido en pequeño hotel, con restaurante especializado en caza. A veces iban un par de días, ocupando una de las habitaciones sobrias y rústicas abiertas al antiguo claustro. Habían cenado pata de venado y peras al vino tinto, y ahora fumaban y bebían coñac y tequila. La noche era agradable para la época, y por la ventana abierta escuchaban el canto de los grillos y el rumor de la vieja fuente.

—No digo que esté pasando información a nadie —dijo Teo—. Sólo que se ha vuelto habladora. E imprudente. Y se relaciona con gente a la que no controlamos.

Teresa miró hacia el exterior, la luz de la luna filtrándose entre las hojas de parra, los muros encalados y los vetustos arcos de piedra: otro lugar que le recordaba a México. De ahí a descubrir cosas como la del barco, respondió, hay mucho trecho. Además, ¿a quién se lo iba a contar? Teo la estudió un poco sin decir nada. No hace falta nadie en especial, opinó al cabo. Ya has visto cómo anda últimamente; se pierde en divagaciones y fantasías sin sentido, en paranoias raras y caprichos. Y habla por los codos. Basta una indiscreción aquí, un comentario allá, para que alguien saque conclusiones. Tenemos una mala racha, con los jueces encima y la gente presionando. Incluso Tomás

Pestaña guarda las distancias en los últimos tiempos, por si acaso. Ése las ve venir de lejos, como los reumáticos que presienten la lluvia. Todavía podemos manejarlo; pero si hay escándalos y demasiadas presiones y las cosas se tuercen, acabará volviéndonos la espalda.

—Aguantará. Sabemos mucho sobre él.

—No siempre saber es suficiente —Teo hizo un gesto mundano—. En el mejor de los casos, eso puede neutralizarlo; pero no obligarlo a seguir... Tiene sus propios problemas. Demasiados policías y jueces pueden asustarlo. Y no es posible comprar a todos los policías y a todos los jueces —la miró con fijeza—. Ni siquiera nosotros podemos.

—No pretenderás que agarre a Pati y le haga echar el mole hasta que nos cuente lo que dice y lo que no dice.

—No. Me limito a aconsejar que la dejes al margen. Tiene lo que quiere, y maldita la falta que nos hace que siga al corriente de todo.

—Eso no es verdad.

—Pues de casi todo. Entra y sale como Pedro por su casa —Teo se tocó la nariz significativamente—. Está perdiendo el control. Hace tiempo que ocurre. Y tú también lo pierdes... Me refiero al control sobre ella.

Ese tono, se dijo Teresa. No me gusta ese tono. Mi control es cosa mía.

—Sigue siendo mi socia —opuso, irritada—. Tu patrona.

Una mueca divertida animó la boca del abogado, que la miró como preguntándose si hablaba en serio, pero no dijo nada. Es curioso lo vuestro, había comentado una vez. Esa relación extraña en torno a una amistad que dejó de existir. Si tienes deudas, las has pagado de sobra. En cuanto a ella...

—Lo que sigue es enamorada de ti —dijo al fin Teo, tras el silencio, agitando con suavidad el coñac en su enorme copa—. Ése es el problema.

Iba deslizando las palabras en voz baja, casi una por una. No te metas ahí, pensaba Teresa. Tú no. Precisamente tú.

—Es raro oírte decir eso —respondió—. Ella nos presentó. Fue quien te trajo.

Teo frunció los labios. Apartó la vista y volvió a mirarla. Parecía reflexionar, como quien duda entre dos lealtades o más bien sopesa una de ellas. Una lealtad remota, desvaída. Caduca.

—Nos conocemos bien —apuntó al fin—. O nos conocíamos. Por eso sé lo que digo. Desde el principio ella sabía qué iba a pasar entre tú y yo... No sé lo que hubo en El Puerto de Santa María, ni me importa. Nunca te lo pregunté. Pero ella no olvida.

—Y sin embargo —insistió Teresa—, Pati nos acercó a ti y a mí.

Teo retuvo aire como si fuera a suspirar, pero no lo hizo. Miraba su anillo de casado, en la mano izquierda apoyada sobre la mesa.

—A lo mejor te conoce mejor de lo que crees —dijo—. Quizá pensó que necesitabas a alguien en varios sentidos. Y que conmigo no había riesgos.

—¿Qué riesgos?

—Enamorarte. Complicarte la vida —la sonrisa del abogado restaba importancia a sus palabras—... Tal vez me vio como sustituto, no como adversario. Y, según se mire, tenía razón. Nunca me has dejado ir más allá.

—Empieza a no gustarme esta conversación.

Como si acabara de escuchar a Teresa, Pote Gálvez apareció en la puerta. Llevaba un teléfono móvil en la mano y estaba más sombrío que de costumbre. Quihubo, Pinto. El gatillero parecía indeciso, apoyándose primero sobre un pie y luego en otro, sin franquear el umbral. Respetuoso. Lamentaba muchísimo interrumpir, dijo al fin. Pero le latía que era importante. Al parecer, la señora Patricia andaba en problemas.

Era algo más que un problema, comprobó Teresa en la sala de urgencias del hospital de Marbella. La escena resultaba propia de sábado por la noche: ambulancias afuera, camillas, voces, gente en los corredores, trajín de médicos y enfermeras. Encontraron a Pati en el despacho de un jefe de servicio complaciente: chaqueta sobre los hombros, pantalón sucio de tierra, un cigarrillo medio consumido en el cenicero y otro entre los dedos, una contusión en la frente y manchas de sangre en las manos y la blusa. Sangre ajena. También había dos policías uniformados en el pasillo, una joven muerta en una camilla, y un coche, el nuevo Jaguar descapotable de Pati, destrozado contra un árbol en una curva de la carretera de Ronda, con botellas vacías en el suelo y diez gramos de cocaína espolvoreados sobre los asientos.

—Una fiesta —explicó Pati—... Veníamos de una puta fiesta.

Tenía la lengua torpe y la expresión aturdida, como si no alcanzase a comprender lo que pasaba. Teresa conocía a la muerta, una joven agitanada que en los últimos tiempos acompañaba siempre a Pati: dieciocho recién cumplidos pero viciosa como de cincuenta largos, con mucho trote y ninguna vergüenza. Había fallecido en el acto, hasta arriba de todo, al golpearse la cara contra el parabrisas, la falda subida hasta las ingles, justo cuando Pati le acariciaba el coño a ciento ochenta por hora. Un problema más y un problema menos, murmuró Teo con frialdad, cambiando una mirada de alivio con Teresa, la difunta de cuerpo presente, una sábana por encima teñida de color rojo a un lado de la cabeza —la mitad de los sesos, contaba alguien, se quedaron sobre el capó, entre cristales rotos—. Pero mírale el lado bueno. ¿O no?... A fin de cuentas nos libramos de esta pequeña guarra. De sus golferías y sus chantajes. Era una compañía peligrosa, dadas las circunstancias. En cuanto a Pati, y hablando de quitarse de en medio, Teo se preguntaba cómo habrían quedado las cosas si...

—Cierra la boca —dijo Teresa— o juro que te mueres.

La sobresaltaron aquellas palabras. Se vio de pronto con ellas en la boca, sin pensarlas, escupiéndolas igual que venían: en voz baja, sin reflexión ni cálculo alguno.

—Yo sólo... —empezó a decir Teo.

Su sonrisa parecía congelada de golpe, y observaba a Teresa como si la viera por primera vez. Luego miró alrededor con desconcierto, temiendo que alguien hubiese oído. Estaba pálido.

—Sólo bromeaba —dijo al fin.

Parecía menos atractivo así, humillado. O asustado. Y Teresa no respondió. Él era lo de menos. Estaba concentrada en sí misma. Se hurgaba adentro, buscando el rostro de la mujer que había hablado en su lugar.

Por suerte, le confirmaron los policías a Teo, no era Pati quien iba al volante cuando el coche derrapó en la curva, y eso descartaba el cargo de homicidio involuntario. La cocaína y lo demás podrían arreglarse mediante algún dinero, mucho tacto, unas diligencias oportunas y un juez adecuado, siempre y cuando la prensa no interviniera mucho. Detalle vital. Porque estas cosas, dijo el abogado —de vez en cuando miraba a Teresa de soslayo, el aire pensativo—, empiezan con una noticia perdida entre los sucesos y terminan en titulares de primera página. Así que ojo. Más tarde, resueltos los trámites, Teo se quedó haciendo llamadas telefónicas y ocupándose de los policías —afortunadamente eran municipales del alcalde Pestaña y no guardias civiles de Tráfico— mientras Pote Gálvez llevaba la Cherokee hasta la puerta. Sacaron a Pati con mucha discreción, antes de que alguien se fuera de la lengua y un periodista olfateara lo que no debía. Y en el coche, apoyada en Teresa, abierta la ventanilla para que el fresco de la noche la despejara, Pati se espabiló un poco. Lo siento, repetía en voz baja, los faros de los coches en sentido contrario alumbrándole la cara a intervalos. Lo siento por ella, dijo con voz apagada, pastosa, pegándosele las palabras. Lo siento por esa niña. Y también lo siento por ti, Mejicana, añadió tras un silencio. Pues me vale madres lo que sientas, respondió Teresa, malhumorada, mirando las luces del tráfico por encima del hombro de Pote Gálvez. Siéntelo por tu pinche vida.

Pati cambió de postura, apoyando la cabeza en el cristal de la ventanilla, y no dijo nada. Teresa se removió, incómoda. Chale. Por segunda vez en una hora había dicho cosas que no pretendía decir. Además, no era cierto que estuviese irritada de veras. No tanto con Pati como con ella misma; en el fondo era, o creía ser, responsable de todo. De casi todo. Así que al cabo le tomó a su amiga una mano tan fría como el cuerpo que dejaban atrás, bajo la sábana manchada de sangre. Qué tal estás, preguntó en voz baja. Estoy, dijo la otra sin apartarse de la ventanilla. Sólo se apoyó de nuevo en Teresa al bajar de la ranchera. Apenas la acostaron, sin desvestir, cayó en un medio sueño inquieto, lleno de estremecimientos y gemidos. Teresa permaneció con ella un rato largo, sentada en un sillón junto a la cama: el tiempo de tres cigarrillos y un vaso grande de tequila. Pensando. Estaba casi a oscuras, las cortinas de la ventana descorridas ante un cielo estrellado y lucecitas lejanas que se movían en el mar, más allá de la penumbra del jardín y de la playa. Al fin se puso en pie, dispuesta a ir a su dormitorio; pero en la puerta lo meditó mejor y regresó. Fue a tenderse junto a su amiga en el borde de la cama, muy quieta, procurando no despertarla, y estuvo así muchísimo tiempo. Oía su respiración atormentada. Y seguía pensando.

—¿Estás despierta, Mejicana?

—Sí.

Tras el susurro, Pati se había acercado un poco. Se rozaban.

—Lo siento.

—No te preocupes. Duérmete.

Otro silencio. Hacía una eternidad que no estaban así las dos, recordó. Casi desde El Puerto de Santa María. O sin casi. Permaneció inmóvil, los ojos abiertos, escuchando la respiración irregular de su amiga. Ahora tampoco la otra dormía.

—¿Tienes un cigarrillo? —preguntó Pati, al cabo de un rato.

—Sólo de los míos.

—Me valen los tuyos.

Teresa se levantó, fue hasta el bolso que estaba sobre la cómoda y sacó dos Bisonte con hachís. Al encenderlos, la llama del mechero iluminó el rostro de Pati, el hematoma violáceo en la frente. Los labios hinchados y resecos. Los ojos, abolsados de fatiga, miraban a Teresa con fijeza.

—Creí que podríamos conseguirlo, Mejicana.

Teresa volvió a tumbarse boca arriba en el borde de la cama. Agarró el cenicero de la mesilla de noche y se lo puso sobre el estómago. Todo despacio, dándose tiempo.

—Lo hicimos —dijo al fin—. Llegamos muy lejos.

—No me refería a eso.

—Entonces no sé de qué me hablas.

Pati se removió a su lado, cambiando de postura. Se ha vuelto hacia mí, pensó Teresa. Me observa en la oscuridad. O me recuerda.

—Imaginé que podría soportarlo —dijo Pati—. Tú y yo juntas, de esta manera. Creí que funcionaría.

Qué extraño era todo. Meditaba Teresa. La Teniente O'Farrell. Ella misma. Qué extraño y qué lejos, y cuántos cadáveres atrás, en el camino. Gente a la que matamos sin querer mientras vivimos.

—Nadie engañó a nadie —cuando hablaba, entre dos palabras, se acercó el cigarrillo a la boca y vio la brasa brillar entre sus dedos—... Estoy donde siempre estuve —expulsó el humo tras retenerlo dentro—. Nunca quise...

—¿De verdad crees eso?... ¿Que no has cambiado?

Teresa movía la cabeza, irritada.

—Respecto a Teo... —empezó a decir.

—Por Dios bendito —la risa de Pati era despectiva. Teresa la sentía agitarse a su lado como si esa risa la estremeciera—. Al diablo con Teo.

Hubo otro silencio, esta vez muy largo. Después Pati volvió a hablar en voz baja.

—Se folla a otras... ¿Lo sabías?

Encogió Teresa los hombros por dentro y por fuera, consciente de que su amiga no podía advertir ni una cosa ni otra. No lo sabía, concluyó para sus adentros. Quizá sospechaba, pero ésa no era la cuestión. Jamás lo fue.

—Nunca esperé nada —proseguía Pati, el tono absorto—... Sólo tú y yo. Como antes.

Teresa deseó ser cruel. Por lo de Teo.

—Los tiempos felices de El Puerto de Santa María, ¿verdad? —dijo con mala fe—... Tú y tu sueño. El tesoro del abate Faria.

Nunca antes habían ironizado sobre eso. Nunca de aquel modo. Pati se quedó callada.

—Tú estabas en ese sueño, Mejicana —dijo al fin.

Sonaba a justificación y a reproche. Pero a esta carta no le entro, se dijo Teresa. No es mi juego, ni lo fue. Así que al carajo.

—Me vale madres —dijo—. No pedí estar. Fue decisión tuya, no mía.

—Es cierto. Y a veces la vida se desquita concediendo lo que deseas.

Tampoco es mi caso, pensó Teresa. Yo no deseaba nada. Y ésa es la mayor paradoja de mi pinche vida. Apagó el cigarrillo y, vuelta hacia la mesilla de noche, dejó allí el cenicero.

—Nunca pude elegir —dijo en voz alta—. Nunca. Vino y le hice frente. Punto.

—¿Y qué pasa conmigo?

Aquélla era la pregunta. En realidad, reflexionaba Teresa, todo se reducía a eso.

—No lo sé... En algún momento te quedaste atrás, a la deriva.

—Y tú en algún momento te convertiste en una hija de puta.

Hubo una pausa muy larga. Estaban inmóviles. Si oyera el ruido de una reja, pensó Teresa, o los pasos de una boqui en el corredor, creería estar en El Puerto. Viejo ritual nocturno de amistad. Edmundo Dantés y el abate Faria haciendo planes de libertad y de futuro.

—Creí que tenías cuanto necesitabas —dijo—. Cuidé de tus intereses, te di a ganar mucho dinero... Corrí los riesgos e hice el trabajo. ¿No es suficiente?

Pati tardó un rato en responder.

—Yo era tu amiga.

—Eres mi amiga —matizó Teresa.

—Era. No te detuviste a mirar atrás. Y hay cosas que nunca...

—Híjole. Aquí está la esposa redolorida porque el marido trabaja mucho y no piensa en ella todo lo que debe... ¿Vas por ahí?

—Nunca pretendí...

Teresa sentía crecerle el enojo. Porque sólo podía ser eso, se dijo. La otra no tenía razón, y ella se irritaba. La pinche Teniente, o lo que ahora fuese, iba a terminar colgándole hasta la difunta de aquella noche. También en eso le tocaba firmar cheques. Pagar las cuentas.

—Maldita seas, Pati. No vengas chingando con telenovelas baratas.

—Claro. Olvidaba que estoy junto a la Reina del Sur.

Había reído bajo y entrecortado al decirlo. Eso hizo que sonara más mordaz, y no mejoró las cosas. Teresa se incorporó sobre un codo. Una cólera sorda empezaba a batirle en las sienes. Dolor de cabeza.

—¿Qué es lo que te debo?... Dímelo de una vez, cara a cara. Dímelo y te pagaré.

La otra era una sombra inmóvil, contorneada por la claridad de la luna que asomaba en un ángulo de la ventana.

—No se trata de eso.

—¿No? —Teresa se acercó más. Podía sentir su respiración—... Yo sé de qué se trata. Por eso me miras raro, porque crees que entregaste demasiado a cambio de poco. El abate Faria confesó su secreto a la persona equivocada... ¿Verdad?

Brillaban los ojos de Pati en la oscuridad. Un resplandor suave, gemelo, reflejo de la claridad de afuera.

—Nunca te reproché nada —dijo en voz muy baja.

La luna en sus ojos los volvía vulnerables. O tal vez no es la luna, pensó Teresa. Quizá las dos nos engañamos desde el principio. La Teniente O'Farrell y su leyenda. De pronto sintió el impulso de reír mientras pensaba qué joven fui, y qué estúpida. Luego vino una oleada de ternura que la sacudió hasta las puntas de los dedos y entreabrió su boca de pura sorpresa. El acceso de rencor llegó después como un auxilio, una solución, un consuelo proporcionado por la otra Teresa que siempre estaba al acecho en los espejos y en las sombras. Acogió eso con alivio. Necesitaba algo que borrase aquellos tres segundos extraños; sofocarlos bajo una crueldad definitiva como un hachazo. Experimentó el impulso absurdo de girarse hacia Pati con violencia, ponerse a horcajadas sobre ella, zarandearla casi a golpes, arrancarse la ropa y arrancársela diciendo pues te lo vas a cobrar todo ahorita, de una vez, y al fin estaremos en paz. Pero sabía que no era eso. Que nada se pagaba así, y que estaban ya demasiado lejos una de otra, siguiendo caminos que no volverían a cruzarse jamás. Y, en aquella doble claridad que tenía delante, leyó que Pati lo comprendía tanto como ella.

—Tampoco yo sé adónde voy.

Dijo. Después se acercó más a la que había sido su amiga, y la abrazó en silencio. Sentía algo deshecho e irreparable adentro. Un desconsuelo infinito. Como si la chica de la foto rota, la de los ojos grandes y asombrados, hubiera regresado a llorarle en las entrañas.

—Pues cuídate de no saberlo, Mejicana... Porque puedes llegar.

Permanecieron abrazadas, inmóviles, el resto de la noche.

Patricia O'Farrell se quitó la vida tres días más tarde, en su casa de Marbella. La encontró una criada en el cuarto de baño, desnuda, sumergida hasta la barbilla en el agua fría. Sobre la repisa y en el suelo hallaron varios envases de somníferos y una botella de whisky. Había quemado todos sus papeles, fotografías y documentos personales en la chimenea, pero no dejó ninguna nota de despedida. Ni para Teresa ni para nadie. Salió de todo como quien sale discretamente de una habitación, entornando la puerta con cuidado para no hacer ruido.

Teresa no fue al entierro. Ni siquiera vio el cadáver. La misma tarde en que Teo Aljarafe le dio la noticia por teléfono, ella subió a bordo del *Sinaloa* con la única compañía de la tripulación y de Pote Gálvez, y pasó dos días en alta mar, sentada en una tumbona de la cubierta de popa, mirando la estela de la embarcación sin despegar los labios. En todo ese tiempo ni siquiera leyó. Contemplaba el mar, fumaba. A ratos bebía tequila. De vez en cuando sonaban sobre la cubierta los pasos del gatillero, que rondaba a distancia: sólo se acercaba a ella a la hora de la comida o de la cena, sin decir nada, apoyado en la borda y esperando hasta que su jefa negaba con la cabeza y él desaparecía de nuevo; o para traerle un chaquetón cuando las nubes tapaban el sol, o éste se ponía en el horizonte y el frío arreciaba. Los tripulantes se mantuvieron aún más lejos. Sin duda el sinaloense había dado instrucciones, y procuraban evitarla. El patrón sólo habló con Teresa dos veces: la primera cuando ella ordenó al subir a bordo navegue hasta que le diga basta, me vale madres adónde, y la segunda cuando, a los dos días, se le volvió en el puente y dijo regresamos. Durante esas cuarenta y ocho horas, Teresa no pensó cinco minutos seguidos en Pati O'Farrell ni en ninguna otra cosa. Cada vez que la imagen de su amiga le cruzaba por la cabeza, una ondulación del mar, una gaviota que planeaba a lo lejos, el reflejo de la luz en la marejada, el ronroneo del motor bajo cubierta, el viento que le sacudía el cabello contra la cara, ocupaban todo el espacio útil de su mente. La gran ventaja del mar era que podías pasar horas mirándolo, sin pensar. Sin recordar, incluso, o haciendo que los recuerdos quedasen en la estela tan fácilmente como llegaban, cruzándose contigo sin consecuencias, igual que luces de barcos en la noche. Teresa lo había aprendido junto a Santiago Fisterra: aquello sólo pasaba en el mar, porque éste era cruel y egoísta como los seres humanos, y además desconocía, en su terrible simpleza, el sentido de palabras complejas como piedad, heridas o remordimientos. Quizá por eso resultaba casi analgésico. Podías reconocerte en él, o justificarte, mientras el viento, la luz, el balanceo, el rumor del agua en el casco de la embarcación, obraban el milagro de distanciar, calmándolos hasta que ya no dolían, cualquier piedad, cualquier herida y cualquier remordimiento.

Al fin cambió el tiempo, el barómetro bajó cinco milibares en tres horas, y empezó a soplar un levante fuerte. El patrón miraba a Teresa, que seguía sentada a popa, y luego a Pote Gálvez. Así que éste fue y dijo se nos tuerce el tiempo, mi doña. A lo mejor quiere dar alguna orden. Teresa lo miró sin responder nada, y el gatillero volvió junto al patrón encogiéndose de hombros. Aquella noche, con viento del este de fuerza seis a siete, el *Sinaloa* navegó balanceándose a media máquina, amurado a la mar y al viento, con la espuma saltando en la oscuridad sobre la proa y el puente de mando. Teresa estaba en la cabina, desconectado el piloto automático, y manejaba el timón iluminada por la luz rojiza de la bitácora, una mano en la caña y otra en las palancas de motores, mientras el patrón, el marinero de guardia y Pote Gálvez, que iba hasta las trancas de Biodramina, la observaban desde la camareta de atrás, agarrados a los asientos y a la mesa, derramando el café de las tazas cada vez que el *Sinaloa* daba un bandazo. Por tres veces Teresa salió a la regala de sotavento, azotada por las ráfagas, para vomitar por la borda; y volvió al timón sin decir palabra, el pelo revuelto y mojado, cercos de insomnio en los ojos, a encender otro cigarrillo. Nunca se había mareado antes. El tiempo se calmó al amanecer, con menos viento y una luz grisácea que planchaba un mar pesado como el plomo. Entonces ella ordenó regresar a puerto.

Oleg Yasikov llegó a la hora del desayuno. Pantalón tejano, chaqueta oscura abierta sobre un polo, zapatos deportivos. Rubio y fornido como siempre, aunque algo ensanchada la cintura en los últimos tiempos. Lo recibió en el porche del jardín, frente a la piscina y la pradera que se extendía bajo los sauces hasta el muro junto a la playa. Llevaban casi dos meses sin verse: desde una cena durante la que Teresa lo previno del cierre inminente del European Union: un banco ruso de Antigua que Yasikov utilizaba para transferir fondos a América. Eso le ahorró al hombre de Solntsevo algunos problemas y mucho dinero.

—Cuánto tiempo, Tesa. Sí.

Esta vez era él quien había pedido que se vieran. Una llamada telefónica, la tarde anterior. No necesito consuelos, fue la respuesta de ella. No se trata de eso, contestó el ruso. Niet. Sólo un poquito de negocios y un poquito de amistad. Ya sabes. Sí. Lo de costumbre.

—¿Quieres una copa, Oleg?

El ruso, que untaba una tostada con mantequilla, se quedó mirando el vaso de tequila que Teresa tenía junto a la taza de café y el cenicero con cuatro colillas consumidas. Ella estaba en chándal, recostada en el sillón de mimbre, los pies descalzos sobre el terrazo ocre del suelo. Claro que no quiero una copa, dijo Yasikov. No a esta hora, por Dios. Sólo soy un gangster de la extinta Unión de Repúblicas Socialistas Soviéticas. No una mejicana con el estómago forrado. Sí. De amianto. No. Estoy lejos de ser tan macho como tú.

Se rieron. Veo que puedes reír, dijo Yasikov, sorprendido. Y por qué no iba a hacerlo, respondió Teresa, sosteniendo la mirada clara del otro. De cualquier modo, recuerda que no vamos a hablar de Pati para nada.

—No he venido a eso —Yasikov se servía de la cafetera, masticando pensativo su tostada—. Hay cosas que debo contarte. Varias.

—Desayuna primero.

El día era luminoso y el agua de la piscina parecía reflejarlo en azul turquesa. Se estaba bien allí, en el porche templado por el sol levante, entre los setos, las buganvillas y los macizos de flores, oyendo cantar a los pájaros. Así que liquidaron sin prisas las tostadas, el café y el tequila de Teresa mientras charlaban sobre asuntos sin importancia, reavivando su vieja relación como lo hacían cada vez que estaban frente a frente: gestos cómplices, códigos compartidos. Los dos se conocían mucho. Sabían qué palabras era preciso pronunciar y cuáles no.

—Lo primero es lo primero —dijo Yasikov más tarde—. Hay un encargo. Algo grande. Sí. Para mi gente.

—Eso significa prioridad absoluta.

—Me gusta esa palabra. Prioridad.

—¿Necesitáis chiva?

El ruso negó con la cabeza.

—Hachís. Mis jefes se han asociado con los rumanos. Pretenden abastecer varios mercados allí. Sí. De golpe. Demostrar a los libaneses que hay proveedores alternativos. Necesitan veinte toneladas. Marruecos. Primerísima calidad.

Teresa frunció el ceño. Veinte mil kilos eran muchos, dijo. Había que reunirlos primero, y el momento no parecía adecuado. Con los cambios políticos en Marruecos todavía no estaba claro de quién podían fiarse y de quién no. Incluso guardaba un clavo de coca en Agadir desde hacía mes y medio, sin atreverse a moverlo hasta que no viera las cosas claras. Yasikov escuchaba con atención, y al final hizo un gesto de asentimiento. Comprendo. Sí. Tú decides, apuntó. Pero me harías un gran favor. Los míos necesitan ese chocolate dentro de un mes. Y he conseguido precios. Oye. Precios muy buenos.

—Los precios son lo de menos. Contigo no importan.

El hombre de Solntsevo sonrió y dijo gracias. Después entraron en la casa. Al otro lado del salón decorado con alfombras orientales y sillones de cuero estaba el despacho de Teresa. Pote Gálvez apareció en el pasillo, miró a Yasikov sin decir palabra y se esfumó de nuevo.

—¿Qué tal tu rottweiler? —preguntó el ruso.

—Pues todavía no me mató.

La risa de Yasikov atronaba el salón.

—Quién lo hubiera dicho —comentó—. Cuando lo conocí.

Fueron al despacho. Cada semana, la casa era revisada por un técnico en contraespionaje electrónico del doctor Ramos. Aun así, allí no había nada comprometedor: una mesa de trabajo, un ordenador personal con el disco duro limpio como una patena, grandes cajones con cartas de navegación, mapas, anuarios, y la última edición del *Ocean Passages for the World.* Quizá pueda hacerlo, dijo Teresa. Veinte toneladas. Quinientos fardos de cuarenta kilos. Camiones para el transporte de las montañas del Rif a la costa, un barco grande, un embarque masivo en aguas marroquíes, coordinando bien los lugares y las horas exactas. Calculó con rapidez: dos mil quinientas millas entre Alborán y Constanza, en el Mar Negro, a través de aguas territoriales de seis países, incluido el paso del Egeo, los Dardanelos y el Bósforo. Eso requería un alarde de logística y táctica de precisión. Mucho dinero en gastos previos. Días y noches de trabajo para Farid Lataquia y el doctor Ramos.

—Siempre y cuando —concluyó— me asegures un desembarco sin problemas en el puerto rumano.

Yasikov asintió. Cuenta con eso, dijo. Estudiaba la carta Imray M20, la del Mediterráneo oriental, extendida sobre la mesa. Parecía distraído. Quizá conviniese, sugirió al cabo de un momento, que consideres mucho con quién preparas esta operación. Sí. Lo dijo sin apartar la mirada de la carta, en tono reflexivo, y todavía tardó un poco en levantar la vista. Sí, repitió. Teresa captaba el mensaje. Lo había hecho ya con las primeras palabras. El *quizá conviniese* era la señal de que algo no andaba bien en todo aquello. Que consideres mucho. Con quién preparas. Esta operación.

—Órale —dijo—. Cuéntamelo.

Un eco sospechoso en la pantalla de radar. El viejo vacío en el estómago, sensación conocida, se ahondó de pronto. Hay un juez, dijo Yasikov. Martínez Pardo, lo conoces de sobra. De la Audiencia Nacional. Anda detrás hace tiempo. De ti, de mí. De otros. Pero tiene sus preferencias. Eres su ojito derecho. Trabaja con la policía, con la Guardia Civil, con Vigilancia Aduanera. Sí. Y aprieta demasiado.

—Dime lo que tengas que decir —se impacientó Teresa.

Yasikov la observaba, indeciso. Luego desvió la vista hacia la ventana, y al fin volvió a mirarla a ella. Tengo gente que me cuenta cosas, prosiguió. Pago y me informan. Y el otro día alguien habló en Madrid de aquel último asunto tuyo. Sí. Ese barco que apresaron. En aquel punto Yasikov se detuvo, dio unos pasos por el despacho, repiqueteó los dedos sobre la carta náutica. Movía un poco la cabeza, como insinuando: lo que voy a soltar agárralo con pinzas, Tesa. No respondo de que sea verdad o sea mentira.

—Me late que fue un pitazo de los gallegos —se adelantó ella.

—No. Según cuentan, la filtración no vino de ahí —Yasikov hizo una pausa muy larga—... Salió de Transer Naga.

Teresa iba a abrir la boca para decir imposible, lo he chequeado a fondo. Pero no lo hizo. Oleg Yasikov nunca habría ido a cotorrearle cuentos. De pronto se encontró atando cabos, planteando hipótesis, preguntas y respuestas. Reconstruyendo hechos. Pero el ruso ya acortaba camino. Martínez Pardo está presionando a alguien de tu entorno, prosiguió. A cambio de inmunidad, dinero o vete a saber qué. Puede ser verdad, puede serlo sólo en parte. No sé. Pero mi fuente es clase A. Sí. Nunca me falló antes. Y teniendo en cuenta que Patricia...

—Es Teo —murmuró ella de pronto.

Yasikov se quedó a media frase. Lo sabías, dijo sorprendido. Pero Teresa negó con la cabeza. La calaba un extraño frío que nada tenía que ver con sus pies desnudos sobre la alfombra. Volvió la espalda a Yasikov y miró hacia la puerta, como si el propio Teo estuviese a punto de llegar. Dime cómo diablos, preguntaba detrás el ruso. Si no lo sabías, por qué ahora lo sabes. Teresa seguía callada. No lo sabía, pensaba. Pero es verdad que ahora de pronto lo sé. Así es la perra vida, y así son sus pinches bromas. Chale. Estaba concentrada, intentando situar los pensamientos según un orden razonable de prioridades. Y no era fácil.

—Estoy embarazada —dijo.

Salieron a pasear por la playa, con Pote Gálvez y uno de los guardaespaldas de Yasikov siguiéndolos a distancia. Había mar de fondo que rompía en los guijarros y mojaba los pies de Teresa, que seguía descalza, caminando por el lado más próximo a la orilla. El agua estaba muy fría pero la hacía sentirse bien. Despierta. Anduvieron así hacia el sudoeste, por la arena sucia que se extendía entre pedregales y madejas de algas en dirección a Sotogrande, Gibraltar y el Estrecho. Charlaban durante unos pasos y luego se quedaban callados, pensando en lo que se decían o en lo que no llegaban a decir. Y qué vas a hacer, había preguntado Yasikov cuando terminó de asimilar la noticia. Con uno y con otro. Sí. Con la criatura y con el padre.

—Todavía no es una criatura —repuso Teresa—. Todavía no es nada.

Yasikov movió la cabeza como si ella confirmase sus pensamientos. De cualquier modo, eso no soluciona lo otro, dijo. Sólo es la mitad de un problema. Teresa se volvió a mirarlo con atención, apartándose el pelo de la cara. No he dicho que la primera mitad esté resuelta, aclaró. Sólo digo que todavía no es nada. La decisión sobre lo que sea, o deje de ser, aún no la tomé.

El ruso la observaba atento, buscando en su rostro alteraciones, indicios nuevos, imprevistos.

—Me temo que no puedo. Tesa. Aconsejarte. Niet. No es mi especialidad.

—No te pido consejo. Sólo que pasees conmigo, como siempre.

—Eso sí puedo —Yasikov sonreía al fin, oso rubio y bonachón—. Sí. Hacerlo.

Había una barquita de pescadores varada en la arena. Teresa pasaba siempre junto a ella. Pintada en blanco y azul, muy vieja y descuidada. Tenía agua de lluvia en el fondo, con restos de plástico y un bote de refresco vacío. Junto a la proa se borraba un nombre apenas legible: *Esperanza.*

—¿No te cansas nunca, Oleg?

A veces, respondió el ruso. Pero no era fácil. No. Decir hasta aquí llegué, dejen que me retire. Tengo una mujer, añadió. Bellísima. Miss San Petersburgo. Un hijo de cuatro años. Dinero suficiente para vivir el resto de la vida sin problemas. Sí. Pero hay socios. Responsabilidades. Compromisos. Y no todos entenderían que me retirase. No. Se desconfía por naturaleza. Si te vas, los asustas. Sabes demasiado sobre demasiada gente. Y ésta sabe demasiado sobre ti. Eres un peligro suelto. Sí.

—¿Qué te sugiere la palabra *vulnerable*? —preguntó Teresa.

El otro reflexionó un poco. No lo domino bien, comentó al fin. El español. Pero sé lo que dices. Un hijo te hace vulnerable.

—Te juro, Tesa, que nunca tuve miedo. De nada. Ni siquiera en Afganistán. No. Aquellos locos fanáticos y sus Allah Ajbar que helaban la sangre. Pues no. Tampoco lo tuve cuando empezaba. En el negocio. Pero desde que nació mi hijo lo sé. Tener miedo. Sí. Cuando algo sale mal, ya no es posible. No. Dejarlo todo como está. Echar a correr.

Se había detenido y miraba el mar, las nubes que se desplazaban despacio en dirección a poniente. Suspiró, nostálgico.

—Es bueno echar a correr —dijo—. Cuando se necesita. Tú lo sabes mejor que nadie. Sí. No has hecho otra cosa en tu vida. Correr. Con ganas o sin ellas.

Seguía contemplando las nubes. Levantó los brazos a la altura de los hombros, como si pretendiera abarcar el Mediterráneo, y los dejó caer, impotente. Después se volvió a Teresa.

—¿Vas a tenerlo?

Lo miró sin responder. Rumor del agua y espuma fría entre los pies. Yasikov la observaba fijamente, desde arriba. Teresa parecía mucho más pequeña junto al enorme eslavo.

—¿Cómo fue tu infancia, Oleg?

El otro se frotó la nuca, sorprendido. Incómodo. No sé, respondió. Como todas, en la Unión Soviética. Ni mala ni buena. Los pioneros, la escuela. Sí. Carlos Marx. La Soyuz. El malvado imperialismo americano. Todo eso. Demasiada col hervida, creo. Y patatas. Demasiadas patatas.

—Yo supe lo que era el hambre larga —dijo Teresa—. Tuve un solo par de zapatos, y mi mamá no me dejaba ponérmelos más que para ir a la escuela, mientras fui.

Le vino una sonrisa crispada a la boca. Mi mamá, repitió abstraída. Sentía un añejo rencor perforarla hasta dentro.

—Me cuereaba mucho de plebita —prosiguió—... Era alcohólica y medio prostituta desde que mi papá la dejó... Me hacía traer cervezas a sus amigos, me arrastraba a puras greñas, a golpes y patadas. Llegaba de madrugada con su parvada de cuervos, riéndose obscena, o venían a buscarla aporreando la puerta de noche, borrachos... Dejé de ser virgen antes de perder la virginidad entre varios chavos, alguno de los cuales tenía menos años que yo...

Se calló de pronto, y estuvo así un buen rato, el pelo revuelto en la cara. Sentía diluirse despacio el rencor en su sangre. Respiró profundamente para que se desvaneciera por completo.

—En cuanto al padre —dijo Yasikov—, supongo que se trata de Teo.

Ella sostuvo su mirada sin abrir la boca. Impasible.

—Ésa es la segunda parte —volvió a suspirar el ruso—. Del problema.

Caminó sin volverse a comprobar si Teresa lo seguía. Ella estuvo un poco viéndolo alejarse, y luego fue detrás.

—Una cosa aprendí en el ejército, Tesa —decía Yasikov, pensativo—. Territorio enemigo. Peligroso dejar bolsas a la espalda. Resistencia. Núcleos hostiles. Una consolidación del terreno exige la eliminación de puntos de conflicto. Sí. La frase es literal. Reglamentaria. La repetía mi amigo el sargento Skobeltsin. Sí. A diario. Antes de que le cortaran el cuello en el valle del Panshir.

Se había detenido otra vez y de nuevo la miraba. Hasta ahí puedo llegar yo, decían sus ojos claros. El resto es cosa tuya.

—Me estoy quedando sola, Oleg.

Estaba quieta frente a él, y la resaca del agua minaba la arena bajo sus pies a cada reflujo. El otro sonrió amistoso, un poco lejano. Triste.

—Qué extraño oírte decir eso. Creía que siempre estuviste sola.

15. Amigos tengo en mi tierra, los que dicen que me quieren

El juez Martínez Pardo no era un tipo simpático. Hablé con él durante los últimos días de mi encuesta: veintidós minutos de conversación poco agradable en su despacho de la Audiencia Nacional. Accedió a recibirme a regañadientes, y sólo después de que yo le hiciera llegar un grueso informe con el estado de mis investigaciones. Su nombre figuraba en él, naturalmente. Junto a muchas otras cosas. La elección de costumbre era quedarse dentro de modo confortable, o quedarse fuera. Decidió quedarse dentro, con su propia versión de los hechos. Venga y hablemos, dijo al fin, cuando se puso al teléfono. Así que fui a la Audiencia, me dio secamente la mano y nos sentamos a hablar, uno a cada lado de su mesa oficial, con bandera y retrato del rey en la pared. Martínez Pardo era bajo, rechoncho, con barba canosa que no llegaba a taparle del todo una cicatriz que le recorría la mejilla izquierda. Estaba lejos de ser uno de los jueces estrella que aparecían en la televisión y los periódicos. Gris y eficaz, decían. Con mala leche. La cicatriz provenía de un viejo episodio: sicarios colombianos contratados por narcos gallegos. Tal vez era eso lo que le agriaba el carácter.

Empezamos comentando la situación de Teresa Mendoza. Lo que la había llevado a donde estaba, y el giro que su vida iba a dar en las próximas semanas, si lograba mantenerse viva. De eso no sé, dijo Martínez Pardo. Yo no trabajo con el futuro de la gente, excepto para asegurar treinta años de condena cuando puedo. Mi asunto es el pasado. Hechos y pasado. Delitos. Y de ésos, Teresa Mendoza cometió muchos.

—Se sentirá frustrado, entonces —apunté—. Tanto trabajo para nada.

Era mi forma de corresponder a su poca simpatía. Me miró por encima de las gafas de lectura que tenía en la punta de la nariz. No parecía un hombre feliz. Desde luego, no un juez feliz.

—La tenía —dijo.

Luego se quedó callado, como considerando si esas dos palabras eran oportunas. También los jueces grises y eficaces tienen su corazoncito, me dije. Su vanidad personal. Sus frustraciones. La tenías pero ya no la tienes. Se te fue entre los dedos, de vuelta a Sinaloa.

—¿Cuánto tiempo anduvo tras ella?

—Cuatro años. Un trabajo largo. No resultaba fácil acumular hechos y pruebas de su implicación. Su infraestructura era muy buena. Muy inteligente. Todo estaba lleno de mecanismos de seguridad, compartimentos estancos. Desmontabas algo y todo moría ahí. Imposible probar las conexiones hacia arriba.

—Pero usted lo hizo.

Sólo en parte, concedió Martínez Pardo. Habría necesitado más tiempo, más libertad de trabajo. Pero no los tuvo. Esa gente se movía en ciertos ambientes, incluida la política. Incluido el suyo, el del propio juez. Eso permitió a Teresa Mendoza ver venir de lejos algunos golpes y pararlos. O minimizar las consecuencias. En aquel caso concreto, añadió, él iba bien. Sus ayudantes iban bien. Estaban a punto de coronar una labor larga y paciente. Cuatro años, me había dicho, tejiendo la tela de araña. Y de pronto se acabó todo.

—¿Es cierto que lo convencieron desde el ministerio de Justicia?

—Eso está fuera de lugar —se había echado hacia atrás en el sillón y me observaba, molesto—. Me niego a responder.

—Cuentan que el propio ministro se encargó de presionarlo, de acuerdo con la embajada de México.

Levantó una mano. Un gesto desagradable. Una mano autoritaria, de juez en ejercicio. Si continúa por ese camino, advirtió, terminará esta conversación. A mí no me ha presionado nadie, nunca.

—Explíqueme entonces por qué al final no hizo nada contra Teresa Mendoza.

Consideró un poco mi pregunta, tal vez para decidir si el verbo explíqueme implicaba desacato. Al fin decidió absolverme. In dubio pro reo. O algo así.

—Ya se lo he dicho —apuntó—. No tuve tiempo para reunir material suficiente.

—¿A pesar de Teo Aljarafe?

Otra vez me miró como antes. Ni yo ni mis preguntas le gustábamos, y aquello no mejoraba las cosas.

—Todo lo que se refiere a ese nombre es confidencial.

Me permití una sonrisa moderada. Venga, juez. A estas alturas.

—Ya da lo mismo —dije—. Supongo.

—Pues a mí no me lo da.

Lo medité unos instantes. Le propongo un pacto, concluí en voz alta. Yo dejo fuera al ministerio de Justicia, y usted me cuenta lo de Aljarafe. Un trato es un trato. Cambié la sonrisa moderada por un gesto de solicitud amable mientras él reflexionaba. De acuerdo, dijo. Pero me reservo algunos detalles.

—¿Es cierto que usted le ofreció inmunidad a cambio de información?

—No voy a contestar a eso.

Mal empezamos, me dije. Asentí un par de veces con aire pensativo antes de volver a la carga:

—Aseguran que lo acosó mucho. Que reunió un buen dossier sobre él y luego se lo puso delante de las narices. Y que no fue nada de narcotráfico. Que lo agarró por el lado fiscal.

—Puede ser.

Me miraba impasible. Tú planteas y yo confirmo. No me pidas mucho más.

—¿Transer Naga?

—No.

—Sea amable, juez. Corresponda a lo buen chico que soy.

De nuevo lo pensó un poco. A fin de cuentas, debió de concluir, estoy en esto. Ese punto es más o menos conocido y está resuelto.

—Admito —dijo— que las empresas de Teresa Mendoza fueron siempre impermeables a nuestros esfuerzos, pese a que nos constaba que más del setenta por ciento del tráfico al Mediterráneo pasaba por sus manos... Los puntos débiles del señor Aljarafe se referían al dinero propio. Inversiones irregulares, movimientos de dinero. Cuentas personales extranjeras. Su nombre apareció en un par de transacciones exteriores poco claras. Había materia.

—Dicen que tenía propiedades en Miami.

—Sí. Que nosotros supiéramos, una casa de mil metros cuadrados que acababa de comprar en Coral Gables, con cocoteros y muelle propio incluido, y un piso de lujo en Coco Plum: un lugar frecuentado por abogados, banqueros y brokers de Wall Street. Todo, por lo visto, a espaldas de Teresa Mendoza.

—Unos ahorrillos.

—Podríamos decirlo así.

—Y usted lo agarró por los huevos. Y lo asustó.

Otra vez se echó hacia atrás en el sillón. Dura Lex, sed Lex. Duralex.

—Eso es improcedente. No le tolero ese lenguaje.

Empiezo a estar un poco harto, me dije. De este gilipollas.

—Tradúzcalo a su gusto, entonces.

—Decidió colaborar con la Justicia. Así de simple.

—¿A cambio de...?

—A cambio de nada.

Me lo quedé mirando. A tu tía. Cuéntaselo a tu tía. Teo Aljarafe jugándose el cuello por amor al arte.

—¿Y cómo reaccionó Teresa Mendoza al averiguar que su experto fiscal trabajaba para el enemigo?

—Eso lo sabe usted igual que yo.

—Bueno. Sé lo que todos. También que ella lo usó como señuelo en la operación del hachís ruso... Pero no me refería a eso.

Lo del hachís ruso empeoró la cosa. Conmigo no te pases de listo, decía su cara.

—Entonces —sugirió— pregúntele a ella, si puede.

—A lo mejor puedo.

—Dudo que esa mujer acepte entrevistas. Y mucho menos en su actual situación.

Decidí hacer un último intento.

—¿Cómo ve usted esa situación?

—Yo estoy fuera —respondió, con cara de póker—. Ni veo ni dejo de ver. Teresa Mendoza ya no es asunto mío.

Luego se quedó callado, hojeó distraído algunos documentos que tenía sobre la mesa, y pensé que había concluido la conversación. Conozco mejores formas de perder el tiempo, resolví. Me levantaba irritado, listo para despedirme. Pero ni siquiera un disciplinado funcionario del Estado como el juez Martínez Pardo podía sustraerse al escozor de ciertas heridas. O a justificarse. Seguía sentado, sin levantar la vista de los documentos. Y entonces, de pronto, me compensó la entrevista.

—Dejó de serlo tras la visita del americano aquel —añadió con rencor—. El tipo de la DEA.

El doctor Ramos, que tenía un peculiar sentido del humor, había asignado el nombre en clave de *Tierna infancia* a la operación de veinte toneladas de hachís para el Mar Negro. Las pocas personas que estaban al corriente llevaban dos semanas planificándolo todo con minuciosidad casi militar; y aquella mañana, por boca de Farid Lataquia y después de que éste cerrara con sonrisa satisfecha su teléfono móvil tras hablar un rato en clave, supieron que el libanés había encontrado en el puerto de Alhucemas el barco adecuado para hacer de nodriza: un vetusto palangrero de treinta metros de eslora rebautizado *Tarfaya,* propiedad de una sociedad pesquera hispanomarroquí. A esas horas, por su parte, el doctor Ramos coordinaba los movimientos del *Xoloitzcuintle:* un portacontenedores de pabellón alemán, tripulado por polacos y filipinos, que hacía regularmente la ruta entre la costa atlántica americana y el Mediterráneo oriental, y en ese momento navegaba entre Recife y Veracruz. *Tierna infancia* tenía un segundo frente, o trama paralela, donde jugaba un papel decisivo un tercer barco, esta vez buque de carga general con ruta prevista entre Cartagena, Colombia, y el puerto griego de El Pireo sin escalas intermedias. Se llamaba *Luz Angelita;* y aunque estaba matriculado en el puerto colombiano de Temuco, navegaba con pabellón camboyano por cuenta de una compañía chipriota. Mientras que sobre el *Tarfaya* y el *Xoloitzcuintle* recaería la parte delicada de la operación, el papel asignado al *Luz Angelita* y a sus armadores era simple, rentable y sin riesgos: limitarse a hacer de señuelo.

—Todo a punto —recapituló el doctor Ramos— en diez días.

Se quitó la pipa de la boca para ahogar un bostezo. Eran casi las once de la mañana, después de una larga noche de trabajo en la oficina de Sotogrande: una casa con jardín dotada de las más modernas medidas de seguridad y contravigilancia electrónica, que desde hacía dos años sustituía al antiguo apartamento del puerto deportivo. Pote Gálvez montaba guardia en el vestíbulo, dos vigilantes recorrían el jardín, y en la sala de juntas había un televisor, un PC portátil con impresora, dos teléfonos móviles codificados, un panel para gráficos con rotuladores delebles puesto sobre un caballete, tazas de café sucias y ceniceros repletos de colillas sobre la gran mesa de reuniones. Teresa acababa de abrir la ventana para que se ventilase aquello. La acompañaban, además del doctor Ramos, Farid Lataquia y el operador de telecomunicaciones de Teresa, un joven ingeniero gibraltareño de toda confianza llamado Alberto Rizocarpaso. Era lo que el doctor llamaba el gabinete de crisis: el grupo cerrado que constituía el estado mayor operativo de Transer Naga.

—El *Tarfaya* —estaba diciendo Lataquia— va a esperar en Alhucemas, limpiando bodegas. Puesta a punto y combustible. Inofensivo. Tranquilito. No lo sacaremos hasta dos días antes de la cita.

—Me parece bien —dijo Teresa—. No quiero tenerlo una semana paseando por ahí mientras llama la atención.

—Descuide. Me ocupo yo mismo.

—¿Tripulantes?

—Todos marroquíes. El patrón Cherki. Gente de Ahmed Chakor, como de costumbre.

—Ahmed Chakor no siempre es de fiar.

—Depende de lo que se le pague —el libanés sonreía. Todo está en función de lo que se me pague a mí, decía aquella sonrisa—. Esta vez no correremos riesgos.

O sea, que también esta vez te embolsas una comisión extra, se dijo Teresa. Pesquero más barco más gente de Chakor igual a una lana. Vio que Lataquia acentuaba la sonrisa, adivinando lo que ella pensaba. Al menos este hijo de la chingada no lo oculta, decidió. Lo hace a la descubierta, con toda naturalidad. Y siempre sabe dónde está el límite. Luego se volvió al doctor Ramos. Qué hay de las gomas, quiso saber. Cuántas unidades para el transbordo. El doctor tenía desplegada sobre la mesa la carta 773 del almirantazgo británico, con toda la costa marroquí detallada entre Ceuta y Melilla. Señaló un punto con el caño de la pipa, tres millas al norte, entre el peñón de Vélez de la Gomera y el banco de Xauen.

—Hay disponibles seis embarcaciones —dijo—. Para dos viajes de mil setecientos kilos más o menos cada una... Con el pesquero moviéndose a lo largo de esta línea, así, todo puede estar resuelto en menos de tres horas. Cinco, si la mar se pone molesta. La carga ya está lista en Bab Berret y Ketama. Los puntos de embarque serán Rocas Negras, Cala Traidores y la boca del Mestaxa.

—¿Por qué repartirlo tanto?... ¿No es mejor todo de golpe?

El doctor Ramos la miró, grave. Viniendo de otra persona, la pregunta habría ofendido al táctico de Transer Naga; pero, con Teresa, aquello resultaba normal. Solía supervisarlo todo hasta el menor detalle. Era bueno para ella y bueno para los demás, porque las responsabilidades de éxitos y de fracasos siempre eran compartidas, y no hacía falta andar luego con demasiadas explicaciones. Minuciosa, solía comentar Farid Lataquia en su gráfico estilo mediterráneo, hasta machacarte los huevos. Nunca delante de ella, por supuesto. Pero Teresa lo sabía. En realidad lo sabía todo de todos. De pronto se encontró pensando en Teo Aljarafe. Asunto pendiente, también a resolver en los próximos días. Se corrigió por dentro. Lo sabía casi todo de casi todos.

—Veinte mil kilos juntos en una sola playa son muchos kilos —explicaba el doctor—, incluso con los mehanis de nuestra parte... Prefiero no llamar tanto la atención. Así que se lo planteamos a los marroquíes como si se tratara de tres operaciones distintas. La idea es embarcar la mitad de la carga en el punto uno con las seis gomas a la vez, un cuarto en el punto dos con sólo tres gomas, y el otro cuarto en el tercer punto, con las tres restantes... Así reduciremos el riesgo y nadie tendrá que volver a cargar al mismo sitio.

—¿Qué tiempo hay previsto?

—En esta época no puede ser muy malo. Tenemos un margen de tres días, el último con la luna casi en oscuro, en el primer creciente. A lo mejor tenemos niebla, y eso puede complicar las citas. Pero cada goma llevará un GPS, y el pesquero también.

—¿Comunicaciones?

—Las de costumbre: móviles clonados o en clave para las gomas y el pesquero, Internet para el barco grande... Boquitoquis STU para la maniobra.

—Quiero a Alberto en la mar, con todos sus aparatos.

Asintió Rizocarpaso, el ingeniero gibraltareño. Era rubio, con cara aniñada, casi lampiño. Introvertido. Muy eficaz en su registro. Llevaba siempre las camisas y los pantalones arrugados de pasar horas delante de un receptor de radio o del teclado de un ordenador. Teresa lo había reclutado porque era capaz de camuflar los contactos y operaciones a través de Internet, desviándolo todo bajo la cobertura ficticia de países sin acceso para las policías europeas y norteamericana: Cuba, India, Libia, Irak. En cuestión de minutos podía abrir, usar y dejar dormidas varias direcciones electrónicas camufladas tras servidores locales de esos u otros países, recurriendo a números de tarjetas de crédito robadas o de testaferros. También era experto en esteganografía y en el sistema de encriptado PGP.

—¿Qué barco? —preguntó el doctor.

—Uno cualquiera, deportivo. Discreto. El Fairline Squadron que tenemos en Banús puede valer —Teresa le indicó al ingeniero una amplia zona en la carta náutica, a poniente de Alborán—. Coordinarás las comunicaciones desde allí.

El gibraltareño moduló una sonrisita estoica. Lataquia y el doctor lo miraban guasones; todos sabían que se mareaba en el mar como un caballo de tiovivo, pero sin duda Teresa tenía sus razones.

—¿Dónde será el encuentro con el *Xoloitzcuintle*? —quiso saber Rizocarpaso—. Hay zonas donde la cobertura es mala.

—Lo sabrás a su debido tiempo. Y si no hay cobertura, usaremos la radio camuflándonos en canales pesqueros. Frases establecidas para cambios de una frecuencia a otra, entre los ciento veinte y los ciento cuarenta megahercios. Prepara una lista.

Sonó uno de los teléfonos. La secretaria de la oficina de Marbella había recibido una comunicación de la embajada de México en Madrid. Solicitaban que la señora Mendoza recibiese a un alto funcionario para tratar un asunto urgente. Cómo de urgente, quiso saber Teresa. No lo han dicho, fue la respuesta. Pero el funcionario ya está aquí. Mediana edad, bien vestido. Muy elegante. Su tarjeta dice Héctor Tapia, secretario de embajada. Lleva quince minutos sentado en el vestíbulo. Y lo acompaña otro caballero.

—Gracias por recibirnos, señora.

Conocía a Héctor Tapia. Lo había tratado superficialmente unos años atrás, durante las gestiones con la embajada de México en Madrid para resolver el papeleo de su doble nacionalidad. Una breve entrevista en un despacho del edificio de la Carrera de San Jerónimo. Algunas palabras medio cordiales, la firma de documentos, el tiempo de un cigarrillo, un café, una charla intrascendente. Lo recordaba educadísimo, discreto. Pese a estar al corriente de todo su currículum —o quizás a causa de eso mismo—, la había recibido con amabilidad, reduciendo los trámites al mínimo. En casi doce años, era el único contacto directo que Teresa había mantenido con el mundo oficial mejicano.

—Permítame presentarle a don Guillermo Rangel. Norteamericano.

Se le veía incómodo en la salita de reuniones forrada de nogal oscuro, como quien no está seguro de hallarse en el lugar adecuado. El gringo, sin embargo, parecía a sus anchas. Miraba la ventana abierta a los magnolios del jardín, el antiguo reloj de pared inglés, la calidad de la piel de las butacas, el valioso dibujo de Diego Rivera —*Apunte para retrato de Emiliano Zapata*— enmarcado en la pared.

—En realidad soy de origen mejicano, como usted —dijo, contemplando todavía el retrato bigotudo de Zapata, con aire complacido—. Nacido en Austin, Tejas. Mi madre era chicana.

Su español era perfecto, con vocabulario norteño, apreció Teresa. Muchos años de práctica. Pelo castaño a cepillo, hombros de luchador. Polo blanco bajo la chaqueta ligera. Ojos oscuros, ágiles y avisados.

—El señor —comentó Héctor Tapia— tiene ciertas informaciones que le gustaría compartir.

Teresa los invitó a ocupar dos de las cuatro butacas colocadas en torno a una gran bandeja árabe de cobre martilleado, y ella se sentó en otra, colocando un paquete de Bisonte y el encendedor sobre la mesa. Había tenido tiempo de arreglarse un poco: pelo recogido en cola de caballo con un pasador de plata, blusa de seda oscura, pantalón tejano negro, mocasines, chaqueta de gamuza en el brazo de la butaca.

—No estoy segura de que esas informaciones me interesen —dijo.

El pelo plateado del diplomático, la corbata y el traje de corte impecable contrastaban con la apariencia del gringo. Tapia se había quitado los lentes de montura de acero y los estudiaba con el ceño fruncido, como si no estuviera satisfecho del estado de los cristales.

—Éstas sí le interesan—se puso los lentes y la miró, persuasivo—. Don Guillermo...

El otro levantó una mano grande y chata.

—Willy. Pueden llamarme Willy. Todo el mundo lo hace.

—Bien. Pues aquí, Willy, trabaja para el Gobierno americano.

—Para la DEA —matizó el otro, sin complejos.

Teresa estaba sacando un cigarrillo del paquete. Siguió haciéndolo sin inmutarse.

—¿Perdón?... ¿Para quién ha dicho?

Se puso el cigarrillo en la boca y buscó el encendedor, pero Tapia se inclinaba ya sobre la mesa, atento, un chasquido, la llama dispuesta.

—De-E-A —repitió Willy Rangel espaciando mucho las siglas—... Drug Enforcement Administration. Ya sabe. La agencia antidrogas de mi país.

—Híjole. No me diga —Teresa echó el humo observando al gringo—... Muy lejos de sus rumbos, lo veo. No sabía que su empresa tuviera intereses en Marbella.

—Usted vive aquí.

—¿Y qué tengo yo que ver?

La contemplaron sin decir nada, unos segundos, y luego se miraron el uno al otro. Teresa vio que Tapia enarcaba una ceja, mundano. Es tu asunto, amigo, parecía apuntar el gesto. Yo sólo oficio de acólito.

—Vamos a entendernos, señora —dijo Willy Rangel—. No estoy aquí por nada que tenga que ver con su modo actual de ganarse la vida. Ni tampoco don Héctor, que es tan amable de acompañarme. Mi visita tiene que ver con cosas que ocurrieron hace mucho tiempo...

—Hace doce años —puntualizó Héctor Tapia, como desde lejos. O desde afuera.

—... Y con otras que están a punto de ocurrir. En su tierra.

—Mi tierra, dice.

—Eso es.

Teresa miró el cigarrillo. No voy a terminármelo, decía el gesto. Tapia lo entendió a la perfección, pues dirigió al otro una ojeada inquieta. Órale que se nos va, acuciaba sin palabras. Rangel parecía de la misma opinión. Así que fue al grano.

—¿Le dice algo el nombre de César *Batman* Güemes?

Tres segundos de silencio, dos miradas pendientes de ella. Echó el humo tan despacio como pudo.

—Pues fíjense que no.

Las dos miradas se cruzaron entre sí. De nuevo a ella.

—Sin embargo —dijo Rangel—, usted lo conoció hace tiempo.

—Qué raro. Entonces nomás lo recordaría, ¿verdad? —miró el reloj de pared, en busca de un modo cortés de ponerse en pie y zanjar aquello—... Y ahora, si me disculpan...

Los dos hombres se miraron de nuevo. Entonces el de la DEA sonrió. Lo hizo con una mueca amplia, simpática. Casi bonachona. En su oficio, pensó Teresa, alguien que sonríe así es que reserva el efecto para las grandes ocasiones.

—Concédame sólo cinco minutos más —dijo el gringo—. Para contarle una historia.

—Sólo me gustan las historias con final bien padre.

—Es que este final depende de usted.

Y Guillermo Rangel, a quien todo el mundo llamaba Willy, se puso a contar. La DEA, explicó, no era un cuerpo de operaciones especiales. Lo suyo era recopilar datos de tipo policial, mantener una red de confidentes, pagarlos, elaborar informes detallados sobre actividades relacionadas con la producción, tráfico y distribución de drogas, ponerle nombres y apellidos a todo eso y estructurar un caso para que se sostuviera ante un tribunal. Por eso utilizaba agentes. Como él mismo. Personas que se introducían en organizaciones de narcotraficantes y actuaban allí. El propio Rangel había trabajado así, primero infiltrado en grupos chicanos de la bahía de California y luego en México, como controlador de agentes encubiertos, durante ocho años; menos un período de catorce meses que estuvo destinado en Medellín, Colombia, de enlace entre su agencia y el Bloque de Búsqueda de la policía local encargado de la captura y muerte de Pablo Escobar. Y, por cierto, la foto famosa del narco abatido, rodeado por los hombres que lo mataron en Los Olivos, la había hecho el propio Rangel. Ahora estaba enmarcada en la pared de su despacho, en Washington D. C.

—No veo qué puede interesarme a mí de todo eso —dijo Teresa.

Apagaba el cigarrillo en el cenicero, sin prisas, pero resuelta a terminar aquella conversación. No era la primera vez que policías, agentes o traficantes venían con historias. No tenía ganas de perder el tiempo.

—Se lo cuento —dijo sencillamente el gringo— para situarle mi trabajo.

—Está situadísimo. Y ahora, si me disculpan...

Se puso en pie. Héctor Tapia también se levantó con reflejo automático, abotonándose la chaqueta. Miraba a su acompañante, desconcertado e inquieto. Pero Rangel seguía sentado.

—El Güero Dávila era agente de la DEA —dijo con sencillez—. Trabajaba para mí, y por eso lo mataron.

Teresa estudió los ojos inteligentes del gringo, que acechaban el efecto. Ya soltaste el golpe de teatro, pensó. Y ni modo, salvo que te quede más parque. Sentía deseos de reír a carcajadas. Una risa aplazada doce años, desde Culiacán, Sinaloa. La broma póstuma del pinche Güero. Pero se limitó a encoger los hombros.

—Ahora —dijo con mucha sangre fría—, cuénteme algo que yo no sepa.

Ni la mires, había dicho el Güero Dávila. La agenda ni la abras, prietita. Llévasela a don Epifanio Vargas y cámbiasela por tu vida. Pero aquella tarde, en Culiacán, Teresa no pudo resistir la tentación. Pese a lo que pensaba el Güero, ella tenía ideas propias, y sentimientos. También curiosidad por saber en qué infierno acababan de meterla. Por eso, momentos antes de que el Gato Fierros y Pote Gálvez aparecieran en el apartamento cercano al mercado Garmendia, infringió las reglas, pasando páginas de aquella libreta de piel donde estaban las claves de lo que había ocurrido y de lo que estaba a punto de ocurrir. Nombres, direcciones. Contactos a uno y otro lado de la frontera. Tuvo tiempo de asomarse a la realidad antes de que todo se precipitara y se viera huyendo con la Doble Águila en la mano, sola y aterrorizada, sabiendo exactamente de qué intentaba escapar. Lo resumió bien aquella misma noche, sin pretenderlo, el propio don Epifanio Vargas. A tu hombre, fue lo que dijo, le gustaban demasiado los albures. Las bromas, el juego. Las apuestas arriesgadas que hasta la incluían a ella misma. Teresa sabía todo eso al acudir a la capilla de Malverde con la agenda que nunca debió leer y que había leído, maldiciendo al Güero por semejante forma de ponerla en peligro justo para salvarla. Un razonamiento típico del jugador cabrón aficionado a meter en la boca del coyote su cabeza y la de otros. Si me queman, había pensado el hijo de su pinche madre, Teresa no tiene salvación. Inocente o no, son las reglas. Pero había una remota posibilidad: demostrar que ella realmente actuaba de buena fe. Porque Teresa nunca habría entregado la agenda a nadie, de conocer lo que tenía dentro. Nunca, de estar al corriente del juego peligroso del hombre que llenó esas páginas de mortales anotaciones. Llevándosela a don Epifanio, padrino de Teresa y del propio Güero, ella demostraba su ignorancia. Su inocencia. Nunca se habría atrevido, en caso contrario. Y esa tarde, sentada en la cama del apartamento, pasando las páginas que eran al mismo tiempo su sentencia de muerte y su única salvación posible, Teresa maldijo al Güero porque al fin lo comprendía todo muy bien. Echar a correr sin más era condenarse a sí misma a no llegar lejos. Tenía que entregar la agenda para demostrar precisamente que ignoraba su contenido. Necesitaba tragarse el miedo que le retorcía las tripas y mantener la cabeza tranquila, la voz neutra en su punto exacto de angustia, la súplica sincera al hombre en quien el Güero y ella confiaban. La morra del narco, el animalito asustado. Yo no sé nada. Nomás dígame usted, don Epifanio, qué iba yo a leer. Por eso seguía viva. Y por eso ahora, en el saloncito de su despacho de Marbella, el agente de la DEA Willy Rangel y el secretario de embajada Héctor Tapia la miraban boquiabiertos, uno sentado y el otro de pie, todavía con los dedos en los botones de la chaqueta.

—¿Lo ha sabido todo este tiempo? —preguntó el gringo, incrédulo.

—Hace doce años que lo sé.

Tapia se dejó caer de nuevo en la butaca, esta vez olvidando soltarse los botones.

—Cristo bendito —dijo.

Doce años, se dijo Teresa. Superviviente a un secreto de los que mataban. Porque aquella última noche de Culiacán, en la capilla de Malverde, en la atmósfera sofocante del calor húmedo y el humo de las velas, ella había jugado sin apenas esperanza el juego dispuesto por su hombre muerto, y ganó. Ni su voz, ni sus nervios, ni su miedo la traicionaron. Porque era un buen tipo, don Epifanio. Y la quería. Los quería a los dos, pese a comprender mediante la agenda —quizá lo sabía de antes, o no— que Raimundo Dávila Parra trabajaba para la agencia antidrogas del Gobierno americano, y que seguramente el *Batman* Güemes lo hizo bajar por eso. Y así Teresa pudo engañarlos a todos, rifándose la loca apuesta en el filo de la navaja, justo como había previsto el Güero que sucedería. Imaginó la conversación de don Epifanio, al día siguiente. Ella no sabe nada. Ni madres. ¿Cómo iba a traerme la pinche agenda si supiera? Así que podéis dejarla en paz. Órale. Sólo fue una posibilidad entre cien, pero bastó para salvarla.

Ahora Willy Rangel observaba a Teresa con mucha atención, y también con un respeto que antes no estaba allí. En tal caso, apuntó, le ruego que tome asiento de nuevo y escuche lo que vengo a decirle. Señora. En este momento es más necesario que nunca. Teresa dudó un instante, pero sabía que el gringo llevaba razón. Miró a un lado y a otro y luego la hora que marcaba el reloj de pared, simulando impaciencia. Diez minutos, dijo. Ni uno más. Después volvió a sentarse y encendió otro Bisonte. Tapia estaba aún tan asombrado, en su butaca, que esta vez tardó en ofrecerle fuego; y cuando al fin acercó la llama del encendedor, murmurando una disculpa, ella había encendido el cigarrillo con el suyo propio.

Entonces el hombre de la DEA contó la verdadera historia del Güero Dávila.

Raimundo Dávila Parra era de San Antonio, Tejas. Chicano. Nacionalidad norteamericana desde los diecinueve años. Tras haber trabajado muy joven en el lado ilegal del narcotráfico, pasando mariguana en pequeñas cantidades por la frontera, fue reclutado por la agencia antidrogas después de que lo detuvieran en San Diego con cinco kilos de mota. Tenía condiciones, y era aficionado al riesgo y a las emociones fuertes. Valiente, frío pese a su apariencia extrovertida, tras un período de adiestramiento, que oficialmente pasó en una cárcel del norte —de hecho estuvo una temporada para afianzar su cobertura—, el Güero fue enviado a Sinaloa con la misión de infiltrarse en las redes de transporte del cártel de Juárez, donde tenía viejas amistades. Le gustaba aquel trabajo. Le gustaba el dinero. También le gustaba volar, y había hecho un curso de piloto en la DEA, aunque como cobertura hizo otro en

Culiacán. Durante varios años se introdujo en los medios narcotraficantes a través de Norteña de Aviación, primero como empleado de confianza de Epifanio Vargas, con quien actuó en las grandes operaciones de transporte aéreo del Señor de los Cielos, y luego como piloto de César *Batman* Güemes. Willy Rangel fue su controlador. Nunca se comunicaban por teléfono excepto en casos de emergencia. Se citaban una vez al mes en hoteles discretos de Mazatlán y Los Mochis. Y toda la información valiosa que la DEA obtuvo del cártel de Juárez durante aquel tiempo, incluidas las feroces luchas por el poder que enfrentaron a los narcos mejicanos al independizarse de las mafias colombianas, provino de la misma fuente. El Güero valía su peso en coca.

Por fin, lo mataron. El pretexto formal era cierto: aficionado a correr riesgos extra, aprovechaba los viajes en avioneta para transportar droga propia. Le gustaba jugar a varias bandas, y en aquello estaba implicado su pariente el Chino Parra. La DEA andaba más o menos al corriente; pero se trataba de un agente valioso y le daban su margen. El caso es que al final los narcos le ajustaron las cuentas. Durante algún tiempo, Rangel tuvo la duda de si fue por las transas privadas con droga o porque alguien lo delató. Tardó tres años en averiguarlo. Un cubano detenido en Miami, que trabajaba para la gente de Sinaloa, se acogió a la normativa sobre testigos protegidos y llenó dieciocho horas de cinta magnetofónica con sus revelaciones. En ellas contó que el Güero Dávila fue asesinado porque alguien desmontó su cobertura. Un fallo tonto: un funcionario norteamericano de Aduanas de El Paso accedió casualmente a una información confidencial, y se la vendió a los narcos por ochenta mil dólares. Los otros ataron cabos, empezaron a sospechar y de algún modo centraron al Güero.

—Lo de la droga en la Cessna —concluyó Rangel— fue un pretexto. Iban por él. Lo curioso es que quienes lo bajaron no sabían que era agente nuestro.

Se quedó callado. Teresa todavía encajaba aquello.

—¿Y cómo puede estar seguro?

El gringo afirmó con la cabeza. Profesional.

—Desde el asesinato del agente Camarena, los narcos saben que nunca perdonamos la muerte de uno de nuestros hombres. Que persistimos hasta que los responsables mueren o son encarcelados. Ojo por ojo. Es una regla; y si de algo entienden ellos es de códigos y de reglas.

Había una frialdad nueva en la exposición. Somos muy malos enemigos, decía el tono. A las malas. Con dólares y con una tenacidad de poca madre.

—Pero al Güero se lo mataron bien muerto.

—Ya —Rangel movía la cabeza otra vez—. Por eso le digo que quien dio la orden directa de montar la celada en el Espinazo del Diablo ignoraba que era un agente... El nombre tal vez le suene, aunque hace un rato negó conocerlo: César *Batman* Güemes.

—No lo recuerdo.

—Claro. Aun así, estoy en condiciones de asegurarle que él se limitaba a cumplir un encargo. Ese güey trafica a su aire, le dijeron. Convendría un escarmiento. Nos consta que el *Batman* Güemes se hizo de rogar. Por lo visto el Güero Dávila le caía bien... Pero en Sinaloa, los compromisos son los compromisos.

—¿Y quién, según usted, hizo el encargo e insistió en la muerte del Güero?

Rangel se frotó la nariz, miró a Tapia y después volvió a Teresa, sonriendo torcido. Estaba en el borde de la butaca, las manos apoyadas en las rodillas. Ya no parecía bonachón. Ahora, decidió ella, la suya era la actitud de un perro de presa rencoroso y con buena memoria.

—Otro al que seguro que tampoco recuerda... El hoy diputado por Sinaloa y futuro senador Epifanio Vargas Orozco.

Teresa apoyó la espalda en la pared y miró a los escasos clientes que a esa hora bebían en el Olde Rock. A menudo reflexionaba mejor cuando estaba entre desconocidos, observando, en vez de hallarse a solas con la otra mujer que arrastraba consigo. De regreso a Guadalmina le había dicho de pronto a Pote Gálvez que se dirigiera a Gibraltar; y tras cruzar la verja fue guiando al gatillero por las estrechas calles hasta que le ordenó estacionar la Cherokee frente a la fachada blanca del pequeño bar inglés donde solía ir en otro tiempo —en otra vida— con Santiago Fisterra. Todo seguía igual allí dentro: las metopas y jarras en las vigas del techo, las paredes cubiertas con fotos de barcos, grabados históricos y recuerdos marineros. Encargó en la barra una Foster's, la cerveza que siempre bebía Santiago cuando estaban allí, y fue a sentarse, sin probarla, en la mesa de costumbre, junto a la puerta, bajo el cuadrito con la muerte del almirante inglés —ahora ya sabía quién era aquel Nelson y cómo le habían partido la madre en Trafalgar—. La otra Teresa Mendoza rondaba estudiándola de lejos, atenta. A la espera de conclusiones. De una reacción a todo cuanto acababan de contarle, que poco a poco completaba el cuadro general que la explicaba a ella, y a la otra, y también aclaraba al fin todos los acontecimientos que la llevaron hasta ese jalón de su vida. Y ahora sabía incluso mucho más de lo que creyó saber.

He tenido mucho gusto, había sido su respuesta. Eso fue exactamente lo que dijo cuando el hombre de la

DEA y el hombre de la embajada terminaron de contarle lo que fueron a contar y se quedaron observándola en espera de una reacción. Ustedes están locos, he tenido mucho gusto, adiós. Los vio irse decepcionados. Tal vez aguardaban comentarios, promesas. Compromisos. Pero su rostro inexpresivo, sus modales indiferentes, les dejaron poca esperanza. Ni modo. Nos manda a chingar a nuestra madre, había dicho en voz baja Héctor Tapia cuando se iban, pero no lo bastante bajo como para que ella no lo oyera. Pese a sus exquisitos modales, el diplomático parecía abatido. Piénselo bien, fue el comentario del otro. Su despedida. Pues no veo, respondió ella cuando ya les cerraban la puerta detrás, qué es lo que tendría que pensar. Sinaloa está muy lejos. Permiso.

Pero seguía allí sentada, en el bar gibraltareño, y pensaba. Recordaba punto por punto, ordenando en su cabeza todo lo dicho por Willy Rangel. La historia de don Epifanio Vargas. La del Güero Dávila. Su propia historia. Fue el antiguo jefe del Güero, había dicho el gringo, el mismo don Epifanio, quien averiguó el asunto de la DEA. Durante su época inicial como propietario de Norteña de Aviación, Vargas había alquilado sus aviones a Southern Air Transport, una tapadera del Gobierno norteamericano para el transporte de armas y cocaína con el que la CIA financiaba la guerrilla de la contra en Nicaragua; y el propio Güero Dávila, que en ese tiempo ya era agente de la DEA, fue uno de los pilotos que descargaban material de guerra en el aeropuerto de Los Llanos, Costa Rica, regresando a Fort Lauderdale, en Florida, con droga del cártel de Medellín. Terminado todo aquello, Epifanio Vargas mantuvo buenas conexiones al otro lado, y así pudo enterarse más tarde de la filtración del funcionario de Aduanas que delató al Güero. Vargas pagó al chivato y durante cierto tiempo se guardó la información sin tomar decisiones. El chaca de la sierra, el antiguo campesino paciente de San Miguel de los Hornos, era de los que no se precipitaban nunca. Estaba casi fuera del negocio directo, sus rumbos eran otros, la actividad farmacéutica que manejaba de lejos iba bien, y las privatizaciones estatales de los últimos tiempos le permitieron blanquear grandes capitales. Mantenía a su familia en un inmenso rancho cercano a El Limón, por el que había cambiado la casa de la colonia Chapultepec de Culiacán, y a su amante, una conocida ex modelo y presentadora de televisión, en una lujosa vivienda de Mazatlán. No veía la necesidad de complicarse con decisiones que podían perjudicarlo sin otro beneficio que la venganza. El Güero trabajaba ahora para el *Batman* Güemes, y ése no era asunto de Epifanio Vargas.

Sin embargo, había seguido contando Willy Rangel, las cosas cambiaron. Vargas hizo mucho dinero con el negocio de la efedrina: cincuenta mil dólares el kilo en los Estados Unidos, frente a los treinta mil de la cocaína y los ocho mil de la mariguana. Tenía buenas relaciones que le abrían las puertas de la política; era momento de rentabilizar el medio millón mensual que durante años invirtió en sobornar a funcionarios públicos. Veía ante sí un futuro tranquilo y respetable, lejos de los sobresaltos del viejo oficio. Después de establecer lazos financieros, de corrupción o de complicidad con las principales familias de la ciudad y el estado, tenía dinero suficiente para decir basta, o para seguir ganándolo por medios convencionales. Así que de pronto empezó a morir gente sospechosamente relacionada con su pasado: policías, jueces, abogados. Dieciocho en tres meses. Era como una epidemia. Y en ese panorama, la figura del Güero representaba también un obstáculo: sabía demasiadas cosas de los tiempos heroicos de Norteña de Aviación. El agente de la DEA se clavaba en su pasado como una cuña peligrosa que podía dinamitar el futuro.

Pero Vargas era listo, matizó Rangel. Muy listo, con aquella astucia campesina que lo había llevado hasta donde estaba. De modo que le endosó el trabajo a otro, sin revelar por qué. El *Batman* Güemes nunca habría liquidado a un agente de la DEA; pero un piloto de avionetas que iba por libre, engañando a sus jefes un poquito por aquí y un poquito por allá, era otra cosa. Vargas le insistió al *Batman:* un escarmiento ejemplar, etcétera. A él y a su primo. Algo para desanimar a quienes andan en tales transas. A mí también me dejó asuntos pendientes, así que considéralo un favor personal. Y a fin de cuentas, tú eres ahora su patrón. La responsabilidad es tuya.

—¿Desde cuándo saben todo eso? —preguntó Teresa.

—En parte, desde hace mucho. Casi cuando ocurrió —el hombre de la DEA movía las manos para subrayar lo obvio—. El resto hará cosa de dos años, cuando el testigo protegido nos puso al corriente de los detalles... También dijo algo más —hizo una pausa observándola atento, como si la invitara a cubrir ella misma los puntos suspensivos—... Que más tarde, cuando usted empezó a crecer a este lado del Atlántico, Vargas se arrepintió de haberla dejado salir viva de Sinaloa. Que le recordó al *Batman* Güemes que tenía cosas pendientes allá en su tierra... Y que el otro envió dos pistoleros a completar el trabajo.

Es tu historia, apuntaba la expresión inescrutable de Teresa. Tú eres quien la trae entre manos.

—No me diga. ¿Y qué pasó?

—Eso tendría que contarlo usted. De ellos nunca más se supo.

Terció Héctor Tapia, suave.

—De uno de ellos, quiere decir el señor. Por lo visto, otro sigue aquí. Retirado. O casi.

—¿Y por qué vienen a platicarme ahorita todo eso?

Rangel miró al diplomático. Ahora sí que es de veras tu turno, decía aquella mirada. Tapia se quitó otra vez los lentes y volvió a ponérselos. Después se miró las uñas como si llevara notas escritas allí.

—En los últimos tiempos —dijo—, la carrera política de Epifanio Vargas ha ido para arriba. Imparable. Demasiada gente le debe demasiado. Muchos lo quieren o lo temen, y casi todos lo respetan. Tuvo la habilidad de salirse de las actividades directas del cártel de Juárez antes de que éste empezara sus enfrentamientos graves con la Justicia, cuando la lucha se llevaba a cabo casi en exclusiva contra los competidores del Golfo... En su carrera ha involucrado lo mismo a jueces, empresarios y políticos que a altas autoridades de la Iglesia mejicana, a policías y a militares: el general Gutiérrez Rebollo, que estuvo a punto de ser nombrado fiscal antidrogas de la República antes de que se descubrieran sus vínculos con el cártel de Juárez y acabara en el penal de Almoloya, era íntimo suyo... Y después está la faceta popular: desde que consiguió que lo nombraran diputado estatal, Epifanio Vargas hizo mucho por Sinaloa, invirtió dinero, creó puestos de trabajo, ayudó a la gente...

—Eso no es malo —interrumpió Teresa—. Lo normal en México es que quienes se roban el país lo guarden todo para ellos... El PRI pasó setenta años haciéndolo.

Hay matices, repuso Tapia. De momento, ya no gobierna el PRI. Los nuevos aires condicionan mucho. Tal vez al final cambien pocas cosas, pero existe la intención indudable de cambiar. O de intentarlo. Y justo en este momento, Epifanio Vargas está a punto de ser designado senador de la República...

—Y alguien quiere fregárselo —comprendió Teresa.

—Sí. Tal vez sea una forma de expresarlo. Por una parte, un sector político de mucho peso, vinculado al Gobierno, no desea ver en el Senado de la nación a un narco sinaloense, incluso aunque esté oficialmente retirado y sea ya diputado en ejercicio... También hay viejas cuentas que sería prolijo detallar.

Teresa imaginaba esas cuentas. Todos hijos de su pinche madre, en guerras sordas por el poder y el dinero, los cárteles de la droga y los amigos de los respectivos cárteles y las distintas familias políticas relacionadas o no con la droga. Gobierne quien gobierne. México lindo, como de costumbre.

—Y por parte nuestra —apuntó Rangel— no olvidamos que hizo matar a un agente de la DEA.

—Exacto —aquella responsabilidad compartida parecía aliviar a Tapia—. Porque el Gobierno de la Unión Americana, que como usted sabe, señora, sigue muy de cerca la política de nuestro país, tampoco vería con buenos ojos a un Epifanio Vargas senador... Así que se intenta crear una comisión de alto rango para actuar en dos fases: primera, abrir una investigación sobre el pasado del diputado. Segunda, si reúnen las pruebas necesarias, desaforarlo y acabar con su carrera política, llegando incluso a un proceso judicial.

—A cuyo término —dijo Rangel— no excluimos la posibilidad de solicitar su extradición a los Estados Unidos.

Y qué pinto yo en ese desmadre, quiso saber Teresa. A qué viene viajar hasta aquí para contármelo como si fuéramos todos carnales. Entonces Rangel y Tapia se miraron de nuevo, el diplomático carraspeó un instante, y mientras sacaba un cigarrillo de una pitillera de plata —ofreciéndole a Teresa, que negó con la cabeza—, dijo que el Gobierno mejicano había seguido con atención la, ejem, carrera de la señora en los últimos años. Que nada había contra ella, pues sus actividades se realizaban, hasta donde podía saberse, fuera del territorio nacional —una ciudadana ejemplar, apuntó Rangel por su parte, tan serio que la ironía quedó diluida en las palabras—. Y que en vista de todo eso, las autoridades correspondientes estaban dispuestas a llegar a un pacto. Un acuerdo satisfactorio para todos. Cooperación a cambio de inmunidad.

Teresa los observaba. Suspicaz.

—¿Qué clase de cooperación?

Tapia se encendió el cigarrillo con mucho cuidado. El mismo con el que parecía meditar sobre lo que estaba a punto de decir. O más bien sobre la forma de decirlo.

—Usted tiene cuentas personales allí. También sabe mucho sobre la época del Güero Dávila y la actividad de Epifanio Vargas —se decidió al fin—... Fue testigo privilegiado y casi le cuesta la vida... Hay quien piensa que tal vez la beneficiaría un arreglo. Posee medios sobrados para dedicarse a otras actividades, disfrutando de lo que tiene y sin preocuparse por el futuro.

—Qué me dice.

—Lo que oye.

—Híjole... ¿Y a qué debo tanta generosidad?

—Nunca acepta pagos en droga. Sólo dinero. Es una operadora de transporte, no propietaria, ni distribuidora. La más importante de Europa en este momento, sin duda. Pero nada más... Eso nos deja un margen de maniobra razonable, de cara a la opinión pública...

—¿Opinión pública?... ¿De qué chingados me habla?

El diplomático tardó en responder. Teresa podía oír respirar a Rangel; el hombre de la DEA se removía en el asiento, inquieto, entrelazando los dedos.

—Se le ofrece la posibilidad de regresar a México, si lo desea —prosiguió Tapia—, o de establecerse discretamente donde guste... Incluso las autoridades españolas han sido sondeadas al respecto: existe el compromiso por parte del ministerio de Justicia de paralizar todos los procedimientos e investigaciones en curso... Que según mis noticias, se encuentran en una fase muy avanzada y pueden poner, a medio plazo, la cosas bastante difíciles para la, ejem, Reina del Sur... Como dicen en España, borrón y cuenta nueva.

—No sabía que los gringos tuviesen la mano tan larga.

—Según para qué.

Entonces Teresa se echó a reír. Me están pidiendo, dijo todavía incrédula, que les cuente todo lo que suponen que sé sobre Epifanio Vargas. Que haga de madrina, a mis años. Y sinaloense.

—No sólo que nos lo cuente —intervino Rangel—. Sino que lo cuente allí.

—¿Dónde es allí?

—Ante la comisión de justicia de la Procuraduría General de la República.

—¿Pretenden que vaya a declarar a México?

—Como testigo protegido. Inmunidad absoluta. Tendría lugar en el Distrito Federal, bajo todo tipo de garantías personales y jurídicas. Con el agradecimiento de la nación, y del Gobierno de los Estados Unidos.

Teresa se puso en pie de pronto. Puro reflejo y sin pensarlo siquiera. Esta vez se levantaron los dos al mismo tiempo: desconcertado Rangel, incómodo Tapia. Ya te lo decía yo, expresaba el gesto de éste al cambiar la última mirada con el de la DEA. Teresa fue hasta la puerta y la abrió de golpe. Pote Gálvez estaba afuera, en el pasillo, los brazos ligeramente separados, falsamente apacible en su gordura. Si hace falta, le dijo ella con los ojos, échalos a patadas.

—Ustedes —casi lo escupió— se han vuelto locos.

Y allí estaba ahora, sentada en la antigua mesa del bar gibraltareño, reflexionando sobre todo eso. Con una vida minúscula que le apuntaba en las entrañas sin que supiera todavía qué iba a hacer con ella. Con el eco de la conversación reciente en la cabeza. Dándole vueltas a las sensaciones. A las palabras últimas y a los recuerdos viejos. Al dolor y a la gratitud. A la imagen del Güero Dávila —inmóvil y callado como ella lo estaba ahora, en aquella cantina de Culiacán— y al recuerdo del otro hombre sentado junto a ella en plena noche, en la capilla del santo Malverde. A tu Güero le gustaban los albures, Teresita. ¿La neta que no leíste nada? Entonces vete, y procura enterrarte tan hondo que no te encuentren. Don Epifanio Vargas. Su padrino. El hombre que pudo matarla, y tuvo compasión y no lo hizo. Que después se arrepintió, y ya no pudo.

16. Carga ladeada

Teo Aljarafe regresó dos días más tarde con un informe satisfactorio. Pagos recibidos puntualmente en Gran Caimán, gestiones para conseguir un pequeño banco propio y una naviera en Belice, buena rentabilidad de los fondos blanqueados y dispuestos, limpios de polvo y paja, en tres bancos de Zúrich y en dos de Liechtenstein. Teresa escuchó con atención su informe, revisó los documentos, firmó algunos papeles tras leerlos minuciosamente, y después se fueron a comer a casa Santiago, frente al paseo marítimo de Marbella, con Pote Gálvez sentado fuera, en una de las mesas de la terraza. Habas con jamón y chicharra asada, mejor y más jugosa que la langosta. Un Señorío de Lazán, reserva del 96. Teo estaba locuaz, simpático. Guapo. La chaqueta en el respaldo de la silla y las mangas de la camisa blanca con dos vueltas sobre los antebrazos bronceados, las muñecas firmes y ligeramente velludas, Patek Philippe, uñas pulidas, la alianza reluciendo en la mano izquierda. A veces volvía su perfil impecable de águila española, la copa o el tenedor a medio camino, para mirar hacia la calle, atento a quien entraba en el local. Un par de veces se levantó para saludar. Tomás Pestaña, que cenaba al fondo con un grupo de inversores alemanes, los había ignorado en apariencia cuando entraron. Pero al rato vino el camarero con una botella de buen vino. De parte del señor alcalde, dijo. Con sus saludos.

Teresa miraba al hombre que tenía ante ella, y meditaba. No iba a contarle ese día, ni mañana ni al otro, y tal vez no lo hiciera nunca, lo que llevaba en el vientre. Y sobre eso, además, algo resultaba bien curioso: al principio creyó que pronto empezaría a tener sensaciones, conciencia física de la vida que empezaba a desarrollarse en su interior. Pero no sentía nada. Sólo la certeza y las reflexiones a que ésta la llevaba. Quizá el pecho le había aumentado un poco, y también desaparecieron los dolores de cabeza; pero sólo se sentía encinta cuando meditaba sobre ello, leía otra vez el parte médico, o comprobaba las dos faltas marcadas en el calendario. Sin embargo —pensaba en ese instante, oyendo la conversación banal de Teo Aljarafe—, aquí estoy. Preñada como una vulgar maruja, que dicen en España. Con algo, o alguien, de camino, y todavía sin decidir qué voy a hacer con mi perrona vida, con la de esa criatura que aún no es nada pero será si lo consiento —miró atenta a Teo, como al acecho de una señal decisiva—. O con la vida de él.

—¿Hay algo en marcha? —preguntó Teo en voz baja, el aire distraído, entre dos sorbos al vino del alcalde.

—Nada de momento. Rutina.

A los postres él propuso ir a la casa de la calle Ancha o a cualquier buen hotel de la Milla de Oro, y pasar allí el resto de la tarde, y la noche. Una botella, un plato de jamón ibérico, sugirió. Sin prisas. Pero Teresa negó con la cabeza. Estoy cansada, dijo arrastrando la penúltima sílaba. Hoy no me apetece mucho.

—Hace casi un mes que no —comentó Teo.

Sonreía, atractivo. Tranquilo. Le rozó los dedos, tierno, y ella se quedó mirando su propia mano inmóvil sobre el mantel, igual que si no fuera realmente suya. Con aquella mano, pensó, le había disparado en la cara al Gato Fierros.

—¿Cómo están tus hijas?

La miró, sorprendido. Teresa nunca preguntaba por su familia. Era una especie de pacto tácito con ella misma, que siempre cumplía a rajatabla. Están bien, dijo tras un momento. Muy bien. Pues qué bueno, respondió ella. Qué bueno que estén bien. Y su mamá, supongo. Las tres.

Teo dejó la cucharilla del postre en el plato y se inclinó sobre la mesa, observándola con atención. Qué pasa, dijo. Cuéntame qué te ocurre hoy. Ella miró alrededor, la gente en las mesas, el tráfico en la avenida iluminada por el sol que empezaba a descender sobre el mar. No me pasa nada, respondió, bajando más la voz. Pero te he mentido, dijo después. Hay algo en marcha. Algo que no te conté todavía.

—¿Por qué?

—Porque no siempre te lo cuento todo.

La miró, preocupado. Impecable franqueza. Cinco segundos casi exactos, y luego desvió la vista hacia la calle. Cuando volvió a mirarla sonreía un poco. Bien chilo. Volvió a tocarle la mano y esta vez tampoco ella la retiró.

—¿Es importante?

Órale, se dijo Teresa. Así son las pinches cosas, y cada cual ayuda a hacerse su propio destino. Casi siempre la jaladita final viene de ti. Para lo bueno y para lo malo.

—Sí —respondió—. Hay un barco en camino. Se llama *Luz Angelita.*

Había oscurecido. Los grillos cantaban en el jardín como si se hubieran vuelto locos. Cuando se encendieron las luces Teresa ordenó apagarlas, y ahora estaba sentada en los escalones del porche, la espalda contra uno de los pilares, mirando las estrellas sobre las espesas copas negras de los sauces. Tenía una botella de tequila con el precinto intacto entre las piernas, y atrás, en la mesa baja situada junto a las tumbonas, sonaba música mejicana en el estéreo. Música sinaloense que Pote Gálvez le había prestado aquella misma tarde, quihubo, patrona, esto es lo último de los Broncos de Reynosa que me consiguieron de allá, dígame nomás qué le parece:

Venía rengueando la yegua,
traía la carga ladeada.
Iba sorteando unos pinos
en la sierra de Chihuahua.

Poquito a poco, el gatillero enriquecía su colección de corridos. Le gustaban los más duros y violentos; más que nada, decía muy serio, para torcer la nostalgia. Que uno es de donde mero es, y ni modo. Su rockola particular incluía a toda la raza norteña, desde Chalino —palabras mayores, doña— hasta Exterminador, los Invasores de Nuevo León, el As de la Sierra, El Moreño, los Broncos, los Huracanes y demás grupos pesados de Sinaloa y de allí arriba; los que habían convertido la nota roja de los diarios en materia musical, canciones que hablaban de tráficos y de muertos y de agarrarse a plomazos, de cargas de la fina, avionetas Cessna y trocas del año, federales, guachos, traficantes y funerales. Del mismo modo que en otro tiempo lo fueron los corridos de la Revolución, los narcocorridos eran ahora la nueva épica, la leyenda moderna de un México que estaba allí y no tenía intención de cambiar, entre otras razones porque parte de la economía nacional dependía de aquello. Un mundo marginal y duro, armas, corrupción y droga, donde la única ley que no se violaba era la ley de la oferta y la demanda.

Allí murió Juan el Grande,
pero defendió a su gente.
Hizo pasar a la yegua
y también mató al teniente.

Carga ladeada, se llamaba la canción. Como la mía, pensaba Teresa. En la cubierta del cedé, los Broncos de Reynosa se daban la mano y uno de ellos dejaba entrever, bajo la chaqueta, una enorme escuadra al cinto. A veces observaba a Pote Gálvez mientras oía aquellas rolas, atenta a la expresión del gatillero. Seguían tomando juntos una copa de vez en cuando. Qué onda, Pinto, éntrale a un tequila. Y se quedaban allí los dos callados, oyendo música, el otro respetuoso y guardando la distancia, y Teresa lo veía chasquear la lengua y mover la cabeza, órale, sintiendo y recordando a su manera, pisteando mentalmente por el Don Quijote y La Ballena y los antros culichis que le vagaban por la memoria, añorando quizás a su compa el Gato Fierros, que a esas horas no era más que huesos embutidos en cemento, bien lejos de sus rumbos, sin nadie que le llevara flores al panteón y sin nadie que le cantara corridos a su puerca memoria de hijo de la chingada, el Gato, sobre quien Pote Gálvez y Teresa no habían vuelto a cambiar una sola palabra, nunca.

A don Lamberto Quintero
lo seguía una camioneta.
Iban con rumbo al Salado,
nomás a dar una vuelta.

En el estéreo sonaba ahora el corrido de Lamberto Quintero, que con el del Caballo Blanco de José Alfredo era uno de los favoritos de Pote Gálvez. Teresa vio la sombra del gatillero asomarse a la puerta del porche, echar un vistazo y retirarse en seguida. Lo sabía allá dentro, siempre al alcance de su voz, escuchando. Usted ya tendría corridos para saltarse la barda si estuviera en nuestra tierra, patrona, había dicho una vez, como al hilo de otra cosa. No añadió a lo mejor yo también saldría en algunos; pero Teresa sabía que lo pensaba. En realidad, decidió mientras le quitaba el precinto al Herradura Reposado, todos los pinches hombres aspiraban a eso. Como el Güero Dávila. Como el mismo Pote. Como, a su manera, Santiago Fisterra. Figurar en la letra de un corrido real o imaginario, música, vino, mujeres, dinero, vida y muerte, aunque fuese al precio del propio cuero. Y nunca se sabe, pensó de pronto, mirando la puerta por la que había asomado el gatillero. Nunca se sabe, Pinto. A fin de cuentas, el corrido siempre te lo escriben otros.

Un compañero le dice:
nos sigue una camioneta.
Lamberto sonriendo dijo:
Pa' qué están las metralletas.

Bebió directamente de la botella. Un trago largo que bajó por su garganta con la fuerza de un disparo. Aún con la botella en la mano alargó un poco el brazo, en alto, ofreciéndosela con una mueca sarcástica a la mujer que la contemplaba entre las sombras del jardín. Pura cabrona que no te quedaste en Culiacán, y a veces ya no sé si eres tú quien pasó a este lado, o yo la que me fui allá contigo, o si cambiamos papeles en la farsa y a lo mejor eres tú la que está sentada en el porche de esta casa y yo la que estoy medio escondida mirándote a ti y a lo que llevas en las entrañas. Había hablado de eso una vez más —intuía que la última— con Oleg Yasikov aquella misma tarde, cuando el ruso la visitó para ver si estaba a punto lo del hachís, después que todo estuvo hablado y salieron a pasear hasta asomarse a la playa como solían. Yasikov la miraba de soslayo, estudiándola a la luz de algo nuevo que no era mejor ni peor sino más triste y frío. Y no sé, dijo, si ahora que me has contado ciertas cosas yo te veo diferente, o eres tú, Tesa, la que de alguna forma está cambiando. Sí. Hoy, mientras conversábamos, te miraba. Sorprendido. Nunca me habías dado tantos detalles ni hablado en ese tono. Niet. Parecías un barco soltando amarras. Perdona si no me expreso bien. Sí. Son cosas complicadas de explicar. Hasta de pensar.

Lo voy a tener, dijo ella de pronto. Y lo hizo sin meditarlo antes, a bocajarro, tal como la decisión se fraguaba en ese instante dentro de su cabeza, vinculada a otras decisiones que ya había tomado y a las que estaba a punto de tomar. Yasikov permaneció parado, inexpresivo, un rato más bien largo; y luego movió la cabeza, no para aprobar nada, que no era asunto suyo, sino para sugerir que ella era dueña de tener lo que quisiera, y también que la creía muy capaz de atenerse a las consecuencias. Dieron unos pasos y el ruso miraba el mar que se agrisaba con el atardecer, y por fin, sin volverse a ella, dijo: nunca te dio miedo nada, Tesa. Niet de niet. Nada. Desde que nos conocemos no te he visto dudar cuando te jugabas la libertad y la vida. Nunca jamás. Por eso te respeta la gente. Sí. Por eso te admiro yo.

—Y por eso —concluyó— estás donde estás. Sí. Ahora.

Fue entonces cuando ella se rió fuerte, de un modo extraño que hizo volver la cabeza a Yasikov. Ruso de tu pinche madre, dijo. No tienes la menor idea. Yo soy la otra morra que tú no conoces. La que me mira, o ésa a la que miro; ya no estoy segura ni de mí. La única certeza es que soy cobarde, sin nada de lo que hay que tener. Fíjate: tanto miedo tengo, tan débil me siento, tan indecisa, que gasto mis energías y mi voluntad, las quemo todas hasta el último gramo, en ocultarlo. No puedes imaginar el esfuerzo. Porque yo nunca elegí, y la letra me la escribieron todo el tiempo otros. Tú. Pati. Ellos. Figúrate lo pendeja. No me gusta la vida en general, ni la mía en particular. Ni siquiera me gusta la vida parásita, minúscula, que ahora llevo dentro. Estoy enferma de algo que hace tiempo renuncié a comprender, y ni siquiera soy honrada, porque me lo callo. Son doce años los que llevo así. Todo el tiempo disimulo y callo.

Después de eso quedaron los dos en silencio, mirando cómo terminaba de oscurecerse el mar. Al fin Yasikov movió otra vez la cabeza, muy lentamente.

—¿Has tomado una decisión sobre Teo? —preguntó con suavidad.

—No te preocupes por él.

—La operación...

—Tampoco te preocupes por la operación. Todo está en regla. Incluido Teo.

Bebió más tequila. Las palabras del corrido de Lamberto Quintero fueron quedando atrás cuando se puso en pie y caminó botella en mano por el jardín, junto al rectángulo oscuro de la piscina. Mirando pasar las morras él estaba descuidado, decía la canción. Cuando unas armas certeras la vida allí le quitaron. Anduvo entre los árboles; las ramas bajas de los sauces le rozaban el rostro. Las últimas estrofas se apagaron a su espalda. Puente que va a Tierra Blanca, tú que lo viste pasar. Recuérdales que a Lamberto nunca se podrá olvidar. Llegó hasta la puerta que daba a la playa, y en ese momento oyó tras ella, sobre la gravilla, los pasos de Pote Gálvez.

—Déjame sola —dijo sin volverse.

Los pasos se detuvieron. Siguió caminando y se quitó los zapatos cuando sintió bajo sus pies la arena blanda. Las estrellas formaban una bóveda de puntos luminosos hasta la línea oscura del horizonte, sobre el mar que rumoreaba en la playa. Fue hasta la orilla, dejando que el agua le mojase los pies en sus idas y venidas. Había dos luces separadas e inmóviles: pesqueros que faenaban cerca de la costa. La claridad lejana del hotel Guadalmina la iluminó un poco cuando se quitó los tejanos, las bragas y la camiseta, para luego adentrarse muy despacio en el agua que le erizaba la piel. Todavía llevaba la botella en la mano, y bebió otra vez para quitarse el frío, un trago muy largo, vapor de tequila que ascendió por la nariz hasta sofocarle el aliento, el agua en las caderas, olas suaves que la balanceaban sobre los pies clavados en la arena del fondo. Después, sin atreverse a mirar a la otra mujer que estaba en la playa junto al montoncito de ropa, observándola, arrojó la botella al mar y se dejó hundir en el agua fría, sintiéndola cerrarse, negra, sobre su cabeza. Nadó unos metros a ras del fondo y luego emergió sacudiéndose el cabello y el agua de la cara. Entonces empezó a internarse más y más en la superficie oscura y fría, impulsándose con movimientos firmes de las piernas y los brazos, metiendo la cara hasta la altura de los ojos y alzándola de nuevo para respirar, adentro y más adentro cada vez, alejándose de la playa hasta que ya no hizo pie y todo desapareció paulatinamente excepto ella y el mar. Aquella masa sombría como la muerte a la que sentía deseos de entregarse, y descansar.

Regresó. Volvió sorprendida de hacerlo, mientras le daba vueltas a la cabeza intentando averiguar por qué no había seguido nadando hasta el corazón de la noche. Creyó adivinarlo cuando pisaba de nuevo el fondo de arena, medio aliviada y medio aturdida al sentir la tierra firme, y salió del agua estremeciéndose por el frío sobre su piel mojada. La otra mujer se había ido. Ya no estaba junto a la ropa tirada en la playa. Sin duda, pensó Teresa, ha decidido adelantarse, y me espera allí adonde voy.

La claridad verdosa del radar iluminaba desde abajo, en la penumbra, la cara del patrón Cherki, los pelos blancos que le despuntaban en la barbilla mal afeitada.

—Ahí está —dijo, señalando un punto oscuro en la pantalla.

La vibración de la máquina del *Tarfaya* hacía temblar los mamparos de la estrecha timonera. Teresa estaba apoyada junto a la puerta, protegida del frío de la noche por un jersey grueso de cuello alto, las manos en los bolsillos del chaquetón de agua. Tocando la pistola con la derecha. El patrón se volvió a mirarla.

—En veinte minutos —dijo— si usted no dispone otra cosa.

—Es su barco, patrón.

Rascándose la cabeza bajo el gorro de lana, Cherki echó un vistazo a la pantallita iluminada del GPS. La presencia de Teresa lo incomodaba, como al resto de los tripulantes. Era inusual, protestó al principio. Y peligroso. Pero nadie le había dicho que pudiera elegir. Tras confirmar la posición, el marroquí hizo girar la rueda del timón a estribor, observando atento cómo la aguja del compás iluminado en la bitácora se establecía en el punto deseado, y después puso el piloto automático. En la pantalla de radar, el eco estaba ahora justo en la proa, a veinticinco grados de la flor de lis que en el compás señalaba el norte. Diez millas justas. Los otros puntitos oscuros, débiles rastros de dos planeadoras que se habían alejado después de transbordar al pesquero sus últimos fardos de hachís, estaban fuera del alcance del radar desde hacía treinta minutos. El banco de Xauen ya quedaba muy atrás, por la popa.

—Iallah Bismillah —dijo Cherki.

Vamos allá, tradujo Teresa. En el nombre de Dios. Aquello la hizo sonreír en la penumbra. Mejicanos, marroquíes o españoles, casi todos tenían su santo Malverde en alguna parte. Comprobó que Cherki se volvía de vez en cuando, observándola con curiosidad y mal disimulado reproche. Era un marroquí de Tánger, pescador veterano. Aquella noche ganaba lo que sus palangres no le daban en cinco años. El balanceo del *Tarfaya* en la marejada se atenuó un poco cuando el patrón empujó la palanca para aumentar la velocidad en el nuevo rumbo, intensificándose el estrépito de la máquina. Teresa vio que la corredera subía hasta los seis nudos. Miró afuera. Al otro lado de los cristales empañados de salitre, la noche discurría negra como la tinta negra. Ahora iban con las luces de navegación encendidas; en los radares se les veía lo mismo con luces que sin ellas, y un barco apagado levantaba sospechas. Encendió otro cigarrillo para atenuar los olores: el gasóleo que sentía en el estómago, la grasa, los palangres, la cubierta impregnada del rastro de pescado viejo. Sentía un apunte de náusea. Y espero no marearme ahora, pensó. A estas alturas. Con todos esos cabrones mirando.

Salió afuera, a la noche y a la cubierta mojada por el relente. La brisa le revolvió el cabello, aliviándola un poco. Había sombras acurrucadas contra la regala, entre los fardos de cuarenta kilos envueltos en plástico, con asas para facilitar su transporte: cinco marroquíes bien pagados, de confianza, que como el patrón Cherki ya habían trabajado otras veces para Transer Naga. A proa y a popa, medio perfiladas en las luces de navegación del pesquero, Teresa distinguió dos sombras más: sus escoltas. Marroquíes de Ceuta, jóvenes, silenciosos y en buena forma, de lealtad probada, cada uno con una pistola ametralladora Ingram 380 con cincuenta balas bajo el chaquetón y dos granadas MK2 en los bolsillos. Harkeños, los llamaba el doctor Ramos, que disponía de una docena de hombres para situaciones como aquélla. Llévese dos harkeños, jefa, había dicho. Para quedarme yo tranquilo mientras usted se encuentra a bordo. Ya que se empeña en ir esta vez, lo que me parece un riesgo innecesario y una locura, y encima no se lleva a Pote Gálvez, permítame al menos organizar un poco su seguridad. Ya sé que todo el mundo está bien pagado y tal. Pero por si las moscas.

Fue hasta la popa y comprobó que la última goma, una Valiant de diez metros de eslora con dos potentes cabezones, seguía allí, remolcada por un grueso cabo, aún con treinta fardos a bordo y su piloto, otro marroquí, bajo unas mantas. Después fumó apoyada en la regala húmeda, mirando el rastro fosforescente de la espuma que levantaba la proa del pesquero. No necesitaba estar allí, y lo sabía. El malestar de su estómago se agudizó como un reproche. Pero no era ésa la cuestión. Había querido ir, supervisarlo todo en persona, por motivos complejos que tenían mucho que ver con las ideas que la rondaban en los últimos días. Con el curso inevitable de cosas que ya no tenían vuelta atrás. Y sintió miedo —el familiar e incómodo antiguo miedo físico, arraigado en su memoria y en los músculos de su cuerpo— cuando horas antes se acercaba en el *Tarfaya* a la costa marroquí para supervisar la operación de carga desde las gomas, sombras planas y bajas, figuras oscuras, voces apagadas sin una luz, sin un ruido innecesario, sin otro contacto por radio que anónimos chasquidos de los boquitoquis en sucesivas frecuencias preestablecidas, una sola llamada de teléfono móvil por cada embarcación para comprobar que todo iba bien en tierra, mientras el patrón Cherki vigilaba con ansiedad el radar al acecho de un eco, de la mora, de un imprevisto, del helicóptero, del foco que los iluminase y desatara el desastre o el infierno. En algún lugar de la noche, mar adentro, a bordo del Fairline Squadron, luchando contra el mareo a base de comprimidos y resignación, Alberto Rizocarpaso estaba sentado ante la pantalla de un PC portátil conectado a Internet, con sus aparatos de radio y sus teléfonos y sus cables y sus baterías alrededor, supervisando todo aquello como un controlador de tráfico aéreo sigue el movimiento de los aviones que le son confiados. Más al norte, en Sotogrande, el doctor Ramos estaría fumando una pipa tras otra, atento a la radio y a los teléfonos móviles por los que nunca había hablado nadie antes, y que sólo iban a usarse una vez esa noche. Y en un hotel de Tenerife, muchos cientos de millas hacia el Atlántico, Farid Lataquia jugaba las últimas cartas del arriesgado farol que iba a permitir, con suerte, rematar *Tierna infancia* según los planes previstos.

Es cierto, pensó Teresa. Tenía razón el doctor. No necesito estar aquí, y sin embargo aquí me veo, apoyada en la borda de este pesquero maloliente, arriesgando la libertad y la vida, jugando el extraño juego al que no puedo sustraerme esta vez. Despidiéndome de tantas y tantas cosas que mañana, cuando salga el sol que ahora anda reluciendo por el cielo de Sinaloa, habrán quedado atrás para siempre. Con una Beretta bien engrasada y con el cargador repleto de parque parabellum que me pesa en el bolsillo. Una escuadra que no cargo encima desde hace doce años, y que tiene más que ver conmigo, si algo ocurre, que con los otros. Mi garantía de que si algo sale mal no iré a una pinche cárcel marroquí, ni tampoco a una española. La certeza de que en cualquier momento puedo ir a donde yo quiera ir.

Arrojó la colilla al mar. Es como pasar el último trámite, reflexionaba. La última prueba antes de descansar. O la penúltima.

—El teléfono, señora.

Tomó el celular que le alargaba el patrón Cherki, entró en la timonera y cerró la puerta. Era un SAZ88 especial, codificado para uso de la policía y los servicios secretos, del que Farid Lataquia había conseguido seis unidades pagando una fortuna en el mercado clandestino. Mientras se lo llevaba a la oreja miró el eco que el patrón señalaba en la pantalla de radar. A una milla, la mancha oscura del *Xoloitzcuintle* se concretaba con cada barrido de la antena. Había una luz en el horizonte, entrevista en la marejada.

—¿Es el faro de Alborán? —preguntó Teresa.

—No. Alborán está a veinticinco millas y el faro se ve sólo desde diez. Esa luz es el barco.

Escuchó a través del teléfono. Una voz masculina dijo *«verde y rojo a mis ciento noventa»*. Teresa se volvió a comprobar el GPS, miró de nuevo la pantalla de radar, y lo repitió en voz alta mientras el patrón movía el círculo de alcance del radar para calcular la distancia. *«Todo okey por mi verde»*, dijo entonces la voz del teléfono; y antes de que Teresa repitiese esas palabras se cortó la comunicación.

—Nos están viendo —dijo Teresa—. Vamos a abarloarnos por su estribor.

Estaban fuera de las aguas marroquíes, pero eso no eliminaba el peligro. Miró a través de los cristales hacia el cielo, temiendo ver aparecer la sombra de mal agüero del helicóptero de Aduanas. Quizá sea el mismo piloto, pensó, quien vuele esta noche. Cuánto tiempo entre una cosa y otra. Entre esos dos instantes de mi vida.

Marcó el número memorizado de Rizocarpaso. Cuéntame de arriba, dijo al oír el lacónico *«Cero Cero»* del gibraltareño. *«En el nido y sin novedad»,* fue la respuesta. Rizocarpaso estaba en contacto telefónico con dos hombres, situado uno en la cima del Peñón con unos potentes binoculares nocturnos, y otro en la carretera que pasaba cerca de la base del helicóptero en Algeciras. Cada uno con su celular. Centinelas discretos.

—El pájaro sigue en tierra —le comentó a Cherki, cortando la comunicación.

—Gracias a Dios.

Había tenido que contenerse para no preguntar a Rizocarpaso por el resto de la operación. La fase paralela. A esa hora ya debían tenerse noticias, y la ausencia de novedad empezaba a inquietarla. O visto de otro modo, se dijo con una mueca amarga, a tranquilizarla. Miró el reloj de latón atornillado en un mamparo de la timonera. En cualquier caso, de nada servía atormentarse más. El gibraltareño comunicaría la noticia cuando la supiera.

Ahora se apreciaban nítidas las luces del barco. El *Tarfaya* iba a apagar las suyas cuando estuviese cerca, para camuflarse con su eco de radar. Miró la pantalla. Media milla.

—Puede preparar a su gente, patrón.

Cherki abandonó la timonera, y Teresa lo oyó dar órdenes. Cuando ella se asomó a la puerta, las sombras ya no estaban acurrucadas junto a la regala: se movían por cubierta disponiendo cabos y defensas, y apilando fardos en la amura de babor. Se había cobrado el cabo de remolque, y el motor de la Zodiac resonaba mientras su piloto se disponía a efectuar sus propias evoluciones. Los harkeños del doctor Ramos continuaban inmóviles, sus Ingram y sus granadas bajo la ropa, como si nada fuera con ellos. El *Xoloitzcuintle* se distinguía muy bien ahora, con los contenedores apilados en cubierta y sus luces de navegación, blanca de alcance y verde de estribor, reflejándose en las crestas de la marejada. Teresa lo veía por primera vez, y aprobó la elección de Farid Lataquia. Una obra muerta poco elevada, que la carga acercaba al nivel del mar. Eso iba a facilitar la maniobra.

Cherki regresó a la timonera, desconectó el piloto automático y empezó a gobernar a mano, aproximando con cuidado el pesquero al portacontenedores, paralelo a la banda de estribor y por su aleta. Teresa encaró los prismáticos para estudiar el barco: disminuía la marcha, sin llegar a detenerse. Vio hombres moviéndose entre los contenedores. Arriba, en el alerón de estribor del puente, otros dos observaban el *Tarfaya:* sin duda el capitán y un oficial.

—Puede apagar, patrón.

Estaban lo bastante cerca para que los respectivos ecos de radar se fundieran en uno. El pesquero quedó a oscuras, iluminado sólo por las luces del otro barco, que había alterado ligeramente el rumbo para protegerlos en su banda de sotamar. Ya no se veía la luz de alcance, y la verde relucía en el alerón del puente como una esmeralda cegadora. Estaban casi abarloados, y tanto en la banda del pesquero como en la del portacontenedores los marineros disponían gruesas defensas. El *Tarfaya* ajustó su velocidad, avante despacio, a la del *Xoloitzcuintle.* Unos tres nudos, calculó Teresa. Un momento después oyó un disparo apagado: el chasquido del lanzacabos. Los hombres del pesquero recogieron el cabo que iba al extremo de la guía y lo afirmaron en las bitas de cubierta, sin tensar demasiado. El lanzacabos disparó otra vez. Un largo a proa, otro a popa. Manejando cuidadosamente el timón, el patrón Cherki se abarloó al portacontenedores, borda con borda, y dejó la máquina en marcha pero sin engranar. Los dos barcos navegaban ahora a la misma velocidad, el grande gobernando al chico. La Zodiac, hábilmente maniobrada por su piloto, ya estaba también abarloada al *Xoloitzcuintle,* a proa del pesquero, y Teresa vio cómo los tripulantes del barco empezaban a izar fardos. Con suerte, pensó vigilando el radar mientras tocaba la madera del timón, todo habrá terminado en una hora.

Veinte toneladas rumbo al Mar Negro, sin escalas. Cuando la goma arrumbó al noroeste recurriendo al GPS conectado al radar Raytheon, las luces del *Xoloitzcuintle* se perdían en el horizonte oscuro, muy a levante. El *Tarfaya,* que había vuelto a encender las suyas, estaba algo más cerca, su luz de alcance balanceándose en la marejada, navegando sin prisas hacia el sudoeste. Teresa dio una orden, y el piloto de la planeadora empujó la palanca del gas, aumentando la velocidad, el casco de la semirrígida pantoqueando en las crestas, los dos harkeños sentados en la proa para darle estabilidad, las capuchas de las chaquetas de agua subidas para protegerse de los rociones.

Teresa marcó de nuevo el número memorizado, y al oír el seco *«Cero Cero»* de Rizocarpaso dijo sólo: los niños están acostados. Luego se quedó mirando la oscuridad hacia poniente, como si pretendiera ver cientos de millas más allá, y preguntó si había novedad. *«Negativo»,* fue la respuesta. Cortó la comunicación y miró la espalda del piloto sentado en el banco central de gobierno de la Valiant. Preocupada. La vibración de los potentes motores, el rumor del agua, los golpes en la marejada, la noche alrededor como una esfera negra, traían recuerdos buenos y malos; pero no era ése el momento, concluyó. Había demasiadas cosas en juego, cabos sueltos que iban a ser anudados. Y cada jalón que la planeadora recorría a treinta y cinco nudos, milla tras milla, la acercaba a la resolución ineludible de esos asuntos. Sintió deseos de prolongar la carrera nocturna desprovista de referencias, con lucecitas muy lejanas que apenas marcaban la tierra o la presencia de otros barcos en las tinieblas. Prolongarla indefinidamente para retrasarlo todo, suspendida entre el mar y la noche, lugar intermedio sin responsabilidades, simple espera, con los cabezones rugientes empujando a la espalda, la goma de las bandas tensándose elástica en cada salto del casco, el viento en la cara, las salpicaduras de espuma, la espalda oscura del hombre inclinado sobre los mandos que tanto le recordaba la espalda de otro hombre. De otros hombres.

Era, en suma, una hora tan sombría como ella misma. La propia Teresa. O al menos así sentía la noche y así se sentía ella. El cielo sin el fino creciente de luna que sólo había durado un rato, desprovisto de estrellas, con una bruma que se iba entablando inexorable desde levante, y que en ese momento engullía el último reflejo de la luz de alcance del *Xoloitzcuintle.* Teresa escudriñándose atenta el corazón seco, la cabeza tranquila que ordenaba cada una de las piezas pendientes como si fuesen billetes de dólar en los fajos que manejó siglos atrás en la calle Juárez de Culiacán, hasta el día en que la Bronco negra se detuvo a su lado, y el Güero Dávila bajó la ventanilla, y ella, sin saberlo, emprendió el largo camino que ahora la tenía allí, junto al Estrecho de Gibraltar, enredada en el bucle de tan absurda paradoja. Había pasado el río en plena crecida, con la carga ladeada. O estaba a punto de hacerlo.

—El *Sinaloa,* señora.

El grito la sobresaltó, arrancándola de sus pensamientos. Híjole, se dijo. Precisamente Sinaloa, esta noche y ahora. El piloto señalaba las luces que se acercaban rápidamente al otro lado de los rociones de agua y las siluetas de los guardaespaldas agazapados en la proa. El yate navegaba iluminado, blanco y esbelto, las luces hiriendo el mar, con rumbo nordeste. Inocente como una paloma, pensó mientras el piloto hacía describir un amplio semicírculo a la Zodiac y la acercaba a la plataforma de popa, donde un marinero estaba listo para recibirla. Antes de que los guaruras que acudían a sostenerla llegasen hasta ella, Teresa calculó el vaivén, apoyó un pie en un costado de la goma, y saltó a bordo aprovechando el impulso del siguiente bandazo. Sin despedirse de los de la lancha ni mirar atrás anduvo por cubierta, entumecidas las piernas por el frío, mientras el marinero soltaba el cabo y la planeadora se iba rugiendo con sus tres ocupantes, misión cumplida, de vuelta a su base de Estepona. Teresa bajó a quitarse el salitre del rostro con agua dulce, encendió un cigarrillo y se sirvió tres dedos de tequila en un vaso. Bebió de golpe frente al espejo del baño, sin respirar. La violencia del trago le arrancó lágrimas, y se quedó allí, el cigarrillo en una mano y el vaso vacío en la otra, mirando aquellas gotas caerle despacio por la cara. No le gustó su expresión; o tal vez la expresión no era suya, sino que pertenecía a la mujer que miraba desde el espejo: cercos bajo los ojos, el pelo revuelto y rígido de sal. Y aquellas lágrimas. Volvían a encontrarse, y parecía más cansada y más vieja. De pronto fue al camarote, abrió el armario donde estaba el bolso, extrajo la cartera de piel con sus iniciales y estuvo un rato estudiando la ajada media fotografía que siempre guardaba allí, la mano en alto y la foto ante los ojos, comparándose con la morra joven de ojos muy abiertos, el brazo del Güero Dávila enfundado en la chamarra de piloto, protector, sobre sus hombros.

Sonó el teléfono codificado que llevaba en el bolsillo de los tejanos. La voz de Rizocarpaso informó brevemente, sin adornos ni explicaciones innecesarias. *«El padrino de los niños ha pagado el bautizo»*, dijo. Teresa pidió confirmación, y el otro respondió que no había duda: *«Acudió a la fiesta toda la familia. Acaban de confirmarlo en Cádiz»*. Teresa cortó la comunicación y se metió el celular en el bolsillo. Sentía regresar la náusea. El alcohol ingerido combinaba mal con el ronroneo del motor y el balanceo del barco. Con lo que acababa de escuchar y con lo que iba a ocurrir. Devolvió cuidadosamente la foto a la cartera, apagó el cigarrillo en el cenicero, calculó los tres pasos que la separaban del váter, y tras recorrer con calma esa distancia se arrodilló para vomitar el tequila y el resto de sus lágrimas.

Cuando salió a cubierta, lavada otra vez la cara y abrigada por la chaqueta de agua sobre el jersey de cuello alto, Pote Gálvez aguardaba inmóvil, silueta negra apoyada en la regala.

—¿Dónde está? —preguntó Teresa.

El gatillero tardó en responder. Como si lo pensara. O como si le diera a ella la oportunidad de pensarlo.

—Abajo —dijo al fin—. En el camarote número cuatro.

Teresa descendió, sujetándose al pasamanos de teca. En el pasillo, Pote Gálvez murmuró con permiso, patrona, adelantándose para abrir la puerta cerrada con llave. Echó un vistazo profesional al interior y después se hizo a un lado para dejarle paso. Teresa entró, seguida por el gatillero, que volvió a cerrar la puerta a su espalda.

—Vigilancia Aduanera —dijo Teresa— ha abordado esta noche el *Luz Angelita.*

Teo Aljarafe la miraba inexpresivo, como si estuviera lejos y nada de eso tuviera que ver con él. La barba de un día le azuleaba el mentón. Se encontraba tumbado en la litera, vestido con unos arrugados pantalones chinos y un suéter negro, en calcetines. Sus zapatos estaban en el suelo.

—Lo asaltaron trescientas millas al oeste de Gibraltar —prosiguió Teresa—. Hace un par de horas. En este momento lo llevan a Cádiz... Iban siguiéndole la pista desde que zarpó de Cartagena... ¿Sabes de qué barco te hablo, Teo?

—Claro que lo sé.

Él ha tenido tiempo, se dijo ella. Aquí dentro. Tiempo para meditar. Pero ignora dónde se jugó el albur de la sentencia.

—Hay algo que no sabes —explicó Teresa—. El *Luz Angelita* viene limpio. Lo más ilegal que van a encontrar en él, cuando lo desguacen, serán un par de botellas de whisky que no pagaron impuestos... ¿Comprendes lo que eso significa?

El otro se quedó inmóvil, la boca entreabierta, procesando aquello.

—Un señuelo —dijo al fin.

—Eso mismo. ¿Y sabes por qué no te informé antes de que ese barco era un señuelo?... Porque necesitaba que, cuando pasaras la información a la gente para la que haces de madrina, todos lo creyeran igual que lo creíste tú.

Seguía mirándola del mismo modo, con extrema atención. Dirigió un vistazo fugaz a Pote Gálvez y volvió a mirarla a ella.

—Has hecho otra operación esta noche.

Sigue siendo listo y me alegro, pensó ella. Quiero que entienda por qué. De otro modo sería más fácil, quizás. Pero quiero que lo entienda. Tiene usted una enfermedad incurable. Chale. Un hombre tiene derecho a eso. A que no le mientan sobre su final. Todos mis hombres murieron sabiendo siempre por qué morían.

—Sí. Otra operación de la que tú no te enteraste. Mientras los coyotes de Aduanas se frotaban las manos, abordando el *Luz Angelita* en busca de una tonelada de coca que nunca embarcó, nuestra gente hacía negocios en otro sitio.

—Muy bien planeado... ¿Desde cuándo lo sabes?

Podría negar, pensó de pronto. Podría negarlo todo, protestar indignado, decir que me he vuelto loca. Pero ha pensado lo suficiente desde que Pote lo encerró aquí. Me conoce. Para qué perder el tiempo, pensará. Para qué.

—Desde hace mucho. Ese juez de Madrid... Espero que hayas obtenido beneficios de esto. Aunque me gustaría saber que no lo hiciste por dinero.

Teo torció la boca y a ella le gustó aquel temple. Casi lograba sonreír, el bato. Pese a todo. Sólo parpadeaba en exceso. Nunca hasta entonces lo había visto parpadear tanto.

—No lo hice sólo por dinero.

—¿Te presionaron?

Otra vez casi apuntó la sonrisa. Pero fue sólo una mueca sarcástica. Con poca esperanza.

—Imagínate.

—Comprendo.

—¿De veras comprendes? —Teo analizaba aquella palabra, el ceño fruncido, en busca de augurios sobre su futuro—... Sí, puede ser. Eras tú o era yo.

Tú o yo, repitió Teresa en sus adentros. Pero olvida a los otros: el doctor Ramos, Farid Lataquia, Rizocarpaso... Todos los que confiaron en él y en mí. Gente de la que somos responsables. Docenas de personas fieles. Y un Judas.

—Tú o yo —dijo en voz alta.

—Exacto.

Pote Gálvez parecía fundido con las sombras de los mamparos, y ellos dos se miraban a los ojos con calma. Una conversación como tantas. De noche. Faltaba música, una copa. Una noche igual que otras.

—¿Por qué no viniste a contármelo?... Podríamos haber dado con una solución.

Teo negó con la cabeza. Se había sentado en el borde de la litera, los calcetines en el piso.

—A veces todo se complica —dijo con sencillez—. Uno se enreda, se rodea de cosas que se vuelven imprescindibles. Me dieron la oportunidad de salirme, conservando lo que tengo... Borrón y cuenta nueva.

—Sí. Creo que también puedo comprender eso.

De nuevo aquella palabra, comprender, pareció traspasar la mente de Teo como una esperanza. La miraba muy atento.

—Puedo contarte lo que quieras saber —dijo—. No habrá necesidad de que me...

—Te interroguen.

—Eso es.

—Nadie va a interrogarte, Teo.

Seguía observándola, expectante, sopesando aquellas palabras. Más parpadeo. Un vistazo rápido a Pote Gálvez, de nuevo a ella.

—Muy hábil, lo de esta noche —dijo al fin, con cautela—. Usarme para colocar el señuelo... Ni se me pasó por la imaginación... ¿Era coca?

Tanteo, se dijo ella. Todavía no renuncia a vivir.

—Hachís —respondió—. Veinte toneladas.

Teo se quedó pensándolo. De nuevo el intento de sonrisa que no llegaba a cuajarle en la boca.

—Supongo que no es buena señal que me lo cuentes —concluyó.

—No. La neta que no lo es.

Teo ya no parpadeaba. Seguía alerta, en busca de otras señales que sólo él sabía cuáles eran. Sombrío. Y si no lees en mi cara, se dijo ella, o en mi forma de callar lo que me callo, o en la manera en que escucho lo que todavía tienes que decir, es que todo este tiempo junto a mí no te sirvió de nada. Ni las noches ni los días, ni la conversación ni los silencios. Dime entonces adónde mirabas al abrazarme, pinche pendejo. Aunque tal vez resulte que tienes dentro más casta de la que creí. Si es así, te juro que me tranquiliza. Y me alegra. Cuanto más puro hombres sean tú y todos, más me tranquiliza y más me alegra.

—Mis hijas —murmuró Teo de pronto.

Parecía comprender al fin, como si hasta entonces hubiese considerado otras posibilidades. Tengo dos hijas, repitió absorto, mirando a Teresa sin mirarla. La débil luz de la lámpara del camarote le hundía mucho las mejillas, dos manchas negras prolongadas hasta las mandíbulas. Ya no parecía un águila española y arrogante. Teresa observó el rostro impasible de Pote Gálvez. Tiempo atrás, ella había leído una historia de samuráis: cuando se hacían el harakiri, un compañero los remataba para que no perdieran la compostura. Los párpados ligeramente entornados del gatillero, pendiente de los gestos de su patrona, reforzaban esa asociación. Y es una lástima, se dijo Teresa. La compostura. Teo estaba aguantando bien, y me habría gustado verlo así hasta el final. Recordarlo de ese modo cuando no tenga otra que recordar, si es que yo misma sigo viva.

—Mis hijas —le oyó repetir.

Sonaba apagado, con ligero temblor. Como si de repente su voz tuviera frío. Extraviados los ojos en un lugar indefinido. Ojos de un hombre que ya estaba lejos, muerto. Carne muerta. Ella la conoció tensa, dura. Había disfrutado con ella. Ahora era carne muerta.

—No me chingues, Teo.

—Mis hijas.

Era todo tan singular, reflexionó Teresa, asombrada. Tus hijas son hermanas de mi hijo, concluyó en sus adentros, o lo serán tal vez, si cuando pasen siete meses todavía respiro. Y mira qué carajo me importa lo mío. Qué me importa eso mismo que también es tuyo y que te vas sin saber siquiera, y maldita la falta que te hace saberlo. No experimentaba piedad, ni tristeza, ni temor. Sólo la misma indiferencia que sentía hacia lo que cargaba en el vientre; el deseo de acabar con aquella escena del mismo modo que quien solventa un trámite molesto. Soltando amarras, había dicho Oleg Yasikov. Y nada atrás. A fin de cuentas, se dijo, ellos me trajeron hasta aquí. Hasta este punto de vista. Y lo hicieron entre todos: el Güero, Santiago, don Epifanio Vargas, el Gato Fierros, el mismo Teo. Hasta la Teniente O'Farrell me trajo. Miró a Pote Gálvez y el gatillero sostuvo la mirada, los párpados siempre entornados, a la espera. Es su juego de ustedes, pensó Teresa. El que han jugado siempre, y yo sólo estaba cambiando dólares en la calle Juárez. Nunca ambicioné nada. No inventé sus pinches reglas, pero al fin tuve que componerme con ellas. Empezaba a enojarse, y supo que lo que restaba por hacer no debía hacerlo enojada. Así que contó por dentro hasta cinco, el rostro inclinado, serenándose. Después asintió despacio, casi imperceptiblemente. Entonces Pote Gálvez extrajo su revólver del cinto y buscó la almohada de la litera. Teo repitió una vez más lo de sus hijas; después fue sumiéndose en un gemido largo parecido a una protesta, un reproche, o un sollozo. Las tres cosas, quizás. Y cuando ella iba hacia la puerta, observó que él mantenía los ojos absortos y fijos en el mismo sitio, sin ver otra cosa que el pozo de sombras al que lo asomaban. Teresa salió al pasillo. Ojalá, pensaba, se hubiera puesto los zapatos. No era forma de morirse para un hombre, hacerlo en calcetines. Oyó el disparo amortiguado cuando ponía las manos en la barandilla de la escala para subir a cubierta.

Los pasos del gatillero sonaron a su espalda. Sin volverse, esperó a que se acodara junto a ella, en la regala mojada. Había una línea de claridad despuntando por levante, y las luces de la costa brillaban cada vez más cerca, con los destellos del faro de Estepona justo al norte. Teresa se subió la capucha del chaquetón. Arreciaba el frío.

—Voy a volver allá, Pinto.

No dijo adónde. No hacía falta. La pesada humanidad de Pote Gálvez se inclinó un poco más sobre la borda. Muy pensativo y callado. Teresa oía su respiración.

—Ya es hora de arreglar cuentas pendientes.

Otro silencio. Arriba, en la luz del puente, se recortaban las siluetas del capitán y del hombre de guardia. Sordos, mudos y ciegos. Ajenos a todo salvo a mirar sus instrumentos. Ganaban lo bastante como para que nada de lo que pasaba a popa fuera asunto suyo. Pote Gálvez seguía inclinado, mirando el agua negra que le rumoreaba debajo.

—Usted, patrona, siempre sabe lo que hace... Pero me late que eso puede estar cabrón.

—Antes me ocuparé de que no te falte nada.

El gatillero se pasaba una mano por el pelo. Un gesto perplejo.

—Quihubo, mi doña... ¿Sola?... No me ofenda usted.

El tono era dolido de veras. Testarudo. Se quedaron los dos mirando la luz intermitente del faro en la distancia.

—Nos pueden torcer a los dos —dijo Teresa suavemente—. Bien gacho.

Pote Gálvez estuvo callado otro rato. Uno de esos silencios, intuyó ella, que son balance de una vida. Se giró a mirarlo de soslayo, y vio que el guarura se pasaba de nuevo la mano por el pelo y después hundía un poco la cabeza entre los hombros. Parece un oso grandote y leal, pensó. Requetederecho. Con ese aire resignado, resuelto a pagar sin discutir. Según las reglas.

—Pos fíjese que es la de ahí, patrona... Igual da morirse en un sitio que en otro.

Miraba atrás el gatillero, a la estela del *Sinaloa,* donde el cuerpo de Teo Aljarafe se había hundido en el mar lastrado con cincuenta kilos de pesas de plomo.

—Y a veces —añadió— está bien que uno elija, si puede.

17. La mitad de mi copa dejé servida

Llovía sobre Culiacán, Sinaloa; y la casa de la colonia Chapultepec parecía encerrada en una burbuja de tristeza gris. Era como si hubiese una frontera definida entre los colores del jardín y los tonos plomizos de afuera: en los cristales de la ventana, las gotas de lluvia más gruesas se desmoronaban en largos regueros que hacían ondular el paisaje, mezclando el verde de la hierba y las copas de los laureles de la India con el naranja de la flor del tabachín, el blanco de los capiros, el lila y rojo de las amapas y buganvillas; pero el color moría en los altos muros que rodeaban el jardín. Más allá sólo existía un panorama difuso, triste, en el que apenas podían distinguirse, tras el foso invisible del Tamazula, las dos torres y la gran cúpula blanca de la catedral, y más lejos, a la derecha, las torres con azulejos amarillos de la iglesia del Santuario.

Teresa estaba junto a la ventana de un saloncito del piso superior, contemplando el paisaje, aunque el coronel Edgar Ledesma, subcomandante de la Novena Zona Militar, aconsejaba que no hiciera eso. Cada ventana, había dicho mirándola con sus ojos de guerrero frío y eficiente, es una oportunidad para un francotirador. Y usted, señora, no ha venido a dar oportunidades. El coronel Ledesma era un tipo agradable, correcto, que llevaba la cincuentena muy airoso, con su uniforme y el pelo rapado como si fuese un guachito joven. Pero ella estaba harta de la limitada visión de la planta baja, el gran salón con muebles de Concordia mezclados con metacrilato y cuadros espantosos en las paredes —la casa había sido incautada por el Gobierno a un narco que cumplía condena en Puente Grande—, las ventanas y el porche que sólo dejaban ver un poco de jardín y la piscina vacía. Desde arriba podía adivinar a lo lejos, recomponiéndola con ayuda de su memoria, la ciudad de Culiacán. También veía a uno de los federales que se encargaban de la escolta en el recinto interior: un hombre con el impermeable abultado por el chaleco antibalas, con gorra y un fusil Errequince en las manos, que fumaba protegido del agua con la espalda contra el tronco de un mango. Bastante más lejos, tras la verja de la entrada que daba a la calle General Anaya, se distinguía una camioneta militar y las siluetas verdes de dos guachos que montaban guardia con equipo de combate. Ése era el acuerdo, la había informado el coronel Ledesma cuatro días atrás, cuando el Learjet en vuelo especial que la traía desde Miami —única escala desde Madrid, pues la DEA desaconsejaba cualquier parada intermedia en suelo mejicano— aterrizó en el aeropuerto de Culiacán. La Novena Zona se encargaba de la seguridad general, y los federales corrían a cargo de la seguridad cercana. Quedaban descartados del operativo tránsitos y judiciales, por considerarse más fáciles de infiltrar, y por la constancia de que algunos actuaban de sicarios para trabajos sucios del narco. También los federales eran asequibles a un fajo de dólares; pero el grupo de élite asignado a esa misión, traído del Distrito Federal —estaba vetada la intervención de agentes que tuvieran conexiones sinaloenses—, estaba probado, decían, en integridad y eficacia. Respecto a los militares, no es que resultaran incorruptibles; pero su disciplina y organización los hacía más caros. Más difíciles de comprar, y también más respetados. Incluso cuando decomisaban en la sierra, los campesinos consideraban que hacían su trabajo sin buscar arreglos. En concreto, el coronel Ledesma tenía fama de íntegro y duro. También le habían matado a un hijo teniente, los narcos. Eso ayudaba mucho.

—Debería apartarse de ahí, patrona. Por las corrientes de aire.

—Chale, Pinto —le sonreía al gatillero—. No mames.

Había sido una especie de sueño extraño; como asistir a una cadena de situaciones que no le estuvieran ocurriendo a ella. Las últimas dos semanas se ordenaban en su recuerdo igual que una sucesión de capítulos intensos y perfectamente definidos. La noche de la última operación. Teo Aljarafe leyendo la ausencia de futuro en las sombras del camarote. Héctor Tapia y Willy Rangel mirándola estupefactos en una suite del hotel Puente Romano, cuando planteó su decisión y sus exigencias: Culiacán en lugar del Distrito Federal —las cosas se hacen bien hechas, dijo, o no se hacen—. La firma de documentos privados con garantías por ambas partes, en presencia del embajador de Estados Unidos en Madrid, un alto funcionario del ministerio español de Justicia y otro de Asuntos Exteriores. Y después, quemadas las naves, el largo viaje sobre el Atlántico, la escala técnica en la pista de Miami con el Learjet rodeado de policías, la cara inescrutable de Pote Gálvez cada vez que se cruzaban sus miradas. La van a querer matar todo el tiempo, advirtió Willy Rangel. A usted, a su guardaespaldas y a todo el que respire alrededor. Así que procure cuidarse. Rangel la acompañó hasta Miami, poniendo a punto lo necesario. Instruyéndola sobre lo que se esperaba de ella y sobre lo que ella podía esperar. El después —si había después— incluía facilidades durante los siguientes cinco años para establecerse donde quisiera: América o Europa, nueva identidad incluyendo pasaporte norteamericano, protección oficial, o dejarla a su aire si lo deseaba. Y cuando ella respondió que el después era sólo asunto suyo, gracias, el otro se frotó la nariz y asintió como si se hiciera cargo. A fin de cuentas, la DEA le calculaba a Teresa Mendoza unos fondos seguros, en bancos suizos y del Caribe, de entre cincuenta y cien millones de dólares.

Siguió viendo caer la lluvia tras los cristales. Culiacán. La noche de su llegada, cuando abordaba a pie de escalerilla el convoy de militares y federales que aguardaba en la pista, Teresa había descubierto a la derecha la antigua torre amarilla del viejo aeropuerto, aún con docenas de Cessnas y Piper estacionadas, y a la izquierda las nuevas instalaciones en construcción. La Suburban donde se instaló con Pote Gálvez era blindada, con cristales ahumados. Dentro iban sólo ella, Pote y el chófer, que llevaba una radio encendida en frecuencia policial en el salpicadero. Había luces azules y rojas, guachos con cascos de combate, federales de paisano y de gris oscuro armados hasta los dientes en la parte trasera de las trocas y en las portezuelas abiertas de las Suburban, gorras de béisbol, ponchos relucientes de lluvia, ametralladoras montadas apuntando a todas partes, antenas de radio que oscilaban al tomar las curvas a toda velocidad entre el bramido de las sirenas. Chale. Quién hubiera pensado, decía la cara de Pote Gálvez, que íbamos a volver de esta manera. Así recorrieron el bulevar Zapata, girando en el Libramiento Norte a la altura de la gasolinera El Valle. Luego vino el malecón, con los álamos y los grandes sauces que prolongaban la lluvia hasta el suelo, las luces de la ciudad, los rincones familiares, el puente, el cauce oscuro del río Tamazula, la colonia Chapultepec. Teresa había creído que sentiría algo especial en el corazón al estar de nuevo allí; pero lo cierto, descubrió, era que no se daba gran diferencia de un lugar a otro. No sentía emoción, ni miedo. Durante todo el trayecto, ella y Pote Gálvez se observaron muchas veces. Al fin Teresa preguntó qué tienes en la cabeza, Pinto; y el gatillero tardó un poquito en responder, mirando hacia afuera, el bigote como un brochazo oscuro en la cara y las salpicaduras de agua de la ventanilla moteándole más la cara cuando pasaban ante focos de luz. Pos fíjese que nada especial, patrona, repuso al fin. Sólo se me hace raro. Lo dijo sin entonaciones, inexpresivo el rostro aindiado y norteño. Sentado muy formal a su lado en el cuero de la Suburban, con las manos cruzadas sobre la barriga. Y por primera vez desde aquel sótano lejano de Nueva Andalucía, a Teresa le pareció indefenso. No le dejaban llevar armas, aunque estaba previsto que sí habría dentro de la casa para protección personal de ambos, aparte los federales del jardín y los guachos que rodeaban el perímetro de la finca, en la calle. De vez en cuando el gatillero se volvía a mirar por la ventanilla, reconociendo este o aquel lugar con un vistazo. Sin abrir la boca. Tan callado como cuando, antes de dejar Marbella, ella lo hizo sentarse enfrente y le explicó a qué venía. A qué venían. No a ponerle el dedo a nadie, sino a pasarle cuenta bien pesada a un hijo de su pinche madre. Sólo a él y nada más. Pote estuvo un rato pensándolo. Y dime de verdad qué opinas, exigió ella. Necesito saberlo antes de permitir que me acompañes de regreso allá. Pos fíjese que yo no opino, fue la respuesta. Y se lo digo, o mejor no digo lo que no digo, con todo respeto. A lo mejor hasta tengo mis sentimientos, patrona. Pa' qué le digo que no, si sí. Pero lo que yo tenga o deje de tener es cosa mía. No, pues. A usted le parece bien hacer tal o cual cosa, la hace y es la de ahí. Usted nomás decide ir, y yo pos ni modo. La acompaño.

Se apartó de la ventana y fue hasta la mesa en busca de un cigarrillo. El paquete de Faros seguía junto a la Sig Sauer y los tres cargadores llenos de parque 9 parabellum. Al principio Teresa no estaba familiarizada con aquella pistola, y Pote Gálvez pasó una mañana enseñándole a desmontarla y volverla a montar con los ojos cerrados. Si vienen de noche y a usted se le embala la escuadra, patrona, mejor que pueda arreglárselas sin prender la luz. Ahora el gatillero se acercó con un fósforo encendido, inclinó breve la cabeza cuando ella dio las gracias, y después fue al sitio que Teresa había ocupado junto la ventana, a echar un vistazo afuera.

—Todo está en orden —dijo ella, exhalando el humo.

Era un placer echarse faritos después de tantos años. El gatillero encogió los hombros, dando a entender que, respecto a lo del orden, en Culiacán la palabra resultaba relativa. Después fue al pasillo y Teresa lo oyó hablar con uno de los federales que estaban en la casa. Tres dentro, seis en el jardín, veinte guachos en el perímetro exterior, relevándose cada doce horas, manteniendo lejos a los curiosos, a los periodistas y a los malandrines que a esas horas sin duda rondaban ya en espera de una oportunidad. Me pregunto, calculó en sus adentros, cuánto ofrecerá por mi cuero el diputado y candidato a senador por Sinaloa don Epifanio Vargas.

—¿Cuánto crees que valdremos, Pinto?

Había aparecido otra vez en la puerta, con aquel aspecto de oso torpe de cuando temía hacerse notar demasiado. Tranquilo en apariencia, como de costumbre. Pero ella observó que, tras los párpados entornados, sus ojos oscuros y suspicaces no paraban de medirle el agua a los tamales.

—A mí me bajan gratis, patrona... Pero usted se ha vuelto bocado grande. Nadie andaría en esta quema por menos de un madral.

—¿Serán los mismos escoltas o vendrán de fuera?

Resopló el otro, arrugando el bigote y la frente.

—Me late que de fuera —dijo—. Los narcos y los policías son iguales pero no siempre, aunque a veces sí... ¿Me comprende?

—Más o menos.

—Ésa es la neta. Y de los guachos, el coronel se me hace mero mero. Buena onda... De los que truenan nomás sus chicharrones.

—Ahí veremos, ¿no?

—Pos fíjese que estaría requetebién padre, mi doña. Verlo de una vez, y pelarnos.

Teresa sonrió al oír aquello. Comprendía al gatillero. La espera siempre resultaba peor que la bronca, por pesada que ésta fuese. De cualquier manera, ella había adoptado medidas adicionales. Preventivas. No era una chava inexperta, tenía medios y conocía a sus clásicos. El viaje a Culiacán estaba precedido de una campaña de información en los niveles adecuados, incluida la prensa local. Sólo Vargas, era el lema. Ni madrineo, ni dedo, ni pitazos: asunto personal en plan duelo en la barranca, y el resto a disfrutar del espectáculo. A salvo. Ni un nombre más, ni una fecha. Nada. Sólo don Epifanio, ella y el fantasma del Güero Dávila quemándose en el Espinazo del Diablo doce años atrás. No se trataba de una delación, sino de una venganza limitada y personal; eso podía entenderse muy bien en Sinaloa, donde lo primero estaba mal visto y lo segundo era norma al uso y abastecimiento habitual de panteones. Aquél había sido el pacto en el hotel Puente Romano, y el Gobierno de México estuvo de acuerdo. Hasta los gringos, aunque a regañadientes, lo estuvieron. Un testimonio concreto y un nombre concreto. Ni siquiera César *Batman* Güemes o los demás chacas que en otro tiempo fueron próximos a Epifanio Vargas debían sentirse amenazados. Eso, era de esperar, habría tranquilizado bastante al *Batman* y a los otros. También aumentaba las posibilidades de supervivencia de Teresa y reducía los frentes a cubrir. A fin de cuentas, en el tiburoneo del dinero y la narcopolítica sinaloense, don Epifanio había sido o era un aliado, un prócer local; pero también un competidor y, tarde o temprano, un enemigo. A muchos les iría de perlas que alguien lo sacara de escena a tan bajo precio.

Sonó el teléfono. Fue Pote Gálvez quien agarró el auricular, y después se quedó mirando a Teresa como si al otro lado de la línea hubiesen pronunciado el nombre de un espectro. Pero ella no se sorprendió en absoluto. Llevaba cuatro días esperando esa llamada. Y ya se tardaba.

—Esto es irregular, señora. No estoy autorizado.

El coronel Edgar Ledesma estaba de pie en la alfombra del salón, las manos cruzadas a la espalda, el uniforme de faena bien planchado, las botas relucientes húmedas de lluvia. Su pelo recorto, puro guacho, le sentaba muy bien, confirmó Teresa, con todo y sus canas blancas. Tan educado y tan limpio. Le recordaba un poco a aquel capitán de la Guardia Civil de Marbella, mucho tiempo atrás, cuyo nombre había olvidado.

—Estamos a menos de veinticuatro horas de su declaración en la Procuraduría General.

Teresa permanecía sentada, fumando, cruzadas las piernas con los pantalones de seda negra. Mirándolo desde abajo. Cómoda. Muy cuidadosa de poner las cosas en su sitio.

—Déjeme decirle, coronel. Yo no estoy aquí en calidad de prisionera.

—Por supuesto que no.

—Si acepto su protección es porque deseo aceptarla. Pero nadie puede impedirme ir a donde quiera... Ése fue el pacto.

Ledesma apoyó el peso de su cuerpo en una bota, y luego en otra. Ahora miraba al licenciado Gaviria, de la Procuraduría General del Estado, su enlace con la autoridad civil que manejaba el asunto. Gaviria también estaba de pie, aunque algo más alejado, con Pote Gálvez detrás, recostado en el marco de la puerta, y el ayudante militar del coronel —un teniente joven— mirando por encima de su hombro, desde el pasillo.

—Dígale a la señora —rogó el coronel— que lo que pide es imposible.

Gaviria le dio la razón a Ledesma. Era un individuo flaquito, agradable, vestido y afeitado con mucha corrección. Teresa lo miró fugazmente, dejando resbalar la vista como si no lo viera.

—Yo no pido nada, coronel —le dijo al guacho—. Me limito a comunicarle que tengo intención de salir esta tarde de aquí durante hora y media. Que tengo una cita en la ciudad... Usted puede tomar disposiciones de seguridad, o no hacerlo.

Ledesma movía la cabeza, impotente.

—Las leyes federales me prohíben mover tropas por la ciudad. Con esa gente que tengo ahí afuera ya apuramos mucho la letra pequeña.

—Y por su parte, la autoridad civil... —empezó a decir Gaviria.

Teresa apagó el cigarrillo en el cenicero, con tanta fuerza que se quemó entre las uñas.

—Usted no se me agüite, licenciado. Ni tantito así. Con la autoridad civil cumpliré mañana como está previsto, a la hora en punto.

—Habría que considerar que, en términos legales...

—Oiga. Tengo el hotel San Marcos lleno de abogados que me cuestan un chingo —señaló el teléfono—... ¿A cuántos quiere que llame?

—Podría ser una trampa —argumentó el coronel.

—Híjole. No me diga.

Ledesma se pasó una mano por la cabeza. Después dio unos pasos por la habitación, seguido por los ojos angustiados de Gaviria.

—Tendré que consultar con mis superiores.

—Consulte con quien guste —dijo Teresa—. Pero tenga clara una cosa: si no me dejan acudir a esa cita, interpreto que estoy retenida aquí, a pesar de los compromisos del Gobierno. Y eso deshace el trato... Además, les recuerdo que en México no hay cargos contra mí.

El coronel la observó con fijeza. Se mordía el labio inferior como si le molestase un pellejito. Inició el ademán de ir hacia la puerta, pero se detuvo a la mitad.

—¿Qué gana con rifársela así?

Era evidente que deseaba comprender de veras. Teresa descruzó las piernas, alisándose con las manos las arrugas de la seda negra. Lo que gane o pierda, respondió, es cosa mía y a ustedes les vale madres. Lo dijo de ese modo y se quedó callada, y al momento oyó suspirar bronco al guacho. Otra mirada entre él y Gaviria.

—Pediré instrucciones —dijo el coronel.

—Yo también —apostilló el funcionario.

—Órale. Pidan lo que tengan que pedir. Mientras tanto, yo exijo un carro en la puerta a las siete en punto. Con ese güey —señaló a Pote Gálvez— dentro y bien armado... Lo que haya alrededor o por encima, coronel, es cosa suya.

Lo había dicho mirando todo el tiempo a Ledesma. Y esta vez, calculó, puedo permitirme sonreír un poco. Les impresiona mucho que una hembra sonría mientras les retuerce los huevos. Qué onda, mi perro. Te creías el caballo de Marlboro.

Zum, zum. Zum, zum. Las escobillas del parabrisas sonaban monótonas, con la lluvia repicando como granizo de balas en el techo de la Suburban. Cuando el federal que manejaba hizo girar a la izquierda el volante y enfiló la avenida Insurgentes, Pote Gálvez, que ocupaba el asiento contiguo al conductor, miró a un lado y a otro y puso las dos manos sobre el cuerno de chivo Aká 47 que cargaba sobre las rodillas. También llevaba en un bolsillo de la chaqueta un boquitoqui conectado en la misma frecuencia que la radio de la Suburban, y Teresa escuchaba desde el asiento de atrás las voces de los agentes y los guachos que participaban en el operativo. Objetivo Uno y Objetivo Dos, decían. El Objetivo Uno era ella misma. Y con el Objetivo Dos iba a encontrarse de allí a nada.

Zum, zum. Zum, zum. Era de día, pero el cielo gris oscurecía las calles y algunos comercios tenían las luces encendidas. La lluvia multiplicaba los destellos luminosos del pequeño convoy. La Suburban y su escolta —dos Ram federales y tres trocas Lobo con guachos encaramados tras las ametralladoras— levantaban regueros de agua en el torrente pardo que llenaba las calles y corría hacia el Tamazula, rebosando conducciones y alcantarillas. Había una franja negra en el cielo, al fondo, recortando los edificios más altos de la avenida, y otra franja rojiza por debajo que parecía vencerse por el peso de la negra.

—Un retén, patrona —dijo Pote Gálvez.

Sonó el cuerno de chivo al cerrojearlo, y eso valió al gatillero una ojeada inquieta, de soslayo, del conductor. Cuando lo rebasaban sin aflojar la marcha, Teresa vio que se trataba de un retén militar y que los guachos, casco de combate, Errequinces y Emedieciséis a punto, habían hecho aparcar a un lado dos carros de la policía y vigilaban sin disimulo a los judiciales que se hallaban dentro. Era evidente que el coronel Ledesma se fiaba lo justo; y también que, tras buscarle mucho las vueltas a las leyes que prohibían mover tropas dentro de las ciudades, el subcomandante de la Novena Zona había encontrado por dónde fregarse la letra pequeña —a fin de cuentas, el estado natural de un militar lindaba siempre con el estado de sitio—. Teresa observó más guachos y federales escalonados bajo los árboles que dividían el doble sentido de la avenida, con tránsitos desviando la circulación para otras calles. Y allí mismo, entre las vías de ferrocarril y el gran cuadrado de cemento de la Unidad Administrativa, la capilla de Malverde parecía mucho más pequeña de lo que ella recordaba, doce años atrás.

Recuerdos. De pronto comprendió que, durante aquel larguísimo viaje de ida y vuelta, sólo había adquirido tres certezas sobre la vida y los seres humanos: que matan, recuerdan y mueren. Porque llega un momento, se dijo, en que miras adelante y sólo ves lo que dejaste atrás: cadáveres que fueron quedando a tu espalda mientras caminabas. Entre ellos vaga el tuyo, y no lo sabes. Hasta que al fin lo ves, y lo sabes.

Se buscó en las sombras de la capilla, en la paz del banquito puesto a la derecha de la efigie del santo, en la penumbra rojiza de las velas que ardían con débil chisporroteo entre las flores y las ofrendas colgadas de la pared. La luz afuera se iba ahora muy deprisa, y el resplandor intermitente rojo y azul de un carro federal iluminaba la entrada con destellos más intensos a medida que se entenebrecía el gris sucio de la tarde. Detenida frente al santo Malverde, observando su pelo negro como teñido de peluquería, la chaqueta blanca y la mascada al cuello, los ojos achinados y el mostacho charro, Teresa movió los labios para rezar, como hiciera tiempo atrás —*Dios vendiga mi camino y permita mi regreso*—; pero no logró llegar a oración alguna. Quizá sea un sacrilegio, pensó de pronto. Tal vez no debí establecer la cita en este sitio. Quizás el tiempo me ha vuelto estúpida y arrogante, y va siendo hora de que pague por ello.

La última vez que estuvo allí había otra mujer mirándola desde las sombras. Ahora la buscaba sin hallarla. A menos, resolvió, que yo sea la otra mujer, o la tenga dentro, y la morra de ojos asustados, la chavita que huía con una bolsa y una Doble Águila en las manos, se haya convertido en uno de esos espectros que vagan a mi espalda, mirándome con ojos acusadores, o tristes, o indiferentes. Quizá la vida sea eso, y una respire, camine, se mueva sólo para un día mirar atrás y verse allí. Para reconocerse en las sucesivas muertes propias y ajenas a las que te condena cada uno de tus pasos.

Metió las manos en los bolsillos de la gabardina —un suéter debajo, tejanos, botas cómodas con suela de goma— y extrajo el paquete de faritos. Encendía uno en la llama de una vela de Malverde cuando don Epifanio Vargas se recortó en los destellos rojos y azules de la puerta.

—Teresita. Cuánto tiempo.

Seguía casi igual, apreció. Alto, corpulento. Había colgado el impermeable en un gancho junto a la puerta. Traje oscuro, camisa abierta sin corbata, botas picudas. Con aquella cara que recordaba las viejas películas de Pedro Armendáriz. Tenía muchas canas en el bigote y en las sienes, unas cuantas arrugas más, la cintura ensanchada, tal vez. Pero era el mismo.

—Apenas te reconozco.

Dio unos pasos adentrándose en la capilla después de mirar a un lado y a otro con recelo. Observaba fijamente a Teresa, intentando relacionarla con la otra mujer que tenía en la memoria.

—Usted no ha cambiado mucho —dijo ella—. Algo más de peso, quizá. Y las canas.

Estaba sentada en el banco, junto a la efigie de Malverde, y no se movió al verlo entrar.

—¿Llevas un arma? —preguntó don Epifanio, cauto.

—No.

—Qué bueno. A mí me checaron ahí afuera esos putos. Yo tampoco traía.

Suspiró un poco, miró a Malverde iluminado por la luz trémula de las velas, luego otra vez a ella.

—Ya ves. Acabo de cumplir sesenta y cuatro. Pero no me quejo.

Se aproximó hasta quedar muy cerca, estudiándola con atención desde arriba. Ella permaneció como estaba, sosteniéndole la mirada.

—Creo que te fueron bien las cosas, Teresita.

—Tampoco a usted le han ido mal.

Don Epifanio movió la cabeza en una lenta afirmación. Pensativo. Después se sentó al lado. Estaban exactamente igual que la última vez, excepto que ella no tenía una Doble Águila en las manos.

—Doce años, ¿verdad? Tú y yo en este mismo sitio, con la famosa agenda del Güero...

Se interrumpió, dándole ocasión de mezclar los recuerdos con los suyos. Pero Teresa guardó silencio. Al cabo de un instante don Epifanio sacó un cigarro habano del bolsillo superior de la chaqueta. Nunca imaginé, empezó a decir mientras quitaba la vitola. Pero se detuvo otra vez, como si acabara de llegar a la conclusión de que lo nunca imaginado no tenía importancia. Creo que todos te infravaloramos, dijo al fin. Tu hombre, yo mismo. Todos. Lo de tu hombre lo dijo un poco más bajo, y parecía que intentara deslizarlo inadvertido entre el resto.

—A lo mejor por eso sigo viva.

El otro reflexionó sobre aquello mientras aplicaba la llama de un encendedor al cigarro.

—No es un estado permanente, ni garantizado —concluyó con la primera bocanada—. Uno sigue vivo hasta que deja de estarlo.

Fumaron un poco los dos, sin mirarse. Ella tenía casi consumido su cigarrillo.

—¿Qué haces metida en esto?

Aspiró por última vez la brasa entre sus dedos. Luego dejó caer la colilla y la pisó con cuidado. Pues fíjese, repuso, que nomás arreglar cuentas viejas. Cuentas, repitió el otro. Después volvió a chupar su habano y emitió una opinión: esas cuentas es mejor dejarlas como están. Ni modo, dijo Teresa, si hacen que duerma mal.

—Tú no ganas nada —argumentó don Epifanio.

—Lo que gano es cosa mía.

Durante unos instantes oyeron chisporrotear las velitas del altar. También las ráfagas de lluvia que golpeaban el techo de la capilla. Afuera seguía destellando el azul y el rojo del coche federal.

—¿Por qué quieres fregarme?... Eso es hacerle el juego a mis adversarios políticos.

Era un buen tono, admitió ella. Casi de afecto. Menos un reproche que una pregunta dolida. Un padrino traicionado. Una amistad herida. Nunca lo vi como un mal tipo, pensó. A menudo fue sincero, y tal vez sigue siéndolo.

—No sé quiénes son sus adversarios, ni me importa —respondió—. Usted hizo matar al Güero. Y al Chino. También a Brenda y a los plebitos.

Ya que de afectos se trataba, por ese rumbo iban los suyos. Don Epifanio miró la brasa del cigarro, fruncido el ceño.

—No sé qué te han podido contar. En cualquier caso, esto es Sinaloa... Eres de aquí y sabes cuáles son las reglas.

Las reglas, dijo lentamente Teresa, también incluyen ajustar cuentas con quien te la debe. Hizo una pausa y oyó la respiración del hombre atento a sus palabras. También quiso luego, añadió, que me mataran a mí.

—Eso es mentira —don Epifanio parecía escandalizado—. Estuviste aquí, conmigo. Protegí tu vida... Te ayudé a escapar.

—Hablo de más tarde. Cuando se arrepintió.

En nuestro mundo, argumentó el otro después de pensarlo un rato, los negocios son complicados. La estuvo estudiando después de decir eso, como quien espera que haga efecto un calmante. En todo caso, añadió al fin, comprendería que me quisieras pasar facturas tuyas. Eres sinaloense y lo respeto. Pero transar con los gringos y con esos mandilones que me quieren tumbar desde el Gobierno...

—Usted no sabe con quién chingados transo.

Lo dijo sombría, con una firmeza que dejó al otro pensativo, el habano en la boca y entornados los ojos por el humo, los destellos de la calle alternándolo en sombras rojas y azules.

—Dime una cosa. La noche que nos vimos tú habías leído la agenda, ¿verdad?... Sabías lo del Güero Dávila... Y sin embargo no me di cuenta. Me engañaste.

—Me iba la vida.

—¿Y por qué desenterrar esas cosas viejas?

—Porque hasta ahora no supe que fue usted quien le pidió un favor al *Batman* Güemes. Y el Güero era mi hombre.

—Era un cabrón de la DEA.

—Con todo, cabrón y de la DEA, era mi hombre.

Lo oyó ahogar una maldición serrana mientras se levantaba. Su corpulencia parecía llenar el pequeño recinto de la capilla.

—Escucha —miraba la efigie de Malverde, como si pusiera al santo patrón de los narcos por testigo—. Yo siempre me porté bien. Era padrino de ustedes dos. Apreciaba al Güero y te apreciaba a ti. Él me traicionó, y a pesar de eso te protegí ese lindo cuerito... Lo otro fue mucho más tarde, cuando tu vida y la mía tomaron caminos diferentes... Ahora ha pasado el tiempo, estoy fuera de eso. Soy viejo, y hasta nietos tengo. Ando a gusto en política, y el Senado me permitirá hacer cosas nuevas. Eso incluye beneficiar a Sinaloa... ¿Qué ganas con perjudicarme? ¿Ayudar a esos gringos que consumen la mitad de las drogas del mundo mientras deciden, según les conviene, cuándo el narco es bueno y cuándo es malo? ¿A los que financiaban con droga a las guerrillas anticomunistas del Vietnam, y luego vinieron a pedírnosla a los mejicanos para pagar las armas de la contra en Nicaragua?... Oye, Teresita: esos que ahora te utilizan me hicieron ganar un chingo de dólares con Norteña de Aviación, ayudándome además a lavarlos en Panamá... Dime qué te ofrecen ahora los cabrones... ¿Inmunidad?... ¿Dinero?

—No se trata de una cosa ni de otra. Es algo más complejo. Más difícil de explicar.

Epifanio Vargas se había vuelto a mirarla de nuevo. De pie junto al altar, las velas le envejecían mucho los rasgos.

—¿Quieres que te cuente —insistió— quién me anda jodiendo en la Unión Americana?... ¿Quién es el que más aprieta a la DEA?... Un fiscal federal de Houston que se llama Clayton, muy vinculado al Partido Demócrata... ¿Y sabes qué era antes de que lo nombraran fiscal?... Abogado defensor de narcos mejicanos y gringos, e íntimo amigo de Ortiz Calderón: el director de intercepción aérea de la Judicial Federal mejicana, que ahora vive en los Estados Unidos como testigo protegido tras haberse embolsado millones de dólares... Y en el lado de aquí, los que buscan reventarme son los mismos que antes hacían negocios con los gringos y conmigo: abogados, jueces, políticos que buscan taparle el ojo al macho con un chivo expiatorio... ¿A ésos quieres ayudar chingándome?

Teresa no respondió. El otro estuvo mirándola un rato y después movió la cabeza, impotente.

—Estoy cansado, Teresita. Trabajé y luché mucho en la vida.

Era cierto, y ella lo sabía. El campesino de Santiago de los Caballeros había calzado huaraches entre matas de frijoles. Nadie le regaló nada.

—Yo también estoy cansada.

Seguía observándola atento, en busca de una rendija por donde escudriñar lo que ella tenía en la cabeza.

—No hay arreglo posible, entonces —concluyó.

—Me late que no.

La brasa del habano le brilló a don Epifanio en la cara.

—He venido a verte —dijo, y ahora el tono era distinto— ofreciéndote todo tipo de explicaciones... Quizá te lo debía, o quizá no. Pero he venido como vine hace doce años, cuando me necesitabas.

—Lo sé y se lo agradezco. Usted nunca me hizo otro mal que el que consideró imprescindible... Pero cada cual sigue su camino.

Un silencio muy largo. Sobre el tejado seguía cayendo la lluvia. El santo Malverde miraba impasible al vacío con sus ojos pintados.

—Todo eso de ahí afuera no garantiza nada —dijo al fin Vargas—. Y lo sabes. En catorce o dieciséis horas pueden pasar muchas cosas...

Me vale madres, respondió Teresa. Es a usted a quien le toca batear. Don Epifanio movió afirmativamente la cabeza mientras repetía lo de batear, como si ella hubiese resumido bien el estado de las cosas. Luego alzó las manos para dejarlas caer a los costados con desolación. Debí matarte aquella noche, se lamentó. Aquí mismo. Lo dijo sin pasión en la voz, muy educado y objetivo. Teresa lo miraba desde el banquito, sin moverse. Sí que debió, dijo con calma. Pero no lo hizo, y ahora le cobro. Y quizá tenga razón en que la cuenta sea excesiva. En realidad se trata del Güero, del Gato Fierros, de otros hombres que ni siquiera conoció. Es usted quien al final paga por todos. Y yo también pago.

—Estás loca.

—No —Teresa se levantó entre los destellos de la puerta y la luz rojiza de las velas—... Lo que estoy es muerta. Su Teresita Mendoza murió hace doce años, y vine a enterrarla.

Apoyó la frente en la ventana medio empañada del segundo piso, sintiendo el vaho húmedo refrescarle la piel. Los focos del jardín hacían relucir las ráfagas de agua, convirtiéndolas en millares de gotas luminosas que se desplomaban en el contraluz, entre las ramas de los árboles, o brillaban suspendidas al extremo de las hojas. Teresa tenía un cigarrillo entre los dedos, y la botella de Herradura Reposado estaba sobre la mesa junto a un vaso, el cenicero lleno, la Sig Sauer con los tres cargadores de reserva. En el estéreo cantaba José Alfredo: Teresa no sabía si era una de las rolas que siempre cargaba para ella Pote Gálvez, el casete de los autos y los hoteles, o si formaba parte del ajuar de la casa:

La mitad de mi copa dejé servida,
por seguirte los pasos no sé pa' qué.

Llevaba horas así. Tequila y música. Recuerdos y presente desprovisto de futuro. María la Bandida. Que se me acabe la vida. La noche de mi mal. Se bebió la mitad de la copa que le quedaba y la llenó de nuevo antes de volver a la ventana, procurando que la luz de la habitación no la recortara demasiado. Mojó de nuevo los labios en el tequila mientras canturreaba las palabras de la canción. La mitad de mi suerte te la llevaste. Ojalá que te sirva no sé con quién.

—Se han ido todos, patrona.

Se volvió despacio, sintiendo de pronto mucho frío. Pote Gálvez estaba en la puerta, en mangas de camisa.

Nunca se presentaba así ante ella. Llevaba un boquitoqui en una mano, su revólver en la funda de cuero sujeta al cinturón, y se veía muy serio. Mortal. El sudor le pegaba la camisa al grueso torso.

—¿Cómo que todos?

La miró casi con reproche. Para qué pregunta, si lo entiende. Todos significa todos menos usted y el aquí presente. Eso decía el gatillero sin decirlo.

—Los federales de la escolta —aclaró al fin—. La casa está vacía.

—¿Y adónde fueron?

El otro no respondió. Se limitaba a encoger los hombros. Teresa leyó el resto en sus ojos de norteño suspicaz. Para detectar perros, Pote Gálvez no necesitaba radar.

—Apaga la luz —dijo.

La habitación quedó a oscuras, iluminada sólo por la claridad del pasillo y los focos de afuera. El estéreo hizo clic y enmudeció José Alfredo. Teresa se acercó al marco de la ventana y echó un vistazo. Lejos, tras la gran verja de la entrada, todo parecía normal: se apreciaban soldados y coches bajo las grandes farolas de la calle. En el jardín, sin embargo, no advirtió movimiento. Los federales que solían patrullarlo no aparecían por ninguna parte.

—¿Cuándo fue el relevo, Pinto?

—Hace quince minutos. Vino un grupo nuevo y se fueron los otros.

—¿Cuántos?

—Los de siempre: tres feos en la casa y seis en el jardín.

—¿Y la radio?

Pote pulsó dos veces el botón del boquitoqui y se lo mostró. Ni madres, mi doña. Nadie dice nada. Pero si quiere podemos platicarle a los guachos. Teresa movió la cabeza. Fue hasta la mesa, empuñó la Sig Sauer y se metió los tres cargadores de reserva en los bolsillos del pantalón, uno en cada bolsillo de atrás y otro en el delantero de la derecha. Pesaban mucho.

—Olvídate de ellos. Demasiado lejos —acerrojó la pistola, clac, clac, un plomo en la recámara y quince en el cargador, y se la fajó en la cintura—. Además, lo mismo están de acuerdo.

—Voy a echar un lente —dijo el gatillero— con su permiso.

Salió de la habitación, el revólver en una mano y el boquitoqui en la otra, mientras Teresa se acercaba de nuevo a la ventana. Una vez allí se asomó con cuidado a observar el jardín. Todo parecía en orden. Por un momento creyó ver dos bultos negros moviéndose entre unos macizos de flores, bajo los grandes mangos. Nada más, y ni siquiera estaba segura de eso.

Tocó la culata de la escuadra, resignada. Un kilo de acero, plomo y pólvora: no era gran cosa para lo que podían estarle organizando afuera. Se quitó el semanario de la muñeca, guardándose en el bolsillo libre los siete aros de plata. No convenía ir haciendo ruido como si llevara un cascabel. Su cabeza funcionaba sola desde hacía rato, apenas Pote Gálvez vino a dar noticia del desmadre. Números a favor y en contra, balances. Lo posible y lo probable. Calculó una vez más la distancia que separaba la casa de la verja principal y de los muros, y repasó lo que durante los últimos días estuvo registrando en la memoria: lugares protegidos y descubiertos, rutas posibles, trampas en las que evitar caer. Había pensado tanto en todo eso que, ocupada ahora en revisarlo punto por punto, no tuvo tiempo de sentir miedo. Excepto que el miedo, esa noche, fuese aquella sensación de desamparo físico: carne vulnerable y soledad infinita.

La Situación.

Se trataba de eso mismo, confirmó de golpe. En realidad no venía a Culiacán para testificar contra don Epifanio Vargas, sino para que Pote Gálvez dijera estamos solos, patrona, y sentirse como ahora, la Sig Sauer fajada a la cintura, dispuesta a pasar la prueba. Lista para franquear la puerta oscura que durante doce años tuvo ante los ojos robándole el sueño en los amaneceres sucios y grises. Y cuando vuelva a ver la luz del día, pensó, si es que llego a verla, todo será distinto. O no.

Se apartó de la ventana, fue hasta la mesa y le dio un último sorbo al tequila. Media copa dejo servida, pensó. Para luego. Aún sonreía de labios adentro cuando Pote Gálvez se recortó en la claridad de la puerta. Traía un cuerno de chivo, y al hombro una bolsa de lona y aspecto pesado. Teresa llevó instintivamente la mano a la escuadra, pero se detuvo a medio camino. El Pinto no, se dijo. Prefiero volver la espalda y que me mate, a desconfiar de él y que se dé cuenta.

—Píquele, patrona —dijo el gatillero—. Nos han tendido un cuatro que ni el del Coyote. Pinches jotos.

—¿Federales o guachos?... ¿O los dos?

—Yo diría que es cosa de los feos, y que los otros miran. Pero cualquiera sabe. ¿Pido ayuda por radio?

Teresa se rió. Ayuda a quién, dijo. Si fueron todos a tragar tacos de cabeza y vampiros a la taquería Durango. Pote Gálvez se la quedó mirando, se rascó la sien con el cañón del Aká y al cabo moduló una sonrisa entre aturdida y feroz. Ésa es la neta, mi doña, dijo al fin, comprendiendo. Se hará lo que se pueda. Dijo eso y se quedaron los dos mirándose otra vez entre la luz y la sombra, de un modo con el que nunca se habían encarado antes. Entonces Teresa rió de nuevo, sincera, los ojos muy abiertos e inspirando aire hasta bien adentro, y Pote Gálvez movió la cabeza de arriba abajo como quien entiende un buen chiste. Esto es Culiacán, patrona, dijo el gatillero, y qué buena onda que se carcajee orita. Ojalá pudieran verla esos perros antes de que les abrasemos la madre, o viceversa. Pues a lo mejor me río de puro miedo a morirme, dijo ella. O de miedo a que me duela mientras me muero. Y el otro asintió otra vez y dijo: pos fíjese que como todos, patrona, o qué pensó. Pero eso del picarrón lleva su tiempito. Y mientras nos morimos o no, igual ahí nomás se mueren otros.

Escuchar. Ruidos, crujidos, rumor de lluvia en los cristales y en el tejado. Evitar que todo lo ensordezcan los latidos del corazón, el batir de la sangre en las venas minúsculas que corren por el interior de tus oídos. Calcular cada paso, cada ojeada. La inmovilidad con la boca seca y la tensión que asciende dolorosa por los muslos y el vientre hasta el pecho, cortando la poca respiración que todavía te permites. El peso de la Sig Sauer en la mano derecha, la palma de la mano apretada en torno a la culata. El pelo que apartas de la cara porque se pega a los ojos. La gota de sudor que rueda hasta el párpado y escuece en el lagrimal y terminas enjugando en los labios con la punta de la lengua. Salada.

La espera.

Otro crujido en el pasillo, o tal vez en la escalera. La mirada de Pote Gálvez desde la puerta de enfrente, resignada, profesional. Arrodillado en su falsa gordura, asomando media cara detrás del marco, el cuerno de chivo listo, desprovisto de culata para manejarlo más cómodo, un cargador con treinta tiros metido y otro sujeto con masking tape a ése, boca abajo, listo para dar la vuelta y cambiarlo en cuanto el primero se vacíe.

Más crujidos. En la escalera.

La mitad de mi copa, murmura Teresa sin palabras, dejé servida. Se siente vacía por dentro y lúcida por fuera. No hay reflexiones, ni pensamientos. Nada que no sea repetir absurdamente el estribillo de la canción y concentrar los sentidos en interpretar ruidos y sensaciones. Hay un cuadro al final del corredor, sobre el arranque de la escalera: sementales negros que galopan por una inmensa llanura verde. Delante de todos va un caballo blanco. Teresa cuenta los caballos: cuatro negros y uno blanco. Los cuenta igual que ha contado los doce barrotes de la barandilla que da sobre el hueco de la escalera, los cinco colores de la vidriera que se abre al jardín, las cinco puertas a este lado del pasillo, los tres apliques de luz en las paredes y la lámpara que pende del techo. También cuenta mentalmente la bala en la recámara y las quince en el cargador, el primer tiro en doble acción, un poquito más duro y luego los demás ya salen solos, y así uno tras otro, los cuarenta y cinco del parque de reserva que le pesan en los cargadores que lleva en los bolsillos de los tejanos. Hay para quemar, aunque todo depende de lo que traigan los malandrines. En cualquier caso, es la recomendación de Pote Gálvez, mejor irlo quemando de poquito a poco, patrona. Sin nervios y sin prisas, jalón a jalón. Dura más y se desperdicia menos. Y si acaba el plomo, tíreles mentadas, que también duelen.

Los crujidos son pasos. Y suben.

Una cabeza se asoma con precaución por el rellano. Pelo negro, joven. Un torso y otra cabeza. Llevan armas por delante, cañones que se mueven haciendo arcos en busca de algo a lo que disparar. Teresa extiende el brazo, mira de soslayo a Pote Gálvez, aguanta la respiración, aprieta el gatillo. La Sig Sauer salta escupiendo como truenos, bum, bum, bum, y antes de que suene el tercero se comen todo el sonido del pasillo las ráfagas cortas del Aká del gatillero, raaaca, suena, raaaca, raaaca, y el pasillo se llena de humo acre, y entre el humo se ve deshacerse en fragmentos y astillas la mitad de los barrotes de la escalera, raaaca, raaaca, y las dos cabezas desaparecen y en el piso de abajo hay voces gritando, y ruido de raza que corre; y en ésas Teresa deja de disparar y aparta el arma porque Pote, con una agilidad inesperada en un tipo de sus dimensiones, se incorpora y corre agachado hacia la escalera, raaaca, raaaca, hace de nuevo su cuerno a medio camino, y una vez allí saca el Aká con el caño hacia abajo, sin apuntar, larga otra ráfaga, busca una granada en la bolsa que lleva al hombro, le quita el pasador con los dientes como en las películas, la tira por el hueco de la escalera, se vuelve con una carrerita corta, agachado, y se lanza al piso de un barrigazo mientras el hueco de la escalera hace pum-pumbaaa, y entre humo y ruido y un golpe de aire caliente que le pega en la cara a Teresa, lo que hubiera en la escalera, caballos incluidos, acaba de irse a la chingada.

La de Dios.

Ahora se apaga de golpe la luz en toda la casa. Teresa no sabe si eso es bueno o es malo. Corre a la ventana, mira afuera y comprueba que también el jardín se ha quedado a oscuras, y que las únicas luces son las de la calle al otro lado de los muros y la verja. Corre agachada de regreso a la puerta, tropieza con la mesa y la derriba con todo cuanto tiene encima, el tequila y el tabaco al carajo, se tumba de nuevo, asomando media cara y la pistola. El hueco de la escalera es un pozo seminegro, débilmente iluminado por el resplandor que entra por la vidriera rota que da al jardín.

—¿Cómo se encuentra, mi doña?

Lo de Pote Gálvez ha sido un murmullo. Bien, responde Teresa bajito. Bastante bien. El gatillero no dice nada más. Lo adivina en la penumbra, tres metros más allá, al otro lado del pasillo. Pinto, susurra. Se ve de a madre tu pinche camisa blanca. Pos ni modo, contesta el otro. Ya no es cosa de cambiarse.

—Lo está haciendo bien, patrona. Conserve el parque.

Por qué ahora no tengo miedo, se interroga Teresa. A quién chingados creo que le está pasando todo esto. Se toca la frente con una mano seca, helada, y empuña la escuadra con una mano mojada de sudor. Que alguien me diga cuál de estas manos es mía.

—Ahí vuelven los hijos de su madre —susurra Pote Gálvez, encarando el cuerno.

Raaaaca. Raaaca. Ráfagas cortas como las de antes, con los casquillos de 7.62 repiqueteando al caer al suelo por todas partes, el humo arremolinado entre las sombras dándole picor a la garganta, fogonazos del Aká del gatillero, fogonazos de la Sig Sauer que Teresa empuña con ambas manos, bum, bum, bum, abriendo la boca para que los estampidos no le rompan los tímpanos hacia dentro, tirando hacia los fogonazos que surgen de la escalera con zumbidos que pasan, ziaaang, ziaaang, chasquean siniestros contra el yeso de las paredes y la madera de las puertas, y levantan estrépito de cristales rotos al impactar en las ventanas del otro lado del pasillo. El carro de la escuadra detenido atrás de pronto, clic, clac, sin más tiros que pegar, y Teresa desconcertada, hasta que cae en la cuenta y oprime el botón para expulsar el cargador vacío, y mete otro, el que llevaba en el bolsillo delantero de los tejanos, y al liberar el carro éste acerroja una bala. Se dispone a tirar de nuevo pero se contiene, porque Pote ha sacado medio cuerpo fuera de su resguardo y otra granada suya está rodando por el pasillo hasta la escalera, y esta vez el fogonazo es enorme en la oscuridad, pum-pumbaaa de nuevo, cabrones, y cuando el gatillero se incorpora y corre agachado hacia el hueco, con el cuerno listo, Teresa se levanta también y corre a su lado, y llegan juntos a la barandilla deshecha, y al asomarse para quemarlo todo a tiros abajo, los fogonazos de sus disparos alumbran por lo menos dos cuerpos tirados entre los escombros de los escalones.

Chíngale. Le duelen los pulmones de respirar la pólvora. Ahoga la tos lo mejor que puede. No sabe cuánto tiempo ha pasado. Tiene mucha sed. No tiene miedo.

—¿Cuánto parque, patrona?

—Poco.

—Ahí le va.

En la oscuridad, por el aire, agarra dos de los cargadores llenos que le echa Pote Gálvez y se le escapa el tercero. Lo busca a tientas por el suelo y se lo mete en un bolsillo de atrás.

—¿No va a ayudarnos nadie, mi doña?

—No mames.

—Los guachos están afuera... El coronel parecía decente.

—Su jurisdicción termina en la verja de la calle. Tendríamos que llegar hasta allí.

—Ni modo. Demasiado lejos.

—Sí. Demasiado lejos.

Crujidos y pasos. Empuña la pistola y apunta a las sombras, apretando los dientes. Quizá llegó la hora, piensa. Pero no sube nadie. Chale. Falsa alarma.

De pronto andan ahí, y no los han oído subir. Esta vez la granada que viene por el suelo está dirigida a ellos dos, y Pote Gálvez tiene el tiempo justo de advertírselo. Teresa rueda hacia dentro, cubriéndose la cabeza con las manos, y la explosión enmarca la puerta e ilumina el pasillo como de día. Ensordecida, tarda en comprender que el rumor lejano que oye son las ráfagas furiosas que dispara Pote Gálvez. Y yo también debería hacer algo, piensa. Así que se incorpora tambaleándose por el shock del estallido, agarra la pistola, va de rodillas hasta la puerta, apoya una mano en el marco, se pone en pie, sale afuera y empieza a disparar a ciegas, bum, bum, bum, fogonazos entre fogonazos mientras el ruido crece y se hace cada vez más claro y cercano, y de pronto se encuentra frente a sombras negras que vienen hacia ella entre relámpagos de luz naranja y azul y blanca, bum, bum, bum, y hay balas que pasan, ziaaang, y chasquean en las paredes por todas partes, hasta que por detrás, a un lado, bajo su mismo brazo izquierdo, el caño del Aká de Pote Gálvez se suma a la quema, raaaaca, raaaaaca, esta vez no con ráfagas cortas sino interminablemente largas, cabrones lo oye gritar, cabrones, y comprende que algo va mal y que tal vez le han dado a él o le han dado a ella, que a lo mejor ella misma se está muriendo en ese momento y no lo sabe. Pero su mano derecha sigue apretando el gatillo, bum, bum, y si disparo es que sigo viva, piensa. Disparo luego existo.

La espalda contra la pared, Teresa mete su último cargador en la culata de la Sig Sauer. Está asombrada de no tener un rasguño. Rumor de lluvia afuera, en el jardín. A veces oye quejarse entre dientes a Pote Gálvez.

—¿Estás herido, Pinto?

—La regué bien gacho, patrona... Algo de plomo llevo.

—¿Duele?

—Un chingo. Pa' qué le digo que no, si sí.

—Pinto.
—Dígame.
—Aquí está cabrón. No quiero que nos cacen sin parque, como a conejos.
—Pos ordene nomás. Usted manda.

El porche, decide. Es un techo en voladizo con arbustos debajo, al otro extremo del pasillo. La ventana que se abre encima no es problema, porque a estas horas no le queda un vidrio sano. Si llegan allí podrán saltar al jardín y abrirse paso luego, o intentarlo, hasta la verja de la entrada o el muro que da a la calle. La lluvia lo mismo puede estorbar que salvarles la vida. E igual les tiran también los militares, pero ése es un riesgo más a correr. Hay periodistas afuera, y gente que mira. No es tan fácil como en la casa. Y don Epifanio Vargas puede comprar a mucha gente, pero nadie puede comprar a todo el mundo.

—¿Puedes moverte, Pinto?
—Pos fíjese que sí, patrona. Que puedo.
—La idea es la ventana del pasillo, y al jardín.
—La idea es la que usted quiera.

Ya ocurrió una vez, piensa Teresa. Ocurrió algo parecido y también Pote Gálvez estaba allí.
—Pinto.
—Mande.
—¿Cuántas granadas quedan?
—Una.
—Pues ándale.
Todavía rueda la granada cuando echan a correr por el pasillo, y el estampido los encuentra junto a la ven-

tana. Oyendo a su espalda las ráfagas de cuerno que dispara el gatillero, Teresa pasa las piernas por el marco, procurando no herirse con las astillas de vidrio; pero al apoyar la mano izquierda, se corta. Siente el líquido denso y cálido correrle por la palma de la mano mientras consigue llegar afuera, la lluvia azotándole la cara. Las tejas del voladizo crujen bajo sus pies. Se faja la escuadra en la cintura antes de dejarse resbalar por la superficie mojada, frenando con el canalón que desciende del tejado. Luego, tras suspenderse un instante, se deja caer.

Chapotea en el barro, otra vez la escuadra en la mano. Pote Gálvez aterriza a su lado. Un golpe. Un gemido de dolor.

—Corre, Pinto. Hacia la barda.

No hay tiempo. Un haz de linterna los busca con urgencia desde la casa, y empiezan de nuevo los fogonazos. Esta vez las balas hacen chíu-chíu al hundirse en los charcos. Teresa levanta la Sig Sauer. Con tal, piensa, que toda esta mierda no me la atore. Dispara tiro a tiro con cuidado, sin perder la cabeza, describiendo un arco, y luego se aplasta de bruces en el fango. De pronto advierte que Pote Gálvez no dispara. Se vuelve a mirarlo, y a la luz distante de la calle lo ve recostado en un pilar del porche, al otro lado.

—Lo siento, patrona —lo oye susurrar—... Ahora sí me fregaron hasta la madre.

—¿Dónde?

—En la mera tripa... Y no sé si es lluvia o sangre, pero corren litros que da gusto.

Teresa se muerde los labios embarrados. Mira las luces tras la verja, las farolas de la calle que recortan las palmeras y los mangos. Va a ser difícil, comprueba, conseguirlo sola.

—¿Y el cuerno?

—Ahí mismo... Entre usted y yo... Le metí un cargador doble, lleno, pero se me fue de las manos cuando me dieron.

Teresa se incorpora un poco para ver. El Aká está tirado en los peldaños del porche. Una ráfaga salida de la casa la obliga a pegarse otra vez al suelo.

—No llego.

—Pos fíjese que de veras lo siento.

Mira otra vez hacia la calle. Hay gente agolpada tras la verja, sirenas policiales. Una voz dice algo por megafonía, pero ella no logra entenderlo. Entre los árboles, a la izquierda, oye un chapoteo. Pasos. Tal vez una sombra. Alguien intenta un rodeo por aquella parte. Espero, piensa de pronto, que esos cabrones no lleven visores nocturnos.

—Necesito el cuerno —dice Teresa.

Pote Gálvez tarda en responder. Como si lo pensara.

—Ya no puedo disparar, patrona —dice al fin—. No tengo pulso... Pero puedo intentar acercárselo.

—No mames. Te quiebran si asomas el hocico.

—Me vale verga. Cuando se acaba, nomás se acaba y es la de ahí.

Otra sombra chapoteando entre los árboles. Se esfuma el tiempo, comprende Teresa. Dos minutos más y el único camino habrá dejado de serlo.

—Pote.

Un silencio. Ella nunca lo había llamado así, por su nombre.

—Mande.

—Alcánzame el pinche cuerno.

Otro silencio. Repiqueteo de la lluvia en los charcos y en las hojas de los árboles. Después, al fondo, la voz apagada del gatillero:

—Fue un honor conocerla, patrona.

—Lo mismo digo.

Éste es el corrido del caballo blanco, oye Teresa canturrear a Potemkin Gálvez. Y con esas palabras en los oídos, resoplando de furia y desesperanza, ella empuña la Sig Sauer, se incorpora a medias y empieza a disparar hacia la casa para cubrir a su hombre. Entonces la noche se quiebra de nuevo en fogonazos, y los plomos chasquean contra el porche y los troncos de los árboles; y recortado en todo eso ve levantarse la rechoncha silueta del gatillero entre el resplandor de los balazos, y venir cojeando hacia ella, angustiosamente despacio, mientras las balas arrecian por todas partes e impactan una tras otra en su cuerpo, desmadejándolo como un muñeco al que le rompen las articulaciones, hasta que se desploma de rodillas sobre el cuerno de chivo. Y es un hombre muerto el que, en el último impulso de agonía, levanta el arma por el cañón y la arroja ante sí, a ciegas, en la dirección aproximada en que calcula debe de hallarse Teresa, antes de rodar por los escalones y caer de bruces en el barro.

Entonces grita ella. Hijos de toda su puta madre, dice arrancándose en aquel aullido las entrañas, vacía lo que le queda en la pistola contra la casa, la tira al suelo, agarra el cuerno y echa a correr hundiéndose en el barro, hacia los árboles de la izquierda por donde vio escurrirse antes las sombras, con las ramas bajas y los arbustos azotándole la cara, cegándola en golpes de agua y lluvia.

Una sombra más precisa que otras, el cuerno a la cara, una ráfaga corta que le golpea con el retroceso la barbilla, lastimándosela. Aquello salta de la chingada. Fogonazos atrás y a un lado, la verja y el muro más cerca que antes, gente en la calle iluminada, la megafonía que sigue encadenando palabras incomprensibles. La sombra ya no está, y al correr encorvada, el cuerno candente entre las manos, Teresa ve un bulto agazapado. El bulto se mueve; así que, sin detenerse, acerca el cañón del Aká, jala el gatillo y le pega un tiro al pasar. No creo que lo consiga, piensa apenas se extingue el fogonazo, agachándose cuanto puede. No lo creo. Más disparos atrás y el ziaaang ziaaang que suena cerca de su cabeza, como veloces moscos de plomo. Se vuelve y oprime otra vez el gatillo, el cuerno salta en las manos con el pinche retroceso, y el resplandor de sus propios tiros la ciega mientras cambia de posición, justo en el momento en que alguien acribilla el lugar donde estaba un segundo antes. Friégate, cabrón. Otra sombra al frente. Pasos corriéndole por detrás, a la espalda. La sombra y Teresa se disparan a quemarropa, tan cerca que entrevé el rostro a la brevísima luz de los disparos: un bigote, ojos muy abiertos, una boca blanca. Casi lo empuja con el cañón del cuerno al seguir adelante mientras el otro cae de rodillas entre los arbustos. Ziaaaang. Suenan más balas buscándola, tropieza, rueda por el suelo. El cuerno hace clic, clac. Teresa se tira de espaldas al barro, arrastrándose así, la lluvia corriéndole por la cara, mientras oprime la palanca, extrae el largo cargador curvo doble, le da la vuelta rogando que no tenga mucho barro en la munición. El arma le pesa en la barriga. Últimas treinta balas, comprueba, chupando las que asoman del cargador, para limpiarlas. Lo mete. Clac. Acerroja tirando atrás con fuerza del carro. Clac, clac. Entonces, de la verja cercana, llega la voz admirada de un soldado o un policía:

—¡Órale, mi narca!... ¡Enséñeles cómo se muere una sinaloense!

Teresa mira hacia la verja, aturdida. Indecisa entre maldecir o reírse. Nadie dispara ahora. Se pone de rodillas y luego se incorpora. Escupe barro amargo que sabe a metal y a pólvora. Corre en zigzag entre los árboles, pero hace demasiado ruido al chapotear. Más estampidos y fogonazos a su espalda. Cree ver otras sombras que se deslizan junto al muro, aunque no está segura. Tira una ráfaga corta a la derecha y otra a la izquierda, hijos de la, murmura, corre cinco o seis metros más y se agacha de nuevo. La lluvia se vuelve vapor al tocar el cañón ardiente del arma. Ahora está lo bastante cerca del muro y la verja para comprobar que ésta se encuentra abierta, distinguir a la gente que está allí, tirada y agachada tras los automóviles, y escuchar las palabras que se repiten por megafonía:

—*«Venga hacia aquí, señora Mendoza... Somos militares de la Novena Zona... La protegeremos»...*

Podrían protegerme un poquito más acá, piensa. Porque me quedan veinte metros, y son los más largos de mi vida. Segura de que no llegará a franquearlos nunca, se yergue entre la lluvia y se despide uno por uno de los viejos fantasmas que la han acompañado durante tanto tiempo. Ahí nos vemos, güeyes. Requetepinche Sinaloa, se dice a modo de remate. Otra ráfaga a la derecha y otra a la izquierda. Después aprieta los dientes y echa a correr, tropezando en el barro. Cansada que se cae, o casi, pero esta vez nadie dispara. Así que se detiene de pronto, sorprendida, gira sobre sí misma y ve el jardín oscuro y al fondo la casa en sombras. La lluvia acribilla el barro ante sus pies cuando camina despacio en dirección a la verja, el cuerno de chivo en una mano, hacia la gente que mira desde allí, guachos de ponchos relucientes por la lluvia, federales de paisano y uniforme, coches con destellos de luces, cámaras de televisión, gente tumbada en las aceras, bajo la lluvia. Flashes.

—*«Tire el arma, señora.»*

Mira los focos que la ciegan, aturdida, sin comprender lo que le dicen. Al fin levanta un poco el Aká, mirándolo como si hubiera olvidado que lo llevaba en la mano. Pesa mucho. Un chingo. Así que lo deja caer al suelo y echa a andar de nuevo. Híjole, se dice mientras cruza la verja. Estoy cansada a reventar. Confío en que algún hijo de su pinche madre tenga un cigarrillo.

Epílogo

Teresa Mendoza compareció a las diez de la mañana en la Procuraduría General de Justicia del Estado, con la calle Rosales cortada al tráfico por camionetas militares y soldados con equipo de combate. El convoy llegó a toda velocidad entre ruido de sirenas, las luces destellando bajo la lluvia. Había hombres armados en las terrazas de los edificios, uniformes grises de federales y verdes de soldados, barreras en las esquinas de las calles Morelos y Rubí, y el centro histórico parecía el de una ciudad en estado de sitio. Desde el portal de la Escuela Libre de Derecho, donde estaba acotado un espacio para periodistas, la vimos bajar de la Suburban blindada con cristales oscuros y adentrarse bajo el arco forjado de la Procuraduría, en dirección al patio neocolonial de faroles de hierro y columnas de cantera. Yo estaba con Julio Bernal y Élmer Mendoza, y apenas pudimos observarla un momento iluminada por los flashes de los fotógrafos que disparaban sus cámaras, en el corto trayecto de la Suburban al portal, rodeada de agentes y soldados, bajo el paraguas con que la protegían de la lluvia. Seria, elegante, vestida de negro, gabardina oscura, bolso de piel negra y la mano izquierda vendada. El pelo peinado hacia atrás con raya en medio, recogido en un moño bajo la nuca, con dos aretes de plata.

—Ahí va una morra con güevos —apuntó Élmer.

Pasó dentro una hora y cincuenta minutos, ante la comisión integrada por el procurador de Justicia de Sinaloa, el comandante de la Novena Zona, un subprocurador general de la República venido del Distrito Federal, un diputado local, un diputado federal, un senador y un notario en funciones de secretario. Y tal vez, mientras tomaba asiento y respondía a las preguntas que le formularon, pudo ver sobre la mesa los titulares de los diarios de Culiacán de aquella mañana: *Batalla en la Chapultepec. Cuatro federales muertos y tres heridos defendiendo a la testigo. También falleció un pistolero.* Y otro más sensacionalista en materia de nota roja: *Narca se les peló entre las patas.* Más tarde me dijeron que los miembros de la comisión, impresionados, la trataron desde el principio con extrema deferencia, que incluso el general comandante de la Novena Zona ofreció disculpas por los fallos de seguridad, y que Teresa Mendoza escuchó limitándose a inclinar un poco la cabeza. Y cuando al terminar su declaración todos se levantaron y ella lo hizo a su vez, dijo gracias caballeros y se dirigió a la puerta, la carrera política de don Epifanio Vargas estaba destrozada para siempre.

La vimos aparecer de regreso en la calle. Cruzó el arco y salió al exterior protegida por guardaespaldas y militares, con los flashes fotográficos destellando contra la fachada blanca, mientras la Suburban ponía el motor en marcha y rodaba despacio a su encuentro. Entonces observé que ella se detenía, mirando alrededor como si buscara algo entre la gente. Tal vez un rostro, o un recuerdo. Después hizo algo extraño: introdujo una mano en el bolso, rebuscó dentro y extrajo algo, un papelito o una foto, para contemplarlo unos instantes. Estábamos demasiado lejos, así que avancé empujando a los periodistas, con intención de echar un vistazo más de cerca, hasta que un soldado me impidió el paso. Podía ser, pensé, la vieja media foto que había visto en sus manos durante mi visita a la casa de la colonia Chapultepec. Pero desde aquella distancia resultaba imposible averiguarlo.

Entonces lo rompió. Fuera lo que fuese, papel o foto, observé cómo lo rasgaba en trocitos minúsculos antes de aventarlo todo por el suelo mojado. Después la Suburban se interpuso entre ella y nosotros, y ésa fue la última vez que la vi.

Aquella tarde Julio y Élmer me llevaron a La Ballena —la cantina favorita del Güero Dávila—, y pedimos tres medias Pacífico mientras escuchábamos a los Tigres del Norte cantar *Carne quemada* en la rockola. Bebíamos los tres en silencio, mirando otros rostros silenciosos alrededor. Algún tiempo después supe que Epifanio Vargas perdió aquellos días su condición de diputado, y que pasó un tiempo recluido en la prisión de Almoloya mientras se resolvía la extradición solicitada por el Gobierno de Estados Unidos; una extradición que, tras largo y escandaloso proceso, la Procuraduría General de la República terminó denegando. En cuanto a los otros personajes de esta historia, cada cual anduvo su camino. El alcalde Tomás Pestaña sigue al frente de los destinos de Marbella. También el ex comisario Nino Juárez permanece como jefe de seguridad de la cadena de tiendas de moda, convertida en una potente multinacional. El abogado Eddie Álvarez se dedica ahora a la política en Gibraltar, donde un cuñado suyo es ministro de Economía y Trabajo. Y a Oleg Yasikov pude entrevistarlo algún tiempo más tarde, cuando el ruso cumplía una breve estancia en la cárcel de Alcalá-Meco por un confuso asunto de inmigrantes ucranianas y tráfico de armas. Resultó ser un tipo sorprendentemente amable, habló de su antigua amiga con pocas inhibiciones y mucho afecto, y llegó a contarme algunas cosas de interés que pude incorporar a última hora a esta historia.

De Teresa Mendoza nunca más se supo. Hay quien asegura que cambió de identidad y de rostro, y que vive en los Estados Unidos. Florida, dicen. O California. Otros afirman que regresó a Europa, con su hija, o hijo, si es que llegó a tenerlo. Se habla de París, Mallorca, Toscana; pero en realidad nadie sabe nada. En cuanto a mí, ese último día ante mi botella de cerveza en La Ballena, Culiacán, escuchando canciones de la rockola entre parroquianos bigotudos y silenciosos, lamenté carecer de talento para resumirlo todo en tres minutos de música y palabras. El mío iba a ser, qué remedio, un corrido de papel impreso y más de quinientas páginas. Cada uno hace lo que puede. Pero tenía la certeza de que en cualquier sitio, cerca de allí, alguien estaría componiendo ya la canción que pronto iba a rodar por Sinaloa y todo México, cantada por los Tigres, o los Tucanes, o algún otro grupo de leyenda. Una canción que esos individuos de aspecto rudo, con grandes bigotazos, camisas a cuadros, gorras de béisbol y tejanas de palma que nos rodeaban a Julio, a Élmer y a mí en la misma cantina —quizás en la misma mesa— donde estuvo sentado el Güero Dávila, escucharían graves cuando sonara en la rockola, cada uno con su media Pacífico en la mano, asintiendo en silencio. La historia de la Reina del Sur. El corrido de Teresa Mendoza.

La Navata, mayo de 2002

Hay novelas complejas, que deben mucho a muchos. Además de César Batman *Güemes, Élmer Mendoza y Julio Bernal —mis carnales de Culiacán, Sinaloa—,* La Reina del Sur *nunca habría sido posible sin la amistad del mejor piloto de helicóptero del mundo: Javier Collado, a bordo de cuyo BO-105 viví muchas noches de caza nocturna persiguiendo planeadoras en el Estrecho. A Chema Beceiro, patrón de una turbolancha HJ de Aduanas, debo la reconstrucción minuciosa del último viaje por mar de Santiago Fisterra, piedra de León incluida. Mi deuda de gratitud incluye a Patsi O'Brian y sus exactos recuerdos carcelarios, el asesoramiento técnico de Pepe Cabrera, Manuel Céspedes, José Bedmar, José Luis Domínguez Iborra, Julio Verdú y Aurelio Carmona, la generosa amistad de Sealtiel Alatriste, Óscar Lobato, Eddie Campello, René Delgado, Miguel Tamayo y Germán Dehesa, el entusiasmo de mis editoras Amaya Elezcano y Marisol Schulz, la implacable mente holmesiana de María José Prada y la sombra protectora de la siempre fiel Ana Lyons; sin olvidar a Sara Vélez, que prestó su rostro para la ficha policial y la foto de juventud de su compatriota Teresa Mendoza. Excepto algunos de los nombres antes citados, que aparecen con su identidad real en la novela, el resto —personas, direcciones, sociedades, embarcaciones, lugares— es ficción o ha sido utilizado con la libertad que es privilegio del novelista. En cuanto a los otros nombres que por razones obvias no pueden ser mencionados aquí, ellos saben quiénes son, cuánto les debe el autor y cuánto les debe esta historia.*

La Reina del Sur terminó de imprimirse en septiembre de 2002, en Grupo Balo, S.A. de C.V. Salvador Díaz Mirón núm. 199, col. Santa María la Ribera, C.P. 0640, México, D.F.